民国武侠小说典藏文库

文公直卷

民国武侠小说典藏文库

文公直卷

碧血丹心

大侠传

文公直 著

中国文史出版社

文公直的历史武侠小说（代序）

张赣生

　　历史武侠小说是民国武侠小说中的一个特殊品种，它以某个真实的历史事件为题，借题发挥，去渲染或虚构处于这一事件中的侠客们的活动。换句话说，它不以描写真实的历史事件本身为目的，由此形成了它与历史小说不同的特色。民国的历史武侠小说作家为数颇多，文公直便是其中较突出的一位。

　　文公直（1898—?），号萍水若翁，江西萍乡人。文氏生于世家，其母博通经史，曾注《道德经》，并著《明史正误》，对他有深刻的影响。文氏五岁读经，随又读史，在幼年便打下了中国传统文化知识的坚实基础，认识到作为世界文明古国的中国"必有其特异之点"。文公直十三岁时离开家乡，北上燕冀，因身长体壮，得以虚报年龄考入军校，在学习军事知识的同时，纵览欧洲及日本名著，尤其注重于世界史的知识。军校毕业后，文氏在军中任职。1916 至 1917 年间，他参加讨袁、护法诸役，追随孙中山，投身革命，转战沙场，领军杀敌，虽然南北奔驰，席不暇暖，仍利用旅途的一点空闲时间读书。1921 年，直系军阀吴佩孚属下的湖北督军王占元与湖南军阀赵恒惕开战，湘军由岳阳进攻湖北，王占元派孙传芳迎击，史称"湘鄂之役"。文氏当时在湘军中任职，奉令兴师，至长沙省亲，自觉"五六年来，若有所得，而细思之，则又杳无所得"，遂向其母请示，其母正著《明史正误》，便将案头参考书给他，并说："儿习史，当于廿四史以外求之。"文氏听了，"乃如闻暮鼓晨钟，憬然知前此之但知读而不知考核参证之为大误也"。那个时候，政治风云多变，各地军阀们朝秦暮楚，一时表示拥护孙中山，支持革命，转瞬又投靠北洋军阀政府，反对孙中山，并且军阀之间分合不定，方始握手言欢，倏忽又

1

刀兵相见。文氏作为职业军人，被上级所左右，本意为投身革命，但在军中身不由己，自难免感到困惑和苦恼，其母所谓"当于廿四史以外求之"，就是要他放宽眼界，不偏信官家一面之辞，多看看民间的各种意见，以明辨是非。他的母亲确是见识超群，这种高屋建瓴的历史观自然会使文公直拨开迷雾，憬然有所悟了。

1922年，文公直被诬入军狱，因为他受母亲教导，已然憬悟是非，故对此能泰然处之，以"铁窗风味，固革命军人所宜尝试。因借此狴犴生活，为劳生之休息，且畅读我书"的态度对待。一年后，孙中山令谭延闿为湖南省长兼湘军总司令，自广东发兵入湘讨赵，文氏旧部得以击退军阀，迎文氏出狱。即督师追击，转战长江。不久，广东军阀陈炯明进攻广州，孙中山令谭延闿回师解救，当时文公直部远在湘鄂交界最前线，被军阀截断退路，孤立无援。文氏知敌意在捕获自己，不愿因己而使部下全军覆没，遂将部卒托军中同事统率，孤身一人赴上海。在沪闲居经年，为势所迫，弃武为文，后受聘为《太平洋午报》编辑。1928年，文氏再度赋闲，遂执笔作《碧血丹心大侠传》，于1930年出版，此后至1933年，又陆续出版了第二部《碧血丹心于公传》和第三部《碧血丹心平藩传》，计划中尚有《碧血丹心卫国传》，未能完成。

《碧血丹心》系列作以明朝名臣于谦的事迹为主线贯穿全书，前三部写在明成祖朱棣、仁宗朱高炽和汉王朱高煦父子、兄弟间争夺政权的事件中侠客们的活动，由朱棣夺取政权写起，至朱高煦谋反，终于在侠客们的参与下，于谦擒获朱高煦。第四部拟以"土木之变"至于谦冤死为主线，这一部《碧血丹心卫国传》虽未完成，但作者在第一、二部末尾均曾预告，第三部末尾又为过渡到征番做了铺垫，可见作者早已成竹在胸。

《碧血丹心》系列作，动于1928年，而文氏立志作此，却是在1922至1923年身系军狱时。《碧血丹心大侠传》文氏自《序》云："榴花照眼时，枯寂之狱中，沉闷欲死。母慈兄友，为之向戚旧假得敝书一篑，以金话狱吏，乃得入。直深感母兄之挚爱，一一检而读之。夜无灯火，则就如萤之看守灯光下，扪掫而翻叶。无意中，检得一残本，署曰《千古奇冤》。时以桁杨余生，睹斯四字，手颤心摇。急就窗棂曙色，急目速读，则所记为明代钱唐于忠肃公（廷益）之惨史也。书中人名、事迹，颇多为正史所无，而又民间传说所不及。如其确也，则此一卷之存，其为碧血丹心之灵，使之得传于世，

2

而为五千年来唯一忠侠吐一口冤气乎？爰浏览三四，深蕴诸脑海中；复从狱卒假得楮墨，誊录一过。默念此身而不膏斧钺者，会当白此奇冤。"这是1923年5月间的事。文氏所见《千古奇冤》原本为文言列传体，一卷总三万言，在他出狱时，仓促未及携带抄本，原本又留在军阀割据的湖南，所以他写《碧血丹心》系列作时，只能根据记忆加以敷演，实际是一部借题发挥的创作。

　　了解上述这一段过程，有助于把握《碧血丹心》系列作的特点。首先，文氏此作既不是为了赚取稿酬，也不是为了消闲娱乐，而是意在言志，抒写自己对历史、对政治的看法。他在自《序》中说："直读史所得以为民族竞生存、争人格之英雄，当以岳忠武、文忠烈、于忠肃、史阁部为最。而岳忠武之声名，独能深入平民，国人无不知者，推其所以，则因说部与戏剧宣传之力也。然而国人以崇钦岳忠武之故，于民族之忠侠性激发不少。倘使文忠烈、于忠肃、史阁部之光明磊落、碧血丹心，尽入于人心，则我民族之光大为何如者？……唯独关于于忠肃，则除《千古奇冤》外，更无为之一言者。且有荒唐传奇，竟指于公为权奸者，则贼臣之裔颠倒混淆，欲以一手掩尽天下后世之耳目，尤使人愤懑无既。以于公之忠侠天成，保全华夏，卫我民族，于众议和让、行且为奴之际，以大无畏之精神，于无兵、无财之时，湔民族之奇耻大辱，破瓦剌而迎归英宗，求之五千年历史中，能雪耻复仇如是之痛快者，厥唯于公一人耳。乃五百年来，竟无人为之宣传，一般人亦淡焉若忘，……耻亦甚矣！直不敏，虽文不足以副志，辞不足以达意，而窃有愿焉，以为我所认为当为者则为之，毋以诿人，毋以望于人，是责任心也，亦人所当具也。为之而当，固无论矣；为之而不当，亦当有人纠之正之，则我首创之责，允当由我内心之驱使而定之行之也，……虽未能充分考据证实，而稗官家言，自不妨衍之成篇，但求无背志旨可耳。"文氏自少年时代投身革命，饱经坎坷，受政治权势斗争牵连，数度蒙冤，他的这一番话自不同于一般书生的泛泛高调。

　　文氏作《碧血丹心》，还有其现实针对性，自1925至1929的几年间，数度发生日本、英、美等帝国主义列强武装干涉中国内政、屠杀中国人民的事变或惨案。1925年5月，上海日本商纱厂日籍职员枪杀中国工人，引起群众示威，英巡捕开枪镇压，屠杀中国民众十余人，伤数十人，史称"五卅惨案"；同年6月，汉口码头工人游行示威，抗议英商太古公司英籍船员殴打中国工人，英国军警开枪镇压，屠杀中国工人八名，伤数十人，史称"汉口惨案"；十天后，广州工人、学生游行示威，抗议日、英的暴行，又遭英、法军队开枪镇压，屠杀中国民众五十余人，伤一百七十余人，史称"沙基惨案"；1926年3月，日本军舰炮击天津大沽口，史称"大沽口事件"；同年9月，英国军舰炮击万县，死伤中国军民数千人，焚毁民房商店数百家，史称"万县惨案"；1927年3月，英、美军舰炮击南京，死伤中国军民二千余人，史称"南京事件"；1928年5月，日本侵略军攻占济南，奸淫掳掠，屠杀中国军民万余人，史称"济南惨案"；同年6月，日军预埋炸药，在皇姑屯炸死张作霖，史称"皇姑屯事件"。这一系列事件和惨案，使曾为革命军人的文公直深感蒙受了奇耻大辱，由此又引起他对当时流行小说的不满，故作《碧血丹心》以鼓舞中国人的斗志。

　　文氏著《碧血丹心》虽声言发扬武侠精神，但其胸中原激荡着一股冤抑不平之气。军人出身之文氏，不能征战沙场报效国家，被迫以笔代刀，纸上谈兵，其心情不言自明。这就使他笔下的武侠与一般武侠小说中之武侠有所不同，一般武侠小说着重的是惩恶扬善，除暴安良，路见不平，拔刀相助，着重的是正义感，而文氏笔下的武侠却着重在一个"忠"字。表面上看来，他写的是忠君，是一种落后于时代的封建意识，其实文氏所提倡的是忠于国家、民族，并非忠于君主个人。他笔下的君恰恰是不顾国家、民族利益，只顾个人权力的历史罪人。文氏在自《序》中把这一点说得很清楚，他说："朱元璋以匹夫而得天下于马上，驱异族出塞，其所本者民族之忠侠性耳，其功业之成固无文事也。乃既得称帝南都，苟安畏难，不为彻底之谋，而唯求永世之术，以八股愚民，以戮功之事；遂令国内无可用之兵，盈廷皆坐谈之士，于是而有瓦剌之祸，终成土木之辱，蹈宋之覆辙，而重演元首为俘囚之耻剧。幸以于忠肃公之忠侠奋发，力排迁都及乞和之议，得保全民族之安全，而不致为南宋之续。乃英宗朱祁镇图一己之私，忘救己之恩，毒害于公，而复宠宦竖，斥武侠，积弱所致，遂有清之祸。此就历来中夏之君论之，其证已显然昭示吾人矣。"这一主题预计在第四部《碧血丹心卫国传》中通过于谦冤死来完成，可惜计划未能实现，留下了一部不完整之作。文公直报国壮志未酬，冤抑不平，他写于谦就是写他自己，他写逆藩就是写当时的军阀，他写朱棣、朱祁镇就是写现实的当权误国者。司马迁《史记·太史公自序》云："夫《诗》《书》隐约者，欲遂其志之思也。昔西伯拘羑里，演《周易》；孔子厄

4

陈、蔡，作《春秋》；屈原放逐，著《离骚》；左丘失明，厥有《国语》；孙子膑脚，而论兵法；不韦迁蜀，世传《吕览》；韩非囚秦，《说难》《孤愤》；《诗》三百篇，大抵贤圣发愤之所为作也。此人皆意有所郁结，不得通其道也，故述往事，思来者。"文氏《碧血丹心》也正是一部述往思来之作。作为历史武侠小说，不仅要以某个历史事件为背景去描述武侠故事，更要作者有一种针对现实的历史使命感。这正是文公直不同一般之处，我之看重《碧血丹心》，原因也在于此。

当然，作为小说，艺术表现技巧的优劣直接关系着它能否吸引读者。在这方面，文公直的文笔虽不能说十分高超，但也不失其生动流畅。一般说来，文氏的小说艺术重事实不重铺张，以行文明快、有条不紊见长，特别是他写战争场面时，这种优点显示得更为突出，行军布阵，混战厮杀，都能面面顾到，条理分明。这自然是由于文氏曾受过系统的军校教育，又曾亲自领兵连年征战沙场，以军功获少将军衔，故而写起战争场面来游刃有余，但同时也表明他的文笔颇有功力，仅仅熟知战场实况而无相应的表达能力，心有余而力不足，也不能取得他这样的成绩。

文公直定居上海多年，也曾广泛浏览上海新出的各种小说，或即因此而使他的文笔具有了南派小说的风格，尤其是他笔下的女侠，颇有些类似包天笑笔下女性的味道。

在民国的历史武侠小说作家中，文公直可算最引人注目的一位，和当时上海的其他武侠小说名家相比，他的常识和文字功力并不弱于平江不肖生，较顾明道、姚民哀则尚胜一筹，可是他的作品却不如平江不肖生和顾明道的作品那样风行，这主要是由于文氏著文言志，重教育轻娱乐，重事实轻铺张，因而趣味性不足。文氏企图以《碧血丹心》挽颓唐之文艺，救民族之危亡，正当世对武侠之谬解，结果矫枉过正，反而削弱了作品吸引读者的力量，这不能不说是文氏的失策。

序　一

于右任

有死君，有死国。弘演纳肝，王蠋绝脰，死君者也。死国之事，含义较广。稽之往史，宋明之季，死国者众而且烈。斯盖民族存亡所系，与所谓君臣之义，易姓改朔，稍稍殊矣。宋之岳忠武、文信国，明之于忠肃、史阁部，皆于民族垂烬、神州陆沉之际，奋起努力，以与异族抗。岳公于公，皆不死于前绥，而死于冤狱，悲惨壮烈，尤同为后世所悼痛。近顷文君公直编《碧血丹心》一书，叙述忠肃故事，体虽演义，而文则详于正史，姜君侠魂从而为之评，以旧史料为新小说，相得益彰，其两君之谓乎？昔褚人获作《精忠传》，抒写岳公忠义，至今妇孺贩竖，鼓书弹词，演者听者，不自知其歌泣之何从，信夫扬先烈之光，作民族之气，小说之力，较正史为大。忠肃死，而其沦浃血气，耿耿忠烈之精神则不死，然则两君之力亦伟矣哉！

民国十九年五月，三原于右任叙于沪寓，时则我东方天竺民族之领导者甘地就捕之后五日也。

序　二

文公直

　　直五岁受《经》，髫龄读《史》，每觉吾国之所以为世界文明古国，必有其特异之点。及舞勺之年，北走燕冀，以身长体壮，得增年而入军校，习戎事，得纵览东西诸名著，而独留心世界史事。卒业后，虽置身军伍，日以训练健儿为事，而性之所近，有暇辄取史籍读之，闲则旁及稗官野史，凡力足致者几无不读。厥后，讨袁、护法诸役，身在沙场，领军杀贼。从兹投身革命，南北奔驰，足无停趾，席不暇暖，斯时虽无暇读书，而轮轨承身之际，每以一卷消时日。五六年来，若有所得，而细思之，则又杳无所得。湘鄂之役，至长沙省亲，且奉令兴帅，乃以历年自习之结果，请训于母。时母方注《道德经》毕，从事于《明史正误》，乃以案头参考之籍授直，且诏之曰："儿习史，当于《廿四史》以外求之。"直闻斯语，乃如闻暮鼓晨钟，憬然知前此之但知读而不知考核参证之为大误也。越明年，遭家难，为小人所媒蘗，系军狱。铁窗风味，固革命军人所宜尝试。因借此狴犴生活，为劳生之休息，且畅读我书。顾系狱经年，终日手一卷，读辄易竟。三兄公毅虑狱中人之忧而伤身也，竭力搜罗，以供肆读。无奈狱例仅许读古书，是以此一年中，所得寓目者，咸为经史子集、说部剧曲之类。

　　榴花照眼时，枯寂之狱中，沉闷欲死。母慈兄友，为之向戚旧假得敝书一篋，以金饴狱吏，乃得入。直深感母兄之挚爱，一一检而读之。夜无灯火，则就如萤之看守灯光下，扪搎而翻叶。无意中，检得一残本，署曰《千古奇冤》。时以桁杨余生，睹斯四字，手颤心摇。急就窗棂曙色，急目速读，则所记为明代钱唐于忠肃公（廷益）之惨史也。书中人名、事迹，颇多为正史所无，而又民间传说所不及。如其确也，则此一卷之存，其为碧血丹心之灵，使之得传于世，而为五千年来唯一忠侠吐一口冤气乎？爰浏览三四，深蕴诸

7

脑海中；复从狱卒假得楮墨，誊录一过。默念此身而不膏斧钺者，会当白此奇冤。

秋节后，军阀被挞而遁，旧部迎直出狱。顾仓促间，失《千古奇冤》之抄本。出狱后，又以督师追击，转战长江，无暇问及原本。嗣因东江寇急，主将奉大元帅令，回师救难。占领地后为军阀所盘踞。直部方在最前线，为敌所截。直不欲因一己为敌之目标，而使八千子弟为醢，遂以部卒托同袍，而只身走海上。时则家陷敌中，欲问讯亦不可得，更无能致《千古奇冤》之原本矣。

频年羁旅海滨，郁郁寡欢。长日无聊，每弄文消遣。旋受《太平洋午报》之聘，任编辑。鞅掌之余，即读海上新出版物，以觇近代文化之趋向。是时，除因革命高潮之澎湃，社会、经济之作，如雨后春笋，蓬勃丛茁外，其余杂志小说渐趋入颓废淫靡之途，论者每慨叹为每况愈下，丧失我雄毅之国民性。直非泥古者，但亦非盲拜西欧，抹杀我东方文化者。睹兹现象，乃发生一种感想。此种感想，非直个人触发，私计吾神明华胄中必有同情者。

感想为何？则以直自髫龄以至如今所得读之书——无论其为经史子集，或说部戏曲——每觉其中多少涵有坚强雄毅之忠侠性。虽靡靡之音，重文之作，亦不免时有此种忠侠性之流露。惟历代尉儒帝王愚民工具之朱程学说，尚武文字，则或无之。于以知我华夏民族卓然矗立东土，五千余年，其间虽或受异族之侵凌，而卒能保我领土，休养生息，不为犹太、埃及之续，且屹然为世界最古国家之仅存者，则此忠侠之国民性实为其重大之原力。自清入关，承明代以文弱民之余，变本加厉，尽驱国内优秀分子于咿唔呫哔之中，大倡非侠之说，而以奴性之事君为忠。遂令我泱泱大风之民族，尽离武事，消沉侠性，而成"东亚病夫"，为碧眼儿所欺凌，受木屐奴之蹂躏。日蹙国百里，常为城下盟，酿成有史以来未有之奇耻大辱，而莫之或湔。揆厥原因，则忠侠性之被摧残刬削有以致之也。

方今弱肉强食，公理蔑亡。世界为帝国主义者之世界，弱小民族求为安顺之奴而不可得。倘不抨灭此人类恶魔之帝国主义，吾人宁有安枕之一日？吾人今日，为我民族求生存计，为救世界弱小民族计，为求达人类平等之目的计，正宜急谋恢宏我民族之忠侠性，发扬而光大之，以与人类恶魔作殊死搏战。颓废派之文艺，其毒害，适足以增东亚病夫之病，而亡吾族耳。靡靡之声，适足弱吾种，而灭吾族耳。吾人而苟欲自全且永保世界和平者，其能听之任之耶？

自太史公传《游侠》以来，国内文艺界之关于"侠"之文字亦夥矣！民国初元，国人为肉麻小说——堆砌诗词不近情理之作——所激，翻然而欣企武侠说部。于是武侠小说应需求而突起。顾出版虽夥，夷考其内容，则或拾取陈言，或侈谈神怪，或敷衍民间传说，或受戏剧之暗示。其书中所写之人，非尽属于"超人"，即异常之陈腐。至于言及武事，则以闭户之所谓文人，而言历古精湛之武术，其南辕北辙，贻笑大方，更无待论。而时代、地理、职官、言语之舛谬，书中人行动事态之不近情理，其弊一如肉麻小说之仅足以供识者之笑料，而贻国民以谬误之观感。以吾同胞秉遗传之忠侠性，而需要武侠之书籍的结果，乃得如斯之响应，其伤心为何如者？

日本，东方小岛国也，为其民族竞生存计，儿童教育，即灌输其国中历史、抗侮御侵之英雄故事，以启迪其爱国之忠、护族之侠。吾人于日本之抱帝国主义，固不必效，不可效；而于其以忠侠训育国民，则洵有不可不师法者。粤稽我华自周以降，捍御异族，保全华夏，而使我种族不致灭亡之英雄，其光荣之历史，实足以煌炳大地。远古无论矣！即以异族入我国而言之：晋代承三国之余，尚清谈，鄙武事，而胡祸之烈，为前所未有，则忠侠性之消沉，有以致之耳。又如北宋赵匡胤虽以武侠平诸割据，而腐儒守旧，倡重君之说，轻视武侠，斥为乱阶；而二帝为俘，偏安贻耻。南宋复不自警惕，仍承前弊，遂有胡元之祸。朱元璋以匹夫而得天下于马上，驱异族出塞，其所本者民族之忠侠性耳，其功业之成固无文事也。乃既得称帝南都，苟安畏难，不为彻底之谋，而唯求永世之术，以八股愚民，以戮功为事；遂令国内无可用之兵，盈廷皆坐谈之士，于是而有瓦剌之祸，终成土木之辱，蹈宋之覆辙，而重演元首为俘囚之耻剧。幸以于忠肃公之忠侠奋发，力排迁都及乞和之议，得保全民族之安全，而不致为南宋之续。乃英宗朱祁镇图一己之私，忘救己之恩，毒害于公，而复宠宦竖，斥武侠，积弱所致，遂有清之祸。此就历来中夏之君论之，其证已显然诏示吾人矣。再就同种异族言之：则匈奴不文，而汉不安枕，鞑靼习武，而唐不宁军；元以武侠训民，声威远及欧陆；清以武侠练士，而旌旗入主中华，此又其明证也。此但犹涵有帝国主义或军国主义之意味，试再观华盛顿之忠侠奋发，而美利坚得平等、自由，孙中山以忠勇垂训（见《三民主义讲演》及《军人精神教育》），而我华族兴国民革命，更足以证明欲竞生存，求幸福，非倡忠侠不为功，亦非倡忠侠不能致。

综上所言，因直微志，欲昌明忠侠，挽颓唐之文艺，救民族之危亡。且正当世对武侠之谬解，更为民族英雄吐怨气，遂有《碧血丹心》说部之作，敢掬诚以告读者者。今日虽已五族一家，而前人卫族之丰功，实足以观感后人御侮之观念。东西列强对我之压迫，较之瓦剌之于有明为尤甚；则读此益奋起而进，为五族谋之，则大中华民族其庶几乎。

直之撰述本书，其动机虽尽于上述，而尤有一言，为读者告者，则直读史所得以为民族竞生存、争人格之英雄，当以岳忠武、文忠烈、于忠肃、史阁部为最。而岳忠武之声名，独能深入平民，国人无不知者，推其所以，则因说部与戏剧宣传之力也。然而国人以崇钦岳忠武之故，于民族之忠侠性激发不少。倘使文忠烈、于忠肃、史阁部之光明磊落、碧血丹心，尽入于人心，则我民族之光大为何如者？关于岳忠武之说部，有《说岳传》一书，虽鄙俚不文，描写拙陋，而深合平民口味，固须整理改造，但犹可暂缓。关于史阁部亦尚有数说部及新近出版之小说中，略记其事，且因为时较近，汉人溯满人入主之源者，多能及之。关于文忠烈则直曾得一残缺之说部，名曰《孤忠传》，虽缺数卷，尚可补缀，原书留湘，现方函嘱宁沪，会当设法使成完璧。万不得已，亦当补撰而标明缀续之处，付剞劂而贡献于当世。唯独关于于忠肃，则除《千古奇冤》外，更无为之一言者。且有荒唐传奇，竟指于公为权奸者，则贼臣之裔颠倒混淆，欲以一手掩尽天下后世之耳目，尤使人愤懑无既。以于公之忠侠天成，保全华夏，卫我民族，于众议和让，行且为奴之际，以大无畏之精神，于无兵、无财之时，湔民族之奇耻大辱，破瓦剌而迎归英宗，求之五千年历史中，能雪耻复仇如是之痛快者，厥唯于公一人耳。乃五百年来，竟无人为之宣传，一般人亦淡焉若忘：以视日本之儿童莫不知有幕府，美利坚平民莫不知有华盛顿者；耻亦甚矣！直不敏，虽文不足以副志，辞不足以达意，而窃有愿焉，以为我所认为当为者则为之，毋以诿人，毋以望于人，是责任心也，亦人所当具也。为之而当，固无论矣；为之而不当，亦当有人纠之正之，则我首创之责，允当由内心之驱使而定之行之也，而况《千古奇冤》一书中，所载征番四十八将、六十四佐，姓名俱在，事迹可按。虽未能充分考据证实，而稗官家言，自不妨衍之成篇，但求无背志旨可耳。

客岁，敛翼幽居，默忆《千古奇冤》，以消磨岁月，因随笔衍述，积日累月，成书数百万言。虽《千古奇冤》之原本抄本，皆不可得，而所叙事态约略相同。原本为文言列传体，一卷三万言；已收罗甚富；直演之为白话，间或为行文便利计，加以穿插，乃不意而成如许卷帙。其中因《千古奇冤》涉及武当派、白莲教诸事，因更博采前人笔记及武术秘籍，为之煊染。其太背事理者，则从割爱。新颖可喜者，则悉录之。今岁病中取阅一过，复加删节改削，乃成此书，题以"碧血丹心"四字，盖明书旨也。改稿初成，老友姜君侠魂见而喜之，引为同志。盖侠魂独倡武侠，垂十余年，且常为于公呼冤者。见此书，乃怂恿付印，且为商榷题名。初拟名"忠侠传"，且为阐其义曰："'忠'者孙中山《三民主义讲演》中所解释之义也；'侠'者，太史公《游侠传》所昌明之义也。"既而以为自古忠侠，不仅于公，而且书中人物，亦未可尽以"忠侠"概括之。因易一字，曰《大侠传》。谓于公千古之"大侠"也；书中人物，其所为皆"侠"之"大"者也。且"大侠"之义，"忠"在其中矣。因定是名，复以直原题之"碧血丹心"，颇合于公之生平为不可弃，遂并存之。

本书撰述之际，友好之垂爱者众，而尤以洞庭秦来甫（复原）、吴县沈硕生（异尘）及侠魂最为赏识。付印之顷，三君为之批，为之校，为之评，良友盛情，弥深感荷。家兄公毅更于军书旁午、戎事鞅掌之余，抽暇为之标点，则手足之爱，更见其挚。心感之余，并志于此。至于改稿之标，古堇袁秀堂、南通陈飞南为之绣像，杭县王振麟为之逐笔绘图，皆爱奖之至者。《大侠传》何幸得此？直更何修而得此？

侠魂主张分集出版，以免卷帙繁重，一时不易杀青，重劳友好之盼望。直适有事于南都，未克躬执其役，则以全权付我老友。老友为出版界之前辈明星，必能为我善谋之。设出版之顷而先为第一集者，则请读者注意：全书焦点尚在二、三集中也。

中华民国第十八双十节中，萍水若翁文公直叙。

目　　录

1

第首章

荒烟蔓草耳熟奇闻
白屋青檐心传旧史

话说贫乡地方有个乐余生，一生好睡，时常不醒。做了三十多年人，也不知说了多少梦话，发了多少梦癫。昏昏沉沉，糊涂过去，不得清醒，也自感着异常痛苦。却是他住的那地方整年整日烟雾迷空，昏天黑地，只好做梦，不能够醒来的。乐余生只得顺任自然，忍痛随缘过去，一直过了二十八载。

那一年，乐余生梦境正深，颠颠倒倒，信步乱走。不料身在梦中，眼前昏黑，一脚踏去，扑通一声掉在野外染坑里。

这一来乐余生受不住了。那染坑原是染坊在青郊绿野挖窖融靛，预备染东西的。成年累月，也不知染了若干物件，色也变了，气也恶了，洋溢四方，实在臭得太厉害。坑里的大的肉虫、小的肥蛆，也实在钻拱得太凶猛。乐余生一面受着臭气刺激，一面被蛆虫钻拱得受不住了，才一觉惊醒了来。睁眼一看，四面黑浪汹涌，秽物翻滚，周围恶色纷披，蛆虫堆叠，哪里还像个人世？

心中想道：我怎么会到这里面来的？仔细思量，才想起是昏沉时失足，掉落下来的。便连忙两手乱撑，双脚乱蹬，想要撑出这染坑。无奈染坑太大，自己力量有限，竭力尽劲，撑了半晌，也不曾傍着边际。忽想着：这染坑一定有主人的，我何不呼救？便顿喉乱喊："救命呀！"哪知这染坑是许多工人农夫挖的，乐余生大喊大叫之时，那些工人农夫正在睡觉，睡得甜蜜蜜的，谁来理会？任凭乐余生声嘶力竭，终没一个人肯拿只耳朵去听。就是偶尔有一两个工人农夫懵懂走过，被乐余生叫喊声音惊得微开一线睡眼，瞥见了乐余生在他的染坑中大喊大舞，反而大怒喝骂："这小子不安分！敢来捣动我的染坑！再不安静时便揍你！"

1

乐余生没法，只得勉力挣扎。定心凝神，看清了边际，加劲努力。瞅定两岸，毅然决然耸身向岸上一跳。觉得脚跟一定，聚神一瞧，已经脚踏实地，到了干净地方了。身上虽染着许多怪色臭气，却是人已清醒，终可设法洗涤。心中一喜，便向那有人家的所在走来，想要寻人问讯。不料那些人都知道他是染坑里跳出的，全不理他。乐余生一想：难道不和他们打交道，我就寻不出生路不成……

想罢，踽踽凉凉，独自一个向那空阔路上走去。这时乐余生已是醒透了，和从前别在梦境中昏迷度日迥不相同，心中意境清明，身上遍体爽快，心安身定，潇洒已极。回头望那染坑时，却见许多人继续不断地掉下去，也有不挣扎逃生、沉沦坑底的，也有勉强爬了两步，便向后退、向下沉的。乐余生想到自己在坑内时的苦处，便转身去援救这些掉下染坑去的人。

谁知那些坑中人都如醉梦昏沉一般，大伙儿在坑中随势浮沉，任你叫破嗓子，他终不肯向得救的这一方来。乐余生虽眼瞅着代他们愁急万分，怎奈他们死也不肯挣过来，相差许远，怎能拯救？就是有在近边的，也因他立不住脚，拉不起来。乐余生设尽法子，弄到筋疲力尽，终不曾救得一个，反而险些被那坑中人拖拉下去，心中大为惊悸。急定神暗忖：我才脱苦，不要又被他们拉掉下去了。连忙掉头飞步离了坑边。

乐余生知道自己的力量不能救那些人离染坑，只好且顾全了自己再说。便离了染坑，头也不回，一直向北走去。走了许多时候，也不知走了多少路，忽然到了一个所在。向前一望，只见匝地金花，无边瑞气。乐余生大喜，立定了脚，回顾赏玩了多时，便向眼前望见的一座高山走来。

向山上走了二三里地，忽见前面又有一座插天高岭，岗岭重叠，峰峦挺秀，当中峙着一座雄关。细瞅时，却是居庸关。乐余生信步出关，来到关外。好得关外人家不知他是染坑里跳出来的人，依旧照他们的淳厚风俗殷勤接待。乐余生幸得身安，每天任意行住，也不知远近，也不计程途，沿路只和些野老牧夫曝阳闲话取乐，倒也十分逍遥自在。

走了三四十日，来到一个蒙古包里，主人是个老头儿，殷勤留客。乐余生便住了几天。一日饭后没事，乐余生和那主人的两个女孩儿各骑一匹高头小蹄白马，向那一望无涯的碧草海中纵辔驰骋。皮鞭扬处，泼啦啦跑了约莫十多里路。只觉风声贯耳，碧浪过眼，三人都精神振旺，心意畅舒。

那大女孩儿跑在前面，回头向乐余生一笑道："您乏吗？"

乐余生答道："我不乏。"

小女孩插言道："不乏，就再跑个这么远。"

大女孩儿道："他是关内人，不比咱们。现在虽是不乏，要再跑这么远，可就乏了。咱们就此跑回去，却是正好。"

说着，带转缰绳，两脚向前一挺，那马便如弩箭离弦一般，直射回来。乐余生和小女孩儿都随后回到蒙古包门口。

蒙古包主人老头儿远望见三人并辔驰回，便钻出门笑迎着，问道："你们到哪儿玩儿去的？"

乐余生道："跑了一会儿马。"

老头儿道："可是朝东去的？"

乐余生答应道："是的。"

老头儿便问俩女孩儿道："可是到大堆儿去玩儿的？"

小女孩儿道："还差一点儿，没到大堆儿，姐姐便吵着回来了。"

乐余生问道："怎的叫大堆儿？是个什么所在？"

老头儿道："这说起来话长啦。大堆儿便是从前瓦剌太师也先的坟墓。这地方人因为他是个奢遮好汉，岁时都去烧香拜祷，常时也多有去游玩瞻仰的。"

乐余生喜道："既是古迹，明儿再去瞧瞧去。"

俩女孩儿也一齐说："明儿我俩陪您去。"

次日早晨，乐余生吃过了馍馍牛肉，俩女孩儿跳跳跃跃，吵着拉乐余生去逛大堆儿去。老头儿也高兴异常，准备好了四骑牲口，带了水食袋。乐余生和老头儿、俩女孩儿父女三个，一同去逛大堆儿。霎时间骤马驰到，乐余生闪眼瞅时，只不过是一堆荒土，四面黄沙，并没一点儿英雄殊迹，和常人死后的抔土荒丘一般情况。乐余生见了，觉着心有所触，便不忍多流连，仍和老头儿父女三人上马回头。沿途一望青青，也没停处，便一直回到蒙古包中来。

这夜，大家围坐在包里，随意说些闲话解闷。渐渐地谈到也先，老头儿口若悬河，滔滔不绝，说了许多山野传说、离奇古怪的故事。大都是瓦剌强盛时，被明朝于兵部打败的遗闻，一时间也记不了许多。乐余生听得这些怪话，觉得别有趣味，尽在脑海中盘旋不已，好比小孩儿见了什么稀罕物一般，趣味无穷。这时乐余生是醒彻了的人，心房毫无渣滓，尽可以装得东西。一听得这些奇闻，便都装入心脑中了。

似这般过了多时，乐余生久游生厌，便由外蒙古转龙江，经辽东乘船入海，舒畅胸膈。想借这游历大平原，横过大水池，畅快呼吸几次，好涤荡染坑中的恶色臭气、梦境中的秽迹浊景。在海中漂了好几天，才漂到海角上一个蛮夷化外的地方，弄了一弓之地，安排笔砚，住了下来。

这时乐余生沧海归来，浑不似从前梦梦，清醒白醒地整日价瞧剧场演戏。先时还有些瞧不惯，后来瞧惯了，也笑口常开，觉得另有一种蠢趣。只不过不愿意去记那些呆笨的戏词、秽浊的剧情，将它当作过眼云烟，旋看旋灭，绝没些遗迹剩影存乎在心脑间，更忘却了是些什么东西。

脑海、心房，这两件东西实在不是个好物件，它终得装上些东西才好。若不装上些适宜的东西，它一空着，便和垃圾粪车一般，乱七八糟，不问好坏，见东西就装可就糟了，再甭想清静干净了。乐余生这时心脑中纤尘不染，一无所有。又因是在醒后，觉得四大皆空，绝没一件可以装得进去的东西，更是其虚若谷，空得发慌，时常想寻些东西装进去。闹极了，几乎要装垃圾了。

乐余生慌了，连忙将那蒙古老头儿所讲的野话赶紧回忆，暂时填补了心脑的空虚。却是仍然感着不足，连忙再整游屐，向那山水可以入眼的所在去寻取填装心脑的材料。便信步来到太湖边上游逛，想留些秀山阔水的印象，安慰心脑。

回来时，走过无锡，便到惠泉山去，一来想和泥人儿交朋友，二来想喝一口清水，涤涤肠肺。却不道到了惠泉山洞，才知山上有个"梦神"。再一考究，这位梦神就是那至今腾喧蒙古野老口中战也先、保华族的钱塘忠肃公少保于谦。乐余生这一来才真乐了。立时直进庙中拜揖，并发个誓愿，一定要将蒙古野老口中所说，可以装入古今人的心脑而无损害，不致作呕呕出来的事儿，全给笔记下来。

似这般走笔记事，自乐其乐，乐余生倒也生涯清适。兼之无时不和那意境中的奇人大侠混在一起，更觉得精神振奋。好似他二十年未曾遂得的一片雄心，竟能借这屠门大嚼，心旷神怡，过了许多日子。乐余生不仅是理乱不知，连寒暑也不暇问了。

有一天，乐余生正记得高兴，忽听得檐前淅沥，陡然想起重阳已过，转眼间又是自己入世的纪念日到了。想着心中好似有些不自在，恐怕记错，便停笔闲坐一时，清一清心境，去却这一点点新生的烦恼种子。

说也奇怪，那日里好久没入梦的乐余生忽然又昏昏欲睡。他想到从前的苦处，偏不肯睡，硬撑着，决计不再入睡乡。昂然挺坐着，心中回忆那蒙古老人的野话，环回倒转，想了好几遍，深觉自得其乐。满心满脑，洋洋溢溢，澎湃荡漾，爽快异常，通体都觉舒畅得不可言状。

忽瞅见一个大汉，浓眉大眼，短须卷发，挺胸叠肚，高视阔步走将进来，说道："少保请先生枉驾去一趟。"乐余生心中无物，绝没疑惧，起身便走。随着那大汉左弯右转，爬山越岭，走了许多路，才见一所白屋青檐的房子，远望去并不阔大，却现着幽静光亮。那大汉领着乐余生直进那屋子里。

乐余生才进屋门，便见堂上立着个老头儿和一个老官府。老头儿白须拂胸，皓眉连鬓，身着青衫，头戴方巾。那官府方面大口，凤目剑眉，两耳垂肩，髭髯齐腹。头戴软翅巾，身穿蓝缎直裰。乐余生才到阶下，老头儿便向那大汉问道："范都督，这位就是乐余生吗？"

大汉一面回答："正是。"一面回头向乐余生道："这位便是吴璲老先生。"

乐余生听了，如有所触。仔细一想，却又没什么。

吴璲亲自降阶迎乐余生上堂来，和那官府相见礼毕，请问姓名。那官府道："将来自会知道，此时不用多说。"

乐余生还要问时，吴璲已起身，向乐余生拱手道："您就是我，我就是您。我今奉少保命，托您替那被俗史委屈的许多无名将帅吐气，这也就是我所未了之事。如今请您了，便是我了。你了了，我便了了。"

说罢，将一卷白纸交给乐余生。乐余生也不求甚解，接了白纸。那官府拱手道："我无所冀，只此相托。"

乐余生待要详问其事，忽然眼睛一花，定神一瞅，自己仍然坐在屋里，并没出门。再一看，白纸却在桌上。忙打开来瞧时，里面写着一百二十九人的姓名、事迹，其中有于少保和吴璲的名字。乐余生大喜，想着：有了填装心胸的材料了。即将白纸卷中所有的一百二十九人的姓名和事迹，一一牢牢地记了下来，心胸中顿时安适了许多。

乐余生倦游归来，仍旧闭门伏处，没事可做，更没事可看。只将关外、无锡所得的事回想作乐，再不瞅那龌龊笨戏，心脑也不觉空得慌了。过了些时，乐余生想着：如今世上大约也还有和我一般不睡觉的人，我有这许多醒来时的消遣材料，不见得旁人都有这样的好东西。醒人有时可有，这材料却旷古没二。我何不录出来，献给醒人公有呢？何况我受少保之托，可见少保原是要我转献给一切醒人的。便立志将野老传言、吴璩给卷一齐整理起来，写了八大本。

写是写下了，醒人读了固然足慰心胸的空洞，梦人读了，也可以醒。却是要和乐余生前时一般，掉落在染坑里时，便无暇去读，就读了也不知道所以。

写完时，乐余生自己读了一遍，觉着心胸安逸，一无所须，飘然而去，从此世间不见这个人了。

这只是个缘起首章——楔子。以下还有许多文字，是乐余生传下、编者整理转述出来的。下文如何，还请读者放眼观去。正是：

满纸荒唐言，一掬伤心泪。
留与后来人，于兹锡尔类！

第一章

琼水银山人羁河畔
侠踪剑影客话关头

话说广西桂林府，城外十里有个斓霞墟，约有三五十户烟灶、二三百口人丁。墟南百步远近，有一所瓦房，是本地有名的乡绅武家。桂林人没有不知道这斓霞武家的。他家百余年来，没个白丁。元朝成吉思汗进关时，武家的祖先名叫武成，曾任延安府知府，后来借署太原府知府，恰逢胡骑入晋，殉难亡身；全家死于王事，只剩得一个儿子武月祥，因赶考还乡，得免于难。那武月祥在元朝时，隐居不仕。直待明太祖朱元璋登极，他才起乡兵为父报仇，得授广东边地总镇，年至九十余岁才寿终。只因他一生清正，毫无余蓄，以致身后萧条，几至无以为殓。因此，他的夫人庞氏，念着丈夫的为人，竭力训子，保守家风，落得个书香不断，诗礼传家。

只因武家以廉字传家，以义字立身，所以虽是世禄之家，却只剩得瓦屋三楹、荒山一片，既无田产，又乏余资，子孙都守着祖训，安分读书度日。传到武朝模手里，久耽书史，未免不知稼穑，家中人口纷繁，便渐渐有些支持不住。后来武朝模一举成名，得中榜眼，却又因供职郎署时，揭参权贵，罢职还乡，闭门课子，倒也逍遥自得。只是武朝模是个天生情种，因此家庭之中有些小纠葛。武朝模便四出遨游，消受那天下山川胜景。却因为曾做过大官，游行有些不便，便埋名隐姓，葛巾野服，避去那地方官迎送的麻烦。

武朝模萍踪浪迹，除却长在武昌打住些时以外，便是携一小童，名唤章儿，行无定址地任意徜徉。有一年，走到黄河南岸，恰值隆冬天气，大雪飘飘，河里冻得如水晶一般，不能够渡河北上。好在他本来没甚紧要事情，便在客店中打住下来。一连几天，那天气总是彤云密布，鹅毛大雪，越下越大。看看檐前阶下，雪越积越厚，平添了二三尺高地面。武朝模处此寒天，既不

7

能出外游逛，只好窝在屋里，高卧读书。

一日黄昏时，武朝模正读《唐书》读得高兴，忽听得外面人声嘈杂，越闹越厉害。侧耳听去，一个北地口音的男子，高声喝道："你不长眼睛吗？难道我是不给钱的吗？"又听得店里掌柜的说道："这几天雪大，客人全不能动身，客房早挤满了，委实没空。那一间，人家早就定下了，我接了人家定钱，怎能再给您咧？您也是在外头吃饭的朋友，怎这般不讲道理？"那北地人不待他说完，便嚷道："只有你们开店的欺诳诈骗，才是不讲道理！我给钱住店，怎么不讲道理？您说的话，只好骗骗三岁小孩子！天下哪有人还没到争先就把店房定下的？就算你是过路的官府，怎又只定这么小小的一间单身店房咧？"接着便听得店里伙计们七张八嘴，闹得也听不清说些什么。

武朝模便抬身起床，顺手披了件狐皮披风在身上，又戴了暖帽，才开门出房，到店堂里来。只见当地里立着一条大汉，仔细看去，约莫二三十岁纪。头上扎着个包巾，已被雪遮满了，瞧不出是什么颜色。身上穿着紫绛色密纽箭衣，左肩上露着个剑把儿。下身穿着甩裆青裤，扎着裹腿，足穿抓地虎靴子，已被雪浸透了，靴筒和靴沿现着两般颜色。他身边桌上乱堆着一个二尺大小的包裹。再看他面目时，长长的两道眉儿，衬着一双星一般精光射人的眼睛；大直鼻子，四字大口，却没留须；两耳被包巾裹了，瞧不见。虽是大雪中走来，却满面红光，额头冒汗。看过去，是个老走江湖的武士势派，却又没些下流鲁莽模样。

武朝模便迈步上前，一面阻住掌柜的和伙计们不要乱嚷，一面向那人抱拳施礼，问道："尊驾因甚事和掌柜的斗口？有话不妨好商量，咱们坐下来谈谈可好？"那人忙拱手还礼。武朝模便让他和掌柜的都坐下。听那人说道："我因为天气不好，不能渡河，来这儿投宿。掌柜的先说：'咱们这儿不住单身客人！'后又说：'没店房了。'你老想：天下出门人，谁带着家小走？怎叫个'不住单身客人'呢？这不是当面欺人吗？后来我见东廊空洞洞的，空着一间客房，便问他：'那不是空房吗？'他又说：'是过路官府定了去了。'我也打这黄河边上来往过几趟，从没听见说过有什么官府不定上房，却定下这么一间小小单身客房的。他开的是店，单不叫我住，这不是瞧不起人吗？凭你老说，似这般欺负人，泥人儿也受不了，何况咱们常走江湖的，怎能白让客店掌柜的轰出去呢？因此和他吵了两句，想不到倒惊动你老了！"武朝模听了，明知是掌柜的见他没带行李，怕他拖欠店钱，瞧他又是武士打扮，近来常有这班仗武艺白住店,临完,给他一打了事的,故而掌柜的托词不接待他。便向掌柜的说道:"你就将这间单身客房拾掇了,给这位客人住吧。这么的天气,那定店房的主顾也不见得就来,即使来了,却又再商量,总可设法的。似这般可好?"掌柜的听了,沉吟了一会儿,转向武朝模道:"武爷,你老认识这位客官吗?"武朝模正待答言,那人早又睁眼立起,想又发话。武朝模忙拦住他,向掌柜的说道:"您只叫伙计去拾掇房子便了,旁的事,全有我。"掌柜的听了这话才不言语,起身叫伙计去拾掇那单身客房。

武朝模便向那人道:"屋子还待拾掇,此地风大,尊驾不如先到我屋子里去坐一会儿吧。"那人也不客气,便随着武朝模径向上房里来。进得屋里,武朝模摘了暖帽,脱了披风,又让那人挥过巾上身上的余雪,见他头上扎的是绛色武生巾。武朝模让那人上炕相对坐下。章儿在灯炉上取下水壶,沏了一壶茶,又荡过茶盅,送到炕几上,才退了出去。武朝模先斟了一盅茶,送给那人,那人双手接过,然后自斟一盅,同喝着,便边问那人的姓名、籍贯,因甚到此。那人答道:"我姓钱,名迈,字超生,祖籍上谷,只因鞑子陷上谷,才移居涿州。先祖经商四川,因此又在四川落业。我自幼随姊丈往来塞北,因此在北地投师习武。近年因家计艰难,在镖局里当伙计,图个糊口。如今因为要到北京有点儿事体,路过此地。"说罢,又问武朝模姓名。武朝模只说了他平常瞒人的假名字伍耘藿,托言游学路过此打住,候天晴渡河。二人彼此谈着甚是投机,越说越亲近,渐渐彼此倾心吐胆,将各自的行藏吐露出来。钱迈才知道伍耘藿就是武朝模,久闻他是个不畏权贵、赤胆忠心的谏官,无意相逢,自是十分欢喜,十分钦敬。武朝模叮咛他休要声张,以免烦恼。钱迈诚恳答应,接着便要将自己的身世和这次北行的事由尽情地告诉武朝模。

武朝模忙止住他,叫章儿去向掌柜的说:"这位钱爷就在我这里晚饭,那边屋子拾掇好了,只关照你便了,不必来这里打扰。"章儿应了,出房自去寻掌柜的去了。钱迈此时原没吃饭,便也不谦让。一时小童进来回道:"已嘱咐过了。"接着,便将杯箸取出,揩洗过,摆在炕几上,又去端了六碗菜进来,一一摆好。武朝模斟过酒,二人举杯同饮。钱迈在这风雪长途之中,得遇这意想不到的良朋,异常痛快,不觉鲸饮虎餐,豪兴勃发。武朝模客邸逢友,得慰寂寥,也分外高兴。便都脱落礼文,毫不客气,只叫章儿捧壶在旁连连斟酒。

钱迈一连饮了几杯，再也按捺不下了，高举酒杯，向武朝模说道："武爷，我钱迈万想不到在这风雪长途无处投宿之时，得遇着您。这真使我快活得不知要怎样才好。我今年二十八岁了，天下十三省，差不多全走到了，世道上的酸咸苦辣也全尝到了。自从我七八岁时，父母双亡，寄居南边，一无亲故。幸得姊姊将我抚养成人，姊丈皇甫静波原是四川数一数二的武师，只因主司无眼，考试不中，叹了口气，投身镖局，南北走镖为生。见我身体强壮，性情灵敏，便将一身的本领全教给我。我十多岁便跟着姊丈走江湖。后来，四川闹饥荒，接着大瘟疫，我姊姊染疫身亡。那时我才十五岁。姊丈心里一急，将我付托给五台友鹿道人学艺，他就此云游天下，一直到今。我闯尽南北，也不曾遇着他。这便是我生平第一桩恨事！我在五台跟着师父友鹿道人练了十年武艺，才奉师命下山闯世。这几年来，也不知走过多少地方，眼里也不知瞧了多少不顺眼的事儿。今年初冬里，在荆州接着师父的信，命我在年底赶到河间府。我在南边干了些事，便渐渐地朝北赶路。

"九月里，便走到了武胜关。那夜宿在店里，陡然听得隔壁放炮道喜，喧哗吵嚷，却又夹着哭声。我一听，诧异着：怎么嚷着道喜，却又夹着号天叫地的哭声咧？心中委决不下，便起身出外观看。哪知那店里掌柜的见我起身，连忙过来拉住我道：'你老可是要去瞧隔壁人家的喜事儿吗？俺劝你老不要去，犯不着惹火上身！'我听他这话离奇得很，便向他追问根由。他说：'隔壁这一家子姓王，老两口子，养活着一个小子，有十七八岁了。一家三口，仗着耙锄耕种过活。打那老头儿王世普十多岁，直到前年，辛苦了四十年了，才积得几百两银子，置了些田房山地。不想日子一好过，老头儿没福，一场病，死了。他儿子王通，去年三月里，跟着个朱仙镇的行商上河南去了。王老头儿一躺下，他的家族就大伙儿出来调派丧葬，不由王老妈儿做主，就乱七八糟地卖了几亩地，将王世普尸棺胡乱葬在乱葬岗里，回来却向王老妈儿说："你的儿子自动身后，没个信到家，一定是没有人了。世普的香烟要紧，俺们家族不能瞧着他做饿鬼，大伙儿商量定了，给他先立嗣成服，也好接续这户人家，就是您也有个靠傍。即使通儿阔了，您多一个儿子，多一个人孝顺，也只有好处。您瞧瞧俺们代您想的可周到？"王老妈儿不肯答应，要央人写信，托便人带到朱仙镇去，叫通儿回来。不料他的近支本家王主亚听得了，出来大骂一场，立时邀集族人，很慷慨地将他儿子连儿过继给王老妈儿做儿子。那王主亚虽穷得连饭都没得吃的，却是本县一个武秀才。不要说王老妈儿不敢和他别扭，本乡收租管业的粮户也没一个不怕他的。当下众族人自然是百依百顺。王老妈儿除了发抖着急，不敢说半个不字。王主亚从此就在王老妈儿家里住下，整日地逼着王老妈儿要地契、讨银子。今日算是连儿过继请客的日子，地方上和王家的族人都怕王主亚厉害，齐来和他道喜。这哭着号着的，大概就是那王老妈儿马氏了。'我听了这话，更加气愤，却为碍着掌柜的，只好坐下静听。果然听得隔壁有人喝骂，道：'今天是喜事，不许哭！你怎这般不中抬举？'接着便听得一个老妈儿声音哽咽着，道：'俺触想着俺的老头儿命苦，和那不肖的小畜生啊！'说着，又听得抽抽噎噎的声音。便有人大喝道：'原是为你俩老骨头命苦，才给你们立嗣！你那小畜生早已短命了，你还想他则甚？你再要不识趣，可别怪俺！'接着，又是一阵旁人喧劝的声音，随后便听得宰猪杀羊，唱礼上祭。"

这时，夜黑如漆，武、钱二人俱已连喝了七八杯，都微有酒意了。武朝模叫章儿掌灯，且将烫热的酒添上。炉里也生了火，暖如春日。二人意气相投，浑忘寒夜。武朝模一面给钱迈斟酒，一面说道："世间最恶毒的莫过于家族！要是族里有一家有钱无嗣的人家，便你也想承继，我也想将儿子送去。为着些臭铜，不惜以他人为父母，或是将儿女做兑换银钱财产的东西！究其实，只是瞧着田地钱财眼红罢了，何尝是顾念伦常，悯人孤独？你只瞧这班人满嘴里大仁大义，说些什么'兄无嗣弟不得以有其子'咧，又是什么'于礼应继'咧，倘使他亲近支派中有个花子死后无嗣，却又不提这话了。即使有旁人说他的儿子理宜承继那死去花子的香烟，他也要极力推却，断乎不肯叫他儿子去给花子做儿子的。所谓'家族'，大都如此！您所遇着的武胜关王家，不过是其中之一罢了！"钱迈听毕，接过酒，一仰脖子喝干，答道："您老这话，真痛快极了。可是那王主亚竟然是禽兽不如，那心肠坏得比旁人更加十等。"武朝模诧道："难道他夺了产之外，还有过甚之恶吗？"

钱迈圆睁双眼，右手攥着拳头，向炕几上一搧，恨道："这贼真是天下第一等的恶强盗！那天我听着他们直闹到夜深才散。我原来要赶路的，既是遇着这等不平的事，便成心再住一宿再走。挨到次日黄昏时，假作散步，出了客店，在市上闲逛。想着大路上客店掌柜的嘴是世间最靠不住的，颠倒是非是他们的惯技，休要被他欺哄了。我便假作买东西，到些店家去仔细打听一番。哪知这些店家一听得王主亚三个字，便满面惊慌，连连地摇头，回说不知。一连几家，都是如此。我便换个问法，走到一家酒店里，要了些酒菜，

11

和酒伙计有一搭没一搭地谈些乡土风俗，渐渐地说到王世普家里。酒伙计笑道：'这瘪老头子，一辈子舍不得吃，舍不得穿，到六十岁死，也没吃过一顿大肥肉，穿过一件新棉衣。积了几十年，积成一二百亩地，一天福也没享得。临完，还不得个好死。'我听了，暗自诧异，却故作无事，问他：'怎的不得个好死？'他说：'自从这镇上传说他儿子死在河南，那西头王大爷……'话没说得完，他掌柜的早提高嗓子叫他去瞧烫的酒。我见他们都怕祸不敢说，知道查问不着，便起身回店。却是我这时又知道王世普死非正命，且与王主亚有关，便打定主意要管这桩闲事。晚饭后，推说头痛，到房里去睡了。

　　"二更过后，我暗地出店，先到隔壁王家。只见马氏婆子冷清清对着一盏残灯吞声暗泣。我便打天井下去，轻轻地撬开房门，挨身进去。那马氏忽然瞧见了我，吓得目定口呆，急得要嚷嚷不出来，只索索地抖。我忙上前安慰她，告诉她：'我是来救您的，您不要害怕。'她听了才稍为安定些。却是一听我是来救她的，又触起了她的伤心，泪如雨下。我问她：'您的丈夫是不是得病死的？'她说：'是族弟王主亚请他喝酒，回来就肚泻，不到三天便死了。'我听了这话，知道白天里酒伙计对我所说的话一点儿不错，一定是因为外头谣言他儿子死在河南，王主亚蓄意谋产，便请他喝酒，暗中下毒，将他药死了。当时我又仔细问她：'王主亚夺去的田地有多少？银钱首饰没被王主亚拿去吗？'她说：'二百七十几亩田的地契，连历年积下的六锭银子和俺的首饰东西，全被王主亚搬去了。'她说：'这些应该是儿子继承的。可怜俺饭也没的吃了，只好跟着俺老头儿去了！'说着，又淌下泪来。我便先给了她两锭大银，又劝她一番，说：'我去劝王主亚将东西还您，您千万不要寻短见！您的儿子没死，我知道。他不久就要回来的。'她听了这话，且不接银子，一把拉住我，问道：'真的吗？天可怜！通儿还在。俺也有出头之望了！'我便故意说得千真万确骗她欢喜了，才离了她家，径去寻王主亚。

　　"这时已是三更天气，万籁无声。我放步照着日间听得的途径，直奔王主亚家中来。他家是个三间两进的瓦房，我打左边蹿进去。先到后进，灯火全无。我沉吟着，不知王主亚这厮住在哪间房里，却又没个打听处。想了些时，且向左首正房里去探一探再说。想着，便跳下天井，拨开左首正房的纸窗，轻轻地跃将进去。取火纸照看：正中有一张月宫形出一步的木床，垂着变成了灰色的帐幔，床前却无鞋子。房中只摆些旧木器，知道没甚机陷，便轻轻地走到床前，掀起帐子看时，床上睡着一男一女，并头相抱，睡得正熟。我便将那男的一把提出床外，也没待他叫唤，便拔刀吓住他。那女的也惊醒了，见我手中有刀，不敢声张。他两个当我是强盗劫财的，我也无暇说明来意，只问他：'那女的是什么人？'他不答。被我横砍了一刀背，他才说：'是儿媳妇。'问他：'儿子上哪里去了？'他说：'今天在族人家里喝醉了酒，睡在他房里。'我见这般禽兽般的人，愤火中烧，也无暇再问他旁的话，便一刀劈了他。那女的骇昏了过去，也拖她下床来，宰了。再出房，前后一搜，只有他的儿子连儿睡在前面，还有两个长工住在侧屋里。我想他父子同恶共济，这种恶根也不必留在世上，便也杀了。回头将屋里一搜查，除却几十贯铜钱，拿不动，没要。所有他在王老妈儿那里勒劫来的金银首饰，一股脑儿打作一个包裹，还没动过，我便顺手取来，扎在背上。回头将前后门锁上，一把火，前后齐着，我才跳出来，回到王老妈儿家里来。待我再蹑进去时，哪知景象全非，使我大吃一惊。"

武朝模听到这里，也吃一惊，便道："王主亚既已伏诛，难道还有甚人和这乡村老妇作对吗？"钱迈道："倒不是有人和她作对。我进去时，那屋子里箱笼全开，桌椅零乱，连那王老妈儿也不见了。"武朝模惊道："这又是何缘故呢？真奇极了。"钱迈道："这原是我荒唐！当时我取灯四下瞧看，只见窗前桌上搁着一张字条儿，忙就灯下细看时，却是我师父友鹿道人留给我的。上面都是教训我的话，说是：'你闹个这般大未完，倘使杀了王主亚，马氏固然脱不了干系，若是不杀王主亚，你又不能常在这里护持她，王主亚受了你的气，还不是出在马氏身上？做事怎么这般顾前不顾后！'末了，又说：'马氏我已带走了，你赶快到河间去，在此不便相见。'仔细一想，这事是做得太鲁莽了。这时，天已大亮，不便回店，只好带着随身包裹，向北赶来。到河南境内才买了些里衣袴。怕旁人猜疑，半路上不便置备行李，就此向北趱程。到此，听说冻了河，正在为难，想到落店打听可能踏冰渡过去。不想却遇着你老，这也是我三生有幸。"

武朝模道："这河冻得坚实时，连底也冻了。有些买卖人，生意要紧，踏冰而渡的也有。但是终究是涉险，所以南北行客都是等着解冻再走。您如今既有师命，恐是等不到河冻全解。明天且打听打听，如果有走冰的，再结伴同行。因为他们久于此道，有些把握，不至于冒昧罹险。"钱迈听了，便道："既如此，就去叫掌柜的来问一问，要是明天有走冰的，便同他们一道过河；要不然，我一人也走了。委实是岁终快到了，日期已近，不敢耽搁了。"说着，便要叫掌柜的。武朝模拦道："你不要性急。你此时问他，保管他说没有。他们多留你住一天，有一天的钱，怎肯放走主顾咧？况且有没有走冰的，也得待明天早上才能知道。要是今夜天冷风大，明天阴霾无日，便有人走冰。要是今天夜里不大冷，明天早上杲杲出日，断乎是没人走的。便是您也犯不着轻身试险，倘若有些差池，既非令师所望于您的，并且也无济于事，反落得后悔不及。"钱迈听了，点头道："你老金石之言，令我茅塞顿开。"说着，满饮一杯。武朝模也陪了一杯。

二人知己相逢，十分畅快，真是酒到杯干，开怀痛饮。不觉更鼓频敲，已是二更将尽。外面店堂中，已经收拾碗桌，下了门灯。伙计们向各客房添了茶水、灯油，道过安置，一路来到上房，便顺便请钱迈回房安歇。武朝模便道："你们去睡觉吧，钱爷回屋子里去时，我这里有人伺候，你们甭等了。"伙计们诺诺连声地应着，退出自去安歇。

钱迈起身告辞，要回房去安宿，武朝模忙拉住道："那边屋里没火炕，冷得很。不嫌弃，就在这炕上窝一夜吧。我们难得相逢，做个抵足之交，何如？"钱迈谢道："只是惊扰你老，于心不安。"武朝模哈哈大笑，道："咱们同是天涯，何必客气。天时尚早，不妨再喝一杯。只是您雪地冰天里长途跋涉，不劳倦吗？"钱迈答道："我久走江湖惯了，就走十天半月的长路，也不疲倦。你老既高兴，我正想多聆些教益啦！"

武朝模便叫醒章儿，洗盏更酌。二人方要再续畅谈，忽听得咔嚓一声，二人一齐停杯注听。

要知是何声响，且待下章叙明。

第二章

遇豺狼苦孝子绝粮
拯孤穷旅中人致赆

话说武朝模、钱迈二人方要举杯，忽听得窗外咔嚓一声响亮，武朝模一惊，停杯静听。接着又听得一声惨呼，悲锐刺耳。钱迈便要起身下炕，武朝模忙摇手止住他，悄声说道："咱们再听一会儿。"钱迈依言，和武朝模两个凝神侧耳，细听多时，只听得窗外北风怒号，呼呼作响，再也听不出旁的声音来。钱迈便反手拔下背负的长剑，伸腿下炕，向武朝模道："待我出去瞧瞧去。"武朝模忙道："我也去。"说着，便叫章儿。钱迈摇手道："不必叫他，你老也不必去。北地不大干净。我听那先头的凄惨声音，着实蹊跷，恐是一桩尴尬事体，不如我独自出去，免得照顾不来，时候已久了，不能再耽搁，我去了。"武朝模还想拦住他，叫人掌灯同去，不料钱迈话才说完，左手拔开门闩，将房门一拉，右手舞剑，耍了个剑花，便出门外去了。武朝模一把没拉得住。

钱迈蹿出房门，纵目四望，只见天地一色，白冰映着黑影里，大雪纷飞，寂然不见一物。便仗剑护着身躯，沿着阶檐，向院子尽头拉开侧门，将剑一扬，一矬身躯，闪身而出，来到墙外。定睛四顾，只见上下都被雪遮得全白，也分不出什么来。只有墙外靠着武朝模住的上房窗子不远，有一株大松树，枝叶儿迎风窸窣，在那万白丛中，露着一条黑影，格外惹眼。钱迈便顺着眼，朝那松树上下望去，陡然瞅见树根边一大堆黑物，隔着不远，又有一小堆黑物。便忙将剑护住上身，直奔过去。来到松树根旁，握剑当胸，眼向那大堆黑物细看时，原来是个人，倒在雪地里，一动也不动。再回头看那小黑物时，却是一个二尺来长的包裹。钱迈便俯身下去，伸左手，一摸那人的面孔，又冷又滞，和雪一般。忙朝他鼻孔边摸去，还微微有些气息。钱迈便连忙起身，

15

将剑插入背上剑鞘内。复伛偻着身躯，轻轻将他抱将起来，直抱到窗下，敲着窗子叫道："武爷，这里有个冻坏了的汉子，请你老叫人弄口热水来给他喝。"武朝模忙隔着窗纸应了，急推章儿起身，倒热水送去；一面隔窗问钱迈道："还有救吗？怎不扶他到屋子里来咧？这里暖热些，不是更容易救治吗？"钱迈应道："方才咱们听得的咔嚓一声，大概就是这人冻倒在冰上的声音。谅来这冻倒的时候不长，还能救醒。屋子里太暖了，冻极了的人，不能猝然受热。且待他喘过气儿来，再扶他进来吧。"武朝模听了，便下炕披了披风，亲自出房去，叫店伙计起来，相帮施救。

钱迈抱着那人，斜靠着在窗侧墙上，伸手代他一把一把摸着胸膛。一会儿，小童章儿战战兢兢的，右手提着一把铜壶，左手拿着一个茶盅，蹑手蹑脚走来。钱迈一手撑持那人，一手接过章儿手里的茶盅，叫章儿就手中斟了一盅白开水。复叫他撂下铜壶，帮着扶住那人，腾出自己的右手来，从腰袋中掏出一块打火镰铁，撬开那人牙关，将热水缓缓灌下。又将自己身子偎住那人，代他取暖。约莫过了半盏茶时，又照样灌了他一盅热水。便听得那人肠中辘辘地连响了几声，鼻孔中气息也较以前略大些了。钱迈大喜。这时，章儿已冻得愁眉苦脸，瑟缩作一团。钱迈便双手撑扶那人，叫章儿先回屋里去。章儿巴不得这一声，连忙答应了，拾起铜壶，接过茶盅，冒着雪飞奔进去了。

章儿去了一会儿，便见武朝模裹着披风，却光着个脑袋，领着两个店伙计从外面急急奔来。望见钱迈，便问道："怎样了，可好些？"钱迈点头道："气儿喘过来了，不妨事了。"武朝模听了，心中一爽，又问道："这时能扶他到屋子里去吗？"钱迈道："且扶他到外面屋子里躺着，待他全醒过来，才好烘火啦。"武朝模便叫两个伙计上前，半抬半抱，将那人扛到前面店堂中来。武朝模和钱迈也随着来到店堂里。店伙计将那人扶到他们睡的行铺上躺下。钱迈一面叫伙计冲碗姜汤来，一面代那人摩擦顺气。过会儿，伙计冲了一碗热腾腾的姜汤送来。钱迈接过，仍旧撬开那人牙关，将姜汤缓缓灌下，仍不住地代他摩擦，目不转睛地瞅着他，待他的动静。武朝模也立在一旁定睛望着。约莫过了半个更次，忽听得那人微微哼了一声："妈呀！"身子也略略动了一动，便大喘起来。钱武二人不禁齐声说道："好了，果真不妨事了。"又过了一杯茶时，那人微睁双眼，将那呆滞的眼睛四下一转，叹了一口气，便挣扎着想要坐起来。钱迈忙伸手托着他的背心，将他缓缓扶着坐起，代他摸着胸膛，气喘才渐渐地匀了。

这时，掌柜的已披衣起床，出房探望，先时听伙计说："姓钱的客人救了一个快要死的汉子到店堂里来。"心中大愤，想要出来发两句话，及至出房，看见武朝模立在旁边，便不敢声响，只呆呆地望着。武朝模转眼瞧见了掌柜的，便连忙叫道："掌柜的，您这邻近可有大夫？您代我叫人去请来好吗？"掌柜的听了，暗想，这病人定是伍爷的亲故，便连忙答道："有有有！这左隔壁李少庚李大夫，脉理好极了，镇台衙门马房里秦总爷时常请他瞧病的，俺便叫人请去。王伙计！你马上去请李大夫，要他就来，你说咱们店里伍老爷的亲友，请他瞧病啦！快去，快去！"王伙计噢应一声，忙开门去了。

武朝模见那人已喘过气来，便向钱迈道："已醒过来了，可能搀他到屋子里去躺着？"钱迈点头道："不妨事了，待我搀他进去吧。"武朝模便叫伙计帮着搀那人到上房里去，掌柜的听了，连忙招呼伙计过来，也没待钱迈去扶那人，他和伙计俩便分向那行铺两头，掌柜的托着那人的肩头，伙计托着那人两腿弯，轻轻地将他托将起来，慢慢地向上房挪去。武朝模和钱迈跟在后面，将到房门，便叫章儿开门、打帘子。掌柜的和伙计二人将要把那人向横炕上躺下，武朝模忙唤住道："送到正炕上去，这横炕没生火，怪冷的。"说着，便和钱迈两个上前帮着扶住那人，缓缓地放他躺在炕上，才各自落座。掌柜的、伙计自去了。

一时，那人大哼了一声，张开双眼，望着武朝模、钱迈二人，倚枕点头，似乎是说不能起床叩谢的意思，接着便洒下两行痛泪来。钱迈忙起身步到炕前，顺着炕沿坐下，向那人道："你不要伤心，且将养身体要紧。这会儿觉着怎样了？可想吃点儿什么？"那人含着两泡眼泪，点点头，有气没力地缓缓抬手拍拍自己肚皮，仍是不能言语。武朝模见了，知道他是饿了，便叫章儿将熬好了的粥端来。钱迈将他扶起，靠住他坐着。武朝模便亲自端着粥碗，取过羹匙，试过冷热，缓缓地喂给那人吃。

才喂了三四羹匙，掌柜的已领着那李大夫进来。武朝模便起身招呼，通过姓名。武朝模仍只说了假名伍耘藿，便请大夫给那人诊过脉。章儿取出文房四宝，摆在桌上。李大夫道："令亲是忧郁伤肝，兼且感受风寒。病势虽猛，却不妨事的。"武朝模只答了一句："舍亲的毛病全仗高明。"也无暇和他辩说是不是亲戚。李大夫一面谦答道，一面到桌前坐下，抽笔濡毫，方要开方子，忽问武朝模道："令亲贵姓？"武朝模这可僵了，一时间回答不出，只

17

急得齐耳发红，满头流汗。欲待叙明原委，显见得说话前后两般，大非君子之道；欲待不说出原委，却又不知那人姓甚名谁。正在为难，忽听得那人喘着说道："我姓吴，名叫春林。"武朝模听了这一句，如释重负，遍体轻松。钱迈见吴春林能说话了，也自欢喜。一会儿，李大夫开好药方，武朝模致送了一两银子脉敬，李大夫大喜，连连称谢，告辞而去。武朝模送到房门口，回来又取了三钱银子，叫章儿连方子拿去，唤伙计去撮药，回来照方煎熬。

　　钱迈便问吴春林："因何到此？为甚倒在雪地里？"吴春林没开口，先两泪交流，强抑住悲怀，诉说道："我是湖广长沙人，世代半耕半读。到我父亲持家时，因为秉性慈祥，受乡邻欺侮，家计日落，难以糊口。十年以前，我才十二岁，我父亲被伯父逼迫，出门坐馆。东家也是湖广人，名叫弓嘉宜，在北直隶做知县。我父亲随任教他三位少爷。去后二三年，常有银信寄到家中。我伯父一见寄回银子，便说：'这是我给他荐的馆，到底赚了银子回来了。你们要知道来处不易，不要瞎用掉了，待我给你们留着吧。'如此几次，我父亲寄来的银子，全被伯父拿去了。祖遗的四十亩田，也被伯父假说替我家放佃，夺了去，一颗租子也没有。我母子的衣食他却不管。向他讨租子，或是问起他那拿去的银子，他便说我们要浪费，轻则骂一顿，有时还要打我几下，说是教训。近来几年，全是我代人家做长工，赚些钱米养娘。父亲也有六七年连信也没寄回了。在五年头里，我见父亲没信回来，便发誓积钱。人家做一工，我便做工半，将多做工赚下的钱存积起来。到今年夏天，才积得八九十贯钱。又听得人家传说我父亲流落在北平、河间一带，卖字度日，我便决意去迎父还家。又怕母亲着急，只得瞒着母亲，说父亲在北直隶，想回来，因年老了，路上单身不便行走，我去接父亲回来。母亲没出过门，不知就里，果然信了，便要我到北方去，接父亲回家。我和伯母商量，讨钱安家，又被她臭骂了一顿。没法，只好将积下的钱，分一半给母亲，自己带一半，乘船到夏口，循旱路北来。在洞庭湖阻风，耽搁了一个半月，因此，这时才到得此地。

　　"我自从在夏口动身，便沿途打听，逢着由北南下的人便探问我父亲的消息。叵耐没一个知道的。我想：我父亲一定是流落了，所以没人知道。由此想到，寻着了父亲，还得回来。倘使父亲果真流落了，那时，又哪有南下的盘川咧？便决意将带着的钱，一文不动，准备寻着父亲时，献给父亲，早作归里之计。我沿途只讨饭赶路。半个月前，在信阳州城外客店里，遇着一个客人，名叫唐世熙，是湖广衡山人。大家说起来是乡亲，他便十分亲热，及至听说我是北上的，他便说他也是北上的，相约同行。我因为讨乞行路，同行不便，当时便辞他，他苦苦地问我：'何以不肯同行？'我被逼没法，才将上面说的这段话向他说了。唐世熙听了，深为扼腕！顿时露着一面孔义愤，拍胸顿足地说：'你跟我走便了，路上一切是我的。'我当时不愿累及他人，婉言谢却。哪知唐世熙无论如何不肯让我独行，一篇篇的大义相责，且要着恼了。我没法，只好暂时答应二人结伴同行。一路上饮食花费全是他费钞，我倒十分过意不去。他却说是为天地成全孝子，读书人分所当然。我听了，越加不过意，总想觑个便，谢过他，我仍讨我的饭去。只是他十分殷勤，一步也照顾着我。如此地走了两三日。有一天黄昏时，二人走到个乡村小集，便落店投宿。唐世熙对掌柜的说：'咱们是弟兄俩，上北平去的。'我听了诧异，暗想他为甚要说谎说咧？方到店房里，他便对我说：'近来南北大道上，不大平静，兵营里逢过客都要查问，我为免得麻烦，便高攀你，报说是弟兄，省得掌柜的絮絮叨叨地盘问。'我听他如此一说，心下也就释然。当夜，唐世熙买了许多卤肉、熏鸡，说是赶路辛苦了，得弄点儿吃喝。我生平不喝酒，他便劝我吃鸡吃肉。我拗不过他那殷勤盛意，只得约略吃了些。饭后，我觉着异常疲倦，以为是这几天没讨乞，一意赶路辛苦了，便向唐世熙告过罪，先进房去睡了。次日，起身时，忽然不见那唐世熙。问掌柜的时，答说：'您哥哥去瞧个朋友，早走一步，约您在前面十里魏家营子相会。'我细细一查，衣服行李和家里带出来的四十三贯钱用剩下的三十六贯，以及路上讨乞积存的三贯钱，都原封未动，便也不再多问，给了店钱，起程趱路。一路上，心中暗想，这唐世熙来去奇特，为什么不别而行咧？又想，莫非他有什么急事？看他那十分诚恳的模样，又没动我一文钱，绝不是骗我的。只是这几天都是他费钞，为什么今天临走不给店钱咧？哦，一定是他身边的钱用完了，不便说，所以弃我而去。看他本来没带多钱，昨天夜里，他尽望着我，大约是想说说不出。要真是如此，岂不是我害了他？他一片好心对我，我怎能使他为我费了钱，反自己去受苦？想着便想加紧赶到魏家营子，追上他，仍旧和他同行。不怕我乞讨来供他，也心甘情愿。便急忙飞奔到魏家营子，挨店问询，终没唐世熙这样个人。我又想：或是他有朋友在这左近，所以他才大胆答应供应我，现在没了钱，便赶到朋友那里借钱去了，所以叮嘱昨夜投宿店里的掌柜叫我来魏家营子等他，便在魏家营子大道口凉亭下栏杆上坐着老等。一直待到午牌时分，路上南来北往的行人也不知过了多少，只没唐世熙的影儿。我心中还只代他着急：不知他可曾寻着朋友吗？那朋友不知在家吗？不知准能借着钱吗？七上八下地乱想着。一会儿又思忖：这时候还没来，一定是会着朋友，朋友留他吃饭谈心去了。心中一宽，以为他会着朋友了，我何不就此赶路？我原来想离开他，不要尽着叨扰他的，只要他能会着朋友，不致受苦，我正好仍然照旧。想到这里，正要起身，忽又转念：不对，他原叫我在此等候，我岂可失信？倘使他竟寻不着朋友，赶到这里又见不着我，岂不更尴尬？便决计待他一日。冬天日短，我虽等得心焦，看看已到黄昏时候。这时我身上被晚风吹得冷彻心脾，便想到不如且落店再说。就是唐世熙赶来，也可到店里寻问着我的。想罢，便在道口上一家店里投宿。

"这一天，只是呆待唐世熙，只奔了十里路，也不曾乞讨得。便想将从前乞讨积下来的两贯钱，且折用几百文应急，便解包裹取钱。哪知不取钱时，万事皆休，打开钱包时，只吓得我目定口呆。我原来是将钱串穿了一串串的钱，再用破布包好的。还有三十贯钱，因为要起早走长路，早在夏口兑成官银锭了。这时，我打开看时，却是一片片的锅铁片。再打开银包看时，却是几个烂钢锭。这时我真是心如刀绞，忍不住放声大哭。掌柜的听得，忙过来询问，我便详细告诉他。掌柜的却十分怜惜我，亘耐那些伙计和旁的客人都说我是故意装作这样来骗人的。我也不暇细辩，只想死了拉倒。后来还是掌柜的说：'俺见他今天在这大道口满面忧愁，待了一天了，断不是假的。异乡人可怜！只怪俺们这条路上太难走了。'他当时劝慰我许久，不要我的店饭钱，还帮了我五钱银子、一贯钱。我一想父北母南，此身怎么死得？只好依旧乞讨到北平再说。一路上含悲忍痛，饥一番，饱一番，赶到此地，已是一天一夜没沾水米了。白天里，到这店里讨一杯热水也没讨得着，反被伙计们吆喝了一顿。我实在走不动了，便靠在墙外坐一会儿。不料风雪太大，蹲下就站不起来了，幸得两位恩公救我性命。"说到这里，又哽哽咽咽痛哭起来。

武朝模、钱迈二人听了吴春林诉说这番苦境，不觉恻然动念，极力安慰他一番，劝他勉止悲怀，又叫章儿将煎好的药倒在碗中。钱迈亲自服侍吴春林喝下。章儿递过漱口水，给吴春林漱过口。这时，吴春林身心安泰，神思清醒了许多，谢过钱迈，自己坐起，叩问武、钱二人的来踪去迹。武朝模将真实身世告诉了他，钱迈也将北上会师的话约略说了。吴春林欠身拱手道："原来是一位老爷、一位达官。恕我乡愚无知，不识泰山。唉，我今番得有生

20

路了。"武、钱道："您不要拘礼，大家同是天涯，何必客气?"这时，吴春林唯有满心感激。

武朝模又向吴春林道："好叫您得知：您说的那位弓嘉宜，我知道的。他原和我是最要好的朋友，又是会试同年，他如今在保定候补。只不知令尊台讳怎么称呼?"吴春林大喜，精神陡涨，喜得身体向前一扑，瞅着武朝模问道："真的吗? 我父亲姓吴，字育贤，单名一个璬字。"武朝模拈须点头道："前年我会着这位弓同年时，他幕中似有此人。"说到此处，忽然沉吟不语。吴春林也凝神待看，连钱迈也默默无言，瞅着武朝模。约莫一盏茶时，武朝模将右手向桌上一拍，大声道："我得之矣，我得之矣!"惊得那章儿向后一仰。武朝模见了，一回想，不觉好笑，便向吴春林道："令尊可是一位五短身材，扁圆面孔，左脚有点儿不方便的老者吗?"吴春林忽地翻身坐起，精神大振，连连说道："是的，是的，一点儿不错! 你老在哪儿见过?"武朝模道："前年我到保定府，会着敝同年，他见我远道而来，坚留我住下。他是个有公事在身的人，不能常在家里陪我，便托这位吴老夫子代东。我每日和这位吴老夫子闲逛，闲谈，十分投机，后来我到京里去了一趟，还带了两顶头巾、十匣仿内用诗笺送他，报他给我书扇之劳。还记得他送我那扇子，是录旧作，七律十首，簪花小楷，真可称写作俱佳。只可惜半生潦倒，令人扼腕。曾记那题扇诗中，有一联：呼庚呼癸随遭际，为马为牛任品题。又有两句，拼将热血酬知己，无那相逢尽俗人。即此已可知吴老先生的满腔忧愤了。怪不得春林世兄来自田间，却如此温文尔雅，原来是家学渊源。"说罢，哈哈大笑。吴春林更是欣喜得忘记一切了。钱迈便借此安慰吴春林道："既是武爷曾经会见过令尊，且是没两年的事，你这趟辛苦，一定不会白遭的。赶到保定府，准能会见令尊大人的。"吴春林听了心中越加痛快，顿时苦痛全没了。武朝模叫章儿沏壶热茶来，将干点心、瓜子儿取出来，一面吃喝，一面闲磕牙儿。三人意气相符，越说越投机，浑忘寒宵已深，彻夜未眠，也不觉疲倦，尽只高谈阔论，兴高采烈。这时，天已微明。章儿伺候三人梳洗过，送上三碗隔夜灯炉上炖好的莲子羹。三人吃毕，仍旧围坐炕上，商量行止。

吴春林原无大病，只不过为遇骗被欺心中忧恼，加以饥饿受寒，便冻倒了。此时绝处逢生，又服了药，心里一畅快，那病早好了九分，便下炕向武朝模、钱迈道谢搭救之恩，并说："要趁早踏冰渡河。"武朝模忙拦道："不单是您此刻身上有病不能走，就是钱兄这时也不能走。这黄河不是三五十步就过去了的，倘使行至中途，天气不对，遇着冰陷，怎么是好？且待我叫人去打听过，再走不迟。您两位一位是父子天性所关，一位是师徒信约所系，我也不便强留。只是行险侥幸，也非君子之所处世，更非父师之所望于子弟者，却是不可不慎。"便叫章儿快去骡马车店里打听，今天可有走冰的，又叫章儿近前，附耳说了几句，章儿点头领命去了。钱、吴二人都不知他吩咐什么。

武朝模起身到里间去，拿钥匙开了箱子，取出两封银子，又清出几件皮、棉衣服，捧了出来，方要和吴春林说话，只见他正和钱迈两个四手相撑，便忙将手中东西撂在横炕上，上前拦开钱、吴二人，问道："你俩什么事？这是干什么？"钱迈急得眉头一皱，攒着个拳头向炕几上一搐，叹了口气，一声不响。武朝模更加莫名其妙，只得回头问吴春林道："到底是怎么一回事？可真把我弄糊涂了。"吴春林也摇头叹道："武爷，我的遭际是我命苦，怎能连累别人咧？钱爷也在客途，身边就算富余，也要留着防个一时要用，怎能无端破费？你老方才到里间里去时，钱爷便急急忙忙在包里取出三百两银子塞给我，叫我买衣服、做盘缠。我想钱爷也不是身在家乡的富豪，接济我一分，身边便少却一分。出门人，说不定，倘使一时有事要使银子时，却反没了，岂不是我带累了钱爷？我本来设誓行乞寻父，承钱爷和你老救我活命，已是感之不尽，怎肯无端再受钱爷如此重惠？因此我抵死不收，钱爷却非叫我收不可。方才就是这么一桩事，还望你老谅我苦心，帮着向钱爷说清，并不是我执拗。"武朝模不待他说完，便摇手止住他道："吴世兄，这可是您不对。您没仔细想，您这一趟，千里迢迢，出生入死，不是为要寻令尊还乡吗？您抵死不要人助您银钱，就依您的讨乞趱路，该耽搁多少时日？您这事岂是耽搁得来的？前时，您虽乞讨而行，却是身边还带着钱，有备无患。自遇唐世熙那禽兽，已空无所有，所以有昨夜之惨事。此去保定还有不少的路程，倘或再有不测，却怎么处？您此身任重，非守小廉小节之时，还望三思才是。至于钱兄，我尽知道他现在还有余力可以济您，您更不必替他顾虑。倒是钱兄方才说要您去买衣服，这倒可以省得。我已理出几套冬衣在此，尽可御寒了。"说着，便回身向横炕上，将衣服、银子取来，复向吴春林道："咱们三人，虽是都只半日交情，却心心相印，堪称知己。您现在患难之中，不是讲客气的时候。这里有皮袄一件、棉裤一条、青衫一领、里衣两套、袜子三双、鞋子两双、头巾一顶，外有银子二百两。您身上的衣服已湿透了，可就此换上。银子留作您迎令尊还乡之用。您须知我们送您的钱，不过是代老天周全一桩美事，在我们，这钱可算用得再恰当没有了。天叫您遇着我俩，便是老天怜念您一点儿孝心，特地成全您的，在您便可谓受之无愧。何况朋友有通财之义，这原算不了一回事，您再不收时，便是不将我俩当朋友了。"话未完，钱迈早拊掌叫好。吴春林到此时，除却感激武、钱二人的高谊以外，真无话可说，只得拜谢二人，如数收下。起身到里间，换了身上的湿衣，仍出到外间来。

章儿回来说道："昨夜北风紧，今日何家车店、田家车店都有一班客人走冰，咱们这栈房里住了几天的客人，已约定今天同走，早已起来拾掇货物行李了。"钱迈、吴春林听了，一齐大喜，忙各自拾掇包裹。武朝模向钱迈道："您两位都有要务，我也不敢强留。春林世兄有钱兄同行，更加万无一失。只是保定、河间是邻封府城，钱兄能护送他到地头，便更好了。春林世兄须知事有经、权，倘使令尊这时正无馆地，不知急到怎样了，你千万休执意行乞，耽搁时日，路上有钱兄同行，再也无凶险了。见着令尊时，还望致意。"吴春林一一答应，钱迈也应允了。

武朝模便叫章儿取两副被褥送给二人。钱迈想着昨夜投店的情形，此去河北，离京越近，想必官司越严，便直率收下，将来包裹了。吴春林也拜收了，连湿衣、银子都包在包裹里，和钱迈二人告辞起身。武朝模裹了披风，戴了风帽，随着送出店堂来。钱迈到柜上给店钱，掌柜的起身笑答道："武爷的贵管家已给过了。"钱、吴二人恍然大悟，先时附耳吩咐章儿的就是这事，便谢过武朝模。钱迈、吴春林二人直上大路，武朝模送至街心，向二人拱手告别，一声"珍重"，二人各负包裹，拔步而去，武朝模自回店房。

吴春林前途平安否，读下章便知。

第三章

光天化日弹走丸飞
冷月昏灯刀横剑舞

话说钱迈领着吴春林一口气奔到黄河岸边，果然有许多人肩挑背负，向那一白无垠银镜般的黄河中走去。二人便也踏着坚冰，向前疾走。迎着风，趱赶了几里路，已渡到河北。幸喜太阳方才露光，冰坚如石，毫无水浸。到了彼岸，抹了抹头上的汗。钱迈是熟路，便直奔兴隆老店。吴春林随着到了门前，店伙计早招呼道："钱达官，辛苦呀！这大天气，你老怎这忙啦？你老难得来的，到咱们店里歇两天，喝几场，挡挡寒气吧。你老还有伴儿同来啦，怨不得这般高兴，踏着冰就过来啦。"说着，便忙接过二人的包裹，一路嚷着："钱达官领着朋友过河来了！快倒热水擦脸，沏壶热茶来冲冲寒气！灶上快烫酒，拾掇饭！"吴春林暗想，这河北和河南大两样，觉着与自己沿途的情形竟大不相同。

二人来到店内，擦过脸，钱迈关照伙计，要了五斤白酒、一大盘羊膏、三斤羊肉、一只猪蹄、一笼馒头。伙计噪声应了，下去一一掇来，安放了杯箸，二人便吃喝着。遥见那些踏雪的商贩，瞎哟瞎哼地上了岸，纷纷投店。内中只有一个胖子没带货物，只背着个大包裹，满面流汗，哼声不绝，一步步挨到兴隆店来。钱迈闪眼瞅去，只见他跟着伙计进来，拣个座头，朝外坐下，也不卸下包裹。伙计问他饭菜，却只要了一碟酱豆儿、一碟盐蒜泥、一斤半大饼。伙计见没甚想头，随便答应一声，走了开去。钱迈借着酒凉了，叫住问道："今儿可有箭子放过去？"伙计笑答道："老早就过去了。"钱迈道："可知道是哪座庙里的？"伙计笑着摇头道："没射清楚，大概是新走这条道儿的。"钱迈点头不语。伙计送上热酒，自去。

那胖子先吃完，给了二十文大钱，便出店门赶路。看他虽是痴肥，脚下却着实健快，一霎时，便出了长街，朝北去了。钱、吴二人吃喝一饱，钱迈便掏出了五钱一小块银子给酒饭钱。伙计忙道："达官，多着一大半呢！"钱迈立起身来，一摆手道："多的全给你吧。"伙计千恩万谢，连忙沏茶，又舀热水给钱迈二人擦脸。二人随便揩了揩，各负包裹，紧了紧脚下鞋子，便离店赶路。

钱迈走了约莫一百余步，便回头向吴春林道："您走冰走得惯吗？要不咱们就雇两头长行牲口可好？"吴春林道："我虽没走过冰，却也不觉辛苦。要是钱爷觉着不舒服，就雇牲口吧。"钱迈道："既如此，咱们紧走一步，前面我还有点事儿，要是明日还是这般天气，咱们就雇牲口，也好早两天到地头。"吴春林答应着，跟着钱迈，一步紧似一步，踏着积雪，迎风直奔。沿路上上下下，一白无涯，只露着一条蜿蜒黑影，便是行人踏雪而过的大道。二人在这冰天雪地中，反觉精神陡振，毫不疲乏。一口气，便走了十多里。

二人正在趱行，忽见一大群狗在雪地里奔逐。钱迈指向吴春林道："这前面必有个大村镇，你瞧这地里有这许多狗啦。"吴春林一面嘘气，一面应着道："咱们到前面镇上歇会儿，再走可好？"钱迈点头道："好！"行不到半里光景，便见同在兴隆老店里吃饭的那个胖子在前疾走。钱迈便放缓了脚步，远远地跟定了那胖子。吴春林不知就里，只随着钱迈缓缓前行。不多时，迎面有一座土岗子。远望着那胖子一口气奔过岗子去了。钱迈领着吴春林也随后赶上岗子来。

钱迈先到岗上，纵眼一望，不觉"哎呀"了一声。吴春林吃惊问道："钱爷怎么啦？"钱迈招他近前，悄言道："方才在我们前面走的那个胖子，眼见他过岗子来了，怎的影儿也不见了咧？此地是我常来常往的，在这前后十里，素来没什么大村镇。我先时瞧见许多狗，便起了疑心，您瞧，前面山坳里露着许多屋脊，胖子到这岗子上便不见了，眼见这地方近来不大干净了。"吴春林听了，心中大惊，一把拉着钱迈道："钱爷，咱们快走吧。不要出岔子，不是玩儿的。"钱迈摇头不语，只低着头，向地下细瞧着。不一时，又抬头远望了一会儿。半晌，才将头微点了几点，回头向吴春林道："咱们走吧！"吴春林自听得钱迈说这地方近来不大干净，心中七上八下，周身发抖，巴不得早离开一刻好一刻，只碍着钱迈，不便催促。及至听得钱迈说"走吧"，满心大快，两只脚擂鼓般向岭下直奔，连疲倦也忘了。钱迈忙赶上一把抓住他道："缓些儿，小心滑！"吴春林突然觉着被人抓住，大吃一惊，及见是钱迈，才

25

将心放下。便紧靠钱迈身旁，提心吊胆地走着。

二人下了岗子，没多远便是一座树林。林深处，高挑着一个饭招子。林左有参差不齐的几户人家。迎头一家，黄土墙上刷着一块白粉，横写着"安寓客商"四个大字。钱迈领着吴春林直奔这一家来。到得门前，只见跨路搭着个五六个方丈大小的茅亭，南头露着两个窗棂。靠北头便是牲口槽头和一间车房。当中是三间敞店面。二人近前，看那店堂中冷清清的。只对面茅亭下横栏上坐着两条大汉，像是过路歇脚的，却又无行李。钱迈仔细瞅去，俩大汉脚上都踏着草窝窝儿，却全是干的；身上都是紧扎布衣，也没一些儿湿浸；摆在一旁的箬笠，也没雪水痕迹。钱迈瞅罢，心中已十分明白，便大踏步直进店来。吴春林心下大安，暗道：好了，这里有店有人家，可脱了险地了，甭担心事了。便随着钱迈进店堂中，相对坐下。却又暗想：河北岸兴隆店的伙计能认识钱爷，怎么此处却没人理会呢？正想着，掌柜的已慢腾腾地抬身出柜，过来招呼道："两位老客可用饭？"钱迈闪眼向他打量一番，便道："有白酒，来一壶；牛肉，切二斤，挡挡寒气再说。"掌柜的答应着，便进里面去，烫了一壶酒，切了一大盘牛肉送来。吴春林思忖：方才吃饭没多时，怎又喝酒咧？却又不便问得，只好闷着不语，听凭钱迈怎么摆弄。

钱迈提壶先给吴春林斟了一碗，自己也斟了一碗，一面劝吴春林喝，一面叫："掌柜的，再给我来一笼馒头。"掌柜的答应着，自去。吴春林听了，一面喝酒，一面尽着纳闷：钱爷怎饿得这般快？正在沉思，忽觉脑袋发昏，心头作逆，忙说："不好，我怎么这般难过呀？"钱迈微笑不语，吴春林一阵昏沉，便顺着桌沿，就地躺下了。钱迈见了，忙将自己跟前一碗酒随手倒还壶中，也和吴春林一般躺在地下。不一时，掌柜的端着一笼馒头来到店堂。见二人都已躺下，哈哈大笑道："这几天大雪，可把俺闷坏了。今天天气刚好点儿，却来了这么两桩买卖给俺解闷儿。"说着，便走向钱迈身旁，先解他背上的剑，顺手拔出剑来看时，只见剑脊上镌着"镇华山钱迈"五个隶字，不觉心中暗惊，忖道：五台大侠闻友鹿的弟子，绰号都是镇什么山，这人难道也是他的门人吗？且不管他，掉在俺手里就是俺手里的货。想罢，将剑仍插入鞘内，顺手掖在自己腰里。却不理那包裹，只招手叫那坐在对过茅亭栏上的俩大汉过来，将钱、吴二人抬到里面去。

钱迈艺高胆大，这时，假装受迷，微微地开着一丝眼缝，张着情势，身子却挺得笔直，任凭他们摆布。那俩大汉将他二人一人抱一个，直到后面。

过了一片荒场，来到靠着树林的一间黑房中，将二人摔在地下。却不来解包裹，反将门带关，便出去了。钱迈心中暗想：我方才在土岗子上明明看见一路脚印都是向这屋后来的，怎么那胖子却不在此处咧？正在沉思，忽觉眼前一亮，屋门已开，却是没一些声响。便连忙装作无知无觉，直挺挺地躺在地下。只见那掌柜的，领着七八个挺胸亮膈的人进来。当先一个，方巾青衣，肥头壮体，留着短须，看去约莫四十岁年纪。后面几个，都是武士打扮，一色的青包巾、青箭衣、抓地虎靴子，手中各拎一条朴刀，簇拥着那个戴方巾的。只听得那掌柜的向那戴方巾的说道："这两条笨货是自己送上门的。"又指着钱迈道："这一个带着一柄剑，瞧他那势派，很像个有两手拳脚的。"戴方巾的点了点头，便俯身拎起吴春林的左手，把了把脉息，又换右手，也把过了，摇头道："这个有病，还没全好，不中用！只好随便做做配料。"说着，回身便来把钱迈的脉。钱迈十分诧异，猜不透这一班人是干什么的。

那戴方巾的才把完一只手，陡然大惊道："不对，不对！这人六脉和健，其中必定有诈！你们快来全给干了吧！"那些从人因为那戴方巾的站在钱迈身旁，不好动手。只有一个高鼻大眼的大汉，靠着吴春林头边站着，他便扬起手中朴刀，照定吴春林脑袋，欻地一刀劈下。那刀离吴春林的脑门约只四五寸远近时，那大汉忽然"哎哟"一声，仰身往后便倒。众人大惊，连忙赶来看时，那大汉满面流血，鼻子左旁嵌着一颗蚕豆大小的铁弹。那掌柜的连忙俯身去扶他，不料腰才弯下，突地嘴唇大痛，头一昏，也躺下了。众人见了，一齐怪叫，奔出屋外。戴方巾的先出屋门，待众人一齐涌出时，戴方巾的头上也中了一颗铁弹，立时倒地。众人骇得一齐抱头乱望，却只见上下一白，毫无动静。这才知道这铁弹是屋里打出来的。正乱间，立在前面的一个叫道："好了，二太爷来了！"众人一齐转头去看。

这时，钱迈已准备厮杀，只碍着吴春林，故此连发三弹，救了吴春林的性命，将众人赶出屋外，便想奔出拼斗。及至听得嚷说"二太爷来了"，忙闪眼觑去，果见迎面一个蜡黄面皮、五短身材、浓眉大眼、巨口阔鼻的汉子，敞着前胸，右手挽着一柄铁叶金背大砍刀，左手搓着俩铁球儿，忒儿噜噔地响着，大踏步走来，众人一拥上前乱嚷二太爷，七嘴八舌乱嘈嘈地将方才的事争先相告。那二太爷没听完，便笑道："又砸啦？好，俺叫你们小心，老是这么大意。哪里来的两个脑袋的小子，敢上二太爷这里耍花花儿来着！不要躲着呀，有本领，出来，俺们见见呀！"说时迟，那时快，钱迈乘他说话时，腰子一挺，使一个倒拔葱，翻起来，噌地蹿出屋门，反手将门带上，冲前两步，刷个扫堂腿，将站在当面背对屋门的一条大汉扫得扑哧向前栽倒，便忙伸右手，夺了他的朴刀，双脚一跳，跃过他身上，顺势左手一扬，哧的一声，一颗弹子直奔那二太爷咽喉。那二太爷听了众人所说，早已防备着，及见钱迈一刹那间夺刀放弹，来势疾如风雨，一时无法避让，心中一急，人急智生，便也一扬左手，将手中搓着的俩铁球儿掷出一个，迎着钱迈的手势打去。只听得喳嗒一声，金星乱冒，铁弹、铁球齐落向草中去了。那二太爷一喜，钱迈一惊，使个饿虎扑羊，抢手中朴刀，照定二太爷左腰砍来。那二太爷大吼一声，摆动大砍刀，横扫过去，将朴刀架开，顺势手腕一翻，向钱迈腰间砍去。钱迈腾身跳过，抢进一步，抡刀直刺那二太爷的咽喉。这时，那旁边立着的六个汉子，一齐举刀向钱迈后身砍来。钱迈收刀一跳，从那二太爷头顶上跃过去，脚才着地，便使个风摆柳，一扭腰肢，左手一抬，发出两颗连环弹，将那几个汉子打倒两个。再一抬手，那四个汉子一齐大惊，抱着脑袋，奔出圈子。一人拖起一个受伤的，飞奔而逃，只剩下那掌柜的仍躺在雪地里，捧着嘴直哼。

这里那二太爷已回身赶将过来，抢刀便砍。钱迈见众人已逃，便抖擞精神，挥刀迎战，只杀得叮叮当当一片声响。约莫战了四五十个回合，那二太爷越杀越勇，将刀舞得如车轮一般，呼呼风响，霍霍光飘。钱迈也一刀紧似一刀，将刀使得如千朵莲花，风雨不透。两个又斗了六七十个回合，那二太爷杀得性起，大喝一声，将大刀一撒，扫开钱迈的朴刀，就势左臂一弯，尽平生气力，照定钱迈脑门，泰山压顶般劈将下来。钱迈见他来势凶猛，知道不能招架，仗着身体灵便，将身一缩，就地使个大旋风，蹿出一丈开外。那二太爷一刀劈了个空，太使大了劲，全个刀叶直劈入雪泥里面去了。心中大急，连忙使劲握住刀柄猛拔，不提防钱迈乘此时，突地放出两颗连环弹来。那二太爷原是敞着前胸的，接连两弹，都打在前胸，血如水泻，痛得双泪交流。连忙挣扎着，拔起刀来，一手掩胸，一手拖刀，飞奔而逃。

钱迈也不追赶，取出袖中连环弹筒。原来那弹筒和袖箭差不多，只略短些，里面装的是铁弹，用法也和袖箭差不多。钱迈当时向腰囊里取出弹子，将弹筒装满了，仍扎在袖内，顺手拾了一块冰，回身推开屋门，在百宝囊中取出小刀，俯身撬开吴春林的牙关，将冰灌下。复在百宝囊中取了一条丝绳，重出屋门，将那躺在雪地里的掌柜捆了。又掏出一条手巾，塞在他口里，堵了他的嘴，才将他提将起来。回头看屋里时，吴春林已手脚动弹，正在翻身打滚。钱迈便一手提了那掌柜的，回到屋里，一手将吴春林挈起，扭转身躯，放开脚步，一口气奔到松林深处。四面环顾一番，才将那掌柜的掷在地下，扶着吴春林，坐在树根上。

这松林枝繁叶茂，遮荫着，差不多仰望不见天日，因此地下也没有冰雪。吴春林这时不知为甚事故，被钱迈拉到此地，只愕愕地瞅着钱迈。方要开口问他，只见钱迈将那掌柜的翻转，掏出他口中的东西，扬刀问道："你们几时来到此地？干的是哪一路的买卖？说！"那掌柜的闭目不理。钱迈大怒，将朴刀向他颈上一卡，大喝道："休装死，快说！"那掌柜的陡觉脖子痛不可当，没奈何，张眼央告道："不要杀俺，俺说便了。"钱迈连喝："快说！快说！"

那掌柜的说道："俺们是洞庭山的分寨。原本在济宁州开张门口。去年遇着一个镇衡山许逵，将俺们抄了，才迁到这儿来的。俺们头儿姓成，便是陇西路上有名的赛华佗成和。俺叫金丝猫成德，俺们是叔侄俩。俺叔父本领十分了得！任凭失手少脚，烂肝蚀肺，没个治不好的病。洞庭山大头儿的病就是他治好的。因此大头儿派着十来个伴当，服侍俺叔父出山，开门口。方才和你拼斗的是二太爷金刀茅能，他是俺叔父的结义兄弟。俺们在此地，只为采办药料，劫银钱是顺带的买卖。二太爷是个浑人，这些事他全不过问，只管喝酒玩乐。俺们开张才只五个月，造房子却造了半年有余，因此俺们到这儿有一年了。话说完了，你爱拿俺怎么办就怎么办吧！俺们是汉子，死不皱眉的，你只不要给零碎苦给俺吃。"

钱迈听了，恍然大悟。原来江湖上本来有这一种做皮行的，专一采生折割。这赛华佗原是此道中有名的，钱迈平时也曾闻得。及至听得成德说完，便将他放了，向他说道："我叫镇华山钱迈，许逵便是我师弟。你们要作对，便朝着我来便了，这条路是我常走的。"说罢，一腿将成德踢开，拉着吴春林，提了朴刀，拔步便走。吴春林这时心寒胆落，战战兢兢跟着钱迈走上大路，一口气奔了二里多路。回头瞧去，没甚动静，才吐了一口大气，问钱迈道："方才是怎么一回事啦？那掌柜的怎么给你捆住了的？"

钱迈笑道："这也是他们活该。我在兴隆店遇着那胖子，又打听得有绿林探子早过去了，便料定那胖子要着道儿。及至在前面土岗子上，不见了那胖子，便细看那地下的脚迹，这大路上都被行人踏碎了，却另有一行脚印，全是斜向那松林后头去的。又见这林子左近，陡然有了许多房屋，从前此地都是荒地，只有个三家村，连车店也没有的，我心下已明白了八九分，知道这里一定有了拦道儿的了，那胖子一定着了道儿。只是相近处，没高山峻岭，谅来没大寨子，只不过是小毛头儿闹得玄虚，我便存心要探一探究竟。再瞧着路旁新开店里，那不尴不尬的模样：这地方前后不着站，开什么客店咧？既是开店，怎么就只一个掌柜的呢？那亭栏上坐着的俩大汉，虽是像过路歇脚的，却都是鞋帽干燥，且是鬼头鬼脑，明露着望风的模样，我便决意到那店里去，入虎穴，探虎子。却是为你不会武艺，虽是这大路旁，谅他不敢当门明干，想着不如让你着他道儿，迷住了，我也借此进他的巢穴。他们如果将咱们俩分开，我马上就和他干起来，也能救你。如不分开，窥到巢穴时，再去干他。因此，我故意让您喝那蒙汗酒。不料他们将咱俩扛到后面屋里，那成和脉理委实高明，识破了我是假装的，要下手杀咱俩。我急了，才打了几颗弹子，伤了他们几个，救了你。如今我的剑被他们弄去了，这东西刻着我的名字，断不能丢失的。还有那胖子没下落，我还要再去探一探，我们赶到前面刘家屯落店去，那儿是个大庄子，地方上有好汉，你可以不须担心了，我再来向他们讨剑，并打听那胖子的下落。"

吴春林听了，虽是满腹怀愁，却又无可奈何。只得随着钱迈紧赶了十来里路，来到刘家屯，寻着千户衙门隔壁，一家裕丰车店，落店投宿。这时，才只申牌时分，钱迈叫吴春林假作受了寒，一进店，便关门静卧。自己到街上买了些饼和熏菜，暗暗地带进来，递给吴春林，防腹饿时充饥，钱迈自己也不再出外，只在屋里闭目养神。

待到黄昏时候，钱迈吃了一饱，将日间夺得的朴刀擦干净了。周身紧扎，头上打了包布，转身安慰了吴春林一番，嘱咐他道："不要害怕，我天不亮一定要回来的。谅来这地方他们断不敢来，万一有甚响动，您只朝隔壁屯营里跑便了。"吴春林一一应了，眼巴巴地看着钱迈打窗户里闪身蹿出，便不见了。

且说金丝猫成德被钱迈踢了一个跟跄，爬起来看时，已不见钱迈了，便也顾不得疼痛，连忙奔到黑林岗下老巢里来。到得里面，只见成和正在调药给茅能敷伤，一面口里在骂那些伴当："眼见有人受了伤，不先救回来，直待大家都吃了亏，才拖着一道跑。倘或对手是有接应的，我今天还能得着活命吗？金丝猫要是有个一长两短，俺只和你们算账。"正在嚷着，忽见成德回来，大喜，连忙问道："你怎么能回来的？那小子咧？"成德方开口诉说，茅能早嚷道："那小子没走吗？你快领我去，我非得和他拼个死活不可！"说着，掩着胸脯，就要奔出去。成和一把拉住他，笑道："谁叫您大冷天敞着胸膛啦，怨不得要吃那小子的亏。你待着吧，俺们报仇的时候多着啦。"茅能暴跳如雷道："谁鸟耐烦待着！要干，爷们儿就干去！我不能像你那么文绉绉的，给人打了，却装没事人儿。"成德忙劝道："二太爷，不要急。那小子逃了，俺正来和二太爷商量怎样去报仇哪。"茅能嚷道："走，快追去！这还有什么尽着商量的。你们镇日价说什么商量用计，这又该来这一下了。要待得你们的计用好，人家早到了塞外了。"成和笑道："您伤还没裹好，就是要去追赶，也得自己先拾掇灵利才成呀！"茅能听了，只得气呼呼地坐下，嚷道："你快点儿给我裹呀！不要慢腾腾的，尽着让人着急了。"成和一面笑，一面代他裹着，却转头问成德道："你到底怎么能够回来的啦？给你茅二叔一嚷，嚷得也没听明白。"成德便将钱迈放他的话说了一遍，只没说他自己被卡招供的话。

成和听得钱迈和许遑是师兄弟，心中一怔，便道："只不知他是专来和俺们作对的，还是路过此地。你们不长眼睛去惊动他镇华山的名头，俺也多曾听人说过，他是个爱管闲事的头儿。既是和他干了这么一回，谅来他是不肯就此罢手的，俺们还得防备些才好。"茅能嚷道："大哥，您甭长旁人的威风，他是汉子就不逃走了。咱们还是快赶上去，结果了他拉倒。"成和道："茅二弟，你不知道他方才并没打败，怎见得他是逃咧？依俺看来，他那同伴的，必是个雏儿。所以他先去安置他，然后再来和俺作对。只是他既有同伴，谅来不是特地来和俺们作对的。如今大家既已破脸，他又是个爱管闲事出了名的，俺们今夜须得仔细防着才好，俺看他一定要来的。"茅能素来相信成和料事八九不离十，听他说钱迈今夜一定要来的，便摩拳擦掌，专待他来。

成和将伴当的伤也都给调治了，吩咐大家饱餐，紧扎，准备夜里厮杀。成德便问道："那姓刘的怎样办咧？"成和道："这时没工夫理会他，且将他扔在后面池子里再说。"成德依言叫伴当照办，自己又到前面店里打了个照面，仍回到老巢里来。这时候已是申初时分，众人各自饱餐一顿，装束停当。成和叫成德："到池子里去，请马光马四叔守路口。今日池子里没甚货色，单留着赤练蛇看守着，尽够了。"成德领命，去请大脑袋马光到黑林岗北路口把守着。池子里，只留着赤练蛇张豹守护。众伴当也各抄刀枪，分头巡哨。

大脑袋马光手执钩镰枪，领着俩伴当，守在路口，瞪着铜铃般两只大眼，瞅着前面，目不转睛地待着。看看天色昏暮，一钩眉月从左边渐升上来。约莫又待了半个时辰，陡见积雪地里一条黑影，长虫过涧般如飞蹿来。马光知

31

道是那话儿来了，不敢怠慢，连忙紧一紧腰带，挺手中枪，防备着。哪知那黑影迅如闪电，一霎时，已奔到跟前。忙挺枪要刺时，却见那黑影离开还有七八丈远近，便欻地跃起，直扑过来。马光没招架得及，早被那黑影撞得一个跟跄，立脚不住，身子一连晃了几晃，手中的钩镰枪已不知去向，只骇得目瞪口呆。那俩伴当更是骇得魂飞魄散，抱着脑袋，直奔回去了。马光定神回头，细瞅，那黑影已踪影全无，没处寻觅，只得拔出腰刀，提心吊胆地防备着。

原来钱迈离了客店，展开两脚，照旧路如飞地奔来。不消半个时辰，早已望见松林了。星光月下，遥见路口立着三个人，挺枪持刀地站着，知是赛华佗的党羽。料来他们已有准备，暗探是不行的了。却又想到他们的本领不过如此，便也不避道，直向那为头的大汉直闯过去。顺手夺了他手中的钩镰枪，冲过路口，直往那林中庄屋奔来。

到得庄侧，将枪向地下一拄，借势一跃，上了墙头。将朴刀撂在墙上，拎着钩镰枪，方要掏打问路石，忽听得里面当当的几棒锣响，接着一阵铃声，一声呐喊，屋里顿时涌出二三十个火把来。当先便是茅能，倒提着一把金背大砍刀，背上斜插着一柄剑，腰间悬着个镖囊，遍体紧扎，头裹包巾，吼声如雷，狂奔而出。抬头看见果是钱迈，咬紧牙龈，大喝一声："好小子，你这时才来？"双脚一跳，也纵上墙头来。钱迈知他是个浑人，故意怄他，待他跳上墙头，便突地跳下地去，气得茅能哇哇怪叫，翻身复跳将下来追赶。哪知双脚方才落地，钱迈一耸身，又跳到正中屋上去了。茅能怒发如雷，大叫道："小子，有胆量的，不要逃走，谁要逃躲的，谁就是浑蛋。"钱迈瞅着他呵呵大笑道："小子，你来呀，我等着你啦！"茅能满肚是气，只得复跳上屋去。钱迈不待他跳上来，便摔个筋斗，翻到东边屋脊上，就势一跃，到了东院当地。

只见成和也是武士装束，站在当地，手持长剑，正是自己失去之物，便也不搭话，只照定他前胸欻地一枪刺去。成和大吃一惊，连忙缩身让过，举剑招架。哪知那剑架在枪上，如抬石柱一般，甭想动得分毫。方要逃走，被钱迈两腕一翻，那枪钩儿在他左腿上一拉，早拉了个大口子，痛得他呱的一声，哭将出来。钱迈暂不结果他，只一抬腿，将他踢得滚向墙角去，顺手将长剑夺了回来，并在成和腰间扯下剑鞘，插在腰间。复提起钩镰枪，踢开院门，将方才刺成和时逃出来的伴当，一连挑倒了几个。方要回身，却见茅能吼叫如雷，从屋上跳将下来，圆瞪两眼，一言不发，抢起金刀，向钱迈肩头斜劈下来。钱迈举枪架过金刀，双脚一顿，跃出院门，直奔后进。茅能气得满头淋汗，倒拖金刀，满嘴乱骂，泼风般赶来。

钱迈穿过甬道，只见迎面砖墙高耸，反拴着两扇乌漆大门，挂着几把牛尾大锁。钱迈来不及扭锁，便一扭腰，耸身蹿上墙头，举眼一看，那边的屋脊正靠在这墙上，却和这边的屋方向相反。便使个大旋风，甩到檐前，就势跳下地来。足方着地，便有几个伴当拥着个瘦长尖头的汉子，挺着蛇矛，迎面扎来。钱迈右手挥枪，架开矛，抢进一步，将左手的剑直刺那汉右肩，那汉仰身便倒。钱迈掉转枪头，耍了个孔雀开屏，将几个伴当都扎翻在地，便踢开迎面的槅门。闪眼看时，原来是一口大塘，约莫有一亩地大小，塘当中有个水阁，四面窗槅紧闭着。

正待回身，忽觉得一阵冷风从脑后斜刺里嘘来。连忙一闪身，向右边蹿去，只听得咔嚓一声，原来是茅能赶到，冷不防一刀砍来，却被钱迈让过。说时迟，那时快，钱迈方才让过，金刀已泰山般劈下，正劈在槅门上，咔嚓一声，将门劈得粉碎。钱迈见了，也暗自吃惊。方要挺枪来斗茅能，忽见对面屋檐下暗地里闪着一人，正在拈弓搭箭，向自己射来。茅能这时也抽回金刀，使得车轮一般横扫过来。钱迈见两面明暗夹攻，万分吃紧，无法避让，心中一急，大喝一声，将右手的钩镰枪照定那放箭的尽力掷去，这里连忙刷一剑，架住金刀。那钩镰枪如一条银龙般欻地飞去，正扎在那人左项，那人仰身便倒。

茅能见钱迈如此矫健，连伤数人，越加震怒，将刀使得风车儿一般，照定钱迈脑胸腰腹四处砍来。钱迈觑空将剑交到右手里，勾、拦、挑、拨、腾、挪、劈、刺，将剑使得一片白光，全没半点儿空隙。二人斗了有六七十个回合，茅能杀得性起，将刀柄架开钱迈的剑，顺手挥刀，向钱迈左腰扫劈过来。钱迈将肘一抬，剑尖向下，挡住金刀，趁势一扭腰，抢进一步，左手抓住刀柄，抖擞神威，大喝一声，使劲一拉。不料茅能只向前冲了两步，仍然握住金刀，死也不放。钱迈见没将金刀夺下，一面暗自佩服茅能的臂力本领，不忍伤他，一面却因心中有事，不愿恋战，便放了刀柄，趁茅能不防时，使一个长虫吐舌，右臂一伸，将剑直向茅能左臂刺来。不料茅能腰腿功夫极其硬朗，钱迈放了刀柄时，他并没闪动。及至见钱迈的剑向他左肋刺来，便将腹一缩，让过剑尖，钱迈刺了个空。茅能却乘此破绽，左手将刀柄一收，右手持刀颈，向前一盖，朝着钱迈右耳根斜剁下来。钱迈这时因刺空一剑，身躯微向前栽，适遇茅能使全力直剁下来，前后左右无处闪躲，大叫一声："不好。"

后事如何，下章再说。

第四章

猛回头冒雪伴长征
喜开怀临风谈往事

话说钱迈见茅能抡起大刀照顶斜剁将来，其疾如风，无处闪躲，大叫一声"不好"，仗着自己身躯矫捷，一低头，右腿一刷，身躯就势一旋，甩开一丈多远。茅能的刀又砍了个空，满心火发，怒不可遏，双手举刀，猛向钱迈扑来。钱迈这时已跳出圈子外，不和他再战。放开两腿，奔到东头，拣那水塘水面稍狭处，倒退几步，再拼力向塘猛跑。跑到塘边，便耸身一跳，向前一冲，点着塘面的凝冰，春燕掠水般飞过冰塘水面，早来到那水阁之上。

看那水阁，竖在水塘中央，四不靠岸，周遭只砌着约莫一丈五六尺的石阶，斜向水中，余无他物。钱迈料茅能必赶过来，不敢急慢，急将剑插入阁窗，使劲向上一掀，哗啦一声，那槅窗棂断框碎，倒将下来。钱迈将破槅拖开，先将剑向窗内四面刺探过。乘着当空月色，映着冰光，耸身跃进窗内。足才沾地，忽听窗外稀里哗啦，闹得镇天价响。连忙向屋内环顾一周，再探头向外瞅去。原来是茅能见钱迈飞过塘面，到了水阁，心中更加急怒，暗想：这水阁是我大哥常说藏要紧东西的所在，任谁不许偷窥的，怎能让他进去咧？又想到白天被钱迈打着两弹，顿时心头火冒千丈，大吼一声，径向塘中冰上直奔过来。不料他身沉力大，水面薄冰载不起他，咔的一声，冰面裂开，茅能落水。好在他生长洞庭湖边，熟习水性，又好在塘面离水阁不远，冰也结得不厚。他落在水中，一发性起，一手持刀，一手乱划，一阵稀里哗啦划了过来。

钱迈被这一阵响惊得向外窥探，见茅能正在水中乱划，不觉暗自好笑，忖着：他划了过来，一定要寻我狠斗，不如且避他一避，觑个空再弄倒他。抬头一望，见正中有一根空梁，便一蹲身，向那空梁蹿去。左手抓住了空梁，使一个倒卷帘，两脚一勾，早到了梁上。定睛瞅定，只见茅能划过水，爬上石阶，一面抹水，一面昂头四顾一番，便也向那破窗中跳将进来。

茅能天生一双夜眼，黑暗中觑事物，比旁人分外来得明白。他进了水阁，却没抬头仰望，只纵眼乱瞅，猛见满地的残肢断体，壁上挂着许多人头，墙角里躺着几个开膛剖腹的死尸，不觉大怔，顿时目定口呆。钱迈见他如此，心中诧异。又见他半晌不动，便趁机轻轻地跳落在茅能后面，乘他呆着，猛然一脚，踢去他手中大刀，同时将他两手一拧，紧紧攥住。方要按倒他，不料茅能反不别扭，只回头向钱迈道："别捉着我！我问你，这是怎么一回事?"钱迈仍紧紧地攥住他两手笑道："这就是你们干的好事呀！今日遇着我，可算你们恶贯满盈了。"茅能怒道："你不要胡说，王八蛋才干这个啦!"钱迈已知他是个浑人，断不会装呆。听他如此说，料来成和干的事，是瞒了他，专拿他当傻子，和人敌对的，便道："你果真不知道吗?"茅能急道："谁知道这鸟事，叫谁掉脑袋!"钱迈道："这全是你那好弟兄赛华佗成和干的。"茅能听了，心中忽然一阵难受，回头向钱迈道："你甭攥着我，我不跑，也不和你拼斗，你且放了我，告诉我到底是怎么一回事。"钱迈竟将他放了，问道："你与成和结盟，有多少时候了?"茅能急道："我和他认识才只三四月，这没干紧要，你只告诉我，这些死人为甚弄得这般模样?"

钱迈道："你真不知道吗? 近年间，新出了一种邪教，名叫白莲教。这教里的人，专干些杀生害命的事。有的摄人魂魄，或是偷割胎儿，去练妖法，有的采生折割，杀生救死，将好人身上的肢脏割下去，给那有钱的病人，换下废坏的肢脏。他们有种妖术，能够接换。折割过的人，仍旧杀了来制药骗人。练妖法的那些教匪便闯江湖，到处寻童男壮汉，或是孕妇小儿，将来害了。采生折割的便专一哄骗大绅士，或是绿林寨主，倚仗势力，设巢设阱，谋害行客。你那好弟兄赛华佗成和便是干这个的，你明白了吗?"

茅能先还静听，及至听到后来，两只铜铃眼越睁越大，鼻孔里的气越呼越响。待得钱迈说完，他面孔涨得连耳通赤，大叫："我上当了!"急奔过去，抓起大刀，便要耸身跳出。钱迈连忙一把持住，道："你向哪里去?"茅能挣扎道："我去宰那兔崽子去!"钱迈道："你真干他去吗? 准知他真干这个吗?"茅能怒道："这地下现躺着这许多，难道还不真? 你不要拉住我，我这肚子里憋不下了。"说着使劲挣扎，无奈钱迈力大挣不脱。正要蛮摔，钱迈忽拖住他拿刀的手道："您不要急！咱们且把这儿了一了，我再帮着您去宰那厮去。那厮们全被我扎伤了，谅来跑不到哪里去。"茅能这时早忘了钱迈是敌人，直把他当作朋友看待。听得钱迈如此说，便愣道："这儿有什么事啦?"钱迈道："这里还有活人啦，咱们且先救了他们出去，再到前面去，免得还有杀不死的教匪，乘咱们出去时，来杀他们灭口。"

茅能依言细瞅，只见那墙角里还有几个捆住的，正在耸动，便奔过去看时，有两个没了一只腿，有一个少一只左膀，还有一个胖子，却还没伤哪里。便喝问道："你们打哪儿来的? 姓什么，叫什么?"哪知那些人一声不响。茅能急了，正要使脚踢他们时，钱迈已赶过来，说道："一定是那些教匪怕他们嚷，给他们嘴里堵着东西了，怎能说话咧!"说着，便俯身先掏了胖子嘴里塞的破棉絮，将绳索解开，放了起来，复将那几个失手少脚的人放开，问道："你们怎么到此的? 姓甚名谁? 哪里人氏?"胖子先答道："俺姓刘，叫刘万和。离这儿十多里地刘家屯，便是俺家里。俺在湖广夏口做药材买卖，上月头里遭火烧了。剩下一点儿，只变卖了三百多贯钱，买卖做不成了，便换成银子，想要回家种地。今儿早上走冰过河，路过这黑林岗，不料遇着这庄子里的人，大伙儿将俺掳了来，银子也抢了去，将俺打了一顿，便扔在这屋里了。"那几个失手少脚的已奄奄一息，不能说话，喘了半晌，才有一个哼出一句："求你老做好事，杀了我吧! 实在受不住了!"钱迈一一问过姓名，向他们说道："你们虽弄成这样，还不致就死，我总得想法救你们回家的。"便回头向茅能道："您帮我将他们弄出去可好?"茅能道："那西面有只小筏子，我常见赛华佗那厮乘了过来的。咱们先把那筏子弄了来，便好办了。"钱迈听了便到西面开了窗槅一望，果然有只小筏子，系在对岸，缆桨俱全，便招手叫茅能道："您的刀借给我使一使。"茅能坦然将金刀递给钱迈。钱迈一面接过金刀，一面将剑递给茅能。茅能不知是何用意，只得接了，站在窗前，瞧着钱迈夹着金刀，腾身跳出窗外，下了石阶，点着薄冰，如飞地来到对岸，解了缆，跳上筏子，且不使桨，只扬起金刀，将刀背向冰上劈去。茅能这才知道钱迈借刀的缘故。

一霎时，钱迈一面劈开结冰，将刀当桨，划到阁边，一面招呼茅能开北面的阁门，便将筏子转到北面来。茅能忙将门开了，钱迈系住缆，便上岸，和茅能俩领着刘万和，一人托着一个残肢人，下了筏子。茅能原是水边生长的，惯会使船，不待钱迈动手，便将剑撂在舱里，抢起双桨。钱迈便去解了缆，仍跳上筏子。茅能两臂一振，哗啦一声，筏子已掉过头来。只两三划，

36

一霎时，已到对岸。钱迈系了缆，依旧将三个残肢人运到岸上，茅能便向钱迈手中接过金刀来，道："这可没事了！我得去寻那歪鸟去了！"钱迈拦道："且慢！不忙在这一时啦。"向舱中拾起长剑，插入鞘中，随手别好在背上。回头叫刘万和抱着那个缺手的，自己一手掣起一个缺脚的，走到西头一个大草堆后面，拖下几捆草，垫在地上，便将三个残肢人轻轻放在草上，嘱咐刘万和休动弹，回头来救他出去。刘万和方要求他休走时，钱迈一扭身腰，已离开多远了。

茅能正等得不耐烦，见钱迈走来，大喜道："咱们这该干正经去了。"钱迈抬头一望，残月西斜，估量已是三更将尽，天已不早，便点头道："走吧！"茅能急扬着金刀，当先飞跑。钱迈紧跟着，来到后进门前。茅能手起刀落，将躺在地下哼的赤练蛇张豹和几个受伤的伴当，排头儿劈死了。顺手一刀，将门劈开，冲将进去。钱迈看时，只见钩镰枪横在地下，那拈弓放箭被扎伤的成德已不知去向。茅能大诧道："金丝猫怎不见了呀？"钱迈沉吟道："这里头定有蹊跷。"茅能怒道："全是您要先了里面的事，耽搁许多时候。"钱迈道："且不要埋怨，赶紧到前面看一看，回来救他们出去，再耽搁可真要出岔子了。"

二人直奔前进，墙根前已不见成和，连受伤的伴当也不见了。钱迈大疑，茅能却是蹬脚咬牙地埋怨。钱迈摇手止住他道："您不要抱怨。这不是尽着抱怨的时候。他们藏银钱的所在，您可知道？"茅能听了，想了一想道："我不大明白，平常只见他们将弄来的钱全送到后面去。我还猜那水阁是藏钱财的所在，所以不准人窥探啦。"钱迈听了，心下已有几分明白，便拉着茅能仍闯到后面，再乘筏子，到水阁上来，

进了水阁，钱迈左右细瞧，见南墙根没一点灰尘，且没那些骷髅残肉挂着，便在百宝囊中取出火纸照着细瞅。只见墙根边有两块地板，周遭的缝儿分外阔些，像是活动的，便拔剑插入，使劲一掀，果然豁地掀开，露着一个五六尺见方的砖砌地窖。里面包裹也有，纸包也有，便和茅能俩将窖中的东西一齐搬将上来，却只得三个包裹。纸包都是一般大小的，却有五十多个。钱迈撕开两个看时，都是两条五十两一条的大蒜条金，不觉摇头道："这贼造的孽真不少。"茅能道："这些金子我知道，是上个月打劫来的银钱去兑的，说是什么洞庭山上有人来取，兑成金子便利些。"钱迈听了，牢牢地记着"洞庭山"三字，便将窗帘割下两幅，将金子分作两包包好，递一包给茅能道：

"咱俩分背着。"茅能接过,也和钱迈一般扎在腰里。

二人分提着三个没开看的包裹,出了水阁,划回对岸,来到草堆后,叫刘万和认清哪个包裹是他的,余外两个却都是缺手的。钱迈解开自己腰里的包裹,取了九封金子,分给三个残肢人道:"你们好好地回家养伤,有了这金子,一生也吃着不尽了。"回头对茅能道:"咱们得走啦,您上哪里去咧?要是没事,咱们就同上河间去玩玩。"茅能点头道:"我如今只想寻着赛华佗那歪鸟,拿他碎尸万段,才出我这口鸟气!咱们就朝北寻去吧!反正陇西是他的老窠子。"钱迈暗想:此地既破,成和或许要到那来取金子的洞庭山去了。却暂不和茅能多说,只问他:"可有要紧物件要拿走的?"茅能摇头道:"我只一人一马在此,行李等件尽可扔了,没甚要紧。"钱迈便招呼他和刘万和将三个残肢人运离了草堆,便问茅能道:"这儿可有牲口?"茅能指着北面道:"出了这小角门就是马房,里面牲口多着啦,我的紫骅骝也在那里。"钱迈便在百宝囊中取出炭笔、棉纸,倚在草堆旁树身上,写道:

　　镇华山身入教匪之窟,斩匪救生。地方官慎守尔土,毋使再有类此事件。尤当严访,毋使未破者得长行其恶。
　　被残之人应即护送回家。所带之金,毋得擅取。倘违者,吾必知之,必以治教匪之道,治尔官匪。

写毕,转身到塘边树下,耸身,将字束挂在树枝上。跃下来,指着向三个残肢人道:"你们待着,自有人来救你们,只叫他看这字束,自能送你们到家。"说罢,便取出火镰石,向草堆对面放起火来。

钱迈趁火尚未大燃,拉着茅能、刘万和直奔角门边,踢开角门,果然是个马房。茅能抢到侧边房里,取出鞍辔,便去牵那紫骅骝。钱迈、刘万和也跟着去,各取一副鞍辔,各牵一匹牲口,拔步便走。趁星光,直出路口,才匆匆各自备好牲口。回头望时,一片红光,冲天而起。三人便忙翻身上马,齐刷一鞭,泼啦啦,十二只马蹄翻盏般顺着大路如飞而去。

刘万和离家不远,是熟路,便打马在前面领道。钱迈和茅能并辔而行,便问茅能:"因何认识赛华佗?"茅能一面纵马同驰,一面说道:"我是湖广巴陵人。因为打鱼争水面,打死了人,逃走在江湖上。遇着我师父丈身和尚,在荆州金蝉寺学艺八年。去年冬天,为喝酒顶撞了师父,撵我出寺,便在江湖上浪荡。凭着这刀马闯四川，半年间，也不知做了多少对头，才在川中闯出个金刀茅二的名号。今年夏天，在重庆一家酒店里，遇着赛华佗那歪鸟。酒店里人全认识他，说他是活神仙，没了手脚，烂了脏腑，都能医治好。那时，我正和一个道人相斗，被点过穴，胸膈时常隐隐作痛，便请那歪鸟给诊治。他给我一小包药粉，一吃就好了。由此我便感谢他，时常请他吃喝。送他银钱他不受，却说要和我交朋友。我见他时常给人治病不要钱，又怜贫惜苦，十分仁义，被他言语一哄，就和他拜了弟兄了。后来，他说在黄河岸边造了个庄子，因为地痞寻事，不敢去住。我听了，便拍胸承当给他保庄护院。和他一道来此地，却渐渐地见他做些迷人劫财的事，我便劝他不要伤天害理。他说只取银钱，不伤人性命。我仔细留心察看，从没见过他杀人，便也相信了。不料这贼竟是干这没天理的营生的，却拿我来做他的盾牌，给他挡箭，我真恨极了。这时要见着他，非把他剁成肉面儿，消不了我心头的恼恨。"说着将双脚一蹬，咬牙切齿，那紫骅骝被他这一蹬，长鬃一竖，泼啦啦飞一般向前闯去。钱迈便也双踝一敲，纵马赶上。

二人正在逞辔飞驰，忽听得刘万和在后面高叫道："两位爷别放缰了，俺家就在这酸枣林里，咱们得打这岔道上斜过去了。"钱迈听得，便招呼茅能一齐收缰，待刘万和赶到便问他道："你家里离屯上有多远？屯上有家裕丰车店，你可知道？"刘万和道："俺家里离屯上弯过去只半里地。裕丰车店是俺过继的父亲开的。咱们打这岔道上，转过那边酸枣林便到了俺家了，离此地不到一里地了。"茅能这时一心想追赶成和，不肯到刘万和家里去。刘万和苦苦相邀，也不答应。还是钱迈说："我有伙伴待在裕丰车店里，咱们且到他家歇一会儿，唤我那伙伴同走。况且成和那厮断不敢走大路，即使走大路，咱们连夜追赶，反得错过去。"茅能听了，才不言语。三人一齐拨转马头，向那酸枣林按辔徐行。

这时，村鸡乱唱，犬声高吠，东方现着鱼肚色。映着地下积雪，寒光闪烁，冷风飒飒，迎面吹得遍体生寒。三人先时大事初了，纵马疾驰，浑身出汗，全忘寒冷。这时晓风飘拂，都觉着寒气侵人，便一齐加鞭骤马，使劲冲寒。只见蹄溅碎银，人嘘白雾，转眼间，已过了酸枣林，瞥见一丛巍峨瓦屋，隐在皑白如银的山窝里。刘万和扬鞭一指，向钱迈、茅能道："好了！前面便是寒家了！"茅能听了，丝鞭一刷，纵马向前。钱迈也打马赶上。到瓦屋跟前，刘万和在后叫道："两位爷，到了！俺家就在这大屋东头第三个大门里。"

钱迈听得，便招呼茅能，来到刘家门首。这时已是天明，乡农人家早已起床。二人到刘家门前，滚鞍下马，那门口蹲在地下掷石子的几个小孩儿，见二人拖刀背剑，状貌威武，骇得朝屋里乱跑。一霎时，便见一个二十多岁的壮汉急走出来，向二人打量一番，正要开口，刘万和已赶到，叫道："老二，俺回来了！这两位是俺大恩人啦！快将牲口拉过去。"那壮汉老二果然来接二人的牲口缰绳。刘万和便让二人进屋里去。茅能交代了牲口，大踏步便向里走。钱迈也交代了牲口，却指着老二向刘万和道："请你叫这位将牲口牵到里面去，休要给不尴不尬的人见了，又生出事来。"刘万和连连称是，叫老二将牲口牵到后面槽上去，不要溜了。说着，便陪着钱迈，赶上茅能，一直来到后进中堂落座，刘万和连忙叫人生火辟寒。钱、茅二人放下刀剑包裹，盥洗毕，便见一个三十岁上下的汉子端着个大炭盆走来。刘万和忙给钱、茅二人引见过。二人方知这人才是刘万和的兄弟，名叫刘万泰。那老二却是雇的长工。

大家通问已毕，刘万泰便叫老二去整备酒饭，一面陪二人坐谈。刘万和将自己在夏口被火烧，收拾了生意，赶回来过年，路上遇着赛华佗的事，详细说了一遍。刘万泰听了，又惊又喜，向二人道谢，称赞了一番。钱迈见他兄弟家常已经说完，便要刘万和着妥人去请吴春林来。刘万泰忙应道："俺去一趟，这事他们全干不来的。只是还要请钱爷写个字儿，不然，恐怕那位吴爷不肯相信。"钱迈点头答应，便在随身百宝囊中取出炭笔、棉纸，写了一张便条，递给刘万泰，道声"辛苦你"。刘万泰接过道："这是理当，你老真是救了俺一家的性命啦。咱们这一点儿事，还能不给你老办好吗？"说着，便叫老二拉驴子，转身自去。

刘万和也叫他妻室杨氏，和两个儿子仁儿、真儿，侄女炳儿，都出来见过钱、茅二人。杨氏千恩万谢，诚心至意地磕了两个头。二人连忙还礼。刘万和嘱咐不许多说，杨氏答应了，去和弟媳朱氏将酒菜端出来摆好。朱氏也和二人相见了。

茅能这时做了半天生客，早已不耐，腹内也着实饿了，便坐上桌去，吃喝起来。钱迈便也不客气，起身入座。刘万和斟过一巡酒，二人大吃起来。一时连添了三四壶酒，杨、朱两妯娌奔来跋往，忙个不住。席间，钱迈问茅能道："可知道赛华佗在济宁怎的被人识破捣了巢子？"茅能一面大吃，一面答道："不知道详细，只听得他们说，在济宁碰了。"钱迈又问道："他们到这儿可有什么不顺眼的人来过？"茅能停箸想了一想，答道："夏天里有一个道人叫什么飞霞道人王道，来住了两日，我陪着喝过两场，却没明白干些什么。前月里，由洞庭山来了个费念兹，却听得说是寨里要银钱。成和那厮待他很恭敬，住了几天，走了。赛华佗便将所有的银钱兑成金条，我问他为什么不交给费念兹带去，他说他还要到塞外去送信。后来，我才知道他们的总寨并不是太行山，巢子是立在南直洞庭山里。他们和塞外鞑子有交情，时常有人来去。"钱迈听了一惊道："似这般，咱们的国家又将要被鞑子夺去了，却是不能不赶快灭却他。"茅能道："我先时只说他们是和鞑子来往，拦道儿，通风声，便劝过赛华佗，不要和鞑子打交道。他说只不过是骗鞑子几两银子，谁认真和那腠种干事啦？我想他骗的不是中国人，便也罢了。却是我终不欢喜骗人家钱，不给人家做事。便想觅机会离开他们，只因他们待我太好，一时不能甩了就走，便挨到如今。"钱迈笑道："你真是直性子，容易上人家的当。你不知，他这话是骗你的。白莲教和鞑子来往也不是今日才起的，边关上捉住好几次了，京城里谁不知道？他们头儿名叫通天教主徐季藩，想要做皇帝，和鞑子约定：起事时，鞑子便起兵进关；事成之后，平分天下，将北直隶和秦、晋、陇西、山东、河南全送给鞑子，做帮助他成功的谢礼。"茅能大怒，咬牙切齿，猛然向桌上一巴掌，恨道："我不杀赛华佗这歪鸟，誓不为人！"桌上的碗儿盏儿，被他这一拍，震得一片山响。

钱迈方要劝他不要急，忽听得槅门响，忙回头看时，却是刘万泰领了吴春林，背后还跟着一人，走将进来。茅能见那人左肩上露着个斜背着的剑柄，心中一动，忙定睛瞅去，只见那人头扎青包巾，身穿青箭衣，披着个披风，两手挽裹着，瞧不出脚下。生得鸭蛋脸儿，剑一般两道斜入鬓角的眉毛，黑白分明的一双长眼，直鼻方口，颔下三绺长须，神采飞扬，气概威壮。茅能只当他是来寻斗的，忙起身去抓大刀时，却见那人向钱迈笑着点头道："你才到此地吗？俺正要到南边去寻你啦！"钱迈这时已口称师兄，起身拜见。茅能这才知道他是钱迈的师兄，便不再动手，只站立在当地。钱迈一一引见，先向茅能道："这是我大师兄镇泰山潘荣，济南人氏。"又回头向潘荣道："这位便是名震四川的湖广金刀茅能。"接着便和吴春林、刘万和等互相引见毕，大家入席，加添杯箸畅饮。潘荣向茅能道："荆州金蝉寺丈身和尚可是令师？"茅能连忙站起来恭敬答应道："是。"潘荣道："俺九月里在洞庭湖船上遇着令师，曾说起你。令师说：'倘使在江湖上遇着，烦转致一言说老衲到居庸关去了。'因此俺才冒昧相问。"茅能恭应了，谢过潘荣寄语之劳，方才落座。

钱迈问潘荣道："师兄怎的来到此地？可是接着师父的信，路过此处？怎知我到了这里？"潘荣道："师父在半月前就到了高家店。亲自到得胜镖局寻着俺，将河间的事大略说了。说是已经寄信给你们四人，并说你沿途爱管闲事，叫俺到南边来有事，顺便寻你，命你快到河间去。"钱迈立起身来，听毕，才坐下，将在武胜关杀土棍，遇着师父没见面，一直到破赛华佗，结交茅能，救刘万和，同来此处，原原本本说了一遍。潘荣惊喜道："赛华佗成和被你破了吗？师父就是为这事叫俺来的。"钱迈道："师父知道他在这里吗？"

潘荣道："还是今年正月里，许遂许三弟到俺家里过年，便告诉俺，说在济宁州得病，左肘上生着个疔，痛得了不得。有人说南城有个活神仙般大夫姓成，人都称他赛华佗，任凭甚病，他全都能治。尤其是外科，譬如手坏了，他能将你的坏手割去，再花钱去寻个穷人来，割下手来，给你换上，便一毫不痛。他去求他诊时，他说要花一千两银子，可以换上一只左手，便可好了。当时没钱，却也觉得奇怪，仔细打听，哪寻穷人自愿割去手脚皮骨？实在是谎话，却正是采生折割的白莲教。夜里去探，果然见他在剖人做药，便放了一把火，将他窠巢烧了。成和那厮还赶了出来，大斗一场。他本领并不高，还打不过一个左手害疔的人，被砍了一剑，不知他使什么妖法，转眼便不见了。许三弟到俺家时，疔还没好，俺请大夫给他调理好了，他才去寻师父。后来俺时常听得过路客人说此地有个赛华佗，治病如何如何神妙。俺一查问，和许三弟所说一般。师父到俺镖局里时，俺便请问师父沿途可曾闻见。师父因走得急，没打听，及至听得俺说，满心不快，就责备俺：'既然知道怎不去荡平他？现在罚你马上去将赛华佗的寨子洗了，路上要遇着钱迈，叫他帮帮你，并且限你一个月要赶到河间来。钱迈也叫他快赶来。'因此俺赶到此地。昨夜投宿在裕丰店，瞥见你买东西回店，方要招呼你，你却紧闭房门，一步不出。俺想你一定有什么要事，便想夜里来会你。哪知你还没静更便出去了，俺倒扑了空。便蹿进房去，问这位吴兄，且问他：'钱二爷可是到赛华佗那里去了？'不料这位吴兄抵死说不是到赛华佗那里。俺左说右说，都没说得他相信。到天明时，你没回店，吴兄虽是露着十分着急，却仍不肯说实话。一会儿，你着人送了字条儿来了。俺也不管吴兄答应不答应，便也硬跟着他来了。"说罢，呵呵大笑。

吴春林红着脸道："我因为钱爷叮嘱再三，不要露行藏，且是不知潘爷是不是那赛华佗的朋友，故意这般来探信的。这是我年幼无知，得罪了潘爷，十分惭愧。"潘荣笑道："这原是你的好处，俺断不会怪你的。"钱迈、茅能这时已全明白。刘家兄弟二人听了，只暗暗惊奇，将钱迈、潘荣、茅能三人敬得如同活神仙一般。

钱迈停杯向潘荣道："如今赛华佗的寨子是被我破了，你的事也没了，咱们还是同上河间去吧。"潘荣点头。茅能急道："我可憋不住了。你们老是河间河间的，到底河间有什么事体啦？何妨说出来，我也帮帮你们去。"钱迈道："这事嘛，不是我瞒您，委实连我也不知底细，只是接着我师父的信，知道是要紧的事，便赶来了。要知详细，还得到了河间，见着我师父才得明白。"潘荣道："俺倒听见俺师父说过个大略，却也没敢细问。大约是离河间不远，有个私通外国的大寨子，其中还有咱们的世仇和白莲教匪在内，要不去灭了，恐怕外国要打进来。但是其中情形很繁，须得问着师父，才能详细知道。"刘万和羼言道："有了这样大的寨子，难道屯边大帅全不知道吗？"潘荣叹息道："现在屯边大帅是常小王爷，公子哥儿，只知道玩乐，哪能当得这等重任？那手下的都督、指挥，只要少一事，好一事。要是报上去，那强盗却和二皇子通个声气时，还要说你好大喜功，虚报边情，马上参革，降调。即使上头准了，命你征剿，胜了，是监军太监的功劳；败了，脑袋不保。而且动兵时军仗粮饷七折八扣地发下来，到手无几，兵丁怎肯拼命去打？你说兵粮不足，上头便要说你贻误戎机，责令戴罪图功。边关不比内地，可以责令地方供张。兵官只有苦吃，胜败都无好处，只不过替上司监军开财路，创功劳，自己反正是罪。你瞧，还有谁肯多事？"听罢，众人一齐长叹，都无心喝酒。刘万和便招呼拿饭来。众人一面吃饭，一面谈那破黑林岗的事。

一时饭罢，漱盥已毕，钱迈等三人商量行程。茅能道："我只寻赛华陀那歪鸟！想着他南边混的地方不少了，如今此地一砸，一定朝北远走，我只跟追了去，捉着他，和他算账。问他为甚要骗我，拿我当盾牌。宰了他，便到居庸关寻我师父去。"钱迈道："我不骗您，赛华佗这时一定不朝北走。你不说是洞庭山有人来和他要银子吗？如今银子没了，若不亲去禀明，他那寨主一定要见罪的，且是他敌不过你我，不敢寻来作对。那么，他一定亲自到洞庭山去禀明白银子没了的缘故，并请能人同来寻你我复仇。我将听得的话，前后一想，那太行山不过是他给那头儿诊好过病，那头儿便派那赤练蛇等伴他下山开分寨，不过是拉拔他的意思。他的原来根子，还是洞庭山。给太行山头儿诊病，也只是给洞庭山拉党羽。他如今两次开码头都砸了，还有脸回太行山去吗？这时不到洞庭去，还有哪里可走？只是你如今可不能上洞庭山去，一则洞庭山中邪教必多，硬功夫咱们不怕，要是砸在他们邪教手里，有个三长两短，也不值得！我俩又有师命在身，不能伴你前去。二则你只要寻赛华佗出气，却甭辛苦赶这许多路，那厮总得在江湖上露面的，还怕寻他不着吗？且是一定要来寻你的，到那时宰他岂不便当许多？为这般个小贼你真犯不着千里迢迢去寻他，咱哥儿俩要到河间去，揣摸着这事儿不小。你也是江湖上好汉，这般大事也得管管才是道理。就是令师寄信也说要你到居庸关去，也是要朝北走的，咱们自然同走为是。"潘荣也道："俺这回来此地，是奉师命专为赛华佗来的。如今寨子被你和钱二弟捣了，那厮虽没逮着，终有一天逃不出咱们手里，您何必急在一时啊？目下您最好到居庸关去见令师，俺听令师的口气怪想着您啦。如果那厮真是朝北走，咱们赶着了，大伙儿逮他，倘使被钱二弟料着了，咱们了了河间的事，你见过令师，讨个计较，破他们的邪法，咱们再大伙儿去破洞庭山。干这么两件惊天动地的事儿，也得留个侠义名儿在江湖上。你想可好？"茅能先听得钱迈说赛华佗一定奔洞庭山，恨不得立刻就赶到洞庭山去，和他拼个你死我活。及至听得钱、潘二人说毕，暗忖：那厮朝北朝南，原没一定，不如且朝北去。师父附信说在居庸关，叫我去，谅来师父已不见气我了，不如趁此去见见师父，却是个不易得的机会。忖罢，便答应钱、潘二人决计同到河间去。钱、潘二人大喜。

商议已定，便向刘万和兄弟告辞。刘万和哪里肯放，抵死要留多住几天。三人再三声说："实有要事在身，委实不能耽搁。回头来时，一定到此多盘桓几日。"并剖说成和这时万不敢在此逗留，劝他甭害怕。言之再三，刘万和才怏怏地进内去，取出一百两银子来，送给三人做程仪，又另外给茅能拾掇一套被褥，弟兄二人恭恭敬敬地献上。茅能见了，先不肯收，务必要他弟兄俩收回去。刘万和急得扑通跪下，两泪交流，要诉说诚心。钱迈接过银两，向茅能道："你就收了吧，咱们不收，他心中终过意不去。不如咱们领了他这个情，让他好心泰神舒。"茅能听了，便依言收了被褥。刘氏弟兄方面有喜色，再拜而起。三人还礼毕，便催着备牲口。刘万和弟兄亲自到槽头上，将黑林岗带来的三骑牲口备好，另外备了一骑长行牲口、两头驴子。弟兄俩分牵出来。钱迈四人辞过刘氏一家，钱迈、茅能仍骑原来的牲口。潘荣骑着刘万和骑来的玉骓骢，这马原是成和重价买来的。吴春林便骑了刘家的长行牲口。刘家兄弟各跨一驴相送。

六人驰骋上道，迎风笑语，十分快意。一路上欢声互答，转眼已来到刘家屯里，一齐到裕丰车店前下了牲口。吴春林便进去拾掇自己和钱迈的行李，潘荣也去取被褥。钱迈便到柜上算店钱。掌柜的含笑承迎道："店钱刘二哥早已给过了，你老甭破费了。"钱迈又谢了刘万泰。吴春林已将行李拾掇好，伙计扛了出来；潘荣的行李也整备好了。各人分将行李扎在牲口上，潘荣取了一贯洪武宝钞给伙计，伙计喜出望外，千恩万谢，呶呶不休。

钱迈、潘荣、茅能、吴春林四人心中都有要事，要紧赶路，辞过掌柜的和刘氏弟兄，便各自扳鞍上马。刘氏弟兄恋恋不舍，又送了十里。还是钱迈劝刘万和别在大路上尽走，须防遇着黑林岗的人瞥见，不是耍的。刘万和才千万叮咛："回头时，一定要到舍下盘桓些时！"钱迈等答应了，南北分辔。刘氏弟兄伫立道边，目送钱迈等几次回头，挥手叫他们回去，他们仍待到连鞭影都望不见了，才怅然回去。

后事若何，下章再叙。

第五章

逞雄威赤手独锄奸
抱不平回头谋杀贼

话说潘荣、钱迈、茅能和吴春林四骑马，丝鞭扬起，碎冰乱溅，迎风冲寒，顺着大路直趱。这时，四人各有心事。潘、钱二人是急于要到河间去会师父，候命差使。茅能是急于要到居庸关，求师父恕过前罪，讨个计较去破洞庭。吴春林在此时，却是除了急于见父以外，心中还担着一桩闲心事。什么心事咧？原来他天生心慧，见刘万和、万泰弟兄殷勤接待，便想着：钱爷他们在黑林岗闹了个大未完，却拍腿一走。这刘家屯离黑林岗没多远，倘或成和没逃往远处，咱们走后，他遇着刘万和有个不寻他报仇的吗？只是他虽是如此想，却又明知钱迈等三人都是不能留在刘家护持他一家子的，因此，这意思始终没敢说出。及至上了大路，刘家弟兄分手回去，他更加替他担心。左思右想，想不出个计较来，不觉两眉深锁。潘荣、钱迈、茅能三个尽谈得高兴，他却一语未闻，一言不发，如抱重忧。钱迈偶尔回头，见吴春林这般模样，诧道："吴大哥！您有什么心事啦？怎的满面含愁呢？"吴春林被他这一问，可再憋不住了，便道："我只愁着那个赛华佗要是没远走高飞，刘万和这一家子定要吃他的亏！你老几位全不在这里，急难时，有谁救他一家性命呢？我左想右想，越想越怕，终想不出个保得他家平安的计较来。因此着了急了！"钱迈方要将道理解劝给他听，哪知茅能听了一愣，也急道："真的！赛华佗那歪鸟要没离开那巢子多远，咱们走了之后，他回来见巢子被咱们捣了，刘万和不见了。再一追寻到刘家屯，那刘家这一家子可糟了！走，走，咱们回去！"说着，便带转马缰，要往回里走。钱迈探身一把拉住茅能道："您不要急，让我说给你俩听。那赛华佗在济宁被我师弟镇衡山捣了他的巢子，才到这儿来的。他如今知道是我，一定要想着是我们五台派侠义和他作

46

对，特来向他寻事的。我白天装傻，进他巢穴，黑夜里又去破了他老寨，他更加想着我是专为他而来的。还有一层，他平日为非作歹，是靠着有你茅金刀给他做挡箭牌。如今您走了，他怎敢回来？难道他还敢来寻你我吗？何况那刘家屯上还有个奢遮的好汉，就住在刘万和家左近咧。"

吴春林听了，问道："谁在刘家屯啦？"茅能也问道："谁是奢遮的好汉？我怎没见过呢？"钱迈道："这人的名字，河东路上没人不知。料那赛华佗不敢在刘家屯闯巢子，就是为有这人。不然时，他早不在那僻处黑林岗了。屯营里和他们白莲教是通的，只要给些银子给营官就得了。唯有这人甭说银子买他不动，且是他唯一恨的是白莲教。"茅能急道："说了半天，这人到底姓甚名谁？您这般说话，可真把人急死了！"钱迈笑着，方要答言，潘荣在前面马上听得，按鞍回头道："钱二弟说的可是花枪刘八？"钱迈点头答道："正是。"茅能听了，又是一愣道："这人的名号，我在江湖上也多曾听人说起过。他就住在刘家屯吗？"潘荣道："俺昨日还顺便去拜望过他，怎不住在刘家屯咧。"茅能道："我也常来刘家屯吃喝玩儿，却不知道他住在屯里，也没听人说过。"钱迈道："我本想今天去拜望他的，只因听说师父急了，恐怕去拜望他时，留酒留宿，不让就走，耽搁了时日，因此也没提起。"吴春林问道："这位刘爷是怎样个英雄啦？几位爷全都这般器重他。"

潘荣接说道："提起这人，大概在江湖上走的人，没人不知道他的。他本名叫刘勃，祖居这刘家屯。父亲是个走江湖卖艺的。他自幼儿得个道人传授，不单是拳棒枪马，般般出色，且是传着许多秘法，善能制伏邪教。十几岁上，就单身出马闯江湖。曾在扬州打过盐灶，几百口子打手全败在他手里，从此就出了名。早五年头里，朱仙镇赛会，到了个北地好汉，一条花枪神出鬼没，开了半个月场子，也没人敌得过。这时，刘勃方才赶到，听得人说，便去看场子。见那人正在舞动一条六七十斤重的铁枪，如同万道金蛇，腾空乱舞，只听得呼呼风响，好似几千个枪尖，银光一片，耀得人眼花。四面围看的人，全都高声叫好。刘勃识得是岳家枪，那人舞的还有不到家处。那人舞完了，便夸海口说：'偌大个朱仙镇，且是赶着会期，竟没个英雄。俺本来想到此求师拜友，不料却只好收一班弟子回去。'这话本来太狂妄了，也难怪刘勃动气，当时便赤手空拳跳下场子去，要和那人拼斗。那人在地下拾起一条一般重的铁枪，递给刘勃。二人拼斗了三五十个回合，刘勃故意露个破绽，将左肋一抬，让他一枪搠进，却一扭腰肢，左肘一夹，将那人的枪夹住，便使右手独舞铁枪，直扎进那人左肩，同时底下接着踢了个鸳鸯拐，一脚将那人踢在一丈开外，还撞倒了两个围着看的人。要不是那两个人倒霉，挡住了，还不知道要掼多远啦！自此以后，'花枪刘八''铁枪刘勃'俩名儿便叫开了，他也就此投局保镖，走了三四年江淮大道，干掉几处白莲教的巢子。去年他父亲死了，便在家里守孝。这大路上来往的英雄好汉，江湖上有头有脸的，他都接待。只是白莲教中人，却不敢在刘家屯停步。"

吴春林听了，十分惊叹，暗想：江湖上真有惊天动地、浩气凌空的英雄好汉。只恨我没福，不曾投得名师习武。不然时，我也做几桩震烁古今的事儿，留个姓名在人世上。正想着，又听得三人因为说起铁枪刘勃，便大谈枪法。在马上比着身势，拉着架子，越说越高兴。吴春林越听越觉得津津有味，不知不觉，马蹄响处，已走了三十余里程途了。

三人正谈得高兴，吴春林正听得出神，忽见路旁岔道上有两个老婆子，带着个中年妇人，挈个七八岁的小孩儿，齐都唏唏嘘嘘地哭着，踏着碎冰，拖泥带水向大路上奔来。四人一齐诧异。茅能第一个性急，将马一横，拦住大道，问道："你们这些娘儿们干什么的？为什么在路上哭哭啼啼？"那几个女人突见茅能竖眉横眼，更加骇得魂飞魄散，一齐哇的一声，软瘫在地。吴春林连忙滚鞍下马，钱迈、潘荣也都跳下马来，安慰她们，叫她们甭怕，那些女人方才略事安心。茅能也下了马，嚷道："我只问问你们是怎么一回事，为甚这般模样？"钱迈忙向茅能道："您不要嚷！她们乡下人胆子小，受不起惊吓的。"一面又挽起那俩老婆子。那妇人也挣扎着拉着孩子立了起来。钱迈才缓缓地问道："你们有什么冤苦，只管和我们说便了，我们总能帮你们解难的。"

那年纪大些的老婆子定了定神，喘平了些，才泪眼婆娑地诉说道："俺一家六口子，全仗俺老头儿和大小子俩给人家做零工，赚钱度日。这东头章家庄章善人家里，该着俺家老小们一节的工账。今早，他爷儿俩去算账，章善人家说他俩做工时偷懒，工钱要打八扣。俺家大小子不合，和他争论，被章善人家小教师爷打了一顿。俺老的赶去救，不知怎样踏伤了章善人心爱的小狗。章善人恼了，将他俩全锁起来了。方才章家大管家到俺家里来，说是要拿全家去问罪，俺们急了，只得奔去求俺亲家去说情去。"

潘荣问道："你们全是一家子吗？为甚全都奔出来咧？家里难道不留个人儿？"那老婆子指着那五十来岁的婆子和那妇人道："俺们不敢待在家里，大管家还得捉人啦！她和俺是妯娌俩，这是俺媳妇，那是俺小孙孙。俺老妯娌俩就只共着一个小子，要是给他们打坏了，俺俩老命就算完了。"说着，引起伤心，便号啕大哭起来。那老婆子和妇人也都哭了，连小孩儿也呜呜大哭不止。

茅能急了，嚷道："你们不要哭呀，这不是哭得了账的事呀！"那些女人被他这一嚷，真个不敢哭了，只抽噎着，望着茅能。钱迈便又问道："你们的亲家是谁？和章善人有何瓜葛？住处离此多远？"那老婆子道："俺亲家姓刘，住在离此地三十五里刘家屯里。他是地方绅士，有他说情，章善人也许开恩饶了俺一家子。"潘荣接着问他："亲家叫什么名字？"那老婆子道："只知道他叫刘五太爷，却不知他名字。"茅能在旁拉钱迈道："甭问了，咱们到章家庄去！"钱迈止住他道："且慢，待我弄明白了再去。"那俩老婆子听得茅能要到章家庄去，一齐拦道："快不要去，他庄里有几位教师爷、许多打手，还有一位老师父是传教的，法术高强。面生人踏到他庄子上，都得盘查细问，一句话不对，就得锁着送官，您快不要去。"茅能哈哈大笑，方要发话，只听钱迈说道："你们不必胡乱逃奔，我和那章善人有交情，如今我正要去瞧他，你只快回家里去，拾掇拾掇紧要东西，待我去保你老头子和儿子出来。你们便都到刘家屯去避几天，我也有个好朋友住在屯里，代你捎个信去，保你万无一失。"那俩老婆子和妇人都伏地叩头如捣蒜，称谢不已。钱迈等忙叫她们快起来，便问她们姓氏。那大老婆子忙答道："俺老头子叫马福安，小子叫马德祥，俺娘家姓田，媳妇娘家姓李。俺这老妯娌娘家姓黄，这小孙儿叫小四儿。"钱迈听了，随手取出纸笔来，写了一张便条给刘万和，托他照顾这一家子。交代了马田氏，又问明白了她家的方向。潘荣取出了一小锭银子给他们，叮咛到前面庄子上雇车到刘家屯去，马家老妯娌俩领着儿媳、孙子，也顾不得地下雪泥肮脏，扑翻身，磕了一阵头，千恩万谢，呶呶不休。钱迈等催促几次，才一把眼泪一把鼻涕立起身来，又求告了许多救他父子俩出来的话。钱迈等答应准救他俩出来，马田氏才哭哭啼啼自奔刘家屯而去。

潘荣问钱迈道："咱们这时已是不能不管这桩事了。只是咱们行程要紧，却怎么办咧？"茅能抢说道："我早想着了，咱们这时就去杀了那章善人，救出马家父子，打马就走，也耽误不了行程，再好也没有了。"钱迈笑道："茅二爷真爽快。可是这般一做，官府逮不着我们，仍旧是马家爷儿俩当灾，岂不是我们没救得他，反倒害了他吗？还须得计较个万全之道，救人救彻才好。"潘荣道："今天本来在刘家屯耽搁得太久了，在章家庄歇下，待晚上去警醒章善人，救出马家父子，叫他远走高飞。咱们赶五更登程，急赶一站，也就耽误不了什么了。"钱迈、茅能都点头称善，吴春林原在路旁照管牲口，便将缰鞭分递给三人。茅能一言不发，随着三人一齐翻身上马，顺着大路直向章家庄来。

四人行不多时，茅能便问："章家庄还有多远？"潘荣、钱迈同指道："转过前面水塘，便到了。"说话间，已到塘边，果见前面黑压压的一片房屋。四人松了辔头，放缓牲口，直进庄来。只见路旁店铺栉比，甚是热闹。四人中茅能和吴春林都不曾到过此地，便举眼四处乱瞧。不料一个不留意，将一个正在街心玩耍的小女孩儿撞倒在地，哇的一声，哭闷过去。吴春林大惊，连忙下马，抢前一步，迈到茅能马前，将那小女孩儿抱起，方要向两旁人家探问，只见一个青衣小帽的男子气冲冲赶将过来，一把抓住吴春林大喝道："你这小子不长眼睛吗？这大街上，能让你这歪鸟来踹人吗？不给你点儿厉害，你也不认识爷爷是章家庄的总管。"吴春林忙躬身赔礼，央告道："在下初到贵地，道路生疏，一时疏忽，碰了……"话未毕，茅能在马上圆睁眼睛，大声喝道："谁叫你将孩子养在大路上，我又不曾到你家里去撞你的孩子，这官道须不是你家的娃娃篮，你再放屁，瞧我把你鸟脑袋给揪下来。"那人被茅能一喝，已是吃惊。及至一扭头，瞧见茅能那般凶相，和鞍鞯上那把灿烂的金刀，不觉顿时挫了一大半。这时，潘荣、钱迈已回马来劝。吴春林仍是好言央告，那人便顺风转舵，领了孩子，悻悻而去。两旁看的人都咬唇密笑，没一个肯上前多嘴的。

潘荣等四人便投这街旁一家车马店来。店家整治酒饭吃过，听说今日不走，便将牲口上鞍辔卸下，牵到槽头上去，将行李取到上房铺设好，四人便进房歇息，潘荣和钱迈住在南头一间，茅能和吴春林住在北头一间。钱迈待店伙提壶进房沏茶时，便唤住他，问道："这地方可是有个章善人吗？"伙计笑答道："你老怎知道啦？听你老口音不是近处人呀。"钱迈道："我是南边人。路上听得许多人说起章家庄有个章善人，故此问你。"伙计道："方才这位爷的牲口撞倒那女孩子，便是章善人家中粮租总管章亮仁的女儿。那出面争吵便是章亮仁，这庄子上有名的，叫人面虎。"钱迈道："怎的有这般个诨号啦？"伙计道："这庄子上的屋，一大半是章善人产业。连咱们这小店也是向他家租的，余下一小半，也是地方公产，却都是章善人经管。这章亮仁单管收取房钱、地租。到了期，一半天也不好挨延的。取银钱慢了些，便张嘴混骂。临完，还要加钱水，除银毛，少也要多掏摸一两成去。要是得罪了他，轻的是拉到庄上去一顿鞭子，重的送到巡检司里枷号三天、一月，还免不了一顿板子。因此本地人都当他是一只人面孔的大虫。今天不知怎样，也软了！大概是这位爷的虎威，直将只人面虎骇退了。"钱迈道："大户人家的奴仆，多是狗仗人势地欺压良善。他东家有名叫作善人，可惜却被这班东西把声名糟了。"

伙计叹道："你老远处人，不知底里，他还是章善人的叔父啦！只是见了章善人时，却比奴仆还要孝顺。说到章善人，外面也只知道他修路，积粮，行方便。地方上练甲勇，防贼保乡。哪知他名利双收，地方都给他弄穷了啦！"钱迈道："这话怎讲？"伙计道："他指着修路，筑堤围，积粮备荒，哪知他是借这好听的名儿，硬向地方上派捐，多的几百银子，再穷的也得一两担粮食。临完，还便派穷人做工。随便砍旁人的树，开旁人的山。白采木、石，做工全不给钱。捐来的钱粮，都是他吞了，随便向官府报一篇糊涂账，就算完结。积的备荒谷，他便说旁人靠不住，只他是殷实户，将那挨门按户派来的粮都装在他的仓里，他却暗地运出做买卖。赶到年岁不好，他抵死不肯开仓。实在挨不过了，便将些麸麦、烂粮来散发。再去问他，便说困久了，自然是这般的。若要和他计较，就得坐监受刑，家破人亡。这几年，地方不安静，绿林好汉们时常来借粮草。兵营里要报太平，讨万岁爷欢喜，不许报盗匪。他便借此为由，要练甲勇，将地方人家分作五等。头一等，按月纳粮三石，钱五贯。最少的，也要逐月纳粮一斛，钱半贯。他家却是半文粒粟也不拿出来，说：'俺是首事，出气力，不出钱粮。'又说：'本地人坏，不知好歹，不听调度。'却到邻省邻府招了四百多个绿林来，扎在他家里，帮着他欺压穷百姓。从此他家有甲勇，法堂也有了，刑法也有了。捉了去的人，轻的打一顿，夹两夹，重的就说是强盗，将来杀了。要是真果强盗来了，甲勇可不管。事后报官，官是不喜说他治下有强盗的，自然是不理。再问甲勇时，他却说：'这是你们自己不小心，惹来的小贼。俺们只管山盗，这些小事是不问的。'你老想：他这善人的声名，只是官绅叫出来的啊！他本名原叫章沃齐，俺们地方上暗地里叫他章剥皮，这便是他的真名气。"

潘荣屫言道："地方官为什么要和他通同一气咧？省里布政大员难道不知道吗？"伙计长叹道："你老哪曾得知，地方官一来不愿意多事，二来这些做官的全靠这些乡绅过赃生财，怎肯得罪他？怎不包庇他咧？省里老爷隔得远，管不到这些小事。小百姓吃了苦，明知斗不过，谁敢向省里告去？就是去告，只怕人还没到省城，家里却早没了。"

钱迈又问道："这庄上可有个马福安？"伙计道："你老问的可是南头儿马老傻子吗？他今天因向人面虎算工账，踏了章剥皮的狗，被吊在北头庄子里去了，这时还不知死活啦。这老傻子平日就不知厉害，时常使酒乱骂，章剥皮早就要收拾他的，如今送上门去，真是自讨罪受！"

钱迈还要问他话时，忽听得吴春林在那边房里嚷道："茅爷上哪儿去啦？"钱、潘二人齐吃一惊，忙到北头房里来，只见吴春林瞪眼张口立在当地。钱迈忙问他："茅二爷到哪里去了？"吴春林急得跺脚道："可不是吗？方才他和我两个擦过脸，喝着茶，忽然说肚痛，要上厕里去。方才我也到厕里去，却没见他，以为他先进来了，便忙进屋来，瞧见你老那边屋里没他，便急赶到这边屋里，仍是影踪全无，想来他一定是独自出去寻那先时和我们争吵的老头儿，我才急得嚷起来了。"潘荣道："不必说了，俺知道了。他一定不会去寻女孩儿的老子，准是到章善人庄上去了。走！咱俩快去，那庄子里人多着啦！"说罢，拉着钱迈就走。钱迈见茅能的大金刀还倚在墙头，想着：他一定怕旁人拦阻他，便连兵器也没带去，这可糟了，便叮嘱吴春林："别外出，任谁来全不要开门。"便和潘荣俩回到南头屋里，各取长剑，带上百宝囊，问明了章善人庄子的方向，如飞而去。店伙计不知就里，见他俩这般举动，疑是省里的官差，怀着一肚皮鬼胎，却又怕掌柜的怪他多嘴，只闷在心中，不敢声响。

茅能果然是不耐气愤，在路上便想直去寻那章善人。进得庄来，又给那女孩儿一扰，更加无名火高出十丈，进店后，恐怕钱迈要拦阻，便推说腹痛，也不带兵器，奔到后面，跳出店后短墙，一口气绕到前面，直奔那人面虎家中。方进大门，便逮着一个看门的小伙子，卡着他脖子，喝问道："章善人庄子在哪里？"那小伙子见他这般凶神恶煞，早骇得魂飞魄散，更加上卡得痛不可当，神志一昏，误听成他问的是章亮仁家在哪里，忙答道："就……就……就是……是这……这这里。"茅能听了，也没暇再问仔细，顺手一甩，将那小伙子扔向街心石上，倒撞着石角，脑门迸裂，死在街上。茅能也没回看，直冲到二门，噔的一腿，将两扇一丈来高的屏门踢倒，腾身冲进，见廊下有个奶娘，正抱着个绸裹绫装的小孩儿哺乳，一眼瞥见茅能，惊得哇的一声，方要逃避，哪有茅能脚快，飞一步赶上，鹰抓麻雀般夺过孩子，向阶石上一掼，啪地砸成一断血柴。复回手将奶娘的头一扭，喉骨齐断，面目朝后，也没叫得一声，扑地死了。

这时里面已有人瞧见，如飞地奔到后进，向人面虎章亮仁报道："官人，不好了，祸事来了！那撞倒大姑娘的黄汉子打将进来了！二官给掼死了！官人快做主张！"章亮仁一惊不小，连忙吩咐筛锣。一面向墙上扯下一柄长剑，便转身朝后面菜园里跑。方出堂门，迎面撞着茅能如疯虎一般直扑过来，心中大震，忙一低头，举袖遮脸，想要蹿出去。不料这时恰好他的妻子领着女儿从侧门奔出，也想逃往后面菜园里去。方闯出门，被茅能一手抓一个，顺手举起来，匠人掼砖料一般，齐向章亮仁掼来。章亮仁正遮着面孔，没防备这一下，嗵的一声，夫妻二人和小女儿一齐着地。茅能跳过来，也不管他们是死是活，腾起右脚，每人胸前踹了一脚，直踹得胸穿骨碎，口中血冒，顿时夫妇毕命，算是章亮仁作一辈子恶，落得个一家人——夫妻子女——同时毕命！

茅能拾起章亮仁的长剑，拔出鞘来一看，足有三尺来长，晶莹耀眼，委实是件好兵器。原来这柄剑是章亮仁谋得来的，先前原是诚意伯刘府里的东西，被家人盗出来。章亮仁和那家人是亲戚，待他亡故后，欺负寡妇孤儿，硬夺了来，如今却落在茅能手里，也算物得其主了。茅能当时正没短兵器，得了这柄剑，大喜，就在章亮仁夫妇的尸身上试了一试，只轻轻地刷了两剑，俩脑袋已滚开多远。茅能更加高兴，将剑鞘斜插在背带内，仰天大笑。

再回头四面一瞧，不见个人影，便向后进走来。忽听得当当当一连儿棒锣响。茅能是老走江湖的，知道这是乡镇上遇着紧急事情鸣锣集众的约号。暗想我来时也没暇问个明白，不知这贼关人的所在在哪里，也不知有多少党羽。如今他们鸣锣集众，必定有一番厮杀。马福安父子还没救得出来，倘若他们就此杀了他俩却是怎好？想着，便决计先到里面寻个人问一问。仗着剑，直到后进，穿房过户，寻过了好几间屋子，也不曾见个人影，心中气恼，便奔到厨下，向乱柴堆上拖下些柴草来，想要放火。不料才拖得五六捆柴草，忽瞥见个白鬚髫儿露出，却又向柴草里乱闯着。茅能连忙伸左手一把带住那鬚髫便朝外硬拉，只拉得那老媪在柴草里面杀猪也似叫唤起来。茅能也不管三七二十一，硬将她拖将出来。那老媪抱着头央告道："大王爷，俺没钱呀，俺只是个烧火老妈呀！……饶命呀，大王爷！"茅能将她提将起来，喝问道："章善人捉来的人都关在哪里？快说！饶你不死！"那烧火妈抖着答道：

"俺……俺……不……不……知道。"茅能大喝道："你家里的事，你怎能全不知道！再不实说，我可要杀你了！"烧火妈骇得两眼一直，急道："大王爷呀，他家离这儿二里多地，俺又不出去，怎能知道？"茅能听了愕道："你不是在章善人家烧火吗？"烧火妈道："俺只在这儿烧火，章善人家没去过。"茅能诧道："这儿难道不是章善人家里吗？"烧火妈道："章善人庄子在街北二里多地，这里是俺主人章大爷家里。"茅能大急道："你主人不是章善人吗？"烧火妈道："不是。俺家主人是章善人的叔父。"茅能听了一怔，手一松，将烧火妈放了，顿时如浇了盆冷水，一团高兴顿时冰消云散，心里不知怎样难过。恨了一声，倒提长剑，快快而出，那烧火妈只瘫在地下发怔。

茅能一面走，一面心如猫抓，十分难过，恨得自己捶自己，怨自己粗鲁。挨到前进，瞧见章亮仁夫妇的尸身，更加懊憾。忽听得一声呐喊，震得精神一振，连忙侧耳一听，人马喧哗，知道是方才的锣声集众来到。一想：不好！我再要和他们一打，伤几个人，一来于心不安，算是为着什么来？二来那马家父子更加险了，他们更可以硬派他是强盗了，不如就此走吧。想罢，一抬头，纵身一跳，上了边墙。向下一瞧，还没人来到，便使个寒鸭凫水，蹿到平地，想着无面回见钱迈、潘荣，便将剑插入背上鞘内，懒洋洋，低头信步乱走。

钱迈、潘荣俩出了客店，直奔章沃齐庄上来。路上心想茅能已不知斗到什么情势了，心中一急，脚下飞快。一霎时，来到章家门外远远一望，却没一毫动静，门口坐着几个挺胸叠肚的壮汉，嬉笑斗趣，绝不似有事的模样。二人心中大疑，暗忖：茅能终不能白天里跳墙进去呀。又围着那庄子周围走了一遍，见四面都有挺枪扛刀的人往来逡巡，料想不能跳进去，心中越加不解，想着，难道茅金刀没带兵刃，被他们逮去了吗？正没做理会处，忽听得东南角上当当锣响，二人齐吃一惊。潘荣悄向钱迈道："不好！茅金刀准是出来闲逛，打听章家事情，被人识破，鸣锣集众，围捉他去了。咱们快去！"

钱迈听了，连忙回头拔步飞奔，潘荣也随后急跑。二里多地，原没多远。二人功夫深，脚步快，转眼间，已来到街上。只见街上人家纷纷关门，壮丁都持着刀枪齐向街尾庙里跑去。一霎时，又见有人往回跑，向方去的人说："是人面虎家里的事。"那去的人便不起劲了，只拖着兵器望着不动。钱迈拉了潘荣一把，转到后街，悄悄说道："给吴春林猜着了，茅金刀果然到人面虎家中去了，咱俩快去救他去。"潘荣点头称是，便和钱迈俩绕向人面虎屋后来。

二人方转到章家北面墙角，突见一人从西面转来，险些和潘荣撞个满怀。

54

忙向后一让，定睛看时，正是金刀茅能。茅能抬头瞧见二人，不觉红到耳根，满面怀惭，便要闪身逃避。钱迈十分诧异，急伸手一把拉住他，同到僻静处，问道："茅老二，您怎么了？咱俩是特来救您的，您还要到哪里去啦？"茅能见被钱迈拉住，挣扎道："钱二哥，您放手。我该死，我不愿见您俩了，我真该死！"潘荣便上前帮着拉住他道："茅金刀，您这是怎么的？咱们好朋友，您就是瞒着俺俩出来干了一桩事，也是爽快人常有的事，这又算得什么咧？咱们英雄做事，千万别这般多心才好！"茅能长叹道："唉，您俩不知道！我现做了不能见人的事了。"潘荣诧异道："茅老二，您怎越说越奇怪了。放着您这般个铁铮铮的硬汉子，还能采花吗？就使做差了，也只要知悔，下次……"茅能大急，不待他说完，便抢说道："镇泰山，您不要瞎胡猜，我茅能可是干那畜类营生的！我今日做错了，杀了一家良民了！"钱迈忙问："怎的会杀错了？"茅能没法，只得将捉人问讯、杀错章亮仁一家的话，从头至尾说了一遍。潘荣、钱迈听了，一齐向他称赞道："真是汉子，老天爷喜您有功，故而将这剑赐您。这家子杀得一点儿也不错。"便将店伙计说的话一一告诉了茅能，并道："这是老天爷暗中差使您去除暴安良，您有什么惭愧的咧？"

茅能知道他俩不会说谎骗朋友，听了这篇话，心下大安，便觉精神陡涨，立即邀二人到章剥皮庄子上去剿灭他。钱迈道："这时已打草惊蛇，那厮必定已有准备了，不如夜间再去。且是我俩因为急于要救您，一时失检，对店里露了行藏，不能再住了。我们此时不如向前半站，夜间再回头来干他个神不知鬼不觉。"茅能道："咱们这时不去，可是又已惊动了他，那马家父子岂不要被他宰了来出气？"潘荣笑问道："您可曾嚷出来，说是为马家父子出头的？"茅能摇头道："我没说。"潘荣道："那么，他们怎会知道俺们是为马家来的，将马家父子宰了咧？"茅能恍然大悟道："那么，俺们就此走吧。"钱迈忽然道："且慢，咱们露了行藏，这时还怕他们已将吴春林捉去了。即使没事，咱们也得快去叫吴春林同走才是。且是还有你我的包裹牲口，怎能扔了咧？"茅能这才想起店里还有个吴春林和包裹与自己心爱的紫骅骝来，便催着潘荣、钱迈快走。潘荣料那店里不敢怎样，便也催着钱迈同回店里来。

三人回到店里，店里掌柜的和伙计都面现惊慌之色。三人也不理会，只回到屋里来，吴春林此时已急得如热锅上的蚂蚁一般，走投无路，心如悬旌，只在屋里踱来踱去，却又不敢外出。好容易盼见三人同回，心花怒放，连忙拉着茅能问长问短。钱迈拦道："这时且不要问，回头路上全得告诉您的。赶快拾掇行李要紧，马上就要动身了。"吴春林听了，心中一惊，不敢再多问，连忙将铺盖卷起，包裹背好。见他三人已拾掇齐备，便同出屋来。潘荣到柜上算账，掌柜的竟不敢收钱。潘荣无暇和他分说，扔下一块约莫二两头的银子给他，便叫伙计备好牲口，又给了一贯洪武宝钞给伙计。伙计千恩万谢，将四骑牲口拉到当街。四人各自接过鞭缰，翻身上马，一抖丝缰，泼啦啦如飞而去。

钱迈与潘、茅二人在马上回望人面虎家中，只见穿进涌出，人马喧腾，便急匆匆离了章家庄，一口气驰了三四里，吴春林才问钱迈："到底怎样寻着茅二爷的？"钱迈便将前事对他说了。潘荣道："俺们这时赶到前面红花沟只五里路了，赶快到沟里歇了，夜里还要回头来厮杀啦。"吴春林听了，虽不言语，却又平添一桩心事。茅能异常高兴，打起紫骓骝，箭一般向前急驰。潘、钱二人招呼吴春林一齐骤马飞奔。

不一时，已将到红花沟。潘荣在马上对钱迈说道："俺们今夜须得大厮杀，若是投店，一来不大方便，二来吴兄一人留在店中，倘或沟里有他们的党羽，恐防要吃亏。不如寻个僻静处所藏身，待得夜里便去干事。回来时，打马就走，给他个人不知鬼不觉。"钱迈道："那么，咱们不必进红花沟去，离沟里半里多地，朝西一拐，山窝里有一所破庙。我曾经随师父在那庙里耽搁过一夜，再要僻静也没有了。"茅能听了，瞪眼说道："朝那冷庙里去，吃饭怎么办咧？"潘荣答道："用不着着急，俺有干粮。"吴春林也道："茅爷甭着急，要吃的，我到沟里买去。"钱迈道："您也不到沟里去的好，别在这儿惹出事来，章家庄的事就更糟了。"茅能料着不会饿着肚皮厮杀，便也不言语了。

说话间，红花沟已在望中。钱迈便当先拨转马头，向小岔道去。潘荣、茅能、吴春林三个随后跟行。只见前面有一座荒山，积雪半解，满山都是枯草。钱迈领路，转过山嘴，便见山坳果然有座破庙。外面看去，墙面已有大半露着黄土，北头的墙塌了一大块，约有一丈来宽。庙门也斑驳不堪，瞅不出漆的是什么颜色，却是朝外锁着。四人便到庙前下马，将牲口都拴在门环上，便从墙塌处跳进庙里。展眼看时，前坪虽是铺着整块的白石，却已是有一块没一块，嶙峋不齐。神殿前的石阶，只剩着泥土子。阶上槅门有一片没一片的，残败不堪。四人推开槅门，来到神殿上。只见蛛网尘丝，累累垂垂，璎珞般满悬空中。神龛斜歪在石台上，神幔上积满了灰尘，瞅不出是什么颜色。庙中也无匾额、碑石，不知供的是什么神圣。潘荣便跨上祭桌，掀开帐

56

幔看时，当中塑着一尊袍带冠笏的神像，座前有一座神主，上写着：

"宋丞相信国忠烈公之神位。"

潘荣看罢，不禁肃然起敬道："原来是文信国公的祠庙，却怎生毁败到这般地步呢？"便向三人说知是文丞相的庙。众人同声叹息，都起身朝着上面神龛拜了四拜。

钱迈便和吴春林两个寻着后门出去，转到前面，将牲口解下，牵到里面后阁中。吴春林又去寻着两只挑篓、一只瓦瓮，拿根坏落门框挑了，到左近乡村农家挑回了两斗马豆，讨了些水来，卸了鞍辔，将豆料喂饱了马，才到正殿上，和钱迈等各自吃了些干粮。吴春林想着他三人是要去厮杀的，便自己只略略点饥便罢。诸事停当，冬天日短，已是冷风着地斜吹，天色垂暮了，四人便窝在神殿中，谈着文信国公的忠烈事迹，以待天夜。

四人正在谈得高兴，忽听得远村狗吠，更锣远远地传敲，恰是二更天气。茅能首先站起来道："时候到了，咱们走吧！"潘荣也道："得去了，还有十里路啦。"钱迈便嘱咐吴春林别害怕。吴春林笑答道："我早已准备好了。您众位走后，我便托文丞相的威庇，在这帐幔里待着，睡一会儿。您众位回来只在神幔里寻我便了。"三人都道好，便齐到后面阁下，备好牲口，打后门牵出，过了山嘴，到小路上，便翻身上马，双足一磕，三骑马昂首竖鬣，冲风而去。

三人都心急，打马飞奔，不多时便已到了章家庄跟前，便将牲口藏在枣林深处。鞍辔、肚带都不松卸，以备一时急用。安顿了牲口，便各抽长剑，绕上大道，直向那章剥皮庄子上来。茅能看那庄子时，砖墙高耸，宛如城垣。墙垛上，都有炮眼。远望去，隔不一时，便有两个持枪扛刀的人巡过。钱迈一拉二人，来到庄侧一座小松林里面，悄声说道："这庄子里有三四百勇壮，硬攻是碍手脚的。那厮昼夜巡查如此严密，里面一定防备更紧。咱们得商量妥帖再进去，必须先灭贼首才好。"茅能抢说道："如今只说怎样进去好了。到了里面，不要说三几百个鸟勇壮，就是一千两千，我茅能独自一个也能抵住他，杀他个片甲不留。"钱迈道："且不要急，依我之见，他们人众，咱们人少，咱们三个万不能散开，必须并力在一处，才能取胜。如果他发觉了，我们便将两个人接住他的党羽厮杀，这一个却去擒贼擒王，您俩道好吗？"茅能、潘荣都欣然道："就是如此办吧。"当下商议停当：茅能御敌，钱迈杀贼魁，潘荣两面援应。

后事若何，下章再叙。

第六章

侠骨雄心热肠毅胆
冰天雪地鞭影蹄痕

话说潘荣、钱迈、茅能三人商议既定，方要动身，忽见一条黑影，其形如猿，其疾如风，打林前欻地蹿过。三人一齐奔出，却影响毫无。钱迈疑道："想来章剥皮庄上的箭子，不会有这等能耐。就是护庄看院的，也必无这般本领。"潘荣道："这却难说，茅金刀不是也被赛华佗骗过吗？"钱迈道："不然，这人的本领似乎比咱们都要高一点儿。若是这贼庄子里的人，没个不听得说的，且是果有这般个人隐在这庄子里，那么，他一定不要这些只够吓乡下人的巡夜勇壮如此奔来跋去。难道他自己有这样的能耐，还不知道这些巡夜是没用的吗？"茅能道："咱们不管他是哪里的，终得进庄子里去。难道咱们能被这黑影儿骇得不干了，就此回去吗？"潘荣也道："谅来这贼如此蠢防备，内中必无能人。时候也不早了，咱们就去吧，别再耽搁了。"

三人便各展功夫，来到章沃齐庄子左侧，待巡夜的才走过墙角转弯去了，便一齐耸身一跳，飞上墙头，轻身蹿到屋脊上面。忽见那黑影又一闪，飞过对面屋脊去了。三人这时都明白这黑影也是来探庄的了。却是见他本领这般高，暗自佩服，都想要会一会是个怎样的人，便齐都蹿过对面屋上，纵眼一望，却仍是上下一白，万籁无声。三人暗想：似这般白雪中，藏身这般快捷，真不容易。正在凝想，忽听得底下更锣声响，侧耳一听，方打三更。钱迈便拉着二人向东头一间灯火分外明亮的屋里来。三人蹿到，更锣声已自远而近，屋上一白无垠，无处藏身，三人便一齐轻身来到檐前，双手握着檐笕，却将身子垂下，再反扭过来背贴在檐下天花板下。果然那打更的从檐下走过，一点儿没觉着头上伏着三个人。

三人待打更的走过，才复翻身来到屋上。钱迈便要潘荣、茅能前后望风，自己下去寻那章剥皮。茅能争着要去，钱迈拗不过他，没法，只得依他，便留潘荣在屋脊上望风。钱迈、茅能两个轻身顺着瓦棱上的冰，翻到后面屋上，踏着瓦头，到了东头一间。方要跳下地去，忽见那黑影腾地倒跳到屋脊上，脚还没立定，又一个筋斗翻到地下去了。钱迈不觉轻赞了一声："真矫捷！"忙到檐前，使个蝙蝠挂檐，向下瞅那黑影哪里去了。茅能也使个倒卷珠帘，倒矫着闪眼望去，却有人持刀倚着柱子立着。

这时，地下冰雪映得光明如昼，二人分外看得明白。只见那黑影已经立在地下天井中，原来是个五短身材的壮汉，个儿和茅能差不多。面如活蟹，暴露着两只鱼一般的眼睛。扁鼻阔口，状貌十分凶恶。周身青灰色的夜行衣，年纪不满三十岁。钱迈一见此人，满面喜色，方要下去，忽想着他是个最好胜的人，别下去，惹他不舒服，便只瞅着不动。茅能这时也想下去会这人，钱迈忙一把拉住他，回身上屋，来到屋后，悄对茅能道："咱们只瞅着吧。"茅能不知钱迈的用意，立在瓦上发愣。钱迈便拉他到后面屋上檐前，翻身落下地来，鹤行到后窗下，拉茅能到残破窗纸缝中向里觑去。

只见屋中灯烛辉煌，炕上歪着个花白胡须的长大汉子。当地里，立着两个持刀的，炕沿坐着个十八九岁的女子，手里正端着一碗不知什么汤，喂给那长大汉子喝。那汉子正和俩持刀的在说着章亮仁一家被杀的事，商量要怎样防备才好。忽听得前面苑中吧嗒一声，像倒了大段朽木一般。俩持刀的齐扑出来。茅能正要破窗进去，钱迈拉住他悄悄道："再待会儿，要紧时再进去。"正说间，只见俩持刀的方扑到门口，便有一个仰身倒在屋里，满面冒血。那一个却抢刀护着面门，倒退进屋里来，接着便见灰衣人跟着闯将进来，向那持刀的劈面一剑砍去，那持刀的忙横刀招架。哪知灰衣人只虚晃一剑，没待他架住，早掣回剑来，一翻腕，剑尖直刺进那持刀的肚内，鲜血一冒，便扔刀倒地。这时，那长大汉子已骇得魂飞魄散，呆若木鸡，抱着脑袋，扑翻身，向炕里直闯。那女子早已爬到炕头几下去了。灰衣人且不理那女子，只奔到炕前，将那长大汉子如提小鸡儿一般，提将起来，拖离炕上，扔在地下，圆睁两眼，大喝道："×娘贼，爷爷今日真来剥你的皮了！"

茅能这时再也不能忍了，一缩身，飞起一腿，哗啦一声，将窗槅踢倒两扇，接着便耸身飞上窗沿，大叫一声："我来了！"屋里灰衣人见了，将左手一扬。说时迟，那时快，钱迈这时心中大急，趁着茅能踢开窗口，抢先飞身而进，正在灰衣人抬手要放袖箭之时，抢前一把握住他左手，高叫道："刘八

59

哥，不要放箭，是我！"又向茅能叫道："茅金刀，快来会会，这就是花枪刘八！"茅能听了，不知怎样心中喜气陡溢，忙跳跃过来，连连拜揖道："刘大哥，想死我了。我今天听得你的大名，就急想会你，如今可会着了。"这时，刘勃一面将那汉子劈了，一面回头，认得是镇华山钱迈，又见茅能如此相对，便忙转身，还礼不迭。方要答话，钱迈道："咱们且慢叙家常。刘八哥，这就是湖广金刀茅能！如今且要去救人才好。只可惜刘八哥拿着的那人没留得活口。"刘勃道："不妨事，这里的秘事，俺全知道。方才俺劈的那厮，便是章剥皮。那俩是他护院的。他共有四个护院的，俺在天井中，劈了个靠在柱上打瞌睡的老鼠何莱，这里杀了俩——箭猪王明、赛单通单梧。还有个小活猴邓华，十分矫捷，守土牢的便是他。这屋里除却这四个人外，便都是招来的丁勇，没甚功夫的。那厮私设的土牢，就在这屋西边，捉住的人大约在那里面，俺们如今就去。"

茅能听了，抢先便走，一面说道："我正愁着没处探讯，如今刘大哥全是熟路，这可甭着急了。"刘勃领着钱迈随后走来，一面笑答道："茅大哥！你别听错了。此地俺也没来过，只不过俺家离此不远，有许多这里的箭子漏风给俺，这厮虽曾拜上几次，俺也没理他，且因时常出外，没工夫理会到这些事，心里却早就想除他。他到底闹出来，闯在俺手里，也是这×娘贼合该。"钱迈问道："你今夜里怎会赶到这儿来的？"刘勃道："说起来，全是为着……"

话未说完，忽听得铮钹一声，刘勃、钱迈一齐急向前望时，却是一条雪亮的三棱火尖枪向茅能扎来，被茅能挥剑一扫，便铮钹响了一声。刘勃认得那使枪的便是小活猴邓华。二人方要上前帮助茅能，只见茅能腾身朝后一跳，已退到空地上。邓华骤进一步，耍了个枪花，吓了一声，挺枪向茅能头上扎来。茅能见了，抢起长剑，使了个盘头盖顶，架开枪，乘势一矬身躯，使个叶底偷桃，弯腰低头，向枪尖下闯过，腾进一步，右手一伸，欻的一剑，直奔邓华咽喉刺去。邓华喝声："咳！"急将枪往回里一掣，顺势竖枪一拦，将枪杆架开剑，身躯向右一闪，避过正锋，接着两手一紧，倒转枪身，唰的一枪，向茅能左腿刺来，茅能霍地一跃，让过枪头，左脚才落地，身躯便朝前一扑，一伸右手，将剑向邓华肚上扎来。这时，刘勃、钱迈齐喝一声彩，知道茅能无妨，便只在后观战，且不上前打扰。

茅能越加精神百倍，奋威大喝一声，双脚一跺，劈空跳起，抢起长剑，圆瞪两眼，向邓华顶上如泰山压顶一般劈将下来。邓华见他腾空直劈，不觉暗吃一惊，连忙就地使个扫堂腿，车轮般甩开一丈余远。待立起身来，见茅能脚已点地，便忙乘他身躯尚未定住的一刹那间，双手握枪，两臂一振，照定茅能胸膛——白龙出洞——扎来。说时迟，那时快，茅能身躯未曾立稳，陡然遇着这一枪，无从避让，大喝一声："好小子！"左手使劲一格，就此一带，正抓着枪尖之下的一部红缨。心中一喜，忙将手指一钩，紧紧抓住枪杆，方要右手挥剑，下个毒手，不料邓华眼明手快，见手中枪已被茅能撕住，却不夺枪，且就这破绽，飞起左脚突地向茅能右手踢去。茅能一时不曾提防得到，铮啷一声响亮，那柄长剑已被邓华踢得飞去一丈多远。茅能大怒，且是惭愧，心中一急，百忙中急出个计较来。就这一霎间，剑才脱手，他便依样画葫芦，趁邓华一脚踢出，正待收回，身子半侧之时，也飞起左脚，尽平生气力向邓华右胯骨上踢去。邓华忙扭身回避，怎奈只右脚着地，左脚还未掣回到地，在这一刹那间，跳、翻、腾、撇，皆所不能；一声"不好"还未喊出，早着了茅能一脚，立身不住，直被踢得朝后晃开一丈余地，同时痛得握不住花枪，仗不住脚下，松手扔枪，仰天栽倒。茅能便赶过去，操起铁枪，双手举枪，朝下便刺。

钱迈、刘勃二人见邓华倒下，哪敢怠慢！二人一齐赶来，及见茅能举枪刺下，钱迈、刘勃两剑齐到，将枪架开。钱迈忙道："茅金刀，手下留情！好汉惜好汉，这位朋友又不是你我的对头，何必无端伤却个难得的勇士。"刘勃也道："茅大哥，这位小活猴，原是俺们道中人，他在此藏身，是势不得已，俺所深知。您千万别伤他，俺就此给您多结个朋友。"茅能正待答言，邓华已就地使个倒栽莲，立了起来。向钱、刘二人拱手道："知己难忘，容图后报。"又对茅能道："领教了，承情得很，一年再见。"茅能呵呵大笑道："好兄弟，咱们不打不成相识。"说着，方要上前去和他亲近，哪知一闪眼间，邓华已一跳上屋，亢声说了句再会，便闪身蹿走了。茅能大怒，拾起地下的剑，恨声道："这小子不中抬举，我去逮他回来！"说着就要跳上屋去追赶邓华，钱迈忙道："人各有性，不必相强。您要会他，他不是已经和您约了一年再见吗？"刘勃叹道："这汉子实在有心反正，并不是甘心在此。只看他性情如此，便知他是个好汉子！"钱迈便问道："您知道他的底细吗？"

刘勃点头，方待说出，只见屋上飘下一个人来，刘勃忙横剑定睛看时，却是镇泰山潘荣，便上前相见过。潘荣道："俺等得不耐烦，赶到东头一看，见人已宰了，知事已办到，后面的事，俺全干了，娘儿们全给关到一间屋里，待明天地方上来放她们，那厮为非作歹的书信密件，俺全都搜来了。人救出来了吗？"茅能陡然被他提醒，急得跺脚道："竟会把这件大根由忘了！"说着，便一扭身，急朝西头一扇黑大门冲去。钱迈急拉住他道："您听外面正捉铃喝号，我们别冲得有声响，被那些村勇来瞎缠，耽延了时日。"说着便和潘荣两个俯身将剑插入门阈之下，二人同时向上一掀，只听得咔嚓两响，门已离料。二人便伸腰将门轻轻端下，各自仗剑护住全身，蹿将进去。

只见里面正中高高地悬着一碗油灯，照见一重木栅。栅里黑洞洞的瞅不见什么，栅外却有两村勇蹲在栅前地下打盹。茅能、刘勃上前，两剑齐飞，双头并落。潘荣便将油灯剔亮，剑削了栅上大锁。仍留潘荣在外望风。三人进去一看，地下横七竖八倒卧着六七个人。钱迈轻轻唤醒他们，一一询问，都是被章沃齐提来的村中百姓。这些人起先还当是章剥皮派来的人，后来才得明白，便一齐跪下，哀泣求救。钱迈叫他们起来。其中只有马福安和他的儿子德祥伤重走不动，其余的几个伤已将愈，都勉强能撑持。钱迈便向百宝囊中掏出一包伤药，分出一半，又匀作几股，分包了，拣两包大一点儿的给了马家父子，其余的都分给众人。刘勃道："这时天已不早，外厢还有几百口子村勇，要是有人到此巡查，换班撞见，又要耽搁时候，俺们不如就此走吧。"潘荣道："且慢，咱们走是很容易的，他们这些人，咱们总得救他到底才好呀！"钱迈道："我有主意，你只说你在后面曾见有骡车吗？"潘荣道："多着啦，牲口也不少。"钱迈道："既如此，我们将车套好在后门口，待他们坐上，咱们便在前面放火，那些没教导的村勇，一定都奔前面，便乘这时送他们走，万无一失。只是叫他们上哪里去咧？"刘勃道："这倒容易，俺本来一半是为救马家父子来的。如今叫他全到俺庄子上住着，反正冬天没事，待风声过了，再送他们回来。"钱迈道："既如此，好极了！我想章贼已死，料来没人敢接着和他们作对，不过是躲一躲那些无事生风、专欺良善的官儿也好。"刘勃道："在俺庄上，谅那些狗官就知道也不敢来多事。事不宜迟，就此干吧。"

钱迈便和潘荣去到后面套车。刘勃、茅能一人负着一个重伤的马家父子，领着其余几个都到后面来。穿过正厅，见厅上设着白莲教的神坛，众人越发觉得这一家子杀得不亏。一时车已套好。潘荣又去将那章沃齐窃、拐、诱、买来的女子和搜得的金银钱财等物，一齐弄到后门前。都叫他们上了车子，一共坐满了二十一挂骡车，便将后门门闩下了，四人复蹿到屋上。刘勃到前面泼翻油灯，放起火来。果然听得庄前人声喧杂，却没听得锣铃号声。钱迈陡然想起，忙到厅上，拿起铜锣，猛敲了一阵，才回身仍到后面，开了后门，将一队骡车放出。钱迈等四人前后押着，冲将出来。

方出后门，却见门边有十几个村勇，持枪守住。茅能当先冲出，那些村勇见茅能手中挺着他们大教头用的火尖枪，却不见大教头出来。接着又见跑出一阵骡车，原来本已疑心，及见这般情形，知道出了岔子，吓得没待茅能枪到，便逃了个干净。

四人跨上车辕，押着车辆，向南走了一里多路，天色已明。钱迈便吆住了牲口，将搜得的银钱等物分给众人，又叮嘱他们："且到刘家屯去避住些时，不要露面生事。"众人感激涕零，谢了又谢。钱迈便对刘勃道："这事只好累你偏劳。我们三个实因有极要紧的事，所以连拜府都没……"刘勃不待他说完，便抢说道："俺已准备好了。俺有许多话，要和您几位谈。他们到刘家屯去，自有人护送，用不着俺自己回去。"说着，便叫众人上车，又对钱迈等三人道："咱们再往南走半里可行?"三人齐说："这有什么不行!"四人便仍跨上车辕押车趱行。

一时，来到个茶棚门前，刘勃要三人押车稍待，忙跳下车来，进茶棚去了。不一刻，刘勃手中提着一条铁枪，领着个后生出来，叫他向三人磕头说："这是俺门徒四眼狼刘福。"接着，便在腰里拔出一方尖角小鹅黄旗儿，上写着"山东铁枪刘勃"，交给刘福道："你快护送了去! 就在俺庄上住着，待俺回来。"刘福领命，又去叫了六个村汉来，帮着赶车。回身向众人告辞过，才将镖旗插在头一挂车上，跨上车辕，押着车子，顺大路往南去了。

刘勃待车辆行后，邀三人进茶棚，喝了碗茶，便回头往北，领着三人从小路绕过章家庄。钱迈等便去到林中，解了牲口。刘勃也到小山坳里牵出一匹紫骅骝来，看去竟和茅能的坐骑一般无二。四人各自紧了紧马肚带，整好了鞍辔后鞦，翻身上马。茅能与刘勃并辔而行，便将手中火尖枪递给刘勃道："刘大哥! 您绰号叫刘铁枪，你那条铁枪，八成儿没这家伙沉，这东西该得送给您才对。"刘勃笑着接过来，在手中掂了一掂，扔还茅能道："小活猴这小子年纪很轻，家伙倒不轻。比俺那条枪的分量，也不差什么啦!"

四人因这段路离章家庄还没多远，且不谈心，只打马飞驰。辰牌时分，便遥见红花沟。茅能领道，拨转马道，直向信国公庙来。到了庙前，绕到后面。只钱迈下马，打墙缺进去，开了后门，让三人进来。钱迈的牲口已由潘荣带进，都牵到后阁下系着。四人各自掸了掸身上的冰屑，便迈步到神殿上来。刘勃听说是文信国公庙，和三人一齐行礼。

吴春林夜里果然躲在神幔之内，担了一夜的心事，不曾得到好睡。好容易挨到五更将尽，才沉沉睡去。只是人虽睡了，心却仍是悬悬不定。四人进殿时，他便惊醒了，却不敢断定准是钱迈等三人回来，兀自胆怯心摇。及见四人下拜，果然是自己刻刻盼念的三个人全回来了，也不管那另外的一个是谁，喜得拍掌呵呵大笑，从神幔中闯将出来，向三人说一声："辛苦了！"声还未了，不料刘勃不知此处还有这么个人，不曾听得钱迈等三人说过，只当是于己不利的，当时方拜在地下，突然瞅见神幔中跳出一人，便就地绰起铁枪，抬起身来，欻地一枪扎去，直把个吴春林骇得哇呀了一声，两臂向上一张，顿时灵魂出窍，簌簌地抖个不住。想逃时，那脚偏不肯动。幸得这时茅能正靠着刘勃下拜，见刘勃绰枪便扎，急得连忙拖住刘勃的臂膀，嚷道："刘大哥，快不要扎，这是咱们同伴啦！"钱迈、潘荣二人也忙起身赶过来，拉住刘勃。钱迈一面叫吴春林别怕，一面将吴春林的经历大略向刘勃说了一遍。

刘勃听了，十分敬重吴春林，便向钱迈等说道："俺有一句肝胆话，要和您几位商量，不知可能同心？"钱迈等三人都说："您的话准不会错的！您说吧，没个不同心的。"刘勃便道："咱们这五个人，天南地北。五个人竟是五个行省的人，委实不容易聚到一处，更不容易心意相投，彼此都要好，尤其难得的是志向全差不多。俺们在江湖上走的，谁不望做番事业出来。就是吴大哥，虽是不习武，俺们伙里，也难得有个文人。大家如果情投意合，想要合力闯番惊天动地的功业，俺们今日就当着文丞相，托他老人家的正气，结义为弟兄。以后互相扶持，祸福相共，协力同心，建立勋业。一来，不枉父母生您俺这般个汉子；二来，大家有个帮手，再不愁孤掌难鸣；三来，天地生养俺们，俺们也得如此干去，才对得起天地；四来，也不辜负俺们患难相聚之情。"

钱迈、潘荣、茅能不待他说完，齐都欢然道："好极了！"吴春林更是做梦也不曾想着能得着这般几个好弟兄。五人之中，有曾经结义或是师兄弟的，也都就此再大拜盟，如钱迈和潘荣、潘荣和刘勃，成为双结义。五人便商议，撮土为香，当着文丞相设誓结盟，永为兄弟。当即依齿排列，先向文信国公神座九叩首。起来，大家又互拜过。虽是一座古庙，更无香烛祭礼等点缀，顿时和气充盈，树上弄晴鸟雀，也似在庆贺五人的美满结盟。

镇泰山潘荣、镇华山钱迈、铁枪刘勃、金刀茅能和吴春林五个正心诚意，拜罢起身，五人叙齿：潘荣居长，钱迈第二，刘勃第三，茅能第四，吴春林最小。年纪都在二十岁到二十八岁之间。

当下五人眉飞色舞，十分欢欣。"大哥""兄弟"，叫得一片声响。尤其是茅能自来不曾结交过知心朋友，陡然间得着几个这般志同道合的弟兄，更是喜之不尽，心花怒放，便想到应要痛饮一场。当向潘荣说道："大哥！我们今儿真乐极了！何不赶到红花沟去痛喝一场，庆祝我们结义的喜事咧？"刘勃也喜道："茅能兄弟说得不错，俺们今日虽不能杀牛宰马，也该大家痛痛快快地叙一叙，才不辜负俺们这场盛事呀。"潘荣听了，便道："此地本来没事，咱们就此走吧，只是喝酒不要在红花沟喝。"刘勃道："这儿朝西北绕过去只六里地便上官道。再朝正北走，便是凤家桥。那儿市镇大，酒菜也好，俺们就奔凤家桥去吧。"潘荣等四人齐声说好。

吴春林便立起身来说道："待我给各位兄长去备牲口去。"茅能嘻开大嘴，笑道："好兄弟，哥哥就偏劳您了！"吴春林笑应着，真果奔到后阁下去备马。潘荣等四人齐起身整理衣巾，揩擦兵器，都向后阁下来。方下台阶，吴春林已攥着五条马缰，将牲口都牵来了，瞅见四人，便笑说道："兄弟给各位兄长备好牲口了。只四哥那把大刀，我拿不动它。"茅能听了，便飞奔到后面去取他的金刀。这里潘荣等齐道："好兄弟，辛苦您了！"茅能取出大刀，和众人一齐回身，向神座打了一躬，各自牵马出外。

五人上了大路，各自执鞭攀鞍上马，朝西北小路纵马急行。茅能在马上望望这个，瞅瞅那个，乐不可支。刘勃也是欢喜无限，和茅能更觉性情相近。二人便一递一答，在马上倾谈起来。茅能先将自己的来踪去迹，一一向刘勃说了。刘勃也将自己的身世告诉茅能道："俺自幼随着父亲闯江湖。后来在潼关遇着位道长，就是大宋时和本朝开国有名的陆地神仙张三丰，说俺根基厚，可以学武。如今天下初定，正好学成武艺，为国家出些力。俺父亲知道他是洪武爷的国师，便恳求他教俺武艺。俺从此随着师父到武当山，一住十年。蒙师父教俺一身本领，十八般武艺全学会了。师父说天下不久有奇变，南北宋时的惨祸会要重现。便命俺下山，多结交天下英雄，将来自有建功立业、光大师门之时。当时俺便下山，奔走天下，寻俺父母。直寻了两年，还是遇着师父下山云游，才指点俺在岭南寻着了父母。回到河北原籍，投身镖局，赚钱养亲。六年前，父母双亡，俺便独闯江湖，直到如今，天下英雄也会过

65

不少了。仗老天爷的看顾，算是没栽过大筋斗。"

茅能听了，赞道："您真算有福气，已是业立名成。我在江湖上也漂了多年了，却连家乡也不曾回去过一趟。"刘勃道："俺也不过是仗朋友们瞧得起，弄了这么个地方，接待往来的英雄好汉罢了。俺们闯江湖的人，反正得奔走天涯海角，家不家，有什么要紧呢？"茅能道："我也只想和您一般，有这么个地方，广交天下英雄，镇日价和江湖好汉们欢呼畅饮，真比做神仙还要快活。"刘勃笑道："这事也不容易，一点儿不周到，就得惹人见怪，即如咱们大哥、二哥，每回打这路过，不管有事没事，总得到俺家里叙两天。这回二哥不知因甚见怪，竟然路过不入。"钱迈在后听见，便抢说道："三弟，您不要多心。我有我的苦衷啦！"接着便把河间事情紧急，万不能耽搁的话说了，并道："如今得您一同前往，咱们又得一个帮手了。只不知您这近天还有旁的事吗？"

刘勃笑答道："谁来多您的心啦？俺这趟只是因为俺族人刘万和来朝俺说，要在俺家里避几天，说是路上遇着白莲教，是您救他出来的。俺听了大喜，连忙问他这位钱爷在哪里。他便将您的行程向俺说了，俺想您总有格外紧的事情在身，不然没这般情急，连俺家里也没空来一趟。俺便存心要赶上您，问一问为甚不叫俺帮忙。要是没甚急事，还得拉您回头去，玩几天。便朝北道大路追来。行不到三十里，遇着俺家亲戚马家妯娌俩，领着儿媳妇、小孙孙，推了个二把手小车儿。见了俺，便扑下车儿，对俺大哭。后来俺问明白了，又见了您的字条儿，便叫他们赶紧上俺庄上去。一面想着您今夜一定宿在章家庄，便急忙向章家庄赶来。不料这牲口踏着冰块滑了蹄，耽搁了一会儿。到了庄上一问，正是您三个闹了个翻江扰海，扔下走了。巡检官儿正忙着验尸、封屋、掏摸东西。章剥皮没敢到街上来，只遣个家人做报告，俺便想着那章贼家里一定防备严密，旁的不紧要，只那总教头小活猴邓华十分了得，且是打得一手好镖。又料着您三个夜里一定要去，恐怕遭他暗算，便一直赶到红花沟，以为您三个一定宿在沟里。哪知向几家店里一问，都没您三个的影儿。再一打听，却又没过去，便存心先进章剥皮庄子里去。那里面的路数，俺是知道的，比你们要先探路便宜多了。便寄顿了牲口，直奔那×娘贼庄里去。路上瞥见您三个，却是为存心要代您三个先去干这一趟，便没叫应你们。那厮果然防备严密，围着庄子都是庄勇，提铃喝号，错过是咱们弟兄，要是功夫差点儿的，也就甭想进去。也是那厮合该！俺进了庄子，伏在勇壮棚子顶上细听，知道小活猴近来因为章剥皮对他如同差使用人一般，很不高兴，不大管事了，俺便直去寻那贼。方在屋外杀了俩教师，便遇着您三个了。"

三人听他说完，才恍然大悟，刘勃竟是全为他三个赶了来的，各自感他的厚意。潘荣便道："三弟，俺们弟兄也不说套话谢您这番盛情了。如今咱们虽说是因为河间事急，不敢耽搁。却是河间到底是怎样一桩事，俺师父始终没说明白，只说是师叔也要来的，俺和钱二弟全都不明白是怎么一回事，就只知道事情分外重大。既是师叔也要去的，您可曾知道了些儿?"刘勃道："俺多时不曾见着师父了。只前回师伯打这路上过，觅到俺家里。可恨俺家那些瞎了眼的东西，俺不在家里，竟会拿着师伯当个游方的老道。师伯只向他们说了一句：'刘勃回来，只说友鹿道人到河间去了，要他也来一趟。'俺回来，他们告诉俺，气得俺每个儿揍了一顿，便想赶到河间去赔罪。后来因为有桩事没了，缠着不能动身，便遇着您了。这事俺本不想说出来惹羞，您既问俺河间的事，俺实告诉您吧，俺比您更糊涂。俺这趟只是存心觅师伯赔罪去的。"茅能听了，接说道："既是如此，咱们便快点儿赶到河间去，似这般尽只闷着怪难受的。"

说话间，蹄声细碎，已经上了大路。只见来来往往的人马车驮，纷纷赶路，五人便住口不谈，只打马飞奔。转眼间，瞅见前面树林中挑出个酒帘。茅能喜道："这儿有个酒家，咱们去喝几盅吧!"这时已是巳牌时分，各人肚中都觉着饿了。便一齐骤马，奔到树林之中。早有酒保上前，接过牲口，招呼五人到里面落座，茅能先开口叫酒保，要了十斤白酒、十斤熟羊肉。酒保先将酒送上，茅能再也耐不住了，提起酒壶筛了五碗，自己便先喝起来。好一会儿，酒保才将十斤羊肉切好送来，茅能已等得不耐烦，三五碗酒早下了肚了。

五人正在开怀畅饮，忽见一个壮汉飞也似走进店来。还没坐下，便叫酒保要酒要菜，拍得桌子山响。酒保骇得奔来跋往，跑个不停，嘴里爷长爷短乱巴结，等到酒菜都已摆好，那人一面狂吞傻喝，一面叫住酒保，问道："离这儿不到一站路，有个刘家屯，你可知道?"酒保忙赔着了笑脸，躬身答应道："知道的，朝南去，只半天路。"

五人听得那壮汉打听刘家屯，心中一动，便都留神瞅着他。那壮汉毫没觉着，又问酒保道："那刘家屯里有个花枪刘八，你可知道?"酒保笑着答道：

"这位刘八爷的威名，也常听人说起，是个奢遮的好汉！爷和刘八爷是朋友吗？"那壮汉圆睁彪眼，大喝道："谁和那混账小子交朋友！俺只问你，那小子可曾打这儿过去？你可认识他？"酒保骇得连连倒退，点头道："是，是，是！小的不认识。"

这时，刘勃、茅能都耐不住了，一齐站起身来，刘勃坐在外面，便一抬腿踢开板凳，向那壮汉大喝道："俺便是花枪刘八！你这小子怎敢出口伤人？"壮汉听了，呵呵大笑道："你这小子就是刘八吗？爷正要寻你！"茅能跳将过来道："你这厮瞎了狗眼！俺……"潘荣、钱迈连忙赶来，一人拉住一个道："且不要动粗，有话好说的。"钱迈又向那壮汉说道："你这人也太不讲道理了！我这兄弟和你往日无冤，近日无仇，你又不认识他，怎么张嘴就骂人咧？"壮汉挽袖抱拳，高声答道："俺便是玉狮子文义。俺只问刘八，为甚要带着人伤俺师弟，扫俺们的面子？"潘荣道："朋友！你话要说明白。你师弟是谁？可是被俺这兄弟带人伤了他？因甚事体要伤他？江湖上得讲规矩，似这般没头没脑的，不是有意寻岔子来着吗？"文义暴跳道："俺不告诉你，你死了也不得甘心。小活猴邓华，便是俺师弟。你们为什么要伤……"话未说完，茅能已挣脱钱迈的手，扑过来，大声嚷道："邓华是我做的，小子！你只朝着我来便了，不要瞎拉旁人。"文义扬左膀，格开茅能的拳头，接着一脚将桌子踢开，砸了一地的酒和菜。二人便在那酒菜之中打了起来。

这时，文义见对手有五个人，仗着自己本领，想要冷不防打翻两个，便好打了。因此，一面和茅能斗拳，一面觑空，对着刘勃一扬手。刘勃知道他是放暗器，怎敢怠慢？忙扫个开门腿，身躯一矬，让了过去。只听得铮的一声，回头看时，一支金镖正扎在当中板壁上，那酒保正躲在这板壁前桌子底下，瞥见金光一闪，一声响亮，震得板壁上灰尘乱落，骇得哇的一声，真魂出窍，连忙狗一般爬到里面去了。

刘勃见文义打镖，大怒道："好小子，有本领的，不要放暗器伤人！茅四弟您闪开，待俺来做他。"说罢，噗地跳将过来，拔下背上长剑，照定文义顶上劈去，文义见刘勃来势凶猛，架开茅能的拳头，使个左旋风，就地避开，乘势一反手，也将背负长剑抽出，也不竖起身来，就势抢剑，着地扫去，想砍刘勃的两腿。茅能见都动家伙，便也拔出剑来，照定文义背上唰的一剑，文义向前一蹿，避开。刘勃叫道："茅四弟，您闪开，他是寻俺来的。"茅能急道："三哥，邓华是我做的，这事与您不相干。"说话时，二人双剑齐下。

68

文义毫不惊慌，将剑一横，架住双剑，冷笑道："好小子，一齐来吧，免得爷费事。"

三人一来二往，斗了二三十个回合。吴春林早骇得心胆皆寒。潘荣、钱迈见文义剑法精妙，确是武道正宗，恐他有失时，可惜一条好汉。便忙拔剑上前，架住三人的剑道："三位都不要斗，咱们且说说明白。似这般斗去，就让分出胜负来，也是糊里糊涂，大家不知究竟是怎么一回事。"三个哪里肯听？各自想抽回再斗。怎奈被潘荣、钱迈两条剑逼住，抽不回来。钱迈便乘此和潘荣两个，将三人分为两起。三人仍是气呼呼的，怒目而视。

潘荣劝住刘勃、茅能，钱迈便问文义道："文大哥，您为甚说您师弟小活猴是我这兄弟领人去打伤的呢？您可知道小活猴护着章剥皮为非作歹，我们要除却章剥皮这一害，便不能不得罪令师弟了。须知我们并不是和小活猴作对，不过是为要除地方之害，偶尔和小活猴交了一回手。江湖上胜败原是常事，若似这般小气，遇事寻仇，那么江湖上还能够开打吗？瞧你这样子，不是新上路的朋友，却怎的这般不讲道理咧？"文义恨声道："你们干得不留情面，还要说俺不讲道理，真气死俺了。"钱迈又道："你不要急，我们怎的不留情面，倒请您说一说，咱们大伙儿评评。"文义恨道："提起来，真叫俺冒火！俺押着几挂货车到郑州，卸了载回来，今儿在郑家营路上遇着俺师弟小活猴邓华，满面愁容，唉声叹气。俺问他：'因甚事气得这样？'他说：'在章家庄当教头，昨儿夜里砸了。'俺又问他：'砸在谁手里？'他说是刘家屯的花枪刘八带人来毁章家庄，因此砸了。俺便邀他回头帮他报仇，他抵死不肯，说要回五台去寻师父，练功夫，已和对手约定了一年后来报仇，俺拉他不转，想着咱们师兄弟在江湖上不是无名之辈，怎能给人家砸得不敢出头，回去练功夫咧？这口气不出，还能混吗？俺不找刘八找谁呀？"

钱迈呵呵大笑道："原来如此，朋友，那您可找差了！您可曾问过您令师弟，章家庄是个什么所在吗？我不是对您说过吗？我们只是和章剥皮作对，不是和小活猴作对。那章剥皮的声名，远近谁不知道？您先打听明白那章家庄该毁不该毁，就不会怨我们得罪令师弟了。"文义听了，放下宝剑道："你且说说章家庄是个怎样的所在。"钱迈便将破章家庄前后的事告诉他一遍。文义听毕，愕道："真的吗？"钱迈道："您想，咱们有许多人在这儿，不是打不过你，为甚要哄你咧？"文义沉吟道："您这话不对。俺那师弟素来性直，如果章家庄是这么个所在，他断不肯在那里当教头的。"钱迈正待答言，刘勃抢说道："您师弟为什么在章家庄当教头，您可问过他？"文义摇头道："没说起。"

刘勃笑道："却又来！你的师弟在章家庄时，常到俺家里来，和俺很要好。每提到章剥皮那厮，他总是唉声叹气。俺问他为甚不离开章家庄，他终不肯细说。后来俺问急了，他才说出来，说是二年前头，在襄阳原籍奉母逃荒，路过章家庄，缺少盘费，母亲又生病，没法子，便卖艺求告，那章剥皮恨他不曾到他庄子上拜过他，又没纳规例钱给他，不单是不许人给钱，还使他家里的总教头领几个教头去毁场子。起先一个教头下场，被小活猴折了膀子；接着三个都头齐下场子，却又被小活猴给做得全趴下了。那总教头没法，麻着胆子下场子去，只一合，便被小活猴提起来，扔出人圈子外面去了，这时，章剥皮夹在人丛中瞅见了，心中一转，便假装好意，和小活猴拉交情。小活猴一时不察，只当那厮是个好人，被那厮邀到家里，花言巧语一阵哄骗，又将小活猴的老太太接到他庄上医病。哪知这位老太太竟死在那厮庄子上，那厮诚心要缚住小活猴，花了些银子，殡葬了这位老太太。这时小活猴已看出那厮的好恶来了。只是已受了那厮的好处，大丈夫不能白受人家的银钱，何况是父母殡葬大事，使了人家的银子，怎能拍腿就走咧？却是小活猴也打定了主意，将老太太葬在俺那屯子朝东三十多里的玉马山上，免得被那厮扣住坟茔。从此小活猴虽是在那庄上名为总教头，实是不和那厮出一个计较。那些作恶多端的事，也只让那几个教头去干。自从和俺交了朋友，便时常和俺说，要趁个机会报答了那厮，便离开那里，远走高飞，还托俺照顾他老太太的坟墓。近来那厮因小活猴时常劝他不要作孽，他不高兴，将小活猴派去看土牢。就是那厮庄子里的布置路径，也是小活猴告诉俺的。昨夜的事，是因为茅金刀太急了，和小活猴斗了起来，俺想拦劝已来不及。正要和俺钱二哥说明白，向前去分开他俩，哪知他俩没几个回合，小活猴便携了兵器走了。这您该明白了吧！"

文义听了，忽然想起：俺也曾听得说，师弟是被个土棍买住了，这话大概不假。想罢，叹了一口气道："这里面有这许多曲折，俺怎生知道？"潘荣见他来势已缓，便乘此向文义道："咱们全都是江湖上的朋友，谁肯扫谁的脸？令师弟自有他不得已的苦衷，俺们也并不是有意和您师兄弟作对，咱们青山同绿，大家何必伤和气咧？"说着便拉文义到自己这边桌上喝酒、叙话。文义也不推却，和潘荣走过这边桌上来。钱迈、刘勃、茅能齐都坐下。吴春林知道没事了，也重来入席。文义一一重新通了姓名，分宾主坐下。

潘荣高叫酒保，可怜那酒保哪敢出来？战战兢兢在板壁后面觑了半晌，见都坐在一处了，才敢麻着头皮出来。茅能嫌他慢腾腾的，大喝一声，要去揪他，骇得他扑通地跪在地下，连连磕头，直嚷："爷爷饶命呀！"吴春林连忙拉他起来，道："你别怕，快去烫酒来，砸碎了的家伙，我照价赔你。"那酒保听了，才小心翼翼地自去烫酒，惹得众人都笑了。不一时，酒已烫来，钱迈等又要了些牛肉、熏腊，大家开怀畅饮。谈谈说说，酒到杯干，不觉将一坛三十斤的白酒，喝了个罄空。六人都有了酒意，钱迈便要了十二斤饼，炒了四样熟菜吃饭。刘勃、茅能二人仍不肯休，又每人喝了三五斤酒，才胡乱嚼了些饼。

六人吃毕，潘荣、钱迈等不敢再耽搁，便要趱路。文义也因急于要回开封，不能回身北走，便向刘勃等告辞。彼此都有要事在身，便各道一声"相见有日"，各自登程分行。潘荣、钱迈、刘勃、茅能和吴春林五人齐向文义一拱手，各自策马投北去了。

后来之事，下文再说。

71

第七章

背德忘恩淫妇肆毒
仗义急难侠士舍身

话说文义原是南阳人氏，他父亲文实，是个武科榜眼，因为矢忠于建文皇帝，得罪了燕王朱棣，被姚广孝谗言，生生地革去京营都督官职，抄家发配，抱愤亡身。那时文义才得七岁。长兄文苞是个书呆子，本非同母，独自立家，娶妻经氏，自来不回家乡。次兄文英、三兄文安，都在幼年，在家读书。全仗着母亲靳氏，借贷典质，做些针黹，抚养他弟兄三个。自文实死后，靳氏内受家族的凌欺，外受亲友的诈骗，所剩下一点儿没抄完的首饰等项，却被戚族弄光了。靳氏眼见三个孩儿无钱读书，便四处求告世交帮助。可怜文实做官时，门下食客一二百人，都是世交友好。待他遭谗愤死，有谁肯顾这寡妇孤儿？靳氏一气，便拼凑些衣服、木器，将文实的灵柩安葬南阳，大哭一场，带了三个孩儿，奔到开封，依着老母靳黄氏居住。靳家虽是开封旧家，怎奈黄氏儿子早夭，只剩这个女儿，家中所有早被远宗近支抢去朋分了。这时，黄氏年已六十，正在三餐难继，幸得这女儿领着三个外孙来投，骨肉得以团聚，虽是伤心枵腹，却比流离析隔好多了。

靳氏上养老母，下抚儿女，全凭一双空手，弄些柴米，苦度光阴。家中只剩个收留的义女邵寿雍，和靳家老仆罗莽，内外照顾门户。如此过了一年，忽有个文实从前的门客，名唤龙尧臣的侄儿龙晓春，在街头遇着罗莽，问起文氏抄家后的消息。罗莽一把眼泪一把鼻涕，哭诉了一回。龙晓春叔侄二人精于堪舆星相，从前龙尧臣仗着这点儿本领，在文氏家做食客，着实受了文实夫妇不少的好处。就是龙晓春，也素慕文家的义声善誉。此时听得罗莽诉得凄楚异常，心想：照文实和靳氏的为人，不应遭此惨苦，难道老天竟无公道吗？便跟着罗莽一直到柴火市靳家，登门请见。

靳氏素来大方，听得罗莽说龙相公十分怜念，便带着三个儿子出中堂相见。龙晓春拜见过靳氏，一看三位公子，头角峥嵘，都非凡相，心中暗喜善人有后。及至问起靳氏，说是无力延师，便毅然毛遂自荐。靳氏素来知道他是黉门秀士，叔侄都很有文名，听得他情愿不受束脩，教导三位公子，喜感交萦，当时便谢过龙晓春，叫三个儿子立时拜过先生。那龙晓春原住开封乡下，家有薄田茅屋。长子龙起在外经商，家中不愁衣食。从此便带了他的小儿子龙飞到靳家，专心一意教授文家三位公子。文英生性好玩，读书不大用心，文安资质虽不甚聪明，却是专心读书，毫不外务。只有文义天分极高，一目十行，却是性急心躁，秉性好武，颇有将门之子的气概。

文实还遗下一个妾，名叫罗佩南，原是教坊妓女出身。文实死后，被文苞的妻子经氏呼来唤去，待得和婢仆一般，实在不堪忍受，便远道奔到开封来依托靳氏。靳氏念在是丈夫遗下的人，便也不当她是姬妾，相待如姊妹一般。哪知罗佩南患退身安，登时故态复萌。不到几时，便和靳氏的侄儿红鼻子靳翰丞有了暧昧之事。靳氏以己之心度人之心，绝不疑心罗佩南如此无行。有人和靳氏说起，靳氏总以为她不致如此没廉耻。哪知年复一年，文家三个公子已渐长大。罗佩南嫌他们弟兄碍眼，便和靳翰丞商量，要将文英等弟兄三个弄出去，或是害死。

靳翰丞原来是仗着文实的势力，补了个国子监生。又得文实保荐，在开封府做催租吏，手中着实赚了三四千贯钱，娶了两个妻子，一个姓李，一个姓刁。自从和罗佩南勾搭了之后，文家剩下的书籍、字画，被他掏摸了许多，卖得不少的钱，却还有不少珍贵的古画、古书在靳氏身边，没法去弄来，心中痒急已久。今见罗佩南和他商量要害三个公子，自是满心欢喜。便向罗佩南道："不如连那老货一网打尽。大船烂了，还有三千钉。不说旁的，俺俩只要带着那些书画到京城去卖了，也够一辈子的吃喝穿戴了。"罗佩南问道："只是想个什么方法去弄掉他娘儿四个咧？总得不露痕迹才好。"靳翰丞道："俺有个极好的计较：那老的体气素来不好，只消给些泻药给她吃下，包管送她见阎王。那三个小的，也只消弄些蒙心散给他们吃，让他们全变了呆子，就好办了。只是文义那厮委实机灵，气力又大，恐怕不容易下手。"罗佩南听了大喜道："下手容易，甭担心。"便催他赶急去办。

哪知恶人天不佑。他俩方商量好要下毒手，靳氏却遇着个意外的救星。靳氏夫妻俩素来信佛，平日间，精参佛典，敬礼高僧，做了不少的功德。有许多真有道行的佛门弟子，见文实和靳氏不是那世俗吃斋念佛之流，更非富贵忘形之辈，且喜他俩根基深厚，不时前来指点。靳翰丞那厮方在药店配药，不料在相国寺中挂单的五台高僧了了和尚，这时恰巧也在配药，觑见了，心中一动，暗想，这人原是文实门下的食客，且是文夫人的侄儿，他要配这些药做什么咧？心中十分疑惑，便决计暗地跟随他去，窥探个究竟。沿途见靳翰丞獐头兔脑，闪闪藏藏，益加疑心。一直暗中随到柴火市靳家门首，见他不走前门，却绕后门进去，心中一发疑惑起来，便决定夜间来探。

到得夜里，了了和尚换了夜行衣，出了相国寺，直到靳家，飞身而入。各处窥探，毫无动静。直到后进，才见罗佩南正在灯下和靳翰丞两个啧啧喁喁，不知说些什么。了了和尚心下大白，知道靳翰丞日间配药，一定不干好事，只是就此一杀，不单是惊世骇俗，且是反要连累靳氏母子打人命官司。若是不管，一来自己是个行侠仗义的魁首，岂能容这些妖怪噬人？二来文实夫妻相待不差，怎能看着他母子受害？正在踌躇，寻思计较。忽见靳翰丞叫罗佩南到外间去拿磨好了的山药粉。了了和尚大喜，乘此机会，待罗佩南出房，靳翰丞转背的这一刹那间，蹿将进去，掬了两包药面儿，顺手插一把雪亮的牛耳尖刀在先时摞药包的处所。回身蹿出，仍倒挂在檐口瞅着。

靳翰丞正目逆而送罗佩南出房之时，忽觉背后一阵冷风，急回头看时，窗槅大开，桌上两包药面儿已不见了，却插着明晃晃的一把尖刀，刀光刺眼昏花，不觉大惊，脱口叫声"啊哟！"罗佩南听得，连忙抢进房来道："您叫唤什么？要叫人听得了，那还了得！"靳翰丞这时已骇得不会说话了，只指着桌上的刀，挣扎了半晌，才说得句"您瞧！"罗佩南顺着他的手一瞧，只骇得突地瘫在地下。了了和尚见他们如此惊慌，便故意高声嚷说道："俺乃五台山虎面大侠，专保忠臣义士的遗孤。你这淫妇奸夫，竟敢残害忠良之后，本当斩却，只恐污俺宝剑，权寄俩脑袋在你们头上。倘然再不改过自新，俺早晚来取你们的性命！"说罢，飞身而去。二人听了，骇得倒地磕头，连称："不敢，不敢，自愿改过，只求大侠饶了狗命。"磕了半晌，见无声响，才敢起来。二人经了这回骇，胆落魂飞，果然不敢再起谋杀之心，就是来往也敛迹了许多。

次日饭后，靳氏方才做过针黹，读书消遣。忽见罗莽进来报道："五台山虎面沙弥了了和尚要面见夫人。"靳氏听得了了和尚来了，想着自从丈夫故后，他就不曾来过，今日前来，必有事故，便道："请外堂相见。"随即抛书

74

起身，来到外堂，已见了了和尚低头合掌，随着罗莽进来。到了堂上，便朝着靳氏打个问讯道："老衲特来给夫人候安！"靳氏连忙还礼让坐。罗莽献过茶，立在一旁。靳氏便问了了和尚："大师近来在哪座寺院挂单？怎生来到此地？"了了和尚合掌答道："好叫夫人得知，老衲自从在京里见过都督和夫人之后，一直没回荒山，只在外云游。前年头里，姚少师说是五台山僧侣习武，谋为不轨，调兵将四大丛林全毁了。老衲发愿心要重建菩提寺。这两年只在湖广一带募化，前月才到开封，在相国寺挂单。得知夫人住在此处，因此特来问安。"靳氏叹道："俺家家门不幸，自从先都督过世，谁还拿眼来瞧俺们这寡妇孤儿。难得大师还顾念先都督旧交，前来枉顾。唉，大师宏愿，要重兴佛地，真令人佩服。要是先都督在世，还可助大师一臂之力。如今时，可怜，俺这未亡人……"说到这里，眼眶儿一红，咽喉一哽，再也说不下去了。了了和尚忙劝道："夫人不必悲伤。如今放着三位公子，总算老天不负善心人，将门有后，将来还怕不承先启后，替夫人争气吗？"靳氏"呀"了声，回头向罗莽道："正是，俺忘怀了，你快去书房里领三位公子来见大师。"

不一时，罗莽领着文英、文安、文义弟兄三个来到堂上，先见过母亲。靳氏便叫他三人参见了了和尚。了了和尚还礼毕，举眼看时，见他弟兄三个相貌各不相同：文英身材不高，精神焕发；文安形容奇特，彬彬儒雅；文义却身高体壮，眉采眼神，颇像文实当年英雄气概。了了和尚便问："三位公子目下是习武，还是习文？"靳氏答道："目下是一位世交弟兄，慷慨好义，在此教他弟兄三个。原本想要他们习武，继承父业，怎奈难得名师，因此耽延下了。"了了和尚道："大公子和二公子身体都单弱，只宜习文。三公子却是将门之子，面貌身材和都督一般无二，最好是学些拳棒，将来立功疆场，也好替都督和夫人吐口气。"靳氏道："提起这孩子，原来有些奇怪。生他时，都督和俺都梦见一个魁梧奇伟将官来拜，名帖上写着'胡大海'三字，醒来时，便生了他了，他读书虽是聪明，却是最爱拿刀弄棍。他父亲的那张弓，从来没人拉得动，他今年才十一岁，也没人教他，竟然能拉得满满的。因此，俺也想叫他习武。只是俺强煞也是个女流之辈，哪里给他寻师父去？若得大师这般个师父教他的，这孩子将来也许还有点儿出息。"了了和尚听了，喜道："夫人若不嫌老衲无能，老衲情愿尽力教导公子。"靳氏尚未答言，文义已是满心欢喜，起身奔到了了和尚跟前，噗地双膝着地，口称师父。了了和尚大喜，连忙搀起他来道："俺能得着你这般个弟子，也可报答师门了。"靳氏见儿子如此向学，又得遇名师，更是欢喜不尽。

当下靳氏向了了和尚说："每日清晨叫罗莽送文义到相国寺去学艺，过午仍旧回来读书。"了了和尚接应了。靳氏又留了了和尚供斋，请龙晓春代东。席间谈起，了了和尚得知文义虽只十一岁年纪，却"五经""四书""四史""十子"俱已读完，暗自惊他聪明。想来他性好武艺，学来更易成功。当下饭罢，了了和尚辞过龙晓春，又托罗莽向夫人道谢，方回相国寺去。

自此文义逐日到相国寺去学艺，了了和尚也尽心相教。才得一月，一来是文义秉性聪明，二来是了了和尚谆谆善诱，拳棒功夫已有眉目，平常人竟打不过这十一岁的小孩子了。那龙晓春的儿子龙飞，平日最和文义要好。及见文义学得这般本领，十分羡慕。暗地里，要文义拉挈他一同学艺，又磨着他父亲去求文夫人。龙晓春见他儿子平日和文义一般，好武不好文，且是放着如此名师，当面错过，未免可惜，便真果去求靳氏。靳氏已被文义磨了许多次数了，想着儿子能有个伴，进功自是快些，就是来往也不寂寥。只碍先生是个秀士，恐他不喜武艺，人家儿子方在读书，怎好劝他去学武咧？因此没开口。及至龙晓春来求她去向了了和尚说，自是满口承允。恰巧次日是七月半，中元之节，文家照例祀祖，便着罗莽去请了了和尚来供斋。了了和尚依时来到，向文实遗容膜拜过，便请见夫人问安。靳氏便将龙飞慕武要求教训的话，向了了和尚说了，又叫龙飞来见过。了了和尚见龙飞虽只十岁，却是天生的粗黑健壮，五官端正，骨格高大，是个可造之材，便也收为弟子。龙晓春父子欢喜固不待言，就是靳氏和文义也十分欢喜。

光阴荏苒，文义、龙飞二人寒暑不息，日夜无间，已学艺三年了。了了和尚竟为这两个弟子，没离开封一步。三年之中，将自己的本领尽行教导。二人已能高来高去，力敌千军。了了和尚便要带他二人回五台山去，教授剑术。好在靳氏原不是寻常妇人，龙晓春也素来豁达，儿子出门，毫无留恋。只各自给儿子做了许多衣服，叮咛许多言语，又托付了了和尚，便任文义、龙飞随着师父到五台山去。二人各自拜别了母亲、父亲、兄长等，虽是不无依恋，却为决志学艺，便硬着心肠，随着师父，直往山西五台山去。

一路晓行夜宿，到了五台，寄住在一座茅庵里。了了和尚一面将化得的银钱重修菩提寺，一面教二人炼气运剑。忽忽三年，文义已学得十八般武艺，件件皆通，尤其是一口剑和一柄三尖两刃四窍八环刀，更加炉火纯青，使得神出鬼没。又过一年，龙飞也全学成功，却练的是一杆方天画戟和一口剑。

了了和尚见俩徒儿武艺已成，便亲自送到开封，交代给他二人的母亲、父亲。从此，文义就在江湖上闯世。他母亲知他功夫已成，也不管束他，任他自回自出。

文义、龙飞二人闯了二三年，江湖上已闯出了字号。大河南北的好汉，没不知玉狮子文义、浪里龙龙飞声名的。了了和尚重兴菩提寺的宏愿已了，便收了山下一个孤儿邓华做门徒，每年来往豫晋，也做些行侠仗义的事情。每到开封，必到文家住些时。这时，文英考试不第，在家训蒙。文安游幕在外。龙晓春已老病身故。龙起远赴边疆。龙飞便向师父说明，离了家乡，远赴西南入川走黔，去闯些事业。

这年，文义因想报父仇，入燕京去寻姚广孝等，不料防备紧密，没法下手，只得在京城等机会。又因盘川不多，久居时，食用不济，便投在前门外南昌镖局里护送客货。眨眼间，一年已过，文义方保了一批绸缎客人，由德州进京。想到残年将尽，已是两度寒暑不曾回家，便想回开封探母。正想要动身，忽接到他母亲靳氏由镖师捎到北京的信。拆开来看时，却是外祖母靳黄氏于九月间身亡的报凶信。顿时满怀悲惨，便立刻向镖局里告了假，也不带重行李、长兵器，也不雇牲口，只打了个小小包袱，辞别了镖局朋友，甩开大步，冲寒冒雪，沿着大路，直奔河南。

一路无话。一日，走到李家店，时晏投宿。次日清晨，才起身梳洗，忽见一人匆匆奔进店来，瞅着那模样儿，似是个熟人，忙定睛细瞧，却正是师弟小活猴邓华，便连忙招呼，叫店伙计整治酒菜同吃早饭。邓华先问文义近况，文义一一说了，便问邓华："打哪里来？境遇可好？"邓华愁眉叹气道："大师兄，我的事真是一言难尽。"文义惊问道："师弟，您这话怎讲？"邓华知道文义性急，自己的遭际又不是三言两语可说完的，况且秉性不肯向人前说低眉话，便只长叹无言。文义大急，连连催问。

邓华被逼问不过，只得说道："我奉师父的言语，来这河北地方，暗窥白莲教的消息，便在离此不远的章家庄当教师。不料章家庄朝北一站路不到，有个刘家屯，屯里有江湖上有名的好汉花枪刘八，原本和我也交过朋友。昨天夜里，他领着三个人来踹章家庄。我一个不小心，便砸在他们手里，师父、师兄的脸全被我丢完了！如今我要去五台山寻找师父，再练一年功夫，再来寻刘八这班人报仇。"文义听了，拍桌大叫道："那姓刘的既和您交过朋友，怎能给您下不去啊？就让他姓刘的和姓章的十分过不去，也应先和您说过，您不答应，硬要帮着姓章的，他才能动手呀，怎的这般不讲道理！带着人来砸您，他就算没事了吗？师弟，您别急，放着师兄俺在这儿，咱们哥们儿不能白给人家砸翻，俺俩就去寻那厮去！"说罢，便立起身来要走。邓华忙拉住文义道："大师兄不要急，我方才说已和他约定一年，如果这时再回去寻他，更要被他耻笑，说我自己脓包，说的话做不到，却去拉旁人来帮门面，反为不美。不如待到明年今日，我再专请师兄到刘家屯，帮我争回这张羞脸。师兄想可对？"文义听邓华说已和他们约定一年，这时实不好回头去复仇，便道："既是这般，俺现在独自去寻他，问问他：有名的江湖好汉，可能这般不讲江湖规矩？"邓华竭力劝他别去。无奈文义执意要去会会花枪刘八，且是朝南便道，拦阻不住。邓华虽是苦劝，文义口中含糊答应，却到底直奔刘家屯去寻刘八。

文义、邓华二人饭罢分手，邓华自去五台山寻师父，文义便直向刘家屯来。不料在店里因听得师弟被人砸了，心中一气，没顾得吃饱。及至走了约莫三十余里路程，肚中有些不受用起来，便再寻酒店充饥，不料就此遇着刘勃、茅能等五人。待事理辩说明白之后，倾心吐胆，畅叙一番，反而结成了相识。

文义因外祖母丧事在身，急于要赶到开封。和潘荣等别过，负上包裹，趁大路拔步急走。约莫行了十余里路，忽见路上凝冰积雪都被牲口踏得蹄痕重叠，好似有千军万马走过一般。再回头看时，却又没有。便停步顺着那牲口蹄迹的来处一望，却是从东头官道上过来的。这条官道，文义认得是河北卫指挥河滩屯田通大路的官道。这屯田里，常时驻扎四五营兵丁，一面垦荒，一面附防沿河。河北卫指挥在冬天防备紧要的时候，也常移节来驻。看这蹄痕，一定是沿河不远出了什么岔子，所以屯营里开出许多队伍来。

文义虽是心下思忖，却因事不关己，便不去理会，只埋头赶路。又走了不到三里多路，遥见前面一簇人马，丝鞭乱舞，滚滚而来。到了跟前，当先一匹白马上猴着一员顶盔贯甲的将官，向文义扬鞭喝道："站着！"文义不知就里，以为是撞了队伍的道子，只得忍气吞声，站在路旁。又听得那将官高声大喝道："你这厮可是锦屏山的贼探？"文义大怒道："你问谁？"那将官便瞪目大喝道："问你！"文义亢声应道："俺不知道。"话犹未了，只见那将官鞭梢向文义一指，呼的一声，众兵丁向前乱拥。文义见众马兵蜂拥向前，便掣出背上长剑，站定桩子，屹如山岳。那将官瞅见，怒喝道："贼！你敢拒捕吗？来，放箭射这厮！"文义方要答话，马兵已冲至跟前，便挺剑迎敌。

众马兵刀枪乱举，呐喊震天。文义不慌不忙，挥动长剑，上下前后左右盘旋勾拨，眼随剑到，剑随眼飞。只听得豁叱叱一阵声响，马兵的兵器或折或抛，已不在少处，众马兵大惊，争着向后挤退。那员将官骇得将缰一带，朝后退到路旁茅屋角下，挥鞭连叫："放箭！"众马兵果然一阵乱箭，向文义射来。文义挥动长剑，遮罩全身无半点儿罅隙，任凭箭如飞蝗，不要想有半支近得他身。约莫斗了半个时辰，马兵放箭，手都放酸了，文义却只有头巾上缀着一支箭。

文义正在越杀越勇，高叫："小子们，全放过来！"却不料脚下踏着一块层冰上面的碎冰，一个不留神，左脚一滑，桩子一松，身体不得力，撑不住，朝前一栽。连忙右脚使劲支住，身体未曾栽倒。却是在这个空隙里，左胸和右腿各中一箭，身上衣服也被挠钩搭住了。文义忍着痛，想削那挠钩，怎奈箭如雨下，剑不能停，两面顾不来，终被挠钩拖倒。众马兵一齐上前掀住，七手八脚，横绊竖牵，将文义结实绑了。那将官才敢走马上前，冷笑道："天兵神威，你这厮怎能幸免！"文义瞪目挺身，咬牙切齿，一言不发。众马兵簇拥着文义，夹在队中，那将官昂然押队，一路鸣角奏凯，如胜大敌一般。

不多时，来到一个镇市，文义认得是望云镇，离延津县只二十六里。众马兵押着文义直到镇中心一座庙里，只见里面人马杂乱，蹲着的、靠着的、躺着的，不计其数。大殿正中将神前香案挪在香炉前面，权当公案。上面坐着个尖头窄额、细眼塌鼻的武官儿。那将官领着八个兵押着文义上前，打参毕，躬身禀道："禀将爷，标下奉将令巡查北路，果有锦屏山强人的探子，被标下瞥见，亲自上前拘拿。叵耐这厮竟胆敢拒捕，是标下放箭，将这厮拿来，请将爷发落。"说罢，满面得色，立着候令。忽听得那武官儿问道："您可曾盘问他的姓名年籍和来踪去迹？"那将官大惊，顿了一会儿，才回禀道："这些事，标下没来得及问，故此特地解来请将爷亲审。"武官儿将脸放下，拍案喝道："胡说！本守府特地命你去盘查行人，你连姓名都没问，当的什么差使？下去！"那将官原想讨几句奖赏，这么一来，扫了一鼻尖灰，骇得"是、是、是"，连"是"不绝地退了出去。

那武官儿昂头说了声："带上来！"两旁兵丁接声齐喝，声震屋瓦，好不威风。接着便有兵弁下来，拿铁链将文义锁了，推拉进去，那原来押着的八个兵，自和那将官去了。文义到了那神殿里，脸朝外挺身立着。武官儿大怒，拍得公案山响，大叫："跪下！"文义微笑不理。那武官儿怒发如雷，喝问："你这厮怎敢顶撞本守府？来！揪下去，打！"那些兵弁便提着军杖，抢过来，七手八脚地来拉文义，要想将他颠翻行杖。文义呵呵大笑，依旧视同无事，屹然不动。众军将蜻蜓撼石柱般鸟乱了半晌，不要想动得文义分毫。那武官儿气得哇哇乱叫，却又奈何文义不得。乱骂了一阵，也没法处置，只得叫兵弁将文义打入囚笼，解到指挥司衙去。

这时河北卫指挥王忠皓驻在延津，原是黔边苗人投诚，升任此职。平日带兵，仍不脱他那苗人蛮性，待兵如匪，稍不如意，便刖足、刖耳、劓鼻、割筋，什么残酷非刑都用得出来。并且拿他这治军的法子治家，也不知治死若干的丫鬟、小厮，弄得一家人看见他便如同看见鬼一般，面无人色。养下三个儿子，个个都是鬼一般的面孔、猪一般的性情，这也是他残忍酷毒之报。不必去说他，他身边还有个从堂兄弟，名唤猫儿王忠吉，心肠比他更狠，专门助着王忠皓作恶多端。甚至内连东厂的内臣官监，外结霞明观的教匪，野性难驯，暗图不轨。

一日，正在签押房中和王忠吉计较秘事，忽见亲信差官进来禀道："任守备奉令查案，已经拿获了一个贼首，解来了。"王忠皓听了便道："先叫他上来回话。"差官应了个"是"出去，不多时，便领了那任守备，就是在望云镇审文义的武官儿，进房来，向王忠皓打躬行礼，回身又见过了王忠吉，垂手站立一旁。王忠皓也不回礼，也不起身，只缓缓地昂起头来，问道："你到章家庄去查案，可查明白了吗？"任守备躬身禀道："标下奉将令到章家庄，查的庄子烧了，章善人一家人全被杀死了，只剩下几个丫鬟，已经差人先送上公馆了。回头便在望云镇一带巡哨，恰遇着锦屏山贼探来探消息，被标下亲自擒获了，解了来，请卫帅讯办。只是这贼十分了得，标下险些战他不过。幸托卫帅的洪福，才将那厮擒住。"王忠皓听了，微微点头道："可曾问过那厮叫甚姓名？那贼寨里有多少人马？"任守备吃了一骇，暗道：不好！报应来了！连忙定一定神，捏着把汗，装着笑脸儿回道："禀卫帅，标下拿着了，就解了来，候卫帅的将令，标下没敢私下擅自讯问。"王忠皓点了点头，一摆手道："下去！"任守备应声自去。

王忠皓皱着眉头道："章家庄早上来报案，俺就知道必是锦屏山贼干的事，想要害俺前程的，不料果然。那山又不属俺管，该管官又抵死不肯说他辖下有山贼，俺又不能越境去剿，这便怎好？"说罢，唉声不止。王忠吉听了，转着俩猫眼儿，凑近一步悄说道："哥呀，这正是咱们的好机会来了呀。"王忠皓愕道："你这话怎讲？山贼闹到汛地上来了，怎倒说是好机会来了咧？"王忠吉便起身附耳说道："哥呀，咱们现在将拿着的这贼问明白了，只要说章家庄一案是锦屏山贼做的，马上就通详上宪，说曹州卫黄裳养匪成患，怕不要了他的纱帽？那时这案是哥破的，上司一定调哥到曹州去剿办。先不管那锦屏山怎样，自有千户、百户去挡灾。咱们只就剿贼这一笔报销里，也要掏摸好几千两银子。何况曹州是三省孔道，有名的好缺，岂不比当这守河堤的苦差强十倍？倘是锦屏山贼能够和此地的绿林好汉一般，受咱们的羁勒，岂不更是一个好帮手？再报上一个肃清，又有升赏可望，哥马上就是都督了，难道不是好机会来了吗？"王忠皓听他说得天花乱坠，顿时将满腹愁云化作一腔喜气，立时传令升帐。

三通鼓响，接着画角呜呜，便听得一阵传呼声喧。差官、亲兵都全副戎装，雁翅般列在大帐两旁。王忠皓绯袍银带，踱出屏风，升帐坐下，两旁一声吆喝，呐喊"威武"。王忠吉只躲在屏风后面窃听。众偏裨将校都逐班上帐打参已毕，王忠皓便命："带锦屏山贼！"差官接着传令下去，只见任守备顶盔贯甲，押着文义，上帐打躬，禀道："标下任统，押解锦屏山贼到。"报罢，闪身站在一旁。王忠皓原是苗寇出身，见文义立而不跪，面不改色，料想是个能人，便也不喝叫他跪。两旁高喝跪下，文义只作不闻，巍然不理。王忠皓问道："你这厮姓甚名谁？为甚不安本分，要去做贼？"文义高声答道："俺姓文名义，祖贯南阳。世代簪缨，素守祖训，因为不肯做贼，才不做官。俺自食其力，不害百姓，不吞国饷，怎叫作贼？如果像俺这样的良民叫作贼，那么，似你这般害国殃民、屈陷良善的，该叫作什么？"王忠皓气得两脸发青，指着文义道："你这厮，本镇只问你锦屏山贼为甚要到本卫汛地——章家庄——来烧杀？"文义听了章家庄三字，才知是为了刘勃、茅能等干的那桩事。又听得说锦屏山，平日也多知锦屏山是北路上一个义寨。知道这官儿将章家庄一案硬派作锦屏山上好汉做的，又硬派他作是锦屏山贼。想着武营裨弁，最喜将劫杀案硬推在邻封辖境的有名山寨身上，好脱干系。上司也就糊里糊涂，落得如此，不料俺却被他们这一糊里糊涂便弄了来了。想着，不觉好笑，转而消了怒气，望着王忠皓冷笑道："俺告诉你，俺是过路的。章家庄的案子，你还是另自去访察吧。想硬派在俺身上，却是做不到，劝你不要发糊涂了。"王忠皓从来不曾遇过这般倔强的人，又气又诧，方要喝打，忽听得屏风上有弹指声响。这是他和王忠吉素来约好的暗号：要他退堂，便敲屏风。即叫差官："将这厮送到延津县监里寄押着。掩门！"便退堂进内去了。文义便被押到延津县监牢里去了。

章家庄这一案，顿时就传遍了延津县满城。王指挥拿住锦屏山好汉，问不出口供，还吃了一场恶骂，更加是传得延津县里老幼皆知，以为奇谈。这时正有个湖广好汉名唤镇衡山许逵奉了师父友鹿道人的函召，兼程北上，道出延津。听得街头巷尾、茶楼酒馆纷纷传说，指挥司里拿着个烧杀章善人庄子的锦屏山好汉，名叫文义。王指挥问不出口供，反吃那文义臭骂了一顿，如今押在县牢里了。许逵原本和文义有交情，听了这话，暗吃一惊，想文狮子也是个奢遮的好汉，只二年不见，怎的便到锦屏山入伙去了？转又一想，锦屏山虽是义寨，文狮子是有身份的人，不像我就只自己一个人，无挂无碍。他无缘无故，怎能上山落草咧？这一定是件冤枉事！我既和文狮子是朋友，怎能见死不救咧？

想罢，决计要管这桩事，便四处打听章家庄到底是怎样一回事，文义怎样被拿的。不料打听了一整日，越打听越不得明白。有的说："章家庄有四五百名勇壮，全被锦屏山好汉杀了，却只拿了个山上的探子。"有的说："这姓文的本领十分了得，一个人杀了章剥皮一家子。官兵去拿他时，也死伤了许多，还是王指挥亲自出马才捉住的。"还有人说："这姓文的到底是好汉做事好汉当，要不是他自行投到，凭着河北卫这些兵将别想逮得住他。"许逵竟不好相信哪种传言是真的，心中又急又闷，没精打采，觅店宿了。

夜间，在炕上左思右想，翻来覆去，哪里睡得安稳。一时坐起，一时卧倒，心乱如麻，异常焦急。想要去探监，当面去问文义，又想到今夜县牢里重犯初押，一定通班巡查，进去了，也不能说话，且是惊动了同狱的囚徒，反要坏事。又想径去劫狱，复想到文义是世家弟子，有母有兄脱不了身的。百计千方，想了一个整夜，没个善法。看看窗棂里透入白光来，知已天明，更加烦恼，便翻身下炕，在房中踱来踱去不得个主意。一霎时，听得伙计高叫："水好了，客人起来擦脸呀。"许逵陡然心中一动，暗想：这事还得先去问明文狮子，我何不……如此如此……

想罢，心中反觉一爽。便开了房门，叫伙计舀热水来，擦过脸，要了一壶茶，随便嚼了些点心，便将随身的包裹、长剑交给柜上代存着，迈步出了店门，来到大街上闲逛。踱了些时，瞥见县衙前菜市上有个羊屠和个买羊肉的老妈子争多论小，竟拿屠刀吓唬那老妈子。旁人做好做歹，才劝开了。

许迶看在眼里，待众人散开，便直到那羊肉店前，掏出十文大钱道："买一斤羊肉。"那羊屠接了钱，顺手抽刀削下一条羊肉，也不称斤两，便向许迶一掷。许迶故意圆睁两眼喝道："你这是多少？"羊屠也喝道："你要便要，不要你就走，爷没那些闲工夫和你说话！"许迶怒骂道："×娘贼，旁人受你欺负，爷可不受你欺负！"羊屠大怒，扬着手中屠刀，愤喝道："撮鸟，爷就是这般，你敢怎样？再不滚开，爷就砍你这×娘贼！"许迶正要他如此，便一手攥住他手腕，一手夺过屠刀，照定那羊屠左腿膀上，唰的一刀，连裤削下一条比他方才削的羊肉还要大些的肉来。顿时鲜血淋漓，扑地便倒。

菜市上千百人齐声吆喝："不好了，杀死人了！"大家怕担干系，一阵纷乱，逃散个干净。许迶兀自提着屠刀，屹立不动。那衙门差役早已听得，奔出来看时，见那羊屠倒卧在血泊里。许迶还待扬刀再砍，差役连忙拥上前，夺了许迶手中屠刀，取条绳将许迶缚绑了，又叫人将门板抬着那羊屠，簇押着许迶，到班房里来。许迶绝不抗拒，任凭他们搜去身边银钱，呼喝叫骂，只是微笑不理。差役们便进去禀报知县知道。

延津县知县龚骧听得报说："衙上出了争斗杀伤的案子。"便忙升堂审问。差役将许迶押上二堂，又将那羊屠也抬到阶下。龚骧验过伤，便拍着惊堂木，喝问许迶姓名。许迶答道："我姓郑，名叫郑恒三，江西人氏。"龚骧又喝问道："你为什么要砍伤人？"许迶答道："他不给我肉吃，我便砍他。"龚骧喝道："你这厮可知砍伤人是犯了王法要治罪的吗？本县治下，怎容得你这般的刁民目无王法，任意横行！"便叫："且将这厮收监，叫那屠户补禀帖来再办。"说罢，退堂进内去了。

差头叫了两个公差，拿着朱签、牌票，将许迶押到牢狱里来。押狱禁子接过牌票，公差自去。便有两个禁子上前，将许迶周身搜检。许迶笑道："你们甭费心，他们早拿去了。"禁子听了，鼻孔里哼了一声道："任你油嘴，待会儿你才知道镵子是铁铸的啦。"许迶也不理他。狱卒见没甚想头，便将许迶的衫袍、头巾、裤带、靴子、丝绦、里袄一齐剥下，只剩下一身单衣裤。好在许迶内功道地，已不畏寒冷，便也不怕冷，任凭他们摆布。

禁子将衣物收过，便领许迶到狱神小庙前，叫他磕头。许迶此时急于要进牢，无暇和禁子们纠缠，况且是拜神，不是拜人，便磕了个头，立起身来，随着禁子进了外面栅门。禁子便取了一副十二斤重的铁镵，给许迶钉上。这才开一层关一层的，直进了五重铁门。禁子便对许遣道："俺不上你铐子，你得懂交情！此地有什么亲戚朋友，或是下处存着衣服银钱，可写信交给俺，代你去干办去。这是你自己的事，不要胡想心事，回头落个后悔不及！"许遣只微笑不语。禁子便开了大牢门，向许遣背上一掌推去。许遣乘他这一推，带着镣，双脚一蹦进了大牢。

当有在里面看守的狱卒，向牢门上小洞里，听了禁子的吩咐，便走过来，坐在台阶上喝叫许遣："过来，有话问你。"许遣正在举目四下瞅望，不见文义，方觉诧异，忽听得狱卒呼喝，顿时气往上撞，跳到狱卒跟前，怒喝道："待怎样？"狱卒威势俨然，高坐在台阶上道："问你的话，教给你规矩。跪下！"许遣冷笑道："反正不过坐牢罢了，有甚鸟规矩！"狱卒大怒，一面大骂："不中抬举的死囚！"一面提起鞭子，向许遣身上乱打。哪知竟如打在石头上一般，只听得噗噗声响，许遣不单是不呼喊，反呵呵大笑道："小子，使劲呀！似这般怎得杀痒？你这小子真赛过三天没吃饭的奶孩子，怎这般不济呀？"狱卒却还不识趣，只恨得咬牙切齿，叫小牢子："将这厮拖到快活椅上去。"许遣笑道："甭拖，爷正想要快活快活啦！"便任凭他们拉到后面一间又小又黑兼且臭不可当的小屋子里面，当中摆着个木架。小牢子便将许遣拉到木架上坐下，取两条铁链，将许遣的手脚全绕起来，便用两条木棒，绞那铁链，许遣一使劲，只听得铁链绞得咯咯喷喷地响，手脚上却皮也没红。只听得小牢子们互相诧异道："又和那两个一般，一条路上的，怎的这两天全遇着这般狠人啦？"狱卒见许遣没事人儿一般，益发怒不可遏，奔去拿了根钉着许多尖钉的木棒来，要打许遣。许遣这时因臭气冲人，早不耐烦了，见狱卒要用这般非刑，勃然大怒，顿时大喝一声，手脚一挺，只听得锵啷一声响，两条铁链、一副脚镣一齐迸断，落在地下。狱卒和小牢子们大惊，忙拔出铁尺，想要上前来打许遣，又见他目光如电，鼻吼如雷，却都胆战心寒，直向后退。许遣性起，猛虎般扑到狱卒们跟前，顺手一扫，夺过三条铁尺，双手一扭，折葱拗蒜般扭成数段，便要向狱卒掼去。

狱卒骇得五体倒地，大叫："爷爷饶命！小的们瞎了狗眼，冒犯了爷爷，只求爷爷可怜见小的们家里有老娘，没法，才吃这碗饭。求爷爷饶了小的们狗命，小的情愿送爷爷到个好所在将养将养。小的们逐日来孝顺爷爷。"许遣生性打硬怜软，见他们这般哀告，心早软了，加着心中有事，急于要探问玉狮子文义的消息，不愿和他们尽着歪缠，便喝问道："要我饶你们，只快说昨日卫司里送来的一位南阳文爷，现在在哪里？爷便饶你们不死。"狱卒听了，连忙道："啊哟，爷再不要提那位文爷了。那位爷，俺们可不敢惹他。他昨日来时，俺们管狱太爷连上四副大号双镣，都给迸断了，还险些吃文爷要了性命去。后来还是俺们头儿赔告了许多好话，才伺候文爷到狱神庙墙后面公事房里去住下。还有一位杜爷，也住在那公事房里。"

许逵听了，便喝叫他们："起来，快领我到公事房里去。"狱卒们虽是不知就里，却不敢再多说话，连忙屁滚尿流地爬起来，狗颠屁股般领着许逵来到大牢尽头，朝东拐弯，转过墙根，便瞧见一所两明一暗的厅房。狱卒指着向许逵道："这便是了。"许逵便迈步进去，张跟一望，不觉吃了一惊。

许逵因何事吃惊，下章再叙明白。

第八章

义入狴犴蓦然遇友
惨逢豺虎滴血托孤

　　许逵跨进外间厅房，陡然一惊，原来文义坐在上首，下首坐的却是四师弟镇嵩山杜洁，他不觉呆了。杜洁猛然瞅见许逵走将进来，也是一愣。文义也十分诧异，忙起身问道："许三弟，您怎知道俺俩在这里呀？"许逵答道："我听说您在这里，特意寻些事儿进来伴您的，杜四弟，你怎在这里呢？"杜洁听了许逵的言语，心中已明白他是特意进来救文义的，便且不答话，先向狱卒们喝道："这时用不着你们，都给俺滚出去！"狱卒等听了，面面相觑，嗫嚅道："小的们是奉谕来伺候爷们的，却是不敢离开。这不是小的们斗胆冲撞爷们，实是……"文义双眼一瞪，大喝道："狗才，敢多话，爷爷们就此走了，你敢怎样，凭你们这班狗才，就能看守爷爷们了吗？"狱卒们环顾三人都面有怒容，诚恐触恼了他们，真果做了出来，反而不美。只得向小牢子使个眼色，诺诺连声，闪了出来，退到屋旁，提心吊胆地防备着。

　　文义见狱卒们退出，便让许逵坐下，先将自己所遭的事向许逵说了一遍，并将遇着潘荣、钱迈等，他们砸了章家庄，已到河间去了的话，都向许逵说了。许逵也将自己到河间去，路过延津，听得文义被陷，特地打伤羊屠，进牢探救的话，向二人说了，便问杜洁："何因也在这里？"杜洁道："俺也是接了师父的信便动身。过了河，便听得说，白莲教头儿徐季藩派了许多人，在大河南北立寨子，传徒弟。俺想一路探听些消息，到河间时好告诉师父。不料在这里县前茶楼上和茶博士闲话时，有做公的在旁听得，疑俺是砸章家庄的人，暗叫许多人埋伏着，待俺下楼时，一阵挠钩套索，俺一时没留心，便被他们弄来了。进牢时，牢头叫小牢子将俺吊起来打，打得俺性起，被俺掀翻了几个，捶得那牢头告饶，那厮们才将俺送到这里来。没一会儿，文狮子

86

便来了。"

许逵道:"我本来是进牢来瞧文狮子,商量个了处。还想着师父来信,要我邀请相识的好汉同到河间去,便想救了文狮子,同到河间走一遭,却不料您也在这里。如今潘大哥、钱二哥全都过去了,只不知沈老五去了没有,咱俩也得赶紧前去,不要落后才好!放着咱三个在这里,终不成不能想个方法脱身趱路吗?"杜洁道:"俺正和文狮子商量着,想要今夜去见知县,当面和他说明白,免得耽搁事情。您既来了,一人不及二人见,咱们更好商量了。"文义答道:"俺想来想去,您俩全不是此地人,就此一走,没什么要紧。只是俺有母有兄,家在开封,碍上碍下。如今您俩有师命在身,怎能为俺耽搁?但请您俩不必为着俺滞在这肮脏地方受罪,马上就走,免致耽搁事情。这儿的事情,好歹由俺去挺。谅那狗官没凭没据,也不敢拿俺怎样。"杜洁听了先不答应道:"文狮子,您这话不对。咱们同在一处被难,能让你一人在此受罪吗?俺俩撒手一走,甭说心里万分过不去,给江湖上好汉们听得,也要笑俺俩贪生怕死,不顾同道,毫无义气,俺俩还能做人吗?何况许老三还是专心为您才进牢来的咧!"许逵也拍手道:"着呀。我要是这般的怕事,要趱路,也不到这里来了。如今为这样的事耽搁些时,见了师父,禀明了,再没个不原恕的。咱们只商量大家怎样同出去是正理。"

三人议论了半晌,没做理会处。恰值小牢子送酒菜来,便剪住话头。吃喝了一顿,依旧寻思不出个好法子来。看看天色将晚,也不见知县提问。三个人憋在这三间小屋子里,纳闷异常。一会儿,小牢子又送了晚饭来,三人吃过。又将铺陈铺在炕上。押狱禁子来道了安置,自去。霎时,又有小牢子送了一碗油灯、一壶热茶、一桶洗脸水和面盆面巾等项进来。三人都洗漱毕,便围坐在炕上,一面喝茶,一面计议。足足商量了一个更次,仍只是议定待三更人静时暗地里去进见知县,当面诉说明白。

正在慢慢地喝着茶,等候时更。忽听得外面牢门上铁链声响,按着便有人进牢,高声喝喊:"提文义!"许逵、杜洁便齐向文义道:"您见了知县,可觑便先给他个讯息。"文义一面答应,一面摇头道:"俺是指挥衙门里寄押的人犯,只怕不是知县提堂。"杜洁恍然道:"这话不错!如果是指挥衙门深夜提问,恐怕是不怀好意的。他们来提时,咱们得先瞧过牌票。如是知县提堂,他没待钉封到,不能杀人,便由他去。若是指挥衙门提堂,那厮手握军令,一定是趁黑夜要害文狮子,使你有人救应也来不及,免得出反牢、劫法场的

87

岔事。咱们就此反他娘，打了出去再说。"文义不语。许逵道："那厮真是这般干时，咱们自然是硬对待，还管他娘的什么反不反！"

正说着，只见狱卒装着笑脸儿走来，低声道："三位爷爷没安置吗？恰好本县太爷要请文爷说话啦。"许逵不待文义答话，起身下炕，向狱卒手中劈手，将牌票朱签夺过来。狱卒骇得神魂飞越，哀求道："爷爷呀，这是小的们要销差的啊，事情可不能怪小的……"许逵一面看那牌票，果是本县知县的签票，一面喝道："爷要看看，你能不许吗？"随手将牌票掷在地下。狱卒诺诺连声，忙拾起签票，立在一旁。许逵向文义道："是知县官儿的，您可去？"文义道："俺正要去会他，有甚不去！只是俺的案子与他无干，他为甚要问俺咧？且不管他，见了他再说吧。"说着便对许、杜二人道："暂时不陪！"跟着狱卒大踏步出了公事房。许、杜二人随后送去，只见文义到了牢门口，狱卒交代给差役。差役接过牌票人犯，也没上刑具，便领着文义去了。二人方才放心，自回公事房。

文义随着差役来到内堂，穿过月宫门，直进内花厅，转至后面书房中。只见那知县方巾便服，下炕相迎。文义见他如此，便躬身打躬道："武生文义，拜见父台。"那知县连忙上前揽住道："兄弟，快不要如此。我先时不知，只当真果是武衙里捉着了什么强人寄押本县，却不料就是兄弟您，多有得罪，还望贤弟海涵！且请坐下，好说话。"文义见他如此称呼，一时反摸不着头脑，不觉一愣，只得答道："子民是治下犯人，怎敢与贤父母分庭抗礼？"那知县赔笑道："快不要如此，咱们有话长谈啦。"文义便在下首坐下。

那知县道："兄弟，您可记得尊翁总帅在日，门客中有一位姓龙，别号希郭先生者，便是我龚骧的先母舅。我幼时也曾与令兄二公子缔总角之交，咱们也常常见面。怎的相隔才只十年，兄弟便不相认了呢？"文义这才恍然知道他就是龙尧臣的外甥、龙飞的表兄弟，幼时小名叫龚和尚的龚骧。便连忙起身道："小弟真糊涂，竟不知大哥铨选到这里。这几年远游燕冀，不曾得着故乡消息，世好亲朋都不觉生疏了，还望大哥别见罪。"龚骧道："兄弟说哪里话来。我在京城哪里不曾问到？一径不知您兄弟耽搁在哪里。今年铨选了这缺，部限紧迫，不能再行访问，至今挂念着贤昆仲的近况，深恨不得一叙契阔。兄弟，您这次可是南下度岁，还是另有喜事？怎的岁暮天寒，仆仆长途，从人也不带一个咧？却又怎的惹了王螃蟹，受此委屈咧？"

文义叹道："真是一言难尽。俺原想觑便禀明县父母，如今既是大哥在此

88

掌印，真是再好也没有了……"便将自北京南昌镖局得外祖母身故凶讯，兼程南下，李家店遇师弟邓华，仗义复仇，途逢茅能、刘勃一干人，以及章家庄被砸，自己被陷，前前后后，细说一番。又将杜洁遭诬下狱、许逵仗义入牢的话也一一告诉了龚骧。龚骧听罢，惊道："原来这里面有许多曲折，好得我从来谨慎，要是和王螃蟹一般糊里糊涂，怕不早闹出劫牢反狱的岔事儿来了。"说着便叫家丁："快去大牢里请杜、许两位相公来！"家丁应声去了。

龚骧向文义道："这事儿内情虽是如此，却是王螃蟹那厮原是个苗族出身，一味横蛮，极不讲道理。和他照实说明白是不中的，待我想个法子去敷衍他。好在贤弟的家世，他是知道的。许、杜二位，与他无干。我只和他说起府上威风，他自不敢追问，那时我再送贤弟回府吧。"文义起身谢道："全仗大哥大力扶持。"龚骧连忙起身答道："自己弟兄，理当代贤弟洗刷干净，贤弟何必如此客气。"

正说着，家丁已领着杜洁、许逵二人进来，龚骧起身让座。文义引二人见过龚骧行礼毕坐下。文义便将适才的话告诉了二人。二人齐道："这是太爷贤明，武生只有感激。"龚骧忙道："咱们大家叙起来全是朋友，千万别如此称呼，还是叙私谊吧。"便叫家丁："烫酒来给三位相公消寒。"杜洁、许逵见龚骧诚心相待，便不客气，随文义上炕团团坐下。

一霎时，家丁将酒菜端来，安放了杯筷。龚骧斟了一巡酒，大家畅叙起来。文义先问王螃蟹为人如何，龚骧皱眉叹道："这人原是个浑蛋残忍好杀的武夫，且最怕人家说他是投降的苗人，假充斯文，什么事都要干预。他兄弟王忠吉也花钱弄了个官儿，面子上说是在兄长营里做幕，其实一切事情都是他叫王螃蟹弄出来的。今年秋天里王忠吉弄了个小老婆，原是开国黔国公沐府里的丫头。他便借此内通京城，外联显宦，无恶不作。那黑心钱已积起成万的家私了。他心还不足，只要有人托他，只要有钱，任凭什么事情，他都干得出来。运河北一带，怨声载道，谁不知道猫儿王忠吉的厉害。"杜洁道："他这般横行，京外巡按、京内御史难道全不知道吗？"龚骧长叹道："他有的是瞒心昧己弄来的钱，便是大头儿，也没个买不动的。况且他的势力连东厂厂臣都结纳了，还有什么说的！"许逵听了，暗地记在心中，只不言语。

四人言语投机，畅饮畅谈，不觉东方大白。龚骧便起身道："三位请待一会儿，我且到王螃蟹那里去走一趟。"说着便别过文义等三人，自去换袍带上轿去了。三人坐在书房中待着。约莫去了两个时辰，家丁送早点来，三人吃过。正在谈些江湖上的义举侠迹解闷，忽见龚骧回来，满面喜色，向文义拱手道："恭喜！恭喜！我去时，恰好王忠吉那厮不在衙中。我将贤弟府上家世一表白，王螃蟹素来畏羡世家，听我一说便着慌起来，反求我设法。我便乘势要他办一角'发县讯明释放'的文书，答应替他背这担子。他便欢喜得了不得，连忙叫文案师爷办文。接着一连催了几次，才办好了文书，亲自交给我，并再三重托，我便连忙回来了。只是还要委屈贤弟一回，得当堂来一下，才瞒得过耳目。"文义等三人齐道："那是自然。"龚骧便叫家丁且引三位回到班房里，一面吩咐："升堂！"

文义等仍回到大牢公事里，都道："这龚知县是个朋友。"禁子狱卒们这时知他三人是县太爷的世交弟兄，益发骇得战战兢兢，待三人回来，连忙将三人的衣服头巾和取去的零星东西都送来，差役也将搜去的零碎银子和杜洁的盘川银两、佩剑等项都送了来，向杜洁磕响头求饶。一众禁役人等也向三人磕头赔不是，求不要对太爷提起。三人大笑，只收了衣服、佩剑和零星物件，散银都分赏给他们。禁子、差役初不敢收，后见三人实无他意，才千恩万谢地收了。杜洁又将用剩下的八十余两盘川银子，叫狱卒分散给狱中囚犯。禁子连忙磕了个头道："小的代众囚徒谢爷的恩典！"爬起来，领了银子就转身。杜洁喝住道："你敢侵吞一丝银子，我便要你太爷查明了，打折你两条狗腿！"禁子连忙答应："不敢！不敢！"直到杜洁说"打折你两条狗腿"，他也说着"不敢！不敢！"惹得三人都笑了。

三人正在分派禁子去分银两给狱犯，差役已拿了朱签牌票进来提人。三人便叫："取刑具来。"禁役齐称："不敢！"杜洁焦躁道："谁要你们狗讨好！你们懂得什么？"差役只得取了三条铁链来。三人各自取一条带了，只没钉手铐、脚镣，唧唧锵锵，随着差役，向二堂来。

龚骧已顶冠束带，南面高坐，先叫："带文义！"文义上前打躬道："武生文义到！"龚骧故意喝道："你身为武生，自应安心习艺，考取功名。怎的不守本分，横行乱闹？"文义躬身道："武生自京城奔外祖母之丧，经过老父台治下。不料遇着卫所巡哨兵丁硬指武生是匪人，将武生捉拿到案，武生实不敢胡为。"龚骧又问："你有保吗？"文义方要答言，只见一个商人模样的人，趋上堂来，跪禀道："小的愿保。"龚骧便要那人具结，将文义当堂交保释放。

接着就问许逵："为什么要打伤羊屠？"许逵便将羊屠砍肉不称，持刀威吓的话说了一遍。便有许多街坊上堂证说："羊屠平日素来横行市井，小的们亲见当时实是如此情形。"龚骧便提笔判道：

> 羊屠刘明横行市井，欺压良懦，姑念伤病，恩免追究，着交地
> 方乡约严行管束，倘再不悛，重责不贷！武生许逵畏凶自护，因而
> 伤及刘明，查系过失，与故意行凶有别，着即释放。

差役上前松了许逵身上的铁链。许逵向上打躬谢过，退到阶下，站在观审的闲人丛中，和文义并立着，等待杜洁。

杜洁方在等候呼唤，忽见捕快头儿到公案前，跪禀道："小的回太爷的话：查得武生杜洁实系路过误拿，小的该死！只是办这一案的捕快，都是新补的名字，求太爷宽恩！"龚骧勃然大怒，拍案喝道："狗才怎的如此不小心，竟敢误捕武生，指为盗匪，该当打死。"随手抓了一把签掷下，大声喝："打！"两旁公差应声走上，将捕快头儿揪翻在地，一五一十，打了五十大板。杜洁此时倒有些不忍之心，要想代他求情，却又碍于是在公堂之上，只得瞅着他挨完板子，爬起半截，向上磕头道："谢太爷的恩典。"杜洁再仔细看时，见他似没一点儿苦痛，心下恍然大白，又不觉好笑。正在转念，忽听得堂上叫着自己的姓名，便忙趋上堂，打躬报到。龚骧温语道："你可好好回家去勤习弓马。你在此受了委屈，本县给你一张文牒，免得沿途再有留难。"杜洁躬身谢了。龚骧便吩咐："掩门！退堂！"

杜洁和许逵、文义出了县衙，观审的百姓都散出来，齐说知县太爷公正。文义也无心去听，只紧赶那保他的商人，方要拉住他问话时，忽然身后有人叫道："文相公，借一步说话。"文义忙回头看时，认得是县衙里的小厮，便住脚问他："有甚事？"小厮道："俺家爷叫俺来有话禀告相公。相公寓在哪家，小的去伺候相公去。"文义便指着那前面走着的保人，向小厮道："你待一会儿，俺要先和他说句话儿。"小厮笑着道："相公可是有话要问他吗？请相公甭问他，只问小的好了。"文义诧异道："你怎么知道！"小厮露着两小酒窝儿，说道："小的全知道的。"杜洁心下已经明白，便向文义道："此地衙前，不便说话。咱们且落店去歇着细谈吧。"许逵道："我就住在这前面东街头官店里，还有东西寄存着。咱们就上那儿去可好？"文、杜二人都说好，便和那小厮齐向东街头官店走来。

来到店里，掌柜的和伙计们都向许逵道惊贺喜。许逵随口敷衍了两句，

叫伙计拾掇了里面一排三间上房，要了一桌全席。三人进房叫小厮坐下，便问他姓名、多大岁数，小厮不肯坐，只答道："小的姓皮，名叫友儿，今年才十四岁。"许逵拉他坐下道："你须是知县相公的小厮，又不是我的小厮。咱们江湖上，一视同仁，没那些酸气。好孩子，您坐下，好说话，咱们回头还要一块儿喝着啦。"友儿经不起他膂力大，只得坐了。杜洁先向道："你相公叫你来传什么话，你且说给咱们听听。"友儿立起来说道："俺家相公叫小的来说，本当邀三位相公再到衙里宽叙几时，一来因为三位相公都有急事在身，不敢强留耽搁，二来王指挥那里耳目众多，恐怕被他知道反为不美，故此暂时不敢奉屈三位相公。盼三位相公回来路过时，务必屈驾到衙里畅叙几天。"说着，从怀里掏出一个小小红包裹道："这是俺家相公一点儿薄意。想着三位相公的衣衫一定弄脏了，这包裹是洪武宝钞三百贯，送给三位相公换件衣衫，还望三位相公不嫌弃收下，给个回片给小的销差。"文义欲待不收，杜洁早答道："既是你相公一番诚敬，俺们怎好推却，只得愧领了。"说罢，便在许逵包裹内拈了两块银子给友儿。友儿抵死不收，说："小的另外有事须求相公，相公肯指教时，小的比领相公的赏还要感激百倍。"文义便问他："是什么事？你只管说，俺一定帮助你。"友儿方要说出，忽见店伙计将冷碟来摆好，安放了杯筷，烫了酒来，请众人入席。

许逵拉着友儿随文、杜二人来到外间，友儿不肯坐席，要在旁边侍候。强不过许逵硬要拉他坐下，便待三人坐定了，才在横头斜签着坐着。三人也不再强他上坐。杜洁见他玲珑可爱，便问他："有甚事求指教？"友儿嘻着嘴，不答话。杜洁道："你只是不肯收赏银是不是？"友儿摇头。杜洁道："你这般吞吞吐吐，到底是甚事呀？难道有甚怕说的不成？"文义也道："你只管说。就是你不愿在这衙门里了，俺也答应你，写信给你家相公，放你出衙。"友儿听了大喜："真果吗？"文义道："谁哄你啦？"友儿忙离位下拜道："小的并不是不情愿伺候俺家相公，实在是因为小的从小就爱学拳棒。如今见了三位相公，想要斗胆投师，又怕三位相公嫌小的下贱，更不知道俺家相公肯不肯放小的，因此不敢出口。文相公既是开恩，许俺写信给俺家相公，真是小的的重生父母。"文义忙搀他起来道："俺只能写信保你出来，却是不能收你做弟子，因为俺师父吩咐过，俺还没收弟子的能耐啦。你求求杜相公或是许相公肯收你时，俺马上就写信去。"友儿听了，便要向杜、许拜下，二人齐拦住他，道："你不要急。咱俩也是师父还没许收弟子啦，就是咱大师兄也还没弟子。你既这般专心一志，你家相公肯放你的，却再商量，终代你设法，拜个名师便了。"友儿听了，心中欢喜万分，忙问："有谁可拜？"文义道："俺倒代你想着一个人，这人离此不远，住在刘家屯，名叫花枪刘八，他如今独创字号，自可收弟子了。你投他时，比咱们强。他时常在家，可以指教你。不比咱们南北无定。"友儿喜得趴在地下向三人磕了个头，立起来，便求文义写信。杜洁便问起皮友儿的家世。友儿见问，触动前情，不觉两眼汪汪。文义劝他不要悲苦。

皮友儿强抑悲怀，诉说道："俺原是广东钦州人。父亲在日，做玉器生理，在俺三岁时便殁了。母亲胡氏，只俺这个孩子，看待珍重。不料俺父亲剩下许多田房产业和些没卖掉的玉器，惹得堂叔皮卓群红了眼，硬诬俺母亲不贞节，说俺不是俺父亲的真骨血，要将他的儿子过继承产。俺母亲气不过，和他打官司。他反告俺母亲和街坊上一个破落户名叫梁新的有奸情。知县太爷传问时，受了卓群的贿，硬用大刑逼着俺母亲招供。俺母亲抵死不肯受冤，被那狗官连拶四拶，昏过去几次，依旧咬牙忍受着，不肯屈招。后来皮卓群那厮不知听了谁的指教，说要先拿着奸情，才好攀倒俺母亲。这时俺母亲正因知县受贿，上省上告，住在省城钦州试馆里。忽然隔房有个钦州同乡名叫王仁，夫妻两个，说也是上省打官司的，那女的便时常和俺母亲攀谈。俺母亲也就时常托她转请她的丈夫去到家院里打探消息。他十分殷勤，抄批辞，打关节，都肯尽力去办。俺母亲十分感激他，过了一个多月，官司审过一堂，都是王仁打点的，没吃什么苦。第二堂，因察院老爷正在告病，耽延下来。那王仁便乘此说是他的官司还要传亲族，回钦州去邀人去了。王氏便借辞说是丈夫回去了，官司一时不能结案，试馆里男子太多，不方便，便搬到一家尼庵里去住。俺母亲也因试馆里的男子贤愚不一，着实害怕。没两日，王氏来了，说得尼庵里如何肃静，如何洁净，邀俺母亲去做伴同住。俺母亲一时没留心，便答应了她，搬了过去。

"在庵里住不到三日，那天夜里，王氏和一个老尼备了几样菜，和俺母亲解闷，俺母亲不合多饮了两杯酒，醉醺醺地便拾掇睡了。三更过后，忽然打屋上跳下四个大汉。将老尼和王氏，还有一个烧火斋婆都绑了。便将俺母亲剥得赤条条的，反缚在一条四条腿的长凳上，将嘴堵了。那四个恶贼便将俺母亲生生地轮奸了。可怜俺母亲无法抗拒，又喊叫不出，只好忍恨含耻，挨了这场大羞辱！四个强盗走后，王氏先挣脱绳索，来放了俺母亲和老尼、斋

93

婆。俺母亲当时要觅死，王氏百般劝慰道：大事没了，小儿还小，不是死的时候。老尼也怕俺母亲死在庵里，受人命连累，百般解劝。俺母亲一想，死在庵里，要累及王氏和老尼，辜负她们的好意，便打定主意死在旁的处所去，想待到天明时，告辞出庵。那王氏又说：怕俺母亲心眼儿窄，想不开，要陪伴着劝解，便睡在一床来劝俺母亲。不料天明时，陡然有人敲门进来，将俺母亲和王氏捉住。原来王氏竟是个男子装扮的，就是那卓群状告的什么奸夫梁新。捉人的，便是公差，又在床下搜出一包男人衣裤和许多信，将俺母亲拿到番禺县去了。

"俺母亲在县牢里，求死不得，昼夜哭泣。那女禁子赵氏，夫家也姓皮，是个孀妇，年老信佛，心很慈悲，不比平常禁婆狠毒。俺母亲便将冤苦全告诉了她，咬破指头，使血在布衫上写了缘由，将俺托付了赵氏，这便是俺去年死去的娘。次日，赵氏设尽了方法，才寻得个孩尸，假报说俺死了，将俺带走，藏在她家里。俺母亲待察院老爷坐堂时，将冤枉情事哭诉。那察院老爷也受了贿，不单是不听，反说梁新已经招认了，喝叫衙役重拶，逼问奸情。俺母亲冤苦没处得申，便一头撞死在法堂之上，可恨皮卓群那贼，还要坐实俺母亲的奸情，一定要求察院老爷蒸骨相验。仵作报说：生前曾奸五人。察院老爷只定梁新一个和奸罪名，一年监禁，卓群给他上下打点，没多时便出了牢。俺家万金家私，就此被那没天良的皮卓群夺去，享受去了。可怜俺那苦命的母亲，真是死也不得瞑目啊。"说到此，喉间哽咽，再说不下去了。

文义听得皮友儿诉说这般惨事，不禁义愤填胸，擂案大叫。不料拳头擂得太重了些，将跟前的一只酒碗锵嚓一声，震落地下。皮友儿连忙起身过来，拾起地下的碎瓷，自去叫伙计换了个碗来，并说赔还他碗钱。回身将碗送到文义面前，又筛了一碗酒，才转身归座。

文义拿起碗来，一饮而尽，双眼注着皮友儿，问道："您又怎样会到此地来，伺候你家知县相公的咧?"皮友儿道："俺自幼随着义母皮赵氏在监里厮混。只知道另有生身父母，却不明白这些苦事。后来本县相公做钦州州学相公时，向钦州相公讨个女仆，州相公便遣俺义母来伺候，从此便到龚相公家。那时俺才九岁，龚相公差俺伴小相公读书。后来，俺义母病重时，将俺家的血海深冤全告诉俺，俺母亲写的血衫儿也交给俺了，叮嘱俺千万别忘了报仇。俺才知道己身有不共戴天之仇，切骨谨记，誓为母亲申冤。义母亡故后，俺依旧在内衙当小厮。闲时便苦读诗书，想学会刀笔去告状申冤。后来见衙内审办案件,多半是不明不白、赢富输贫的。想着靠打官司求申冤,似俺这般穷小子是没望的。便立定主意,学武艺,将来好手刃仇人。时常跟着县里马快、民壮们学习拳棒,可是终得不着什么益处,便想要投个名师。无奈一来遇不着,二来怕知县相公不肯放俺出衙。如今得遇三位相公,听得禁子说起,都是神仙一般的武艺,总算俺那死去的父母有灵……"说到这里,眼眶一红,泪如雨下,哽咽住了。

文义劝他道:"您这事不是哭得了事的,您既有这般冤苦,俺一定荐您投拜一位比俺高强的名师,成全你这番孝思大志。只是方才说的花枪刘八,已到河间去了。您如今或是先到俺家里打住些时,待刘八回来时,俺再送您到刘家屯去拜他,或是您便径跟着杜、许两位直奔河间去寻他。"皮友儿忖了一会道:"只不知这位刘爷准肯收俺做弟子吗?"许逵抢说道:"他是这南北大路上数一数二的奢遮好汉,我们多识得他。您有这般冤苦这般志向,他断没个不收的,您放心。"皮友儿听了,毅然道:"那么,俺便伺候你老同到河间投刘爷去。"杜洁、文义齐声说好。

当下饭罢,文义便恳恳切切写了一封书子,依杜洁之言,将皮友儿家中的冤惨一一叙述在信内,明说是领他去学艺报仇。写好了,便叫掌柜的差个伙计送去。龚骧接了信一看,虽是舍不得皮友儿离开,却是一来碍着文义的世谊,二来那封信道理十足,没法回绝,只得抽笺回信硬着心肠答应了,又另外差人将皮友儿的衣服、被褥等项送去,并赏给十两银子。皮友儿等得回信,见说答应了,喜得直蹦。行李、银子送来后,文义又修书道谢,便叫皮友儿送去,就此叩辞龚骧。皮友儿到县衙里,磕头谢了龚骧,龚骧勉励了许多言语,并将给杜洁的文牒交皮友儿带去。皮友儿都应记了,磕头出来,满衙内外上下都别过了,同事的仆役小厮都送到辕门作别。

皮友儿向官店来,多年居处,一旦离开,颇觉怆怀。但是一念到大仇要报,便强定心神,进房谢了文义、杜洁、许逵。文义便道:"您从此入俺们道中了。俺们江湖上行侠仗义的好汉,只有尊卑辈分,没有贵贱分别。从今以后,您须将在衙门里的那些酸溜溜的规矩全给扔了,爽快做人才对。就是咱们今后也不许有什么相公、小的。俺三个已商量过了,俺们都只二十来岁,大不了您几岁。既却是比您长,您就称俺们一声哥,俺们便叫您兄弟。将来刘花枪收你做弟子时,再叙辈分。俺们的话是如此说的,您依得便同走,依不得您便仍回您的延津县衙,守您的规矩去。"皮友儿听了,不敢再客气,只连说："谨遵大哥的吩咐。"三人听了，齐喜道："好兄弟，这才是俺们道中人。"皮友儿便将龚骧给杜洁的文牒交代了，三人看时，文牒是才办好的，印油还没干。上面写的是"武生杜洁、许逮"二人名字。文义笑道："做官的鬼头鬼脑，做的事和说的话终是两样儿的。您瞧在堂上时，唱戏一般装得多像！"皮友儿笑道："大哥先时不是想要问那给您作保的人是哪里来的吗？——可知连那捕快头儿回话挨打，全都是知县相公弄的玄虚，还是俺传的话啦。"文义等都笑了。

许逮见此地无事，要起程趱路。文义便写了两封信，一封给刘八，一封给钱迈、茅能等，托付皮友儿习艺的事，交给皮友儿。许逮给了房店钱，四人各背包袱，一齐出店。到大街，文义随便买了一条纯钢朴刀应用。杜洁、许逮的兵器，差役们早已送还，用不着再买。只代皮友儿买了一条枣木齐眉短棍、两把竹叶小刀，带在身旁。出了西门，到三岔路口一家乡村酒店里喝酒，四人就此分手。文义只取了二十贯钱做盘川，其余的银钱全给了皮友儿，独自一个背着包裹，提着朴刀，别了杜洁、许逮，又叮嘱了皮友儿一番，掉头直奔开封去了。

杜洁、许逮领着皮友儿，迤逦朝北长行。一路上，皮友儿问长问短。杜、许二人便随意教给他些江湖习例、拳脚诀窍。因此虽是风雪长途，却并不寂寞。沿途打尖住宿时，皮友儿终是抢在头里，拾掇招呼，十分小心。杜、许二人过意不去，叫他不要如此。他道："俺是小兄弟呀，难道不应该伺候俩哥哥吗？"杜、许二人说不过他，只索任他去干。

三人如此走了几天，算来离延津已有三站路程了。皮友儿虽是小厮出身，却是不曾十分吃过风霜辛苦。起初时，凭着一股热气，勇往直前，倒也不觉着寒冷辛苦。及至长行几日之后，怎比得杜洁、许逮久历风尘，且是功夫深湛搁得住，渐渐地两脚上生冻疮了。才起时，还硬耐着，不肯说。过了两天，两脚跟全都烂开花了。虽是仍旧硬撑着，拄着短棍，跟着杜洁、许逮向前奔，却痛得咬紧牙关直哼。杜洁知他受累，便问道："兄弟，您可是走不动了吗？"皮友儿挣扎着答道："没什么。"杜洁见他迈步没从前那般爽利，且是打尖落店时，反倒落后。虽仍是拾掇、招呼，却终皱着眉头没先时那么活泼。当夜宿店时，便逼着问他。许逮也觉诧异，帮着杜洁，尽着追问。皮友儿没法，才将两脚生了冻疮的话说出。

杜洁听了便道："傻孩子，这有什么瞒的。此地离河间还有好几站路啦，您怎挨得到？自己不说，这苦就够你受的了。此地是个大市镇，咱们雇牲口吧，也好早两天到地头。"许遂便去寻掌柜的，叫他雇牲口。一会儿，掌柜的来说道："可巧大年下近了，牲口都不上长道儿了。只有两挂大车儿回德州去的，明儿就走。老客们要是赶路要紧，不如趁这车儿到德州。州里地面大，换雇牲口便容易了。"杜洁、许遂想着皮友儿脚痛，只好如此。便叫掌柜的叫了赶车儿的来，说定三个人给一贯钱脚钱，脚夫便先讨了半贯钱去。

次日清晨，杜洁等三人起身梳洗了，脚夫进房来，搬了行李去捎上。三人给了店饭钱，便到外面上车。见一挂车上已蹲着两个人，那一挂车，却带着许多赶过年买卖的货物。三人便分坐两车：许遂和那俩客人同车，杜洁领着皮友儿窝在那挂带货的车里。脚夫高扬长鞭，一声"啊哪"，蹄声嘚嘚，直上大道，顶风冲寒，迤逦向北行来。

杜洁等几时到得河间，下文再叙。

97

第九章

错里错错官审错案
奇中奇奇侠听奇闻

话说杜洁在车中和皮友儿谈谈说说，倒不觉寂寥。只有许逵窝在那挂车里，没个热伴，且是车帘紧闭，没可消遣，只闷听那俩客人闲磕牙儿解闷。

年老的一个先叹说道："俺们如此数九寒天，还不得安宁，命运也算苦极了。"年少的道："三叔，咱们固然是苦得不得了，却是要和黄仁甫那没一点事儿要丢脑袋的比起来，可就好多了。"许逵听到这话，不觉心中一动，便静心注听下去。又听得那年老的问道："真的，黄仁甫到底是怎样一回事啦？有人说他做强盗，又有人说是冤枉。俺十月里在州里动身时，就听人说他要放出来了，怎的你又说他会丢脑袋啦？"许逵心中暗想：这都是我想问的事，且让我来听个明白。想罢，便凝神静听着。

只听得那年少的答道："说来话长。反正长途没事，待俺说来解解闷儿吧。这桩事，俺差不多全知道，只是没法代黄仁甫申冤。月头里，听得州里来人说，黄仁甫已定了斩决，详文上去了，只等批文钉封下来。唉，一个人命里注定要遭横死，真是没法逃躲。这事初起时，就在俺家隔壁，且是俺还确实知道这事和黄仁甫无干。"年老的矗言问道："那么，怎的州里人都说他该杀咧？"年少的叹道："这也是他合该。九月重阳那天，俺家隔壁李四娘家中接他家大闺女到家里过节。她闺女带来一条蒜条金，交给她妈。哪知他女婿何东儿因为失了这条金子，闹得阖家老少全不得安宁。李家闺女回婆家时，却骇得不敢声张，何东儿急得报了捕快。捕快头儿拿着当桩好买卖做，叫伙计们踩缉。这也罢了，不料李四娘得知这条金子是她女儿偷来的，恐怕女婿知道，密地里将金子寄藏在她娘家兄弟黄小村家中。可巧她交代金子的时候，黄仁甫正在黄小村家里闲磕牙儿。他俩原是叔侄，李四娘也没避他。那天夜里，黄小村家中来了个小偷，挖墙洞进来，单将这金子偷了去。黄小村醒来时，知道有了偷儿，一骨碌爬起来追赶。刚到门口，遇着偷儿，便一把擒住。偷儿不得脱身，劈头一斧，将黄小村劈死，逃脱了。当时报官相验，阖州当作新奇事儿传说着。

"出事的这夜里，黄仁甫正赶车儿到运河码头上去了。过了几天，码头上事情完了，黄仁甫赶车儿回来。进城时，拿了条蒜条金到宝藏银局里去兑换。才到柜上，便有公差拿着一铁链，不由分说，便把他带到县衙里去了。知县相公听得拿着了杀人凶手，马上升堂。黄仁甫还不曾知道黄小村被砍杀的事情，懵懵懂懂，不明白为甚锁了来。待到相公升堂一问，才知何东儿也在头一夜被人杀死了。他妻子就是李四娘的大闺女，祸根儿，还被人取了胎去，也死了。失的东西也是一条金子。这两条金子也不知何东儿怎样弄来的，却弄成两案三命。黄仁甫这条金子，可巧和那两条金子一般分量，且是牌号相同。因此黄仁甫便浑身长出一千张嘴来，也辩说不清。知县相公给他夹棍，拶了一拶受不住，只得屈招了。如今杀脑袋还不打紧，知县相公硬说何东儿夫妻俩也是他砍死的，一定要追问那一条金子的下落，还要问他取胎做甚？可怜他哪能知道啦。且是再要他赔一条金子，也赔不出来呀。"

年老的听到这里，抢住问道："依这般看来，也难怪州里人全说他该杀了。只是您怎说确实知道这事和黄仁甫无干咧？难道你知道杀黄小村的这人吗？依俺说，黄小村死的那天夜里，黄仁甫刚巧不在家。何东儿死的第二天，他又刚巧回来，恰又有一般的金条兑换，这就怨不得知县相公说是他做的，就是俺也要说是他做的。不然时，怎这般巧合？他一个赶车儿的，哪来许多金子咧？您且说给俺听听。"

年少的道："可不是嘛，满州城里人全是你老这样说法。只有俺知道黄仁甫这一条金子不是劫来的。俺和黄仁甫自幼相识，他有个兄弟，名叫黄礼，自幼跟着个保镖达官走道儿。后来好几年音信无踪，大前年头里，忽然回来了。听黄仁甫说，他是遇着一位剑仙，学得一身的本领，在武当山上道观里厮混。后来投到锦屏山寨子里当头领，打前年起，每年准来叫他哥哥黄仁甫赶车到运河去，帮做几天，便给他一条金子。哪知黄仁甫这穷小子没发财的命，头一年，得着金子，便遭火烧了。去年，又得着一条金子，娶了一房妻小，那娘儿们带痨病过门，没三个月，便死了，大夫、汤药、衣棺、道场就花去了半条金子。剩下的几百两银子，和人合伙装粮食，在红龙闸翻船，全喂了王八。你瞧他够多么倒霉！这几趟事，全是俺亲眼见的。今年他又到运河去，俺还和他闹着玩儿，笑说不要又出岔子。哪知真果出了大岔子了。你老瞧，俺可是能说确实知道他的金子不是劫的，却只是没法代他辩冤。"

年老的叹道："这也是他命苦。兄弟想拉拔他，不料倒害了他。这时要有人通个信儿给他兄弟，也好代他打点打点。"年少的听了，摇头道："你老快不要说送信儿给他兄弟的话，那锦屏山虽说是有名的仁义寨子，却是防守极严，赛过铜墙铁壁，鸟儿也不要想飞进去，漫说是人。就算有人热心肠，也没法进去呀。"

许逵听到这里，再也忍不住了，张眼问道："请问二位：黄礼可真是在锦屏山吗？黄仁甫和他可真是亲哥儿俩吗？"年少的答道："怎的不真？千真万真。俺前年夏天里，还见过那黄礼。他来寻他哥时，俺还留他吃过饭。年纪不过十八九岁，长面孔，竖眉毛，苗条身材，长得秀才般。却是听说三五十件家伙，甭想近得他身，委实是个好汉子。黄仁甫没犯法进牢时，还对俺说他兄弟有信来，怎不在锦屏山咧？老客可是和山寨里头领有来往吗？"许逵随口应道："我不过是常走曹州道儿，认得他们寨里几个小喽啰罢了。听得你老客说那黄仁甫冤屈可怜，便想替他捎个信儿去，也是出门人方便处。"年少的喜道："老客肯行这个方便，再好也没有了。你老客到山寨里时，只说是听得俺邱贵和说的便了。"年老的却不作声，只拿眼睛向许逵身上上下打量。许逵便转问他的姓名，年老的答道："姓田，名树德。俺瞧老客也是个江湖朋友，可是锦屏山的仁义好汉吗？请问尊姓大名？"许逵摇头应道："我是走镖朋友，姓许名逵。"

田树德问邱贵和道："黄仁甫这几年得的金子，可是同一个牌号了？"邱贵和道："这可不知道。只是头一年他得的那条金子俺见到，黄灿灿的蒜条金，委实惹人爱，却是没留心看牌号。"田树德摇头道："这事有些尴尬，何东儿的两条金子怎恰巧和锦屏山给黄仁甫的金子一模一样，还会牌号皆同咧？"邱贵和道："可不是嘛，知县相公就为着这一层，才硬说黄小村、何东儿两桩血案全是黄仁甫干的。可怜黄仁甫过了两堂，就皮脱骨露了。"

田树德笑道："有这点可疑，错知县这回却不算十分大错。"许逵听了，忙问道："怎的叫作错知县啦？"田树德笑道："本县相公名叫王丹。司里挂牌时，原来是委一个大挑举人王舟，不料稿案师爷办稿时将'舟'字儿写成个'丹'字儿。布政老爷糊里糊涂，也没看清楚，就画了行了。这事通省皆知，生米煮成了熟饭，自然只好任他这捐班知县到任了。从此人都叫他错知县。真果他接印到如今只半年，却错了不少的事了。"

三人在车中谈着这件事，倒把长途辛苦忘了。许遂更是呆呆地望着天上暗淡低云，满腹思量怎样打救黄仁甫，把一切事都撇开了，连田树德时时向他留意，都全没觉着。邱贵和却不时和许遂、田树德攀谈，替黄仁甫呼冤。车声辚辚，夹着他三人谈话声音，不一时，已走了二十余里路程了。赶车儿的在车辕上，高声问道："离德州只小半站了，老客们可要到前面何家庄歇会儿，喝口热水？"邱、田二人齐应："别停，朝前趱吧。"许遂却说："停一停，我有点事儿。"邱、田二人因见许遂镖客打扮，不敢和他别扭，忙改口叫："赶车儿的，您就停一停吧。"赶车儿的噪了一声，抖动长缰，扬起鞭子，刷了一鞭，"啊哪"一声，牲口脑袋一昂，只听得蹄声加急，两旁地屋过得更快。转眼间，遥见前面一丛房屋。路中间，早有饭店、茶棚的伙计们吆喝着："老客们，打尖呀！今儿新宰的猪羊，烫得好白酒，喝一盅，挡挡寒气吧！"就这乱嚷声中，赶车儿的向着其中一个伙计将鞭儿一指，那伙计见了，连忙一面装着笑脸嚷："辛苦了！怎这时光才到啦？可够冷的了。"一面将手一拦，那牲口是长行惯的，懂得规矩，一撇脑袋，后车跟前车的，进了草棚，霍地便站住了。

许遂抢先下车，忙去寻着杜洁、皮友儿二人，另自寻了一家清净些的茶店坐下。杜洁问道："您因甚要歇下？趁早趱一程，今儿还能赶到德州啦！"许遂道："我有桩要紧的事和您商量。您且说，沈老五这时可还在锦屏山？"杜洁答道："这可难说。他性急，接着了师父的书子，没个不赶急奔去的，八成儿赶在俺俩前头。就算他没动身，俺俩这时也不能远道儿去觅他呀。您这时怎忽然想着问起他来？且说是怎的一回事。"许遂将车中听得的话略说了一遍道："这件事，咱们怎能袖手不管咧？"杜洁听了，皱眉道："这桩事，骨子里情形很杂，不容易明白，不是一两天弄得清楚的，咱们怎能久耽搁咧？"许遂道："可不是，我就为这发愁，在车儿思忖了半晌，也没得个善法。"

二人低头思忖了一会儿，连皮友儿也在旁代黄仁甫干着急。赶车儿的催了一遍，被许遂喝退了。杜洁向许遂道："这桩事要是沈老五还在锦屏山没动身，咱俩就绕道儿走一趟，也没要紧。只恐他先离了山寨，咱俩白绕道儿还是小事，倘或锦屏山的头领也不管这事，俺们再回去，岂不更迟了？一来耽搁路程，二来黄仁甫的性命还不知保得吗？"许遂听了，也十分着急，默默无语。皮友儿在旁，听他俩商量了半晌，没得个主意，忍不住了，开口问道："许三哥不说是锦屏山寨里有黄仁甫的兄弟黄礼在那儿吗？咱们如今到河间去，俺虽不敢问是怎样一桩事，却是不知要几时赶到，才算不迟。依俺看来，就算是杜四哥说的那位沈五爷不在那山寨里。难道那黄礼也能不管吗？不过是咱们得计算路程，必须不致耽搁到河间的日期才好。"杜洁不待他说完便跳起来道："真有你的！俺俩真搅糊涂了。咱们到河间在元宵节前总不算迟，如今就奔锦屏山去吧。"许逵也道："我正想着这事咱们没十分得着底细，文干武干全都不得当儿。既如此，咱们现在就赶快到锦屏山去吧。"

　　三人正说着，赶车儿的又来催了。许逵便对杜洁道："四兄弟，咱们可要打这儿岔过去？"杜洁向他使了个眼色道："到德州再说吧。"许逵便不声响，上车去了。杜洁领着皮友儿上了车儿，仍向德州趱行。在车中，心里终是抛不开这桩金条案，便故意向同车客人兜搭，探问这一案的线索。客人却异口同声都说："黄仁甫的兄弟本做强盗，这事儿一点儿不冤枉。"杜洁道："俺虽只才听得这一案的大略，却是想着这事要真果是黄仁甫干的，他怎敢拿着金条到州里来兑换咧？"那客人道："老客，您不是俺德州人，您不知道俺这不远有座锦屏山，那山寨多么厉害。别说咱们这德州、曹州的府太爷不敢惹他们，放着那么些兵将的曹州卫，也不敢调一将一卒挨到他山边去，黄仁甫的兄弟便是这寨里的头领。他仗着这硬腰子，眼睛里还有德州的官儿吗？哪知道这错知县聋子不怕雷，竟将他逮起来了。这也叫合该。"杜洁道："如此说来，锦屏山的好汉怎么不来寻岔子咧？"那客人道："州里老早防备了。府太爷身边有个保镖的名叫霸河东万夫雄，本领十分了得，马上步下，没一样不出色当行。且是教里人，会得法术。原本是府太爷家中护院的，这回特地去请了来，还带着他兄弟和俩师弟。听说他师父的法术更赛过神仙，呼风唤雨，法力无边，听说也要来了。就是府太爷虽是个文官，听说武艺也十分出色。锦屏山的强盗耳目比咱们长，得了这信儿，还敢来大虫嘴上拔毛吗？"杜洁道："既然有了这般异人，为甚不去剿平锦屏山咧？"那客人道："听说是原任曹州卫胆儿只米那般大。俺德州隔州隔府的，不好去管他。如今为着这金条案和锦屏山关联着，又逢着院里调河北卫指挥有名的蛮将螃蟹王忠皓借署曹州卫，府太爷正等着他到任会剿，公事已经通详上去了，营里正招人补缺。俺便是听得这信儿，去府里投军的。您瞧着吧，那锦屏山贼终过不了安适新年了。"杜洁便顺势探问："德州营里武官的本领怎样？"那客人道："千户首户是院里特地派来剿强盗的。听说多是在黔国公府里借调来的。还调了两个指挥来，一个个都是强弩大刀的英雄。院里也是恐怕闹出梁山泊那般的岔子，决计要做这一趟，平了这些强盗，因此全选的尖子货去攻山。老客要是在州里耽搁着，有的热闹瞧啦！"杜洁随口应道："热闹倒不想瞧，只要平了强盗，咱们得平安，走道儿，不纳地头钱，便是福气了。"那客人道："锦屏山倒不要地头钱，只是爱劫过路官府。官府被劫了，还是向老百姓身上讨还，终不是苦了咱们百姓吗？"

如此说说谈谈，日影西斜，融冰滴水之声已渐渐稀了。暗淡暮色之中，隐约看见一座城池，十分雄壮。那赶车的因要赶路，牲口半日没歇脚，走得十分迟缓。杜洁便问："此地进城还有多少路程？"赶车儿的说："只得五里不到点儿。"杜洁便推说："要在城外庄子里去望个亲戚。"叫车儿停着，招呼许逵下车儿。许逵会意下车，同到路旁茶棚里，解开包裹，算给了车钱，另外给了·贯赏钱。赶车儿的心满意足，谢过了，赶着车儿载客进城去了。

三人步行着，将近城边。许逵便道："咱们还是进城去，探听一回，好做准备。"杜洁道："甭探听了。"便将在车中听得那投军客人的言语和许逵说了，指着那城头上招军旗道："您瞧，这不是招军旗吗？那客人的话八成儿不假。只不知这些调来的兵将本领真果了得吗？要是锦屏山敌不下，咱们还得缠住身子，走不动啦！"许逵道："既是如此，咱们今儿夜里便去劫了黄仁甫出来，送到锦屏山去。横竖他们原要和锦屏山作对的，咱们也用不着瞻前顾后了。"杜洁摇头道："使不得！一来，这件事不问明白，不知黄仁甫是不是冤枉，要是咱们劫了个的确有罪的窃犯，岂不要吃江湖上好汉们笑话？二来，这么一来，他们一定急急起兵去攻锦屏山。要是山寨里没得着讯息来不及防备，便要吃亏。三来，咱们冒昧蛮干，不单是要牵连许多好人被官府疑心他，拿了去吃苦，且是黄仁甫是锦屏山贼，血案是锦屏山做的更加着实了，不是冤没申得，反倒坐实了吗？咱们为着什么来呢？"许逵听了道："既有许多的挂碍，劫不来牢，咱们便赶快到锦屏山去吧。"

杜洁道："咱们只是送信去，用不着三个一齐去。咱俩总得留一个在此地探消息。"许逵道："探消息是细腻功夫，我是个老粗，弄不来这个。您在这儿待着，我跑这一趟吧。"杜洁道："俺有个熟识在曹州千户衙里，想着要顺便去探一探曹州卫的虚实，还是您在这儿待着吧。"许逵急道："那么，咱们还是同去。"杜洁道："只是此地没人在这儿坐探，待咱们再回来时，岂不是任甚全不知道吗?"许逵方要答话,皮友儿早攘言道:"您俩尽管放心去,俺在这儿待着,管保误不了事。"杜洁皱眉道:"你从来不曾独自打住过,能干得了吗?"皮友儿拍胸道:"四哥放心,总不叫俩哥哥担心事。俺小孩儿,容易听得消息。您俩回来时,俺准能探得这儿武营里的虚实。若凑巧,连那金条案也许能探得些眉目,您俩只管放心同去。要是曹州先发动时,也多一个人帮忙打仗。"杜洁知他聪明伶俐,言语有节,料来误不了事,且是他害冻疮,也好让他将息几天,便道:"您一人在此,不能打听的别乱打听,须知这事儿急不来的。独自一个,闹出了岔子,一时没人救应,不是当耍的。"皮友儿点头答应:"知道。"

杜洁便和许逵领着皮友儿到城外一家小客店里住下,要了酒饭,吃喝一饱,杜、许二人将带的银两取出一百两,因皮友儿身边有钱,只代他给了十天店饭钱,二人便到车马行里雇车。不料赶车儿的都要回家过年,要是南北大路上,赛过他们家乡,出重价还有人肯去。这到曹州的州府僻道,却没人肯去。再打听牲口时,也是一般,只有长行驴子,赶脚的讨五两银子一头,外带加一头跟驴,总共讨十五两,酒钱在外。杜洁心想,脚钱贵些且不管他,只是驴子太慢,不能破站趱程,年内还恐不能赶回来,便和许逵商量。

许逵因问了好几处,没人承应,早不耐烦了。见杜洁要寻驴夫、雇驴子,便道:"谁耐烦受那厮们的鸟气啦!咱们买牲口去,拼着扔掉几两银子罢了。"杜洁一想,也只好如此。便和许逵俩带了一百两银子,直到城门口骡马行里来。恰好有个集宁马客,还有三骑牲口没卖去。二人看那三骑牲口,两匹黑马、一匹黄马,还不错,便讨了鞍辔备好,各试了一趟头,脚力委实健快。便问行家:"讨多少银子?"行家见杜洁公子哥儿模样,张嘴便讨一百五十两银子一匹。杜洁微微一笑说:"这俩牲口倒不错,只可惜饿坏了。"行家道:"这牲口委实是察哈尔部来的,只因货好价高,没人肯买,几个月耽搁下来,便瘦了许多了。"集宁客人接口道:"我这趟带来百多匹牲口,就这三匹是北口小蹄儿,一天少也得跑个三四百里地啦。"杜洁因身边银子不多,便还他二百两银子,全给买下。集宁客人听了,心中暗想:就这价钱,也还有四分利钱好赚,且是只剩这三匹牲口了,几个月没人还价,如今近年了,不如再讨加些卖了他,别为这点儿尾货久撂着,耽搁时日,倒失却生意,反不合算。便道:"老客再添些吧,我只求脱货回家,也不顾蚀本了。"杜洁便加了四十两。行家又帮着讨添,许逵又加了二十两,总共二百六十两银子,将三骑牲口买了。又在马行里，配了三副鞍、辔、鞭、镫，一共算作二百八十一两银子。便叫行家跟随到店里，取了银子给他，二人各备一匹黑马，将黄马给了皮友儿做坐骑。

当下，杜洁、许逵喂饱了牲口，再叮咛了皮友儿一番，皮友儿一一答应了。二人牵着马，捎好包裹，向店家讨了灯笼、火把、松油、亮子，防着半夜云遮月落时好用。拾掇好了，便出了店门，上马加鞭，照大路趱程。皮友儿送出街头，自回客店。

杜、许二人因事情紧急，且是熟路，趁着月色明朗，打马飞奔羽箭离弦一般地跑去，那两骑牲口也委实好脚力，螳螂似的脖子一昂，长鬣一甩，嘶风呼气，前骋后驰，三帆满风快船似的，只听得满耳风声。到了天明时，已走了二百几十里程途了。晨光微熹之中，远望见前面单家庄围罩在蓝岚白雾里面。

二人纵马来到庄前，只见那庄子雉堞巍峨，旗斗高竖，差不多的府城也没那般雄峻。马奔庄门，遥见庄门大开着，瓮门黑暗赛似城门。门旁一间厅房，坐着五六个粗黑大汉，见二人来到，便有一人向前问杜洁道："老客是路过，还是到敝庄的？"杜洁知道山东路上因为绿林勾结倭寇，地方上都有乡勇，便按着行路规矩，将马一带闪在路旁，拱手道："在下路过宝庄，烦请上复庄主，不及登门请安了。"那人又问许逵道："请教达官，贵镖局的字号？"许逵知他们因为杜洁书生打扮，误认自己是杜洁保镖的，便答道："小字号儿湖广武胜，这一趟是送朋友进京赶春闱，没带货，因此也没带旗帖，还请上复贵庄主。"说着，便在百宝囊里取出一张"武胜镖局镇衡山许逵"的大红单片，递了过去。当下有人接了，出了厅房，领着两骑马，来到庄内街上一家车店里，又招呼过了，别过自去。

二人要了酒菜吃喝着。许逵向杜洁道："我在这条路上也走过不少趟数，却从来不曾见这般严紧。这等看来，单家庄中定有能人。"杜洁道："去年倭寇陷济宁，曹州路上村庄都练乡勇、筑高垣。不过此地的确有能人，瞧他这般布置，竟是大将守汛的排场。方才进来看见的乡勇巡哨，那部勒也不弱似军伍，只不知是谁在此主持。"许逵道："不知庄主是谁，江湖上不曾听得说起。不然时，咱俩就去拜望他去。"

正在谈论着，忽见有五骑马来到店门停住。当先一个后生，头扎包巾，身披细甲，腰束银丝带，足蹬虎头靴，眉清目秀，口小唇红，生得十分俊俏。

后面四个都是乡勇打扮，包头扎腿，穿着"单"字号衣。那后生进店来，掌柜的连忙起身出柜，笑脸相迎。那后生问道："可有一位南边赶考相公，和一位护镖达官投宿在你店里？"掌柜的忙赔笑答道："是，是，正在喝酒啦。"许逵不待他近前，便起身拱手道："在下便是许逵。不知有甚事体？"后生听了，便撇了掌柜的，三脚两步来到杜、许二人桌前，拱手道："在下凤舞，是本庄教头。敝庄主闻听两位打此路过，特着俺前来奉候，并请两位不要嫌弃，耽搁些时，让俺庄主聊尽地主之谊。"许逵方要答话，杜洁已知他口中虽是十分客气，实在的来意是盘查，恐防许逵性直漏出实话，便一面让凤舞坐下，一面抢先接口答道："俺进京赶武试，因为和这位许兄曾经同门，便一路同行。路上还有些小事情，不能久耽搁，庄主的盛情只好心领，回来时，再登堂拜谢！敢烦台驾代达下忱。"凤舞道："俺庄主只是一心敬礼天下英雄，并无别意。听说大驾进京，却不走德州大道，转来到敝地，必是有些贵干，故此叫小弟前来邀请盘桓些时。要是大驾的贵干，俺庄主能够为力时，还想效些微劳，也显得地主之情，留个江湖交谊。"杜洁听了，心中一震，暗想，问得好厉害呀，便回答道："俺俩只因有个世交在曹州，一来，借北上之便，前去探望，二来，想相约同行。现今岁暮，年前无日，委实不敢多耽搁，还望原恕。"凤舞微笑道："俺有句言语，幸恕唐突。俺闻得敝庄上先生说：武胜镖局是湖广一带最有名的局子，南北一带江湖好汉、绿林英雄，多有往来。因此凡是武胜旗子的镖管保平安，只是和白莲教不大交往。因他镖名声名远震，教友也不肯十分奈何他。适才庄主和先生得见许达官的大帖，知非等闲之辈，十分敬仰，便想着敝庄朝东两站便是锦屏山，两位不走丁旺庄，却来到敝地，或许是要到锦屏山去望朋友。恰巧那锦屏山几位好汉多在敝庄，敝庄主便叫在下前来请教，要是往锦屏山，便不必多劳跋涉，就此便可相见。若是另有贵干时，还望恕过在下冒昧失言。"杜洁、许逵听了，一齐暗吃一惊，想着这先生不知是甚等样人，却如此精明，倒要会他一会。杜洁更忖着自己和许逵的武艺，就算是他说来赚人，也不致吃不了，受亏损。便道："俺在江湖上也多曾闻得锦屏山的声名，久想会一会几位头领，今又承贵庄主十分美意，俺俩便抽一刻工夫，一来，晋见贵庄主当面致谢；二来趁此机会，也得会锦屏山好汉。一时得结两重江湖交谊，俺俩真是欣幸极了。"许逵见杜洁答应了，便也道："庄主如此瞧得起俺俩，俺俩怎敢不中抬举，辜负盛情！"

凤舞见二人应允了，大喜，便起身叫："掌柜的！酒饭银子到庄上领去。"

杜洁忙拦道："这个不敢奉扰！"凤舞道："两位不必客气，俺已吩咐过了。本庄规矩，他断不敢收两位的银钱的。"杜洁一面谦谢，一面暗想：瞧不出这小地方却治理得井井有条。待许逸换好巾袍，凤舞当先领路。出店门时，四乡勇已将二人的黑驹备好，牵在手中，待二人出来，便将缰递过。杜洁、许逸扳鞍上马，凤舞扬鞭前导，四乡勇骑马后随，掌柜的躬身送出店门。凤舞一摆手，双脚一趷，呼啦啦，趁大路飞驰。

杜、许二人在路上和凤舞攀谈，询问庄主姓名。凤舞道："敝庄居户皆不姓单，单家庄只是个地名。庄主姓伍，名柱，年才二十五岁。自幼习得一身好武艺，马上功夫十分了得。年纪虽轻，这曹州一带多知他的字号，地方上多受他庇荫，都称他为千年松。老庄主故世才一年，已将这庄子拾掇得铁桶一般。庄上大小事情都是亲自料理，一切布置却有吴先生吴瓛。吴先生原本是湖广人，和许达官是乡亲，从前游幕到北边，随着庄主的娘舅来到此地，和庄主一见如故，近年来教导庄主读书作诗，更加亲热。庄上一切事，都是吴先生主裁。庄主因他为人仁义，且是多才多智，常叫他作智囊。庄上众人没个不十分敬重他的。"

杜洁又问道："不知庄上共有多少乡勇？几位教头？"凤舞道："庄上共有五百余户人家，按户出一人，除却鳏孀居户，练得五百二十个勇壮。总教头是金麒麟凌翔，云南昆明人。副教头便是在下。还有梅花鹿李青、双锤李隆、飞毛腿欧弘、赛叔宝徐建四位教头，各领着一百名勇壮。余下一百名是凌教头和在下领着。庄主随身带着二十名亲随，跟来的四个便是亲随。这庄外周围，都是居庄内住户的田地。庄主自己有二千多顷地。乡勇的用费都是庄主独自支用的，按月要二百六七十担人粮马料、五百多贯用费钱，从没外取过。自从立了庄围，除却纳粮，官府不敢来讹索，住户比前时安宁许多，都道庄主和吴先生善于调处，无忧无恐地过着日子。"

杜洁、许逸听了，十分欣喜，提防之心早已抛却了。一路再看那些居民，真果是向曝闲话，雍雍熙熙，度着冬日。见凤舞走过，男子都立起身来，彬彬有礼，不似乡野之区。行了约莫一里多路程，远望见一片乌萋，黑压压地据在高峰之下，四面粉墙高耸，十分雄壮。远瞅去，庄前一片广场，正在练兵，许多人蠕蠕而动。正中一杆数丈长的旗杆，悬着一方蜈蚣走穗的大旗，却看不出上面有些什么。凤舞在前面马上，扬鞭遥指道："这便是伍庄主的住宅，正在操练啦。"

杜浩、许逵随着凤舞，马上加鞭，转眼已来到庄前坡下。凤舞两腿一夹，那马箭一般向石级上奔去。杜、许二人便也一抖丝缰，使劲一挞，随后赶奔上来。只见五百来个乡勇正由五花阵改作一字长蛇阵。中央一将，身材高大，长眼高颧，头戴灿铜镂空堆花盔，身披烁铜锁子连环甲，当胸悬着耀日生光的护心镜，扎着斜十字丝绦，腰束烁铜秋叶缀锦战裙，束着缠丝双结叠金鸾带，佩着口金丝叠花嵌玉剑，足踏黄缎抓地虎短靴，手中正扬着一方鹅黄斜角旗，指挥摆阵。当中台阶上，立着个方面长眉、青袍银铠的少年。左边立着个方巾青衫、白须拂胸的老者。约莫便是庄主伍柱和先生吴璬。

杜、许二人连忙翻身下马。伍柱、吴璬两个一齐下阶相迎。当中那将便是金麒麟凌翔。将旗一挥，五百来个乡勇一齐半跪。领头的四个教头都是黑盔、黑甲，各执鞭铜锤斧，抢过来，向杜、许二人打参。二人忙一一还礼毕。伍柱、吴璬便邀二人进庄。杜、许二人转向凌翔和四教头告过"且失陪"，便随伍、吴、凤三人迈步进庄。凌翔转身立即传令："收队！"领着四教头随后进庄来。

杜、许二人进了穹窿庄门，便是一层屏门，中门大开。进了屏门，过了大丹墀，便是一间十根柱敞厅。打厅后转出去，走过许多仓库、两进闲房，又转过一座丈余高假山，便见一重月宫门。再朝西拐弯，穿过一扇墙门，来到一所花苑，朝东一排七间廊房，当中的一间小花厅内。凌翔也赶到。众人重新见礼，通问姓名毕，一一落座。小厮献过茶，又端出八色茶点，摆在当中圆桌上。伍柱便邀众人到圆桌前团团围坐。

伍柱和杜、许二人叙过客套语。吴璬便问二人道："两位仁兄到曹州有甚贵干？"许逵答道："只不过探望朋友。"吴璬拈髯点头道："如今岁暮天寒，两位仁兄若没紧要事件，怎肯耽搁程途，不赶到京城度岁？咱们都是埋没江湖的英雄，尽可肝胆相照，不必避忌。二位有甚事，俺们倘可为力之处，还当竭智尽能相助，聊表寸心。"杜浩坦然说道："俺俩的行踪，并不是故意相瞒，实因事关他人，不得不略为审慎。"接着便将自己和许逵北行的缘故，和在延津牢中相会，以及车中闻得金条案仗义送信儿的细情直说一遍。伍柱、吴璬、凌翔、凤舞等听了，齐声赞称不愧是当今侠义英雄！

杜浩将话说明白，便要告辞起身，赶往锦屏山去。伍柱忙拦住道："好叫两位得知，锦屏山好汉，除却令师弟已经动身，赛由基赵佑守寨，全都到了敝庄。两位便请在此相见，不必再劳步到山寨去了。"说罢，便叫庄丁："到后面园里去，禀告程爷和众位爷，就说有南方英雄专来相访。"杜洁大喜。许逵生平不会说谎话，回想方才言语蒙瞒，心中十分难过。却是事已过去，无法回旋，只好耐着。

伍柱立起身来，叫庄丁领道，让杜、许二人先行，自己和吴璈、凌翔、凤舞随后，出了小厅，由走廊向西，过了一重秋扇墙门，便是一所大院落，却静寂寂没一点儿声响。横过去，又走进一重六棱敞门，便见一所花园当中一泓清水横在假石山前。庄丁领着，从那小洞上石桥到假石山前。向右转过山脚，便见一片枯藤包裹着一丛房屋，只露着几个窗户，若在春天时，竟只瞧得一片碧，瞧不出是房屋。

杜、许二人正一面走着，一面鉴赏这小园景致，忽见对面绿屋中走出一行人来，望见有人进来，便急赶过来。二人瞅去，只见当先一人，圆面浓眉，罩着大红风兜，裹着青绸披风，瞅不出着甚衣服。随后一人，身材魁梧，蓝巾蓝袍。还有两个，中等身材，一个着件绿缎箭衣，一个武生打扮，浑身紫绛色衣履。

伍柱见众人迎出，便抢前一步，向杜、许二人道："这便是锦屏山众好汉来迎二位了。"杜、许二人只认得那蓝巾蓝袍的是石灵龟归瑞，曾经在南边走过水镖。伍柱招呼众人和杜、许二人相见，各通姓名。原来那裹青绸披风的，便是锦屏山都头领豹子程豪。着绿缎箭衣的，便是万里虹黄礼。武生打扮的是虎头孔纯，都是锦屏山的头领，英雄相见，握手言欢，彼此皆十分欣喜。伍柱让众人都到屋里叙话，一众十余人齐到碧荫书屋中来。

众人进屋坐定。庄丁献过茶，彼此都道钦慕。叙谈时，得知锦屏山原是孔纯创的。程豪、归瑞原都和孔纯是朋友，特地邀来聚义的。程豪年才二十三岁，江淮扬州人氏，孔纯二十岁，山东青州人氏，归瑞也是二十岁，和杜洁同乡，都是江西莲花人氏。山中还有太原赛由基赵佑，年岁最少，把守山寨，未曾同来。归瑞的妻子，便是凌翔的妹子玉麒麟凌波，年才一十九岁，水里功夫十分了得。十岁时便能在昆明湖中不露面吐气，余二里多远。后来和她哥哥凌翔同师，练就一对金鞭、一口宝剑，本领出众，立誓要嫁个水旱功夫和她相对得来的。恰巧在这庄上，遇着归瑞，也是水上英雄，且是使得一对好钢鞭，又深谙剑术。凤舞原也是锦屏山的头领，见他二人正相对称，便和伍柱俩给他俩做了个媒人，婚嫁将近一年了。这次也同来，探望哥哥。只因有些事情，出外多日，还没回来。

杜、许二人和归瑞叙旧，问起他："娘子到哪里去了？"程豪代答道："归兄弟的娘子，也是敝寨头领，现到德州料理些事情去了。"杜洁听说"德州"二字，陡然想起，便接说道："正是。俺俩这趟专为德州一桩事要到贵寨来的。方才说话高兴，竟然忘了。"归瑞接口道："可是为那大案吗？"许逵听了，双手一拍道："可不是吗？"程豪道："归弟妹正为这事到德州去了好几日了，却是还没音信到来。两位大哥，既是为金条案来到此地，想必是得知仔细了，还望见教。"许逵便将在车中听得邱贵和所说的话全盘说了，黄礼便立起身来，向杜、许二人拱手道："承蒙二位兄长仁义，在这岁暮天寒之时，远道前来送信儿，俺黄礼只有感激的份儿，也不敢将套言来谢。只是这桩事，委实有些尴尬。照许大哥这般说来，连俺自己也不得明白。如今坐下的都是江湖好汉，并没外人，待俺将这金条的来历说一说：这金条是三年前，俺初到锦屏山时，和赛由基赵四哥俩下山当箭子，在山海关遇着一班官眷，约有三四家子，结伴回南，打听得是屯边武官的家小，便想着他们平日克扣军粮，虚报边费，使兵垦地肥私，鱼肉百姓，无恶不作，怎能放得过他！便紧跟了他们，直到山东界上，便下手做了，还做翻了一个护送的武官儿，因此得了二百多条金子。这几年，山寨里采办粮食，都是俺去。俺便顺便叫俺哥哥黄仁甫到德州码头上过载。第一回给了他一条金子，不料他没承受得。第二年又是如此。今年俺再给他一条金子，不料倒出了这大岔子了。这事俺敢保俺哥哥的金子绝不是盗了什么何东儿的。如今这德州的瘟官既这般糊涂，只求程大哥许俺下山去一趟，救俺哥哥出牢。"

程豪忙答道："您哥哥受累，您自是应去救他，只是得想个万全之道再去，才不致有失。且是德州颇有能人，也不是您一个人去便能了事的。"杜洁听他们如此说，便忙截住话头，问道："照程大哥和黄大哥方才所说，竟是还没知道有这一回事。那么，归家嫂嫂却因甚到德州去呢？不知可能告诉俺俩吗？"程豪答道："这有什么不能告诉……"正待要说出时，忽有一个伴当模样的人向归瑞耳边悄说了几句，归瑞便立起身来说道："玉麒麟回来了。"程豪大喜道："那么，待她自己来说吧。"杜洁、许逵知是凌波已从德州回来，且不再追问，随着众人起身出迎。

要知凌波回至单家庄有何话说，读下章便知。

110

第十章

计诛凶菩提邀众侠
谋叛逆妖道说藩王

话说单家庄中众英雄听得报说凌波回来了，都起身出迎，杜洁、许逵二人更是急于想见见这位女英雄，忙起身随着众人迎将出来。还没跨出房门，便见迎面来了一个中等身材的汉子，生得圆脸阔额、细眉、长目，脸白如脂，两手特长，浑身武生打扮。头裹月白武生巾，身穿月白箭衣，下着月白甩裆扎腿裤，背脊上露着一大把月白剑穗，腰悬月白色鱼皮弹囊，手提一对烂银宝塔鞭。杜、许二人方想要问来的是谁，却见凌翔叫"妹妹"，接着便见程豪等都向她道辛苦，便知是凌波装成了男子模样。瞅她那英挺精神，确是瞧不出她是个女子。凌波含笑和众人招呼过，便赶着和杜洁、许逵通问姓名。伍柱便邀众人到屋里坐。

这时庄丁已将酒菜摆上。众人进了碧荫书屋，便都不客气，听伍柱和吴璇两个安了座位，一一落座。伍柱执壶筛过了一巡酒，便向凌波道："这回辛苦了大妹子，不知可曾了事？"凌波笑着摇头道："了事吗？还差得多啦！"归瑞听了，拍手道："如何？我说你一人去不能了事，硬要和我赌赛，如今可是输了，还有什么说的？"凌波向归瑞瞪了一眼道："哪，您且不要快活早了，看可能叫您说了嘴去？只不过这事越牵越大罢了。"程豪也笑道："您俩且不要斗嘴，凌家妹妹事干得怎样了，且说出来，大家听听。"

凌波喝了一口酒，亮着嗓子说道："我打这儿动身去，便想着先要打听徐季藩那厮的踪影，才能知道德州这一趟是不是请了白莲教的帮忙，徐季藩这两年只在济南、济宁一带传徒布教，很容易打听。我便先到济宁州去，打听得那济宁指挥李汉云很爱习教，已经拜了徐季藩的得意弟子赵天申做师父，专心习学，颇晓得些邪法。我在济宁耽搁两天，打营兵口里探得徐季藩确是

111

领着他的儿子徐鸿儒到德州去了。我仗着牲口快，便急忙赶到德州。哪知才进城门，迎面便瞅见镇恒山坐在囚笼里，许多兵勇押着……"

许逵、杜洁听到这里，一齐大惊，站起来拦问道："沈五弟怎生被陷的？"凌波忙笑答道："您俩甭急，且待我说呀。现在不是没事了吗？"杜、许二人听说现在已无事了，略觉放心，依旧坐下，留神听凌波说。

凌波接着说道："我那时不知他们要将沈家兄弟解到哪里去，只得远远地跟着。不多时，便解到府衙里去了。我在衙前待了一会儿，没见知府官儿坐堂。便在衙前一家饭店里投宿，那店里住着的都是打官司的。那些三班六房差役人等，都到这店里来兜生意。我觑便向一个年老的刑房搭讪着，问起沈老五的案情。哪知他一听得我问这桩事，只吓得两手齐摇，连说：'不要谈！谈不得！'我问他是怎的一回事，他说是谋反叛逆的大案子，明日就得解到巡按御史衙门去。再要问他时，他已连忙逃开了。我左想右想，想着我动身时，你们所说花银子打点的话是办不到的，身边带的银子也没处使。只有待他们起解到巡按衙门去时，拦在路上，给他截下来的这一法。

"次日天还没亮，他们便押着沈老五起解了。待我候饭店开了门，再寻人探问时，才知已走了许久了。我这一急，非同小可，连忙给了店钱，打着牲口急赶。足足地赶了一天，也没赶上。心中纳闷着，他们押着囚笼，怎能比我这日行五百里的牲口还快咧？若是再有一天赶不上时，他们便到了巡按衙门了，我这趟可不是糟透了吗？拿什么脸回来见你们咧？当下以为他们是连夜走的，所以这般快。便也拼着辛苦，连夜趱赶。不料牲口不济了，一路直打趔趄。没法，只得寻了个枣树林子，下马坐着。放牲口去水塘边喝点儿水。才坐得没一盏茶时，忽见一团黑影在塘边欻欻地飘过，塘里的水也被那黑影拂过去带动的风叠起了几层波浪。再看那马，正低着头不知吃什么东西。我这时，心中大惊，连忙起身过去，将牲口带住一看，地下只有一个被马啮破了的纸包。再四围细看，绝无一点儿响动，也不见那黑影的踪迹。暗想这黑影如果是个人，这功夫可不小。这旷野之地，一霎眼便不见了，怎不使人吃惊咧？当时却是想着救人要紧，也无心再去追寻那黑影儿，便上马赶路。不料这马和先前大是两样，四蹄撒开，和腾云驾雾一般，耳边只听得呼呼的风声，更瞅不清路边有些什么。

"就这么奔驰了一夜，也不知奔了多少路程。天色微明时，便瞧得远远雾气中有一群人，其行如飞。我料着定是那些解沈老五的兵勇，急夹着裆子，驾马飞驰。约莫一盏茶时，便赶得相差只三百多步远近了。定睛瞅去，一点儿不差，果然是一个官儿，带些兵役解着沈老五在囚笼里。我便卸下弹弓，向那押在后面的武官儿发了三个连珠弹。哪知弹子打在他后脑，他竟和不知道一般，仍是倒提着长矛飞一般地前走。我还以为弹子是打在他头盔上，只是他那脚走委实快，就是兵勇们也和他一般。我心中大疑，且是大急，忙将弹弓背打着牲口急急追去。追到约莫只差二百来步了，便将梅花钢针的袖箭向那武官后心射去。我这家伙可是铁板也得扎穿，没个铠甲挡得住的。不料箭到他背上，反碰了回来。我一个没留神，箭已回到我面门前来了。我大吃一惊，连忙将左手的弹弓甩起一拨。哪知这箭的劲比射出时大得多，竟将弓弦射断，弓背扎炸了。

"我这时情知不好，这解官儿的内功比我强多了，我断不是他的对手。却又想到沈老五不能不救，便硬着头皮赶上前去和他拼斗。料来凭我这对金鞭，不见得就吃了他亏去，及至赶到他背后，我早已弃了破弓，掣起双鞭，向那解官儿当顶盖下。这当儿，只听得他哈哈一笑，一偏头让过双鞭，也不回手，只将左手向我一扬，不知什么东西扑了我一脸，顿时一阵头昏，便倒撞下马来。刚一倒地，人略清醒些，方要跳起时，那解官儿的长矛已离我胸膛不到五寸。我正在无法招架，更没气力滚开让过，只好等死的当儿，猛然听得有人高声念了一声佛号，就这一声佛号未完的一霎眼间，陡见一个笑嘻嘻的胖和尚将麈尾一拂，架开长矛，喝道：'光天化日中，怎能许你用邪法伤人？'我这时心中喜得不知怎样喜法，忙趁着这空儿，使个鲤鱼打挺蹦了起来。看时，那解官儿和众兵丁都躺在地下，长矛已折为两段，抛在地下。我这时更不知是惊是喜，忙要寻那和尚道谢时，却见和尚将麈尾向囚笼一刷，囚笼顿时整个儿碎了。回头向我说道：'这些伤天害理的东西，交给咱办吧！'我连忙向他下拜道谢。哪知他拉了沈老五，一甩袍袖，一闪眼已去了三五百步了。待我抬头时，已只见些微影儿，没法追赶了。只得提着双鞭，将那解官儿和兵勇们全给打死，便打小路上赶回来了。我一路想着，不知这和尚是什么样人，夜里所见的黑影，不知可是他吗？他怎不许沈老五和我说一句话儿？瞅沈老五那模样，也不像认识这和尚。更加奇怪的是，他怎知我是女人，叫我大姑娘？"

正说着，陡听得屋梁上有人呵呵大笑，高声说道："这也不懂吗？"众人大惊，一齐立起身来，各抽兵器，回环顾望。这当儿，各人都觉得跟前一亮，接着便见当门立着一个身躯异样高大、慈眉和目、嘻着一张笑口、弥勒佛般的一个胖大和尚，向众人呵呵大笑道："我来迟一步，劳凌头领代我说了半天，我这厢有礼了。"说着便合十为礼，众人已知道来者便是凌波所遇的和尚，就是没猜着的，见他这般说法，也料想没恶意。凌波是见过他，且知道他的本领的，便连忙一面向众人说明白，这便是那劫救了镇恒山沈老五的大师父。一面便离座到和尚跟前施礼，请问姓名。这时众人也都知和尚无恶意，且是来相助的，便都向和尚抱拳还礼，千年松伍柱向前，挽请和尚就座。

那和尚也不推辞，便向当中席上坐下，向众人道："我便是笑菩提丈身和尚。这趟偶然多事，凌头领已说过了，不必再烦，只是我原为我那不肖的小徒，兼程南来，却想不到无意中救了沈头领。在座众位中可有往河间去赴会的吗，路上可曾遇着小徒金刀茅能吗？"许途听了，连忙起身将众人姓名一一告诉了和尚，并说道："俺许途和杜师弟便是专程到河间去的。俺俩虽没遇着令徒茅金刀，却是已知道茅金刀确已到河间去了。"

丈身和尚听了，喜道："我这趟由荆州动身北游，在山海关遇着友鹿道人，硬拉我到河间去。我原也应得到河间去走一趟，便和他同去。后来知道河间的事不是一两个人能干得了的，且知友鹿道人已发信邀请同道英雄和他的几位高徒。我想着我那不争气的徒儿茅能，虽是被我撵了他出门，却是也恐怕他在外面败坏宗风，辱没了我五台宗派。四下一打听，才知他真果不自爱，竟和白莲教里的小小子儿混在一起，竟帮着那些教徒去做那伤天害理、采生折割的勾当。我这一气，真气得喘不过气儿来了。想着河间的会期还有些时，凭着我这对惯走江湖的腿，总还可以到南边来一转。因此便到山东、河南一带来捉他回去惩治。不料我直寻到他那黑林岗寨子里时，却是早两天已有人将那寨子砸了。我想他要是闯了大祸，绝不敢到湖广一带去见我，一定反向北跑，便也回头向北赶来，却不料途中遇着沈头领。我们原是一家，岂有袖手不理的道理？前日救了沈头领，得知众位在此，且是路上得知凌头领非等凡之人，便一路跟下来了。"

程豪、黄礼、杜洁、许途等一齐问道："沈家兄弟不知可曾随大师父到这儿来？"丈身和尚答道："他因为和官府闹下了纠葛，不便回头，且是他见师心急，我便赍发他先往河间去了。"众人听了，才把心肠放下。

许途接将在延津遇着玉狮子文义，得知金刀茅能已会着花枪刘八、镇泰山潘荣、镇华山钱迈，一同取道到河间去了的话，详细告诉了丈身和尚。大凡做师父的，没有不心爱自己的门徒的。茅能的戆直鲁莽，丈身和尚自然是久已深知，他这回亲自南下，原是恐怕茅能被白莲教诱迷了，非得亲自来唤醒，没人能使他彻悟跳出迷圈。如今听说茅能原是没知道白莲教的罪恶，一时误坠窟中，已经到河间寻自己去了，足见茅能还没忘却师门，心中自是欣喜。

众英雄素闻得丈身和尚的声名，武艺剑术，冠绝南北，今得会面，自是十分钦敬，十分欢喜。丈身和尚见众人都是江湖侠义之士，功夫深湛，举动光明，且是都曾闻名的英豪，一旦相聚，心中欢悦，自不待言，常言道得好：酒逢知己千杯少。丈身和尚和众人言语投机，开怀畅饮，酒到杯干，脱落俗套。一场痛饮，不觉喝到日色衔山，杯盘狼藉，方才罢休。

众人散座，庄丁献过茶，加过炭火，大家围炉叙话。程豪便问丈身和尚道："河间是怎么一回事，竟致惊动诸位大侠，还不能了处？想来这事必是非凡之举，不知我等兄弟可能有缘，身与其中，尽些力量？"丈身和尚笑道："这件事，原是天下人都应管都可管的事。头领有兴，我们自是喜之不尽。只是头领这回下山的事可曾了结？这时就能到河间去吗？"程豪答道："我们这趟下山的事，想必沈五兄弟已对大师说过了。原无大事，我们一来是想和伍庄主聚一聚，二来是知道对头太大，便大伙儿全来了。如今那对头得新正才打山东过去，倘是大师许我们到河间去，我们生平只想轰轰烈烈干一场，此地这一点儿小事，自没甚挂不下。"丈身和尚道："河间的事，原是人多一个好一个。只是锦屏山不久也有要事。恐怕头领一时分身不得。"程豪听了，心中明白，王忠皓调到曹州，官兵将要攻打锦屏山，不觉踌躇起来。

归瑞见程豪沉吟不语，便说道："大哥不必着急，我有方法调处。"程豪忙问："有甚方法调处？"归瑞道："大哥可是为王忠皓到曹州，防着他要和我们作对吗？"程豪点头不语。归瑞便说："这事我有个方法，使他一时不敢攻打我们的山寨。"众人齐问什么方法，归瑞道："王忠皓为人极贪鄙，他兄弟王忠吉尤其是见钱眼开，我等只须多送他些银钱，说我们不愿和他作对，自愿往河南开山。只要他不急攻，我们便全寨都走，让他去报肃清。暗中我们在山上埋上几处地雷火药，竟将山寨让给他。好在我们有的是船，兄弟们都借此出海去混几时。我们到河间事了之后，再回来，放地雷轰他娘，不是又可将山寨夺回吗？"众人听了都欣喜，独有吴璈默然不语。凌翔沉思了一回，摇头道："这事有些不妥。一来锦屏山这大基业，岂能轻易丢却？二来即使如意做到，将来轰了他们，夺回山寨，官兵岂肯甘休？且是……"吴璈不待他说完，便接口道："我有个善处之道了。既是王忠皓爱财就好办了。只须多送

115

他金银，和他约定不向曹州弄案子，敷衍一时再说。我有个诗酒之交，现在他那里做幕。我亲去一趟，这事倒有些把握。"程豪等听了一齐称妙。凌波说道："此举实是尽善尽美。即使咱们不为到河间去，也非如此不可。近年来，我们锦屏山的声名越传越大了，倘若官兵真来作对，却是很得费一番力，才可望保全。倒不如且敷衍了那狗官再说。"于是程豪、黄礼、凤舞、归瑞、凌波一齐起去重托了吴璇，吴璇也就一口担承。

程豪又向丈身和尚道："大师既许我们到河间去效力，那么河间到底是怎么一回事，此地没外人，大师能不能告诉我们咧？"丈身和尚答道："这有什么不可以？"众人大喜。各自将座椅凑近了一步，团团围着那大火盆，静悄悄听丈身和尚细说。

那河间到底是一桩什么事，本来在第一章起首就应叙明的。无奈众英雄的聚合，不能不先说一说。要不然，猛然间许多人奔到河间去，这些人是哪里来的咧？一时又怎能认识清楚咧？因此不能不将众英雄北上赴会一贯地叙述明白，再将河间的事叙将出来，便眉清目醒，不至于读者头痛了。但是看官们记牢，这下面一大段事，便是丈身和尚口里所说出来的，在下不过是借此补叙出来，并不是什么横云断山、绝峰回雁的笔法，也不是凭空跑出一段民间故事演义来，自命为奇地倒翻上去筋斗云式的写法。不过是为这一段事太长，不能写作丈身和尚的谈话，使看官讨厌，只得径自作为叙述罢了。不要麻烦，且写正书。

永乐年间，唐赛儿作乱的前后，正是白莲教初兴的时候。教首徐季藩原是山东东平人，自幼在家里读书。十多岁时，考得一名庠生。明朝时，最重文士，方巾蓝衫的相公们，简直可以横行乡里。不识字的人和种田做工的人们，没一个不是见了他们的背影儿就吓得倒的。徐季藩既然背了这身虎皮，那东平地方人简直成了他的下饭菜。他倚势横行，欺孤凌寡，助富压贫，赚得了不少的冤枉钱，竟成了个土财主。

有一年春天，徐季藩正在将囤积的麦子趁涨价，量卖出去。恐怕长工仆人靠不住，多量了给人家，自己端了一张椅子坐在大厅上，亲看着他们量麦。正在聚精会神之时，忽见门口有个道人，手中托着个大钵子，每出一担麦子，便抓一把，放到自己钵中。徐季藩因为麦子上了担，就是人家的东西了，任凭抓去多少，都与他不相干，便也懒得去理会。不一时，那买麦子的客人来了。才到门口，一见那道人如此攫麦，不觉勃然大怒，大喝道："贼道，你可

116

知道这麦子是俺花银子买来的？你抓了两把，也就罢了。怎这般贪心不足，每担去抓呢？"那道人不做理会，只照旧见一担麦子走过，抓上一把，只当没听见一般。买麦子的客人大急，走过去，一把拎着道人的后领，想把他提着掼到街心里去。哪知客人使尽生平气力，尽势一拖，不但道人行若无事，不曾拖动分毫，反觉着自己那只手如脱去了一般，全没知觉，且是再也挈不回来，那道人却仍是一言不发，不理不睬，依旧一把一把地抓麦子。可是道人弯腰抓麦子时，那客人的手便牵连着朝下拉去，扯得腰眼里痛如刀割。客人忍受不住，大叫起来。

徐季藩眼见这般情事，心中大诧，忙起身奔到大门口来。只见那道人手中托的是一个粗石钵，周圈约莫有三尺大小，估量不下五六十斤，道人却似托着个木钵一般，毫不见得费力。再看那钵中只有一撮麦子，徐季藩心想：那道人抓了好几十撮麦子，怎么钵中只剩这一撮咧？思量间，那道人又抓了三四撮麦，撂在钵中，钵中的麦却是一撮，仍不见多出些来。徐季藩心知有异，且见那客人被道人牵扯得一起一落，痛得叫爷唤娘，委实可怜，便向道人长揖道："弟子不知真人法驾下降，多有得罪。这老客肉眼凡胎，冒撞真人，弟子特代他赔礼，求真人高抬贵手，饶恕了他吧。"道人正在弯腰抓麦，见徐季藩长揖求告，便抬起头来，望了一眼，仍不作声，又去抓麦子去了。却是那客人的手，就此离了道人的衣领，不再沾着了。客人如同着魔一般，待在一旁。徐季藩料知这道人大有来历，也无暇理会那客人，重又向道人作揖，请他到屋里去坐。道人听了，微微点头。徐季藩便引着那道人直到后进屋里书房中，让道人坐下，重新施礼，请问法号，宝观何处。

道人道："贫道素无名号。知道我的都叫我作茅山道人。住处更无一定，也不知哪里是我的家。"徐季藩平素也常闻得茅山道人是当代活神仙，如今当面会着，怎肯错过？便躬身下拜，叩求茅山道人指示前程。茅山道人也不答礼，伸只手扶他起来道："我游遍天下，觅不着个可传吾道的人。因知你宿根很深，昌大吾教，还在你身，因此不远千里，前来相会。你如今俗缘已了，将来后福无穷，此时正好同我入山潜修，后来好闯一番大业。"徐季藩这时正在发家之时，怎舍得下这用尽心机创成的家业？他迎那道人进来，原只想道人指示他发财之道，却不料茅山道人说出要他入山修道的话来，顿时大费踌躇。茅山道人见他沉吟不语，长叹一声，道："孽障孽障，不到悬崖，怎识彼岸！"说着，立起身来，托着石钵便走。徐季藩连忙起身想要拦留时，只觉眼

117

睛一花，茅山道人已不知哪里去了。

徐季藩自茅山道人去后，十分追悔，没答应得他的话，把个活神仙当面放走了。且是细想茅山道人临去时言语，更是心惊胆怕，不知有甚祸事到来。平日胡作胡为的事，也敛迹许多了。如此三年，也没甚动静。茅山道人也不曾再来过。徐季藩便将这事渐渐忘却，故态复萌，依旧横行霸道起来。不料这年夏天，新放一位御史巡按山东。没入境之先，便改装私访。访得徐季藩的劣迹多端，巡按大怒。一到任上，便一面放告，一面札饬府县，务将徐季藩捕拿解究。知府知县怎敢怠慢，接到宪札，便委派判官，带领府县差役士兵，向徐季藩家中飞奔而来。

徐季藩这日正在家中，代人写作一张小叔控告寡嫂和长工通奸的状词，一心揣想着如何才能一告就准，不致被驳。忽听得前进屋中一片喧声，越闹越厉害，细听去，像是有强盗来打劫一般，不觉大惊。连忙扔笔，拔步奔出前院看时，只见一个圆领纱帽的官儿，带着许多兵役打开大门，冲将进来，见人便锁，遇物就抓，如同疯狗一般。徐季藩情知不妙，便想逃走。不料才一转身，便见一个差役手牵铁链，锁着他那七岁小儿子徐鸿儒，心中大痛。正待哀告那差役休苦小孩儿，那差役却不待他上前，便又掏出一条铁链来，兜头落下，将徐季藩锁了，也不由分说，拖了就走。判官指挥差役士兵，打进内室，将徐季藩的妻室兄弟和帐席、教读、男女奴仆人等一齐锁了，一个也不曾走脱。所有徐季藩的财产物件，除却田房契据笨重家伙，拿不动的开单入官外，一切金银细软衣服都归了兵役们了，判官也掏摸了不少，各人都弄饱了以后，判官坐在大厅上，查点拿获的人犯。哪知点来点去，偏偏地只不见了徐季藩父子两个。判官大惊道："方才明明白白有个差役，已将正犯父子获住，怎的此时倒会不见了呢？"众差役士兵也都瞅见徐季藩父子锁住了，才放心打劫东西，不再搜寻正犯。及至此刻，大家一查，单单地不见了正犯，顿时乱了起来。判官一面喝住，一面查问："是谁获住徐家父子的？"这一查问，更加乱了起来。府差说是县差逮着的，县差又说是府差拿住的。大家互争互嚷起来。判官没法，只得将带来的差役、士兵逐个儿点了一遍名，却是不缺一个。只不见那获得正犯的差役，判官先时还以为是差役纵放，大声吆喝威吓一阵，见众差役都不是那拿获徐季藩的人，不觉纳闷起来。只得带了众兵役重新前后仔细搜查，连粮仓粪窖都翻了转来，哪有徐季藩父子的踪影？万分无奈，只得和官役商量，瞒却获住正犯的一回，只说是闻风在逃，禀复上去。好在大家都已掳获不少，便拼凑了些孝敬府县向上司包谎。徐季藩并不是谋逆重犯，巡按见捕拿不到，便下了一角海捕公文，悬赏捕拿。可是徐家男女人口，除了教读西席无干得省释外，都瘐毙狱中。这也是他们平日助桀为虐的报应。

只是那徐季藩、徐鸿儒父子，到底是哪里去了咧？当徐季藩被差役拉向侧屋里飞奔，穿过偏屋仓房，直绕到后面，那差役穿房入户，如同熟路一般。一直到后面菜园中后门口，那差役只将手向那后门一指，便见那后门一点儿声响却无，欻地两扉齐开。那差役便拉着徐季藩父子出了后门，足不停步地向前奔去。徐季藩当时不知怎样，两脚似乎格外来得强健，绝不似平日摆绅士文人架子之时，一步三摇，鹅行鸭步，竟是腾云乘风一般，趾不点地地跟着那差役掣电飞星似的，也不知走过了多少路程，穿过多少村庄。

直到日色沉西，来到一座酸枣林中，那差役才立住了脚，徐季藩父子也都随着止了步。徐季藩看他儿子，这般小小年纪平日大门也不去的，忽然奔了这许多路途，却竟似没事人儿一般，毫没辛苦形色，且是不知道有抄家犯法，这一回只嘻着小嘴儿，立在一旁呆望着。徐季藩方在诧异，忽听那差役哈哈一笑，接着便将手一掣，也不曾开锁，那铁链早已离了他父子的颈项，掣回手中去了。接着便听得那差役笑说道："徐相公别来无恙！"徐季藩正愕然不解，那差役又说道："您不听我言，果有今日之灾。如今你一无牵挂，也正是您宿根，福慧双修，才有此遭遇，助成您的大道根基。"徐季藩听了，定睛细看时，才恍然大悟，这人便是那曾经来度过自己的茅山道人。触起前情，且深感他前来相救，扑翻身拜倒在地。及至抬身起来时，哪有什么差役。只见眼前立着个银髯飘拂、道貌俨然的茅山道人。

徐季藩原是聪明人，到得此时，早已明白茅山道人是特来收他学道的。既遇名师，怎敢错过？便连忙口称师父，倒身下拜，叩求收录。茅山道人也不推辞，只说："你父子都是吾道中的有缘人，所以我才亲身前来相救。你纠缠已了，正好就此入山修道，将来光大我教，创一番不世之业，也不枉我这番救你的苦心。"徐季藩一一领受，却再想要问家人妻室现在如何，正待开口，茅山道人已向他说道："你一家人原是劫数，我前年特来度你，原是想解救这一劫，不料定数使然，叫我也没法可设。你如今须顾自己的前途，这些事且休撂在心上，分却道念。"徐季藩见茅山道人这样神通，未言先知，不觉暗惊，从此断了家人妻室的这条念头，领着儿子徐鸿儒专心一志跟着他师父茅山道人回江南茅山去学道。

这茅山教，他们自称为白莲教。后来白莲教闹得太糟了，才又改名的。专门传授邪法，谋为不轨。教中无父子尊卑，只有师徒和同门。初入门，便滴血发誓，吞符念咒，说是祖师附身，刀枪不入。再学画符念咒，苦炼多年，学会许多妖法，便浪游江湖，采补取胎，摄魂收怪，为自己练邪法毒物、健壮身体之助，自来为世人唾骂，无人不恨。徐季藩本来他是恶人，入了这种恶教，自是如蝇见秽，十分欣喜。更加茅山道人欢喜，就父子二人心性与白莲教相近，将他父子都收作徒弟，悉心传授。他父子又分外精勤，不多几时，便已窥得门径。

忽忽五年，徐季藩的武艺妖法已经学成。茅山道人便遣他下山寻取练道之物。徐季藩恪尊师命，背负长剑，手执麈尾，拜别了师父，飘然下山。这时，徐季藩在山几年，已留得一部长须，且是心广体胖，俨然是个有道之士。因此他下山之后，扮作游方道长，先在江南、江北一带云游。两江原多笃信佛道之人，见徐季藩这般道貌岸然，多是十分恭敬。布施供养，络绎不绝。徐季藩虽自来不做好事，却是良心究未死完，见这班人如此恭敬，也就不忍下手取人魂魄，或是割取胎儿。

如此云游了一两年，仍是一无成就。不觉心中纳闷，想道：师父原说我将来可做一番大事业，光大教宗，却是似这般云游，一无所得，事业如何得就咧？如今朱氏得天下没几时，大乱初定，人心未安。兼之朱元璋杀戮功臣，民多怨望，我何不寻个地方，创个山寨，或是密会，收集天下英豪，广传徒众，待得力量充足，轰轰烈烈地干他一场，岂不是不世之业？比这终日踏碎黄泥强得多了。想罢，觉得这主意好极了，便绝不迟疑地到北地去创基立业，一来北地自来多慷慨豪侠之士，可以术收服，为己所用。二来胡马纷驰，边疆告警，北方驻兵，防边还不够，哪能再顾及地方崔苻？因此徐季藩打定主意，便立即起程北上。

像徐季藩这样的白莲教徒，素来行路不需带盘川的。他们随手挥霍，视金银如粪土。那金银的来路都不堪闻问，昧却良心弄了来的，故而他们随手挥去，绝不动心。徐季藩既要动身北上，便趁夜悄入富家，盗了几千银子，置办了些行装用具，便雇了一辆长行大车，迤逦北上。

徐季藩原没甚要事，沿途耽搁，遇着山水，随意流连。好在他银钱不在意，赶车儿的只要他有钱，哪怕他耽搁，如此逛了四个月，才逛到了大名。

那时燕王府朱棣开藩北平，阴图大位，不得意的文人武士以及方外奇才，多被收罗北去。一时希图富贵的，也都不奔南京，反走北地。这大名离北平没多远，有燕王心腹大将胡远镇守。凡有投燕王的和往来探事的官吏人等，都先到大名，和胡远相见。徐季藩打听得这条门路，便先到大名，收买了二百多亩民田，却只建了数间茅屋，作为道观，名为霞明观。经营了一年，到远地去买了几个贫家儿郎来，度做徒弟，便花费许多金银，买通了胡远门下，才得进身结识胡远。

这时燕王有三个儿子：朱高炽、朱高煦、朱高燧。因为太祖高皇帝升遐，遗诏不许诸藩入临，燕王便遣三个儿子入临京师。燕王原想谋反，三子远去南京，自不放心。徐季藩窥得了这点儿秘事，便去谒见胡远，献密计道："当今皇上和王爷不睦，三位小王在京城怎得安稳？贫道在南直时，便闻得朝臣齐泰、黄子澄要害王爷。如今齐、黄俩受今上的恩宠，掌握大权，岂有不暗伤三位小王之理？依贫道愚见，不如托言王爷玉体欠安，召回省视。今上常说以孝治天下，一定放三位小王回北省亲，便可保平安无事，少却一番顾虑了。将军受王爷心腹之寄，何不代王爷分了这点儿忧虑？将军之功，绝不在小。"胡远答道："这事也多曾计议。高皇帝升遐时，诸藩都遣子入临，王爷是太孙最妒忌的，更不能不使三位小王入京哭临。道衍大师久想设法，只恐说出召还小王的事，反惹起太孙生疑，更不好办了，因此迟疑未动。您这方法虽好，只恐怕太孙不相信，齐泰、黄子澄作梗，于事无济，反而坏事。还得从长计议才好。"徐季藩道："将军不必多虑。圣天子百灵扶助，这事关着两代皇帝，天神当得赞佑。况且现在太孙对诸王，全是听了朝臣的话，用的迅雷不及掩耳的手段削藩。贫道料他绝不敢留禁三位小王，反先惊动王爷。从前的周王和四月里湘王、齐王、代王的事，虽都中了太孙的暗算，但是四王的小王不是都已放还了吗？王爷要自谋，不趁此设法召回三位小王，更待何时？闻得二王子高阳郡王神勇，在京受不过闲气，时常做些壮举。魏国公徐爷不护外甥，反而迎顺太孙旨意，压制二王子。如今托词召回教管，太孙更无话说得。这策万无一失，将军甭迟疑了。"胡远素来佩服徐季藩的术数，今见他说得理信层层，更是十分相信，不觉大喜道："我便去奏闻千岁，你这一功，直不弱似拦江救主的赵子龙。"徐季藩忙站起来，躬身说道："还全仗将军的栽培！"胡远十分高兴道："大家有功，何必客气。"徐季藩谦说了几句，便告辞出来。

胡远果然派心腹密探，密告燕王。燕王和谋士道衍和尚商议也认为可行，便装起病来，一面专奏请召回三个世子侍疾。那时朝中正是齐泰、黄子澄当权。燕王奏到，齐泰料知燕王不怀好意，遂将朱高炽、朱高煦、朱高燧兄弟三人留下收管，挟制燕王。黄子澄道："燕王豺狼成性，叛迹久著，他能对陛下谋乱，已无叔侄亲情。他要起事，绝不顾念父子之爱。如今不削燕藩，以绝乱源，就是杀了这三个小哥有何用处？将他三个收留起来，不仅是不能挟制燕藩，反倒使他生疑激成速变。依我之见，还是放他们回去，使燕王不疑，再设法除根，方为上策，三个小哥在京在燕都无关紧要。"惠帝朱允炆是个烂好人，不但是不肯收留三个小王子，且是不信燕王会谋反。只说："朕与燕王骨肉至亲，断无意外之事。"立即降旨，遣燕藩三王子驰驿回燕省疾。

朱高煦素来枭性，倚仗是天潢贵胄，无恶不作。在京城时，蓄养无赖到处瞎闹，稍不如意或高兴时，便随便打死几个百姓玩儿。幸得他是徐达的外孙，徐达虽死，他娘舅徐辉祖十分忠直。见他这般胡乱，时常管束他。如今奉旨归藩，离开了娘舅跟前，正如散了笼头的野马，心里一高兴，分外地要寻是生非了。圣旨下来，朱高煦和他哥哥朱高炽、弟弟朱高燧立时进朝谢恩。朱高炽知道自己的父亲是要谋朝篡位，怕他兄弟三人受害，托词召他们回去。便想着早离开南京一天好一天，当下托言："闻得父王染病，心如刀割，拟即陛辞，遵旨归省。"惠帝朱允炆素来以孝治天下，听得朱高炽这般说，十分欣喜，还说他知礼。又加了一道圣旨：着沿途文武各官妥为伺应，毋得延误。并向三人道："你们尽管破站驰驿，官吏有误事的，许你们参奏。你们孝思纯笃，朕必慰尔所怀。"三人连忙谢恩，叩辞下殿，兄弟三人自是欣喜异常。其中朱高煦尤加高兴，想着陛下有这般恩旨，沿途更好作威作福了。便有勋戚朝臣和内相们纷致馈仪，朱高炽一一收过，差官执帖各处道谢。

这日，朱高炽等三个退出大内，便领两个兄弟，到母舅徐辉祖家中告辞。徐辉祖是个直性人，从来不知乖巧，以为燕王是真病，反催促三个外甥赶快回去，休要耽搁。并叮咛朱高煦，沿途休要闯祸。三人一一答应了，便要到里面拜辞舅母。徐家原是他三个走惯的，甥舅至亲也不用通报。三人直往内室，拜别了舅母，便回藩邸来。

朱高煦方才回到府下马，猛然想起一桩极其紧要的心事来，连忙叫随身宫监："快传材官、猛士们立刻齐到内书房来！快去！快去！快！快！我有话说。快去……"

要知朱高煦因甚事如此性急，下章叙明。

第十一章

盗骅骝甥舅做冤家
诳婵娟叔侄隳陷阱

话说中山王徐达的嗣子魏国公徐辉祖，与燕王朱棣虽是郎舅至亲，却是性情不投，素来相左。因此朱高炽等弟兄三人在京师时，也不常到徐府去。徐辉祖最恶朱高煦横行无忌，时常切诫。幸得徐夫人痛爱外甥，甥舅间才没断绝往来。这趟朱高煦奉旨归藩，到徐府辞行，猛然想起一桩事来，便要和徐辉祖过不去。

是一桩什么事咧？原来徐辉祖有两匹极好的牲口，一匹名叫破雾追风九点桃花马，是古时鄯善国境的名马，因此又名善马。生得浑身雪一般白，只头额上和身子两边长着桃花般的九撮红花，一日能行一千里，两头见日光。还有一匹名叫风雷闪电驹，也是一匹白马，却是鬃鬣马尾都漆一般的黑，因此人都叫它雪里拖枪。那匹九点桃花马，原是徐辉祖侍父北征时，阵前夺得的，十分珍爱。虽是口齿已老，徐辉祖还是看待得比什么都要紧，时常自己喂料溜蹄，轻易不许他人近旁。那匹雪里拖枪，却是撒马儿罕国进贡群马之中一匹齿口最幼的小驹。惠帝登基时，便将这匹小驹赐给徐辉祖。徐辉祖得了这番恩赐，比得了什么重赏还要欢喜。只是这风雷闪电驹，齿口虽小，才得二岁，却是没人能骑它，因此也不知道它的脚力如何。徐辉祖常说："这匹马总得个有福的大将来骑，我是没这福分的。"特地为它造了两间马厩，派定四个可靠的马夫，喂养这两骑名马。朱高煦曾经向徐辉祖讨过风雷闪电驹。怎奈这匹神驹一见朱高煦便口咬蹄踢，闹得烟雾尘天。甭说是骑，要将它牵出槽头来都办不到。平日喂养的马夫都不得近它身旁。朱高煦没法，只好将破雾追风九点桃花马备好，骑上，放了一辔头。这九点桃花马却不发劣，四蹄如飞，身平似水的，向前跑去。一刹眼，便将中山王府中二里路的箭道子跑了一个来回，朱高煦大喜，立时就向徐辉祖讨这匹马。徐辉祖因为这匹马是他冲锋陷阵的良伴，无论何人都不肯让送的。朱高煦虽是天子的从弟，又是自己亲外甥，当时不好回绝，却仍托词说："待我请个好马医来将风雷闪电驹调教好，送给你，这匹九点桃花马是我时常骑了御前开道的，恐怕陛下一时问起来，不好回答，暂时不能送你。"朱高煦当时虽是不敢强要，却从此怀下了一片坏心肠，想叫自己豢养的材官、猛士去盗马。只是自己身在京中，盗来没处瞒藏，且是不能坐骑，因此一直没动手，想等待有机会时再说。

这回朱高煦奉旨归藩，心中最放不下的就是这匹九点桃花马。当下在徐府出来，兄弟三个分到各王公府辞行。朱高煦回到行邸，便将他招收的一班材官、猛士，都是些好勇斗狠、鸡鸣狗盗之流，传进书房来商量。众人到齐，足有四五十人，黑压压的，坐满了一屋子。朱高煦便将自己想得徐府里的破雾追风九点桃花马向讨不给的事向众人说了，并道："如今我要归藩了，非得设法子去盗了来不可！你们如果有能耐的，将这马盗得来，赏宝钞二千贯，马上放他做总材官。"众人听说要盗中山王府的马，知道中山王府的家将十分厉害，且门客中大有能人，不是轻易进得去的，都面面相觑，一言不发。朱高煦怒道："想不到我重金求勇士，这点儿事儿都办不来，你们还称什么英雄好汉？"

这一激，不料激出个人来。这人姓侯，名海，湖广善化人氏。自幼练得一身好拳剑，且是习得好轻身蹦跳功夫。十多岁时，便干那伤天害理的生涯，专一夜入人家迷盗儿童。后来案发被拿，解到锦衣卫，被他半路上扭断锁链，逃到燕王京邸，投托在朱高煦门下，充当材官。因他夜行无迹，踏瓦无声，人都称他为夜狐狸。朱高煦平日见了什么买夺不来的东西，只要派了他去，没有个三天得不着的，因此朱高煦十分器重他，他也就自恃艺高，常时自夸是当今头等好汉，将一班同事不看在眼内。如今朱高煦要盗善马，原来属意于侯海。不料旨意传出，侯海也和众人一般，噤若寒蝉，朱高煦急了，才发出话来。

侯海见朱高煦如此说法，便立起身回话道："不是奴子胆小，辜负爷的恩典，实是盗马不难，挡住追赶的人却难。奴子闻得中山王府中自王爷在时，门下就有不少的侠士、剑客。如今更是家将、府丁，个个都练得一身惊人的武艺。这还不打紧，奴子拼着性命也得将马盗来。只是奴子素来不大会骑烈马，将马盗出来，府里剑客追赶时，奴子没法逃跑。奴子的性命送了不打紧，那马仍得被他们夺回去，岂不是反误了爷的事？因此奴子没敢告奋勇，还求爷的明察！"朱高煦听了，沉思了一会儿，忽然拍案叫道："有法子！不怕他！你只管去盗，我在外面等候着，你盗了出来，将马交给我。他们来追时，那匹马快，且是服我骑，他们断追不上。就使追着了，是我骑着，谅他们也不敢怎样！去吧，时候已不早了。"

当下议定，夜狐狸侯海便去换了扎靠衣服，外面仍罩上王府材官的紫袍银带。朱高煦又叫猛士双鞭韦弘、双铜韦兴兄弟二人和材官白额大虫陈刚，连同侯海四人同去。韦家兄弟二人原是江湖卖艺的，后来遇着白莲教学得些邪法。陈刚是太行山剑士出身，会陆地飞行法，一日能行六七百里。因为酗酒好淫，被师父撵出，流荡京师，都被朱高煦收为爪牙。当下三人都打扮了，和侯海一同在前厅相候。

朱高煦便向他哥哥朱高炽推说："还有些小事儿要去见舅母，哥哥可和兄弟俩先过江去。"朱高炽素来忠厚，且知道朱高煦断做不出好事来，便道："如今咱们早离开此地一刻好一刻，您还有什么大不了的事要耽搁？我劝您快走吧，甭闹得走不掉，那时才后悔不及啦！"朱高煦笑嘻嘻道："哥甭管我。管保您俩过江不到五里，我就赶到，也许我还走在您俩前头啦。"朱高炽执意不肯，一定要三人同走，并说："兄弟真果有事，咱俩就待一会儿，待你回来同走。"朱高煦却偏要他俩先走。后来还是朱高燧在旁劝着，才约定薄暮时在对江江东驿相候，绝不误事。朱高炽方领着朱高燧，带领材官人等，押着行李东西先出城去了。

朱高煦见他俩允许先走，欣喜无限。便先叫人拿燕王行邸的金铷令箭，到仪凤门传令留城。自己立即率带材官侯海、陈刚，猛士韦弘、韦兴，急急步行向中山王府来。

徐府中材官虞候，因为朱高煦是时常走惯，素常用不着通报的，便只上前招呼材官、猛士在外歇息。朱高煦便向徐府材官、家丁道："我有要事，你们甭搁阻他们。"徐府诸人不敢违拗，只得让侯海等四人跟定朱高煦后面，直入里堂。

朱高煦却不径往内室，率领四人，过了内厅，便向东出了卫房，直奔马厩。早见那破雾追风九点桃花马和风雷闪电驹各据着一间槽头，迎面排立着。两马中间是用厚木隔开的。桃花马这面，有个鞍臀架，架上自笼头至后鞴、鞭子，无一不备。闪电驹那面却是一无所有。朱高煦扬手指着桃花马，向侯海说道："就是这一匹。"侯海躬身应是，朱高煦便转身直往里面去了。

侯海等四人留在外面。韦兴、韦弘兄弟俩便到卫房中，假意向徐府材官告别，缠住留卫各材官说话，陈刚便觑空溜到后门口去。布置已妥，侯海便在内门止步上坐着，装作等待主子模样。一时，见内室传灯，材官们散值，侯海便挨到金枪班门前，见里面无人，便悄悄趄到屋后，欻地跳上墙头。原来徐府外堂的门路，侯海时常随他主子走动，已熟透了。加之方才又经朱高煦带到马厩，指引过他。贼艺高强，早揣定金枪班房墙后便是马厩。上了墙头，凝神一看，果然就是马厩的东墙。这时天色黄昏，侯海一双贼眼，却是瞅得明如白昼。四面环顾见没人影，便轻轻一跳，秋风桐叶一般，已落平地。方要侧身进厩盗马，猛然觉得肩头一痛，连忙回头望时，却是徐府马监王开。侯海知道王开本领高强，曾随中山王徐达冲营陷阵，斩将擒渠。如今被他抓住，料来不得善开交。人急计生，乘王开抓住侯海正要开口喝骂的一刹那间，侯海已欻地拔出腰间小倭刀，反手刺去，正中王开小腹。王开一来因年纪已老，二来没料他竟敢在中山王府中下这般毒手，一时不小心，一世英雄竟然丧在这小小飞贼之手。顿时鲜血直冒，肠胃迸裂，两眼一翻，"哎哟"也没叫得一声，便倒地身死。侯海知道这个祸闯得不小，连忙俯身将王开的尸身一把抱起，就地一拖，将地下血迹拖抹了，顺着将尸拖到马厩中来。

这时，那匹雪里拖枪神驹已大嘶大跳，将头乱甩，如同要和侯海拼命一般。侯海恨得牙痒痒，抡起拳头，想要捶它几下。不料那神驹将头一低，猛然绕了半个圈，向上一昂，随即一挥，反将额颊朝侯海拳头上使劲猛碰过来。侯海收拳不及，右手拳头反倒被那神驹碰得疼痛异常。痛得他不敢哼出声来，只咬着牙龈，鼻嘘大气，满头是汗。却又事情急迫，不敢久宕，只得强忍着痛，勉强抱起鞍辔，甩在桃花马背上，束紧了肚带，解了络绳，换了笼头，牵出槽头，也不管那风雷闪电驹大跳大闹，只牵着桃花马，由后教场直奔后门来。

陈刚远望得侯海牵马到来，便飞起一剑斩断后门铁锁，拔了木闩，将门大开。待侯海近前，同护着桃花马，出了后门。方要急奔时，遥见二王子朱高煦立在离门一箭远近的垂柳塘边。原来朱高煦只到内室去，托词向舅母讨了些诸葛行军散，便溜出来，绕到后门外柳塘边待着。不一会儿，便见侯海盗了桃花马出来，满心大喜，如同拾得国宝一般。来不及问话，便迎上前去，向侯海手中接过缰绳，见鞍辔均齐，便夺过马鞭，翻身上马，忙刷了几鞭。

126

只见那马四蹄一分，如羽箭离弦一般，一会儿便只见遥遥一点黑影了。

　　陈刚见朱高煦出来时，便已暗中跟护，蹲在角墙边等候。韦兴、韦弘兄弟见陈刚已走，随后也向徐府材官告辞出府。方转到后门墙边，已见朱高煦飞马而过。陈刚仗着长剑飞一般随后跟着狂跑，二人便迎着侯海拔步飞奔，向仪凤门来。不料才出城门，过了护城河吊桥，突见一个秀才打扮的中年人，紧跟在后。侯海等三人大慌，连忙加快脚步，直奔到江边，跳上渡船筏子，连声唤叫："快划过江去，重重赏你。"筏夫见三人是王府亲随打扮，不敢怠慢，连忙收拾起双桨，豁啦一声，掉转筏头，向对江划去。

　　筏子离岸不到一箭远近，那秀才模样的人已飘然到了江岸，望着江中呵呵一笑，只见他一纵身，如掠水鹰子般呼的一声飞到筏子上来。侯海等三人大惊。且是身在筏子中，有本领也无法施展。只得各抽兵刃，留神待着。那秀才立在筏头上，任那筏子随着波浪腾落颠簸，他竟似钉住了的一般，屹然不动。三人暗想：不好，这一定是徐府里来的能人。正在惊想，忽见那秀才半转身躯，面向着江中一艘十六桨追风快船抱手打躬。那快船的当中正立着一员峨冠博带的大官，细看去，果是魏国公徐辉祖亲自率领材官、家将，乘船渡江。侯海等三人料知魏国公此来一定是为那桃花马，心中已是忐忑不安，加以立在筏头的这个秀才，情形十分尴尬，更加满心惶恐。

　　三人方在急惧时，快船驶近筏子，只听得那秀才向快船高声道："贼子在这儿，赃物却是早已走动了。"三人大急，才想出其不意，将那秀才砍死，只听得魏国公高喝一声："拿下！"那秀才半转身躯，一踏足进头舱，只将右手中指向三人额上次第一指，三人来不及施兵刃，已被他指点着如同泥塑木雕一般，口不能言，身不能动，心下却是明白。筏夫见这般情事，猜测不透，吓得抛了双桨，想要氽水逃命。那秀才摇手止住他道："你不要害怕！这三个是小贼，偷了魏国公府里东西，如今已拿住了，不干你事。你只好好地划过对江去便了。"筏夫听得是魏国公府里拿贼，吓得诺诺连声，下死劲摇过对江来。那追风快船，原是水军报船，人众桨多，在水中如水蛇般，其快如梭。不一会儿，徐辉祖已到江东登岸。吩咐："留下两个材官，待筏子到时，将贼捆住，押在江岸兵马司等候，请飞霞真人随后快来。"说罢，上马率领人众，沿大路向北急追。

　　朱高煦打起桃花马，直冲出城。陈刚施展陆地飞行法，随后护卫。沿途也不知撞坏多少行人老幼，人见他穿着郡王冠服，自没人敢阻止他和他理论。

过了鼓楼山下，便勒紧缰绳，那桃花马一昂头豁啦啦冲城而出。到了江边，自有先过江的朱高炽、朱高燧给他留下的渡江快船等待着。朱高煦便下了马，交给陈刚牵着下船。也不管侯海、韦弘、韦兴三人死活，便和陈刚下了船，喝令赶快开船过江去。

到了对江，仍和陈刚两个一马一步，沿着北行官道，如飞而去。转眼间，已行了约莫二里远近，望见前面官驿亭前围着许多人马。朱高煦料知他的哥哥兄弟在此相候，连忙骤马来到亭前，早有护送他兄弟三人的王府长史躬身迎接。朱高煦下马进驿，瞥见驿丞正提着马鞭奋勇赶打闲人。内中有个和尚掣着个小孩，昂然屹立，赶打不动。朱高煦也无心理会，进中官厅，见了朱高炽和朱高燧，也不说盗马之事，只催促起程。朱高炽道："此刻天已昏黑，怎能前走，就在此歇宿一宵吧。您既这般性急，为甚在城里耽搁许多时候？"朱高煦道："此地离京师只一江之隔，哥哥时常说不是离远一步好一步吗？咱们还是走吧。"朱高炽强不过他，只得吩咐从人捎驮行李，即刻动身。原来朱高炽已准备在江东驿歇宿一宵，行李俱已解捎。如今朱高煦执意要走，临时又再扎捎起来，自得耽搁许多时候。

从人纷乱多时，方将行李扎好。朱高炽等三人都出了驿门，驿丞跪送。三人方要上车，忽见西头大道上，灯球火把，如同白昼，人喊马嘶，云一般匝地卷来。朱高煦心中亏虚，不觉有些慌急，却又仗着自己臂力非常，功夫精湛，便准备一不做二不休，率性大闹一场，拼着不再进京来了。正在思量，一簇人马已到眼前，果然是徐辉祖亲自带领许多人马赶来。朱高煦见事已至此，怕也无益，便挺身而出，立在当地。

徐辉祖见了朱高煦，满心大怒，喝道："你兄弟在京师，我步步扶持，才保得你们平安归国。你不感激，也还罢了，为甚要盗我善马？似这般行为，岂是你们王子皇孙所做的？快将善马留下，我念甥舅之情，不再追问。如若不然，你便和我见陛下去。"朱高煦怒目横眉，厉声道："魏国公！见陛下便怎样？你别拿来骇唬我。须知我家不叫他做，他马上就得滚蛋，谁还怕他不成！你既知甥舅之情，一匹马算得什么，老早就应该送给我，也不致烦我亲自来取了。识趣的，就此回去，将来咱们来时，还可以念这点儿情分，留你一家性命。如若不然，将来你陪着你那陛下上断头台时，须知后悔不及。"

徐辉祖听了，气得发扬眦裂，回头向众人道："谁……谁……谁与我拿这反叛？"言未毕，只见一人挥着两只大袖，应声而出。众人看时，却是徐府上宾飞霞道人王道。朱高煦见来人秀才打扮，骨瘦身轻，不放在心上，没待他近前，便一抬手，放出一支钢针袖箭。飞霞道人不慌不忙，也不避不架，微笑袖手而立。那袖箭射在他咽喉，却和射在铁板上一般，不单是没射进去，反激得倒射转来，直奔朱高煦左跟。朱高煦大惊，却生性不肯服输，仗着自己练就两条铁腿，两围大树经他一腿也得两断，便一扭颈，闪过激回来的袖箭，就此一低头，向前闯进一步，左腿一蹲，右腿匝地一扫，使个扫堂腿，想将飞霞道人一腿扫翻，不料一腿扫在飞霞道人左腿，恰如扫在石头上一般。飞霞道人没被扫倒，自己的右腿却痛得如同骨折筋断一般，立不住脚，就地倒下。燕府材官、猛士见了，连忙上前抢人，却都不敢惹飞霞道人。

徐辉祖见了，便喝叫左右拿人。徐府众人一拥上前，方要捉人，忽听得有人高宣一声佛号，声如长空鹤唳。两面众人听了一怔。急看时，却是一个长身胖大和尚，带着个肥头壮脑的小孩，拦在燕府众人之前，向飞霞道人合掌当胸道："道友请了！"飞霞道人已认得是丈身和尚，连忙稽首答礼道："大师何来？"丈身和尚道："我带这个小徒回南，路过此地，见道友在此，特来相会。道友须知燕藩久怀觊觎之心，只苦无名可借，不得出兵。如今徐国公为这一点儿小事，倘然伤了高阳王，或是拘见当今，当今圣明，必要惩治高阳王，岂不是燕藩动兵的好题目？徐公何必为些牲畜小事，负着个召衅启衅的大罪名呢？我情知天意所在，劫数难逃，金陵王气久已潜消。只是可怜山东、河北的群黎，总想救得一分是一分。此时燕藩若为爱子出兵，必然肆其狠毒，杀戮特多！若是徐公不去惹他，他时燕藩谋叛，或者想到他自己无理，也许多留几条草莽民命。就是徐公逞一时之气愤，而召邦国之危机，也非勋臣柱石之所宜。道友既爱徐公，还望爱之以德，天下群黎便都拜道友的嘉惠了！"

飞霞道人听了，爽然若失。徐辉祖更如闻暮鼓晨钟，浑身汗下，深悔自己孟浪，不该一时气愤，贸然追赶。便不待飞霞道人答话，连忙约束从人，不许追拿，任凭燕府人众护着三个王子飞驰北去。飞霞道人将丈身和尚的法号向徐辉祖说了，徐辉祖坚邀丈身和尚到府中打住些时。丈身和尚答应了，便带着小徒弟，偕飞霞道人随徐辉祖回头向南，到了江边，飞霞道人不待丈身和尚再说，便劝徐辉祖将捆押在江岸兵马内的夜狐狸侯海、双鞭韦弘、双铜韦兴等三人一齐放了，一行人方渡江回府。丈身和尚到徐府住了些时，要送徒弟回南，徐辉祖苦留不住，只得任他师徒回荆州去。

朱高煦忽见徐府众人一齐止步，不来拿他，忙跃起来，喝众人快走。朱高炽心中不知兄弟所为，却是秉性仁厚，莫奈他何。朱高燧还是孩童心性，见徐府人众，吓得要哭出来，及见不来捉，便连忙逃走。因此，在徐辉祖喝住众人时，朱高煦早由众材官抬到车上，领着燕府人众，一霎时，逃得没了影儿。只是朱高煦右腿受伤，十分疼痛，卧在车中，哼声不绝。众人狂奔了十多里，便都慢慢地围赶着车儿长行。又走了二十来里，见没人追来，才赶到半站头的驿站上停留歇宿。

　　过了一宵。次日，朱高煦腿痛异常，便传驿丞，传当地医生伺候。不料这乡野大夫，听说王子传差，已是吓得胆战心惊。及至进内诊视，更加提心吊胆，神魂不定，如服了麻黄一般，满身冷热汗交流，自己已将要骇出病来了，怎么有心思诊病咧？朱高煦待医生诊视过，便问道："这条腿不妨事吗？"医生神志昏摇，不曾听明，慌忙答道："房事不忌，房事不忌。"朱高煦大怒，喝叫材官："拖出去！"材官上前将那大夫拖出去，饱打一顿，讹索些银钱，方才放了。朱高煦怒犹未息，迁怒驿丞，说他存心不良，故意不传好医生来给瞧病，叫材官将驿丞抓来，重打五百棍。不料这驿丞年纪已老，受不起大板，只打到二百五十余下，便呜呼死了。朱高煦见打死了，才匆匆动身起程。朱高炽知他脾气如此，劝也无益，只好不理会他。

　　这天沿路传了两处驿丞，叫传医生。却是腿没医得，又打伤了两个医生、一个驿丞。有一个驿丞先已得讯，见医生挨打，便连忙逃走了，才免了一顿重棍。却是全驿役卒都被朱高煦叫人拿来，打得皮开肉绽，朱高煦越是生气，右腿越痛；右腿越痛，越是生气。在路上怒气不息，见那乡民百姓、过往客商，没来得及避道的，便叫材官抓住毒打。那些材官倚势横行，只要朱高煦开口，便借此搜劫路人的银钱财物。怕他后来报官，不是故意重杖打死，就是捉来扔在江里，还要说是畏罪自尽。如此也不知糟蹋了几多人命，只弄得南北大道上，神号鬼哭，行人绝迹。

　　如此一连几天，已到山东地界。黄昏时，仍是落在官驿，朱高煦的车才到驿门，忽见一个道人，年约五六十岁，生得突睛弓鼻，翻唇骨面，向着车子打个稽首道："贫道闻得小爷有恙，特来医治，先此恭请福安！"朱高煦听得是来给他医腿的，大喜，忙叫从人招呼这位道长进去。车子进驿，连忙下车，扶着从人，拐到官府中，坐下便一迭连声叫："请那位道长进来相见。"这时侯海、韦弘、韦兴三人早已赶上，昼夜侍卫在侧，听得叫请道人，侯海连忙应声转身出去相请。

不多时，便见驿门口见着的那道人飘然入室。朱高煦卧在炕上，正痛得愁眉苦脸，满心望那道人来救他出这痛海，连平常摆惯的小爷架子也来不及摆了，就在枕上点头道："道长，恕我不能为礼了。请问道长法号怎么称呼？鹤驾驻在哪座仙观？"道人稽首道："贫道徐季藩，道号非非道人，现在大名霞明观住持。因知世子被邪魔侵害，特来保驾。"朱高煦大喜道："不知道长怎生得知我被邪魔所害？且不知如何诊治，可用什么东西？还请盼咐，我好叫人去备办。"徐季藩便故意装出左顾右盼、欲言又止的神情。朱高煦便道："道长有话但讲不妨，左右都是我心腹，用不着避忌的。"徐季藩又装作十分恐惶悚惧的模样，才躬身低声说道："小爷将来要登九五之尊，不久就得大宝。圣灵子百灵呵护，贫道得王灵官传谕，因此才特地赶来救驾。还求我主恕臣年迈步迟，救驾来迟之罪。"朱高煦听了这篇言语，直喜得要发狂，顿时连痛都忘了，一骨碌翻身爬起来，满面欢容，连连叫道："活神仙！活神仙！天下本来是我朱家的，我自然有分，何待深谋？将来我登基之时，一定封你做个国师！"徐季藩忙就炕前趴下，磕了三个响头，恭恭敬敬谢道："谢我主鸿恩！只是我主是马上天子，将来武功要迈越汉祖唐宗，所以昊天上帝特使我主多历些事故，才好如舜帝宋皇先历辛勤，乃成圣主。还望我主多收龙骧虎贲的英雄、智睿聪明的谋士。微臣自当舍身报主，以应天命。唯望我主慎封高爵，留待有功，天下苍生幸甚！"

朱高煦听了，直觉得这茅土官驿立时就成了奉天殿一般，连自己的身子都忘了是在病痛中，喜得直跳起来，几乎要抱着徐季藩叫亲人才好。方待狂夸一回，不料这忘形一跳，牵动了脚筋，忽觉得痛彻心脾，顿时挫下一团高兴，攒着两道扫帚眉，撮着一张垂角嘴，忍着痛苦，望着徐季藩道："不好了！痛！……痛！……痛极了！你先给我治一治吧！"徐季藩忙应道："微臣领旨。"

说罢，便向立在炕旁伺候的王府内侍讨了一盏凉水，在腰袋里掏出两粒红如火赤的丸药：一粒摆在水内化开来，解开朱高煦右腿敷上；一粒给朱高煦吞下。说也奇怪，那药才敷上去，肿痛便如扫去了一般。敷到哪里，好到哪里。及至吞了那一粒药，更是精神陡长，比没受伤时还要强健多了。直把个朱高煦喜得如同即时得了天下，登极受朝贺一般，快活得不知道要怎样才好，看得徐季藩如同天神一般，也顾不得王子的身份，倒翻身躯便拜。徐季藩忙装作手足无措的模样，连忙倒地挽起，口中连称："折杀微臣！"从此，朱高煦这般天不怕地不怕的魔王，却是极服徐季藩，言听计从，比对他的老子还要恭敬十倍。当时，亲自领着徐季藩去见过朱高炽、朱高燧两个。朱高燧小孩儿，见徐季藩那般凶恶模样，吓得要哭出来。朱高炽为人忠厚，当面只向徐季藩称谢他治愈朱高煦的足伤的情意，暗地里却叮咛朱高煦："此人相貌凶恶，言语谲诈，不可不深防！"朱高煦信心深固，听了，口中虽唯唯顺应，心中却大不以为然。暗想：似这般神仙一般的人，得着他不弱似刘备得着卧龙、凤雏，大哥只是没福气，合该我做皇帝。

徐季藩见朱高煦那般桀骜不驯，居然被自己收服得俯首帖耳，暗自欣喜。以为从此可以仗着他为所欲为，将来怂恿他夺得天下，还怕他不双手送给我吗？从此一心一意挑唆朱高煦谋逆。没人时，便口称陛下，当着人，也称"我主"。弄得朱高煦如痴如狂，俨然以天子自居。

朱高煦自从腿伤好了之后，便和徐季藩商量密谋，挽他同车而行。一路之上，不是询问他如何召纳英雄、如何设谋预备，就是询问他如何可以长生不老。徐季藩瞧透了他是个好色之徒，便乘机将采补邪术向朱高煦说得天花乱坠，将朱高煦说得心火乱射，意痒难禁。沿途见着美好女子，便恨不得马上掳来，搂在怀里，才得惬意。

也是合该有事。朱高煦等一行人行过铜山，入了山东境，来到日照。这日用过午膳，方才上车，忽见后面赶上来两骑马：前面一个女郎，生得瓜子脸、杏儿腮、桃花眼、柳条腰，模样十分齐整，体态十分轻盈。后面一个后生，那面貌和那女郎一般无二。朱高煦忽然得见这一对玉天仙，顿时魂灵儿飞去半天。徐季藩在旁觑见，便附着朱高煦耳朵，悄声说道："这雏儿长得真不错！瞧她那骑马的架儿，体气一定十分强壮。我主弄了来，正好试试采的滋味。"朱高煦瞪着眼，抹了抹口角边的涎沫，答道："这般天仙一般的人儿，我真舍不得采她。你可有什么方法使她和我睡一夜？这功劳可不弱似开国创朝！"徐季藩笑说道："我主有命，微臣敢不效劳！只求我主今日别赶到站头便歇下，明日到站头上早膳，微臣就能办到。"朱高煦狂喜道："这有什么，就住下一年半载不走，又有甚要紧！你只说你如何办法？"徐季藩道："微臣只此便跟上去，至于如何办法，却只好见事行事，微臣保管不误事便了。"朱高煦听了，喜得就车上跳起来，要向徐季藩作揖。不料车儿太矮，这一跳，只听得嘣一声，脑门撞在车顶上，痛不可当。徐季藩连忙扶住，嘴里叽咕了几句。说也奇怪，朱高煦正痛得头痛如劈，热泪迸出，两手抱着脑袋，牙龈咬得吱吱的响，只见那徐季藩对着他脑袋，猫儿打呼一般地咕了几句，立时就不痛了，而且爽快了许多，正要赞谢徐季藩几句，却见他已伸手掀车帘，并说道："事不宜迟，微臣就此去了。"朱高煦听了，顿时又想起那雌儿来，便连连地催他快快回来，别多耽搁。

徐季藩一面答应，一面叫车夫停车，辞过朱高煦，下了车，纵步前行。他故意要当着朱高煦面前卖弄自己的本领，便施展他那茅山教秘传的看家本领飞步法，果真是比快马还快，一转眼，已只见一点人影在天尽头处，再望时，便不见了。这种法术原是道家的神行法，原为佐道的功夫，却被茅山教盗得，成了助恶的本领。他们习得这种功夫，凡夫自然追赶不上。他们便无事不为，临完时，展施法术，一跑了事。徐季藩一来因为要赶上那雌儿，二来要在朱高煦跟前显本领。施展了飞行法，甩开大袖，顺大路，一直奔去。路上行人见他走得这般飞快，无不注望惊奇。

徐季藩行不多时，已见先时路上所遇着的一男一女两骑马，正放趟子，在前面并道飞驰。徐季藩便连忙转向岔路小道上去。认定方向，加紧脚步，兜绕过去。约莫绕走了一盏茶时，心想一定绕过那一男一女的前面了，便依旧转到大道上来。又趱了许久，才到一个小站头。便又迈过站头约莫二三十里路，寻了一家乡村茅店，落店打尖。这时太阳很高，约莫才只申牌时分，天色还早。徐季藩便向店家要了两角酒和些熏肠卤肉，自斟自饮，心中辗转想着迷蒙朱高煦夺取天下的念头。想着：自从在茅山学道，下山后，几年间，从没撞着个对手，自问有这般本领，足可以取天下。就只辅佐无人，进取不易，不能不借个有势有力的人来做个挡箭牌，才好结纳英雄，乘机握到大权，再做那杨坚、赵匡胤便容易了。如今难得有朱高煦这般个傻瓜，正好拿他当傀儡。他是个王子皇孙，有什么作为，本就没人敢问。如今再趁着他老子燕王朱棣要篡位之时，只托言帮老子夺天下，甫说收集英雄，便招兵买马，也可以敞做无碍。只是朱高煦虽是个一勇之夫，容易怂恿欺蒙，却是死人旁边有活人，要不弄得他死心塌地，难免不被旁人提醒。目今第一步功夫，都如我之意，全做到了。就要做第二步功夫了。这第二步功夫做到时，朱高煦便是我掌中棉球，要他圆不敢扁，那时便好怂恿他篡位，只是要这第二步成功，必须得内里有个帮忙的人才行。如今去寻的这个雏儿，不知可能如我之愿，将来做我一个帮手了。哦！我真呆！她不听我铺排使唤时，难道不能拿药给她吃，或是勾调她的魂魄，使她服我使唤吗？这是用不着担心的事！想到这里，满心欢畅。

　　抬头一望，赤色日光照在东墙头上，知道时已不早，便起身给了酒菜钱，离了茅店，倒转向南迎将来。放缓了脚步，装作潇洒飘然，神仙模样，直向韩王驿走来。才进驿市街口，只见一家悦来客栈门前，骡马喧腾，人声嘈杂，南北客人都赶来落店投宿。徐季藩见一个伙计牵着两匹牲口在大道上一来一往地遛着，正是那一男一女的坐骑。心中暗想：瞧这势派，这俩雏儿还是个富家啦！如今这条路上，没二三钱银子赏号的想头，似这般忙的生意，伙计就能抽工夫给他遛牲口吗？只是这俩雏儿既是富家，却又怎生是连跟随奴仆也没带一个咧？这其中必有蹊跷！一面想着，一面迈步进店，只见那少年正和那姐儿俩闲立在走廊边。

　　店家过来招呼徐季藩，徐季藩便问："上房可有？"店家连声答应："正留着一间待道爷啦。"连忙领着徐季藩从走廊到上房来。徐季藩打那男女两个身边走过，仔细留心看时，只见那姐儿腰间悬着个革囊，鼓绷绷，露着一颗一颗鸽蛋般的圆东西，不觉暗吃一惊，想道：这雏儿能打这般大的弹子，本领可真不小！这桩事，只怕有些扎手！再瞟那少年时，相貌虽是眉清目秀，十分文雅，却隐约觑见他纱衫内是周身扎靠，一般也带着个弹囊。徐季藩更加心悸，却又想到自己已在朱高煦跟前夸下海口，好歹总得弄了这雏儿去，才顾得自己的前程。想到这里，便也管不得许多，只一心设法下手，骗那姐儿。

　　要知徐季藩如何下手，少年男女是何人，都在下章叙说。

第十二章

欺稚诱愚装魔作怪
扶危救厄剑胆琴心

话说徐季藩看好房子，店家送过茶水，自去招呼生意去了。徐季藩掸了身上灰尘，洗盥过了，便也走出房门，到走廊上来，故意地踏着方步，踱来踱去。往返了几趟，忽地装出惊诧情况来，向那少年道："相公尊姓？贵府哪里？"那少年向徐季藩上下打量一番，想待不理他，到底年轻脸薄，只得答道："在下姓石名亨，渭南人氏。"徐季藩见他并不回问，便又搭讪着问道："相公可是由南边回府去？"石亨淡淡地答道："因为有些小事体，要到宣化走一遭。"徐季藩故意叹了一声道："贫道云游天下三十年了，南北十三省也都走遍了，却从没见过相公这般的华贵骨格！就只可惜一宗！"说着故意收住不说，又长叹了一声。石亨心中有事，听了不免心中暗惊，忙追问道："在下不敢望富贵，只不知有什么凶险？道爷可肯指示迷津吗？"说罢，双睛觑定了徐季藩，待他回答。徐季藩知道有些意思了，便悄说道："此处来往人杂，请相公到贫道下处屈坐些时可好？"石亨想：他们江湖上僧道是最可怕的，不如邀他到俺房中去坐，要是他不怀好意，也免得着他道儿。想罢，便反邀徐季藩到自己房里坐谈。徐季藩听了正中下怀，心中暗喜，口中谦逊了几句，便跟着石亨进了上房，那姐儿也随着进来了。

石亨让徐季藩坐下，亲自斟了一盅茶奉过，便问徐季藩的道号，驻鹤何处。徐季藩一面接茶逊谢，一面答称："道号非非道人，现在大名霞明观住持，因为募化三清殿工程南下，路过此地。"石亨接着便问："道爷先时说的甚事可惜？"徐季藩先指着那姐儿问道："这位是相公何人？"石亨道："是舍侄女石瑛，道爷有话但讲不妨。"徐季藩便故意装出满脸正经，郑重其事地说道："相公天庭开朗，五岳停匀，兼之眉呈八彩，贵不可言！只可惜现今颏下无须，微嫌不足。请问今年贵庚几何？"石亨答道："贱造是属羊的，六月初六日未时生。"徐季藩听了，猛然一拍炕几，瞪目摇头叹道："可惜，可惜！贫道一见尊容，便耽着心事，唯恐今年是十七岁，不料果然！这也是贵人福厚，所以得遇贫道。贵造属金，论尊相也是金形人，今年却正逢火年。金火相克，流年已大不利。加之如今正走天庭运，额头平凹，下少帮扶，太岁当头，流年相克，自是生平一个大厄运。照相说，相公休要见怪！堂上椿萱早谢，骨肉分离。少年更多坎坷，一直要到须长过腹，便是出将入相、位极人臣之时。如今气色不开，眼角有黑气，恐怕手足间有大变故，还要连累相公脱身不得。"徐季藩一面说，一面偷眼看石亨的神色就机说话。见他初时默默地听着，渐渐地露着惊疑，后来竟脸色都转变了，知道已说着了，正要再放一篇大言，结实吓他一吓，不料那坐在一旁的石瑛听了，竟迸出眼泪来，站起来，向徐季藩连称："神仙！……俺这叔父便是为俺父母险些送了性命。后来又为俺，几乎不得脱身。如今正想回乡遁迹，不想还有凶险，这叫俺怎生对得起叔父？"说着竟哽咽起来。石亨也长叹一声，低头不语。

徐季藩心中暗喜，想着这机会不可错过，便道："石相公有甚冤苦，能不能告诉贫道？贫道修道数十年，颇知理数，相公何妨说出，彼此参详，看可能解脱？"石亨叹道："道爷说俺的事，如同目见一般，俺也用不着瞒了。俺父母早亡，有俩哥哥：大哥名叫石乾，二哥名叫石元，俺是父母晚年季子，大哥大嫂早年去世，遗下一个侄儿名叫石彪。二哥就只一个女儿，便是这个石瑛。父母死后，俺和侄儿石彪都全仗二哥教养。俺从小便拜山东有名的武师大刀金纯门下习武。二哥因为家贫，便出外谋生，到湖广辰州木行里充当护簰的镖客，已有十来年了。俺这侄女随着她父亲习武，俺也时常到辰州去探探他父女俩。俺二嫂前四年才到辰州去。那时因为侄儿石彪在河南少林寺学艺，俺也跟着师父，都不用照顾了，二嫂才去辰州的。却万料不到俺二嫂这一去，竟弄出俺家的血海沉冤来！

"湖广辰州府是木料出产之地。每年的木簰也不知有多少，由洞庭湖出扬子江，却是不论大簰小簰，都得请簰客作法扎簰护送。要是得罪了纤客，他要你的簰散，却是不费吹灰之力。那些簰客，都有师父传授，都会法术，湘河里没人不怕簰客，任你奢遮的好汉，也不敢得罪他们。就是和他们争论打官司，官府也得袒护他们三分。因此那些簰客便横行无忌，什么事都做得出来。去年春天，有个姓陈的木客做寿。这陈木客虽是个经纪人，却是交情广

136

阔，长江各码头都有人赶来拜寿。恰好这时有个苏州小班到了常德城里，陈木客便花重价将这班子雇了来，演戏宴客。班里有个唱旦的小郎，名叫龚仲甫，脸儿长得原不错。一到辰州，就有个簰客龚介藩和他扭上了。俺二哥石元不知道他有个簰客老斗，在陈家寿筵席上见着了他，便也留情于他。过了一天，便到龚仲甫下处去玩耍。龚仲甫那兔崽子，见俺二哥手头挥霍，便又和俺二哥扭上了。过了几天，俺二哥才知道他是龚介藩的相好，且拜给龚介藩做干儿子。龚介藩的名儿，在辰州地方没人不知道他是个仗着簰客邪术夺男劫女的恶棍。俺二哥本领虽是十分了得，却是不会邪术。这时既已搭上了龚仲甫，却又不甘心让缩，坏了自己的威名，这小郎也可煞作怪，偏偏地缠着俺二哥死也不愿离开，俺二哥便也不忍抛他。这带个小郎的事，天下皆是，原算不了蹊跷；不料龚介藩那厮硬功夫吃不下俺二哥，却暗下毒手，使邪法，将俺二哥两眼咒瞎了。

"俺这侄女虽是年轻，却是十分孝心。见老子被人暗害了，便立志要报仇。也没和他爹妈商量，便磨了两把好快刀藏在身边，那日恰好龚介藩这贼刚扎好一架簰，喝得酩酊大醉，歪歪倒倒，打俺二哥下处的门前走过。俺侄女在门里瞅见，待他刚走过，便突出去，拔出两把刀来，一手握着一把，照定那贼背心，使尽气力刺将下去。龚介藩那贼没防备，猛然着了这两刀，'哎哟'也没叫得一声，便倒地死了。俺侄女见大仇已报，连忙进来报知他爹妈。俺二哥一听，知道闯了大祸了，连忙叫俺二嫂收拾些细软，打后门逃走了。

"簰教里得知龚介藩叫人刺杀了，见他死在石家门口，平素都知道石家和龚介藩是冤家，这不待言是石家做的了，他们簰客给人做翻了，要是不能报仇，可就太丢脸了。因此，他们也不报官，只使邪法来报仇。恰巧俺二嫂素来欢喜算命，因此他夫妇俩的生辰八字有许多簰客算过，都能记得，却是没人得知俺这侄女的生辰。他们便使邪法，设坛念咒。这时俺侄女方搀着她爹，挈着她妈，沿着河边乱逃，不料才逃到一日，老夫妇俩全病倒了。先时头痛眼昏，后来竟发狂发热，连亲生女儿都不认得。可怜俺这侄女勉强撑到一个山岩中，眼睁睁看着父母发狂，没法可想。如此不到三个时辰，老夫妇俩都狂死了。俺这侄女又急又恨又是悲痛。这时又不敢向乡村中去乞讨，怕遇着那些簰客，只得将随身刀剑，就在山岩里掘了个坑，将她爹妈暂时掩埋，便翻身回到辰州，要给父母报仇。

"这时俺正和侄儿石彪俩护送陕西参政回湖广，原是想借此去会会哥嫂，不料俺和石彪侄儿到了辰州，正是俺这侄女刺死龚介藩的那一天。俺听了这信儿，连忙出城向辰河下流追赶，想寻着俺哥嫂。侄儿也随着俺追赶。赶了一日，也不曾得个信儿，便投乡店宿了。次日才起身，便见有个女子在山边小路上走得很快。俺连忙赶去看时，正是俺这侄女石瑛。当时问明白了情由，便叫侄女去买了衣衾棺木，同侄女去重新装殓两死的。完了事，便三人同到辰州，探了好几天，才探得俺哥嫂是龚介藩的师弟谢福兴咒杀的。那天夜里，俺领着侄女，去谢福兴家中杀了他一家。侄儿却去杀了龚仲甫那兔蛋，连夜进出，到辰州府城，侄儿到长沙镖局里去了。俺因侄女不能在湖广耽搁，便护送她回北，路过此地。辰州簰客确厉害，各码头全有人，这事他们断不会不知道。如今虽没遇着他们，只恐将来，不留心时，丧在他们手里。”

石亨说话时，石瑛已哭得如凝露桃花一般，徐季藩见她这般娇啼，更显得惹人怜爱。心中暗想：我不妨显些法术给他俩看看，使他俩死心塌地跟随我去。想罢，只待石亨诉说完毕，便道：“贫道方才相上已经相出，两位一定有凶险，好得还有解救，故而遇着贫道。这也是两位将来要大贵，才有这般奇缘巧遇。如今据官人所说，一来是怕那些簰客挟恨报仇，使官府奈何官人和令侄女，这一层贫道有个善法，回头再说。第二是怕那些簰客使妖法来暗害。这一层有贫道在，自不须虑得。贫道自幼在茅山学道，习得九天雷霆大法，任凭如何厉害的邪法妖术都能镇治。官人若还不信时，贫道就可略施小技给官人和大姑娘解解闷。”

石亨听了大喜，方要答言，徐季藩已抬身起立，就在房中步罡念咒。一会儿，将袖掩面，口中仍是念着咒语。石瑛这时也忘了伤心，只凝神望着。一刹那，只见徐季藩微微地吼了一声，将袖甩下。石亨、石瑛都觉得两眼一花，再定睛看时，只见当中立定一尊金盔金甲、手捧双剑、面目狰狞的神将。徐季藩却已趺坐在一朵云上，悬在空中，身披法衣，顶现圆光，十分庄严。吓得石亨叔侄以为活神仙下降，连忙倒身下拜，口称：“弟子不知真仙下降，多有冒渎，伏乞恕罪！”接着又拜求真仙救护。徐季藩趁此发话道：“你叔侄俩都有宿根，故而本真人特来救你们。只是一来本真人不能常在你们左右，二来若是你们的仇家向官府告诉，本真人便不好干预国法王章。如今恰好有玉虚真人座前大弟子，思凡投胎在燕王府中，现为二王子，将来有九五之尊。本真人特来呵护真命天子，你们不如投托在二王子门下，既可免官府的追求，又可时常得本真人的庇佑。且是你们相貌大贵，将来二王子身登九五，你们便是佐命勋臣，这也是你们命中该有此际遇。只是你们投托王府之后，不可泄露天机，若不慎泄露，必遭天谴。谨记！谨记！不可怠慢！你们须知天命所在，机遇不常，千万休要错过！"

石亨、石瑛叩头如捣蒜，诺诺连声叩谢仙恩。徐季藩又道："你等不必再往北去，二王子明日便打此经过，你们只待驾到跪接，本真人随驾呵护，自当收录你们。我去了！"石亨、石瑛方磕头应谢，及至抬起头时，只见那神将欻地不见，徐季藩冉冉地由窗间升空而去。石亨、石瑛更加至心叩礼，膜拜不止，一直拜到腰背不济了，才立起来。石亨满心欢喜地向石瑛道："侄儿，这真是祖德宗功，天使得遇真仙。俺们只照着真仙的话做去，断不会错事的。"石瑛这时也心悦诚服，连连点头道："叔父说得不差，俺们明天只在此恭候便了。"

徐季藩在捣鬼时，店家小二人等和出进家人来来往往，都打走廊上经过，却是只见石亨、石瑛二人倒地礼拜，却不见什么神仙神将，只以为他们二人当空叩拜，许什么愿心，到后来，小二送灯到各房里，忽然不见了上房里的老道，以为是出外走动去了，便将房门带上，锁了。这是客人出外店家的规矩，是怕客人有物件留在房中，无人时，遗失了大家不好。因此将门锁上，待客人回来时再开。如今还有这个规矩。到熄灯时，再去看时，仍不见那老道。小二诧异，出来告诉了掌柜的。掌柜的因为事忙，一时没向老道讨得房钱，听得小二说老道不见了，不免心中着慌，连忙到上房里看时，果是一间空房。满房查看了两遍，也没一点儿物件，情知老道走了，便愤骂小二："不长眼睛！连个人走了也不知道！你要不得他的小钱，怎么不先讨他房钱？俺不管，只和你算账，扣你工钱！"小二急得哭嚷道："他一进来，便到那边房里和客人说话去了，俺怎好跟去讨钱咧？"

这一嚷，嚷得许多客人都出来看。石亨也出房来跟着众人问："为什么事？"却有个瘦道人只立在一旁袖手冷笑。石亨闻得店家为老道的房钱争吵，便连忙道："你们休闹，这位道长是和俺一道的，他因有些事情，顺便看个朋友先走了，房钱向俺算便了。这原是俺不好，忘了向你们柜上说一声。"掌柜的见有人认账，便没话说，小二也不争嚷了，众客人都回房去。石亨便叫掌柜的同回房取钱，掌柜的一面嘴里说着："爷别忙，这算不了什么。"一面却紧跟着石亨走。那瘦道人却仍袖手闲立着。石亨领着掌柜的打他跟前走过时，那道人忽自言自语道："居士贵人，怎打诳语？"石亨听了这话，想起方才对掌柜的话，直羞得齐耳通红。那道人也不理他，径自去了。

石亨回房取了六分银子给掌柜的，掌柜的见此房钱还多了一分，喜出望外，谢了又谢，又问茶问水，巴结了一会儿。临走，还将灯油掺起了些，才满口阿谀地去了。石亨想着那瘦道人的两句话，暗想：先时真仙和俺说话时，谅来凡人不能听得，要不岂有全店的人没一个得知的？他们都和没事人一般，谅来是不曾知道。却是这瘦道人冷言冷语，实是对俺讽讥，他怎么会知道咧？……哦！……他是和真仙一道的吗？……怎的真仙却独自走了呢？……他既能知道真仙的事，谅来他必也是个神仙，俺连遇神仙，总算鸿运当顶，俺岂可当面错过？只今便去寻他去！想罢，便起身出房。

正要去寻问那瘦道人，忽听得石瑛在里间叫唤，只得回身到里间来，问石瑛："有甚事？"石瑛道："俺想着明日投托二王子，虽是神仙吩咐，却不知二王子肯不肯收。要是竟然不理，便怎样？就是收留，叔叔是个男子，自可在他门下图个出身。似俺女孩儿家，却怎么处？俺想来想去，不得个计较，因此向叔叔讨个主意。"石亨答道："他不收留时，俺们仍是原来的主意，回到家乡再说。……却是你是个女孩子，真有些为难。"说罢，满面含愁。石瑛更是神志若痴，凝想不语。半晌，石亨长叹一声，说道："俺有一句话，却是不好说的。如今事到如此，不能不说了。你年纪也不小了，如若二王子明日肯收留时，你就到他王府里去，能够做个内护院，那是再好也没有了。要是二王子肯收你做个妃嫔，也强似嫁在乡村穷人家。俺想神仙叫俺们投托二王子，谅来其中定有一段姻缘。你想那神仙既特来指点俺叔侄，他难道不知道你是个女孩子有为难处吗？一定是你的缘分在此。也是俺石家祖宗有德，你父母有灵，才有这般机遇，俺做叔叔的也有光彩。许多僧道相士说俺有贵相，说不定还是由此出身啦。你如今虽孝服在身，却是在大难之中，只要投托得个庇护的人，也不得不从权了。况是神仙指示，谅来不会错的。"

原来石瑛心中本来想着：似俺这般人物、这般本领，父母俱亡，谁与俺做主？如今神仙叫俺叔侄俩去投托二王子，仗着俺容貌武功，谅来二王子没个不欢喜的。……神仙说他将来有天子之分，俺凭本领帮他夺得天下，岂不是有皇后娘娘之分？那神仙说不定是因为俺有皇后之分，才特来指点的。想到这里，满心畅快，恍惚立刻就是皇后一般，周身百骸，如酒醉一般。忽一转念，话虽如此，俺如今父母俱亡，俺和谁去说？且是三叔虽和俺一样的年纪，不知他意下如何，且待俺设法来探他一探。想着便叫石亨进里间来。

及至听得石亨说那一篇话，真是"先得我心"，不觉暗自狂喜，却不好意思回答，只低头含笑，搭讪着说道："只不知那位神仙是什么法号，不曾问得，若知道时，将来得了好处，也好礼拜供奉，略表寸心。"石亨知她心意已肯，便随便答道："那位神仙见面时不是说道号非非道人吗？要知他真名号时，他原说随护二王子，将来俺们在二王子处，还怕不得知吗？"石瑛也不再言语，石亨经她这一商量，却把个去寻那瘦道人的事全忘了。又说些闲话，商量了一会儿明日见二王子时的言语仪节。石亨便仍回到外间来睡了。石瑛这一夜想入非非，竟睡不着。

天色微明，石瑛便隔房叫醒石亨，起来收拾洗梳完毕。石瑛便到外间来坐下，和石亨有一搭没一搭地谈说些时。待店家小二去买了点心来吃了，石瑛便催着石亨穿戴好，向店家讨个红帖，借笔墨写了，同到官驿门前等候着。

等了一个时辰，也不见影响。石瑛十分烦闷，石亨只在大路上踱来踱去。路上来往行人见他二人这般模样，都暗自好笑，他二人也不觉着。又等了约莫半个时辰，忽见南头大路上尘头大起，似有一大簇人马滚滚而来。待得略近，二人定睛看时，已见一对对的材官、宫监骤马而来。石瑛便催石亨到大路上去候着。见当先一骑快马如飞而来，直冲进驿内，口中连喊："到了！到了！"接着便见驿官全身冠带，圆领乌纱，领着吏役人等齐到大路上来。再看那来的戈斧丛中，三辆四马黄挡车，旁边各有四个猛士、四个宫监拥簇着，连轸而来。到了驿前路上，只见驿官等一行人一齐跪下，口中高唱职名。早有先导宫监，大喝一声："起去！"接着便见那些材官、猛士将马一带，一对对相对而立，排成一条夹道，让那三辆车儿从中而过。

石亨、石瑛待那三辆车儿来到街头，方要近前时，却被两边猛士举鞭乱抽，不得近前，只得退到驿门口来。向那三辆车中细看时，却见头一辆绣帘微启，车中端然坐着一个圆脸大口的王子。再向第二辆车望时，却是车帘高挑，辕上坐着一个老道，正是他二人昨日所见的活神仙非非道人。二人满心欢喜，又见车中坐着个高颧方腮的王子方在探头望外，四面乱瞧。二人便想闯到车前去，却又搁不住那猛士的皮鞭。正在为难，只见非非道人向他二人招手，一面向猛士摇手止住，二人方得近前。

来到车前，叔侄二人一齐跪下叩见。朱高煦忙叫宫监扶起，并说："请进驿中相见。"二人谢了起身，便见三辆车儿挨次进驿去了。二人闪在一边，让仪仗先进驿门。方在等候，忽听得耳边有人长叹一声，忙回头看时，石亨早见昨夜所见的那个瘦道人远远立在北头街口正在摇头叹息，那声音却似正在耳边一般。石亨心中一惊，方要赶过去和那瘦道人打话，却被石瑛唤他同进驿去，只得回头同石瑛两个进了官驿，向材官投帖。

那材官便是双鞭韦弘，已知石亨、石瑛是王子叫他进来相见的，不敢讨门包，便引二人直到官厅上待着。韦弘持帖进去，不一会儿，便见四个猛士、四个宫监拥着朱高煦，面上满面风尘，尚不曾盥洗，便走进官厅来。石亨忙抢前一步，跪下叩头。石瑛也随跪在后。朱高煦忙叫猛士扶起石亨，宫监搀起石瑛。

石亨起来立在下面，石瑛站在他叔叔后面。朱高煦当中坐下，叫宫监看座。二人不肯坐，朱高煦再三叫坐，二人才谢过斜签着坐下。石亨十分欣喜，以为二王子这般礼贤下士，此来必有好处。石瑛见朱高煦对自己和颜悦色，十分谦虚，心中不觉摇荡起来。朱高煦待二人坐定，便问二人："从何处来？"石亨答道："小的自湖广回乡，路过此地。"朱高煦道："闻得徐季藩法师说你二人本领十分了得，我这里正缺护从，你二人可肯留在府中充当护卫？"石亨连忙站起来回话道："小的草莽子民，理当伺候殿下，只恐本领不济，辜负殿下栽培的鸿恩。"

正说间，徐季藩大摇大摆来到厅上，朱高煦起身相迎。石亨、石瑛忙起身叩见。徐季藩向朱高煦稽首告坐。朱高煦又叫石亨、石瑛坐下。朱高煦便将要留他二人做护卫的意思向徐季藩说了。徐季藩点头道："我看他俩骨气非凡，得殿下成全，自是他俩的福气。"朱高煦便对石亨道："我派你做个指挥，管领这些猛士，平时随我出入护持，算我个亲信护卫，你可愿意？"石亨听了，连忙起身，向朱高煦叩头谢恩。朱高煦便叫宫监："去取那两副雁翎甲来。"又回头对石瑛道："如今本藩多事，常有些不轨之徒前来寻事，我派你做个内护院何如？"石瑛听了，也立起身来，向朱高煦盈盈下拜，口称："谢殿下的恩典！"朱高煦见她柳腰微折，叩下头去，现出背上一绺乌油般的秀发，兼之莺声呖呖，如弄晓晴，不觉意醉神饧，心花怒放，忙叫宫监搀起。石瑛起身，又同石亨俩重新向徐季藩拜过，方才告过坐下。

一霎时，见四个宫监抬出两口甲箱来。朱高煦叫先打开一口，只见银光耀目，不可逼视。朱高煦便叫石亨当厅披挂起来。石亨原来生得英挺，这时，头戴烂银嵌玉镂花护耳盔，身披烂银碎叶镂花雁翎甲，系着一条白丝"卍"结鸾带，当胸披着明月般一个护心镜，加上他原来着的白缎虎头靴、白缎绣花甩裆马裤，衬着他两张粉白面孔，真越显得雪人儿一般，英姿飒飒，仪态万方。朱高煦和徐季藩齐声赞好，石亨便向上打躬称谢。朱高煦又叫打开那一口箱来，却也是一副雁翎甲和那一副一般的花纹，只是黄金色的女甲，另外还多一双凤头叠金丝女鞋、一对双股剑。朱高煦便向石瑛道："这副甲和剑都给你吧。"石瑛连忙道谢。

朱高煦叫宫监、猛士分领二人去安置，便起身进内去了。徐季藩领二人会见了众材官猛士，叫人去店里将二人的行李取来，又吩咐驿站上预备牲口，才引二人到自己房中坐下。便向石亨道："这两副甲是广东巧匠制成。巡按御史甄斐仁知道二王子好武，特地将来孝敬二王子的。那剑更是安南国进贡的东西。两样东西都是二王子心爱的，如今赐给你俩才见面的人，总算十分宠信你俩，你俩休要忘记这般特恩才好。"石亨、石瑛连忙答应齐说："这全仗真人嘘拂！弟子们无以为报，就今日拜在真人门下，做个沐恩弟子，终身听从恩师使唤。"说罢，便跪下拜了四拜。徐季藩也不谦让，只回了半礼。

一会儿，有个宫监来传石瑛，石瑛辞了徐季藩随宫监进去了。徐季藩便领石亨拣选马匹。拣了多时，只得卫士队里两骑白马，还雄骏可骑，其余的都是些差马，只个大好看不中用。选定之后，便换了鞍辔听用。将驿站上送来的两骑差马补了缺，徐季藩又带石亨去选长兵器，择来选去，没称手的。徐季藩便叫将二王子使的钩镰枪抬来，石亨接过手，掂了一掂，约莫有五六十斤，丢了几个解数，只觉轻些，将就可用了。便道："这家伙还顺手能使。"徐季藩答道："二王子现在使不着，你就带着上路吧，回头我代你禀告二王子便了。"石亨谢了。徐季藩回房，石亨自有众猛士接去下处安置。

饭时，有宫监送出十多样菜、二壶玉器酒，给石亨吃喝。石亨便请同事的大家围坐吃喝个醉饱，看看天色已过下午，却不见传话起程。一直到晚也没见些动静，却只见大王子和三王子的从人唧唧哝哝似乎是埋怨无故耽搁，不知何时到得北平。石亨不知就里，向同事打听时，却都含笑摇头，回说不知道。看看暮色深沉，将近起更，许多同事都出去玩耍，在家的便收拾睡觉。石亨初来，不敢出去，且是没见侄女出来，外面也不见给他侄女预备住房，心中疑惑，只在天井周围踱来踱去，心里胡思乱想。

渐渐已是二鼓过后，出去玩耍的也都回来了，大家都拾掇睡觉。石亨心挂侄女，却又不好问得。看那些猛士、材官都不甚看得起自己，全无一点儿敬意。暗想：二王子要俺管领这班人，他们这般轻视，俺得显些本领，才能使他们心悦诚服。想着，便也坐在炕上，斜倚着等待侍女。不料这一天上下应酬十分劳倦，坐没多久，便沉沉睡去了。一觉醒来，已是东方发白，人声嘈杂。忙下炕出房，洗盥拾掇了，便到厅上来。忽见石瑛已全身披挂，腰佩双剑，昂然立在厅上，越显得眉黛生光，精神饱满。石亨便问她："夜来怎不见？"石瑛双颊微红道："和驿丞的家小同住。"石亨心中明白，便不再问。石瑛道："叔叔！俺们的牲口咧？可曾预备呀？"石亨点头道："昨日就预备好了。"

正说着，只听得里面一声传"起"，便见一个宫监飞步而出，高叫："起驾！传伺候！"接着便听得当当的传点声响。卫士们喳喳的脚步声和马嘶声、车轮辚辚声，杂然并作，却是绝不见有人声喧哗。石亨便忙回房绰起钩镰枪，去到槽头将两匹马都牵了出来，交了一匹给石瑛。方要出门，便见材官、猛士一对对出来，石亨便问石瑛道："你怎样呀？"石瑛道："二王子叫俺押后。"石亨便不言语，忙押着猛士队出门，排列道旁。那驿丞早率领合驿吏役人等立在道旁等候跪送。

石亨方在排列道子，猛然见那个瘦道人立在街外田塍上。想要去和他说话，无奈职事在身，不敢离开。一霎时，石瑛乘马而出。那瘦道人看见石瑛大笑三声，如鹤唳长空一般，那声音直震刺耳鼓。笑罢，又大叹一声，掉头竟去，顷刻便不见了。石瑛也觉奇怪，却因朱高煦的车驾随后出门，便抖擞精神，作为没听见，跃马向西走了几步，再带回马来，向北立着。让三辆车子上了大道，才上前跟在朱高煦车后行走。石亨便领着护卫仪仗，当先开导。

一路无话，行了两日，已到一座山下。石亨正向前行，只听得一声弓弦响，接着便见前面树林中，一连放起三支响箭，呼！呼！呼！冲天直上。石亨知道三箭齐放是绿林中最紧急的号箭，便连忙勒住了马，绰枪等待。一面喝叫众猛士排开队伍，休要惊慌。正在布置，又听得后面喊声大起。回头看时，原来是后面大路两旁枣林内，隐着许多旌旗戈戟。石亨知道不是好开交得的，便将车仗约退，振奋精神骤马向前，却仍不见动静。

走到离前面树林一箭多地，猛听得一声呐喊。草中、树后都乱闯出许多人来。当先一个头领，头戴镔铁乌云盔，身披镔铁鱼鳞甲，腰束黑色鸾绦，座下一骑全黑马。左悬弓，右插箭，腰佩长剑，背插单鞭，手挥三尖两刃四窍八环刀。生得颜如墨泼，阔脸大眼，露出一嘴黑牙，臃肿一身肉，十分地难看。后面一方大旗写着"大义寨牛儿丑赫"几个大字，石亨走过江湖，也曾闻得湖广丑牛儿是个有名的侠盗，却不知他在此落草。如今见这军旗，知道不是剪径的毛贼，这事不是易了的。却又因自己才投到朱高煦门下，这是第一件事，若弄不下来，便存身不住。便抖擞精神，拍马上前向丑赫打躬道："丑寨主请了……"话未完，早被丑赫顿喉一声断喝，嚷骂道："谁是你家寨主！"石亨虽是英武，却也暗吃一惊。那些车仗卫士被这一声喝，已是魂摇胆战，纷纷乱望后退。

石亨要显本领，只得挺手中钩镰枪，也大喝道："丑牛儿，你休逞强，须知爷不比无名小卒，能被你吓退。你拦路也须长眼睛！瞧你长着这么两只牛一般的大眼，难道瞅不出这车仗是谁吗？"丑赫圆睁怪眼，张开大嘴，呵呵大笑道："小子，谁有工夫和你说话玩儿！"说着，顺起手中三尖刀、向石亨左腰横扫过来。石亨将手中枪一竖，架开刀，便向丑赫前胸唰地一枪刺去。丑赫也不招架，只两腿一夹，马一偏，让过枪头，乘石亨刺落了空的一刹那间，双手抡刀，向石亨当顶劈下。石亨这时枪落了空，身躯方朝前扑，说时迟，那时快，丑赫电一般劈了下来，石亨已无法架拦闪躲。在这万分危急的时候，人急计生，只听得石亨大叫一声："不好！"双脚离镫就马背上扑身由右一滚，整个儿滚下地来。丑赫这一刀直将石亨的坐骑劈成两个斜半段儿。石亨滚在地下虽逃得命，却怕丑赫顺手一刀，仍是要性命不保，在这千钧一发之际，怎敢怠慢？乘丑赫刀劈白马尚未抽回时，抛却手中枪，就地一滚，顺手拔出长剑，向丑赫的马前脚唰地一剑，早将一只左前蹄削落。那马痛极，向右一倒，将丑赫掀在地下。众头领喽啰见了，一声呐喊，齐向前奔来救主。这边侯海、陈刚等也一齐飞马向前，想要救人擒敌。却见丑赫、石亨一齐跳起，石亨高叫："你们快护持殿下，俺一人足够擒这恶贼！"丑赫也喝退众人。

石亨挺手中剑，便取丑赫，丑赫拔出腰刀，急架还砍。二人就在步下大战起来。只见一白一黑，一长一胖，杀作一团，扭作一处。先时还见两人腾挪闪跳，后来便只见一团白云、一团黑雾滚来滚去，映得人眼花。约莫酣斗二三百合，不分胜负。两边瞧着的人都瞧得发呆，浑忘身在战场了。二人又斗了多时。忽听得二人中有一人大叫一声，接着便见剑光起处，丑赫的镔铁盔上一个斗大的黑缨被削落地。石亨便怒趁丑赫吃惊之时，捉他一个破绽。哪知丑赫天生虎胆，任凭怎样他绝不惊骇。虽然盔缨被砍掉了，他依然没事人儿一般，反趁石亨欣喜之时，右腕一翻，刀口朝上，直向石亨小腹刺来。石亨却不曾提防，倒吃一惊，连忙双脚一蹦，向后跳退了三步远近。方待再

145

突跃向前时，丑赫已和身滚到石亨跟前，挥刀直砍。石亨忙将剑架住。丑赫收回腰刀，转向石亨腰下砍来。石亨朝后一闪，不料丑赫同时飞起右腿，猛踢将过来，正踢在石亨左手上。踢去一块皮肉，如被刀削，痛不可当。石亨只得咬牙忍痛，拼命支撑着，刀来剑去地恶斗。

徐季藩在车中见二人斗得没个开交，便下车来，左手暗中捻诀，远远地向着丑赫念咒，想要咒倒他。不料念了两三遍，一些不见效验。徐季藩大惊，忙收了诀，四面细看，忽见那树林左边一株大树上，有个骨瘦如柴的道人，正骑在树枝间，向自己微笑。徐季藩大怒，咬破血光，含了一口血涎，念了几句向那树上送喷去，只见那道人在树上身子晃了一晃，立时便定住了，大喝道："好贼道，敢在我跟前使邪术！"接着便见那瘦道人左手握拳，猛然一散，徐季藩顿时觉得有一股异常之重的热气正中额际，痛得头昏眼花。

这时丑赫、石亨两个已战得昏天黑地，石亨心中着急，暗想：俺今日要战不胜这小子，岂不要被二王子说俺无用，一片英名就此要付诸流水。想着，心中十分难过，急切设法，要以巧取胜，不料斗杀了一个方向时，忽见朱高煦已下车拔剑，像要前来帮斗的模样，心中更加躁急，便使尽平生气力，拼命挺剑向丑赫前胸刺来。丑赫是个鲁莽直肠人，不提防石亨是计，将身一偏，便抡刀要砍石亨。石亨就他这一偏身躯的一刹那，一蹲身躯，唰地使个连环鸳鸯腿，横扫过来，丑赫要想让过没来得及，竟被他这一腿打倒在地。

这边众卫士、材官、猛士等见了，早一拥向前，按住就捆，横七竖八，绑了个结实。陈刚、侯海便去赶杀众喽啰。不料这当口，忽然见个少年，手舞双剑闯入人丛，如虎入羊群，勇不可当，直奔丑赫跟前，一剑挡住众人，一剑划断捆缚丑赫的绳，就将这剑递给丑赫。丑赫霍地跳起，只听得那少年大叫一声，挺剑直取朱高煦。

不知朱高煦性命得全吗，下章再说。

第十三章

缔新交英雄矢忠义
毒旧好妖道假慈悲

且说丑赫被石亨捉着破绽，打倒捆住。忽然有个手舞双剑的少年冲进圈子，打退燕府众人，割断丑赫身上的绳索，递过一柄长剑。丑赫接过那少年递给的一柄长剑，直向燕府仪卫冲将过来。那少年大吼一声，直如饿狮子一般直扑朱高煦的车驾。吓得那些从卫麻着胆子，将车硬往后拉退。朱高煦方要亲自下车迎敌，陈刚、侯海已各挺兵器上前敌住，陈刚挡住那少年，侯海便上前阻止丑赫。四人捉对儿厮杀。

徐季藩见丑赫来了救应，且是势头凶猛，急切里不能取胜，便下车上前，想要再使邪术。不料捻诀念咒总是不灵，急得满头汗下。心想：必是那树上的妖道捉弄我，便想咒倒那株树。不料向那树看去时，哪有那道人的影儿？心中十分焦怒，便拔出背上长剑，步罡念咒，向那和陈刚正斗着的少年将剑一指，想仗这邪术将他刺死。叵耐那少年竟和没事人儿一般，仍是一剑紧似一剑，向陈刚狠攻。就这时，陈刚一个不留神，手中一慢，被那少年一剑斜劈下来，臂上连甲削去了一片肉，才叫得"哎哟"一声，早被那少年飞起一腿，大喝一声："没用的东西，去吧！"将陈刚踢得滚向山边泥沟里去了。丑赫这时捉住一个空隙，一剑当顶砍去，侯海忙将头一偏，没被砍着，方在自幸，不料丑赫眼明手快，乘侯海方低头时，一翻手腕，反挺长剑，直向侯海下腹刺来。侯海忙跳让时，那剑已刺入左大腿肘肉内。大叫一声，朝后便倒。

丑赫也无暇去杀侯海，挺剑直取石亨。那少年也抢剑直奔朱高煦。朱高煦见来势凶猛，连忙下车，掣起车旁一对银缨画杆雀舌枪冲出，迎着那少年狠斗起来。石亨这时已拾起一对钩镰枪，束紧甲带，重与丑赫恶战。这四人真是铁钉遇铁砧，半斤逢八两，来往腾翻，各使平生本领。只见四般兵器上下飞翻，也瞅不出是谁攻谁来。如此恶斗了半个时辰，不分胜负，难解难分。

徐季藩见战得没个休了，便高叫道："主公且退后，贫道有法取胜。"一面叫韦弘、韦兴上前去挡一阵。朱高煦听得徐季藩叫唤，连忙将左手中枪架开那少年的长剑，翻身便走。那少年不舍，挺剑直追过来。朱高煦大怒，方要回头再斗，恰好韦弘舞动双鞭，冲到场中接住那少年，让朱高煦退下。韦兴见那少年厉害，二王子且只战得个平手，料来哥哥韦弘不是他的对手。方要挥铜上前双战那少年，不料这时石亨也被徐季藩唤退。丑赫却虎狼般随后扑赶过来。韦兴只得举双铜拦住丑赫，石亨才得退到徐季藩眼前来。

石亨方在喘气，忽见石瑛乘着九点桃花马，手执双股剑，方从后面挤到前面来，徐季藩大喜，连忙招手道："姑娘快来，咱们乘此保着三位爷，快冲杀过山去。"石亨恍然大悟，连忙挺枪在前开道。朱高煦和徐季藩乘马招呼车辆随后继进。石瑛骤马断后。众护从仪卫呐喊一声，一窝蜂冲杀过来。大义寨众喽啰抵挡不住，只得闪开一条路，让他们冲了过去。

那少年瞅见，想掣身拦阻时，却被韦弘缠住，大叫一声："完了，贼子逃走了！"心中一恨，一紧手中剑，横砍直劈，直将韦弘杀得手足无所措。那少年挥剑逼住双鞭，身躯向前一曲，伸左手抓住韦弘鸾带，一把擒将过来，向地下一掷，喝声："绑了。"丑赫见车仗冲了过去，咬紧牙关恨了一声，一剑将韦兴的双铜刷开，下面照定韦兴左膝盖嘣地一脚，踢得韦兴受伤，立身不牢，向右一偏。丑赫就这一刹那，掣回剑，顺势砍去，将韦兴左肘肉连袖削下一块来。韦兴连受两伤，挣扎不住，扑地便倒。众喽啰一拥上前，按住绑了。

丑赫方要和那少年说话，忽听得山林中有人一阵拍掌狂笑而来。众人连忙各自握好兵器，一齐看时，却是一个长瘦道人，笑着奔将过来。那少年见了，连忙打躬行礼，口称"师伯"。丑赫只道道人是和少年一道来的，便也上前行礼相见。道人自道："道号友鹿道人。"又指着那少年对丑赫说道："这是我多年不见的师侄张三丰的弟子霹雳杨洪。"丑赫忙和杨洪相见，便让友鹿道人和杨洪同到寨中叙话。二人答应了。

丑赫便叫喽啰押着生擒的侯海、韦弘、韦兴三个，让友鹿道人和杨洪二人先行，同上山寨中来。将侯海三个交给喽啰守着，便同友鹿道人和杨洪同到厅上坐下。喽啰献过茶，丑赫也无暇道谢，便问杨洪："因何到此?"杨洪道："俺有个姊丈住在京城，为几幅赵子昂的字，被朱高煦唆使锦衣卫，硬派作贼赃，将字夺去，人便刑死了。俺得信儿赶到京城，设尽机谋，用尽心事，不料那贼子防备严紧，不得着手。好容易得着个空儿，方要刺杀那贼，不料俺母亲去世，只得先回家去，葬母守墓。如今特再来江南寻那贼子，沿途闻得他已奉旨归藩，沿途作恶，俺便迎将上来。今日正待报仇，不料被他走脱，也是这贼子命不该绝。"

丑赫方要问友鹿道人是不是与杨洪同行，杨洪早先问："师伯几时南来的？不知可会着俺师父？"友鹿道人答道："我正因为在泰山遇着你师父，他说有个渭南石亨是个可造之材，但是有一桩旷古沉冤，应在他身上弄成。我想解这大劫，去劝这石亨勿入旁门。不料有事不能去，如今他正被邪魔勾引。若快赶去，邪魔还未近他身，还可挽回，若迟了便来不及了。我们得须自告奋勇南下，想挽回劫数。不料天意难违，毕竟邪魔先入，这也是天公要成就这一桩'碧血丹心'千古稀有的壮烈公案，才使我们无从着手挽救。前几天，我就见着石亨了，已是无法可想。且知那徐季藩的邪术，恐他们狼狈为奸，沿途荼毒百姓，便暗跟着他们走，好随时搭救些无辜。不料却在此地助了您俩一臂之力，虽是不曾助你们擒得朱高煦，却也使那徐季藩有法没处使，也够他受的了。"

丑赫听了，才知全仗友鹿道人得破徐季藩的邪术，感激非常，立即起身道谢，又谢了杨洪相救之德。友鹿道人谦谢道："这也是缘分，何必客气。"杨洪也道："彼此同为天下百姓除害，自当互相扶持，怎说起谢来？"说着，喽啰们将酒饭摆上。丑赫让友鹿道人和杨洪两个移座喝酒。友鹿道人原不忌荤酒，也随便吃些相陪。三人气味相投，十分欢洽。杨洪、丑赫更是酒到杯干，狼吞虎咽。

酒席之间，谈到朱高煦在京师时所做恶事、百姓所受的亏苦，丑赫听了，义愤填胸，将酒杯向桌上一顿，大声说道："这贼子竟敢这般胡作胡为，咱家断不许他活着。杨大哥吃过饭，咱家和你两个赶上去，宰这兔蛋。"杨洪正因仇没报得，满心冤苦，听得丑赫如此说，拍胸答道："俺便将这身子拼了他！"友鹿道人屡言道："您俩义烈神勇，固可佩服，只是朱高煦是王子皇孙，且是他父亲燕王棣正在图谋篡位，府中养着许多本领高强之人，就只方才咱们所遇朱高煦随身所带几个人，已多非等闲，一时恐不易杀他。何况方才山前大战过，他必是十分防备，您俩就赶去，也不见得就可得手，且恐中那徐季藩的妖法，那时反不值得。"杨洪听了，默然不语。丑赫却圆睁两眼大嚷道：

149

"咱们难道就瞧着这兔蛋害百姓不成？"

友鹿道人道："丑寨主且不要着急，须知凡事不能逃数。如今天数注定，该有一番大乱。太祖得天下多亏文武功臣，天下平定后，却大杀功臣。'天道好还'，使他朱家子孙骨肉相残，以为背德之报。且是人心太坏，遍地豺狼。燕王棣便是天谴杀星，应遭这劫数的，朱高煦是燕王的报应儿子。如今收他的人还没得势，此时他命不该绝，您俩甭白费心思，倒是如今有一桩可虑！方才咱们将朱高煦打了落花流水，又擒了他三个随身护卫，朱高煦凶暴成性，从来不曾吃过这样亏苦，岂肯善罢甘休？他虽急于回燕，不能久在这里来复仇寻事，却是此地离北平不远，他回去必定调兵遣将来攻山寨。就是此地地方文武，听说这地面有人惊了王子的驾，没个不吓得屎尿齐流，赶紧带兵来围山讨好的，如今咱们先要打算好山寨有多少粮草多少人马。如果官兵来攻山，咱们如何应战，如何防守？倘使燕藩将他养精蓄锐、谋夺天下的人马来和咱们攻打，咱们如何应对他？这都是现在不能不商量好的。"

丑赫听了，顿时瞪眼不语。半晌，忽然向桌上猛地擂了一拳，咬牙恨声道："洒家只单身和这兔蛋拼命去！且待洒家先宰了这捉来的三个浑蛋出气！"

友鹿道人道："此事不是如此蛮干的。我如今只问您俩：是不是要杀朱高煦？"丑赫、杨洪一齐应声答道："只为要杀他，才……"友鹿道人忙摇手截住他俩话头道："既是要杀他，我方才说的收他的人还未得势，他的天数还没到。如今有个绝妙的方法……"说着便先附着丑赫的耳朵细声说了一个计策。丑赫听了，只摇头皱眉，嚷道："耐受不了？"杨洪忙起身到友鹿道人跟前低声细问："是怎样个计较？"友鹿道人便也和他附耳说了。杨洪沉思了一会儿，便向丑赫道："既是这贼恶贯未盈，俺们自难逆天行事，这计较虽是时日缓些，却是定可制死那贼，俺看寨主也不可太性急，反致坏事，且没得益处，还是照计行事的好。"丑赫这时也想了一会儿了，没法，只得照计而行。和杨洪两个当天发愿，结为生死弟兄。杨洪年长为兄，丑赫年少为弟。永远同心一志，设誓伸张大义，为民除害，为国锄奸。

一时盘盏皆空，三人起身盥漱过，喽啰们拾掇了桌地。丑赫便叫："将那捉来的三个人押上来。"一会儿，小头领押着侯海、韦弘、韦兴三人来到厅上。丑赫便下位，亲解三人之缚，延请上厅落座。侯海见丑赫如此，心想：他一定是要劝俺们落草。便在此山做个头领，也没有什么不可。且看他施为，临机应变便了。韦弘、韦兴兄弟也是这般心事。三人同上厅来，就客位上坐下。

喽啰献过茶，友鹿道人向三人说道："三位尊姓大名？在燕王府中掌哪项职司？"侯海连忙接口自夸道："俺姓侯名海，绰号夜狐狸，在府中是跟着二王子当贴身护卫。二王子的仪卫全是俺掌管。"韦弘、韦兴听了暗自好笑，却因同在难中，不便说穿他，只各自说了姓名和在王府司的职司，并请问友鹿道人和丑、杨二人的姓名。三人也不隐瞒，都直说出真姓名。侯海等三人听说是友鹿道人，也多曾闻得国初时，有个友鹿道人，曾助太祖开基创业，名震天下，和张三丰一般不乐仕进，四海遨游，不觉肃然起敬。

友鹿道人向三人道："这位丑寨主，本是个志气凌云的豪杰。杨壮士也是一个不得志的英雄，无奈不得时，隐居山野，浪迹天涯。当今天子重文轻武，天下英雄都抱不平，想另自求个出身之路。丑寨主和杨壮士都多时想求个能用他的东家。闻得燕王有心要吊民伐罪，丑寨主、杨壮士久有心相投，怎奈不得其门而入。近来闻得二王子是个马上的英主，收揽天下义士侠客。他俩想着，就此投托，无从见其长处。且是这里山寨人马，也是将来可用之兵，弃之未免可惜。因此待二王子路过时，特地带领人马下山，想使二王子得见人马的精壮，求个晋身之阶。不料那位开道的王府将官，也不问明来意，更不打话，便杀起来。丑寨主本为想二王子知道他的本领，怎肯当着二王子跟前示弱？因此就得罪了三位了。只是那位开道的将官和二王子同车的那个道士，实在是一个太粗暴，一个太不正道了，恐怕要误二王子的事。今天要不是丑寨主和杨壮士，因为要投托二王子，手下留情，他两个的性命早已不保了。丑寨主因为那两个是不识人的，所以才只是委屈三位，请三位到这草寨来，表明心迹。还望三位不记嫌隙，代为向二王子好言一句，使得投在门下，替二王子出力。将来有甚使命，汤火不辞！"

侯海心想：那鸟道人原是可恶，不将俺们放在眼里。石亨那小子，仗着侄女讨好，更是可恶。没有这两个鸟人，猛士头儿怕不是俺的！如今有了他们，便将俺的拼命大功劳都埋没了。如今正不得脱身，且是不好拗去。他们既是有这心事，俺正好献上这场功劳，一来遮丑，二来又可讨好。要是那鸟道人和那小子敢作梗，俺便和他拼命去。想罢，便昂头拍胸道："这事保在俺身上。俺说的话，二王子没个不相信的。怕那鸟道人和石亨小子干吗！"韦弘、韦兴这时也想着，真果他们要和二王子作对时，俺俩原杀不过他们，他们老早好杀却俺俩了。一定要生擒得来，这道人说的话自是不假，便也说道：

"二王子礼贤下士，寨主肯投托，王子一定欢喜，断不会记仇隙的。寨主的一番苦心，俺俩自当向王子诉说明白，寨主放心便了。"

友鹿道人听了，连忙起身稽首道："全仗三位的大力。"丑赫也说了一句："拜托！"杨洪也拱手说道："将来自当重报！"侯海十分高兴，硬挑铁担，向友鹿道人道："俺回去一说就成，您三位只等信便了，没个改移的。"丑赫便叫喽啰摆酒。一时摆好，丑赫勉强让了座，筛了酒，只和杨洪讲些拳棒刀枪的奥窍。友鹿道人却和侯海等三人越说越投机。侯海便拿话引友鹿道人，想拉他去制徐季藩，自己好得专宠。友鹿道人笑说："性情疏野，不惯应酬。到王府去，倒不如在外云游，随时可以暗助王子。"侯海便不再说。

丑赫、杨洪方才吃喝过酒饭，自是吃喝不下。只待侯海等狂嚼猛吞已毕，便盥漱散坐。侯海急于要想赶上朱高煦去报功，便起身告辞。友鹿道人也想着，让他快去，免得官兵来山麻烦，便道："如今要烦三位代咱们表明心迹，如今且不屈留。将来三位有事到此，或是路过时，再图畅叙吧。"说罢，目视丑赫。丑赫陡然忆起友鹿道人附耳叮嘱的言语，便连忙叫随身喽啰去取了二十四锭金子来，分送给侯海等三人，每人八锭，并说道："这些须薄意，送与三位压惊。二王子处，此时不便张扬，将来再专人贡献，还望三位婉言告禀。"侯海等三人心花怒放，喜出望外。假意谦让一番，各自收了，便告辞下山。寨外已备好了三骑快马相送。丑赫、杨洪随着友鹿道人送到山脚，才彼此分别。

侯海、韦弘、韦兴等三人顾不得伤痕疼痛，跨上马，离了云峰山大义寨，急于赶上朱高煦，便马上加鞭，顺着大路，飞驰向北赶来。不停蹄地跑到天黑，也不见仪卫的影儿。向路旁茶亭打听时，却说已过去多时了。三人便乘月色，再向前趱行。又走二三十里，才到了驿站，看那驿站门口，不像个有仪仗宿在驿站里的模样。便向驿卒询问，驿卒说是连夜赶到府城里去了。二人便向驿站上讨了火把亮子，又要了三骑马换乘。驿站上见三人王府卫从打扮，且是悬着腰牌，怎敢怠慢，连忙备好三匹快马，给三人换骑了。

三人骑上马，齐刷一鞭，豁啦啦，乘月色飞驰而去。约莫奔了两个更次，已见前面黑蒙蒙一座城池。便加紧打马，直向城下奔来。将近城下时，只见四处火把乱明，心中疑惑：如今太平时世，要这许多巡夜的干吗？正疑想间，忽听得对面有人大喝一声："站着！"不觉吃了一惊。忙定睛看时，却是一小队兵丁，从城外小路上转出来。见有人马来到，喝住盘查。侯海在前，便高声答道："俺们是燕王府的。"那些兵丁见三人的打扮，又讨腰牌看了，便同到城下叫开城门，放了三人进城。

三人来到行馆，猛士、材官等见三人回来，一窝蜂拥上来，七张八嘴地乱问。三人一时也说不明白，只问："二王子可曾安寝？"有个材官答道："正在和大王子俩商量调兵啦。"侯海便和韦弘、韦兴三个一齐进内，觅着了宫监，通报进去。朱高煦听得三人回来，大喜，忙道："快叫他们进来。"宫监应声出去，领了侯海等三人进来。叩见过两位王子，立在一旁。朱高煦便问："你三个怎得回来的？"侯海抢先将友鹿道人所说的话，加了些装点自己威风的言语，说了一遍。只是因为友鹿道人不肯同他来，恐怕二王子怪他，便没提友鹿道人的名字，只说是丑赫如此这般地实心想投托门下。朱高炽听了，沉吟不语。朱高煦却大喜，向三人问长问短。韦弘、韦兴也说得十分好听，不由得朱高煦不相信。朱高炽也因为父王正要起兵，方在收罗天下绿林，便也不说什么，只点头说："再派人查查吧。"朱高煦听信了侯海等言语，立即传谕知府指挥文武等官，不必派兵到云峰山去，并不许张扬生事。

一宿无话。次日清晨，仪仗摆开，仍朝北进。一路上朱高煦因有了石瑛，倒还不大毒害妇女。只是经州过县时，偏有许多地方流痞、钻营办差的隶役，勾通宫监、材官人等，借故敲诈报仇，无恶不作。朱高煦又沿途搜求古董，自有那些无耻的官府向民间诛求供应。更有徐季藩时刻挑唆，加上随身人等更借此横行，时常因一画一瓶的小事，弄得富室倾家，贫民丧命。沿途怨声载道，路绝行人，记也记不了许多。

不多几日，便到北平。燕王朱棣原无甚病，只不过要三个儿回，免得留京为质。朱高煦等弟兄三人进见之后，朱棣便叫他三人跟着师父去读书学礼，练习弓马。朱高煦乘间又向他父亲说母舅徐辉祖不少坏话，无中生有，加上许多唆耸的言语。朱棣虽不大欢喜朱高煦，平素不甚相信他的话，却是父子至亲，说得多了，自不免有些记在心上。且是徐辉祖为人正直，不肯同朱棣谋逆，郎舅之间，素来不太对劲。再加上朱高煦日进谗言，因此朱棣大不高兴徐辉祖，竟至音书断绝。

自从三个王子回来，朱棣颇信徐季藩能干，召见过几次，赏赐很多。哪知引起了姚广孝的忌刻，才命徐季藩随护二王子，因此徐季藩不曾在燕王跟前得意，只跟着朱高煦混。时常荐些绿林豪客、山野妖人，成群结队，大言不惭。又因自己在云峰山不曾显得出神通，便故意说得丑牛儿的本领如何高

153

强，若不是有法术制住他，竟是无人能敌："我只为爱他的才，留为主公的辅佐才不肯伤他，不然是早断送丑牛儿的性命了。"他说这些话，不过是要抬高自己的身价，却不道倒替丑赫帮了许多忙。朱高煦听得徐季藩这派言语，自庆收得大将，倚为栋梁。时常派人送银钱马匹到大义寨去，慰问丑牛儿和杨霹雳。

徐季藩在燕王府里一混半年，将朱高煦哄得成了糯粉人儿，要他圆就圆，要他扁就扁，真是言听计从，说一不二。他见功夫已到，想到他自己身上的事业了，便向朱高煦说："要夺天下，不能不借人家的力量。如今王爷还没定鼎中原，倘使将来起兵时，北番入寇，岂不是腹背受敌，根本难全？就是爷将来要取天下，也要先和北番，才免得外忧呀。贫道觅主之先，便在大名府造了一座霞明观。如今要报答爷的恩德，便想在河间府再造一座大庙，暗藏机括，广造兵器。一来可以通番，出家人的寺观没人疑心。二来可广招豪杰，结交绿林。做起事来，比府里方便多了。且是爷一个人的事，预备起来，非在外面不能瞒却府中人众的耳目。有了这座庙在近边，便可算是爷的武库屯营，却又没人得知。不知爷意下如何？"朱高煦听了大喜道："您想得真周到，合该我要成事，天遣能人相助，才有您这般的辅弼。将来我继武太祖，您便是刘诚意伯。如今只说你是我的替身，现在且拿三万银子去，马上造起庙来。只是眼前没人懂得机括，却怎处？"徐季藩忙答道："这个贫道都懂得。昔年修道深山，师父传授过。如今只须巧手匠人二三百人、苦力千多人，便一年就可成功了。只是一时哪有许多工匠？"朱高煦道："这却容易。我母亲最信佛道，我去说与母亲，只说我在京许的愿心，如今要还愿造庙，没处找匠人，求母亲向父王讨一支金钺令箭，向本藩各府、州、县分派差役，管保不到一月，就取齐了。只是一年太久了些，还是加倍地招匠人，早些造成功吧。"徐季藩道："既是如此，事不宜迟，只此便做起来，免得耽误事体。"朱高煦点头答应，立时便起身进内苑去了。

果然王府力量可以倒山。朱高煦讨得令箭到手，遣差官飞马传差，招匠办料，一面札河间府知府在城外圈了五百多亩民田。徐季藩便带了十个材官，辞了朱高煦，到河间府来。河间府知府知道徐季藩是王子的替身，怎敢怠慢，连忙办差迎接，先给他拾掇了本城清虚观，做徐季藩的行馆。伺候的饮食服用，僭似王侯。

徐季藩到了行馆，便传知府进见。那知府见他如此倨傲，虽不高兴，却也无可奈何，只得和见王子一般，报名进见。徐季藩这时俨然就是王子，高坐堂皇。知府行礼时，睬也不睬。只待知府叩头起身，便问："一切工料，可曾齐备？"知府回说："俱已齐备。"徐季藩便道："明日是黄道吉日，待本真人亲到，祭告天地三清，便动工修造。你可挑拨差役到场监工照料，并叫二府和交河县轮流到场伺候，休得违误。过些时，王子还要亲来验看工程，若有怠慢差池时，你自己去回话，本真人可不管闲事。"知府听了，虽闷一肚皮的气，却是没奈他何，只得诺诺连声。待徐季藩吩咐完毕，才叩辞回衙，气得将纱帽一掼，一夜不曾好睡。

次日，徐季藩乘舆到场时，只见官吏站班伺候，差役喝道排跪，材料堆积如山，工匠黑压压跪满一大片地，心中十分高兴。便下舆缓步来到预备好的香案跟前，祭过了天地神明，又画符念咒，安了四方土神、当年太岁，便命工匠破土动工，吩咐官吏监催，隶役鞭押，便乘舆回到行馆。即有大名霞明观的道士，接了信赶来进见。徐季藩便和几个弟子一心制造机括，挑选了几十个巧匠，随时支配。只得五个月光景，便已造成一座巍峨道观。神像壁画，都已塑画好了，只剩了粉漆功夫了。徐季藩因为是他手创之业，便也定名"霞明观"。

徐季藩见观已造成，便亲到北平请朱高煦来验看工程。朱高煦禀过父母，到河间府来，阖城文武迎接进城，住在预备的行台。次日，出城查看工程，见如此迅速，十分欣喜，吩咐每个工匠赏银二两。众工匠都强忍着一泡热泪，磕头道谢。徐季藩领朱高煦前后看过，一些机括都一一指点给朱高煦看，朱高煦只觉新奇微妙，一时也记不清许多。到了次日，徐季藩祭神开光。朱高煦行香顶礼，满城文武都来伺候祀神。那些富丽堂皇，且不必细说。

朱高煦见庙已造成，便和徐季藩商量召集豪杰、打造刀枪、积草屯粮、私通北番等事项。徐季藩拍胸当担说："爷只交给我便了，管保错不了事。"说着，便取出一本小书册来，给朱高煦看。朱高煦揭开逐页看去，都是设定的计谋，层层次次有条不紊，更都是自己所想不到的，不觉心花怒放，向徐季藩拜道："我只有佩服，更不能赞一辞。以后一切都仗大力，将来富贵共之。"徐季藩连忙稽首道："微臣敢不鞠躬尽瘁，以报我主知遇之恩。"当夜二人密谈了一夜。次日，朱高煦便起程回北平去，一切送行琐屑，不必细表。

徐季藩送过朱高煦，便托言酬劳，赏给那几十个装配机括巧工匠人的酒肉。这些人怎知里面的密情，见了酒肉，便狂吞猛嚼一顿，吃喝完毕，徐季

155

藩便开发工匠，不论远近，每人给一两银子。众工匠听得放他回家，真是喜从天降，立时便谢赏起程，各自奔回。那些粗工虽是筋疲力尽，却得平安到家。只有那受了酒肉恩赏的巧匠，在五天之内，路近的，还赶到家中才死；路远的，竟死在路上。

其中只有一个姓于名佐的少年，是良乡人氏，父子都做木匠，且都习得一身好武艺。因为家贫，没钱打点，又没人说分上，便被本县知县派来供役。他父亲于悟明贪酒好吃，那天吃喝得不少。于佐却生性不好酒，且是平素信佛，时常吃斋，那天恰值斋期，因此虽是同去领赏，却酒肉都不曾沾唇，只吃了咸菜稀饭。大家都笑他没口福，却不道就只他留得住性命。于悟明走到良乡界上就死了。于佐年轻，不知就里。只得买了口薄棺盛殓，仗着力大，亲自搬运到家。后来听得同时领赏的都是一般的病症死了，只自己没吃喝的留得性命，才想到是那贼道怕人泄漏他的机括，使这般毒计。复想：我虽侥幸逃得性命，倘使那贼道知道，断不肯饶放我活着。不如就此逃走，浪迹江湖，逃个活命。且是乘此访求天下名师，学成武艺，再来替父亲和众工报仇泄恨。如今父亲已死，家中一无所有，没甚牵挂，此时不走，更待何时！想罢，便将他父亲的灵柩埋在荒山上，拾掇了些旧衣衫，打作一个小包裹，家中原无长物，只几件粗木器，都扔了不顾，只取了祖上传留下的一对板斧，趁黄昏人静，悄悄出门，飘然而去。

且说那徐季藩在河间造起了霞明观，便将大名的霞明观改作下院，交给大徒弟赵天申主持。自己住在河间，仗着二王子朱高煦的势，招亡纳叛，结盗勾匪，无事不为。若是有人犯了法，只须投到霞明观，穿上一件法衣，算是道士，徐季藩便说："这人已忏悔了，身入空门，以前的万缘皆了。"地方官来访问时，他便一手遮天，庇护着，说是"这人已经蒙二王子度入空门了"。后来地方官听说是犯了法的人逃到霞明观，连问也不敢了。只是徐季藩收留庇护的人，也得有两宗道理：一是有钱的人，多多地送他些银钱，他便给他一张度牒，算是他观里的道士了；一是会武艺或是有臂力的人，投到观里，便算是他的党羽，也度为道士，欺蒙俗人。除这两宗人之外，若是顽童、悍妇犯事逃走，他也能收在身边，只因他是二王子的替身，谁也不敢惹他。燕王朱棣虽也听得些风声，却以为是儿子替他收罗人才，密谋大位，不但不加禁阻，反而说朱高煦能干。

这一来，可就弄得不得了了。徐季藩更加目无王法，横行起来。时常使些破落户、无赖子，拐骗妇女，偷盗金银，弄得清洁道场成为藏垢纳污之所。只是徐季藩虽是这般胡闹，外面却装出道貌岸然的模样，遇着些小好事，也做些来哄俗人。因此也有许多人说霞明观里徐真人如何如何好的。这样的传说开来，有许多人不知就里，竟把他当作个慈悲有道之士，竟送上门来上当的也有。似这般过了一年左右，燕王朱棣便起兵南下，向嫡亲侄儿手中夺皇帝位子。朱高炽随军往南，朱高煦留守。上头没了管头，朱高煦越发肆无忌惮，时常到河间来，和徐季藩两个在观中密室里，纵情取乐。徐季藩又传授些采补御女之术给朱高煦，朱高煦益发乐得连自己的姓名都忘了。

不多时，朱棣夺了南京，建文帝焚宫出走。朱棣杀了许多忠臣，灭了方孝孺十族，贬了徐辉祖一家，以残忍威临得到天下。朱高煦随侍在京，徐季藩因和姚广孝不对，且是离不开霞明观，没同去，他便一心一意地培植自己的党羽。除却观中收罗许多亡命，又教了许多徒弟之外，还勾通了北地的绿林强盗和江洋水贼。又暗通塞外，和番王通气。转眼十多年，霞明观虽是弄得铁桶一般，却是朱棣是个马上天子，没隙可乘。朱高煦又生来不讨父母欢喜，不能夺得储位。只暗中递信叫徐季藩预备，只待父亲一死便动手。只是朱高煦这时在南边，往来不便，银钱也没先时充足，不够用度，未免有些急，日夜焦思，想设法弄一注大银钱。

一日，有个老者来访徐季藩。虽是衣衫褴褛，却相貌堂皇，生得鹤发童颜，须长过腹。徐季藩听得小道士通报，说有老友特来相访，便整了整道袍，敛了敛面容，迈步来到客堂看时，竟不认得。行礼毕，彼此问起，才知这老者就是他的同乡，且受过他分粮、赠袍恩德的同窗、同案砚友冯绍霞，近年老景不佳，儿孙都被朱棣靖难之师杀死了，只逃得他和一个小孙儿的性命。房屋买卖也被那些兵一抢二烧，弄得干干净净。因听得徐季藩做了二王子的替身，出家发了大财，带了个小孙儿特来投奔。徐季藩听了，欲待给他几两银子，打发他祖孙回去，免得窥破他的秘事。却是说话时，瞅着冯绍霞仪貌堂堂，猛然想起：如今我正缺钱用，何不如此如此，岂不是可以骗得一注大大的钱财？想罢，便忙换了一副十分怜悯的愁容，对冯绍霞说了许多代他扼腕的话，便留他祖孙两个在观中住下，还说将来和二皇子说，设法弄个大小官职吐一口气。冯绍霞听了，直感激得眼泪鼻涕一齐来，连忙起身作揖打躬，还叫孙儿叩头相谢。

从此徐季藩留下冯绍霞祖孙二人，住在殿外廊下客房中。逐日只将好酒好肉送给他吃，又弄许多补剂，给他调理。冯绍霞倒觉十分过意不去。没事时，只向那十四岁的孙儿冯璋絮絮叨叨地说："俺是老了，没报答人家的日子了。你将来若得好处，别忘徐家爷爷的恩德。"冯璋虽年幼，却是十分伶俐，他祖父这般对他说，他只唯唯称是，背地里却是疑惑，徐爷爷既是和俺爷爷这般要好，怎不见他出来陪着俺爷爷说过一回话儿咧？小孩儿家，虽是这般想，却不敢说出。只是守着他爷爷寸步不离，留心伺候着。闲暇时，便将带来的破书温理。冯绍霞一个穷秀才，生平没过过这般适意的日子，满心欢乐，惨境悲怀也解了许多。每天吃喝过，便教孙儿的书，倒也十分优游暇逸，渐渐心广体胖。

过了两个多月，徐季藩便时常请冯绍霞到里面禅房中去谈天，渐渐地劝他出家。无奈这冯老头儿，虽是对徐季藩感恩戴德，却是为朱熹所误，误解了孔夫子的话，以为"攻乎异端"就是信从别教，抵死也不肯出家。徐季藩好几次引证譬喻，并许他做大弟子，传衣钵，他只是不允，甚至于还要告辞，说是"不可夺志"。徐季藩没奈何，便也不再说了。

又过了些时，徐季藩见冯绍霞总是劝不转，便下毒手，弄了些药和在馒头中，给冯绍霞吃。冯绍霞哪曾提防，只大大地吞嚼吃了下去。合该冯璋不该死，徐季藩另外给了东西给他吃，便患了禁口痢，水米不得进口，半个馒头也不曾吃得。冯绍霞满心忧急，昼夜看顾着这小孙儿。却不道冯绍霞虽是满心忧急，反倒容光焕发，骤然肥胖了许多。这一天冯璋已病了五天，冯绍霞身上陡然长了一身的痴肉。徐季藩便亲自来看视他祖孙两个，带了两粒药丸和一大碗参汤向冯绍霞道："我为这孩子的病，特地向一位道友讨了这两颗丹药来。这丹药便是我们道家的九转仙丹，非容易炼成，真是起死回生。任凭怎样重的病症，吃了下去，没个不霍然而愈的。您就给他吃下去吧。这一碗参汤，是我见您这两天为孩子着急，老年人，怎搁得住？因此特地炖了这碗参汤，送来给您喝着，好补补精神。"冯绍霞听了千恩万谢，徐季藩便叫随身道童，喂丸药给冯璋吃。一面亲自端着参汤，劝冯绍霞乘热喝下。冯绍霞却不过，连忙接过，咕咚咕咚，喝了个干净。只是冯璋病势沉重，昏沉迷睡，叫唤不醒，没法喂药。徐季藩见冯绍霞已将那参汤喝下，便不再催促冯璋吃药，暗想：只要老的中了圈套，这小的就给他一刀吧，也不必再费事糟掉药了。想罢，便起身别了冯绍霞自去。

冯绍霞送过徐季藩回房，忽觉满心发慌，身上淌汗，不知是甚缘故。转到炕前来看冯璋时，只见他两颧发赤，昏迷不醒，便张嘴想要叫醒他。不料挣了半天，竟叫不出一个字来，心中大急，心想：难道俺忽然间成了哑子吗？急得要嚷，哪知尽管张大嘴，直脖子，竟嚷不出一丝声音来，急得热泪乱流，双脚直跳，心中一万分惨苦，也不知要如何是好。再看看孙儿，仍是一条墨一般，直躺在炕上，一动也不动，更加急得走投无路。

这时天已黑了，观中都掌了灯。只冯家祖孙俩住的这间客房，这一夜，竟没人送灯来。冯绍霞正独自一个坐在炕沿上哑泣，忽然眼前一亮，只见一个浑身黑衣的胖大和尚立在对面，不觉大惊，顿时清醒了许多。无奈叫喊不出，只得瞪着两眼瞅着那和尚。只听得那和尚说道："您别害怕，我是来救您祖孙两个的。徐季藩要弄杀您啦，快随我走吧。"冯绍霞听了，连忙下拜，指着口，两泪交流。那和尚连忙拖他起来道："别多礼耽搁，稍迟便走不脱。"说着便向炕上抱起冯璋向背上一驮，一手向腰间掏出一条丝绦来，将冯璋码"十"字，缚在背上。回身来，再将冯绍霞抱起，夹在左肋。右手拔出背上长剑，舞了一个剑花，盖顶护身，就此一个箭步，便蹿出了房门。

不料方出房门，便有徐季藩的弟子黄坤山、陈仁生二人各抱大刀，左右分立，把守房门，见和尚救了冯氏祖孙舞剑跃出，二人怎敢怠慢，四手齐起，双刀同下。只听得咔嚓、锵啷一连两声响亮，接着便有人大喊一声："不好！"

要知这事的结果，须待下回叙说。

第十四章

拯孤儿洞中传大道
除妖孽南下觅同人

话说黄坤山和陈仁生二人双刀齐下，满拟将那救冯氏祖孙的和尚劈为两半，不料那和尚舞剑而出，盖顶护身，前后飞转，哪能让刀劈着？两口刀剁下时，一齐碰在剑上。黄坤山是霞明观有名的好汉，观中无人敌得过他。他的刀碰在剑上，竟如剁在石上一般，震得虎口发麻。陈仁生的本领虽也了得，却不及黄坤山，又是抢刀猛砍，使劲太猛，被那长剑一格，一声响，竟将大刀激得猛然脱手飞去。因此，这时间，有刀碰剑的咔嚓一声响，接着便是陈仁生的大刀脱手，落地锵唧一声响。且有黄、陈二人一个虎口震痛，一个刀飞胆落，齐喊一声："不好！"

陈仁生抱头便跑，奔到廊下，抓起木棒来，当当地乱敲云锣。徐季藩听得云锣声急，连忙拔剑在手，飞奔出来。观中道俗人众，也都蜂拥到殿外丹墀中来。这时，那和尚已到丹墀中，背负冯璋，肋夹冯绍霞，背向着丹墀中大铁香炉，挥动手中长宝剑，和众人恶斗。霞明观中，虽是人多，竟没一个近得那和尚身边的。徐季藩见那和尚一口剑使得神出鬼没、毫无破绽，这些人哪里是他的对手？心中一急，忽然生出一计来。便打东面走廊大兜转，兜到铁香炉背后。乘那和尚背靠铁香炉，一心招架前面时，暗地掏出一把梅花针来，打铁香炉的窟窿小门里，觑定和尚左肘，猛然打去，那和尚正想杀出重围跳屋飞出，没提防后面有人打香炉隙里暗算，左臂上猛然中了十多根梅花针，陡觉疼痛。匆忙间，左肘一松，那夹在肋下的冯绍霞早掉在地下。和尚连忙弯腰，想提起冯绍霞，耳边猛听得一声佛号，便见徐季藩仗剑而来。和尚只得负着冯璋直取徐季藩。徐季藩一面抢剑对敌，一面口中念咒。和尚知道徐季藩有妖法，恐怕中他的毒手，便虚晃一剑，高叫一声："本师去了！"

双脚一跺，飘上屋檐。徐季藩连忙腾身上屋，一班会上高的也随后纵上檐头。连忙四处瞅寻，哪有和尚的踪影？只得下去，将冯绍霞抬着挪到后面安着机括的密室中，严密防守。

那和尚耸身上屋之后，仗着本领高强，使了个大旋风，身子一转，已翻过两重屋脊。再一跃，便到了墙外。急展施陆地飞行法，转眼间，已到旷野无人之所。便将冯璋放下，一手扶住他，一手将腰间包袱解下，抠出一领袈裟铺在地下，才缓缓地放冯璋躺在袈裟上。又掏出两颗丸药来，抛向自己口中，咀嚼溶了，俯下身躯，伏在冯璋身旁，嘴对嘴，哺了下去。一会儿，见冯璋微睁双眼，双睛向和尚转了一转，眼皮又闭上了。和尚给他揉擦了半晌，方见他微微地叹了口气息，低低地叫了声："爷爷！"和尚便连忙将他扶起，坐着，给他摸着胸膛。又一会儿，冯璋脖子一动，噎出一口大气，渐渐地张眼呼喘，醒了转来。

和尚便低声问道："您好了些吗？"冯璋微微地点了点头。和尚觉得他甫扶自己能坐得住了，便松手起来，让冯璋独自坐着。自己将左肘上中的梅花针一一拔下。掏出一包药面儿来，也撂在口中，嚼和了，吐出来，敷在伤处。又在腰间囊中掏去一方白布来，撕成几条，将伤裹扎好了。整了整衣衫，便蹲下来瞅着冯璋。

这时，冯璋全已清醒了，坐在地下，瞅着和尚裹好了伤，待和尚蹲下时，便问道："大师父的上下怎么称呼？仙乡哪里？怎知俺有难，蒙您前来相救？"和尚道："我叫丈身和尚。出家人四海云游，没一定的家乡。俺救您，也是偶然遇着，并不是特来救你的。"冯璋又问道："大师父，俺方才好似记得您在霞明观时，连俺爷爷也救了出来的，此时怎不见俺爷爷呢？"丈身和尚恐他得知真情，心中若急，病势翻重，便道："您的爷爷也和您一样中毒了，须得再过些时才能救好，您此时还不能和他见面。"冯璋急追问道："俺爷爷现在在哪里？可曾脱了那贼道的毒手？"丈身和尚道："您这时甭担心，您爷爷自会脱难的。"冯璋听了，情知凶多吉少，却见丈身和尚不肯实说，知道问也无益，心中一惨，两泪交流，襟袖尽湿。

丈身和尚一面百般劝解，一面问他："家中可另有亲人？"冯璋含着两泡眼泪，将家中遭难祖孙两个远道来投徐季藩的缘由，前前后后诉说了个明白。丈身和尚听了，叹惜道："您祖孙俩也算命苦极了，家中遭了这般大难，偏又遇着这个没天良的恶贼，还要害您这两个苦人。幸而遇着我破了他的奸计，救了您出来。这也是您根基深厚，才有这天赐机缘。"冯璋问道："大师父因甚到霞明观来，见着俺爷两个儿呢？"

丈身和尚道："我是因受道友友鹿道人之托，特到霞明观来窥探那贼道暗布的机括，想要邀请天下侠义英雄，来破这霞明观。我到的那一天，便是您爷爷教训您，要您别忘记徐季藩好处的那一天。我想那贼断没个平白地这般待您爷儿俩的，其中必定有个道理。昨天夜里，我到霞明观去窥探，恰好窥见两个小道士在那里印招帖。我便跳下来，到下面仔细听着。才知道他们要药死您，所以使药叫您害痢疾病死，再使药使您的身不坏。又将您爷爷毒成哑痴子，装作活神仙。将您的尸身算作肉身成圣，择期焚化，您爷爷便留在观中，哄那愚民，好敛钱聚众。当时我就想救您爷儿两个的，无奈那贼道防备很严，无处下手。今日黄昏，我再去时，见那贼道拿了药来，哄您爷爷，便知他下毒手了，再要延挨，您爷儿俩性命难保。因此我才冲下去，将您爷儿俩拔出那魔洞，再来解救。如今您且随我到我暂时歇脚的处所去调养些时，我再去护送您爷爷前来。"

冯璋连忙爬起，叩谢过丈身和尚救命之恩。这时，冯璋的病已好了大半，便立起身来，顺手将铺在地下的袈裟拾起，叠好了，交给丈身和尚，便随着丈身和尚乘着星光，一步高一步低地向小路上走来。

说也奇怪！冯璋这时毫不觉着疲倦，连病痛也如同撮去了一般，满身轻快。丈身和尚问他："走得动吗？"他答说："不打紧。"两脚如梭，跟定了丈身和尚，也不知穿过了多少田塍塘基、山僻小路，更不知走了多少路径。闷着头，急走了多时，才到了一座石山脚下。丈身和尚领着冯璋，打那山脚右边转了过去。才转到山背，便见半山陡壁间，有一个大石洞。丈身和尚转身来，双手托着冯璋，飞身而上，径进洞里，就石凳上坐下。

看那洞时，顶上和四围都是乳柱参差垂挂。仔细看去，好像满壁都是雕塑的山水、人物。各种图样无所不有，倒也十分得趣。却只是洞内无烛无火，不知怎样，竟四壁通明。冯璋心里疑惑，方要询问，丈身和尚已取出火镰石来，敲着了火，就洞角烧着了枯枝碎柴，拿一只缺嘴瓦罐，向洞后石沟中舀了些泉水，就火上炖起来。待火光起时，洞里却又只有火光，反比先时暗了许多。

丈身和尚回身坐在冯璋对面的石凳上，向冯璋道："您这病，虽是毒已解了，却不是一两天能够复元的。我还得给您些药吃，才能清去内脏里的余毒。"冯璋道:"俺虽蒙师父救了性命,只不知俺爷爷可能……"说着嗓子一哽,再也说不下去了。丈身和尚忙安慰他道:"您别悲伤,我无论如何总得救您爷爷出来,才算完了我的事。如今永乐爷要迁都北平,二皇子朱高煦必定随驾北行,且是一定要召那妖道去保驾的。一两天信到了,妖道就得动身南去,一时没暇干这伤天害理的事,你爷爷的性命绝不妨事。明天我再去瞅瞅,有空儿便救他出来,您别着急。"

冯璋听见了,便立起身来,扑到丈身和尚跟前,双膝跪下道:"师父救了俺爷爷的性命,便是俺重生父母、再养爹娘,我愿拜师父为义父。"说罢,泪如雨下,竟哭出声来。丈身和尚一面扶他起来,一面答道:"您不必如此。您真有心跟我,也甭义父义子,您只拜我为师便了。我连日到霞明观,见您十分孝顺,且资质聪明,正是我道中人。您只要能守戒条,以您的聪明,练得两三年功夫,便是一条奢遮好汉。"冯璋听了,不觉破涕为喜,诚心敬意地倒身大拜四拜,道:"弟子愿遵师父的教训,求师父指示戒条,弟子誓必终身遵守,如有违背,请师父严罚!"

丈身和尚大喜,受了他四拜,依旧相对坐下,便道:"您要学艺,第一须守戒条。咱们五台嫡派的戒条,只得五个字:就是戒贪、淫、谎、争、懒。这五个字,必须牢牢记戒。贪,便是戒贪财;淫,便是戒好色;谎,便是戒诳语;争,便是戒狂嗔;懒,便是戒怠惰。却是五项还须分别清楚,才不致贻误害事。譬如:劫富济贫,不为自己,不能算贪;夫妇居室,不能算淫;因为安慰着急要死的人,或是因为异样大事,要顾全大局,偶尔行权使术,不能算谎;为宗派,为国家、百姓和人家拼斗,不算是争;山林遁逸,不算是懒。此外,处世待人,更须切记着一个和字、一个让字,至于您将来艺成之后,自己的出处却任凭您自己。我道中,不做官宦,不占山林,永保宗风,觅徒阐道,救世救人的算是上等;占山林而不做官,行我侠道,劫富济贫,不伤百姓的,算是次等;身为官吏,不贪不污,能守戒条、宗风的,还算是我门中人。此外,便是叛道离宗了。只是为保百姓、保国家,而做官占寨,却又两样,只不可借此去做帝王官府的奴才罢了。您能谨记吗?"

冯璋起身,顿首恭应道:"弟子省得。只是弟子还有一句话,要请师父训诲,不知杀字要不要戒?"丈身和尚道:"争字尚且定为戒条,何况杀字?不过杀字也有个分别:锄奸诛佞,报亲仇,卫百姓,自然免不了要杀。因此我道不将杀字载入戒条。却是恣意好杀,便违背了武道原旨,各派都是不许的,也不仅只我五台派禁戒。您才入师门，怎么第一句便问这一句话呢？"冯璋答道："弟子只为立志要诛恶道徐季藩，因此动问师父戒不戒杀，并无别意。"

丈身和尚听了，喜道："您如此立志，正是剑侠本来心旨。只是徐季藩作恶十余年，恐您武艺学成时，他早受天谴了。如今我先教您打熬筋骨的方法，您专心练习，倘能早日学成，也好报仇雪恨。"冯璋欣然答应。丈身和尚便将练拳初步，打熬身体的口诀、身法，授给冯璋，命他"朝夕锻炼，不可懈怠"，"食用我自送来，无事不可出洞"，冯璋一一记了，便练习起来，丈身和尚在旁指点，冯璋一听便会，一经说破，手、眼、身、法、步，处处都是家数，不须多教训，已都熟会了。丈身和尚见他天资如此之高，自是欢喜。

不多时，洞口射进白光，知是天明了。丈身和尚便叫冯璋："可在洞角大蒲团上睡一会儿，我出去买些柴米，且要干点儿事体，须下午才得回来，您只管多睡些，养养病后的身子。"冯璋答应了。丈身和尚叫冯璋将烧滚了的泉水提来，拿了两颗红红的丸药给冯璋，叫他待水到温热时吞下。叮嘱罢，便出洞门，只见他身子微微向上一耸，便跳下山壁去了。

冯璋依言，将水晾到温热时，将二丸药一口吞下，又喝了两口温水，便到洞角蒲团上去睡下。想要睡着，哪知头才靠肘，心事纷来。想着爷爷不知可保得性命？又想着孤零身世，前途茫茫，虽有师父怜念，救俺性命，还传俺武艺，只不知俺可有这般福气练成个剑侠？想到这里，便转念到将来武艺学成，锄奸诛恶，恩怨了了，何等光明磊落，不觉心旷神怡。

正想着，忽然觉得满身发痒。心想：难道这蒲团上有虱子吗？忙立起身来，一只手将蒲团腾翻寻找，一只手向身上乱抓。独自乱了半日，也不曾瞅见半个虱壳，身上却是越加痒得不可开交。痒得满心冒火，便将衣服乱抓开来，两手齐抓，也来不及。浑身上下，四肢五官，无一处不痒得麻辣辣的，只急得双脚乱跳，几乎要哭出来。

急得没法可想，便倒地乱滚，将身子使劲向石笋上擦去。如此滚了几十个翻身，忽然不痒了，只觉全身火一般的发热，不觉大惊，以为是旧病复发了。既没爷爷怜顾，师父又不在跟前，不知如何是好，竟放声大哭起来。

哭了一会儿，忽听得咔咔嚓嚓细碎的声响，吓得急停哭声，侧耳细听，却是从自己身内骨节响出来的，更是惊骇万状，满身乱瞅。直待过半盏茶时，响声没了，才向蒲团上坐下发呆。默想方才的情形，不知是甚缘故。想了多时，想不出个道理来，便想睡一会儿，等待师父。

哪知这会儿精神陡长，再也睡不安逸，只得立起身来，将师父方才教的拳脚练习起来。在洞中一来一去练着，却是精神越练越足，学的拳脚又只这两手，练了些时，练得性发，便腾身跳起。不料这一跳，那身子直如秋鹰，异常轻快，方才着力一耸，身子直朝上一冲，几乎撞着离地一丈五六尺高的洞顶石棱上。蓦地一惊，连忙挣落下地，定了定神，呆呆地望着洞外青天，满心狐疑，连拳脚也不练了，痴立着发怔。

正发怔间，忽见洞口黑影一晃，不觉一愕，忙一闪身，却见师父甩着大袖，走进洞内来，瞧见冯璋便呵呵一笑，问道："您这会儿觉得怎样？"冯璋正莫名其妙，见师父笑问，连忙将方才的情形诉说一番，并道："弟子实在不知是何道理，还求师父指示。"丈身和尚笑着说道："我方才给您吃的两颗丸药，名叫换骨丹。剑侠道中炼这丹药，专为身力不健的人而设，吃了下去，马上可以强筋健骨，增力轻身，习艺修道，可省却一大半功夫。"

说着，便在袖内取出许多米盐菜蔬等物，堆在洞角上，向冯璋道："这里够你一个人十天的粮食。这边的粮食，也还够烧十来天的。您饿了时，便自烧来吃，不必问我。"冯璋这时腹中正饿得辘辘地乱响，便拿起瓦钵，舀了些米，向洞泉中淘洗了，转身生火做饭。烧了一会儿，饭香满洞，便端了下来，又弄了菜蔬，便问："师父可吃过饭？"丈身和尚点头道："我已吃过了，您自吃吧。"冯璋这时服了换骨丹，格外饿得慌，且是患病多日，没沾水米，见了饭，觉得异样香甜，便蹲在地下，狼吞虎咽吃了一个饱。

丈身和尚待他吃过了饭，又烧了些水，盥漱过了，便叫他近前，传给他吐纳练气之法。冯璋宿根本深，只要师父一说，他便心领神会，一一记明了。丈身和尚见他如此聪慧，便将三十六路拳脚全教给他。只教了一遍，冯璋便全懂得了，并且打起来十分干净伶俐，直把个丈身和尚乐得眉花眼笑，大张着嘴，合不拢来。

师徒二人授受多时，日已偏西，将近黄昏了。丈身和尚嘱咐冯璋："小心练功，我到霞明观去一趟就来。"冯璋听了，便拜求师父，务必救他爷爷的性命。丈身和尚道："有机缘，我一定救他来此。您只用心坐功，不必着急。"说罢，起身出到洞口，霎眼间，便不见了。冯璋忙赶到洞口朝下面细瞅，已是踪影全无，怅望惊叹了一会儿，便回到洞中，自去坐功。

丈身和尚离了山洞石壁，施展陆地飞行法，一会儿，已近河间城外。便放缓了脚步，觅了家小饭店，胡乱吃了一饱。出了饭店，见时光还早，便到城外小街巷中闲步眺望。转了几个圈子，已听得城内衙门里发鼓，知道已是戍牌初更了。便缓步来到离城稍远的田垄中间，将僧衣脱下，顺手叠作一长条，向背上一挽，从左肩斜到右肋，扎结实了，就腰间解下一柄长剑来。这剑原是六把倭刀煅炼成功的。丈身和尚为炼这柄剑也不知费了多少功夫，才得成功这削铁如削藕，横屈来可以扎在腰里，直剁起来，逢钢不折逢石不缺的三尺青锋。仰头望了望天空，一钩新月，斜挂树梢。万籁无声，大地寂静。不觉仰天微嘘了一口长气，将剑向背后一插，撒开大步，直向霞明观来。

行了一程，已远远望见霞明观隐在一团杀气之中，便绕到观后。方要越墙而入，忽见一条黑影欻地飞过，风飘蝴蝶一般，入观内去了，却看不出是怎样的个人，不免生疑，想着别是霞明观中的党羽吧？我的行藏被他识破了，今夜岂不是白走这趟？忽又转念：霞明观中，只有徐季藩有这般本领，其余的人，虽是很有几个本领高强的，却还没到这般境界。这黑影大约是我道中人来探这巢穴的，只是他打我跟前过，怎似没见我一般咧？如今几个有这般功夫的，没一个不认识我的呀，难道又新出了好汉吗？我倒不可不会会他。即使他是霞明观里的人，我也不能就此不进去，悄然而回呀。

想罢，不再迟疑，将剑护住身面，双足一曲，噗地飞过墙头，到里面花园中来。使个箭步，蹿到假石山上，倚着那最高的小石峰，隐蔽着身体，四下里细瞧，毫无动静。又待了一会儿，也不见些响动，便下了假石山，复蹿到当中茅亭顶上，定晴企望了一番。隐隐听得更锣声响，已是二更尽了。

丈身和尚见没甚影踪，便翻过花墙，来到里面廊房屋上。四面瞅过，才到檐前，伏身檐口，又向下面觑着。忽见左首一间里，有人持烛进房，窗棂纸上现着烛光。便轻轻地抬起身来，悄悄地挪过去探听。听了些时，只听得有人絮絮说话。说些什么，却听不出来。便顺势翻个筋斗，双足落地，真果和花瓣飘落一般，曾没一点儿声息。

方要近窗去听时，忽见一团黑影从外面飘过窗来，也到廊下。这时，天空生云，月色不明，仍是瞧不清是什么人。那黑影却向丈身和尚摇手示意。丈身和尚知道是同道，便也招手叫他过来。那黑影正悄步向丈身和尚走来。忽然云开月朗，丈身和尚就月光之下觑去，陡然看出来人便是同道老友友鹿道人闻侣鱼，心中猛地欣喜无涯，连忙迎过去，同到东廊头墙角里来。

原来友鹿道人穿了一身鹿皮紧扎夜行衣，头上只扎着网巾，因此丈身和尚在先时不曾瞧出是他，友鹿道人却早已瞧见丈身和尚，因此特地邀他到廊下来，便问丈身和尚："可曾露过面？"丈身和尚便将救出冯璋的事约略说了一说，友鹿道人便道："此时无从下手，咱们且从长计较再来。"说罢，便和丈身和尚一同翻墙，来到花园里。友鹿道人道："咱们须得另外寻个地方谈谈去。"丈身和尚便邀友鹿道人到悬洞去，友鹿道人点头答应。二人便离了霞明观，直奔悬洞来。

二人一同展施陆地飞行法，并肩同行。丈身和尚问友鹿道人："何以这时才来？"友鹿道人道："我原意到北平卢沟桥一带镖局里去寻人寄信，叫几个徒弟到这儿来。不料到得北平，见那居民因为京师南迁，无从生发，市面萧条，闾里冷落。知道北平又当兴旺了。我师父曾说过：北平是葫芦地，盛衰相间。如今又衰极了，大概北迁之议，就要行了，我便顺便到宣化去告诉丑牛儿，要他谨防永乐爷北迁后，二皇子又来和他啰唣。"

丈身和尚羼问道："丑牛儿你不是叫他和二皇子鬼混着吗？怎的二皇子和他啰唣呢？"友鹿道人道："你有所不知，靖难之师南下后，二皇子便叫丑牛儿动兵袭取正定一带，好让他借此去告奋勇，带兵回北平来，再假作收复丑牛儿，他岂不是稳继了燕王之位吗？丑牛儿实在是不愿意和他鬼混，我便叫丑牛儿推说粮草军器都不足，不能动手。二皇子便要他同到京城里去，丑牛儿哪里肯去呢？后来还是我设个计较，叫丑牛儿寄信去说，明夺燕地恐不妥，不如暗取。便荐杨洪补了雁门指挥，才混过了。这几年永乐爷不许二皇子离开京城，倒得平安过去。只是二皇子听了徐季藩的话，存心要弑逆谋位。先要杀他哥哥太子高炽。只因太子身边也有能人。如今石亨回渭南葬兄寻侄去了，杨洪已是官身了，丑牛儿的本领是他亲见过的，这事定然叫丑牛儿去做。先在南边，还可推托，倘若迁都北平，这事便急了。因此我便叮嘱丑牛儿叫他临机应变。我离了大义寨之后，要将寄信给南方几个弟子的事办好，再朝这里来。才出北平外城，蓦然撞着茅山道人白三阳带着徐季藩的儿子徐鸿儒进城，还有几个闽广派的人同走。丈身和尚又拦问道："您可曾瞧明白是哪几个？"友鹿道人道："便是海南黑驴儿黎大宛、漳州轰天炮濮林丽，和桂林碗儿寨大棍子王鹗图、二棍子王鹏图，豆皮李光明，白狐狸周仲雍等六个人。我瞧见他们便闪向小胡同儿里避了。待他们过去，才悄悄跟在后头，暗地里瞧他们上哪里去。那几个南边人，没到过北边，到了大街上，东张西望，见着一样问一样，因此都没工夫回头，不曾瞧见我。我跟了许久，一直跟到药材胡同他们投店，我便在左近住下，留心打探，便又耽搁下来了。

"果然这班人做不出好事来。只一两天，北平城里便闹出几桩大案子来了。不是门户不动，失去大宗金银财宝；便是娘儿们丢胎，小孩儿丢脑袋。我忍不住了，暗中察看他们的行动，和濮林丽那小蹄子斗了一回。他们知道我识破了他们，北平站不住了，便都到此地来，我便跟着来了。"

二人说话之间，已到了悬洞。丈身和尚便引友鹿道人来到洞内。才进洞，便见冯璋乘着月光正照洞中，在那里上一路下一路打拳踢腿。友鹿道人见他打得很纯熟，赞了一声："不错！"冯璋见师父同了个道人回来，料是同道前辈，参见了师父，便拜见友鹿道人，丈身和尚命他称呼"师伯"。友鹿道人挽起他来，问道："拳脚习了几时了？"冯璋答道："今朝才练起。因睡不着，起来温习温习。"友鹿听了问丈身和尚道："他以前可习过武？"丈身和尚摇头道："不曾习过。"友鹿道人赞道："您有福！收得这般天才弟子，才只一天便如此老练，将来定是承继宗风的大侠，这真应得向您道贺。"丈身和尚笑道："这孩子不过有些小聪明罢了，怎及得你那二弟子钱迈？"

说着话，冯璋已将炖好的水沏了一壶来。友鹿道人便一面喝着茶，一面问丈身和尚救冯璋的详情，丈身和尚便又详细叙说一番。冯璋见师父没和他爷爷同来，谅来是不曾救出，又见师父正和师伯说着话，不敢插问，只得噙着两泡热泪，坐在旁边静听着。

丈身和尚将冯氏祖孙的事说完了，便问友鹿道人："今夜可曾得着霞明观什么消息？可知冯绍霞怎样了？"友鹿道人道："我进霞明观比您早，天才黄昏，还没全黑，我便进去了。我知道白三阳那厮到了，徐季藩一定在密室里和他说话，便四下寻他那密室，不料到处都是机括，我十分小心，步步留意。寻了多时，不曾寻着门径。心中焦躁，偶尔大意，跳到他们的兵仗库的檐头上，不合踏着溜笕，那瓦缝里猛然射出十几支箭来。我连忙蹿避时，左腿上已中了一箭。我怕他们惊觉，连忙纵出来，寻个树林子，拔出箭来看时，却是一支钢箭，造得精巧绝伦，镞尖上有个小缺口，装着毒药，又有一片极小极小的铁皮儿盖着，不会将药漏掉。射进人身上时，那铁皮儿的口子是朝尖上的，闯进肉里时，铁皮儿便刮开了，毒药全散到肉里了。你瞧，这贼做得狠毒不狠毒？我将毒刮去，上了些药，包扎好了，绕到霞明观后面，再进去打探，便遇着您了。那时您脸朝外，我没瞅明白，疑惑您是观里的人，便格外加快飞过去。待您回过脸儿来，方才看出。却是我已进观，便想着，到里面会吧，因此不曾回头来和您相会。我再到兵仗库去探看，却仍是静悄悄的。

便想到他们一定到什么地方密议去了，故没人觉着。便回身到殿后来，才到后苑子东耳房屋上，便听得有人走来。连忙将身子隐在屋脊那面，只将一只眼露出瓦脊上瞅着。见有个镖局达官模样的人，开了对过门上的锁，进房去了。接着又有个道士打扮的人进去。我忙绕到对面屋上，再打那屋子后面下去，伏在窗下侧耳细听。只听得一个山东口音的说道：'龙大哥，派定谁跟师父到京城里去呀？'一个苏州口音的答道：'人多啦，俺也去。'山东人问道：'那么，哪些人守庙呢？'苏州人道：'祖师爷和新到的几位，连上堂弟兄、头排英雄管各事，替那些有执事的弟兄。正堂掌印是白莲真人。'山东人道：'白莲真人不同他爸爸去吗？'苏州人道：'祖师爷因为近来时常有人来啰唆，特地带他来代印的，怎能去呢？'山东人道：'那就好了！白莲真人的本领实在比师父还强啦，只不知白日飞升那桩事怎么办。'苏州人答道：'这事还是要候师父转来，还要大会天下英雄啦。白莲真人只在南边和河南、淮北一路名头大，北地还是师父名字香啦。那老家伙已交给里面去，填鸭儿一般地填着，待师父回来再发帖做事。'山东人道：'那么，俺还得到里面去上班啦。'接着听得一声门响，便没声音了。

"我听了这段话，已知道徐季藩是白三阳那厮来叫他上京师去的，并带了徐鸿儒来代他管事，且有徐鸿儒带来的闽广派多人。徐鸿儒那小子委实比他父亲凶狠十倍，在南边传教时，闽广派先时不许他立脚，后来恶斗了好几场，全败在这小子手里，反而都从他习教，就此足见这小子的能耐了。如今又加上他师父也在这里，看来这霞明观不是您我两个能够动手的。倘或吃了亏，反落得他们笑话。因此我便来寻您，邀您离开那里，再商量方法。"

冯璋听得友鹿道人述那苏州人的话，知道爷爷性命暂时不妨事，心下宽了许多，听得更觉高兴。默坐一旁，静心听着。丈身和尚得知冯绍霞暂时不会丢命，也自欣喜。

友鹿道人说完霞明观的情形，便和丈身和尚商量对敌茅山道人、徐鸿儒的方法。丈身和尚道："他们既已带了闽广派许多人来，咱们五台派难道就没人吗？咱俩马上就发信，邀请同道，和他们见个高低，也免得被他们轻视咱。"友鹿道人道："这话固然是不错，却是要敌对白三阳和徐鸿儒两个的妖法，还是得请武当山张邈遐、庐山周癫子来才行。咱俩只能对付徐季藩，余下的有咱们两派的门徒尽够对敌了。"丈身和尚沉吟道："为这点儿事，咱们便去惊动武当派吗？"友鹿道人道："原是同道同宗，且是同对自己的对头，何妨两派合起来拼斗？况且他们也是白莲教和闽广派打作一块儿，咱们两派同去打他，也不算二打一，有何不可？只是张邋遢和周癫子一时没寻处，还得打听打听才好。"丈身和尚道："这却不必打听。我知道周癫子的师弟飞霞道人王通在魏国公府里多年。如今魏国公坏了事，只有王通还护他。只要去问王通，便知道周癫子的地方。寻着了周癫子，便知道张邋遢是在哪里了。"友鹿道人道："既是如此，咱们便一面发信给众弟子，一面去寻飞霞道人去。"丈身和尚道："我只得一个不肖的弟子，听得他竟和白莲教混在一起，正要南去寻他。如今我便到南边去一趟，会飞霞道人去。您便在这里待着，暗中察看着霞明观。我这个弟子，也烦你指点些时。"友鹿道人一口答应。

次日，友鹿道人写好了几封信，叫众弟子尽年底到河间聚齐，先去北平，托镖局里专人分途送去，复回到悬洞，丈身和尚别过友鹿道人，便动身往南边来。

霞明观如何破法，下文再说。

第十五章

逢贼徒凝神听密语
遇英雄说法醒痴迷

话说丈身和尚别了友鹿道人，迤逦南来。动身时，原打算昼住夜行，好展施陆地飞行法。不料这时迁都北平的信儿已传遍遐迩，朱棣恐怕銮舆龙舟行过水陆程时，有建文帝的忠臣义士，效博浪之椎。因此传旨：着各地巡按御史、都督等，先期清道。地方文武怎敢怠慢，马上雷厉风行，搜山、烧林、拆屋、修路之外，便是四处派军防守，设卡盘查行旅。闹得南北大道上路断人稀，日间也没人行走。夜里更是有人便捉，怎得通行？丈身和尚也只好晓行晚住，按站缓走。

走了两天，沿途所见的，都是些伤心惨目之事。住在大路两旁几十里内的百姓，被兵丁差役一串一串地锁着，说是奸细。或说是屋拆缓了，违了谕限。可怜这些人只为皇帝要走过一趟，竟只累得巢毁家空，身为囚犯。还有些实在有要事，不能不赶路的，只好提心吊胆地走着。却是一遇着小村庄卡子的守兵，便借着盘查为名，将银钱盘费等一概抄去。设若向他讨还，轻的便是一顿藤条，重的便锁起来，当作奸细，性命不保。这一条荡荡大路，骤然变成惨雾愁云，神号鬼哭，和"鬼门关"一般。丈身和尚见了，实在看不过去，愤懑不堪，却又处处如此，想救也救不来。没法，只得改走水道，且免每天瞅见这些不入眼的事，再设法来打救这些苦百姓，便改道沿着运河边岸走着。

又走了一日，河中不见一只船。向岸旁人家打听时，才知道运河里的大小船只都被官府封拿当差去了，只有边关运粮船还有走着的。走到黄昏将近，才瞥见有一艘空粮船正泊在芦苇丛中。丈身和尚便下了堤岸，向掌驾的商恳趁搭南下，掌驾的初时不肯，后来丈身和尚先给他五两银子船钱，才喜笑颜开地请丈身和尚进舱。

当夜，丈身和尚便在中舱里住宿。船家见他没行李，取出一条被来给他。丈身和尚便将被当作蒲团，跌坐养气。方才坐下，忽听得里舱有人饮酒说话，声音很低，不觉心中一动，便将被轻轻移靠着舱板，坐下屏息静听。

只听得一个老年人说道："你只管说便了。这时岸上没人敢走，船上又没再搭客人，船家老早睡得猪一般了，怕什么？"接着便有个中年人道："虽是如此说，到底轻声些好。那些贼头神通大着啦，各码头都有他们的箭子。"又有个少年人道："那些贼头实在厉害，且是都有些来头，不是什么剪径拦路的朋友。"中年人道："有些什么来头咧？"

少年人道："如今晓得的是，五凤寨的猪婆龙张火官、屯土庄的黑乌龟李月宝等，都是白莲教的小头儿。猫儿庄的剥皮张七，是内里马公公的门下。新安驿的醉鬼江豹、荷叶山的无风三浪麻小鬏儿、鼓儿屯的双刀何小娘儿，手下各有三五个小头领、六千个喽啰，仗着二皇子，没人敢问。这还不管他，他们都是二皇子的人，不至于闯祸惊驾。只怕那大义寨人又多，本领又高，平常口口声声要给建文爷报仇，这趟还不做出大事来吗？"

老年人答道："那也不过是说说好听罢了，能有多大的气魄，也配说给建文爷报仇？"中年人接口道："这事甭太大意了。那厮们委实有点儿能耐啦。你只瞧他一无凭借，地方官竟不敢惹他，可知那厮们能耐不小！"

少年人接说道："可不是吗？大义寨头儿原是青州的虎头孔纯。前五年头里，有个豹子程豪，打他家乡扬州贩了古董到北平去做买卖，遇着王府长史看中了古董，向他讨些。他不识趣，死命不答应，长史爷发个帖子，叫县里拿办他。他竟敢打死县里原差，趁乱里打出客店，逃走到锦屏山，便投伙落草。孔纯见他文武全才，便让他做了寨主。寨里原有赛由基赵佑、云中凤凤舞、镇恒山沈石三个头领，只沈石是南边人，那两个都是北方人。赵佑的箭射得神出鬼没，一张铁弓足有五六十斤重。他能反射、背射、卧着射，还能拿牙咬着弓弦和箭左右乱射，没个不中靶的。凤舞使一条丈八蛇矛，出阵时背后插着六支小矛，到急时，和使飞刀一般，扎出去，撞着便是个对穿窟窿。沈石是河洛大侠闻友鹿的弟子，剑术已是绝顶功夫，一把钺斧百来斤重，本领稍许弱些的，便不要想挡得住。前三年又来了两个考武的武士，因为不懂规矩，不带银钱打点，没得中，却都认识孔纯，便投到大义寨当头领。这两个便是济宁一带小孩儿听着都怕的万里虹黄礼、石灵龟归瑞。那黄礼也是青州人，曾拜张三丰为师，学得一身本领。后来跟唐赛儿做贼，又学会一宗妖法，一天能走一千里路，还能带着三几个人同走。"

老年人插嘴道："这般说起来，那厮竟比梁山泊的神行太保了，我却不信。"少年人答道："你老别疑心我瞎说，德州城里谁不知道啦。只这趟到了德州，一问便知这话不假了。记得去年黄礼回家，在他哥哥赶车儿的黄仁甫家中住着。夜里起更时，忽然想起寨里有桩要紧的事没交代，要回去一趟。有个同居的和他闹着玩儿，托他顺便带几个曹州梨儿，他答应了。挨到天明时，便动身，午牌时分便回来了，真果带着二十斤曹州梨儿。篮儿上面还有曹州的招牌啦。那归瑞更厉害了，他原籍是江西莲花人，上阵时使一条三棱蓼叶枪，和凤舞一般，背带六支小枪，二百步内百发百中。平常使一对钢鞭，风雨不透，委实是个马步皆能的好汉。更有一门人所不及的本领，能识得水性，大江大湖里能憋个几里地不透气，去年娶得个云南小娘儿，名叫玉麒麟凌波，也和他一般识得水性，使得好鞭。你瞧，大义寨有了这许多尖子儿，要一时平了它，可是容易事情吗？王总镇虽有本领，也不见得能敌得许多人吧。咱们如今去到王总镇那里，他如果是知道大义寨的厉害，保管他不会答应。因此我十分着急，这趟差事恐怕讨不了好。"

老年人道："只可惜白莲真人不在山东了，要是他老人家在山东，别说这几个毛贼，就再多十倍，也只须一道灵符，便全给了结了。"中年人道："白莲真人不是在山东传了好几年的道吗？难道竟没一个会仙法的吗？"少年人道："德州有个小娘儿名叫马上超，据说和白莲真人有些儿皮肉交情，曾经跟白莲真人习过教，法力虽及不上白莲真人，却是枕头上教的弟子，总比当众教的弟子强些。要不，就去请她去，八成儿还行。"老年人忙抢说道："你不要瞎说，白莲真人和马大姑娘是天定姻缘，怎好和咱们俗人一样拜堂合卺？你怎好随嘴乱道，亵渎真仙。马大姑娘的本领虽有些，却是比白莲真人还差多啦。"中年人道："方才不说大义寨里有个姓黄的，是张三丰的弟子吗？那么，张三丰出来帮他的弟子，可就更不得了了。"

老年人道："我有个计较。这事可分作两处请人帮助：一处便是马大姑娘。另一处是胶州海边上，有个不满五里的海岛，名叫青岛。岛上有一家渔户，还是元鞑子进关时，避到岛上去的，如今五代了。到岛去的那一代是一个极有本领的武官了，却一辈子不曾得志。国亡后，做了逃民，没几时便死了。一生的本领，只传了他两个儿子。如此一代传一代，传到现在兄弟四个。

外有两个外来的剑客，都在岛内安居，不问外事。"

中年人抢着说道："你说的可是丁家哥儿四个？"老年人答道："正是。"少年人问道："是哪个丁氏哥儿四个啦？怎的我不知道呢？"老年人笑道："你不知道的英雄豪杰多着啦！他四个又不打家劫舍，又不拦海掳船。绿林中没他的名字，镖行里没有他的字号。不是相熟的人，怎会知道呢？"少年人又问道："那么，他哥儿四个到底是怎样个人呢？"

老年人道："他兄弟四个，夸点儿说，可以说是剑侠。小点儿说，也可说是隐士。他兄弟四个，各练得一手好剑，各打得一宗暗器。老大名叫丁奋，打得一手好镖，使一对燕子镖。老二名叫丁威，惯打石子，使一双六楞锤。老三名叫丁怀，练的是袖箭，平常用一对虎头钩。老四名叫丁印，更厉害了，一把能打百十枚梅花针，叫人没躲处，护身用一对铜，真果是要得点水不入。余外还有一个铁蜈蚣华仲俞，是他哥儿四个的拜门师父，大河南北，有名的剑客。开平王常府，比武比过第一的。华仲俞有个入室弟子，姓董名安，是丁怀的妻舅，绰号没毛虎。一双空手，能敌百十把大刀，您说他的本领高不高？华仲俞到丁家去，便是董安引去的。近年来，丁家人多了，用度大了，打鱼出息不够用费了，便时常和倭寇打交代，做些通风报信、坐地分赃的勾当，自己却不出岛，因此外面却不知他们的名字。"

中年人道："那丁家几个肯帮助，果然是好。只是他们恐怕不容易出岛吧？"老年人道："这个你有所不知。丁奋素来羡慕做官的，我和他是姨表亲，若是给他一个功名，不需银子，他便来了。"中年人道："那便好极了，我们到了德州，便和……"

丈身正听得入神，忽然水面上哗啦一声响亮，好似大鱼翻浪一般。接着，便听得一声喊声。后舱几个人，立即止住了说话。大家乱动起来，也不知做些什么。丈身和尚便立起身，先打船窗缝里向外觑时，只见离开一箭远近，有一排粮船湾着。正中一艘飘着一面桅头旗，夜里瞅不清旗上写些什么。那声音却是那船上发出来的。丈身和尚暗想：这一定是劫粮船的。自从燕王将边地割给番邦，边关分外吃紧，粮草倘有差池，边兵无粮，岂不是拱手让番奴来做天子吗？这事攸关国家存亡，我岂能坐视不理？

正想着，已听得叮当一声兵器相碰的声音。便连忙甩了僧袍，拔出长剑，推开船舱，侧身而出，使个蝙蝠挂檐，一只脚立在船舷上，聚精会神，闪眼看去。只见沙滩上有两个人正在拼命狠斗，那些船头上也有许多人正在厮杀。

但见刀光霍霍，上下翻腾。丈身和尚便将剑反掩在背后，身子微微一耸，已到岸上。便从堤上飞身来到那停船岸边，跳下沙滩来。

这时沙滩上已有两对人捉对儿厮杀。离岸稍远的一对，是方从船上跳下来的，其中一个只穿着里衫裤赤着双脚的汉子，看看要败了。他对面那个着夜行衣的一口单刀，招招进逼，甚是凶猛。丈身和尚见靠岸近些的两个正杀个平手，还不妨事，便向船边走来，挥剑一格，将那着夜行衣的人刀格开，问道："你们因甚事这般恶斗？"那着夜行衣的人大怒道："干你甚事？要你多管！"掣回刀，便唰地一刀向丈身和尚光头上直剁下来。丈身和尚微微一笑，一使劲，将剑扁着向上一迎，只听得锵啷一响，刀已磕飞了，接着呲的一声，那刀直闯入沙中去了。那着夜行衣的人正在吃惊，丈身和尚就这当儿，抢上前一步，一把将他右手捉住，喝道："你终得告诉我因甚事厮杀，我便放你。"这时，那只着单里衣的人，在危急时得救，十分感激和尚，在后面叫道："大师父，不要放走他，他是个杀人不眨眼的大盗！"丈身和尚见那着夜行衣的人瞋目不答，便将手一放，那人便想飞逃，说时迟，那时快，丈身和尚手才一松，接着臂一伸，两指朝那人身上一点，那人便如木偶一般，呆立着不能动弹了。

丈身和尚回头向那着单里衣的人说道："你不能伤他，我回头还要问他的话啦。"那着单衣的人连忙应声："晓得。"丈身和尚便回身到堤岸，将那一对也格住两把刀，问道："因甚来厮杀？且说来大家评评。"两个中一个中年大汉先答道："他们不知是哪里来的，竟来劫俺们的镖，全不讲江湖规矩，直是野贼，因此俺们和他拼个死活。"那一个络腮胡子怪叫道："囚攮的，谁要你的鸟镖！爷爷只寻那瘟官算账！"说着，便暗地里向丈身和尚猛不防拦腰扫来。丈身和尚岂能被他扫着，一个旋风，身子已在一丈开外。那胡子扫了个空，使猛了劲，身子向前一扑，丈身和尚就这个当儿蹿上前，向他背上轻轻一按，那人便爬下了。

这时那个中年大汉和着单里衣的两个，已都回到船上去，向那些在船上和亲兵们厮打的喽啰举刀乱砍，丈身和尚见了，连忙将那胡子也给点穴点住了，急到船上来喝住不许乱剁。又吆喝住那些喽啰不许瞎闹，又叫那两人制住亲兵们，便问那些喽啰是哪里的，都答是枣林寨的。再问："可是来劫抢？"却都说不出。问船上人，也不知为何而起。

丈身和尚便回身上岸，将那络腮胡子点醒，和声悦色地问道："朋友，您不要会错了意，我是过路的出家人，原想要问明白你们双方的是非，给你们解解结。如果你是做绿林买卖的，只要他的钱是龌龊钱，我也不拦您的财路，却是不可无故伤人，坏了江湖好汉的声名。朋友，您是汉子，什么事要瞒着不说呢？"

那胡子指着那个夜行人说道："俺俩便是枣林寨主。俺叫赛周仓周吉，他叫小罗通蒋庄。还有个兄弟刘大个儿刘致，因为自小爱上了涿州城里一个娘儿们，那娘儿们嫁了，他也常去走走，叵耐那王八要和俺兄弟作对，报了捕厅，将俺兄弟半夜里捉去，打了个臭死。俺叫人花钱打点，才救了俺兄弟回来。俺们兄弟可是能受这鸟气的吗？俺兄弟出了牢，也没回来，便弄了口快刀，一夜工夫，将那王八和捕厅全给宰了。只是仇虽报了，俺兄弟却被渡口上盘查捉获了，解到按院衙门，可恼那按院弓嘉宜不问情由，便将俺兄弟定了死罪。俺们去打劫，没劫得出来。如今打探得这瘟官任满，打这河里进京，将来给兄弟报仇。如今说明白了，您是江湖好汉，便不应拦阻俺们报仇。"

丈身和尚听毕，笑劝道："周寨主，这就是你的不是了。你们刘头领既与那娘儿们要好，便应该娶了她。既不能娶她，她又嫁了人，成家立业了，刘头领便不应再去引逗她。她男人报捕厅，这是人人都有的心事。自己的妻子被人家占了去，谁能做活王八，一声儿不响呢？刘头领出了捕衙，这事就应拉倒了，却又去杀人报仇，吃拿住了。试问，那位弓按院管的什么？杀人的重犯怎好轻轻放过？须知王子犯法与庶民同罪。就是他的亲人做出这般事来，他也无法解救，只好照律条行事。何况刘头领又是绿林朋友，他如果纵放了，不怕那尸亲苦主到刑部上告吗？如果弓按院是受贿埋冤，我们自当宰了他，为民除害。如今他照法行法，怎好怪他？周寨主，这件事您还仔细想想才好。"

周吉听了双眉紧皱，一面摇着头，一面指着蒋庄，向丈身和尚道："您且将俺这兄弟解救过来好不好？"丈身和尚立时答应，走过去，将蒋庄的膀子拉了一拉，肩头拿了一拿，蒋庄猛然醒过，便举刀要砍丈身和尚。周吉瞧见，招手大叫道："兄弟，你快来，快不要伤这位活菩萨！"蒋庄听得，连忙奔过来，向周吉道："哥这话怎讲？"周吉跺脚道："快别说了，老三那死鬼，他活该死的，还几乎连累俺俩吃江湖上笑话。你快去叫喽啰们回去，俺俩也就走。"蒋庄听了一怔，愕愕地站在一旁，不声不响。

丈身和尚便将对周吉讲的话，对蒋庄说了一遍。蒋庄听毕，也急得恨声道："怎么不遇着大师父！叫俺少做这趟畜生，岂不是好！"丈身和尚忙安慰他道："你俩别急躁，回头是岸，谁能没个错处？只要能知错改过，就是英雄。如今弓按院既在船上，我便陪您俩到船上去会会他。也好让他知道您俩是英雄好汉，不是糊涂虫。"蒋庄皱眉道："俺俩不去吧，做了这般不能见人的事，还有什么脸去见人！"周吉忙道："兄弟，这位大师父是位活菩萨，他怎么说，俺俩便怎么依，俺俩想的能比人家好？大师父说要俺俩去见弓按院，俺俩就去，准错不了。"蒋庄便不言语，只走到先前斗处，拾起刀来，便跟着丈身和尚和周吉二人上船来。

船上人见丈身和尚带了二人上船，又惊慌起来。丈身和尚连忙高声叫道："你们别慌，我们是来会你们老爷的。你们不必惊慌，快快去和你老爷说，荆南丈身和尚要见。"船上人果然传了进去。

丈身和尚领着周吉、蒋庄才到船头，便见舱门中闯出一个魁梧奇伟青巾蓝袍的大汉来，向丈身和尚拱手道："久仰荆南大侠盛名，无缘得见。幸蒙见教，请到小舟屈坐些时。"又向周吉、蒋庄道："二位好汉辱临，本想屈驾攀谈，叙我衷曲，叵奈下人无礼，多多得罪，尚望海涵！"周吉、蒋庄羞得面红耳赤，急得无话可说，只连声说："不敢，不敢！"弓嘉宜便让三人进舱。丈身和尚略让一让，便和周、蒋二人低头进舱。周吉进舱来，将肘拐触蒋庄道："你瞧，人家这才算汉子啦。"蒋庄点头。

三人进舱，弓嘉宜随后也进来。让座送茶毕，便问丈身和尚："几时北来？"丈身和尚道："已将一年了。"接着，便将周、蒋二人的此次来意说了，并道："我奉劝他二位，才知大公祖确是民之父母，清如坚冰，素无冤贿之事。他二位也知大公祖执法无私，深为企仰，因此随同进见，还望大公祖海涵。"弓嘉宜笑道："我知其中必有不肖之辈，在两位跟前造作蜚言，诬蔑兄弟，两位好汉山居不得消息，以为兄弟有受贿枉杀之事，才致劳驾临教。要不然，两位英雄岂有不明道理的。"周吉忙答道："弓老爷，俺该死，只顾兄弟死得可怜，竟忘了您老爷为百姓，是应该，应该，一千个应该。如今没旁的话说，俺俩鲁莽得罪，您老爷肯饶恕，俺俩情愿终身受您老爷的呼唤。"弓嘉宜笑答道："老爷两个字，两位对我可算用不着，咱们萍水相逢，也是有缘，彼此都是汉子，一见便成朋友，何必俗套。只是弟兄相称，方见两位拿我当朋友。什么老爷、小的，倒是见外了。至于这一回事，两位为朋友一片英雄肝胆，激于义愤。如今我的心迹已承原谅，前事涣然冰释，再也不必去提它。今夜风清浪静，咱们难得相逢，良朋相聚，不可辜负良宵。且借杯酒畅谈，以留鸿雪。"说着，便叫家人烫酒，并去请两位镖师来。丈身和尚和周、蒋二人也不再客气。

一会儿，家人将卤菜烧腊等整治了八大盘，端进舱来。又烫了一大壶虎骨酒送来，都摆好在舱中桌上。弓嘉宜便让丈身和尚首座，周吉、蒋庄坐了次席，自己打横相陪。对面虚着一方，待俩镖师来坐。周、蒋二人见弓嘉宜倾心相待，便不谦让，待丈身和尚落座，便都坐了。弓嘉宜便在家人手中，接过酒壶要亲自斟酒。丈身和尚忙拦住道："按院既是说不必俗套，咱们便各自动手，不劳敬酒。"弓嘉宜便叫家人斟酒，并说道："我别字玄斐，诸位尽可以直呼。"蒋庄道："弓爷这话，咱俩不敢如此放肆。俺和周哥年轻，论起来，恰是子侄辈。承弓爷不弃，咱俩便叫声大叔，也是理所当然。弓爷脱套直爽，谅来不再谦让。"周吉听了，不待弓嘉宜答话，便先喜得双手一拍道："好呀，俺也想到了，只是嘴笨，说不出来。"弓嘉宜只得说声："有僭了。"

各人饮过了两杯，弓嘉宜便问丈身和尚宝刹在何处，丈身和尚答说："在荆州金蝉寺。"弓嘉宜又问周、蒋二人在何处开山，周吉答道："在马家店枣林寨。"

正说着，两个镖师都换好了武生巾服，进舱来。先见了弓嘉宜，向周、蒋二人拱手见礼，转身便齐向丈身和尚下拜。丈身和尚连忙还礼，拉二人起来。弓嘉宜便让二人入席。丈身便问二人姓名，何处学艺。那中年镖师答道："我两个是师兄弟。我叫作赛雄信林慈，我这师弟叫作莽大虫陈曼。我是松江人氏，自幼寄拜在普陀静云庵比丘尼大通大师座下。十岁时，父母双亡，族兄送我到蜡烛店做徒儿，大通大师路过访得，见烛店师父无端迁怒，将我打得遍体鳞伤，心中不忍，便设法将我带回静云庵，传授武艺。陈曼兄弟是溧水土民，因为养马不慎，死了两匹官马，没银赔补，一家人却被拘押牢狱中。我师父募化路过得知，便代他缴纳得官项，救了他一家出牢，并带他们到普陀来，耕种庵里的庄田，陈曼师弟便随师父习武，去年师父特命咱哥儿俩投托北地镖局，专为护卫弓爷。我俩并不是弓爷聘请的，却是我师父知弓爷是清官，素来爱民如子，且是本庵护法，因此派咱俩来护卫。"

丈身和尚听了，欣然道："你俩是大通大师的门徒吗？怪道武艺如此高强。如今路上不大清净，弓按院政声素著，奸党久怀恨心。周寨主可取镖旗交付林、陈两位达官，便不致再有绿林朋友寻事。奸徒有人来行事时，便全仗两位达官了。"周吉抢说道："师父，如今绿林中有了白莲教胡搞，早不讲交情了。横竖俺山寨里素日是有钱便分，各人自管。要用时，再大家公凑，毫无积蓄。喽啰除却随来的几个，只有守寨的二三十人。俺俩都无家小，无所留恋。俺俩眼见北地绿林糟透了心，早想洗手不干。如今难得遇着弓大叔这般识得人的主儿，俺就此叫喽啰们回山，各自取了行李散伙，俺俩便亲自护送弓大叔投南去。师父，您说可好？"弓嘉宜忙接说道："两位贤侄能够猛回头，就此洗手归正，可算得大英雄、大豪杰。如今边疆多事，将来为国家出力，不愁不名标青史。至于众喽啰，落草上山，总有不得已的事，才肯如此。两位贤侄就此叫他们散伙，恐也不易。好在人数不多，不如都随我往南。我再出山，便设法使他们入伍。我若从此家居，也一定送他们到个好处所去。二位贤侄意下如何？"周吉、蒋庄大喜，齐道："好极了！俺俩准遵示照办。"丈身和尚也拍案道："好！"

丈身和尚知弓嘉宜是个爱国爱民、正直无私的官儿，说话间，便将朱高煦蓄心谋乱，徐季藩父子设霞明观助桀为虐的事，一一告诉弓嘉宜。弓嘉宜道："这事我久有所闻。在任时，便知霞明观的不法。陈达官曾去探过几次，内中情形也稍许知道，只是二皇子虽非今上爱子，皇后却十分护他。夺嫡之谋，内外皆知。都因今上严肃，不敢贾祸，没人敢说，我这趟到京，必须犯颜直陈，方无愧臣子之道。"丈身和尚肃然起敬道："按院能如此忠勇，倘有差池，我们自当舍命相救。"周吉等听了，也十分钦佩。

方在谈论，忽听得远远村鸡互唱。丈身和尚便起身告辞要回船去，弓嘉宜便道："大师既是南下，何不就乘敝舟同行？"丈身和尚便将在船听得隔舱密语想要得个究竟的话向弓嘉宜说了。弓嘉宜不再挽请，和周吉等一齐送出舱门，拱手相别。丈身和尚合掌作礼，回身上岸，飘然而去。周吉、蒋庄自去调派喽啰，加雇船只，不在话下。

丈身和尚回船后如何，下章再叙。

第十六章

闲戏耍独掌毙潜龙
显奇能一矢诛毒蟒

　　话说丈身和尚回到自己船上，进舱来，依旧趺坐在棉被上。侧耳细听，船中人都不曾觉着。他闭目打坐，养神练气。一霎时，听得水手起身起锚开船。闪眼看时，东方已现鱼肚色，便起身向掌驾的讨了热水，盥洗过了，独自伏在船窗上闲望，眺望景致。心中想着昨夜听得的话，正想着，忽见后舱窗槅一响，忙转头瞅去，见一个白须白发的老头儿仰天说道："天这般低暗，要下雪了，这船又得耽搁，不知几时才得到京。"听去宛然是昨夜说话的声口，面貌也有几分熟识，只一时想不起他的姓名来。

　　正疑思着，又见一个虬髯肥面的汉子也将头伸出船窗来望天。猛然想起这人便是长江大盗程义扶，便想缩进舱来躲避他，却被程义扶眼尖瞅见了，高叫："丈身大师！"丈身和尚来不及闪躲，没法，只得答应了声道："程大哥，上哪里去？"程义扶答道："才在北平、良乡等处逛了一趟，如今回南去。"说着，便邀丈身和尚到后舱去叙谈。丈身和尚不便推却，便跨出船窗，从舷上到后舱来。只见舱中另有个尖脸缩腮的少年人，彼此坐下通名问号，才知道这少年姓罗，名明亮，是程义扶的亲戚。那老头儿却是丈身和尚原本认识的郑天龙，善使一口单刀，曾杀遍淮北没敌手。和丈身和尚认识多年，却是不很知己。

　　郑天龙便问："大哥几时到北方来的？如今可是回荆州去？"丈身和尚答道："到北方多时了，如今到山东去，有些小事。"程义扶便问别后的情状，原来程义扶等在金蝉寺养过病，因此认得丈身和尚。丈身和尚约略说了些没关紧要的行踪，便问郑天龙和程义扶如今在哪里落脚，两人如何在一处，可是结伴回南去。郑天龙掀髯说道："好叫大哥得知，兄弟俺入了教了。如今奉祖师爷之命，和程家兄弟到南边去，有些公干。"丈身和尚故意平淡说道："可是入了白莲教吗？"二人齐道："正是。"丈身和尚道："那便好了！听说二皇子十分相信教友，您俩既入了教，自然是见了二皇子的了。我多久有心，想亲近二皇子，终得不着门径，您俩竟能得主而事，福气比我这浪无归宿的强多了。"程义扶喜道："这话真吗？"丈身和尚道："出家人怎能谎语？"郑天龙拍胸道："这事容易极了，只在俺三个身上，一准保您办到。"丈身和尚道："听说二皇子气性古怪，很不容易讨他喜欢。您俩怎样得入教的呢？可曾和二皇子相会过？"郑天龙道："岂只会过？二皇子最相信俺。"便指着罗明亮道："您只问他便明白了。"罗明亮不待丈身和尚来问，便接说道："这事俺全在场，郑大哥说的一点儿不假。俺在二皇子身边当了好几年的材官，前年头里，郑大哥住在正定李家洼儿李太公家中时，那李太公的大孙儿媳妇忽然被妖怪迷住了，黑夜白日将裤子脱了，直躺着，乱哼乱动弹，那模样儿难看极了。俺和李太公的小儿子是连襟，这时也在他家里住着，瞅着这事儿，也只好白着急，没法可治。这时候，祖师爷非非真人来了，说是这庄子里有妖气，特来拿妖，并不取钱，李太公求之不得，当下便恳求祖师爷大发慈悲，救他孙儿媳妇的性命，祖师爷答应了，立时设坛施法。只见祖师爷令牌一响，呼呼风起。二声令牌响处，坛前烛影一摇，那剪就的纸人儿抗着纸枪纸刀向那有妖怪的屋里乱闯，祖师爷再大喝一声，只听得一阵铁链声响，坛前跪着个长瘦书生模样的妖怪，祖师爷也没问他什么，便伸手捉着那妖怪，向一只酒坛一纳，便纳进去了。瞅那酒坛实在没那妖怪那么大，不知怎样便盛下了。您瞧，这不是活神仙吗？李太公的孙儿媳妇马上就好了，情愿舍身出家，终身伺候祖师爷。郑大哥和俺眼瞅着这般活神仙，便决志拜师入教，跟随祖师爷到霞明观习了几年武艺法术。祖师爷的灵迹也说不了许多，横竖您有心入教，将来总得知道的，此时也用不着多说了。"

　　程义扶也接说道："这话一点儿不假，您在江湖走了差不离一辈子了。可曾听见有谁有这般本领的？"丈身故作欣喜模样道："我久已闻得，只苦无门可入罢了。如今幸得遇着你三个，却是你们又要往南边去，这不是无缘吗？"程义扶道："您既是诚心，俺们便写个信荐您去，祖师爷没个不收的。"丈身和尚暗想：徐季藩知道我的，就要卧底也办不到，不如仍是探探他们的行事吧。想罢，便道："我在山东还有些事没完，得走一遭。不如等你们回来时，再去见祖师爷，稳妥多了。"郑天龙等听了，都点头道好。

说话间，船已行了多时了。丈身和尚故意推开船窗，四面望了一望，才回身坐下，悄声向三人道："如今听说二皇子有学当今永乐爷行事的话，不知的确吗？要是这话不假，我还是照初意同你们去投二皇子。谅来您我这拳脚，虽不敢是将来和姚国师一般，大小总可博得个富贵。"郑天龙道："如今全准备好了，只瞒着老头儿。只待老头儿宾天，便动手了。"丈身和尚道："如今不是立了大皇子做太子吗？待得老头儿宾天时，太子接上了，岂不是多费事吗？"程义扶道："那有甚要紧，永乐爷取天下，不是在洪武爷宾天之后吗？"郑天龙呵呵笑道："程家兄弟，他是俺的老朋友，不妨事的，不必瞒他，他还可以帮忙啦。"说着便向丈身和尚道："如今俺们就是为这事往南去。先前本想布置妥帖，硬争储位。不料永乐爷听信谗言，忽然立了大皇子。如今想乘迁都之时，将大皇子刺了，二皇子便可正位京师，也不向北来了。老头儿肯做太上皇便罢，不然就平分天下，将来还不是要归于一统的吗？只是南边没人干这大事，所以特地叫俺去，您这可明白了吗？"丈身和尚连忙拍掌叫道："好极了！这般做去，先除祸根，万无一失！"三人大喜，丈身和尚又顺着他们说了许多好听的话，将三人骗得骨头都酥了，竟拿丈身和尚当唯一的知己，从此无话不谈，无事不说，丈身和尚陡然知道了许多不得知道的事。

　　一路朔风，船行似箭。一日，才盥洗过，船已到了德州码头。丈身和尚向郑天龙告辞上岸，约明在京师夫子庙相会。给清了船钱伙食，飘然上岸。才上码头，便听得纷纷说着金条案。丈身便留心听察，却终究听不出个实在缘由来。一路来到德州城中，寻个客店住下。便向客店掌柜的探问金条案，那掌柜的更所答非所问。丈身和尚心中纳闷，便出外闲游，想着或者能得些消息。

　　信步来到州衙前，忽听得一阵人声喧嚷。丈身和尚身材长大，立在人丛中，还能瞧见前面有一辆囚车，载着一个犯人。那犯人生得甚是英俊，不似个为非作恶的人。丈身和尚便向旁人打听，有那嘴快的说道："这人是锦屏山的强盗，名叫沈石，是特地来劫救金条案要犯的。昨日落在衙前客店里，被做公的识破了，叫店掌柜将蒙药蒙住了，才捉住了，如今解到府衙去，还怕要起长解上省啦。"丈身和尚听了，暗想：这金条案，听说现押着的犯人，已是冤枉。这沈石又没犯事，怎能让这班差狗将人随便麻翻捉去当大盗看待呢？如果是金条案的主凶，早该逃走了，怎肯亲来劫救被冤的啦！即便他是主凶，不忍旁人为他被冤，特来劫救，那么更加是好汉子。我且去救他出来，问明

182

白再处。想罢，便打点晚间救人。

正在打算如何去救沈石，忽见店堂有一个长身汉子走近，步沉腰直，是个颇有武功的模样。便凝神细看去，不觉大惊，原来丈身和尚慧眼已看出这长身汉子是个女子假扮的。暗想：德州这时怎偏多这些奇怪事儿？便又留心窥察这女子的行为，暗中随着她出去，走了一遭，见她也探听沈石的讯息，知道她和沈石是同道，便不再疑她了。

就在这时，丈身和尚便暗中帮助那女子。前文将疗饥散给她的马吃，杀解官救沈石，便都是这时的事。救了沈石之后，引他到远处荒僻地方，细问时，才知他是打听金条案遇着那些差狗。差狗起了疑心，商通店掌柜将他麻翻，用挠钩套索捉了去的。再问他原要到哪里去，更知道他是友鹿道人的弟子，特地往河间去的。将沈石藏在山岩，自去在近镇市上买了几件农夫穿着的冬衣和一个箬笠，回到山岩，将衣服给沈石换了囚衣，又给了他两包疗饥散、三十多两银子，要他先到河间去。沈石拜谢了，并请丈身和尚顺便带信儿给锦屏山诸头领，快到德州救黄仁甫。丈身和尚都答应了，且问明锦屏山的路径和头领的姓名，因此得知那女子便是凌波，才别了沈石到曹州来，沈石自投河间去了。

丈身和尚转身赶上凌波，暗随在后。不料凌波不往锦屏山，却一径到单家庄来，便也跟踪来到单家庄。见庄外有许多庄丁勇壮护守着，便绕到后面，从侧墙飞入，见锦屏山众头领都在此，且有友鹿道人的弟子在座，便哈哈大笑，露面和众人叙话。

丈身和尚将这些情节，就酒筵前一一告诉了众人，并道："如今因为迁都，路上查得分外严密。平素有名的山寨，都派勇将强兵攻打，以防銮舆过境时，有人惊驾，地方官要担干系。因此曹州镇总兵王忠皓已调兵遣将，要先打锦屏山，后打各寨，这倒不可不防。"程豪答道："敝寨已经准备好了，此地谅他们不敢来扰，因此我们乘此空儿随师父到河间去走一遭。"丈身和尚道："此地也甚关紧要，不可一日无主，众位岂可全去？"程豪道："我有个主见，如今便派人去寨中，准叫赵家兄弟将孩子们连夜带到此地，赶夜里分班悄悄地走来，都分在乡勇队里。连赵家兄弟也和我们同到河间去助除奸邪。此地好在有伍庄主主持，料不妨事。"凤舞道："俺也去。"凌翔也要去，伍柱听了道："既是如此，好在如今迁都讯息遍传，绿林敛迹，官府无暇，庄上料没甚事，就请吴先生和四位教头守庄，俺也陪众位去走一遭，借此会会天下侠义英雄。"

丈身见众人一片热肠也不便拦阻，当席查点去的人数是：

镇嵩山杜洁、镇衡山许逑、千年松伍柱、豹子程豪、金麒麟凌翔、云中凤凤舞、石灵龟归瑞、玉麒麟凌波、赛由基赵佑、虎头孔纯、万里虹黄礼。

守庄的是：

智囊吴璷、赛叔宝徐建、飞毛腿欧弘、梅花鹿李青、双锤李隆。

当下商议已定。众人知道事情急迫，也无心再喝酒，便胡乱吃了些饭，各自漱洗毕，便商议几时行程。丈身和尚要到京师去寻飞霞道人，日期已迫，当日便要动身。众人也因河间事急，冬天赶路不能太快，须得早日趱行，便商量次日动身。计议已定，便坚留丈身和尚且住一宿，明日分途而行。丈身和尚只得应允了。

当夜杜洁、许逑二人将金条案的离奇情节都告诉了丈身和尚。丈身和尚听了，愈加思量不出是什么道理，便嘱咐杜、许二人路过德州时，顺便探访一番。杜、许二人都答说："一定要探个水落石出。就是这次探不出来，河间的事了了，也得再来弄个明白。"丈身和尚点头道："要是此时不能明白，我将来准和您俩同来弄明这事。"杜、许便顺便将皮友儿的事说了，并说："不知师叔可肯将他收在门下？"丈身和尚道："你们且将他带到河间去，我横竖要到河间来的，到那时再说吧。"二人答应了，各自辞出，回到伍柱预备的客房中去睡了。

次日，天色才泛白，众人都已起身。伍柱更是通夜没睡，将庄内庄外的事处理一番。又重托了吴璷和四个教头，才换了长行衣服，出来叫家人备牲口，按人一骑，共十一骑，将上好的鞭䇞鞦鞭——扎挂停当，众人都到外面大厅上聚齐。

伍柱到外面看着家丁们正在乱哄哄拾掇行李，只见飞毛腿欧弘陪伴着赛由基赵佑俩奔将进来，伍柱瞅见大喜道："果然如时赶到，真不愧是飞毛腿！只是赵爷辛苦了！"赵佑笑答道："俺倒没辛苦，只辛苦了庄主了。"伍柱连忙谦让赵佑到里面厅上，和众兄弟相见，并说："众喽啰已分批下山。"将花册交给吴璷。伍柱便叫家人摆宴和赵佑接风。

筵席间，商量停当，到河间去的分作三批，前后相差十里远近，以便遇着事情时好救应。派定：

第一队，前部先行：镇嵩山杜洁、镇衡山许逑、赛由基赵佑。

第二队，中部策应：千年松伍柱、豹子程豪、虎头孔纯、金麒麟凌翔。

第三队，护后救应：云中凤凤舞、万里虹黄礼、石灵龟归瑞、玉麒麟凌波。

每人身边带五十两银子、一包干粮。每队带两个伴当、两匹驮驴。伍柱、程豪二人各带一千上色银子和药丸膏丹等项。一切准备已齐，各人结束装扮，齐到大厅上来。

丈身和尚先行告辞，众人也就起身，齐到庄门前。四教头已率领乡勇列队相送。众人便各牵牲口随着丈身和尚向吴瑽与四教头作辞，迤逦登程。众人自按次序直奔曹州。杜洁、许逑去城内招呼了皮友儿，同在第一队行走，直往河间而去。

丈身和尚别过众人，甩开大袖，趁大路飘然而行。一直来到金陵，径到徐府打听时，原来此时徐府魏国公徐辉祖已经去世，家业萧条，移居在北极阁下一条小巷中。丈身和尚便到北极阁下寻问，好容易才寻着了，便叩门问讯。幸喜遇着老家人徐来还认识丈身和尚，便通报进去。小公子徐钦出来相迎，请丈身和尚进内，到一间小小书房中坐。丈身和尚问起近况，徐钦答道："自从先君见背，门衰祚薄，故旧绝缘。幸得王世叔笃念旧交，惠予扶持，并教导愚兄弟，仅免冻馁而已。难得大师父不弃寒微，远道下顾，学生感激不尽。"丈身和尚道："公子气宇不凡，何愁没光弘旧业之日？只不知公子昆仲是习文习武？夫人可康健？"徐钦道："家慈幸获安康。学生随王世叔读书，舍弟随王世叔学剑。前月王世叔到杭州会友，舍弟随去了。"丈身和尚惊道："飞霞道人去杭州了吗？不知几时回来？公子可知他在杭州贵寓何处？"徐钦道："王世叔动身时说，须待明正上元后才得回京，据闻杭寓住在岳王坟后小茅庵。"丈身和尚便将随身带的五百余两银子，送给徐钦做膏火之资。徐钦执意不肯收受，丈身和尚只得将银子摞在桌上，飞身而出。徐钦没法退还，也只得收受了。

丈身和尚出了徐府，便离京城，直往杭州来。一路也无心观看景致，幸得江南不是迁都要道，不甚骚动，夜间还可行走，便展施陆地飞行法，夜行昼住，只行五夜，便到了海宁地境。

这日早晨，寻个村店，漱洗了，讨些饭菜，吃了一饱，便往杭州来。撒开大步，潇洒而行。只见一路上鸡犬相闻，人烟稠密，委实是个富庶之乡。不多时，遥望圣湖塔影，山明水丽，宛若画图。浑忘身在朔风中，满身如浴清泉，十分爽畅。

看看行到杭城相近，走过一个小山脚下的小村落，名叫旋乾村，沿村一泓镜一般的寒水，围村数百株凌云矗立的古松，包覆着十几户人家。只听得书声琅琅、机声辘辘，全村都在一团和气之中。丈身和尚经此清明境界，不觉悠然神往，不忍举步，便在溪边梅花树下伫立小憩。心想：人道江南神仙境地，果然有此地方，这等幽静桃源，必有大贤大侠居此，可惜我不知道。唉，我已出家多年，竟不能得这么所在为清修之地，真是惭愧。他日孽障了时，得到此村，结茅而居，于愿足矣。想着，不觉愀然微喟，转身缓步，流连观览。

正眺望处，忽见村头岳王庙中散学，走出许多学生来。其中也有长大成人的，也有方七八岁的小孩子。出了庙门，如一阵暮鸦，聒聒噪噪，三个五个，分头散去。只见末后一个十多岁的学生，缓步走出。虽是布袍布巾，却生得阔额长眉，凤眼隆鼻，两耳垂肩，口如四字。身材高大，猿背鹤胸。看他那行走如移山一般，步步着实，目不斜视。丈身和尚不觉脱口赞道："好个治世宰相，旷古英雄！"连忙上前，合掌当胸，拉着那学生问道："您贵姓大名？可在本村居住？"那学生回礼答道："学生姓于名谦，字廷益，本村人氏，就住在村头大松屋下。"丈身和尚道："同到府上走走，可以吗？"于谦答道："当得请到寒舍拜茶。"

丈身和尚见于谦言语有节，体态端详，心中大喜，暗想：天下乱象已成，我走游四方，也不曾见着个定乱英雄，正愁浩劫不知何时才止，却不料天下定在此人身上。今日无意相逢，真是天缘凑巧，我这一身本领，不留给这能用之人，却留给谁？一面想着，一面和于谦两个向村头庙后行来。

不到百步，已到一棵参天古松之下，一所三间瓦屋门前。于谦闪身拜揖道："即此便是寒舍，大师请进。"丈身和尚连忙还礼，那屋双扉半掩，于谦上前推开门来，让丈身和尚先进，自己随后进来，顺手掩上门，陪着丈身和尚到当中厅堂坐下，便道："请大师少坐，容学生禀知家父。"丈身和尚起身答道："正要拜谒。"

于谦进去，不多时，搀着个五十多岁的老年人出厅来，向丈身和尚拱手道："老汉腰背不济，恕不拜揖了。"丈身和尚合掌答道："衲子轻造，惊动老丈了。"于谦搀扶老人坐下，便去倒茶。献过茶，便在下面陪坐。丈身和尚请问老者名字，老者答道："老汉姓于，贱字戴正，世居本村。少时也曾中过乡举，只因多病少学，便在家乡务农为生。"丈身和尚问道："这位相公可是老丈令郎？"于戴正道："便是小儿，老妻多生不育，只得这个孩子，未免溺爱放荡，惹大师见笑。"

丈身和尚道："衲子此来，专为令郎，如今乱象已成，衲子云游天下，求访定乱英雄。数年来，也不曾遇着。前时闻得道友飞霞道人说：辅弼正临吴越，治世将相应在江南。他为此南居二十年了，衲子今日遇得令郎，才知道友之言不虚。令郎今年贵庚多少？经史可曾完业？"

于戴正道："这孩子今年十四岁了。自少便是老汉授些诗书，资质虽不十分鲁钝，却是秉性好武，闲时便舞棍弄棒。老汉想着古人易子而教之义，自己教导，未免宽纵，前年便送他到本村学馆中去读书。不料那先生说他顽皮，不肯教导。直到今年村中有位秀才开馆，才叫他去受业。如今'五经''四史'，俱已读毕了。大师谬奖，实不敢当。还望切实指教，便是他的福气了。"

丈身和尚道："令郎将来文治武功，旷绝千古。身当保国戡乱之任，自当文章武功兼备。衲子不揣冒昧，颇识得些拳剑，令郎既好此，衲子有一本武经，是太公所著，宋朝岳忠武王传留至今，没得传人。衲子如今赠给令郎读书余暇，照书习练。以令郎天资，自能串通。衲子北方还有些小事，待了时，便来指点令郎，将来好为国用。"

于谦他父亲道："承大师美意，便叫孩子拜在大师门下，叩求指教吧。"于谦听了大喜，不待丈身和尚答言，便趋前倒身拜了四拜，口称："弟子拜见师父！"丈身呵呵大笑，还了半礼。于戴正也起身向丈身和尚拜揖。丈身和尚合掌还礼，便取出一本武经来，双手递给于谦。于谦再拜领受。

于戴正便叫小童摆饭。一时饭已摆好，虽是小蔬野菜，却异样清洁。于戴正陪着丈身和尚，于谦打横，各自吃饱。于戴正便告辞进内。丈身和尚便将武经中紧要关节一一授给于谦。于谦天禀聪明，一说便能领悟，真是闻一知十，丈身和尚欢喜异常。

不一时，要旨都已传毕，丈身和尚便起身告辞，于谦进内告知父亲，于戴正出来坚留，丈身和尚说明有要事在身，去后一定再来。于戴正领着于谦送出大门，叮咛而别。于谦仍去岳王庙读书。

丈身和尚得了这个得意门生，真是喜之不尽，一路上笑逐颜开，精神陡长，脚步也健快逾常，一霎时便到了杭州城边。也不进城，一直便向西湖走来，心中急于要会飞霞道人王通，便也无心观览景致，径到岳王坟后。

187

才转过岳庙，便见绿树丛中几间茅屋。茅檐下，写着"小茅庵"三个字，便上前叩门。门开处，出来一个小尼，拦门问道："寻谁的？"丈身和尚道："我叫丈身和尚，从北方来，特来访问飞霞道人的。"小尼道："您且等等。"说着，便将门半掩，转身进去了。

一霎时，便听得飞霞道人的声音高声叫道："笑菩提，您怎寻到这里来的？"接着，庵门大开。飞霞道人仍是秀士打扮，丰采依然，迎将出来。后面有一老尼随着出来。丈身和尚细看去，却是普陀醉比丘大通尼。便向飞霞道人道："您真会躲，怎么躲到此地来了？"大通尼笑着道："甭站在门口了，请进去说吧。"丈身和尚便随着飞霞道人和大通尼进庵来，上佛殿参拜过，便到左厢房飞霞道人寓处来。

房中有一方面大耳的少年公子，正在阅书。见三人进来，忙起身相迎。丈身和尚认得是徐辉祖的次子徐奎，徐奎上前见过丈身和尚。小尼献茶已毕，各自落座。丈身和尚便问飞霞道人："因甚到杭州来的？"飞霞道人道："前几年我闻得师兄周癫子说：'大通师盖了座小茅庵在西湖，景致甚是幽雅。'今年九月里，大通师又有信来邀我，说是杭州已产名世英雄，我辈当为呵护……"便指着徐奎道："恰好他习长兵器，偏要学镋。这家伙，我不大十分精晓，想着只有大通是当代镋镜法独家，便带他到这里来学习。"丈身和尚忙道："正是。您方才说杭州已产名世英雄，可是说的旋乾村的于谦？"飞霞道人诧道："你怎么知道的？"丈身和尚便将方才经过旋乾村收得于谦为弟子的话详细说了一遍。飞霞道人和大通尼一齐叹道："您的福缘比我们高多了。"丈身和尚问道："这话我不懂。你们在这里许久，怎不去会会他，却到如今来妒我？"

大通尼道："您有所不知。这于谦生时，确是异香满室，屋上光照数里。我师父金蝉长老正在这时圆寂，特地遗嘱我说：我佛座前孔雀明王菩萨降生杭州于家，你须切记，随时呵护。我便拾掇了静云庵，径来此处结了这个茅庵。打听多时，才知是旋乾村于戴正家恰在那时生了个儿子，名叫于谦。我便去他家化缘，得见孔雀明王的化身。本来想和他结缘，不料于戴正听了亲戚的话，说这孩子八字太好，不宜与孤独人相近，因此没得亲近，我便随时暗中护持他家。那年于谦四岁了，我才从京城里回来。周癫子来到我庵里说：'定乱英雄，出在杭州，可惜你我只有将来助他的缘分，不得收作弟子。'我便将我师父金蝉长老的遗嘱告诉周癫子，周癫子点头道：'翼火蛇降生口外，孔雀明王奉佛旨来收服他。只可惜，孔雀明王结了冤仇，须历一劫，这也是无可奈何的事。'我便问周癫子：'可是于谦将来有难？'周癫子说：'他现时的难不大，你我都可解救。将来的劫，便不是你我所能为力的了。'果然于谦不久就得了一场大病，我便托了一位带发修行的道友，将药去救治好了。

"次年，于谦五岁了，他父亲便教他识字、读书。他本性未迷，聪明异常，一教便会。只三个月，便识得几千字。发蒙读《孝经》，半个月，便将《孝经》读了，他父亲便送他到村馆先生处去从师。先生教他读'四书'，开首读《大学》。教到'间尝窃取程子之意，以补之日'一段，他便问先《大学》是谁作的。先生说道《大学》是圣人之道，圣门弟子曾子所述。他又问程子是曾子的什么人，那先生说：'曾子与孔子同时，是周朝人。程子只是宋朝传圣教的大儒，离开曾子一千多年了。'他便说道：'程子既不是曾子什么人，又离开这多年，他怎能知道曾子的意思？他的门人又怎能知道程子的意思？这不是瞎闹吗？他们能补，难道我就不能补？'先生大怒，不待他说完，便大喝一声，骂他目无前贤，狂妄可恶，罚他向墙根前，跪半个时辰的香。他受了这番罚，不敢和先生别扭，却是终有些不自在。跪在墙根前，便在墙上画着玩儿，一心淘气。画来画去，忽然见那墙上有个小窟窿儿，不时冒点儿水沫儿，鼓起个泡儿。他定睛瞅了多时，觉着稀奇，便将小手掌儿按着那个窟窿，意思想不许它冒出水泡儿来。恰巧被先生瞧见了，更加发怒道：'罚你跪了，还不安分，真是朽木不可雕也。再加罚你跪半个时辰，看你可再淘气？'于谦这时正在得趣，也不理会。被先生一喝，只得暂时放下小手掌儿。再看那小窟窿儿，仍然冒着水，却是泡儿比先时小，也没先时那么快了，候着先生瞌睡时，便再紧紧地按着那窟窿，不露一丝缝隙，到放夜学时才起身，再看那窟窿竟不冒泡沫儿了。

"这时天气正热。过了两天，那学馆中无端地腥臭起来。先生便怪远村学生带中午饭菜来的不该带鱼。第二天，都不带鱼来，却更加腥臭得厉害。臭得全馆师生个个打恶作呕，连书都读不成，先生大急，带着学生们四处搜寻。初时，以为必有死猫死鼠，谁知寻了半晌，连死蚂蚁也没一个。却是走过那于谦前几天跪过的墙根前时，分外腥臭得厉害，众学生都嚷说是这墙臭。这时竟臭得隔壁邻居和馆前路上都臭不可当，便有许多人来馆中询问。及至闻得这腥臭是墙发出来的，便都说不要是妖怪吧，且拆开来瞧瞧到底有些什么。好在那村馆只是茅屋土墙，拆筑都不难。当时，便有邻居捐了木料来将屋脊

189

架起，大家动手拆墙。一会儿，便拆到那小窟窿跟前来了，那臭气一阵阵的，扑得人脑子作胀，比尸臭还要难闻。众乡人好容易将墙拆完，才要住手，忽有汉子瞥见墙根泥土中露着一丛鳞甲，便大嚷道："有穿山甲，快快挖它出来。众人听得，连忙取铁耙锄头将地挖开。不料挖了多时，也不见那穿山甲的头尾，仍只一片一片的鳞甲露出。众人忍着臭，必要挖出个究竟来。锄耙乱下，挖出一个怪物尸身来。那怪物牛头蛇身，四足独角，从头到尾有二丈多长，浑身长着鳞甲，身上已被锄耙挖烂。原来是一条才长成的大蛟。众人一齐大惊呐喊，众学生见了，记起前事，便将于谦顽皮事告诉村众，那村众听得学生们说，是于谦顽皮闷杀这大蛟的，齐声称赞，将那蛟角拔下，送给于谦；将蛟皮剥下，尸身便截作几十段，大家当宝贝般分了。

　　"那村馆先生见了这般大蛟，吓得舌拆不下，胆战心寒，连忙奔到于戴正家中，气急败坏地要见于戴正。于戴正不知何事，连忙拄杖出来相会。那先生喘呼呼说：'您的……的……令郎……是……是……是个怪……怪异！晚生不……不……能教……教……教他。请老先……先……先先生……原……原谅。'于戴正方要问是何缘故，已有族人前来将于谦手掌逼死蛟龙的事告诉于戴正。于戴正知道于谦生有来自，故此有这种异事，谅来这般村馆先生是不能教他的，当时安慰先生一番，次日便不要于谦去上学，只在家中，自己教读。直到今年，于谦才到岳庙读书。才上学时，方在拾掇屋子，教授便指石灰为题，要他作一首七绝，试试他的学问，他随口吟成四句道：

　　　　千锤万击出深山，
　　　　烈火烧来若等闲，
　　　　粉骨碎身浑不怕，
　　　　要留清白在人间。

　　"那教授听了，直惊呆了，从此格外用心教他，我想这样的天人，断非凡夫俗子所能教导；因此飞霞道兄来时，我便劝他去教于谦的文武学问。却因学馆规矩，不到年节，只许师辞弟子，不许弟子辞师，便想待过年关再去，却不料被你占先去了。"

　　飞霞道人接说道："这般看来，我是没有做于谦师父的福分了。论武功，丈身道友传给他武经，他的学问已在我之上。说到文事，我并不十分精奥。

如今倒是替他觅一位当代大儒，教他读书才好。"丈身和尚便道："既是如此，我倒知道有一位文章经济、当代无两的大儒，如今正不得意。若使他教得一位如此的弟子，他必能尽其所有，教成个旷代英雄。"飞霞道人和大通尼齐问这人姓名，丈身和尚道："这人姓吴名璥，绰号智囊，湖广人氏，是个黉门秀士。生平不得志，游幕江湖，名满北地。现在曹州单家庄千年松伍柱庄子上做客，若得他来，教诲于谦，怕不作成个古今文武全才第一人？"飞霞道人和大通尼一齐赞好，并问如今可好去请他。

丈身和尚"啊哟"一声说道："贪说于谦，我几乎把特来南边的紧要事忘了。吴璥先生现时正代伍柱守庄子，暂不能来此。"接着，便将白莲教猖獗和南下的事情、锦屏山单家庄诸英雄北上的事细说一番，并问张三丰、周癫子二人的踪迹。飞霞道人答道："张三丰到河南少林寺去了。周癫子虽在这里，却是您来得不巧，会他不着。"丈身和尚问道："怎么他却在此地会他不着？"

飞霞道人道："周癫子此来，专为保俶塔后深山中有一条毒蟒，时常出来伤害人畜，他特地来收伏这蟒。在这庵里一连待了十几夜，也没待着。半个月前便只身进山，去寻那毒蟒去了。临行时说：'若一去就收得毒蟒，便立即回庵来。若一时收不得，便在山中结茅，务必要降住这孽畜。'到今不曾见他回来，也不知他跑到哪个山崖里结茅去了。您要去寻他，这么长的山脉，却向哪里寻去？"

丈身和尚听了，心中纳闷，便道："既是如此，还是赶到河南去寻张三丰吧。"飞霞道人道："您能走一趟再好也没有了。"大通尼道："闻得汉王朱高煦养了许多剑客、武士在霞明观里，本领都十分了得。咱们要和他作对，须得多邀些同道去才好。王道兄不妨带着徐公子就到河南走一趟，顺便就到河间去，也好助一臂之力，徐公子也可以借此多会熟些同道老少英雄。"飞霞道人点头道："我也有此意。只是周癫子还在深山之中，一来我曾约他在此相待，二来须得他去，才能抵敌茅山道人。还是笑菩提先到河南邀张三丰先去。我待着周癫子，同他随后动身前来。如果闽粤派有头脑到来，有了张三丰和闻友鹿足够抵敌了。"丈身和尚道："如今不知周癫子几时出山来，也只好如此。只是那茅山道人已到了河间，只待徐季藩回来，便要借着神仙飞升，集众起事了。如今徐季藩正和朱高煦商量约期同时大举，若不先扑灭霞明观，朱高煦便不是朝中武将所能制伏的了。"飞霞道人道："周癫子就在明后天下山也说不定，我待着他，一定立刻赶来便了。"丈身和尚听了，便要告辞动身

191

到河南去。大通尼坚留道："您何必急在一时？今日天色不早了，就在此养息养息吧。咱们多年不会了，也好借此畅叙。且得从长计较灭除妖教和闽粤派，也许商量得个好方法呀。"丈身和尚只得答应了。大通尼便一面叫小尼摆饭，一面到对面房中在飞霞道人的床对面，给丈身和尚拾掇了一张床。便陪丈身和尚飞霞道人吃饭叙话。

徐奎在旁，听得他师父和丈身和尚、大通尼二人谈的这一大段话。早已心向河间，满指望师父即时答应起程前往，自己也好身与其中，厮杀个痛快。后来听得师父答应去河间，心中一喜。及至听到要待周癫子，不觉心中一梗，如浇了冷水一般，一团高兴登时化作云烟，只剩得一腔烦闷。无精打采地陪着师父们吃过饭，便坐在旁，满心盘算，如何得到河间去。

想来想去，猛然想出个计较来。想着周师伯，临走时曾说除了这蟒立时回来，如今只要周师伯回来，便可动身到河间去。却是要周师伯回来，非得除了这毒蟒不可。说来说去，还是这孽畜耽搁了我。我只今夜乘月色到保俶塔后去除却这孽畜，周师伯一定可以回来了。那么，我要到河间的心愿，便可如愿了。主意已定，决计照此行去，转觉心中安定，快活起来。

待到初更时分，大通尼自归静室。飞霞道人、丈身和尚都已凝神入定。徐奎因练功夫，原在外厢居住。这时，便轻轻地浑身紧扎了，向墙头取下那柄祖传的铜胎铁背犀角宝雕弓，负在背上。左挂一壶银簇雀毛紫竹狼牙箭，右悬一囊金镖，整了一整头上金冠，提了一柄长剑，仰头一望，天上明月如昼，映着庵墙头露着的几枝红梅，不觉微微地嘘了一口气，觑定墙头，耸身一跳，越过墙头，出了茅庵，向保俶塔奔来。

到了塔前，仰头一望，只见峰峦连绵，黑黢黢，不知多远，回头看那湖中一泓暗黑水，几处星灯光凹在四围山影暗淡之中，好似四周都有猛兽毒虫藏着一般。徐奎也不管山中景象如何，一鼓勇气，倒提长剑，大踏步转过塔后山中，乘着月色，穿林度石，直向深山中行去。沿途四下留心，也不曾见着个山洞、石崖可藏蛇虎的。信步行了多时，入山已深，骋目四望，不见人家。只有微风荡着树枝，飒飒细响，如碎玉鸣佩一般，吹得几片落叶飘飘，落在自己黑影上。仰望那树时，高参云汉，月影已斜挂树梢，不觉长啸一声。只听得山鸣谷应，风声萧瑟如相和答。

啸声才了，突然间，扑哧一声，只见眼前枯草两面一分，接着哧的一声响，那草便如密箆分发一般，两边分披，露出一线草沟，似乎有禽兽闯奔过去。徐奎心中一动：不要是那孽畜吧？顺手掏一支金镖在手，顺着草沟奔去，猛赶了一程，约莫只差二十来步远近，便扬手一镖，照着那枯草分披的前头，嗖地打去，便寂然不动了。徐奎连忙赶去，将手分开枯草看时，原来是一只野兔，头上中了一镖，死在草中。想着费了这么大劲，却只打得一只兔子，自己也觉好笑。

当下想着，若是入山太深，也好拿来充饥。便提着兔子，仍向山中走去。心想这孽畜不知道藏身在什么地方，似这般寻去，怎寻得着？又想着：古人说深山大泽，实生龙蛇。可见蛇是要水的。这里没一点儿水，那孽畜一定不在此地作巢。我不如到山顶上去，望着哪一方有水，便朝哪一方去，岂不比这般傻寻强多了。想罢，便朝山顶上，一口气奔上去。左右一望，只有山色树影，回头望去，离保俶塔约莫已有六七里了。再转身向山丛中瞅去时，却见对面两山相对，中间露着一个凹口，山下横着一道白光，大概是一条山涧。

望罢便下山向那两山相对处奔来。跑了约莫半个更次，翻过了两三个小山头，果然到了一条山涧边来。那涧有二三丈阔，水流湍急，声如瀑布。由山上下涧，还不甚陡峻。徐奎便下山到涧边来。看那涧水清莹见底，水底鹅卵石都可数见。心想要过涧去，到那山坳里去搜寻蛇穴，却是涧水宽阔，且是深有一丈，又瞅不清对面是什么。跳是不能跳，更不能涉水过去。徐奎心中好生作难，只得沿溪行去，想寻个窄处跳过去。

正在寻望间，忽听得一阵风声，刮得满山树木哗啦啦一阵乱响。徐奎也被那风吹得身上陡然寒冷如在冰窖中一般。心中想着：天不要下雪才好。想着，便将双手窝在死兔毛中取暖。方想振起精神，再向前走，忽然眼睛刷着一点光，忙回头瞅去，却见对岸山坳里有一对明灯缓缓向溪边来。徐奎心想，好了，这一定是山户人家送客。有了人家，更好打听这孽畜的踪迹了。想罢，便回身向那对灯行处，沿溪踏着碎石走来。不一时，便见那对明灯行到溪边，便不动了。徐奎便连忙奔过去，隔溪一望，不觉吃一大惊。原来并不是什么山户人家送客的明灯，却正是一条大蟒的两只眼睛，映着落月回光放出光来。那蟒头足有一辆骡车大小，当顶长着一支水牛角一般的独角，伏在溪边喝水，张开一张大口，如同大家朱户一般，伸出一条几尺长的双钩舌头，向溪水中唏咕吧吼地舐吸着，扰一溪都荡起浪圈来。徐奎定了一定神，再细瞅那大蟒的身子圆桶般，足有二人合围的大树那么大小。头在溪边，身子搭在两山坳处，尾在坳后，瞅不见有多长。

193

徐奎神气既定，反而心喜，暗想：周师伯入山多日，也没寻着这孽畜，却被我遇着了，这等机会，岂可错过？想着，便轻轻地退到溪边山石岩下，一方面悄悄退下弓来。不料大蟒已瞧见对岸有人，大脑袋一昂，两条舌头向天乱扰，接着便觑定徐奎，一低头，便要蹿过溪来。徐奎大惊，身在山岩，后无退路，箭镖都未取出，只一柄长剑在手怎么抵敌？心中一急，在这千钧一发之际，绝没犹豫的时候，只得顺手先将死兔掼过去，再来取弓箭。那大蟒正要腾身过溪之时，突然见一只毛丛丛的东西翻着筋斗飞过溪来，忙丢了徐奎，直向死兔落处猛蹿过去。大概这蟒多时不出来吃血食了，见了这只死兔，将头一摆，张口便吞。

　　徐奎大喜，趁着这空儿，连忙将剑夹在肋下，左手裉下雕弓，右手拔出羽箭，伏身出岩，觑准那大蟒右眼，使尽平生气力，将弓拉得圆月一般，哏了一声，嗖的一箭，射将过去。只见那大蟒如怒龙舞空一般，一甩头，全身甩到溪边，足有十来丈长，滚了一滚，张开血盆大口，便直蹿过溪来。徐奎没提防这一招，退身无路，只大叫一声："不好！"看看已在大蟒口下了。

　　要知徐奎逃得性命否，下章再叙。

第十七章

老成谋国南北分驰
巨蠹庇奸刀枪并举

　　话说徐奎一箭射中大蟒右眼，大蟒负痛，将身躯甩出山坳，一摆头，滚了一滚，便向着徐奎扑过溪来。徐奎这时伏身溪边，后退无路，没法逃生。看看大蟒已将近扑到头上，大叫一声"不好"，朝后便倒。

　　正在闭目等死，无法解救之时，忽觉着身子冉冉上升，如腾云驾雾一般。一刹时，身子又似轻轻地落在沙上。连忙闪眼看时，却是倒卧在溪边浅滩上。旁边立着个蓬头垢面、肥头胖体、遍身褴褛的人，瞅着自己正在嬉笑。徐奎凝神一想，连忙翻身立起，拜道："蒙师伯救命之恩，只不知师伯怎知侄儿在此有难？"原来那人正是周癫子，笑嘻嘻地向徐奎道："你的胆真不小。我在这山中待了许多时日，也没敢下手，你竟敢单身独自放箭射它，倘使我不知道，你的性命还不是与这孽畜同归于尽吗？"徐奎忙问道："师伯，那孽畜可死了吗？"

　　周癫子指着南头道："我领你去看来。"说着，便拉徐奎的手，沿溪走来。不到四五十步，已见那大蟒直僵僵地大木柱一般躺在地下，却另有个人立在大蟒的脑袋旁边，正在使剑锯割蟒头上的独角。周癫子领着徐奎到蟒身边时，那人便伸腰立起道："师父，这家伙好厉害，割了这些时，也没割下。"周癫子便接过剑来，手臂一扬，照定那蟒角唰的一剑，横劈过去，只听得一声"喳"，那角已离开了蟒额，飞起七八尺高，落在地下。徐奎问道："师伯，这蟒角有甚用处？"

　　周癫子答道："我千里赶来，虽是为这孽畜伤害生物，有心除它，却也为这支角，才耽搁许多时日。这支角是这蟒修炼千百年精神所聚，才成功的，便是它化龙的初步。若取得这支蟒角，再和一支蛟角，便可炼成一柄永不钝锈、斩金削铁、水火不入的宝剑。因为蟒蛟两物的角，一是至阴之精历炼成，一是至阳之气所生成，取来炼剑，阴阳二合，太极成象，这剑比什么干将、莫邪还要锋利十倍。只是取这两支角时，却不可杀后取下。因为一经杀死，血气流尽便差了许多了。我自知道治世英雄生在杭州，以浩然正气逼死了一条将要出土归海的蛟，取得一支蛟角，便知天意要给他一件戡乱救民的兵器。想着蛟是蛇雉相交产卵所化，西湖边原有一只千年雉精，如今这地方既有化成的蛟，便一定有大蟒蛇，才能产这般蛟卵，便亲到杭州来访问，果然有大蟒为害。

"我到这山里来，原不难一剑将蟒杀死。只因要取这血角，便没动手。如今冬天蛰虫时候，百虫都不出穴。这蟒已将成龙，天气制不住它，时常出穴修炼。我几次伏在双凹山头，想乘它过凹时，将它抪住，割下角来。不料这孽畜十分乖觉，每逢庚日出穴，偏没定处，一时在这溪边饮水吸月，一时在山后河边，或径往湖边去浴身练气，不容易捉摸得着。只一次被我守在后山，待得它过时一把没捞着，反被它打了一尾梢。今夜我方到山巅守着，望见你远远奔来，我便叫你这师兄——金狮子于佐防着。那孽畜瞧见人便回穴去，我自己便守在山岩上，想着若有机会，能取它的角，便下手取来。若你要动手杀它时，便止住你。不料你突然一箭，射中那孽畜的右眼，它一负痛，便使全身气力蹿过溪来。我吃了一惊，连忙将你提起，跃开去，免得被它吞噬。哪知那孽畜使劲太猛，蹿过来，一头碰在石岩上，震死了。这也是天意如此，使那孽畜中了箭，一身的血气全贲聚在头上，再触石而死，这角便格外好了。"

徐奎听了，才知周癫子入山许久，没制得大蟒的道理。当下，又和于佐相见过，问他："从何处来的？"于佐答道："俺投在河南少林寺，随师父学艺。前月，张三丰师叔说有要紧事，叫俺送信直到这山里来寻师父。俺到此地已有七天了。"徐奎便将丈身和尚远道特来相访的事告诉周癫子，周癫子道："他来寻我的事，我全知道，张三丰的信上已说过了。不过我想着是友鹿道人来寻我，却不道是笑菩提。如今大蟒已经除了，就此去吧。"说罢，便领着于佐、徐奎下山来。

这时月已沉西，远村鸡唱，东方微微露出鱼肚色来。三人冒着晓霜，翻过了两三个山头，已到保俶塔下，忽见前面有两人向着塔飞步而来。周癫子眼快，已看出是飞霞道人和丈身和尚，便迎头走去，叫道："笑菩提，到哪里去?"丈身和尚笑说道:"特来看你捉蟒呀!"周癫子向怀中取去那支蟒角来晃着道:"您瞧,这不是吗?"丈身和尚见真是蟒角,便回头向飞霞道人道:"这东西可以送给一个人去。"飞霞道人点了点头。周癫子嚷道:"我辛苦这许多时候,这人情怎能让您去做?您不要太自在了。"丈身和尚也笑嚷道:"谁抢您的人情去做啦,不过想使物得其主罢了。"

说话间,丈身和尚、飞霞道人俱已回身和周癫子、于佐、徐奎等,回到小茅庵来。大通尼迎接进内,周癫子叫于佐见过了师伯、师叔,大通尼便问周癫子:"怎么制死那大蟒的?"周癫子将前事说了一遍。大通尼道:"徐公子也太大胆了。我今早起来,外厢不见了他,便问王道兄可是差他到哪里去了,王道兄便猜着一定是到山里杀蟒去了。丈身道兄恐他制不住那孽畜,才拉了王道兄来寻,不料你们倒得胜回来了。"丈身和尚笑说道:"好得徐公子去山里,要不然周癫子一辈子也弄不住那孽畜,便一辈子休想出山。"周癫子嚷道:"您知道什么?弄死的怕不容易,我只是要取血角才耽搁罢了。"丈身和尚故意怄他道:"您弄不过一个后辈小孩儿,故意这般说罢了。我劝您以后别夸海口吧。"

周癫子不服道:"您怎见得我弄不过?咱俩寻件事来赌赛赌赛,看是谁行谁不行?"丈身和尚道:"只如今要去灭那霞明观,您能除却徐季藩,我便佩服您。"周癫子跳起来道:"咱们就去!谁怕徐季藩,便不算汉子了!"丈身和尚还要怄他,飞霞道人忙羼拦道:"别尽着闹玩儿吧,且吃过饭谈正经事要紧。"

大通尼便叫斋婆、小尼开饭。众人入座,吃喝个饱,各人洗漱喝茶,唯有周癫子一辈子也不擦脸的,吃过饭,便嚷道:"如今有三桩事要干,咱们大家快商量好了,各人分途去干。"飞霞道人便问:"哪三桩事要干?"周癫子道:"七天头里,我在山里接着我徒弟送来张三丰的信。信里载明,有三桩事。一桩,是灭白莲教,破霞明观。二桩,是推个人去教于谦读书习武。三桩,是朱高煦要乘他父亲永乐爷亲征北番未回时,杀太子高炽,篡位为皇。如今永乐爷因为塞外瓦刺部闹得格外厉害,暂时不迁都,却御驾亲征瓦刺去了。朱高煦已和徐季藩约好,只待河间派的勇士来到,便要动手。这事一传开,那些武官和兵丁谁没家小,自然都要心慌,那么中国又要被鞑靼占去。张三丰的信上写得十分紧急,三桩事都不能延误。如今只我们几个人在这里,该如何办好,就要商量定妥方好。"

197

飞霞道人道："我想第一桩事最要紧。闻得徐季藩父子私通外国，瓦剌部既然犯关，难免他不做内应。且是徐季藩不除，朱高煦终不得死心。要使朱高煦不谋乱害百姓，必得先剪去他的羽翼，除却徐季藩才行。第二桩事，虽是紧要，还可稍缓些时。第三桩事，最好是有人到京城去走一趟，相机行事，止住逆谋。这倒也是万不可缓的事。"

徐奎在旁听了，羼言道："朱高煦那厮实在是不能留。待我回京去，宫里的路我是熟的，夜里蹿进宫去，将他宰了，除却这祸根，便平安了。"周癫子笑道："你这说得容易，朱高煦可不比那大蟒，由你一箭便射翻了。"丈身和尚也道："朱高煦虽可恶，但是他死期还没到。本朝开国时冤杀功臣太多，所以上天特使朱家子孙骨肉相残，以显报应，他便是特来应这劫杀的。且是皇宫内苑，禁卫森严，地方宽阔，一时怎能将他制死？如今还是设法使他收心，免得亡国的好。"

大通尼道："我有个计较。友鹿道兄原托丈身道兄寻觅周道兄和张道兄的，如今周道兄便和丈身道兄俩到河南去会着张道兄一齐到河间去，对付白莲教。顺便寻个同道中能文能武的来教导于谦。王道兄便回京去，防制朱高煦，便万无一失了。"

丈身和尚忙道："我想起一个人来了。山东曹州单家庄上，有个智囊吴璇，原是湖广长沙人。这人不单是精通经史，且是深谙韬略，可以说是当世的黄石公。我已传授武经给于谦了，大通道兄不妨设法和他家来往，指教他些武艺，便可成功了。我这回北去，顺便去请吴璇来教他经史韬略，便可造成一个奇才了。"

大通尼等听了大喜，当下便要分头行事。只有徐奎心中极想到河间去，便向他师父恳求许他随丈身和尚去。飞霞道人见他心意坚定，便也答应了。只是要他回京禀过母亲再去，徐奎只得应了。

当下商议已定。周癫子便将蟒角交给大通尼，带了于佐和丈身和尚、飞霞道人与徐奎，五人别了大通尼，立刻起程。大通直送了十里，才分手回庵，自去设法往旋乾村于家，指点于谦的武艺，并将蛟角、蟒角和下纯钢制炼宝剑。

周癫子等一行五人，展施陆地飞行法，足不停趾的，一连两夜，便到了京城。顺着尧化门大路，进了内城，一直到仪凤门北极阁山下徐府来，徐钦迎接众人到书房茶饭。徐奎便到上房去，见过母亲，并说："在杭州随着醉比丘尼大通师父，练了几个月功夫，长镖、双镖全练熟了。"徐夫人听了十分欢喜，立刻便叫家人："将王爷遗下的一柄溜金镖和一对龙角镖快拿去拾掇好了，给二公子使用。"徐奎便将众侠在河间聚会，要破霞明观，灭白莲教，自己也想去的话说了，昵着母亲，必要允许。徐夫人道："这是和国家有关的大事，你父亲在世时也一定要去的。你有这般志气，有这般胆量，我做娘的岂有拦阻你的道理？况且我家历代军功，你既习武，年纪也不小了，理应出外见识见识。你只管随丈身大师父去，不必记挂家里。只是出门在外，寒暑饮食，须要小心。灭了邪教，赶快回来，休使我挂念。"

徐奎大喜，忙嗓声答应，直奔出来，向师父说明："母亲已经允我到河间去了。"接着有管家婆出来传夫人之命，托付丈身和尚照应二公子。丈身和尚道："请上复夫人，衲子管公子平安，请夫人放心便了。"当日徐夫人为徐奎整备行装，拾掇军器，叫都总管留丈身和尚、周癫子等打住一日，备酒饭款待。

次日清晨，徐奎别了母亲，徐夫人自不免有些凄苦，仔细叮嘱徐奎："自己保重身体，休隳家风。"徐奎一一答应谨记，便出来，别了兄长、师父，将包袱银两缠在腰里，掮着才修的长短三柄金镖，背着弓剑，跨着箭镖，和丈身和尚、周癫子、于佐等一齐起程。飞霞道人送过大江，到临泽驿酒店中买酒，和四人饯行。席间，只谈论些拳棒功夫，叮嘱徐奎小心保重。因为京城内外，朱高煦的耳目众多，便绝不谈起各人的事情。酒饭已毕，日已将午，丈身和尚等四人别了飞霞道人，趁大道徜徉而去。

飞霞道人别过了四人，回身渡江进城，回到徐府，便取了一件青布道袍、一顶青软巾换上，暗藏利剑镖囊，仍出门向城中走来。这时京城里正轰闹着御驾亲征北番，街谈巷议，甚是热闹。飞霞道人便走到秦淮河边，向一艘京城里最著名的秋水茶舫上，拣个正中的座头坐下。

展眼四望，四下里茶客如云，拥挤不堪，却是自己身边几个座头都是空的。正在不解，忽见茶博士走过来道："对不起官人，这几个座头是汉王府定下的，请官人到那边坐吧。"飞霞道人笑道："你这话只好吓乡下人。汉王在坤宁宫侍奉皇后，侍卫都在承值处，京城里哪有汉王府？且是王府里人能到你这茶舫上来喝茶吗？"茶博士见飞霞道人如此说法，料着来头不小，忙赔笑道："爷是最肯体恤下情的，这几个座头，委实是汉王侍卫班上差人传话，叫每天给留下不许卖给旁人。只求爷高升一步，小的们就受了大恩典了。"飞霞道人听说，真果是汉王侍卫班定下的，心中一动，想着：我正要打听他们的事，何妨在旁听他一听，虽是这地方人声嘈杂，他们不会说出什么来，或者也可窥得他们这班狐狗的神色。想着，便不再争执，只向茶博士道："你给我觅个座头吧，太偏角儿的座头我可不要。"茶博士听了，连忙应着："是！是！是！请爷挪到这边吧。"便在略向东头一点儿的一张桌上，安放了茶碗。飞霞道人见离那几个空座不远，便不言语，起身过去坐下。

才拿起茶来要喝，忽见一个小娘提着提琴，挈着个十来岁的小孩儿，站在桌前，深深地道了个万福，便拿起提琴要唱。飞霞道人连忙摇手止住她，又随手取了一块三四分重的碎银子给那小娘道："你拿去，就算唱过了吧。"那小娘从来不曾遇着这般不听唱给银子的事，不觉呆立在桌边。

左旁一张桌上有个大汉茶客瞧见了，便嬉笑着向那小娘道："翠花儿怎么着，发愣干吗？不要是昨夜太乐了吧？"翠花儿借此搭讪着，奔过那桌上，要拧那大汉的嘴。大汉一把拉住她手腕，嚷道："你不谢我，反和我吵，岂有此理？回头非得抽你几百下肉鞭子不可。"翠花儿便撒娇撒痴地滚向大汉怀中哼着道："你抽，你就得抽，不抽便是我的小乖乖。"那大汉嘻开一张大嘴道："好孩子，爷看程爷面上，饶了你不抽你了。"翠花儿不依，扭糖股儿似的和大汉厮缠。

正闹着，忽听得一阵脚步声响，接着便见一大群人走进来。飞霞道人认得打头一个白须白发的魁梧大汉是河洛大盗郑天龙。第二个是朱高煦的侍卫罗明亮，第三个却不认识。三人进得舱来，便向当中座头上坐下。茶博士狗颠屁股般，上下不停地伺候着。那大汉早抛了翠花儿，过来向三人拜揖请安。翠花儿却赶着飞霞道人不认识的那人，盘头扭颈地厮亲。旁边茶客都替她肉麻。

飞霞道人暗想：郑天龙这厮怎会到此地？谅来是朱高煦请来的。既是连这老贼都弄了来，必还有许多不成材的绿林被他弄来了，看来朱高煦那厮这回一定要做出来了。一面想着，一面侧耳细听，才知道那个不认识的名叫程义扶。大汉姓尤，绰号油豆腐，是京城里一个大痞棍。听了半晌，听他们四人说来说去，说不到一起。程义扶等三人讲的都是嫖经赌史，和翠花儿歪缠，郑天龙却是满口枪棒拳脚，一辈子也说不拢。飞霞道人不觉好笑。

这时已是午牌时分，茶客都渐渐地散了。程义扶便掏出三十二文钱给了茶钱，郑天龙首先站起。飞霞道人见他们要走，便也起身给了茶钱，先出舱上岸，立在夫子牌坊下候着。一会儿，便见程义扶拉着翠花儿和郑天龙等也上岸来。翠花儿将小孩交给立在船头上候着的忘八，便跟着程义扶走。

飞霞道人远远跟随着，见他们走入一人巷一家小门儿人家去了，飞霞道人便仍回到秦淮河边闲步。一面默想着：郑天龙怎独自一人，也没带个徒弟，也没挈个朋友呢？朱高煦到底怎样起手呢？只这般闷想着，在河边上下踱了两遭，又打那秋水舫岸边走过。顺眼瞧那茶舫中当中桌上，却又有五六个七长八短的汉子乱嘈嘈地在那里喝茶，心中恍然大悟，才知道他们定了这几个座儿，是因为宫中不便随便进出，便约定了这个茶舫，做个聚会之所。外路人来时，便在此相会。

飞霞道人窥得这点儿情形，便转身向大街上去转一转，想待到黄昏时来探这茶舫上的人住在哪里，夜里好去探问个明白。主意定了，便到三山街、侯府市一带闲逛。

刚走到侯府市口，陡然见街上行人都回头返奔，潮水般涌将过来。飞霞道人立定脚跟，才没被人潮推动。却见前面的人越来越多，个个都是满面惊慌，飞奔而来。飞霞道人连忙闪入路旁一家肉店里站着。那肉店掌柜已在搬板门想要收市。正闹里，听得一阵吆喝，打东头街口来了二三十个锦衣卫的缇骑，策马如飞向人丛中乱冲，转弯到侯府市来。行人都被冲得一片声喊，夹着妇哭儿啼，好像是有了什么大乱，千军万马追杀来了一般。

飞霞道人正待向肉店掌柜询问，只听得喊声更加厉害，西头也有一簇锦衣缇骑，却都是步下，各舞军器，满面杀气，拥奔过来，其中还有三四个缇骑满面流血，带了重伤。飞霞道人留心看去，后面更有一群彪形大汉，在前几个也都挺着刀剑，服色不一。后面二三十人却都是紫缎箭衣、紫缎武士巾，手中枪鞭乱舞，直向锦衣缇骑呐喊追来。这班逃走的缇骑见东头有自己人到了，声威陡壮，便立住脚，回身向赶杀的人堵杀。霎时间锵啷咔嚓，军器乱响。路上行人绝迹，铺户都上板关门。

肉店掌柜麻着胆将板门上了，便拉着飞霞道人道："您怎不快逃回家去？"飞霞道人故意露着惊慌之色道："掌柜的救救我，我来不及逃了。"那掌柜的便将飞霞道人拉到肉砧底下伏着，自己却伏到账桌下去了。店中的伙计、家小，早已各自藏躲去了，店堂中别无他人。

飞霞道人便爬到肉砧上，打铺板上面卍字楄中向外瞧去，只见那缇骑和紫衣武士当街打作一团。却有几个锦衣官儿和这边的大汉捉对儿厮打。细瞅时，认得那对面那边的大汉中有一个使鞭的便是朱高煦跟前的双鞭韦弘，还有一个瘦小汉子便是盗马的夜狐狸侯海，便益加凝神看去。但是韦弘两条鞭直上直下，将锦衣卫的缇骑打得七零八落。正在疯虎一般地乱打，那边又来了一队着中城兵马司号衣的步军，当先一员带队的，马上弯弓搭箭，嗖的一箭，正中韦弘右肩，当的一声，右手握不住钢鞭，扔鞭便倒。兵马司的兵丁捉人是他们的惯技，一见韦弘倒地，便大喊一声，一窝蜂上前将他按住绑了。那些紫衣武士见韦弘被捉，呐一声喊，向后飞奔而逃。侯海见众人乱跑，也不敢恋斗，虚晃一刀，也随后逃走了。锦衣缇骑顿时威风凛凛，一齐大喝一声，拔步便赶。那兵马司千户在马上高声叫道："穷寇勿追。他们还有帮手啦。"一面吩咐自己的兵丁，"且押了捉住的这个回堂官的话去。"

那些锦衣卫的缇骑止步不追，回身来向兵马司千户申谢。千户便问道："你们因甚事和汉王侍卫斗起来了？"缇骑中有个像是头儿的答道："昨夜有人来卫里报说，中城都察院后巷卖牛肉的周国桢的女儿，白日里被人夺了去。咱们堂官便差人访查，知道是朝阳门韦家抢去的。今日咱堂官标签叫标下们去拿人，不料韦家那厮竟敢拒捕，标下们斗不过他，便斗到这里来了。如今正犯拿着了，还求爷赏准给标下锁带归案去。"千户答道："这却不行。咱来时，堂官吩咐过，任凭拿着什么人，全得解到司里听候发落，不许私放私问。就有人要讨去，也叫他到司里来。你们如果要人，可回去禀复你们堂官，备文差人来提吧。"锦衣缇骑没法，只得应了声是，告辞回去了。

飞霞道人虽知道是汉王侍卫是为娘儿和锦衣卫缇骑斗将起来，却是怎么结局，也想探听知道。便下肉砧，向账桌下叫出掌柜的来，告诉他外面已无事了，并向他道谢告辞。掌柜的还不敢开门，引飞霞道人打后门出去。

飞霞道人出了肉店，便飞步赶上兵马司的兵卫，直向中城兵马司衙门来。恰巧那兵马司巡城御史官儿，正因有紧要案件坐堂问事。飞霞道人便夹在人丛中观审，只见那千户上堂参见禀道："卑职奉堂谕去侯府市弹压械斗。查得械斗的两边，一边是锦衣卫的缇骑，一边是汉王的近侍。卑职因为两边都不服弹压，便箭倒一个最凶的主犯带了回衙。"御史叫："押上来！"

那千户应声传话，将韦弘押到堂上。御史便叫将堂上的犯人押下去，先问韦弘这一案。韦弘到了堂上，昂然矗立，不理不睬。御史怒喝："跪下！"韦弘呵呵假笑道："好大个芝麻官儿，却想俺来跪你，不要做梦吧！"御史大怒道："你可知王子犯法，与庶民同罪。此地皇家法堂，怎容得你这奴才撒野?"喝叫两边隶役:"拿这厮跪下!"隶役们噂应,上前向韦弘膝后腿弯里,一杠子打去,韦弘立脚不住,扑地跪下。

御史便问道:"你因何事与锦衣卫缇骑厮打?"韦弘不答,御史喝叫用刑。韦弘熬刑的本领可真不小。一会儿,打了四十大杖,夹了三夹棍,连哼也不曾哼一声,反怒骂道:"你这狗官装甚贼腔?拿爷当什么人?你知爷是王爷身边人,岂是你这奴才打得的?你打俺,便是欺了王爷,回头瞧着吧!爷得要你的脑袋使唤!"那御史气极了,大喝道:"本堂官先要你的性命使唤!来!将这厮吊起来!"两旁隶役抬过一个三条木支成的架子,架子中间顶上有个辘轳,穿着一条粗麻绳。隶役们架子支好了,便取一条细绳,将韦弘的左手拇指和右脚拇指系着,再系到那架子的大绳上。便三四个隶役拉着大绳的那一头,只待惊堂木一拍,便要扯起来。

正在这时,兵马司指挥徐野驴督操回衙,听得这件事,并知问不出供来,便没换袍带,就是戎装来到大堂会审。瞅见韦弘已经吊起,问得因他熬刑,才用这最厉害的刑具,便道:"不必如此费事,本指挥自有叫他招供的法子。"说着便起身下堂到韦弘跟前,和声说道:"你自己干的事。怎不痛快说出来呢?你是汉子便应该知道好汉做事好汉当,为甚做的出来说不出来呢?"韦弘圆睁双眼,大喝道:"不干你鸟事!爷不说,你拿爷怎么办?你有法只管使来,怕你不算好汉!"徐野驴又笑着说道:"依我说你还是直说出来的好!你这点儿寄痛法,能瞒谁?你再不说,可不要怪我!"韦弘听得徐野驴点穿他的寄痛法,料来这人的本领不差,却仍破口大骂道:"谁鸟耐烦和你们这些禽兽歪缠?要俺说,得见着俺的王爷才行,你们这些禽兽也配问俺老爷吗?"徐野驴大怒道:"好个不中抬举的畜类!不给些苦味给你尝尝,你也不知本指挥的厉害!"说着便将韦弘的头巾发网一并抓去,使右手五指向韦弘头顶上一抓,如鹰爪攫雀一般,五指一齐使劲一扣,韦弘顿时浑身出汗,四肢齐抖,连说:"俺……俺……俺……供……供……便了。"徐野驴大喝一声:"快说!"右臂一直,韦弘双泪交流,汗如雨下,哀声求告道:"爷……松一……松……俺……好……好……好……说。"徐野驴松了手恨声归座,说道:"就饶你一饶,也不怕你刁到哪里去!"

韦弘痛得身子向后一矬坐在地下,有声无气地说道:"这事压根儿不能怪俺。大前天,王爷到汤山去打猎洗浴。回来便打都察院后街走过,瞥见那牛肉店里掌柜的周国桢的女儿巧娘儿长得不错,却又不便宣她进宫去。第二天,便差人去说，给银子给周国桢，将巧娘儿买来。叵耐那老东西抵死不肯，王爷恼了，次日便叫侍卫程义扶领了几个健士扮作强盗去劫了来，藏在俺家中。"

徐野驴听到这里，便叫隶役："快去将周巧娘儿提来！"韦弘忙摇头道："甭去了，那小蹄子死了。"那御史和徐野驴一齐问道："怎么死了呢？"

韦弘接着说道："昨天将巧娘儿弄来时，王爷原在俺家中候着。巧娘儿一到，王爷便要和她成亲。那小蹄子不中抬举，直和王爷闹别扭。王爷大怒，叫两个内相将巧娘儿浑身衣裤剥光，鞋袜裹脚都拉了。巧娘儿不能跑动了，王爷便去亲近她。不料倒被她喷了一脸的唾沫，王爷气极了，喝叫内相将那小蹄子掀翻，仰缚在长凳上，王爷便去奸污了她。哪知那小蹄子竟然是个真闺女，给王爷这一弄，直弄得气息微弱，动也不能动了。今天早上，王爷又到了俺家里，巧娘儿又不能说话了。王爷说：'就这般让她死了，未免可惜。乘这时，还得给他乐一乐。'俺瞧着也可怜，代她向王爷求情，王爷不肯，说：'她昨儿不该闹别扭。'这时巧娘也用不着绑着了。王爷也没理会旁的，脱了袍服，将她拖直了，按在床沿上耸了个不亦乐乎。待得完事时，巧娘儿已没了气了，如今人也死了，俺的话也说完了，你们应该知道这事儿与俺无干了。人既不是俺抢的，祸更不是俺闯的。冤有头，债有主。你们有本领的就该寻汉王去，拿着俺这不相干的人来使威风算什么好汉！"

那御史便叫隶役："去传周国桢来！"一面却和徐野驴悄声说话。忽见差去传周国桢的隶役面色垩白，飞奔进来，叫道："老爷，不好了！"徐野驴连忙拔剑在手，喝问："什么事？"一言未了，只听得外面一片喊："杀！……"那些堂下观审的百姓顿时哭天叫地，乱奔起来。飞霞道人乘乱里闪在大堂廊下一株大槐树后面，定睛看时，却是汉王朱高煦骑着九点桃花马，手提双铁枪，领着百多名侍卫健士人等，冲杀进来。观审百姓顿时踏死了五六个。

飞霞道人连忙拔出利剑，从树后闪出，大叫："要命的随我来！"舞动手中剑，但见一道寒光，当着便倒，顿时冲开一条人巷。众百姓才麻着胆跟着飞霞道人闯将出去。飞霞道人救了众百姓出来，复翻身跳上墙头，蹿到大堂对面仪门瓦棱上向下瞅时，朱高煦正和徐野驴杀在一处。

原来朱高煦打入兵马司时，那御史早已下座逃走了。徐野驴急得喝叫："掌号！不许乱窜！"就这一霎眼间，徐野驴便要下座位去杀却韦弘。韦弘这时还绑着摊在地下，那近侍卫早已看见，齐奔来相救。徐野驴身手矫捷，一按公案，已腾身跳到韦弘跟前，手起剑落，照定韦弘头顶上劈下。只听得哑的一声，剑被格住了。忙瞧时，却是朱高煦下了马，赶来挺枪格住长剑，睁眼大喝："徐野驴怎敢目无君上！"徐野驴愤懑填胸，也大叫道："你须知不是陛下！王子犯法与庶民同罪。瞧本指挥今天来拿办你个目无王法！"

朱高煦也不答话，提起左手铁枪唰的便是一枪，向徐野驴咽喉扎来，徐野驴忙腾身让过。众侍卫急乘这空当将韦弘缚在木架上的绳索割断，韦兴急抢近前，将韦弘背了出去。这时兵马司中千户、百户等偏裨将官和巡丁兵勇，听得号声，一齐操军器奔到大堂来，侍卫健士等忙接住厮杀。

徐野驴原是五城兵马司有名的勇将，京城武官中没有他的对手。朱高煦平素也知他的厉害，如今恰遇着他，仗着全神臂力和一双神出鬼没的铁枪，唰、唰、唰，一连几枪，向徐野驴上中下三路连刺过来。徐野驴身为京官，岂不知朱高煦有赛霸王的诨号？如今和他对敌，虽是大怒之下，仍旧十分留心。及见朱高煦一枪紧似一枪地刺，自己只一柄长剑，展布不开，便使了个狂风扫落叶的架势，将剑抹面扫了个大团子，将双枪扫开，顺势一翻手腕，接使个毒龙出洞，一蹲身，抢前一步，咻的一剑，向朱高煦咽喉刺去。朱高煦向后一让，徐野驴便乘这空儿，一偏身躯，跳出圈子，奔到刀枪架前，将剑插在甲带间，拔起一柄青龙偃月刀，舞得呼呼风响、霍霍光飘，连人滚到朱高煦跟前，大喝一声"着"，扬起大刀，向朱高煦脑门一刀劈下。朱高煦因徐野驴无端跳出圈子，方在心疑，才转过身来要赶杀时，徐野驴的大刀已到顶上，要想招架，已来不及，只听得噪的一声，朱高煦扑地便倒。

朱高煦何以倒地，请读下章便知。

第十八章

灿烂刀光飞来大侠
婀娜佩影翩去惊鸿

话说徐野驴眼明手快，乘朱高煦没转身时，手举大刀，大喝一声，尽力劈下。朱高煦不料徐野驴跳出圈子，换取大刀来劈，不曾提防，刀已离紫金冠只有一尺光景，招架不及，大吃一惊。说时迟，那时快，就这万分险难之际，朱高煦人急计生，将身子一偏，使一个左旋风，随身倒下，就地一滚，让开大刀。徐野驴使力太猛，朱高煦身子才让开，刀已直劈下去。噗的一声，剁在丹墀中铺的石条之上，直剁得火星四溅。

朱高煦就徐野驴收刀的一刹那间，刷了一个筋斗，立了起来，即挺右手铁枪，向徐野驴后心刺来。徐野驴听得后面风声，急掣转身，双手横刀，向上一扫，将枪扫开，再复扫过来，向朱高煦左腰砍去。朱高煦向后一退，让过刀锋，复骤前一步，挺枪向徐野驴前胸猛刺。徐野驴低头让过，就势一蹲身，将刀着地横卷，向朱高煦双脚卷去。朱高煦耸身一跳，闪在右边，大喝一声，两手齐举，双枪并刺直奔徐野驴咽喉和前心。徐野驴避让不及，只得掣转身将刀拦住后面，拔步便走。朱高煦哪里肯舍？喝一声"走向哪里去"，双手挺枪，紧紧赶来。

徐野驴绕着大堂跑了半个圈子，心中一动，猛想起一个计较来。便放缓了脚步，待朱高煦饿虎一般，赶到身后只差六七步远近时，将脚一叉，立定了，扭转身腰，双手抡刀，臂膊一挺，翻身斜劈下去，大喝一声，那把大刀好像泰山压顶般，直向朱高煦盖将下来。朱高煦不料徐野驴竟会使出拖刀计来，猛然一惊，匆忙中，将身一闪，朝后倒退了两步，同时将双枪交叉着向上一迎，想要架住大刀。不料徐野驴力猛刀沉，劈下来时，势如雷电，只听得嚓锵一声巨响，那两支枪竟被劈成四段，朱高煦虎口震开，抛了断枪，回身飞跑。徐野驴复身抢刀追来。

朱高煦天生神勇，武艺绝伦，自来从征打仗，不曾遇过对手。他父亲朱棣起靖难之师时，那般厉害的战阵也不曾受过亏损，百万军中一闻二王子的声名，便旌翻旗乱。朱棣常赞他道："此吾家黄须儿也！"本京许多武官武士，也没人不佩服他膂力伟大，技艺精湛。和他比试的人，从来没有得占上风的。他一生除却奉旨归藩时，被飞霞道人打倒过一回，从来不曾被人打败追赶过。如今陡然一个不提防，中了徐野驴的拖刀计，双枪劈断，虎口震开，当着许多侍卫兵将吃了这么大一个败仗，真是生平不磨之耻，顿时羞愧怒恨，并集交加，引起一把无名业火直冲脑门。

当下徐野驴心中大喜，也不管什么王子、王爷，只想一刀将朱高煦劈为两爿，以消胸中一腔怨气，便紧紧地随后追赶，赶得朱高煦又愤又急，无处逃躲。这时，汉王府侍卫寻赖祜，正和兵马司将官斗着，瞥见他主人打败，被人追赶，便连抛了那将官，挺着一支方天画戟，大叫："逆贼休伤俺王爷！"斜刺里骤过来，向徐野驴肋下一戟刺去，徐野驴正要赶朱高煦，陡然被他这一拦，放朱高煦逃走了，心中大恼。忙让过戟尖，咬牙切齿的痛恨怒无从泄，便使尽平生气力，挥刀便剁，想一下便将寻赖祜剁死，方消心头之恨。寻赖祜不知轻重，藐视徐野驴，以为是本领平常。见大刀剁，便将戟去架。不料徐野驴全力注此，一戟不曾架得住，戟杆一软，寻赖祜被那刀打得蹿了个踉跄，立脚不住。徐野驴一心要诛朱高煦，哪有心思和寻赖祜拼斗，就他这一踉跄中，手腕一翻，将刀反砍过来，只听得嘶的一声，接着，啪啦一响，寻赖祜断腔冒血，脑袋上冲到檐口，方滚落地下。

朱高煦乘着徐野驴刀劈寻赖祜之时，奔到刀枪架前，拔起一柄铁笔挝，便回头奔来战徐野驴。徐野驴方劈了寻赖祜，朱高煦已到跟前，徐野驴忙转身来迎。朱高煦这时已恨入骨髓，恨不得一口将徐野驴吞下肚去。奔到徐野驴身边时，双睛突出，虎须奔竖，咬紧牙齿，恨了一声，将全身膂力运到两臂，举起铁挝，如暴雷劈顶一般，向徐野驴头顶上猛捶下来。徐野驴忙将刀一横，向上架去。不料那刀原是摆列壮威的，刀杆不坚。只听得咔嚓一声，刀杆折为两段，铁挝直盖到徐野驴脑门顶上，竟打得徐野驴脑浆迸射，鲜血四溅，吼了一声，倒地身死。朱高煦大乐，仰天大笑，喝叫侍卫们："给我打进去！"

飞霞道人在瓦棱上看着这场恶斗，心想：这事如此明闹，我不好出场了。

再一想道：京城里都知道我在徐府教读，若是挺身出场，被他们认得了，记起盗马时的仇怨，我虽不怕他们，却是要连累徐府。想着便决计不下来助战。后来见徐野驴战胜，心中又诧又喜，暗想：不料兵马司中，竟有这般个英雄。及至徐野驴身死，朱高煦叫"打进去"，飞霞道人恐他们瞎闹，多伤无辜，害及内眷，心中一急，便将衣襟捞起，使剑割下一幅裹襟来，将面鼻全都包裹了。复将袖襟都扎缚了，才连纵带跳，直向后衙上房来。

这时朱高煦已将兵马司的兵将打杀得七零八落，死的死了，逃的逃了。朱高煦身边一班狐群狗党，便四下里搜索抢劫起来。朱高煦亲自带了侯海等几个亲信人等，直奔进内苑。上房住的官眷将苑门紧闭，各自藏躲。朱高煦在外面一腿将苑门踢开，一拥而进，便向东面房中冲打进去。那屋子原来是御史的家小住的。朱高煦提起铁挝，将房门打开，吓得那御史的妻子软瘫在地，索索抖着，一句话也说不来。朱高煦一眼瞧见那御史的妾生得有几分姿色，便笑逐颜开地和声说道："起来，我不为难你们。"那御史的妻跪在一旁，将肘去碰那妾道："你……你……快……快……谢谢……谢王爷的恩……典！"朱高煦便叫从人："将她护送到韦家去！"这时，侯海等人已乱嘈嘈地翻箱倒箧，选精择肥地肆意搜劫。

飞霞道人见了，飞身跳到当地，大吼一声，蹿进屋来。朱高煦方在得意扬扬之际，猛然间眼前一亮，一道白光掠面而过，接着便见那个抱着御史妾的侍卫已身首异处，血流满地。朱高煦等一齐大惊。那御史妾已是连吓带跌，昏了过去。其余的人也都骇得魂飞魄散，舌结身呆。

飞霞道人且无暇说话，顺手一剑向朱高煦左耳根斫来。朱高煦连忙让过，掣起铁笔挝便向飞霞道人搠去。飞霞道人也不避让，待那挝将近肚腹时，左手一攒，一把抓住挝柄，使劲一拧，想拧得朱高煦手松时，便抽夺过来。朱高煦不料挝被人抓住，及见军器已被人捞着，要想掣回已来不及了，便连忙双手下死力握住挝柄。飞霞道人一拧不曾拧动，便将身子一侧，右手向前一伸，那柄剑直刺向朱高煦的咽喉来。朱高煦急向后一闪。飞霞道人就他这一闪间，左手使大劲向怀中一搠，朱高煦已闪开一只手，只有一只手握着挝柄，敌不住飞霞道人力大，一支铁挝生生地被飞霞道人夺去了。

朱高煦大叫一声："不好！"急忙奔进里房，一拳打开窗槅，耸身跳出苑中。飞霞道人将剑插入鞘内，手舞铁挝向苑中追赶朱高煦。朱高煦急了，一眼瞥见苑中井口上有个石圈，约莫有二百多斤重，便奔过去，伸手将石圈提起，双手一捧，便将石圈向飞霞道人砸去。飞霞道人见了，只当无事一般，待得将近时，也不用手中铁挝挡架，却将身子一侧，一抬右腿，照着石圈踢去。和踢气球儿一般，反激过来，比抛去加倍的快，转向朱高煦头面上砸来。朱高煦吓得抱着头，便向外面跑去。侯海等一班人这时都已逃出苑中，见朱高煦向后逃走，便一窝蜂随着朱高煦向外如飞逃奔而去。

朱高煦等奔到大堂时，忽听见外面人喊马嘶，已将这兵马司围得铁桶相似。一片声喊："拿反贼！"再细瞅去，却是京营总镇和锦衣卫的号衣，还有东厂里的内相丞差夹在里面，却又不敢进衙拿人。朱高煦便挺身而出，大喝道："你们到这里来做什么？"那些官兵先时都耀武扬威，闹得烟雾连天，及至瞧见了朱高煦，却都面面相觑，顿时静寂无声。朱高煦便率领从人，并叫人扛揽着受伤的一拥而出。那些官兵反让开一条大路，任他扬长而去。

众官兵待朱高煦走后，才蜂拥进衙，四下里乱扰乱抢一番。可怜稍好些东西早已被汉王随从拿了去了，这些官兵只掳得些渣滓货。京营兵的领队官儿是个都指挥，他也随手掏摸了抢劫烬余，向内苑上房来。看时，御史住的这院子已抢得罄空，只剩下一个太太、一个姨太太和些仆妇、丫鬟等"开口货"，没人要，都吓得窝在一间小厢房里，连气儿也不敢出，都指挥便叫差人："将这些妇人等，一齐交给锦衣卫带去！"说着，早有锦衣卫的人上前不分青红皂白，每人一条链子锁了去。可怜那些妇女家人，个个号啕痛哭，如上法场一般被牵去了。都指挥便寻了细软，才向西厢房来。进门一看，不觉一愣，只见箱笼箧匣狼藉满地，却是一个人影可也没有。前后搜索一番，都只些笨重东西。都指挥无奈，自己拣取了些较为好点儿的东西，兵丁们又乱抢一阵。锦衣卫的人也夹在中间各处乱抢。闹了好一晌，才掳了御史的家眷，各自分班回去。

那徐野驴的家小都到哪里去了呢？原来飞霞道人脚踢石井圈，吓走朱高煦等一群人之后，便急忙向西厢房来。见门儿紧闭，便将剑尖撬开窗棂，跳身进去。徐野驴的妻室童氏和儿子徐斗巍然正坐着。见飞霞蹿进时，童氏便起身万福道："闻得家老爷已经死难，我自应相从于地下，只是我夫妇不善教子，恐这孩子气性乖张，坏了家老爷一生清白，因此我特地忍死须臾，制着孩子。如今你们已进来了，杀剐听便，我母子决不求生，但是我也受朝廷一命之荣，宁碎尸万段，决不受辱！"那徐斗已立起身来，按剑怒目而视。飞霞道人连忙摇手道："夫人、公子不要弄差了，我是来救你母子的。"童氏这才留神细看飞霞道人黑布蒙面，想着他如果是贼党，何必蒙面？便道："既蒙前来拯救，何故不以真面目相见？"飞霞道人急道："朱高煦那厮认识我，不得不秘我行藏。夫人快不要迟疑，贼子就要来了。"夫人道："既如此，请恩人将这孩子救出，留先夫一条根，我自有法自处。"

徐斗急了，问飞霞道人道："俺一人本想救出，无奈母亲不肯。如今蒙恩人相救，还求助一臂之力，我即背母而逃。"说罢，便要来背母。童氏喝道："谁要你背？徐氏的祭祀、报仇在你一身，何等要紧！你只顾自己吧，我自会走。"便立起身向苑中走去。飞霞道人忙问徐斗道："公子能上高吗？"徐斗点头。飞霞道人便道："须越墙出去，方得平安，请背令堂上屋吧。"徐斗便要背他母亲。忽见他母亲童氏夫人大叫道："老爷，我也来了！你在这里，我还到哪里？"声未毕，已飞步扑入苑井里去了。徐斗顿足大号，要跳入井中去救母，飞霞道人忙拉住他道："令堂义烈炳彪大志已成。须知令堂以此为安，你岂可故意违拗？况且令堂方才训你的话便是遗嘱，你身负报仇重任，这时岂可轻生，反使父母九泉抱憾？"徐斗没奈何，只得向井拜了四拜，将身来想要挖阶石将井掩盖。飞霞道人便将东墙根卧着的一对烂石狮，是衙门前才换下的，一手提起一只到井前，将两狮叠起盖了井口。心钦童夫人的义烈，恭恭敬敬作了个揖。徐斗来叩首谢了。

飞霞道人和徐斗回到房里，细软早已收拾，奴仆们早经童夫人叫他们搭梯缘墙走了。徐斗便将细软和飞霞道人分背了，飞身上屋，越墙出了衙门。这时，天已昏黑，飞霞道人便领着徐斗在屋上蹲膝鸽行，悄悄地越过十多家屋脊，寻了个空阔处，才跳将下来。飞霞道人将面上蒙的黑布扯了。徐斗也整了整衣履，随着飞霞道人拣小巷黑地径到北极阁下来。

到了徐府墙外，飞霞道人招呼徐斗，飞身蹿上墙头，打前苑下去，回到房中，卸下包裹。徐府中人素来知道飞霞道人的本领，都不惊骇，见他同了个客人回来，便送了茶水，开上酒饭。飞霞道人请了老总管来，将兵马司的祸事一一向他说了。请他转禀夫人听："王先生想留徐指挥公子在府中屯住几日，如可时，便请吩咐府中上下人等休要说出。"老总管进去了，一会儿，出来道："夫人说：'本家公子且是忠良之后，理当留住。只恐招呼欠周，烦请本家公子原恕，府中人俱已嘱咐过了，请王爷放心。本家公子饭后，还请到上房相见。'"徐斗立起身来，一一应了，方才落座和飞霞道人吃酒。

可怜徐斗想着父母俱亡，轰轰烈烈的一家人家，霎时间变成家破人亡，寄人篱下，那心中的惨痛凄惶，真是非言可喻。想到伤心处，泪眼婆娑，却又想着身在旁人家中，不好哭得，只得强忍着，哪里还吃得下咽？飞霞道人知他伤心，便想拿话岔开他的心事，故意问他："几时上学？几岁习武？师父何人？学的哪一派的拳脚？哪一门军器？"

徐斗答道："先母也是武道家风，因此俺自小就锻炼身体。自下地起，每日拿药煎水洗澡。三四岁上，母亲便教俺打熬筋骨。六七岁上，便学着蹿高跳远。先时取一方砖搁在地下，跳上跳下练习。每十天加厚一块砖。到十岁上，便能腾身上屋了。拳脚弓箭是先父教的，习的是武当拳，练会的随身兵器是长、短两样锐。十五岁时，随先母到普陀进香，遇着醉比丘大通大师，便拜在大师门下，仍学的是两样锐，如今正在练镖和石子，还没练好。上学读书是六岁时，先母教识字发蒙。后来也拜过几位老师，却不曾读完'五经'。"飞霞道人又问他："还有什么亲故吗？"徐斗叹道："俺徐家原是寒门，先父便是单传，俺也没兄弟姊妹。"

正说着，徐府大公子徐钦到来相见。彼此施礼，客套谈话，不必细表。待飞霞道人和徐斗饭罢，洗漱毕，徐钦便称："奉家慈命，请宗兄到内里相见。"徐斗忙起身答应了，徐钦又请飞霞道人到内堂，说是"家母有请"。飞霞道人便领着徐斗，徐钦随后，向后堂上。

徐夫人已在堂上相迎，飞霞道人向徐夫人拜揖，徐夫人还了个万福，说声："请坐！"徐斗便上前向徐夫人双膝跪下道："小子热孝在身，冒昧轻造，还求夫人恕罪。"徐夫人一面还了半礼，一面叫徐钦："快扶起来！"徐钦便搀了徐斗起来。徐夫人看时，徐斗生得俊目秀眉，神采飞扬，颇有些像二公子徐奎的模样，颇为喜悦。徐斗见徐夫人慈祥恺悌，如明月照人，也甚为欣慕。

徐夫人向飞霞道人问起今日中城兵马司的事，飞霞道人大略说了一遍，徐斗在旁听着，泪如雨下。徐夫人也愤愤不平道："本家公子，你尽管在寒舍住下，若有人想来残害你，我便将这条老命拼了他。高煦那厮，他母舅素来不喜他，说他没用，将来一定是个祸种。那时，我只说先国公是偏见。因见他膂力过人，还许他将来一定是国家栋梁啦，不想这厮竟会变成这样了。近来我时常听得亲友们谈说他的事，说他向各营挑选了三千名健士，自己带着，不受兵部管辖。又说是他叫这些健士，向京城里和近畿四郊等处打家劫舍，拦抢过客行商。我还说高煦这孩子不过是欢喜闹着，那些抢劫的事，总是他手下人倚势横行，不见得就是他的主谋。不料他竟这般无赖，太子也太忠厚了。如今今上北巡，太子监国，怎不压制他，直让他胡闹到这般田地呢？"

飞霞道人道："夫人还有所不知啦！"接着便将朱高煦谋逆要先杀太子的事告诉了徐夫人。徐夫人听了大惊道："这还了得！靖难之变，叔侄相残，先国公尚且忧愤亡身，如今竟是父子兄弟间，生出这般的逆谋来，这还成什么帝王家，简直是枭獍禽兽了！王世叔，您是当代大侠，难道竟忍坐视禽兽横行吗？"飞霞道人便将武当诸侠如今所准备的详细情形一一说了，并道："二公子北上，便是去剪除他的羽翼，捣毁他的巢穴。京城里，只我一人在此。却是太子应有五个月天子之分，天数不该绝，谅来这逆谋是不会成功的。"

说话间，徐斗见徐夫人如此忠正，心中敬佩已极，便起身向飞霞道人附耳说了几句。飞霞道人听了，面露笑容。徐夫人便问："王世叔，本家公子说什么？可能让我知道？"飞霞道人道："正要禀告夫人，讨夫人示下！徐公子如今只身孤零，无所依托，见夫人慈和中正，十分景慕，要想拜给夫人做个义子，不知夫人能不嫌他门楣不称吗？因此不敢冒昧求请，托我转探夫人的钧旨。"徐夫人喜得笑逐颜开道："本家公子这话太谦了。我家先王、先公还不都是甲士出身吗，说起来，门楣正是一样啦！只是我德薄能鲜，不敢当本家公子的厚意罢了。"徐斗听了，也不再说什么，立起身来，奔到徐夫人座前，推金山，倒玉柱，行了个三跪九叩首的大礼。徐夫人忙还了三拜道："怎的这般性急，也待我择个吉日良辰呀。"徐斗叩罢起身道："孩儿得早日依在母亲膝下，使得早沐教训一日。"又转身拜见了徐钦，正要向飞霞道人行礼，徐夫人叫住说道："我两个孩儿都在王世叔跟前学文习武，如今有了你这个好儿子，便也拜王世叔为师，一总烦请教导吧。"徐斗应声："孩儿遵命。"便向飞霞道人倒身八拜。飞霞道人也还了半礼。各人都喜气洋洋，顿时荡去一天愁气。只是徐斗触起心事，终有些难过，只得强抑衷怀，且自承欢色笑，讨寄母个欢喜。徐夫人知他心中悲愤，百般地安慰他，真如亲生儿子一般。问明了徐斗的年纪，今年十八岁，比徐奎小一岁，便叫都总管和管家婆吩咐内外人等，概称为三公子。

当夜谈到二更将尽，飞霞道人告辞出外安宿，徐斗便同徐钦宿了。次日清晨，徐斗随着徐钦向徐夫人请过早安，便到外面书房来见飞霞道人。徐斗便将带来的金珠细软，约值万金，献给徐夫人，徐夫人坚不肯收。后来还是飞霞道人说："且托夫人管着，府中要用费时，不妨支用。将来三公子成家时，再给还便了。"徐夫人方才收下。这时徐府虽是革了世爵，皇亲国戚是革不掉的，故声势还在，场面不能寒酸。家中被抄以后，万分艰难，甚至粟粮不给。幸得徐夫人苦心撑持，才幸而未失颜面。如今徐斗交给这项巨金，紧急时，自不免挪用些，所以飞霞道人有这种说话。自此以后，徐府留宾款客、往来应酬、家用开支等，才不致如前时那般拮据。

徐斗从此在徐府住下，逐日随飞霞道人习武读书。徐夫人待他和徐钦一般无二，十分慈爱。闻得他也使长短两样镋，便叫都总管照徐奎带去那一柄溜金镋和一对龙角镋的样式打造一份，给徐斗练习。徐斗虽是冤苦填膺，幸得逢这慈母爱怜，也减却些许悲痛。

飞霞道人救了徐斗之后，次日清晨便出外打探昨日的事如何了结。出了大门，信步向中城行来，道过一人巷，猛然想起昨日曾见郑天龙走进这间屋里，后来因为兵马司的一扰，便浑忘了，夜间不曾去探得，不知这家子是甚等人家？想着便在那门前踱来踱去，往来了两三次，留心窥看路径。忽见小门一开，一个老婆子送出四个昂藏大汉来。

飞霞道人便暗中远远跟定，看那四人之中，有个身躯格外肥大的，好像是武当山的大弟子铁臂施威。暗中赶近些瞅去，果然是他，不觉心中诧异道：他怎么到此地来，且打那小屋子出来呢？心中既十分惊异，脚下便紧紧相随不舍。先后相逐，走到太平街来。那铁臂施威似乎觉着后面有人暗中跟随，故意放缓脚步，比那三人稍稍落后，约差了三五步远近，便回头向后一望，猛然瞅见暗中跟随的是飞霞道人王通，急使个眼色，略摇了摇头，仍赶上三人去了。

飞霞道人见了，料知施威必有道理，却是终不明白，他递眼色其意何在，只得仍旧远远地跟着。将到中营巷跟前，见施威同那三人向一家酒馆中去了。飞霞道人向那酒馆门前走过时，听得酒伙计向那三人中的一个叫"承值老爷"，知道他是王府承值。却因施威曾递过了眼色，便不进那酒店，径自回家来。

到了晚间二更过后，便将衣服换过。徐斗瞧见，便问："师父上哪里去？"飞霞道人便将昨今两日在一人巷，见一家小门户人家，常有不尴不尬的人出进，且见武当大弟子铁臂施威也打那屋里出来的话，告诉了徐斗。并说："我如今想到那屋里去探个究竟。"徐斗忙拦道："师父不必去探得，那屋里的事俺全知道。"飞霞道人诧道："你怎会知道？"

徐斗道："那屋里是朱高煦那厮特地造的，故意将外面造成小家门户，里

213

面却全照北京样式。前面有个大院落，朝南三间大厅，宽大异常，一间厅可容三五十人练刀枪，东西两面各有二三十间房子。一样地有炕，有桌椅，还有枪镖刀箭等家伙。当中苑子容得几百人走阵，地下全都是水磨刻花青石板墁着。当中大厅有公案和印剑符令，架威武棍和兵部大堂相仿佛。打大厅屏风进去，便是一座大假石山。那里面有机括，须得屋里人带领方能再进去。过了石山，便是一座大花园。骤看去，只是些亭台阁榭，里面却是打造军器的也有，烧丹炼药的也有；还有些密室，不知是做什么用的。总共各处，都安着机括，防守十分严紧，外人进去，别想出来。听说这屋子是非非真人布置的，朱高煦花了不少的银钱，才造成功。如今有许多绿林好汉和京城内外犯了法的逃犯都住在里面。外面把这屋子叫作汉王宫，京城各衙门虽全知道，却没人敢过问。"

飞霞道人道："你怎么知道这般详细？"徐斗道："这屋子造好了四五年了，落成时俺只十四岁。因汉王府长史钱巽和先父很要好，便领俺去游玩过一回。后来俺时常去寻钱巽，因此知道详细。师父如今去时，里面机括厉害，偶不小心，便被陷了。依俺愚见，与其涉险去探汉王宫，倒不如到大内去宰了朱高煦那厮，来得痛快！"飞霞道人道："朱高煦那厮还不当死，我且……"

话未毕，猛听得窗外呼声风响，接着窗槅下，啪！啪！啪！有人拍了三下。徐斗忙起身去摘壁上的长剑。飞霞道人连忙拦住道："不要鲁莽，这是武当同道的暗号，想是施铁臂来了。"说着，便伸手将窗槅拉开，却将身子连忙向后蹿去。闪眼一瞅，果是施威和一个年轻汉子先后蹿将进来。飞霞道人忙上前相见。那年轻汉子向飞霞道人拜揖道："小侄参见师叔！"飞霞道人定睛看去，却不认识，便问施威："这是何人？"施威答道："便是枣林寨小罗通蒋庄。在武当学拳时，曾见过师叔。闻得师叔在此，特地同俺来进见。"飞霞道人猛然想起，叫徐斗和二人见过坐下，向蒋庄道："那时你才十三四岁，如今长大了，难怪不认识了。你一向在哪里？因甚到京来的？"

蒋庄道："小侄下山后便回到家里。恰遇着收茶税的原差绑打俺父母。一时气愤，将原差杀了，奉着父母，逃走到枣林寨，遇着刘大个儿刘致，便落了草。后来周吉师兄也来了，刘大个儿却因奸案身死。俺和周师兄要给他报仇，乘那弓按院卸任时去截杀。正和弓按院带的保镖达官斗着，恰遇丈身和尚路过，劝醒俺俩，知道刘大个儿照法当死，弓按院确是好官，便自愿跟随弓按院保镖，如今弓按院到京，便跟来了。这两天出外闲逛，想便寻访丈身和尚可曾到京。偶然遇着施师兄，今日和施师兄晚饭，施师兄说起师叔在京，便同来了。"

飞霞道人道："你要寻丈身和尚吗？他也是你的师叔。不过他在荆州，不大到武当来。偶尔来一次，你不曾记得罢了。如今他到河间去了，你早两日来，遇巧还可见得着他。"施威听了，心中一惊，忙问："丈身师叔因甚到河间去？可是为霞明观的事？"飞霞见他面露惊惶之色，知大有缘故，忙道："是的。你为何着惊？"施威道："俺正为这事要见师叔。不知丈身师叔是独自去的，还是有人同去？"飞霞道人道："武当、五台门下的人差不多全去了，他这趟是到武当邀你师父一同去的。"

施威听了，略觉放心道："如今闽广派的大头脑常山蛇云漫天，已率领他们一派的剑客到河间去了。那白莲教和闽广派合起来和咱们作对，咱们自然要用全副精神去对待他。俺闻得他们已在塞外阴山上筑起城寨，起造宫殿，招军集马，作为造反的基业，咱们要对待他，也须在那面有个这般的所在才好。只是一时到哪里去寻呢？"

飞霞道人方要答话，忽听得窗外有人扑哧一笑，大声说道："甭你瞎担心事，旁人早弄好了！"屋内四人一齐大惊，飞霞道人连忙噗地一口将灯吹灭，窗户尚未上闩，四人各自捞拔军器，先后蹿出窗来，飞身上屋，只见暗雪严霜，映着一条黑影，还现着峨峨高髻。四人方要赶去，那黑影右手一扬，一摆细腰便不见了。半空中却有件东西，迅如飞石，向施威面门打来。

要知黑影是谁，打来的是什么东西，请读下文便知分晓。

第十九章

寄讯传书只身南下
同心勠力联袂北行

话说飞霞道人和铁臂施威、小罗通蒋庄与徐斗四人听得窗外有人说话，各持军器，蹿窗而出，来到檐上，见一女子黑影，一扬手，打来一团黑物，接着一扭身腰，便不见了。飞霞道人忙上屋脊，四面细望，竟没些踪影，心中大诧道："哪来这般本领的女子？别是石瑛吧？"施威已拾起那女子掷的黑物，原来是个小布包儿。便和徐斗、蒋庄三人也到屋脊上瞅了一会儿，等待多时，没一点儿动静，四人只得快快下屋来。回到房中，将灯点起。

飞霞道人满心疑惑，不知这女子是谁。进房来，便问施威："那黑影打来的是件什么东西？"施威才想起来，一面向囊中掏取，一面说道："是个布包石子。"便将那小布包递给飞霞道人。飞霞道人向灯下看时，却是一个小小的绯色绡口袋。沿口有条领口小丝绦儿扣着，打了个小蝴蝶结儿，做得十分精致可爱。便先解了蝴蝶结儿，将口袋撑开，提着袋底，向桌一倒，当的一声，掉下一个玉佩，外面却裹着一张字条。连忙将那字条拾起，向灯下看时，上面写道：

> 某受雁门关指挥霹雳杨洪之托，专赴五台，谒长者闻友鹿，不
> 遇。讯知长者云踪入豫。复至河洛访询，则又遥临燕冀矣。至燕京
> 居匝月，郁郁无聊，乃动探察霞明妖窟之兴，乃不期值友鹿长者于
> 危难之际，蒙垂拯于机陷之中。
>
> 幸霹雳寄书犹存身畔，既出妖窟，呈之长者。则牛儿丑赫已归
> 依了了大师座下，为望门弟子。遵了了大师之嘱，创业燕北居庸关
> 下。霹雳欲行其攘夷平逆之志，因为丑牛儿划策，使辟此基，为天

下英雄容身之所，庶克集力而荡平妖教，为百姓吐气，为吾宗增光。友鹿长者阅之，首肯者再。因嘱某往武当。至则周道长已南游西子湖滨。余既受长者之命，遂有杭州之行。顺道至小茅庵进谒家师醉比丘。家师因以诸前辈行踪相告，且命急速来京，犹及见丈身师伯。昨夜至此，知丈身师伯已行矣。某与诸公尚未谋面，义不宵谒，且未敢搅清兴，用特草字奉陈。如北上，或有音书，可径至居庸关下卧牛山中即得。某将南赴祥珂，不克再作寄书邮矣。他时相见，愿在卧牛屠贼献俘之时，共图快叙也。即此顺颂如愿。混天霓敬上。腊月十七日。

飞霞道人一面阅，一面摇头道："好一个调皮女孩子。醉比丘有这般个伶俐弟子，怎么我不曾知道呢？"徐斗道："俺曾经听得大师父说过，有个女弟子姓张，不知可是她吗？"

施威道："且不管她姓不姓张，瞧她这信，料不是假的。咱们如今只商量咱们的行止吧。"飞霞道人听了道："正是。闹了半天，倒把要问你为什么住在朱高煦那厮巢窟里的道理岔忘了。你且说出来，大家也好作计较。"施威道："这事不是俺自己干的。"飞霞道人诧道："如今不是你自己住在那里吗？为甚不是你自己干的呢？"徐奎、蒋庄听了，都不觉笑了。施威急了，大声叫嚷道："委实不是俺自己干的！……"飞霞道人忙摇手叫他轻声。

施威方低声说道："俺师父特地叫俺打探白莲教的奸计内情。俺出外走了许多时，到处都只听得白莲教里人作怪，却不曾得知他们有甚密计。后来，俺到山里，师父便教给俺许多法子，便又叫俺投托朱高煦，探他的逆谋。俺便依了师父的话，去到渭南寻石亨。到了渭南，一打听，百姓全说石亨做了官回来修墓祭祖，如何如何的热闹。俺便照着师父的说法，故意去到石家祠堂前坪里卖艺。可是俺不认识那厮，心里想着：恐咱当面错过。正在着急，已到了石家祠堂门前，只得将场子摆开再说。忽见祠堂里面有两人送客出来：前面一个长髯过腹，方面大耳，一对眼睛直如闪电刺人；稍后一个面庞儿活脱像个大虫。那客却是个买卖人。这二人打俺跟前过时，有个瞧热闹的和尚叹了口气说道：'如今天下没甚大乱，怎么这两个人都是百战功成的公侯之相，难道还有大战吗？'说着便向旁人打听。有人说：前面的便是盖关西石亨，后面的便是铁棍石彪。俺便连忙检开场子，打起拳来。那说石亨要做公

217

侯的和尚这时也在那里看拳，尽只望着俺点头。俺心中诧异，仔细一瞧，才认出是五台派开宗的了了师叔。正想收住拳脚和了了师叔说话，石亨已送客回来，也走到人圈中立着看拳。见俺使了两套拳脚，又耍了一趟大刀，连喝了几声彩。便一面和了了师叔说了几句话，一面便招呼俺收场子到里面去说话。俺这时心里又惊奇又欢喜，想着师父的计较真赛过孔明，竟有这般灵验。后来和了了师叔同到祠堂里面，了了师叔装作不认识俺，俺记着师父嘱咐：'到了渭南，见了石亨，如果有同道人在旁，不许先去叫应。'便也不和师叔见礼。石亨先问了了师叔：'怎见得俺将来可以位至公侯？'了了师叔说了许多俺不懂得的话，只知道有几句是劝石亨得志后，要平心守正，别人心不足，再贪心大位，便可保得善终。向石彪也是这般说。石亨、石彪都很佩服。待石亨回头问俺时，俺便将师父教俺的一篇话说道，家遭荒旱，无处托身，只得卖艺糊口。石亨竟然相信了，便要留俺住在他处。俺又照师父教俺的话说：'想到南边投营去图谋个出身。'石亨便说：'你有这般本领，投营当兵，太可惜了。俺送你到个好所在去。'这时了了师叔满面不自在地突然厉言问俺：'你到南边去，可是有人叫你去的？'俺被这一问，吃了一惊，怔了一怔，才想出一句：'俺师父曾说过要投营得到南边去的话，俺如今急了，便想着要去。'这话一说，了了师父算没事了，却又惹起石亨问师父是谁，好在师父曾嘱咐俺，有人问时，只说：'师父是河南田烈。'要不然俺真要被他问出真话来了。了了师叔听了只笑着不则声。石亨便说出要荐俺到汉王跟前去当健士，并说汉王如何礼贤下士，如何爱好汉，俺去定有好处。俺想着俺师父真未卜先知，一点儿也没错，便也谢了他。当晚俺随石亨到他家里，了了师叔却告辞走了。次日，石亨修了一封书子给俺，俺便动身进京。路上折回山里，师父说不久要到塞外去了，又教了俺许多言语，命俺火速进京。俺到京后，好容易才遇着个汉王府的侍卫，请他喝了好几次酒，又送了他十两银子，才由他引见了朱高煦。叵耐那厮瞧不起俺，只给了二十两银子，将俺送到汉王府去住着。俺探不着什么，气闷不过，只得逐日和汉王府里一班武打朋友出来鬼混，却没有想起师叔也在此地。今日遇着师叔，生恐师叔叫将出来，可没把俺急坏了。"

飞霞道人听毕，便道："你如今不必探旁的，只要把汉王府里的机括路径探熟了，便是奇功一件。"施威听了低头沉想，似是十分作难。一会儿，忽猛地拍手道："有法子了！那汉王府里有个小道士，是非非真人徐季藩的徒弟，命他在这里专一看守机括的。那小厮才十几岁，名叫八哥儿王济，和俺很说得来，时常向俺问拳法刀法，俺也教了他许多。那汉王府的机括，俺一辈子别想弄清楚，只有将王济弄了来，便行了。"飞霞道人道："既有这般一个人，这汉王府便不难破了。只是要设法去笼络他才好。"

蒋庄攞言道："如要破汉王府时，便先将这小厮盗了来也得。这还不为难，只是听说白莲教已发出知单，借着开年上元时，真仙飞升，建罗天大醮，邀请天下教里人以及和他们相好的绿林好汉、剑客英雄到河间作会，借此起事，这倒是一件大大的可虑的事。俺东家弓按院今日陛见，永乐爷亲口升俺东家做北直隶布政。这一来，河间正是该管之地，俺因此特地同施师兄前来，问问师叔，可有什么好的方法，给国家除却一害。"飞霞道人道："如今只好先将此地安排好，咱们再一齐到塞北去，合力扑灭那邪教。好在丑牛儿立了个基业，我们去了，不至于没地屯住和他作对不来。有了根基，大家都可聚集，进攻退守，都好办了，无论如何，终可和他拼个死活存亡。"

施威听了便也要到河间去。飞霞道人想了一想道："你去将那八哥儿交结好。待我将此地事情铺排妥帖时，是能够去，我一定邀你同去便了。"徐斗在旁听了半日，听说大家都要到河间去，忍不住了，便攞言问道："师父，此地的事怎样铺排呢？"飞霞道人道："暂时不必细问，将来自知。"

说话间，天色已泛虾白。飞霞道人便留施威、蒋庄吃了早点再回去，施、蒋二人也不伪谦。这时徐府奴仆渐次起身，众人便不再谈机密事，只叙些武艺交情等事。徐府中人于这种半夜有客来、天明才知道的事，素来看惯了，没人当作稀奇，只当平常一般伺候。吃过早点之后，施威恐时晏了出去，被人撞破，便告辞要走。蒋庄恐周吉等悬望，也起身告别。飞霞道人也不强留，和徐斗两个，送到二门，便转身进来。

徐斗问飞霞道人："蒋庄是个何等样人？"飞霞道人道："他也是武当门下弟子。使得一条好枪，因此人称他为小罗通。还有一门惊人本领，能在水中伏一昼夜，且能睁眼瞧物，委实是一条水陆两路的好汉。他十二三岁时，随张三丰打渭河走过，曾独力打死一只狼，张三丰极爱他天生神力，便将三十六路罗家枪全教给他了。"

徐斗道："师父可知道他的出身吗？"飞霞道人道："不大详细。只听他说过幼年曾充小厮，遇着张三丰时才九岁。"徐斗听了，陡然叹了口气道："果然是他。"飞霞道人急问道："你知道他家吗？我在武当时，听张三丰说是在

219

戏班里救出来的。时常见他因为不知道自己的父母在哪里，背人流泪，怪可怜的。你若知道时，告诉他也是一桩好事呀。"

徐斗道："师父不见他有几年了，方才不曾问他已寻着生身父母吗？他本姓是蒋，四岁时，因为上谕申茶禁。碉门茶马司借端讹克，原例是：以茶八十斤易上马一匹；中马便是六十斤，下马只得四十斤。他家祖代贩马，茶马司一次易了他家一百多匹马，却只给了一千斤茶，将本蚀完，借来的银齐要索还。他父亲便逃走了。他母亲领着他，被债主送到兵马司。后来变产摊账，一百两的账，只还六两银子。债主见他实在没有，且都可怜他是受了茶马司之害，便也罢了。他母子出狱后没处投奔，先母便将他母子收留在家中。后来他七八岁上元看灯时，忽然不见。如今看来，大概是拐子拐了去，卖与戏班子了。彼时先父曾叫人寻了两个多月也没寻着。前日俺家这次变故，他母亲不知逃到哪里去了。不然时，也可使他母子重逢。"飞霞道人问道："你怎知你家失落的蒋家小厮便是他呢？"徐斗答道："俺幼时，和他常日在一处玩耍。记得他左右眉心各有一粒红痣。夜里灯下看不明白，方才送他出去，在苑中天光下，瞧见他眉间红痣宛然，面貌也依稀仿佛，还是当年模样，所以动问师父。"飞霞道人便道："下次会着他，你可向他说个明白，也好让他得知身所来自。"

正说着，家人拿进一张宫门抄来。飞霞道人接过看时，上面有一道上谕：定明年特开恩科。又有一道谕旨，命京营总兵宫门值宿。看罢暗想：难道朱高煦的逆谋泄露了吗？要不然銮舆亲征未返，为甚要京营总兵宫门值宿呢？心中颇觉迟疑。徐斗见了，也以为稀奇。

一会儿，徐府都总管往外面喝早茶回来了。飞霞道人一面邀他坐下，一面问他："今儿早上可曾听得什么奇闻？"都总管唉了一声，说道："如今世界，真别提啦，事情越出越稀奇了！中城兵马司的案子，已经闹得街谈巷议，一天星斗。不料昨儿又出了一桩更加稀奇的事。"徐斗忙矍问道："到底是一桩什么事啦？"

都总管道："前儿下午，申牌时分，有二十多个汉王府的健士到洪武门中书李老爷家中，将李老爷捆了，箱笼银钱全抢走了。李老爷不该破口大骂，那厮们便将李老爷拖到大路上杀了。后来李夫人去兵马司首告，兵马司竟不敢收状子。一会儿便有汉王府侍卫来向兵马司要李夫人，说是王爷钧旨：李家是贼窝，王爷丢了的东西全在他家，贼首已经正法了，贼妇应交锦衣卫推问。兵马司更不问青红皂白，派人将李夫人锁拿，交锦衣卫。卫里也不管李夫人是女人，也照犯官例行杖，李夫人竟立毙杖下。师爷说这事儿可不冤透了吗！"

徐斗听了，陡然触起心事，牙齿咬得咯咯地响，两行热泪夺眶而出，哽声喝了句："好逆贼！"再也说不出话来了。都总管忙道："三公子不要着急呀！话还没说完啦。待说完时，保管公子不急了。"飞霞道人忙问："底下怎样呢？"

都总管道："昨儿上午里面得了信儿，知道这桩事了，立时奏知皇后娘娘。皇后娘娘传了汉王去教训一番，汉王硬赖说是旁人假名的，皇后娘娘竟信了他。不料到了夜里三更过后，皇后娘娘寝宫里的墙上陡然有一把雪亮的解腕尖刀，顿时一宫都惊慌起来了。正闹里，不料太子寝宫里也有一支小箭射在墙上，宫内更加闹起来了。内相们全急得走投无路，东厂里派人进宫搜查也没查出什么。后来还是太子自己瞧见寝宫近梁上有一道符一般的一张纸，忙叫人取下瞧时，上面写着，说是汉王要造反，须格外小心。又说倘再不约束汉王，会要激成官民大变。并将汉王抢劫奸淫、汉王府里养着许多强盗绿林的事，一一说个明明白白。听说做这事的侠客还是个娘儿们啦！"

飞霞道人问道："怎知她是个娘儿们呢？"都总管道："听说那箭上刻着'蛾眉毕竟胜须眉'七个字，这不是娘儿们吗？昨儿那里本来就调了京营总管带兵值宿，今儿听说又调了三千御林军，还叫侍卫全班值宿啦。"

飞霞道人道："你怎知道这般详细？昨儿个调京营总兵值宿可知因甚事体？"都总管道："调京营总兵值宿，听说是因为尚书夏老爷大前天夜里，也是有个侠客留书，说有人要谋杀太子，要他提防汉王，护持太子。夏老爷便告诉了太子。我今儿早在秦淮河边大览楼茶店里遇着个相熟的内相，我问他：怎多时不见？他说'没工夫出来'，便将这些事告诉我了。这事京城里都传遍了，谁不知道？还有说是神仙显圣保国的啦。"飞霞道人和徐斗听了，心中都想着：这些事一定是那昨夜留书的混天霓干的。却不能准是她。

说话间，已是早饭时了，都总管起身告辞回房去了。飞霞道人向徐斗道："方才听得的这些事，我本来就想是如此干的，这么一来，朱高煦那厮自不敢动手。不料如今有人干了去了，永乐爷也快回銮，京城一时可保没事，咱们就拾掇拾掇到河间去吧。破霞明观是咱们武当、五台两派和闽广派、白莲教拼生死的关头，咱们只要能够抽身，自应赶去，只不知小罗通、施铁臂二人

221

能同走吗?"徐斗道:"师父何妨去问问蒋师兄?"飞霞道人点头道:"我这时便去会小罗通去,夜里再去寻施铁臂吧。"

说罢,便换了秀士打扮,独自出门,直往王府巷弓府来。行到鼓楼下,忽见前面有御林军和内相提牌洒道,知道是太子出来了。猛然想起今日是立春,太子监国,自是代今上行迎春礼,便闪向鼓楼山上避道。

霎时间,只见天子銮仪、文武官员一对对地过去。因是代皇帝行大礼,故而用了全副仪卫。足足过了半个多时辰,才见远远地八骏乘舆冉冉而来。两旁武士夹道,内相手提豹尾鞭,按着细乐声缓缓地簇拥着銮舆行走。才近山脚,山上百姓一齐俯伏。飞霞道人这时闪在鼓楼短墙内,觑着外面,便免得跪下。

正在观看,忽见那俯伏的人丛中猛然有一老人,四肢一撑,就那么伛偻着,一面向山上枯草中,抓起一柄长柄纯钢西瓜锤,如飞地向銮舆蹿去。飞霞道人认得这老人便是河洛大盗郑天龙,不觉大惊,暗叫一声"不好,今朝做出来了"。便顾不得一切,立时挺身而出,想奔赶上前抓住郑天龙。

不料郑天龙虽俯着身子跑,却其势比奔马还要快,飞霞道人才到半山时,郑天龙已到銮舆侧旁。只听得他大喝一声:"着!"双手举锤,如打铁锥石一般,手起锤落,直砸下来,飞霞道人只大叫得一声"不好",銮仪卫武士和侍卫都震骇得目瞪口呆,不知所措。太子朱高炽也只瞑目坐在车中待死。

正在危急万分之时,猛然听得一声虎吼般怪叫,对面山脚草中冲出一个黑鬖鬖的大汉,双脚一跳,横跃过车辕。伸起巨臂,向那锤柄,一肘刷去。只听得突的一声,那柄西瓜大钢锤,早飞向后面四五丈远的草丛中去了。说时迟,那时快,黑大汉一肘刷开瓜锤,接着那只手便拔出一柄牛耳尖刀,直向郑天龙喉间刺来。郑天龙不料凭空闯出个这般厉害的人来,大锤被扫,已大吃一惊,及见黑大汉拔出尖刀刺来,心中一慌,掣身便走。黑大汉握刀便追。那些侍卫内相人等,这时也都呐喊助威。

这时飞霞道人已看出那黑大汉便是铁臂施威,便连忙叫道:"施铁臂,快别追,小心他使调虎离山!"施威听得有人叫唤他的绰号,急回头一望,看见飞霞道人,便止步不追,转身说道:"师叔,你老什么时候来的?"飞霞道人便到施威跟前,拉他转来。

太子朱高炽在銮舆中已将这事前后看了个明白。便命内相:"请那救驾英雄来见。"内相连忙赶到施威跟前传旨相请。施威向内相道:"行刺的贼,名叫郑天龙，是汉王身旁的人，只向汉王索讨便得。俺懒散惯了，不愿见驾。如今太子可以平安无事了，也用不着俺了。俺还有事，就此出京了。即烦上复太子，俺去了。"说着又向飞霞道人道："师叔，俺们事完了，走吧！"飞霞道人应了一声好，便和施威二人施展陆地飞行法，掉头竟去。

内相没法拦留，只得回来复旨。朱高炽料知是奇人大侠不愿现面，便命起驾回宫。明知是汉王谋逆，便也不再追究。文武百官自有一番请安、请罪的做作，不必细述。

飞霞道人和铁臂施威二人向鼓楼山后绕小路到北极阁下来。到了徐府，徐斗迎进，连忙询问："师父可曾受惊？"飞霞道人便将施威独臂救太子的事述了一遍。徐斗不胜钦佩，便问施威："怎的知道今日鼓楼下有刺客？"施威笑道："俺也是刺客啦！"徐斗听了愣然，飞霞道人却点头微笑。

施威喝了一口茶，才说道："俺自离了此地，便一心想要到河间去。不料才回到汉王府，郑天龙那厮一见俺便迎上来，拉着手儿嚷道：'您好，您到哪儿逛了这一夜？俺哪里不寻到？如今可被俺逮着了。'俺一面和他搭讪着，一面问他：'可有甚事？'他便将俺拉到里面花园里去，还关照着俺别踏在磨砖当中，必须步步踹着砖缝才不会中机括。到了后面一间小屋子里，将门闭上，才和俺说：'汉王要俺去将太子干掉，俺已保了您，请您帮一帮。功成之时，俺和您富贵共分，还怕不封侯吗？'俺想着：郑天龙那厮到此地来，便说俺武艺好，很和俺要好，这话谅来不假，便打定主意要借此保驾。师叔你老瞧，咱们武当、五台两派不是为这事缠着许多人不能到河间去吗？如今落在俺手里，俺能轻放过去吗？当时俺便答应了他。他喜得什么似的，马上就去和朱高煦那厮去说了。

"今儿早上，郑天龙那厮便来邀俺，说明他先动手，俺帮着打侍卫内相们。他的家伙先就送到草丛中去了，问俺可要先将长家伙送去？俺暗想：俺只对待郑天龙，长家伙使不着。便说：'长家伙都在侍卫手中，俺只去拿便了，用不着送去带去的。'后来朱高煦来了，先给了二万贯洪武宝钞。并许事成之后，再每人给十万贯，登极时便封侯拜将。郑天龙那厮取了一万贯，俺也取了一万贯，却暗地里扎在身边。便和郑天龙到鼓楼下，分两面伏着。这原是他要如此分开埋伏好截击。俺想：这般更好拦他，便依允了。如今驾是救了，郑天龙那厮已知道是俺拦他了，俺在京里也再不能打探什么了，就此便到河间去，随着师父去平妖教吧。师叔，你老如今可到河间去？俺想今夜就动身了。"

飞霞道人道："我原想打破朱高煦的逆谋，救过太子便动身的。如今两桩事都已有人干过了。永乐爷已经返驾，就要到京了。谅朱高煦这时不敢有甚动作，正好趁这时候到塞北去，大家合力灭却白莲教，再来和闽广派拼斗。你如今既在京无事，咱们自然同走。"说着便叫徐斗去禀告徐夫人。

飞霞道人仍和施威说着话，忽听得徐府家人报说："城门都关闭了，锦衣卫、兵马司和京营人马都上街巡查，十分严紧，已捉拿了许多人去了。"飞霞道人听了想着：今天恐是不能出城过江了。施威生性急躁，听了益加烦闷。

二人正相对无言，忽见家人来报："弓按院公馆中有人来会师爷。"飞霞道人叫："请进。"一霎时，只见小罗通蒋庄领着莽大虫陈曼、赛雄信林慈、赛周仓周吉四人一齐进来。飞霞道人和施威起身迎接，一一相见过。周吉便向飞霞道人道："闻得师叔、师兄打走郑天龙，特来道贺。"施威不待飞霞道人答话，便抢问道："您怎的知道是师叔和俺干的？"周吉道："听人传说是这般模样。两个人救了太子，俺们便猜定是您和师叔去救驾了。可惜俺们不曾先知道，不曾帮着打得一场痛快仗。"飞霞道人笑道："我也是偶尔逢着。这事全是施铁臂的功劳。"接着，便将施威方才所说诳郑天龙的话向四人说了。四人听着，都称羡不已。

飞霞道人说道："想就此到塞北去，却又闻得城门闭了，十分严紧，这口风，恐怕一两天还平不下来，正愁着不得出城渡江。"林慈忙答道："这事师伯不必担心。弓布政已领了凭，陛辞请训过了，即日便得渡江赴任，师伯师兄急于要走时，一道出城渡江便了。"施威听了大喜，飞霞道人也觉爽然心安。大家高谈阔论起来。

正说话间，徐斗由里面出来。众人又起身相见过。飞霞道人问徐斗："你母亲怎么说？"

徐斗道："母亲说：'你尽管去，这也是你报父母之仇的一条路径。剪了高煦的逆党，便是灭高煦报大仇的始基，你好自为之。你二哥现随丈身大师在那里，你弟兄可合力同心，彼此照应，你告诉二哥，叫他舍身为国，休坏祖宗的家风。家中平安，可勿挂念。'俺一一答应，母亲又说，请师父耽搁一夜，好拾掇行李。"

飞霞道人便和周吉等商量在何处会齐出城。陈曼道："武当、五台两派要荡平妖教左道，弓布政原是知道的。如今师伯要同行，只要俺回来说一句，明早竟请师伯和师兄师弟同到王府巷一齐动身便了。"飞霞道人便托他四人向弓布政说明。四人齐声答应。

说话间，徐夫人已命人送出酒饭，并命徐钦出来陪客。周吉、蒋庄、林慈、陈曼等在席间高声畅谈，并约定赶到北直隶，准到塞外相会。如果霞明观还没破，一定同大伙儿杀贼。大家说得高兴，酒到杯干。还是飞霞道人恐怕误事，见众人都有七分酒意，便叫盛饭。众人狼吞虎咽吃了一饱，洗漱毕，周吉、蒋庄、林慈、陈曼便告辞去了。

徐钦随飞霞道人和徐斗送客转来，便向徐斗道："母亲恐您路上使用多，已叫人换了二千贯洪武宝钞，给您带着用费。您如到了地头，再要钱用时，可由镖局里或驿站上附封书子来，再寄来给您。"徐斗说："用不了许多。"绝不肯收，只取四百贯，其余的亲自送还徐夫人，并说："要时再附书子来，向母亲讨。"徐夫人便将给他预备的行李点给他。从使用的军器，长短锏和剑，到夜行衣、巾袍靴袜，无一不备。徐斗心中十分感激，诚诚恳恳地向徐夫人磕了个头。徐夫人拉他起来，又将代飞霞道人预备的行李包裹和三百贯宝钞，交给徐斗送去。

飞霞道人收了，异常感谢。便请都总管通报，进见徐夫人面致谢意，并告辞。徐夫人问："先生几时回来？"飞霞道人答道："此去归无定时。如果妖教当灭，一举成功，明年春上便可回来。若是妖教猖獗，迁延时日，归期便难定了。"徐夫人道："我只为大小子学业未成，二三两孩子随侍先生，和在家一样，偏是他体弱不能习武。如今先生为国家远去，只盼望早日回来，使小子得沾化成名，先国公地下也感激先生。"说着眼眶儿一红。飞霞道人见了，也想起徐辉祖临危相托的情形，心中也觉难过。思忖半晌，猛然想起个善处之法，便道："这事有个计较在此。大公子天禀聪明，文章已不难掇取巍科。只是治世之学，还没十分通达。晚生如果回来得速，自不必说；若是多有耽搁，杭州旋乾村于家，有子于谦，是个命世之才，丈身已代为聘请长沙吴璩去教学。此人比晚生高出百倍，敢说是当今第一个读书人，子学无所不通。大公子不妨从教，定能获益。"徐夫人听了，心下稍安，便恳飞霞道人会着丈身和尚时，务请丈身和尚修封书子，荐徐钦往随吴璩读书。飞霞道人满口答应。这时天已不早，便告辞出外面来。徐夫人又切实拜托了一番。

这一夜徐斗直和徐夫人、徐钦叙了一整夜。直到鸡声三唱，方才叩别了徐夫人，和徐钦一同到书房中来。飞霞道人和施威已经起身。正在盼望周吉等的讯息，忽见家人领进一人，正是陈曼。飞霞道人便问："弓布政可允同行渡江吗？"陈曼道："弓布政本来昨夜就要叫俺们来邀师伯和师兄弟过去，因恐师伯要拾掇行李，吩咐事体，因此挨到这时才叫俺来。如今便请师伯过去，那边都拾掇好了，只要师伯一到便动身。"飞霞道人道："这时天还没全亮，外面严紧，不如待一会儿再去吧。"陈曼道："不相干，弓布政早已虑到，叫俺带了兵部令箭来的，谁敢拦阻！"飞霞道人便和施威、徐斗收拾起程。徐钦叫家人拿着三人的包裹、军器，又备了几骑牲口，送到弓府，并要亲自相送。飞霞道人再三说："街上严紧，不要出去。你我交情不在一送。相见不远，再叙吧。"徐钦方送到大门外，向飞霞道人、徐斗洒泪而别。徐斗触起心事，泪如珠滚。飞霞道人虽豁达，也不免黯然神伤。

街上果是严紧异常。飞霞道人等遇着好几次巡街守街的兵将拦住，喝叫下马，要盘查。都是陈曼取出兵部金钺令箭便放过，如此闹了好几次，耽搁了不少时光。四人带着家人打马急奔，约莫巳初时分，才到了王府巷。

一望弓府门前，已是人喧马嘶，行李车马挤满了一条巷子。陈曼当先喝开道路，护飞霞道人、施威、徐斗和徐府家人到了门前下马。周吉等三人已在门前张望，见飞霞道人等来，一齐大喜迎上，叙问了几句，便同三人来见弓嘉宜。弓嘉宜这时正要动身，事体烦琐已极，无暇和飞霞道人等谈说，便托周吉、蒋庄等代陪，一面吩咐放炮启行。飞霞道人、施威、徐斗便和周吉等四人同行。徐府家人自行回去。

不知飞霞道人何时到塞北破妖教，下章再叙。

226

第二十章

绿水青山建基立础
金戈铁马破垒攻关

话说飞霞道人和施威、徐斗伙在弓嘉宜随从之中，飞霞道人仍是书生装束，徐斗仍是公子巾服，施威仍是达官模样。一行人簇拥着弓嘉宜，滚滚滔滔，直向仪凤门来。到得城内大街，只见城防兵将顶盔贯甲，弓上弦，刀出鞘，鹄立城门内。早有守城指挥，拦住前行马头，讨看文书。赛周仓周吉在甲囊中拔出兵部金钑令箭，大喝一声："你瞧!"如半空中起了个霹雳。守城指挥吃了一惊，再看这般来势，且有兵部令箭，料知官儿不小，便连忙闪开，照例高报职名，率兵丁开城迎送如仪。弓嘉宜也照例传了一声："免!"但见马如怒龙，人如激潮，拥着大轿，飞奔而出。

到了河边，早有前行顶马传知京江司预备船只。京江司官儿连忙调派了六艘十六桨追风快船江边伺候。弓嘉宜到江岸下轿，京江司官儿参见过，禀说："船只已齐。"弓嘉宜便传谕："渡江!"飞霞道人率施威、徐斗三人和周吉、蒋庄上了头一只船。弓嘉宜带着林慈、陈曼及家眷上了第二只船。其余众人分乘四船。只听得一棒锣声，百桨齐动，掉转船头，直奔对岸。霎时间，已到对江，众人一齐上岸，仍然人夫轿马照大路直往北行。

黄昏时，到了临江驿，落了驿馆。飞霞道人便向弓嘉宜告辞，弓嘉宜诧异道："先生不是出塞吗? 正好同路，为甚却要分行?"飞霞道人道："因为布政按站驰驿，时日太久，河间事急，不能再迟，所以要赶急奔往。"弓嘉宜更大诧道："难道先生独行反比驰驿更快吗?"飞霞道人没法，只得将要施陆地飞行法五六日便可到北京的话说了。弓嘉宜方不强留，只说："先生明朝再走吧。"当夜便置酒专请飞霞道人和施威等畅叙，并商量些到任后竭力合谋灭除妖教的方法。又取三百两银子，送给三人。飞霞道人坚辞不受，弓嘉宜也执

227

意不肯收回，飞霞道人只得收了一百两，辞了出来，便将一百两银子交给蒋庄，请他分赏上下仆从人等。众奴仆皆大欢喜，都来叩谢。

次日早晨，飞霞道人将牲口送给弓嘉宜，便和施威、徐斗各自背了包袱，施威讨了一条梅花枪，徐斗提着溜金镜，紧随着飞霞道人，好像保镖达官一般，辞了弓嘉宜，自行上路。周吉等四人也步行相送，叮咛嘱咐："到了塞外，务写信来。"并说到了北京，一定抽暇到卧牛山看师父和诸位师伯师叔，帮同打仗。飞霞道人一一答应了。说话间，已是十里。飞霞道人便要他们四人不要送了。周吉不依，还是蒋庄恐耽搁飞霞道人赶路，方才止步，拱手而别。周吉等四人自待着弓嘉宜来同行。

飞霞道人便率领施威、徐斗展施陆地飞行法，顺大路风驰电掣向北行来。一路晓行晚宿，只三天，便已行到山东北境。这日晚间，因为错过宿头，四面都是山林，不见个村庄。飞霞道人便道："今晚既已错过了宿头，不如就走个通宵吧。"施威、徐斗都想早日赶到，自然没个不遵从的。

三人便放开脚步，借着霜雪回光，向前急走。行了约莫三十余里，忽见前面有灯笼火把，点点火光迎面而来。飞霞道人便留心提防着，并叫施、徐二人小心。施威却以为是客商赶回度岁，走夜路的，不以为意。行不多时，火光已近。三人凝神看去，只见有二三十人，多扛着刀枪，飞奔而来，三人便各自预备，仍向前急走。

及至对面相遇，那面当先一条大汉，向三人大喝道："你三个是干什么的？上哪里去？"施威顿喉大喊道："干你鸟事！"那大汉大怒，喝道："与俺拿下！"飞霞道人正待解说，施威已挺枪直取大汉，狠斗起来。徐斗也舞锐上前相助。飞霞道人忙上前分劝。忽见施威无故打了个跟跄，便向路旁爬下。徐斗忙架住大汉的刀打救施威。飞霞道人知道那大汉有邪法，不敢怠慢，急挥剑上前，向那大汉睁目大喝一声："休使妖术伤人！"两眼精光射去，那大汉打了一个寒噤，飞霞道人奋神威突前一步，一把抓住那大汉的前胸，向怀里一撺，向后一摔，那大汉一连几个跟跄，向飞霞道人身后趴下地了。

飞霞道人掣转身躯，一脚踏住那大汉的背心，横剑架在他的头颈，如厨夫杀鳖一般，喝问："你叫什么名字？因甚打此地走过？怎的要使那妖术伤人？快说。"这时徐斗已救起施威，将那大汉手下人并力赶散，那大汉见没了救应，只得哀告道："爷爷饶命！俺也是奉令所差，身不由己。"飞霞道人大喝："不要尽闲话！"大汉忙求告道："爷爷松些，让俺细说。"飞霞道人便松了脚，将他一把提起，翻过身来，仍摔在地下，喝道："说!"

那大汉道："俺姓毕，名俞生，是教里人。因奉了教祖之命，特地送书子进京，打此路过。不该在路上贪取胎儿，耽搁了途程，因此赶夜路，不料遇了爷爷，求爷爷饶命。"飞霞道人急喝问："书子在哪里?"毕俞生瞠目不答。飞霞道人将剑一扬，毕俞生吓得双手抱头急道："在……在屁股里。"飞霞道人便叫施威取出来。施威、徐斗听了，正在诧异，不知如何取法。毕俞生早又哀告道："爷爷，让俺自己取吧!"说着，他便向腿布里拔出一把解腕尖刀来，将裤子拉开，口中念了几句，向右股一剜，早剜出个蜡裹丸儿来。接着口中又念了几句，将手向割开的口子一摸，依然是一块黑肉，毫无血渍。施威、徐斗才知白莲教竟有这般的邪法。

飞霞道人接过蜡裹丸儿，撂向袋中，便问毕俞生："沿路取了多少胎儿?"毕俞生答说道："取了十多个，都在从人篓内。"飞霞道人还要问他话时，哪知毕俞生乘飞霞道人不备，猛然爬起就跑。施威见了大怒，大喝一声："小子，哪里走!"抖手一镖打去，正中毕俞生后腰，扑地便倒。徐斗一个箭步，抢上前，手起锏落，将毕俞生后脑划开，脑浆迸裂，手足一伸，眼见死了，飞霞道人见了，便上前在尸身上割下一块衣襟，醮着血就在那尸身的白衣上面草写"淮南王道斩白莲匪一名"十个字，便和施威、徐斗仍旧赶路，各自留心，防着余党，行了一夜。天明时，已平安到了德州。

三人一路飞行急走，不到几日，便到了居庸关。向客店打听得卧牛山在关外阴山山麓，滦河上流。关上有总兵驻守，无文凭的不得过关。飞霞道人听了，心中纳闷。便向店伙计打听可有别处小路过去，店伙计道："只关西深山中有一条小路，却十分难走。时常有些偷关漏税的客商，打这小路翻山过去。只是遇着巡哨游骑时，吃罪不起。"飞霞道人听了，便打定主意，走小路过关。那山路险峨，却不在他心上。吃过饭，便问明了小路的方向，和施威、徐斗都全身紧扎了，将军器收拾过，给了饭钱，各将包袱扎紧。出店来，又买了些干粮、火把等物，便依方向向小路行来。

行了多时，果见两个山嘴环抱处，露出一条小黄沙路，只容得一人走过。三人便挨次向黄沙路走去，约莫二三百步，转了一个弯，便见陡壁悬崖、窄不容足的上山石级当面矗立。飞霞道人当先拾级而上，施威、徐斗也沉着劲，一步一步地踏了百多步，才上了这个峰头。展眼一望，只见前后左右上下回环，全是笔立柱竖的尖峰，春笋一般，不知多少。此外，便是怪石嵯峨，层峦重叠，一眼也看不透底，更没人烟田地。三人看了一回，神清气爽，意壮心雄。顺着樵径，向那最高峰头上翻上去。好得三人都是武功精湛，体力强健，一连上了三个百多步的高峦峻嶂。徐斗略觉有些吃力，飞霞道人和施威便都停了步，坐在山石上歇着，一面纵眼饱看雄关胜景。

正看着，只见三四个游兵沿着山坳走来。见了三人，便立住了脚，大声喝问："到哪里去的？"施威嘴快坦然答道："到卧牛山去的。"关兵听了微笑道："可是去会杨指挥的？"飞霞道人恐施威再说出不是的多惹烦恼，忙抢答道："正是。"那几个关兵便相视而笑，掉头径去。三人都不解是何缘故。却是只要免了麻烦，且不管他，仍起身越山过去。

沿路又遇了两三起巡哨关兵，飞霞道人便径说是到卧牛山去会杨指挥的，果然都不追究。一直过了山，来到关外，便脚不停步向卧牛山趱行。约莫走了一日，才到一所小市镇。打听时，名叫卧牛镇，还是大明地界。镇上驻着个指挥，便是霹雳杨洪。卧牛山便在镇后滦水对岸，飞霞道人才恍然大悟，杨指挥便是杨洪。原听得丈身和尚曾说过杨洪是友鹿道人的门下，和丑牛儿是结义兄弟。便将杨洪在大义寨的事对施威、徐斗说了，领他二人同到指挥衙门来。

杨洪听说飞霞道人到了，还有两人同来，连忙开门迎出，请飞霞道人等三人直到里面签押房中落座。见礼毕，又和施威、徐斗相见过。献过茶，便屏退左右，才问飞霞道人道："师叔怎也到此地来了？京中怎样了？"飞霞道人便将京中的事情一一向杨洪细说了，杨洪道："今上循运河回京，不日可到了。只要保得京中没事，妖教便不难灭了。"飞霞道人问："卧牛山情形如何？"杨洪答道："先时只丑牛儿带了二千多人来，后来俺师父来了，叫俺派人到关内迎接同道师长、兄弟。如今到山的有镇泰山潘荣等五人和山东来的众英雄。兵马聚了五千多了，如今正在筑城修寨。师叔来得正好，明年灯节便要去破霞明观了。"飞霞道人道："破霞明观固是要紧，如今却不只是破霞明观，还有更要紧的事，得大费气力啦。"杨洪诧道："难道又出了什么岔子吗？"

飞霞道人便将路上遇着白莲教送信进京的毕俞生，得到徐鸿儒亲笔给朱高煦的书子的事，告诉了杨洪。并将书子取出，杨洪看时，原来徐鸿儒另在塞外青草山闯了所在，并将青草山改名白莲山，招了许多绿林好汉、犯罪逃人，开山立教，放镖传徒。已经造成寺观，筑立寨堡，招兵买马，集草屯粮，预备大举。特地修书给朱高煦，一来索钱，二来约期动手，书末还附着白莲山的人名职务。

杨洪看罢大惊道："原来有这回事，怪道俺来此时，边关都督吩咐：巡哨不许出境，青草山不属我国，休去惊动惹事。原来有这么一回事。俺到此一年多了，徐鸿儒那厮自然全弄齐备了。这地方不比霞明观，他占了这山头，委实可以进战退守。似这般一波未平一波又起，看来妖教更不易平灭了。"说着露出满面愁容来。飞霞道人便道："天使我们得以剿灭妖教，得着这书子，知道了他的内容，自有方法破灭他，何必着急呢！"杨洪叹道："师叔有所不知。近来塞外连年用兵，溃兵散将和些亡命之徒都奔集于此，各占一片山头横行乱闹，兼之番部诸酋和这些绿林勾通一气，使他扰边。他们也仗番部接济粮草。如今有这般个妖道到此，炫邪惊俗，外结番部，内联群寇，更难办了。"飞霞道人听了，也觉这事越加棘手。

杨洪想了多时道："俺见短识浅，师叔既已得了这封书子，且到山中和众位师长商量计较，看是先破霞明，还是先打青草？定了主意，俺终拼着这顶纱帽，和那厮们拼个死活。"飞霞道人想着也只好如此。

一霎时，酒饭已备。杨洪陪着飞霞道人、施威、徐斗吃喝毕，飞霞道人便要进山。杨洪叫人端正船只，又将营里事交代了幕友，便亲自送飞霞道人等到镇后河边，一同渡水登山。飞霞道人看那船只还是崭新的。杨洪领着飞霞道人上船荡到中流，船上竖起一角红旗，只见对岸枯草丛中，也呼地升起一角红旗来。船朝前进，离岸还有二百步远近，便见对岸山脚湾中划出两艘快艇，箭一般迎上来。打头一艘快船头上立着一将，头戴尖角铁叶盔，身披镔铁甲，手中横着铁杆霜锋三棱蓼叶枪，迎头高声问道："来船几号？"杨洪便立起身来高声应道："二号。"两船同时打着呼哨，船头相近。杨洪认得来将是石灵龟归瑞，便高声说道："归贤弟，相烦通告一声，飞霞师叔从京城到此来了。"归瑞答应一声。只见他将手一摆，那快船便掉转船头，回头去了。

飞霞道人等乘船靠岸，只见岸边滩上排列着许多喽啰，有一员银盔银甲的女将，迎着打参道："卧牛山守滩首将玉麒麟凌波参见尊师。"飞霞道人拱手还礼。施威、徐斗也上前见过。归瑞已换了巾袍，来到滩边，便引着飞霞道人上山。

离了滩头，上岸来，只见山势蜿蜒陡峻，只一条大路可容三四骑马行走，两旁都是山石夹着，甚是险要。飞霞道人等朝这条大路上走去，上了个陡岭，向下一望时，却是一片平阳地，约有四五亩宽广，对面便是一座大山。真果形如卧牛，牛头正回过来，伸着个牛鼻在那平阳正中。围着那山，还有一道丈余宽天生的小溪，包护着牛身。飞霞道人见了，不觉脱口赞声："好个所在！"

归瑞领头，向平阳中走去，到得岭腰地面，左右看时，原来那滦水正环抱着平阳，左右都是大河，且都有一层山岭内障着。下到平阳地面，便如在碗中一般。过了小溪吊桥，便是卧牛山麓，从那牛鼻上，沿着中项，向山顶来。先时远看去，似是平坦，及至走近，却十分峻险。

过了牛鼻，便见许多工匠正在建造一座关头，"邪许""吭哟"地正在吆喝着赶筑。过了这座关，便是一条坦道，其直如矢。两旁夹道松树，参天交荫。走尽这条大路，便到了山腰，山坳里也在筑造关隘。打那造关的砖石堆中走过，却见许多山田，夹着果园、蔬圃，还有些土墙茅屋的村落，杂着新造成的一行一行的兵房马号，比头关又是一番景象。

飞霞道人等打田间土路上，向山顶三关走来。只见上面山头下山大路上，灰尘滚滚，夹着朔风，一团云雾般着地卷起，霎时已到眼前。便见当头是友鹿道人、张三丰、周癫子、丈身和尚，随后便是镇泰山潘荣、镇华山钱迈、镇嵩山杜洁、镇衡山许逮、镇恒山沈石、金刀茅能、铁枪刘勃、千年松伍柱、豹子程豪、万里虹黄礼、虎头孔纯、金麒麟凌翔、云中凤凤舞、赛由基赵佑、怒龙徐奎、牛儿丑赫、小大虫皮友儿、金狮子于佐、铁头冯璋等十九人，各乘骏马，滚滚而来。

友鹿道人瞅见飞霞道人，连忙勒住辔头，滚鞍下马。丈身和尚等和一众英雄也都收缰下马，齐向飞霞道人招呼问好。飞霞道人连忙答应，真是应接不暇。一众英雄、门人，也有见过的，也有知名的，都一一上前见过。施威、徐斗也都上前见过师父、师长，同门英雄相会，十分热闹欢欣，都忘了是立在山腰朔风之中。

杨洪见众人在这大风地里闹个不休，便道："此地风大，各位师长、兄弟们都上山去细谈吧。"友鹿道人等听了，齐笑道："不是你提拨，竟忘去请进寨里去了。"回头叫从人牵过预备着的四匹牲口，给飞霞道人和杨洪、施威、徐斗分骑着。众人拨回马头，都按辔徐行，沿途叙话。徐斗便在这时寻着徐奎，将自己的身世和徐母嘱训一一说了。徐奎敬谨领受，从此和徐斗真如亲手足一般。

说话间，已到三关。只见那关正在两山相对之间，插岭耸云，十分雄峻。关头竖着一方大红旗，临风招展，现出"行侠施仁"四个大黑字。细看去那关却是旧有，不是新筑。关前两旁排列着千来个喽啰，一色的黑包巾、黑紧身小袖箭衣、红战裙、皂靴、裹腿，各佩腰刀，手中分持刀枪矛戟等诸般军器，各队不同，夹关排成两列。众人马近关前，众喽啰齐喊一声，两旁齐俯。众人策马从人缝中进关，众喽啰方才挺身整队，随后进关。

飞霞进了三关，闪眼看时，只见青石砌路，其平如镜。两旁夹道都是房屋。虽是矮墙低户，土墙木壁，都是齐整非常，一眼望不到底。这时正是午牌时分，但见屋顶上炊烟乱起，鸡犬交鸣，竟如黄河两岸的大村庄市镇一般，只是店铺不多，行人较少。

走尽这街，便见一片广场约有五百亩地大小。当中竖着一支长槔，上面也有一面大红旗，现着"擎天寨"三个黑字，原来这便是操兵的校场。过了校场，便是四关。这关好似城垣一般，是个半月形。雉堞参差，关门雄伟，另是一番气象。

进了四关，便见许多大厦，粉墙绿瓦，接甍连垛。当中一条马道，约莫半里光景，便是军营仓库，连绵排列。再过去，向东拐弯，即见一道辕门，便是擎天寨的大寨了。辕门下面有三四十个甲士，都是铁盔铁甲，捧着大刀长枪，相对而立。飞霞道人和众人骤马到辕门坪中，只见正面五门，两旁还有两侧门。当中中门上直匾内大书着"大同堂"，是友鹿道人的手笔。

进了中门，便是大堂，两旁都有兵将站班，众人便在大堂下马。步行过了屏门，便是一道走廊。走廊上便是议事厅，厅内列着许多交椅。槅门大开，廊内是个大丹墀，足有三四亩地宽阔。廊内两旁都有房屋，甚是齐整。

众人让飞霞道人、施威、徐斗进议事厅落座。飞霞道人等三个暂且坐了客位。喽啰献过茶，施威叩见过师父，又和徐斗参见各师长，众弟子众英雄都重新拜见飞霞道人。一时礼毕，友鹿道人便问飞霞道人道："贤弟怎这时候远来此地，京城里没甚事故吗？"飞霞道人便将京中之事一一说了，众侠听到徐野驴屈死，徐童夫人尽节，都为恨叹。及至说到混天霓留书，张三丰便截说道："这人姓章名怡，寿州人氏。自幼失母，后娘将她发卖，是大通师弟见她根基厚，买了来为徒。后来我见她尘缘甚多，向大通师弟说了，因此没落发。大通师弟十分怜爱她，一身本领全教给她了。只是这孩子顽皮不过，从不肯停留一会儿。这趟我来此，听说她独自去探霞明观，落在机括中。幸得友鹿大哥恰是这夜去救冯绍霞，救了她出来，却不料她又闹到哪里去了。"施威等听了，才明白了章怡的身世。

飞霞道人又将施威救驾的事说了，众人都敬佩施威，张三丰也自欢喜。再说到借势出城、路杀毕俞生等事，便将夺得徐鸿儒给朱高煦的书子取出，给众人观看。一时都已看毕，周癫子道："这事我有些知道。徐鸿儒那厮素来想做皇帝，常说若没中华天子分，便到塞外去开世界，虬髯公不是人做的吗？如今他在青草山立寨建基，大概是朱高煦要做天子，他的声势赛不过他，便到塞外来，创个基业。将来羽毛丰满时，夺得朱高煦的天下，便做皇帝。若不然时，便来塞外蛊惑番人，另创一个国家，称孤道寡。这厮真坏极了！"丈身和尚道："咱们如今已得知他的内情，趁他这时根基未稳，便去打他个措手不及，管保得胜。"友鹿道人道："只是咱们自己的根基也没稳固，侥幸胜了一仗，既不能斩草除根，倒惹得战个不住停，便不能将自己的事准备停当了。这事还要细想。"

说话间，酒筵已经排在后厅，众人便都起身到后厅，各按座次坐下。飞霞道人等三人仍暂坐客位，大家欢饮起来。席间大家谈青草山的事，杨洪便道："俺想得个法子，可以去攻打青草山，又妨不着咱们山寨。"众人忙问："什么法子？"杨洪道："俺统着官兵只说剿盗，去打他个不提防。寨中只派人夹在官兵中去助阵，那厮自疑不到是咱们山寨去干他的。"丈身和尚摇头道："这计更不行。一来边关都督曾吩咐你，巡哨且不许到青草山去，一定是和白莲教有来往，才有关照。你如去攻打青草山，那都督岂有不将你撤职或调往他处的道理？那时青草山倒不曾灭得，咱们自己山寨倒失却你这般一个藩屏了。且是徐鸿儒那厮妖法比他老子还要厉害。你要去打他，必得请你张师叔或是周师叔同去。那厮见妖法被破，想着如今有几人能破他的邪术，岂有料不到是咱们和他作对的？这事万万使不得。"钱迈听了羼言道："依我的愚见，现在既得知他的布置，只须再去探明青草山的路径险要，能够知己知彼，不拘什么时候，都能胜了他。"丑赫道："方才张师伯念那书子，上面的人名儿不是有许多闽广派的剑客吗，咱们暗地里去逮他一两个来，拷问着，不是什么全知道了嘛！"友鹿道人拦道："这事不是一会儿工夫能商量定的，且从长计议……"

话未完，只见铁骑报铃乱响，众人齐觉一惊，都忙着问："什么事？"只见铁骑喽啰直奔进来报道："北头来了许多兵马，打河汉里踏冰过来。守河首

234

将凌头领敌不住，已败过岭来。头关筑城喽啰正在拼命抵敌。"众人听了，归瑞头一个心急，丢了杯箸，起身便跑。友鹿道人急命众人分马、步两路出战，马上能耐好的乘马，陆地飞行法熟健的便是步下。只请飞霞贤弟领着钱迈、杨洪守寨。说罢，便率领众人出厅去了。

众人出厅，好得先时骑来的马都在前面辕门内坪中溜着，只松了肚带，还没卸鞍辔，众人纷纷向喽啰手中夺过来，紧了紧肚带，争先翻身上马，泼啦啦，一阵风冲下山来。友鹿道人、丈身和尚、张三丰、周癫子四个待众人都上马走后，方展施陆地飞行法，迈向前去。

众人中，杜洁、许邃、茅能三人马最快。一霎时已出二关，转眼将到头关。只见凌波手舞双鞭，拼死挡在关前，筑关的喽啰们也帮着乱抓砖石，向对面打去。茅能大急，两腿使全力，将马一夹。那马负痛，一甩头，长啸一声，一连几个虎跳，早到关口。茅能扬刀大喝一声，冲将出去。

原来这攻关的，真果是青草山来的。当先一将，便是冲天炮濮天雕。二队是大棍子王鹛图、二棍子王鹏图。统兵首将便是那闽广派中大头脑常山蛇云漫天。带着白莲教徒陈仁生、朱光明、黄坤山、赵天申等，带领二千人马，前来袭攻卧牛山。卧牛山众侠不曾提防，倒被他打了个措手不及。

凌波才接过飞霞道人，带了众喽啰回营散队，不料青草山人马绕道攻来，一声喊，四面冲杀。凌波一人抵敌不住，顿时营伍大乱。一连败了几次，直退到头关。幸得关口窄狭，难容多人。青草山人马不能涌进，卧牛山筑关喽啰又拼命抛砖打石，方才勉强挡住，不曾失却关隘。

那濮天雕欺负凌波是个女子，手舞双锤，骤马追杀。凌波退到关口，翻身背关而立，舞鞭迎敌，誓死不退。濮天雕赶到关口，便和凌波大杀起来。斗了百多个回合，不能取胜。濮天雕杀得性起，将左手的锤逼开凌波双鞭，急扬右手的锤向凌波头上猛然捶下。凌波原在步下，见大锤打下，双鞭被逼，没法架闪，只得大叫一声，瞑目待死。

说时迟，那时快，濮天雕的锤离凌波头顶已不到一尺，正在欢喜，不提防金刀茅能恰好这时赶到关口内，大喝一声，就着那马一个虎跳跃出关口的势子，双手抡刀，向凌波头项之上横砍过去。只听得当当一连两声，濮天雕的锤只剩得个锤柄在手，锤头已被茅能一刀削落，飞开二丈多地，落向沙泥中去了。濮天雕大吃一惊，加以锤头骤落，先时使猛了劲，一时把持不住，身躯向马头一扑。凌波这时恨他切齿，见有这破绽，心中大喜，就濮天雕身子前栽时，抡起右手金鞭，照定他头上唰地一鞭打去。濮天雕这时恰定了定身子，才一昂头，那鞭正打在左肩，顿时坐不住雕鞍，翻身落马。茅能手起刀落，将濮天雕的头颅劈为两半。

这时杜洁、许逵已赶杀出了关口，关里众侠也都赶到了。人喊马嘶，如一群饿虎一般，争扑出关来。青草喽啰奔退不及，被杀死砍伤几百人。云漫天连忙将大队约退到平阳地面，排开阵势，喝令众喽啰强弓硬弩，射住阵脚。卧牛喽啰追出关口来，也在关前山下列开门旗，弯弓对射。两阵对圆，各自命将压住阵脚。

卧牛阵中，杜洁、许逵见茅能阵斩敌军先锋，得了头功，便骤马出阵。许逵举起五指铁笔挝，杜洁挥动青龙偃月刀，两马并冲敌阵。青草阵里，黄坤山、陈仁生各挺铁枪，打马出阵，接住厮杀。杜、许二人也不答话，便恶斗起来。陈仁生接住杜洁，黄坤山接住许逵，四马盘旋，杀得烟尘乱滚。

青草阵里，云漫天见陈、黄不能取胜，且看看将要败将下来。便令王鹧图、王鹏图二人出阵相助。卧牛阵上茅能、刘勃两骑骅骝并头冲出，刀枪并举。刘勃马快先到，正迎着王鹧图，大喝一声："快通名领枪！"王鹧图厉声应道："俺便是漳州王鹧图。你这厮是谁？"刘勃应了一声："花枪刘八。"便唰地一枪扎去。王鹧图忙举枪相迎。斗了二三十个回合，刘勃见王鹧图使的那条纯钢画杆、梅花雀舌枪，异样光彩，实是可爱，一心只想刺杀了他，夺那枪过来，越加精神百倍，一枪紧似一枪，杀得王鹧图措手不及，枪法大乱。这时茅能也正和王鹏图斗到好处。却也见王鹏图那柄纯钢大叶青龙偃月刀霍霍银光，心生欣羡，也想要夺来自用。

原来王氏弟兄二人的军器，是在交趾时向缅甸人家强劫许多纯钢缅刀熔炼铸成的。缅刀素来有名。缅甸人生下地来，亲戚友朋都送铁做贺礼，父母便聚起来，给儿子炼刀。待炼到儿子长成才铸出刀来，给儿子做他一生防身求食之用。至少也得炼上十几年，这钢可就炼得再要纯熟也没有了。这时交趾多乱，缅甸人时常收集那些死人遗下的缅刀，贩来交趾出卖。王鹧图弟兄二人原是南疆边关的大盗，因此劫夺得许多缅刀，将来再炼了许多时，打成一刀一枪，真是无坚不入，其利无匹。

茅能、刘勃能否夺得他俩心爱的刀枪，下章再说。

第二十一章

壮志除凶整军经武
热肠急义解囊倾囊

话说茅能、刘勃有心要夺取王鸥图、王鹏图弟兄的军器，拼力狠斗，招招进逼。王鸥图看看有些招架不住，刘勃使了个怒龙出海的解数，逼开王鸥图的雀舌枪，便急掣回枪来，单臂一挺，一只手挺枪，向王鸥图前胸猛然刺去。王鸥图见了大喜，以为刘勃露了破绽，怎肯怠慢，连忙将身躯一侧，让过刘勃的枪头，接着便骤马而进，双手挺枪，向刘勃右肋下猛刺。刘勃见王鸥图中计，狂喜，待枪将刺近时，一闪身，使左手一捞，一把抓住雀舌枪，向后一搠，王鸥图不曾提防，猛被搠得身躯向前一扑。说时迟，那时快，刘勃就这一刹那间，弃了右手中枪，急忙进一步，抓住雀舌枪的画杆，使尽平生气力，猛然往后一掣。只见他圆睁怪眼，大喝一声，雀舌枪已绰在手中了。就此掉过枪头来，向王鸥图刺去。王鸥图突然没了手中枪，比猴儿没了棒还要惊急百倍，忘魂失魄般回身便跑，被刘勃一枪扎在马屁股上。那马负痛，耸股一掀，将王鸥图掀下马来。青草阵中见了，赵天申、龙江祠两马齐出，拦住刘勃，喽啰救了王鸥图回阵。

那边茅能见刘勃已夺得钢枪，心中大急，紧一紧手中刀，唰、唰、唰，一连几刀，杀得那王鹏图手忙脚乱，这时正是王鸥图被马掀落地下之时，王鹏图以为他哥哥中了枪了，心中大慌，不敢再战，架开金刀，拨马便逃。茅能哪里肯舍，一拍座下骅骝，随后紧紧赶来。王鹏图这时知他哥哥没死，心怀一宽，陡然触着：何不斩他个措手不及，给俺哥哥报仇呢？便故意放缓马缰，待茅能追近，猛然回身大喝一声，抡刀一拍，使个拖刀计，要将茅能劈下马去。不料茅能性虽鲁莽，却是刀法精通。见王鹏图放缓了马，便知他有了计较，留心提防着。及见他果然使出拖刀计来，呵呵一笑，喝一声："好小

237

子!"双手抡起金刀,猛然使刀背向偃月刀锷尽力砍去。王鹏图没料着茅能有这一招解数,心中一惊,兼之吃不住茅能力大刀速,只听得嚓铛一连两响,那偃月刀早飞到几丈外草地里去了。王鹏图吓得魂不附体,抱头回马而逃,茅能一面喝令喽啰拾起偃月刀,一面举刀追来。

这时,卧牛阵上,一连胜了三将,杜洁、许逵精神陡振。黄坤山、陈仁生二人本领原属平常,加以这时见本阵大将连败,心神不定。先时还勉强招架,后来竟且战且退。杜洁、许逵便越杀越进,一连跟进了数十步。许逵杀得火起,横扫一挡,将黄坤山连人带马刷在一旁,两腿一夹,一马冲过对阵来。大喝一声,舞起铁笔挝,滚入敌阵。青草阵顿时被许逵踹得阵势散乱,旗幡不整。杜洁恐许逵有失,连忙抛了陈仁生,拍马舞刀,也冲入青草阵去了。这时茅能追赶王鹏图来到,便也一骤骅骝,紧跟追着王鹏图闯入门旗去了。刘勃见了,便也一枪向龙江祠刺去,冲开一条路,拍马如飞,由青草阵左翼冲入。友鹿道人等四人见四将冲阵,恐防不是常山蛇云漫天的对手,便令众头领一齐冲出。但见马走如龙,刀矛跃日,如一群猛虎一般,齐向青草阵冲来。

青草阵主将云漫天先见四人冲阵,并不放在心上。及见对阵十余员将官齐冲过来,方才有些着慌,忙命:"快退!"青草山喽啰没得令时,已紊乱如麻,只听得一片喊杀号叫之声。待到下令退,军旗才左右摆动,便一窝蜂乱糟糟地向岭上乱奔。卧牛山众头领乘胜直追,斩杀无算。友鹿道人、丈身和尚、周癫子、张三丰等见这些无辜喽啰惨遭杀戮,心中颇觉不忍,便传令:"穷寇勿追!立即收兵!"顿时锣声四起,众头领才纷纷勒马回头。

清查人数时,只少了归瑞、凌波夫妻二人。众人才觉着刀劈濮天雕以后便不见他二人了。友鹿道人正要叫人去寻找时,忽见归瑞、凌波打对面岭脚押着几个人走来。待近来看时,原来他夫妇二人捉住了几个青草山的小头目,特地押解来了。友鹿道人便命:"押到寨里去!"众头领随后回寨。喽啰们打着得胜鼓,唱着凯歌,各自回营去了。

众头领初次出阵,便大胜一仗,个个兴高采烈,沿路谈笑风生。茅能、刘勃各自夺得心爱的军器,更加喜悦,自不待言。回到大寨时,飞霞道人和杨洪、钱迈到辕门迎接众人进寨,互相庆贺。友鹿道人吩咐大摆筵宴,杀牛宰马,犒赏三军。全山一片欢声,喜气洋洋,又另是一番景象。

友鹿道人又命人往山下各处查点军器、房屋、帐篷、旌帜等项,有无毁失。一会儿回报说："只有山前棻门岭上和河边新筑炮垒被毁，其余无恙。"又查点夺得的军器、马匹，交给该管头目收管。杀死的尸身立即掩埋。濮天雕另外用上好棺木盛殓，厝在荒山里。俘获喽啰受伤的给药调治，生擒的编入各营，充当喽啰，不愿的都送过河去。

调派已毕，归瑞、凌波押着生擒的四个小头目上厅来跪下。友鹿道人问过四人的姓名，便问他："你们头领为什么忽然来攻打本寨？其中必有缘故，你们详细说出便饶你不死。"四人中有个瘦弱汉子答道："这事俺略知些，他三个全不知道。没来此攻寨以先，俺们头领原没有远来夺寨的意思。前两天，关里有人写书子来，说是河间来的，要俺们火速攻打卧牛山。昨天关上也有人来说：'卧牛山还没弄好，正好去打。若待那厮们弄好了，便费事了。'因此俺们头领才派人来打山。"杨洪听了，急矍言问道："关上谁给书子给你们？"瘦弱汉子道："边关都督。"杨洪听了，心里一惊，从此格外留心，恐怕都督陷害。友鹿道人便问他四人："可肯投降？"四人齐称："愿降。"友鹿道人便命将四人发交马房，充当马夫头目。

诸事处置已了，筵宴已经齐排。老少众侠都到后厅，依次入座。这时，已是黄昏时候。厅上灯烛辉煌，肉山酒海，大众欢呼畅饮，兴会淋漓，彼此互庆这开山立寨第一胜仗。众人都以茅能跃马斩将为首功，凌波尤为感谢，群向茅能敬酒！回头又敬刘勃、杜洁、许逸的酒。转身又互相敬贺，只听得一片欢笑之声。

酒至半酣，飞霞道人起身言道："古人说的好：宴安鸩毒，不可怀也。咱们在这欢乐之时，应思巩固之策。如今创立本寨，同道英雄聚首一堂，自是可喜。却是咱们要想这擎天寨诸事草创，规模未备，一切的防备也都没齐全。却是对咱们虎视眈眈的，正四围环伺，稍一不慎，就要前功尽弃，吃江湖上好汉们笑话。如今咱们是要借卧牛山做个大家聚集之所，好灭妖教、制番邦、诛奸凶、救百姓，做一番惊天动地的侠义事业。因此不是平素占山头、开绿林基业可比，万不能随随便便。咱们只看徐鸿儒那厮的书子，便知道青草山布置周详，分工任事，出战入守，有条不紊。难道咱们武当、五台两派，南北众英雄竟比不上一个妖道吗？要是连徐鸿儒那厮都赶不上，岂不惹闽广派笑杀？譬如今日之事，如果是防备得严紧，断不致损却两处炮垒。就是出兵打仗，也不致似这般杂乱无章。如今既侥幸胜了一仗，咱们更当知戒。从前咱们不知道就在卧牛山近处便有青草山，自可缓缓筹维置备。自从我得着书

239

子，知道劲敌就在咫尺之间，还有咱们的世仇闽广派在内，本寨的布置防备，就不容稍缓了。依我之见，目前最要紧的是分派职事，火速筑关，暂时多立分寨，防守四面。那才能进可以战，退可以守。不知众位意下如何？"

言未毕，众人已齐声道好。话说完时，众人已都停杯搁箸，议论起来。张三丰首先说道："飞霞道友这些话，一点儿不错，我也知道该如此办才行，只是先时寨中人手太少。友鹿道兄门下几位和曹州众好汉、丈身道友都只才到此几日。我和友鹿道友、周师弟原想就此分派职事，恰待说出，飞霞道友可谓先得我心。如今咱们只赶紧商量如何调派，旁的事依次干去，还不算迟。"丈身和尚接说道："依我说，这事甭商量，就请友鹿道友分派，断没个不服的。若是一商量，筑室道谋，反难得完美。"众人听了，暴雷也似的齐声说道："好！"

张三丰便和周癫子、丈身和尚、飞霞道人四个，请友鹿道人发号施令。友鹿道人知道不能推却，便道："这事关乎前途的胜败，不是仓促间可以完美的，必须谨慎精微思虑一番，才能一无缺漏，布置允当。容我今夜拟个大概出来，明早校场分派。"众人又暴雷也似的齐声应是。友鹿道人便当筵发令："明日清晨，所有头领、喽啰，一律到校场听令。只留小头目一人，喽啰百人，把守山口。筑关建寨的喽啰、头目也都停作一天，如时到场，均不得违误。"当命上厅喽啰传知各处，众人因为明早有事，都只胡乱吃了些饭，便散了。当夜各自寻亲觅伴，叙旧谈心，连杨洪也宿在山寨，和丑赫饮酒说话。

当夜二更才起，月明如昼。友鹿道人便约了张三丰、丈身和尚、周癫子、飞霞道人四人，一同到山前山后观看形势。从大寨后门出来，沿着山径走过百多步，便是一条石路，两旁有马房、军器房、粮食房等一大片房屋，却都是旧有的。飞霞道人疑惑道："怎的这山里有这许多现成房子？"友鹿道人答道："这山原来是宋代边疆扎营之地，元鞑子进关以后，便废弃了。到了本朝，今上割大宁与番部，这地方更没人过问了。闻得徐鸿儒那厮，原想来此立寨的，如今是咱们捷足先登了。"

说话间，已过了石路，便是许多山田。田尽处，有一片兵营。五人打兵营后面绕到前面去，便见后山第四关。关门完好未坏。出关便是一道长堤，堤两旁都是深涧。堤面约有四丈来阔，甚是平坦。堤尽处，是一座峰头。循峰下去，便是后山第三关，也有旧关雄峙在两峰相对之中。出关门，只见黑黢黢尽是树林。参天古木之中，露着一条泥路。到了泥路上，才见四面都是杉松等树林。出了树林，前面一道清溪，是从西头高峰冲下一道瀑布，流成这道小溪，一直向东流入一座果树林，远远听得潺潺水声，直下山涧去了。

那溪上有一道新搭的板桥。五人过了板桥，沿着一条长箭道走着，已见前面隐隐有新筑的关基。走近前看时，便是后山第二关。两面都有砖窑，有喽啰在窑旁茅棚中守着。出了关口，却是一道下山石级，看去深临无地。况是在夜间月下，更瞅不出下面根地。顺着石级下去，一百余步，才到一条青石路上。那路约有半里多远，尽头处，却是一方大坪，围在四面之中，对直三百余步大小。对面山峰环抱处，便是后山第一关。这关是旧时原有的，正在修葺雉堞、关门和上关的坡路。

友鹿道人当先领头，打碎石坡上上关去。到得关顶上，纵目四望，只见关前便是一片大沙滩。滩外，便是一泓大湖，已冻得如镜面一般。映着月光，晶莹刺眼，瞅不见湖对面是什么，只觉黑丛丛的一大堆。飞霞道人便问："湖那边是什么所在？"丈身和尚答道："这湖是死水，只一道小港口出滦河。湖那面是一座大树林，林木菁密异常，自古没人进去过。照方向猜想，树林外面，大约是番人的牧场。"

友鹿道人道："我原想在这关外滩上扎一个大寨。湖那边的林子里也须去探个明白。若林外是大路，还得设法派人去守住那林子。只是那林子里自古没人到过，一定有不少的禽兽毒物，须得大举搜探才行。"飞霞道人点头道："这也是要做的事。如今先派重兵守住这座关，防着有人走冰上偷渡要紧。"周癫子道："守关固然要紧，却是重兵还是扎在关外滩上，才能照顾得这般宽阔的湖面。"友鹿道人听了，点头道："如今湖面冻着，自是扎兵在滩上的好。"飞霞道人便说："后山已大致看过了，咱们回寨去再从长计议吧。"

友鹿道人等都称是，便都转身下关，照旧路回到寨里来，聚在灯下，商量布置全山扎营地方和派人防守的事。张三丰便取出一幅地图来。原来是他和周癫子二人绘的，图中将全山部位和应该扎营的地方一一绘出。飞霞道人等三人就灯下围着观看，见绘得异常精细，都极口称赞。当时大家就着图上商量，改动了些所在。后来又将各人的职事和五人所应做的事都商量了。看看天色已明，友鹿道人等便送飞霞道人到那给他拾掇好了的住房内，才各自回房盥漱。

一会儿，只听得画角声鸣，寨前校场中渐渐地来了许多队伍。众好汉也一个个顶盔贯甲，装束停当，先到议事厅来。这时厅上上面一排五张交椅，友鹿道人当中坐下。左首是张三丰、丈身和尚；右首是周癫子、飞霞道人。道袍袈裟，儒冠儒服，都装束一新。连周癫子也收拾干净，青巾蓝袍，显出端庄凝重的本像来。众好汉上厅打参，友鹿道人便吩咐："校场听点！"众好汉暴雷也似应了一声，鱼贯而出。

友鹿道人和张三丰等五人一齐出了四关，来到校场，在当中大旗下将坛上，仍照次序坐下。只见牛儿丑赫为首，领着杨洪、潘荣、钱迈、杜洁、许逑、沈石、茅能、刘勃八人，从坛左走来。豹子程豪为首，领着伍柱、凤舞、赵佑、归瑞、凌波、孔纯、黄礼、凌翔八人，从坛右走来。铁臂施威为首，领着徐奎、徐斗、皮友儿、于佐、冯璋五人，从对面走来。到了坛前，施威等一行六人在中央，丑赫等九人在左，程豪等九人在右，一字儿排开，一齐向坛上躬身打参。

友鹿道人起身到坛前，向众侠士说道："本寨初开基业，白莲妖教便也在塞外开山，和我们作对。如今本寨的事业，一来要铲灭妖教，二来要除去凶恶，三来要抵挡番人。因此，先要使本寨的基业巩固，才能够做成这三桩大事。今天众位推我发号施令，我和诸位同道长者拟定一张职事单，望大家遵守。"话毕，坛下一齐轰声答应："愿听将令！"

友鹿道人便取出职事单，向众宣读，并贴布坛前。派定的职事是：

寨内职事：

总持全寨事务头领	千年松伍柱
掌管粮草头领	豹子程豪
掌管赏罚头领	虎头孔纯
掌管兵马头领	怒龙徐奎
掌管旗帜头领	恶虎徐斗
掌管军器头领	赛由基赵佑
掌管船只头领	石灵龟归瑞
掌管土木头领	金狮子于佐
把守白沙河头领	玉麒麟凌波
把守山前桊门岭头领	镇泰山潘荣
把守山前一关头领	镇华山钱迈
把守山前二关头领	镇嵩山杜洁

把守山前三关头领	镇衡山许逵
把守山前四关头领	镇恒山沈石
把守后山银浪湖滩头领	金麒麟凌翔
把守后山四关头领	云中凤凤舞
把守后山三关头领	金刀茅能
把守后山二关头领	铁枪刘勃
把守后山一关头领	铁臂施威
巡查全山头领	牛儿丑赫
探报消息头领	霹雳杨洪
掌管传令头领	小大虫皮友儿
把守寨门头领	万里虹黄礼
侍卫大厅头领	铁头冯璋

战阵职事：

全军总军头领	豹子程豪
全军副总军头领	千年松伍柱
前部正先锋头领	牛儿丑赫
前部副先锋头领	铁臂施威
前军都头领	虎头孔纯
前军左头领	镇泰山潘荣
前军右头领	铁枪刘勃
左军都头领	金麒麟凌翔
左军左头领	镇华山钱迈
左军右头领	万里虹黄礼
中军都头领	霹雳杨洪
中军左头领	镇嵩山杜洁
中军右头领	怒龙徐奎
右军都头领	云中凤凤舞
右军左头领	镇衡山许逵
右军右头领	恶虎徐斗
后军都头领	金刀茅能

后军左头领	镇恒山沈石
后军右头领	赛由基赵佑
水军都头领	石灵龟归瑞
水军左头领	玉麒麟凌波
水军右头领	小大虫皮友儿
运粮正头领	金狮子于佐
运粮右头领	铁头冯璋

左列职事，各自遵守。倘有因事离寨，寨内守将由就近守将暂为兼管，出阵另行派人代职。战阵军伍头领有缺，由正将或副将兼管。例如：掌管旗帜头领外出，即由掌管军器头领兼管其事；把守一关头领外出，即由把守二关头领兼管其事；军中则正副头领互相兼理，正出副代，副出正兼，不得推诿。

永乐　年　月　日

众头领各自谨记自己职事。友鹿道人又当众言道："我和张、周两长者、丈身大师、飞霞道长五人，因为不能常在寨中住守，因此没列入职事单内。我们五人无论何时，终有一人在寨内调派。寨中军令、文书、暂由我们五人承办。"说着，又将一本花名册交给孔纯道："如今寨中有五千六百名喽啰、四千匹牲口。暂时且按每一军管喽啰九百名、水军五百名、运粮喽啰三百名、驮马三百匹。每军分步兵六百名、马兵三百名。骡驴充驮。每军之中，分为三队，每队步兵二百名、马兵一百名；都头领、左右头领各统一队。水军也分三队，除船匠五十名外，每队一百五十名，驾快船十五艘、头等大船三艘，即由船匠掌驾。其余兵马都交兵马头领掌管，即日按册分派。又喽啰名目不正，从今以后，改称健卒。"

吩咐已毕，孔纯便照册点名，各健卒应名归队。每五十名选派一小头目。一队点好，即由主将带领成队。一军点好，便由都头领率领列成一字阵，依次序站列坛前。全军点完，还剩健卒五百名，便交由徐奎管领。各军将各率本部健卒，赴守地关隘扎营。寨内职司头领所部，便在大寨前后兵营驻扎，均由主将逐日教操。

诸事妥定，已是午牌过后。友鹿道人便发放健卒犒赏，各军欢声雷动，

244

各军将都上坛打参，领受符令。友鹿道人等五位师长各自勉慰了一番，方才传令："各归营地！"只听得各军鞭敲金镫，人唱凯歌，鱼贯出校场去了。从此擎天寨有职有守，布置井然。诸事各有承管，防守得铁桶一般，绝不似以前杂乱无章的情形。全寨都显得生气勃勃、威风凛凛。

众头领各有职守，分住各处，寨中陡觉清净。友鹿道人等五人下了将台，便布置大寨内的事务，分别交管，一面商量粮草、衣甲要早早预备。徐斗便将带来的钱钞献给寨中。接着施威得信儿，也将身边带来的银钱献出。伍柱、程豪都要自回曹州拾掇银钱，搬取家小来寨。友鹿道人等便商量处置之法，丈身和尚便道："目前衣甲、粮草最紧要，徐斗、施威的银钱，且拿来制备衣甲，购屯粮草，待明春开山种粮。却是依我算来，还是青黄不接。且是健卒们不能一文不给，既不打劫，银钱从哪里来呢？"友鹿道人道："如今且设法支到明年春天的用度。打过霞明观以后，咱们便派人进关，寻取贪官污吏、恶霸强绅的钱财，运来山寨作用。平时寨内，多开邻近荒地，牧养牛羊驼马，自己使用有多，也能换出钱来。好在此地塞外荒微，只要咱们有力量，任凭怎样都可生发。"

张三丰道："目前要用，我武当山还存得有四五万两银子。伍、程两头领说是曹州单家庄、锦屏山两处收集起来，加上伍家产业也还有三万多贯，这不是够使了吗？"周癫子接言道："您这话，真说得太轻巧了。咱们方才不说是要抵挡番人吗？难道这几个毛兵便够对待那精骑悍卒的番人吗？单家庄、锦屏山两处虽有三万多贯钱钞，那里也还有许多喽啰、壮丁要来的，盘费也得花费不少。咱们如今要紧的还有招兵买马四个字，单指望着武当山这一点儿银子，是不够使的。还是想法子弄一批大银钱，将兵马预备实足，多多屯聚钱粮，一旦打仗，才不会掣肘呀。"

四人听了他这篇言语，都恍然大悟。飞霞道人便道："如此说来，久远之计，还须就地取材。开山牧养固然是妙招，却是人马一多，自己要吃用的也不少，所剩恐是不多。这塞外又没贪官污吏路过，可供咱们截取，自得另外想方法。据我想，那些番人部落的大、小酋长，都是保有多金，其中尽有富堪敌国的。远处的瓦剌部等且不去管他，相近的几个部落，很可设法。番人性戆，只要打得过他，向他索供应，再没个不尽力报效的。咱们日前且向武当山、曹州两处取了银钱来，再沿路寻些没主儿的冤孽钱，来做目前的用处。明年打过霞明观之后，便去威制番部。他要不贡送，咱们便索性把他灭了，也可得地得钱，那便万无一失了。"友鹿道人等四人听了，都欣然说妙。

当下便议定：派施威、沈石往武当取银两；程豪、伍柱往曹州拾掇单家庄、锦屏山两处。并派徐斗兼管粮草，黄礼兼管山前四关，凌翔兼管山后一关。全寨事务，暂由友鹿道人总持。立时便叫皮友儿传令调施威、沈石、伍柱、程豪四人同来大寨听令。

酉牌时分，伍柱四人齐到大寨。皮友儿缴令。四人上厅参见过，友鹿道人便将方才议定，派他四人进关去取银钱的话说了。四人当即商定次日同行进关。友鹿道人命四人各领一百两银子做盘费。四人告辞出厅，先将职事交代，各去拾掇军器、行囊、干粮、马匹等项。

伍柱又将皮友儿托付丈身和尚教导，并将杜洁、许逵收他北来的事由说了。丈身和尚一口应允。从此皮友儿除却尽传令职司以外，便和冯璋二人跟随丈身和尚习艺。他二人天资本高，这时又都已学有根基，再加苦心学习，进境极快。只得半年，二人已能高来高去，马上、步下的功夫都全会了。后来竟成两员猛将。

次日，天色微明，伍柱、程豪、施威、沈石四人上厅告辞。杨洪也因要回营，将所部健卒交杜洁代管，上厅作别。张三丰、周癫子已修好了书子，交给施、沈二人。便和友鹿道人等叮嘱他们四个快去早回，沿路小心，又嘱咐杨洪留心打探消息。五人一一应了，告辞出厅下山。

到了白沙河边，归瑞闻得，亲自驾艘大船，相送过河。杨洪又约伍柱等四人到营中，设筵钱行，邀归瑞作陪。欢谈畅饮，到午牌时分才罢。杨洪便叫随营幕友办了两角进关公干的文书，分交伍柱、施威收着。出关、进关便可通行无阻。伍柱等趱路心急，辞了杨洪，各上牲口，打马直向居庸关驰来。

这日，四人只走得三十余里，天色已近黄昏，因为塞外人烟稀少，错过宿头，即无住处，便在一个村庄上小客店中宿了。店伙计引三人到一间大房中住宿，便问："可要酒饭？"伍柱点了点头。一会儿，伙计送来一碗麻菇羊肉汤、一大盘麻菇炒羊肉、一大笼馒头、一大壶白酒，四人知道关外没好菜，随意吃喝了些，洗漱了，便讨了一支牛油烛点着，围坐炕上说话。谈了些时，沈石忽然内急，忙下炕开门出外大便。

出了房门，冷风扑面吹来，如同刀割，沈石不觉打了个寒噤，忙将腰带束了束紧，急奔到后苑中，蹲下大便。那夜寒气真比箭还利，一霎时，身上便冻木了。沈石不敢久停，连忙大便过，扎好衣服，一口气急奔进来，口里直嚷着："好冷呀！"推门进房来，连忙闯到炕上，拖着被头，蒙头盖着便睡。伍柱、程豪、施威便也笑着拾掇了被褥睡下。

次日，天才明亮，四人起身登程。沈石在马上觉着有些不自在。周身酸痛无力，懒得动弹。进关时，关上查看了文书，照例放行，四人便打马过关。沈石被冷风一吹，更加头痛心烦，只任凭那马自走。午牌时分，住马打尖，沈石也不吃，也不喝，只呆呆地待着。伍柱等才知他有病。便要就在这店里住下，请医调治。沈石不肯，执意要行。三人别不过他，只得上马登程。一路前后夹着他走，各人都当心护持他。

中牌过后，沈石在马上哼起来。施威在后听得，忙骤马上前，见沈石面如火烫，两眼发赤，连忙高声叫唤。伍柱、程豪急收缰停蹄，回身来瞧沈石时，已呆在马上，目瞪口张，问他时，已不知答话了。伍柱忙招呼程豪两人夹扶着沈石，并叫施威火速到前面打店。

施威答应了，立即骤马飞驰，一趟子跑了约莫两里多地，才见前面有个大村市，市梢有个安寓客商的幌子，便急忙刷马跑到那客栈门前，高声叫问可有上房。店伙计回说："没……"一个有字还没出口，店柜中坐着的掌柜的，早喝住伙计，连忙赔笑道："有有有！爷要几间？"施威便问："有几间？"掌柜应说："有三间。"施威只说得一声："给俺留下。"便转缰打马，回头如飞似的去了。

施威回跑得一里多路，便遇着伍柱、程豪二人将沈石仰睡在马上，两人左右夹持着，缓缓而来。施威大急，迎头说了一句："店打好了。"便转马到沈石马旁，双手一钳，将沈石抱过马来，两手箍紧捧着，飞驰而去。伍柱、程豪不提防施威如此，倒吃一吓。想着沈石病势如此沉重，恐禁不住施威这般钳箍。只得急忙打马紧追，一面口中大叫："施大哥，快松些，他病得厉害得紧啦！"施威头也不回，也不答话，只跃马如腾空一般，直驰而去。

伍柱、程豪也骋马拼命追逐。一霎时，已见施威进了一个小村镇里，客栈门前停马，抱着沈石，一跃下马，直进店里去了。便连忙也到店前住马，店伙计早在路心伺候。马一到，便接过缰绳，拉开去了。二人急进店，跟追施威。店伙计不知他三人是不是同伴，又不敢拦阻，只瞪着两眼瞅着，站在一旁发呆。

施威冲过了店堂，掌柜见他来势这般莽撞，不知何事，更不知他手中捧着的是活人还是死尸，麻着胆，急忙奔过来叫道："爷，上房在后头，俺来给爷领路。"说着，便急跑几步，迈到施威前面，领着道，一直走过一所大苑子，又穿过一间矮厅，又走过一道走廊，才到了正面三间上房。

这时，伍柱、程豪已经飞步赶上，连忙向施威手中接过沈石，一面叫："掌柜的，您快将咱们牲口上捎着的被褥解下拿来。"掌柜的连忙噪声答应，便高声叫伙计快去拿被褥。伍柱、程豪二人才夹扶着沈石，坐在炕沿上。施威只急得搓手蹬足，皱着两道浓眉，直嚷："怎么好？……这怎么好？"掌柜的在旁瞅着也有些担心，便道："三位爷，俺瞧这位爷的病来势可不轻，可要请个大夫给瞧瞧？"伍柱忙问："此地可有好大夫？"掌柜的道："俺这小地段儿本没好大夫，打前月头里，由南边来了一位大夫，姓沈，说是南直洞庭西山人，祖传内科伤寒，人都称他沈一剂，凭什么内症，喝他一剂药，没个不好的。到此地才一个月多些，经他诊治好的人也不知有多少了。"施威早听得不耐烦起来，摇头摆手地嚷道："不要尽着说了，快去请吧！俺们这时没工夫听你说评话啦！"掌柜的忙诺诺连声，却站着不动身。施威一连催了几遍，他只是笑脸答应着："是！是！是！"却仍是不走。伍柱闷着一想，才想起他是要银子。这时，伙计已将铺盖铺好在长炕上。伍柱便连忙和程豪扶着沈石，向炕上躺下。接着便将桌上包裹打开，取出一锭十两银子，递给掌柜的道："你将店钱算一算，多的存在柜上，谢大夫撮药。"掌柜的嘻开一张大嘴，笑着说道："哪里使得了许多……"一句话未完，施威早跳起来嚷道："不要再麻烦了行不行？再挨着挨出人命来，就得向你算账！"掌柜的吃了一惊，连忙"是是"地应着，退出去了。

这时，沈石昏昏沉沉，只剩一丝气游着。程豪和沈石交情最厚，见他这般模样，叫了几声沈五弟，没见答应，那热泪和断线珍珠一般，直滚下来。伍柱和沈石也意气相投，如今同在客中，眼见他性命将要不保，也急得心慌意乱，短叹长嘘。施威虽是初和沈石见面，惺惺惜惺惺，急得摩拳擦掌，怒发如雷。在房中两头走个不停，不住地向外面怒目而视。约莫过了半个时辰，三人都相对无言，只剩得一房的愁云惨雾。

三人正在急望大夫，忽听得有人推门，一齐大喜，施威连忙开了槅门，闪身一旁，正待恭迎，不料进来却是店伙计。施威大怒，正待发作，程豪连忙指指沈石，向施威摇手，施威才强忍着。伙计提着水壶，一面沏茶，一面说道："俺掌柜的叫小的禀告爷们：此地规矩，年近岁暮时，店钱加倍。爷们赏光，住了三间上房，共该一两二钱银子。请大夫去的牲口脚力六钱，大夫

248

脉金二两，共该四两八钱。还剩五两二钱存在柜上。这时天不早了，爷要好酒菜，就请吩咐，此地不比大府县，迟了就没办处了。"施威不待他说毕，怒问道："谁要你三间上房？"程豪急拉住，道："您甭闹了，随他去吧，别惊动沈老五要紧。"便向伙计道："钱不算什么，你只要你掌柜的快去催请大夫，越快越好，不在乎几钱银子脚钱。"伙计答应着自去了。

伍柱便问施威："您来打店，可是要的三间上房？"施威瞪着眼，猛然想起，忽又擂着桌子，悄声恨道："这厮们真可恨，谁曾要他三间上房来？"伍柱便问施威："看房时怎样说的？"施威便将心中着急，不曾瞅房子便叫他留下的话，说了一遍。伍柱点头道："原来如此，您说给俺留下，没说明白留下几间，他自然要算是全要了。"程豪向伍柱道："您怎的忽然要问这些琐屑事儿呢？"伍柱道："您有所不知。如今白莲教遍地都是，闽广派的徒众到处开山设店，咱们不能不小心些。"程豪道："便算是他硬派咱们住三间上房，咱们应当怎样小心呢？"伍柱道："俺原有些疑心是那厮们硬赖咱们住三间上房的。这也没什么难猜。如果那厮们要动手，他一定不想隔墙有人，所以将这一排三间上房硬赖给咱们。方才取银子时，俺故意打开包裹给那厮瞧，窥探那厮的情景。俺瞅那厮，两只贼眼，很有些尴尬模样，因此俺才问施大哥。好在沈老五正有病，咱们今夜横竖是不睡的了。任他好意歹意，咱们终不怕他。"施威听了，须髯怒张，恨声蹬脚方要说话，忽听得房门呼的一声开了。施威连忙回身疾视，伍柱、程豪也留神瞅着。

要知为何门响，请阅下文。

第二十二章

破妖窟电弹击金镖
显奇能神枪穿白石

　　话说伍柱、程豪、施威三人忽听得房门呼地开了，都连忙注视，却是掌柜的陪着一个三十多岁、身材矮小、沿口短须、布巾布袍的人，背着个药箱，一同进来。掌柜的告诉三人："这便是沈大夫。"伍柱连忙招呼沈一剂坐下，便将沈石的病由一一地详细告诉了，沈一剂遂起身到炕前诊脉。程豪在炕上抱起沈石，使肩靠住他，挪出他的手来，使枕枕着。沈一剂诊过左手，又换右手。只见他眉头微皱，伍柱等三人都悬心吊胆，不知是吉是凶。

　　一会儿诊过了脉，沈一剂便道："这病例没甚紧要，一剂药就可转弯。只是脉象蹊跷，恐防另有他变。"说着，便在药箱中取出笔墨来，开了一张方子，便道："这里面有一味麻黄，须得制一制，侬药箱里，只有生的，敢烦掌柜拿到街道药铺去制好。"说着便开了药箱，将药配好，单检出麻黄一味，拿纸包包好，又在上面写了制法，交给掌柜的。掌柜的接着，便到外面叫伙计拿去照制。

　　掌柜的方出房门，沈一剂笔墨还未收检，只见他慌忙拿起笔来，就墨盒砚盖上写了"妖窟快走"四个字，伍柱、程豪见了一愣。伍柱便问："大夫尊庑在哪里？"沈一剂沉吟了一会儿道："侬没家小，只自家一个子在此，寄居在镇南三里多些，一株大槐树下面李太公庄子里。"一面说着，一面又在砚盖上写道："侬寓不能去，火速离此地！"伍柱、程豪便点头示谢。施威却不知何事，有生人在座，又不便问得，只急得两面环顾个不停，心中十分焦急。这时，沈一剂又取出一丸药来，约有蚕豆大小，递给伍柱道："这丸药服下，虽不能马上霍然而愈，却是可以清醒六个时辰，和平常人一般地可以骑马走路。"伍柱心中感激异常，接过药丸来，便道："蒙大夫厚意，此生终必图报。"沈一剂忙答道："萍水相逢，同是天涯，理应互相扶持，这算得什么？"正说着，掌柜的亲自送制好的麻黄来了，沈一剂便告辞而去。

施威待沈一剂和掌柜的二人走了之后，回身来一把拉道："伍大哥、程大哥，你们和那大夫捣些什么鬼？不是沈老五的病不得好吧？"程豪忙摇手噤声，并叫道："施大哥，您快来帮着我弄弄这剂药。"施威真果将剂药捧到程豪跟前。程豪才将方才沈一剂写的字悄声附耳告诉了施威。施威听了，顿将眼睛铜铃般瞪着，气呼呼地恨声道："俺就去杀他娘！"说着便伸手向炕头摘剑，程豪连忙拦住他道："您甭急，还怕那厮们不落在咱们手里吗！这时且让沈老五喝过药再说。"施威没法，只恨得牙痒痒的，坐在炕沿儿上闷气，也没心帮着煎药了。

一会儿药已煎好，程豪端着到炕边，叫沈石喝药，沈石竟和死人儿一般，只一点儿气息悠然荡着，程豪急得直哭。伍柱便在衣袋内取出一柄牛耳小刀，俯身将沈石的牙关撬开，将药灌下，又将那丸药捣碎给他灌下。没多一会儿，只见沈石眉眼颤动，三人都欢喜起来，瞅着沈石目不转睛地待着。又一会儿，只听得沈石大叫一声："痛死我了！"接着一骨碌翻身坐起。伍柱等大喜，忙问："觉着怎样？可好些？"沈石哼了一声道："好痛呀！"又叫"要出恭"，程豪便扶他下炕，寻了个瓦盆儿，搀他就在当地拉了一盆子蓝的绿的，不知是什么东西。拉过后，程豪又搀他上炕躺着，已清醒许多了。伍柱问他："这会儿觉饿吗？可想什么吃的？"沈石点头道："这会儿好多了，有粥倒想喝一口。"伍柱忙叫伙计讨粥，恰好店里熬得有好高粱米粥，便盛了一碗来。程豪端着，缓缓地喂给他喝了。只听得他当时浑身骨头咯咯地响，精神说话，好似和好人一般。伍柱等三人才各放下一颗悬悬摇摇着的心，却觉得有些饿了，便胡乱讨了些酒饭，吃喝一饱。有眼儿不怕迷药嘛。

这时已是黄昏时候了，伍柱便悄地对程豪商量要起程离开此店。施威大不谓然道："咱们寻也要去寻妖窟，如今落在眼前，岂有反而丢掉不理的道理？"沈石已听得明白，也道："咱们就干了他吧！俺已好了，不妨事了。"说着便要下炕装束，程豪急拦他道："还早啦，天还没全黑啦。"沈石只得气呼呼地坐在炕沿上。伍柱便道："方才那沈大夫说这里是妖窟，大概是白莲教的黑店。只不知道有些什么人在此，可有会妖法的人在此？咱们得先商量好才行。"施威答言道："咱们只拼着……"说未完，忽听得外面一阵声喧，伍柱忙摇手止住他，大家侧耳细听着。

只听得外面人马喧腾，一片闹声。伍柱便关照程豪等且休声响，顺手取了一件披风，裹在身上，装作闲步出房的模样，踱起方步，向外面来探看。只见一群车马满满地挤了一店堂，却并没多人押着，瞅去只有一个十五六岁的小姑娘，跟定一个龙钟老迈的老婆子，还有一个肥胖丫鬟，身上都穿着重孝。不单是没个保镖达官，且是没个男子。伍柱心中纳闷，想着这是一群什么人呢？若是没本领的，怎敢老妇幼女走这塞外荒郊？若说她是有本领的，却又这般龙钟的龙钟，嫩弱的嫩弱。且是瞧这掌柜的伙计们，这般狗颠屁股般，似乎都是熟识的。说不定这班老的少的，还是妖教里人啦。一面想着，一面留神察看着。只见那老婆子，虽是挂着条拐杖，貌似衰迈，却是眼光射人，拐杖落处，砖石都现新痕。再看那小姑娘时，两只大脚，却落地无声，腰直身沉，不似等闲女孩子。便是那丫鬟一手提着一口三尺长的大箱跟在后头缓走着，竟毫不吃力，和没事人儿一般。

伍柱猜测不透她们到底怎样的人，便到柜上探问掌柜的。掌柜的答说："这位老太太奔丧到塞外来的。昨日已有人头里走，到咱店里候着，咱们便拾掇了屋子候着。"伍柱又问："先头来的是个甚等样人？"掌柜的道："是一个十六七岁的小伙子。"伍柱听了，心中更加疑惑，一面忖度着，快快地回到上房里来。却见那老婆子们住在斜对一张角门内的一间厅房里。角门不关时，厅房里一举一动，这边全能瞅见。

这客店到底是个怎么样的客店？那老婆子等又是什么样人咧？待在下一一道来。

原来这客店名叫万兴客店，掌柜的姓田，名伏林，山东胶州人氏，原是香火出身，自幼也习得一身武艺。他的妻子霍金花，人称合同娘子，本领十分了得，自幼随父母走江湖卖解为生。后来她父母死亡，遇着田伏林的胞兄，做诵经和尚的田伏桑，便拜田伏桑为师。田伏桑名虽出家，暗地里却是江洋大盗，霸占太湖中洞庭西山，沿湖打劫。合同娘子很帮他做过几趟买卖。那时田伏林也在西山当头目。田伏桑因为自己是和尚，便将合同娘子配给田伏林，暗中却是弟兄大被同眠。

后来徐鸿儒下茅山，先到苏州嘉兴一带，收服太湖一带的水陆好汉。田伏桑被他那炫奇称怪的邪术慑服了，拜他为师，情愿结集太湖各山的绿林，奉徐鸿儒为教主。因徐鸿儒自号白莲真人，便称为白莲教，这白莲教便从此立起了。徐鸿儒后来又收服了太行山大盗黑马张元吉，结交了闽广派剑客头脑常山蛇云漫天，便将洞庭西山作为长江大寨，太行山作为北地大寨，广东的十万大山作为南边大寨。又派出多人到各处开店造庙宇。暗地通气，诈财取胎。预备齐全时，便四面八方一齐动手，夺取天下。茅能遇着的赛华佗成和、金丝猫成德，便是其中之一。

徐鸿儒因为太湖天险，可保无虞，各处取得的钱财等类，都要解到西山存集。因此徐鸿儒便常在西山打住。这合同娘子霍金花水性杨花，见徐鸿儒法术高强，便和他勾搭起来。田伏林正没法奈何他的哥哥，见徐鸿儒爱上了他的妻子，喜之不尽，便撺掇霍金花和徐鸿儒说，使他夫妻设法离开西山，另开码头。徐鸿儒本来就有些嫌田伏桑碍眼，霍金花一说，正中下怀。便和田伏桑说："要派俩亲信心腹人，到边塞开客店，好勾通外国。看去只有伏林是自己人，可以担得这担子。我想便叫他去。你说如何？"田伏桑正妒着兄弟在此碍手碍脚，听说派他出外去，恰合私心，立即满口答应，且撺掇徐鸿儒速些遣派。不料次日徐鸿儒坐堂发令，却是派田伏林夫妇二人同去，心中大急，想要留下霍金花，一来怕徐鸿儒法术厉害，二来也说不出不许他夫妇同行，只得忍痛硬心着任他们告辞双双地去了。徐鸿儒却是正要到塞外去勾通番部，故落得将霍金花置在边塞远处，与田伏桑离远些。

田伏林夫妇二人虽是都拜徐鸿儒为师，却并没学得妖法。万兴客店屋子是徐鸿儒自己绘图造成的，虽只矮屋二偏三进，却很多暗路。因此田伏林便做起黑店来，仗着暗路、机括，从来不曾烧过手，便越来胆越大了。徐鸿儒见他买卖做得多，恐怕遇着辣手或是寻仇报恨的，他夫妇二人本领吃不住，便差了几个惯做黑店买卖且是本领高强的大盗来帮着他。

这时万兴客店里，除却田伏林、霍金花夫妇二人之外，还有开路神刘权、海里蹦何魁、壁虎俞连昌、红蜈蚣查仪等四个，都是徐鸿儒收下来的绿林，都是武艺精通的汉子。施威打店时，遇着的那个伙计，便是俞连昌，掌柜的便是田伏林。他俩这一天原来有票好买卖要做，因此施威打店时，俞连昌本来不想留他。后来田伏林见施威包裹沉重，性情粗暴，便想顺便做这票小买卖。却不料施威一行四人，且都形状凶猛，便有些后悔。及见沈石有病，便想荐个医生，待煎药时，下毒弄死一个；这三个心慌了，便容易对待，可以觑便杀却，或是再下毒一齐毒杀了。哪知伍柱精细，偏自己煎药，没处下毒，田伏林只得和霍金花去商量方法。才起身出柜，忽听得外面车马声喧，夹着俞连昌嚷叫"老客回来了"的声音，知道是今天要做的大买卖来了。

什么大买卖咧？说来话长。要明白打万兴店的详情，率性待在下叙说明白。

那杨洪的上手卧牛镇指挥，姓丽名仲仁，杭州人氏，生长北京。虽是武科出身，却只弓马谙熟，刀枪功夫并不高妙。先在扬州指挥任上，原配夫人萧氏因产后病亡，遗下一女，没人照管，便娶了扬州名教师胡泰的女儿胡玉霜做继室。胡泰是给扬州盐商保镖的，曾经摆过擂台，百日没敌手。因为没儿子，便将一身本领传给了女儿，还恐女儿本领不能出色当行，又送到云峰山无智上人处学了六年剑法。胡玉霜自嫁给丽仲仁，看待那前室的女儿丽菁如同己出，自小便教她打熬筋骨，蹿高跃远。又因自己吃了裹脚的亏，飞行法有些不济，便不兴丽菁裹脚。仲仁便率性将丽菁扮作个男儿，聊慰膝下枯寂。又恐丽菁独身寂寥，便买了两个丫鬟陪伴她。这两丫鬟原是双胎姊妹，本姓梅，胡玉霜便给她俩题名梅瑜、梅亮，日夕和丽菁一处习学武艺。只是丽菁是婴儿时，便经胡玉霜使药炒砂磨炼过身体。自幼打熬，力大无穷，七八岁时，便能举得七八十斤的石臼。梅瑜、梅亮到丽家时，已有九岁了，身躯痴肥，体力脆弱，自然赶不上丽菁的进境。

后来丽仲仁因为巡按御史处不曾打点，被那御史一个反保举，说丽仲仁"胆识兼优，学艺并擅，堪任边疆重寄"，兵部便调他做塞外卧牛镇指挥。丽仲仁虽知道是巡按御史作弄他，却是身为武将，不由自主，只得领凭赴任。却因边塞地方天寒地僻，饮食都难得宜，便将胡玉霜和丽菁等送回杭州原籍，自己单身北上。

到了边塞，起居饮食都不惯便，加上心中郁结，便得了个痨病。请医调理，也不见好。孤身在外，虽有从人伺候，哪有切己亲人的周到？那病便越来越重，不到两年，便病故任上。胡玉霜接得凶讯时，丽仲仁已身死半年了。

好得胡玉霜不是寻常女子，丽菁此时武艺也已学成，便带了俩丫鬟万里奔丧迎榇。

到塞外时，路过荒沙屯，便在万兴客店住宿。胡玉霜因为路上和店家交代方便，便将梅瑜打扮成个小子模样。田伏林向梅瑜打听得卧牛指挥的官眷奔丧路过，便起下不良之心。知道卧牛指挥一缺，虽是塞外苦地，进益却很不错。每年护送皮货客人、驼马贩子着实可以捞得几文，再加上防边报销，一年最少也能赚个五六千两银子。便打定主意待他搬柩回来时，少不得打此路过。荒沙屯是个大站口，又只万兴店这一家大店。搬柩人多，怎能不在此住宿。那时下手，不是准可得个万来两银子吗？从此以后，叫俞连昌逐日在门前候着，若见胡玉霜来时，无论如何得拉住她落店。

胡玉霜到了卧牛镇，杨洪将抚恤银子交代过。丽仲仁亏空一千多银子，杨洪都认了去。胡玉霜率女儿叩谢了，便查点丽仲仁的遗物。杨洪命丽家仆人交去五百两金条和珍宝、皮毛、零碎行囊等物。胡玉霜便叫仆人护着灵柩先走，自己和女儿带着俩丫鬟，押着这些行囊，进了居庸关，改装车驮，便一直南下。因为行李多，不易觅店，便仍叫梅瑜男装着，骑马打前路。

这日梅瑜到了荒沙屯，正在找寻宿店，俞连昌一眼瞧见，赶忙过去，拉住笼头，说了一大套生意经，直嚷着："老客回来了！"田伏林听见，忙奔出来，瞅见果然是丽家小管家，喜从天降，连忙笑脸承迎，问长问短。梅瑜忖着：这近处没站口，且是只得这家大店，待奶奶到此时，天色也差不多了。便下马进店，定下后面一个院落，仍叫俞连昌门前候着。

田伏林接着这个买卖，直乐得手舞足蹈，连忙拣出些最道地的迷药，又暗地里擦抹军器，关照刘权等务必竭力，事成了，大家可以发财。俞连昌见田伏林郑重其事，因此便想不留施威。不料田伏林贪心不足，竟留下这四个丧门神来。

田伏林接待了胡玉霜等，便到自己房里去寻霍金花商量怎样下手。不料一步跨进房门，吓得一怔。原来他一进房，只见他的娘儿们横躺在炕上，白森森的两条小腿儿高高地举起两瓣红莲花一般的小脚儿。炕前面立着的是海里蹦何魁，正褪下裤子。田伏林只急得连声地说："这是什么话？这是什么话？"何魁急抽身想走，霍金花反一把抱住何魁不放，嘴里却问田伏林："你来可有什么事？"田伏林心如火烧，哪里还说得出来，只瞪着两只怪眼呼气。霍金花一面笑着，一面抱着何魁将身子乱揉。田伏林气极了，却又明知自己不单是打不过霍金花，并且不是何魁的对手，没奈何强捺住气，挣了半晌，才挣出一句："你也得歇一歇吧！"这时，霍金花乜斜着眼，向何魁悄骂了一声："没用的脓包！"便推开他。何魁想要逃走，却又被霍金花喝住，并问田伏林道："要说什么话，就说呀。"

田伏林长叹了一声，突地坐在椅上道："那丽家的买卖来了……"何魁抢说道："来了吗？俺去干他去！"田伏林忙道："且慢……"接着便将想毒沈石没毒得成的话说了，并说："因此特来和你商量，终得大家想个法子才好呀。"霍金花眼皮儿一刮搭，小嘴儿朝下一披，说道："你要贪多嚼不下，惹下事，却来问我。"田伏林明知她是趁此放刁，便道："娘子，您代俺想了这一趟的法子，以后您爱怎么乐便怎么乐，俺全不问。"霍金花偏头一笑说："谁来怕你问啦？"接着又道，"何家兄弟待你不错。我偶然高兴和他闹着玩儿，你不许和他过不去。"田伏林蹙额皱眉道："别尽着说这些没要紧的事，快想法子做买卖要紧。"

霍金花哧地一笑，啐道："死王八，这都想不出法子吗？待你老娘来吧。"说罢，便向何魁道："你去守着后门。"何魁巴不得这一声，连忙答应，立即起身一溜烟跑出去了。霍金花便对田伏林道："你去叫查仪守在陷坑左侧，设或要相斗时，便引到陷坑里去。你可将迷药下在酒菜里。如果那厮病好了，便说是给他们道贺。若是那厮病没好，便说是恐爷们今夜不得睡，特孝敬些酒菜好挡些寒气。这般办，任那厮们武艺再高没个不着道儿的。回头你再和刘权、俞连昌两个去宰他们。后院里的老妈子、小妞儿，我自去干她。知道了吗？去吧。"田伏林诺诺连声答应了自去。

伍柱见丽菁等举动稀奇，满怀疑虑，回到上房。施威急问："可瞧见什么？"伍柱便将所见之事说了一遍。程豪连说："奇怪！"施威、沈石也都瞪目不语。一会儿沈石道："俺方才听说给俺瞧病的那位大夫，叫俺们快走，且是写着的，足见这地方十分尴尬。咱们在江湖行侠仗义的人，遇着这种地方怎能扔下跑了呢？如今最好是咱们先下手为强，打他个措手不及，若待他预备好了来干咱们时，那便迟了。"伍柱道："他们终是预备好了的，咱们任凭什么时候去，都打不着他的空疏的。"

施威正待接口时，门外又有一阵喧吵声，施威急抓起一柄剑便奔出去了。伍柱连忙随后奔去，抢先拦在他前面看时，原来是店伙计和一个十五六岁的小厮正在斗口。伍柱忙上前拦开两面，问道："你俩因甚争吵？且说出来大家评评。"

那小厮便诉道："俺姓沈，是沈大夫的药童。方才大夫回去，一会儿便拿了包药面儿叫俺火速送来。问明店里掌柜的，有个姓沈的害病客人，如果还没动身，便将这包药亲自交给他自己，或他同行的客人，如若沈客人走了，便火速将药带回。叵耐这厮先时一口咬定说是沈客人走了。我问他什么时候走的，他又含含糊糊。后来随见那鞍子旁边挂着的褡裢袋，上面有个沈字，俺便指着问他，他便和俺吵起来了，客人凭你老说，店家可作兴这般欺负人吗？"这时那店伙计俞连昌已无言可说了，却立在一旁闷声儿不响。伍柱便道："俺便是和害病沈客人同行的。小哥，你随俺来。"

说罢，便领着那小厮进房来，施威也随后进来了。伍柱指着沈石向小厮道："这位爷便姓沈，你送来的药面儿呢？"那小厮遂向着沈石作揖道："参见本家爷！"便掏出一包药面儿，递给沈石说道："家爷说，请本家爷马上打开来瞧瞧，小的告辞了。"沈石随手摸了一块五钱银子赏给他，小厮千恩万谢地告辞自去。

沈石便打开那药包看时，里面还有一层纸包着，包上写着"牛角刀之米"五个正楷字。沈石不懂，想着：大概是药名儿吧？再解这层纸，里面便是四个一般大的小包儿，解开来，是一般颜色、一般多少的四包药面儿。便递给三人看道："这小厮没说明白怎样用法，却怎么分作四包儿，不作一总包儿呢？"程豪道："大概是配好给您作四次吃下去吧。"伍柱诧道："且慢！有字儿啦，待俺瞧瞧。"说着，拿着那包包药的纸儿尽着翻来覆去地瞧看。程豪也帮着寻看。沈石纳闷着。施威却不瞧，只在一旁生气道："这鸟大夫仗着会写几个鸟字，动不动有话不说，却去画他个鸟，不怕闷杀人。"说得三人都笑了。

伍柱瞧了半天，忽然向炕沿上一拍道："俺晓得了！俺先只道他另有要紧的暗计在那纸里旁的所在，后来又以为这五个字是句暗语，尽着猜想不透……"施威站起来向伍柱作个长揖道："好伍大哥，你兄弟被那鸟大夫怄得够受了，您千万别再怄兄弟。到底那药面儿是什么，请您别再长篇大论地讲道理，救救俺的命吧。"三人听了，大笑起来。伍柱悄声道："他这'牛角刀之米'五个字只是两个字，'牛角刀'是个'解'字；'之米'是个'迷'字。这药面儿便是'解迷'的药，这药四包是分给咱们四个的。"三人大喜。施威并道："就说是解药不就完了吗？偏要像王二秃子耍龙灯，绕这么个大弯子，这不是有意怄人吗？但愿他来世和俺一般一个大字不识，瞧他再能这么绕弯子磨人想思忖吗？"三人又大笑起来。

正说着，只见掌柜的跟着伙计，送了四样菜，鸡、鸭、鱼、肉，两大壶酒进房来，笑嘻嘻地说道："难得这位爷痊愈得这么快，小的们没甚孝敬的，只整治了这一点点酒菜，尽个穷心，还望各位爷赏脸赐收。"伍柱答道："生受你了，请你撂下吧。"掌柜的便将酒菜一一摆在桌上，又一一斟了酒，才让人入座。伍柱便道："掌柜的已经生受你。俺不喝酒的，劳你给俺一笼馒头吧。"这时伙计已出去了，掌柜只得连声应着："有，有，有，待俺取来。"便忙转身出去了。

伍柱瞅他出了门，便道："咱们饿着，回头也不能做事。此地这时候是没甚吃的买了。沈大夫他既自愿喊破俺们，大概是不会害俺们的了，俺如今先试一试，要是着了迷，程贤弟便快弄冷水喷醒俺来，施贤弟便挡一挡他们，待俺醒来，再攻打出去。"三人点头答应。伍柱便取了一包药面儿吃了一半。又一连喝了三杯酒，四样菜各吃了些，端然坐着。程豪等六只眼睛目不转睛地瞪着他，过了好一会儿，竟毫无动静，三人便也各取一包药面儿，都吃了一半。先都是略吃些儿酒菜，见没什么，便大吃大喝起来。待掌柜的取了一笼馒头来时，四人已吃喝得差不多了，便又各吃了几个馒头。

掌柜的见他四人这般狼吞虎咽，竟没甚动静，不觉心中纳闷。正在疑时间，忽见伍柱吼了两声，卷着舌尖说了声："俺醉了！"便就地躺下了。程豪暗使两手将沈石、施威的衣角一拉，便向掌柜的道："你请干事去吧，咱们喝醉了，要睡一会儿了。"掌柜的笑着答应一声便出去了。程豪忙向沈石、施威二人附耳说了几句，便都到炕上去躺下了。

伍柱见掌柜的已出去了，悄悄爬起，关紧了房门，吹灭了烛，轻轻地到炕上睡了。目不转睛，觑着房门，一会儿，听得窗外有人走过的脚步声响。接着便见窗下伸进一炷香一般的火来，伍柱知是闷香，便悄悄地下炕，拉了拉程豪。程豪连忙坐起，施威沈石便也翻身坐起。伍柱连忙摇手，又指着窗下那炷火给他三人看，一面便掏出解药来。程豪等三人大悟，各自急取解药，效着伍柱塞了些在鼻子里，又服了些。

不多时觉得房中烟雾沉迷。那炷香竟落在房里地下。伍柱便拉三人下炕，悄说道："俺们就此离开这里才好。"施威便要去开门，伍柱急忙一手捺住他，摇手道："使不得。"一面向屋顶指道："打这儿出去吧。"说着，便纵身跳起，直跃到头顶瓦棱，便顺手一抓，抓住一根横梁。再使这只手，撸开了一把顶砖，复跳下地来道："走吧。"说着便和程豪、施威、沈石四人各带军器，连贯跳起冲屋而出。

伍柱领着三人翻过屋脊，来到屋后，闪眼一看，只见苑中有人正在磨刀，一齐还有三五个歪巾窄袖破落户模样的人，站着悄声说话。施威便要下去动手，伍柱急止住，悄说道："不要下去，他们的头儿大概是在后面。"说着便叫程豪、施威、沈石三人小心提防着，各自紧握兵器，弯腰屈背而行，顺着厢房屋面，直往后进瓦上，待由后面屋上翻过那面院里去。

这时田伏林恐迷药使得不到家，便又取了两把闷香，先到伍柱等打住的屋子窗下燃了一把，抛了进去，听了听，没甚动静，便悄悄转身到后院中来。见窗上有光，便将窗下机括一拉，露出一个小窟窿。田伏林蹲身弯腰将眼凑着窟窿望屋里觑去，不觉大吃一惊。只见屋里大烛高烧，那老太太精神强健，身腰挺壮，头上包着块青布，浑身紧扎，正在地下拔弹弓上弦。那小姑娘是紫缎包头，密纽紫缎紧身袄，额际颤巍巍的一个白绒球，只瞧不清底下是什么颜色的裤。手中拿着一对虎头钩，嘻着张嘴将钩颠播着。那打店的小子和丫鬟也都是紫缎扎外靠夜行衣，鬓边各插一朵纸剪白菊花，各持一对板斧舞弄着，也瞧不出他俩是男是女。

田伏林瞧着这情形，心中一惊，暗道：这事有些扎手了，连忙奔出来，转到后面来，和霍金花商量。方要进房，只见霍金花手持双铁戟，紧衣窄袖，背负大弓，冲将出来，田伏林忙拉住她道："糟了，这财难发了。"霍金花急问："怎样了？"田伏林将前事对她说了。霍金花听了，笑喝一声："脓包，师父给你安下机括干什么用的？"田伏林恍然大悟，顿时胆壮心雄，将闷香向怀中一掖，拔出背上双刀，反身奔将出来。

原来胡玉霜进店时，瞧见这店里的人有些尴尬，便步步留心。后来店伙计送上酒菜，胡玉霜便将随身带好的解迷药取出来，分给女儿和俩丫鬟服下，自己也服了些，便大家吃了一饱。及至霍金花出来招呼，胡玉霜见她鞋底藏着白铁尖刀，心中便全明白了。盥洗已毕，便托言："路上辛苦，要早些睡。"辞了霍金花便关上房门扎靠起来。

胡玉霜和丽菁、梅瑜、梅亮预备齐整，便都坐在炕沿上待着。一会儿只听房门上啪的一声，里面门闩已拔出了。胡玉霜急起身下炕，拦在前面，掏出三个白铁弹子，拉满弹弓，侧身向着房门，站着丁字桩待着。就这一刹那间，房门霍地开了，接着便见一道金光向胡玉霜咽喉冲来。胡玉霜当房门开时，大喝一声，弓弦响处，铁弹迅飞，欻地白光射出闪电一般，说时迟，那时快，嚓啷一连两响，白光射出房外，金光已被白光打退落地，却是一支金镖。田伏林见那铁弹打落金镖，还有余力射出房外，打自己肩头擦过，吓得魂不附体，翻身逃走。胡玉霜接着又发一弹，正打中田伏林左手中刀，当的一声，那刀已飞出一丈开外。

丽菁不待她继母第三弹发出，欻地穿出房来，撒腿就追。才出耳门，劈面遇着合同娘子霍金花，迎面一戟刺来。丽菁抢钩架过，身子一侧，右手的钩直奔霍金花小肚。霍金花腾身跳起，让过钩，左右双戟，分向丽菁胸、腰二处刺来。丽菁方待招架，梅瑜、梅亮已经赶到，四斧齐下，早将双戟砍落。霍金花见三人力沉人猛，不敢恋战，抽回双戟，耍了一个太极回风，迎面舞成一团白光。丽菁等三人略朝后退了一步，再待跃进时，霍金花已跳出圈子，抛战而走。丽菁、梅瑜、梅亮哪里肯舍，甩开大脚，随后赶来。

霍金花到底是小脚跑不动，吃亏。才到大院天井中，已被丽菁等赶上，只得回身相斗。田伏林已逃出院门，见妻子被围，又翻身杀将进来。院中有几个素来受田伏林使唤的破落户泼皮，也都吆喝呐喊围将拢来。田伏林见丽菁貌美身弱，便不怀好意，舞起单刀，直取丽菁。丽菁一摆手中钩，接住厮杀。那边梅瑜见众泼皮围来，便抢斧挡杀。梅亮单战霍金花，两柄斧直上直下，和双戟扰作一团。胡玉霜这时立在房门口，见梅亮吃力，便拈弓将手中存着的白铁弹，对准霍金花头顶打来。不料这一弹，只为碍着梅亮挡在前面，要越过梅亮，才能打着霍金花，便高了些，又恰遇霍金花扬手起来之时，啪的一声，将一支铁戟打落到天井那一面去了。霍金花大吃一惊，急将这一支戟横撇过去，扫开双斧，掣身便走。跑过天井拾起那支戟，直逃出院门去了。梅亮随后跟追。

这里梅瑜见梅亮得胜，勇气百倍。双斧一分，猛虎般扑奔众泼皮，一阵砍，砍翻了三四个，其余都逃走了。便抢起双斧，来助丽菁。这时田伏林已只有招架之功，忽见霍金花败走，接着又见梅瑜来助，心中大慌，闪过双钩，转身逃走。丽菁、梅瑜齐声大喝："狗强盗哪里走！"一齐追出院门到了大苑中，梅亮打走廊迈过霍金花前面跳过栏杆，迎头拦住霍金花大杀起来，梅瑜见了急抢斧自后夹攻。

丽菁见二梅双战霍金花，料无疏失，便舞钩直逐田伏林。田伏林见了，便转身朝东面耳门跑进，丽菁随后紧紧追来。田伏林心中暗喜，跑到一间磨麦厂屋之中，口中高叫："小娘儿来呀，爷和你这儿拜天地吧！"丽菁大怒，猛然冲过去。不料才踏着阶沿，脚下一软，那阶沿已陷将下去，丽菁立脚不住，滚跌坑中。接着扎扎扎扎几声，上面一块大白石，约有一尺来厚，桌面大小向陷坑直盖下来。丽菁这时身在坑中，想跳也跳不出来。那石又和坑口大小恰合，闪躲也无从闪躲，只得瞑目待死。

正在这万分危急的一刹那间，大石离坑只三四尺光景了，突地打南面侧，冲出一个大汉，手挺点铜钢管凤翎枪，骤步如飞，奔到阶上，两臂向后一缩，乘势向前一挺，照定那大白石，猛喝一声，一枪挑去。将大石挑起，振起神威，向里一甩，只听得扑通、哗啦两响，那大石已穿了个窟窿，落在了屋地下，打得地土也陷了下去，那檐口系石的铁链，也断为两段。丽菁大喜，从坑中纵身跃上，咬牙切齿抢钩直取田伏林。那大汉也挺枪直刺。

要知大汉何来，下章再叙。

第二十三章

回心向善弃暗投明
矢愿救民犁庭扫穴

话说伍柱领着程豪、施威、沈石由走廊屋面越瓦跨檐来到后进，静悄悄的不见一人。伍柱方要越墙转后院来窥探那老太太和小姑娘，忽听得嗡的一声弓弦响，伍柱忙将身子一偏，忽见施威大喝一声，腾身跃起，如鹰鹞一般，悬空盘旋，扑下地去。伍柱大诧，急招呼程豪、沈石一同跃下。

原来施威正在气闷，不提防左股一痛，正中着一支短箭，顿时满心火发，再也按捺不下，便飞跃下地，直朝那箭来处的方向扑去。不料扑到屋角时，连个人影也没有。施威益发暴跳如雷，吼了一声，翻身向后。才要搜寻，突听得脑后有人陡喝一声："着！"知道有人暗算，急忙身躯一矬，反手使剑向后面朝左一扫，只听得当的一声，接着有人喝彩道："好身法！"待施威转身时，却又不见有人。施威狂怒，大骂道："×娘贼，是汉子，现身来斗三百合，这般鬼鬼祟祟的，只好算魍魉。"话未完，听得有人笑道："我又不曾走开，你爱斗只管来斗，只会骂人的难道颠倒算是汉子吗？"施威气得哇哇怪叫。

伍柱等见一个猴儿般的人戏弄施威，都气愤不过，一拥上前，将那人团团围住，刀剑乱劈。那人舞动枪前后左右从容不迫，招架还击。施威这时气得心肺都炸开了，见那人枪法精熟，便使出武当派的看家本领太极剑来，一口剑上下翻飞，如游龙怒蟒一般。沈石见了，忙也改换太极剑解数，向那人前后夹攻。那人果然觉着有些招架不住，枪法也渐渐散乱了。伍柱、程豪趁此蹈隙，乘虚一刀紧似一刀。那人知道不能抵敌，向程豪照头一枪。四人见了，刀剑齐下，那人掣枪横架，却不料四般军器齐砍在枪杆上，力量沉重，把握不住，虎口一松，钢枪落地。四人大喜，急忙四面向前合围，想要将他生擒活捉。哪知那人枪才脱手，早长啸一声，腾空而起。待四人围拢时，他已如抽签一般冲天跃起，上屋去了。

施威急拾起钢枪，上屋看时，连影儿也不见了。伍柱、程豪、沈石也都随后上屋，四面兜搜，仍是杳无踪影。四人各自纳闷，都猜不透那人是个什么人，竟有如此高强的本领，不知他是哪一路的英雄侠客。倘若是白莲教里人，岂不是一个劲敌？

伍柱因为有这般个劲敌，便要程豪立在这屋上把风。自己仍和施威、沈石翻墙过后院里来，才跨过墙垛，便见胡玉霜两眼精光射人，弯弓而立，瞥见伍柱过墙，便拉弓要打，伍柱连忙叫道："不要打弹，俺们也是落店被害的。"说罢，急跳下去，唱喏道："不知老太太尊姓？从何处来？"胡玉霜将自己的事约略说了几句，便问伍柱："尊姓大名？来这院里干什么？"伍柱将自己和施、沈二人的姓名来意大略说了，胡玉霜便道："既然都是江湖行侠仗义的好汉，敢请一位向前面去代寻小女，剪灭恶贼。"施威急答道："俺去！"绰起钢枪，拔步便走。

施威进店来，一直不曾出过房门，方向也不曾摸得清楚，路径更是不用说了。一时好义心盛，答应了胡玉霜，绰枪便走，也不管东南西北，也不知哪张门是往前面去的，只见门便闯。穿过两三间屋子，却到了后面草场。施威怔了一怔，乘月色四下一望，只南角上有个小门，便奔过去，一脚踢开，跃身而入。只听得突、突、突、突一连几响，连忙回头看时，原来这门是有机括的，一踢开门，便有几支钢箭两面射出。却是施威身手矫捷，一脚踢开门，这一刹那间，他已跃进门内，那钢箭便都对射在门框两旁。

施威见没中着箭，心中自是欣喜。回头纵眼寻觅出路，见门内是一间马房，槽头上系着几头牲口。施威穿过槽头，到一扇小木单门跟前，手起一枪，将门扎开，身子向后一闪，只见门上唰地落下一把大刀来，施威待那刀劈下，陷入门框中，挺枪冲将出来，便见田伏林那厮立在一间厂屋中哈哈大笑。檐口有链，锁着一块尺来厚的大石，正向陷坑中一个紫衣人头上打去，心中大急，膂力陡增，奋起神威，挺枪挑去。那枪直如雷铲，竟将铁链划断，穿石成洞，甩去一旁。田伏林见了，惊呆了。

丽菁跳出陷坑，痛恨田伏林将陷坑害人，咬紧牙龈，一摆双钩，直取田伏林。施威也挺枪助战。田伏林连忙按定惊魂，舞刀迎敌。丽菁愤恨已极，一对钩如一双龙爪，回旋挽抱，直杀得田伏林没处还手。施威一紧手中枪，待田伏林的刀被丽菁双钩裹住时，便挺枪扎去，只见鲜血直喷，直扎进田伏林腰间。丽菁这时也将双钩突前一绞，割下田伏林的脑袋来。才转身谢过施威，通问姓名，施威才知道她是个女子，便是那老太太的女儿。

丽菁将田伏林的脑袋撂在腰中革囊里，手捉双钩，跟着施威，穿过前面客房。只见沈石独力敌住查仪、俞连昌二人，一柄剑使得如一团白雾，着地滚来滚去，查、俞二人休想攻打得进。施威瞅见，吼一声，奔近前一枪，向俞连昌刺去。俞连昌急将身接住厮杀，丽菁也舞钩奔查仪。查仪和俞连昌二人夹攻沈石，尚只杀得个平手，怎敌得住丽菁和沈石二人反过来夹攻。不到二十个回合，查仪刀法大乱。沈石横剑架开查仪的刀，一低头，迈进一步，搿住他的腰带，向前一拉。查仪还待挣扎，丽菁急使双钩夹住他的刀一绞，将刀绞落。同时，底下当的一腿，查仪前后受敌，站立不住，扑通倒地。丽菁忙上前按住，向腰间掏出丝绳，将他五花大绑了。俞连昌见查仪被擒，心中一震，手脚略慢，被施威一枪刺进胸膛，仰身倒地死了。

丽菁押着查仪，和施、沈二人都到后院中来。只见他母亲正和伍柱在说话，便上前见过礼，将查仪交代给母亲，并将斩田伏林、擒查仪的事说了。胡玉霜叫她快去帮同众侠士，四下里肃清小贼。丽菁应声便行。施威见了，向伍柱道："伍大哥，俺也去来。"伍柱点头，并说道："丽老太太有俩侍女正在外面和贼斗着，您记清，不要误伤了。"

施威答应了，便和丽菁二人出了院门，打西头耳门出去。丽菁道："那些贼的巢穴都在后面。如今我去寻俩侍女，请您断住后苑门，外面逃来的，里面逃出的，您满一股脑儿搿住，给他个全跑不了，可好？"施威点头答应，转身绰枪，到后苑门前立着等候。满望丽菁追来几个，好给搿住。

不料等了半日，也没个人影，老是声息全无。又等了一会儿，猛然自言自语道："这不是呆鸟吗？俺这般个汉子，就能给一个小姑娘拴住了吗？"想罢，急迈开大步，直冲进后苑来，满心想要进了这贼巢，杀个痛快。哪知一连奔来趿往，穿尽了全苑四五间屋子，仍是阒无一人，更是气愤外加闷怒。想道：俺真倒霉，在这般个汉人的九幽地狱待守了半晌，不是痴鸟嘛！怒气一冲，挺着钢枪，如发狂一般，大嚷大吼地向外面直闯出来。

刚闯出苑门，忽见对面暗地里有个白面夜行人，心中一喜，急奔近瞅去不是熟人，也瞧不清他是男是女，无暇细想，便怪吼一声，扑过去，使大劲，一枪直刺那人胸膛。那人大喝一声，双手一扬，举起一对板斧，向上一叉，架住钢枪，闪身跳开。接着便抢进一步，斜抢一斧，向施威前胸竖砍将来。施威掣回枪来，使个朝天一炷香，架开板斧。同时，身子一矬，使扫堂腿着地卷来，想将那人卷倒。那人十分伶俐，步步谨慎提防，见扫堂腿扫来时，双足一并，向上一跃，跳让过去。

施威一连两下，都被那人让过，火高万丈，恨不得一口将那人平吞下去。立起身来，紧舞手中枪，摆开架势，唰唰唰，一连几枪，如孽龙出洞一般。那人只见四面俱是枪花，白光不离左右。他这双短斧怎挡得过急三枪？不上二十个回合，早抵敌不住。得个空隙，虚晃一斧，拔步便跑。施威大叫一声："哪里走！"挺枪随后急追。

那人跑到边门前，见边门紧闭，开门已来不及，便噔地一腿踢去。恰好施威刚正赶到，觑定他后心，猛然一枪刺来。说时迟，那时快，那人腿还没掣回，后面的枪头已离后心不到一尺了。这一刹那间，人急计生，连忙就势使个飞鸟投林，身躯向前一扑，头一低，腰子向前一挺，独脚立地，使劲一旋一个大翻身，施威的枪直从他后脑滑过，平着背心上面，直扎到门板之上。那枪尖才到门上之时，那门框两旁，风车儿一般，一连刷出一串钢叶大刀头，挨次刮砍下来。

施威原想，这一下那人终无从闪躲了。因此这一枪，分外使得力大，连身向前突扑。不料那人俯身避过，一枪扎在木门之上，扎了个对穿。凤翎枪的刃头前光后圆，离锷杆处又有个蜂腰般的扼儿，刺了过去，扼儿抡陷住了扎穿的窟窿口，一时不容易拔出来。施威正使猛劲向后掣，那人见了大喜，捉着这个破绽，双斧齐举，泰山压顶般向施威后脑疾砍下来。忽听得背后有人大叫："丫头，不得无礼！"却是双斧已收刹不住了。施威拔枪时，心中已满腾烈焰，见那人暗算，更怒若暴雷，大叫一声，使尽平生气力，猛然朝后尽劲一撸，呱嚓一声，早连门掣下，趁势急忙回枪，连着这扇木门，甩向后面，就此迎上一架，噼嚓一声，双斧正劈在门上，木门已劈成三条木板，反将施威的枪陷处劈开，板落枪松。

施威心中一爽，手臂一振，手腕一翻，就势一枪，向那人刺去。只听得对面有人高叫："施大哥，饶了这丫头吧！"便急忙刹住钢枪，闪眼看时，却原来是丽菁，便指着那人问道："这是何人？"丽菁答道："婢子梅瑜。"便转向梅瑜喝道："还不给施爷赔礼！"梅瑜只得上前向施威下拜。站起身来，却咕噜着悄说："他先扎我，我又不曾惹他。"丽菁喝道："不许胡说！"施威倒

264

觉过意不去，便道："真果是俺莽撞。伍大哥曾嘱咐俺不要误伤，俺竟会忘了。"说着三人一齐笑了。

丽菁方待和施威回身出外，忽见梅亮奔来，嗨吁嗨吁地喘着说道："那婆娘真有两手！她在姑娘手中败下时，便跳上屋，我也跟上屋去。不料她站在檐口，翻身背射一箭。一时没提防，来不及避开，只得跳让，小腿肚上，便中了那婆娘一箭。喜得撑得稳，没掉下来，却是追赶不得了，只好饶她逃命，忍着痛跳下地来寻姑娘，却又不见了。想着一定是向后面来寻我姐姐来了，便赶了来。果然全在这里。"

正说着，只听得屋上有人哈哈大笑，高声说道："好！自家人和自家人杀过了，再叙叙家常，给贼全放走了，终算是做了善事。"施威、丽菁、梅瑜三人听了，噗、噗、噗，齐跳上屋。梅亮也挣扎着，随后跳上。四个人八只眼四方瞅望，哪里有什么人？梅瑜便嚷说："咱们遇着鬼了。"却又听得远处有人大声答话道："丫头，不许瞎骂人！"四人齐向那声音来的方向飞步扑去。直赶到后院屋上，也没赶着个什么。只得且跳下地来，回到后院。

胡玉霜、伍柱二人见丽菁、施威等四人回来，都迎着问："可曾擒杀贼子？"施威一眼瞥见伍柱身旁多了个猴儿模样的人，便问伍柱："这位是谁？"伍柱答道："这位便是了了师叔的大弟子小活猴邓华，奉了了了师叔之命，北来探事，回头路过此地。"当下彼此都相见过了。

大家问起方才杀贼的事，才知道小活猴是闻得田伏林在此做拦路虎，恰巧因暗观关塞情形，路过此处，便宿在荒沙屯南头一家车驮店里。夜里暗来探察，不料遇着施威等四人，各不相识，加之又在黑夜之中，误杀了一阵，掉了一条枪。施威即举枪奉还，小活猴却道："这一对凤翎枪，原是傅友德特地打造的。任凭遇着什么硬家伙，都不会缺铲，不会曲杆，傅友德后来冤死于蓝玉之狱，这家伙便散失了，是我在天津卫一个千户手中花重价买了来。我本不会使双枪，方才听说您神威穿石，这枪算是得遇其主了，我便送您这条吧。横竖我还有一支，尽够使了。"施威大喜。忙起身，深深地唱了个大肥喏，谢了邓华。

丽菁见还有一个人也绑着，和查仪扔在一处，便问是谁，邓华接言道："这是我知道大家都是同道时，便去探察前后门，防他们放火。这厮在后门和我对敌，被我擒了来。还有前面一个，已被我宰了。只可惜跑了那个婆娘。另有一个姓俞的，也中了我一镖，带镖逃走了。"沈石道："那中镖的被俺在屋前拦住他杀了。"

丽菁接言道:"方才我出去,梅瑜、梅亮正和那婆娘酣斗,我即上前助阵。正斗处,瞥见有个贼,在后门里探头探脑。这时,那婆娘已败了,我便去寻那贼。那贼和我斗了些时,刀法没乱,却掉头就跑。我跟追过去,不提防撞着机括,四面石子乱飞。黑暗中,没法拨架,被石子打了好几下,才冲了过去。寻那贼时,却见他喉间插着一支镖,倒地死了。"程豪接言道:"那支镖是俺打的。俺在屋上,瞅见那贼乱跑,便给了他一镖。"

胡玉霜便叫梅瑜过来,问道:"你可知这黑店有多少人?"梅瑜道:"只见掌柜的夫妇俩,还有四个伙计,余外的长工、破落户不知数目。"查仪这时正躺在地下听了,忍不住答道:"长工是没有的。破落户、泼皮约有三五十人,却不是全都在此的。"伍柱听了,心中一算:掌柜的和三个伙计死了,一个捉住了,只走了一个内掌柜和些破落户、泼皮。

胡玉霜听得查仪说话,忽然触起,便叫梅瑜、梅亮将捉住的二人提过来问话。梅瑜、梅亮应声将二人提起,拖到前面站着,胡玉霜便请伍柱审问他们。伍柱方要问时,查仪早说道:"不必问,俺本来要说。"伍柱道:"您且慢说。"却先问那一个,那人只答了一句"俺姓何名魁",便闭口不语。任凭怎样地问,他只当是没听见。施威大怒,拔剑而起。伍柱连忙止住施威道:"本来是俺不好。要说话的不去问,却偏要问这个不爱说话的。"说得众人都笑了。

伍柱便回头向查仪道:"你有话请说吧!"查仪答道:"俺姓查名仪,江西南昌人氏。自幼学屠户。十五岁时,因一时气恼抱不平,打伤了按察司差头,便弃了家业,逃走江湖。后来遇着太湖中锣锤罗七召喽啰,投入了伙。罗寨主见俺少年体壮,就将全身本领教给俺。前年,洞庭西山的田伏桑和尚想做太湖王,罗寨主不肯服他。他带了许多喽啰来火拼,罗寨主人手单薄,斗不过他,中了三支箭,憋气跳湖死了,俺被田伏桑掳了来,俺早想脱身,再去学艺报仇。一来找不着名师,二来自己本领不济,不敢逃脱。此地万兴店,是合同娘子霍金花创的。掌柜的田伏林就是田伏桑的兄弟。当初娶霍金花时说是哥儿俩合力同心的享受,因称为合同娘子。后来白莲真人也和她要好,便派他夫妻俩来北地,白莲真人来往时方便些。这店里四个伙计,都是西山派来的。除却俺,还有壁虎俞连昌、开路神刘权和这个海里蹦何魁。今日本来只想设法取丽家的行囊的,却不料遇着众位好汉,这也是田伏林孽限到了。

266

平日这店里做黑买卖，不曾扎过手。却不道今夜一会儿工夫，会压根儿全砸了。俺本为势所迫，不得不忍气吞声，帮着田伏林鼓捣，如今俺得脱身，终身感激众位。众位如不嫌弃，俺任跟哪一位执鞭随镫，学些武艺，再去替俺死去的寨主师父报仇泄恨。若是众位不肯收留俺，放俺自去了，俺也只是寻师学艺。若还再不允行，就请将俺杀了，使俺得到阴曹地府去伺候俺寨主师父。"

说着，泪珠纷下。众人听了，都觉可怜。何魁却在一旁大骂："忘恩负义的反叛！逆贼，就让你今日得逃生，终跳不出教主祖师的手掌，瞧你这逆贼可能安逸？"查仪也怒道："你是将魂灵换吃喝的，自然怕他。俺有血海冤仇，即使粉身碎骨怕什么？"沈石急问："什么叫个将魂灵换吃喝？"查仪道："白莲教教里人拜师时，都要将生庚八字写出，交给师父，发下重誓，才可算是进了教，有吃有喝，有穿有用。若是后来反教，或是得罪了师父，他师父便将他生庚八字咒着，只一昼夜就能将人咒死。俺在山寨时，故意装懒，才免了进教。因此俺不像他们怕死，只能终身听他使唤。"

伍柱这时心中已想定要收伏查仪，好详细查知白莲教迷人害人的内情。却是不知他投降是真是假，便问查仪道："您可知道这店里的机括密室吗？"查仪答说："知道。"伍柱道："您可以领俺们到各处去搜查吗？"查仪毅然答应。伍柱亲自和他松了绑。

这时，何魁益加骂得厉害了，连伍柱等也辱骂起来，对丽氏一门更多不入耳的秽骂。伍柱斥喝几次，他更骂得起劲。伍柱怒道："你再不住口，俺便要你的性命！"何魁呵呵笑道："俺有祖师护持，你这班狗男女奈俺何？"言未毕，只听得暴雷也似的喝一声，何魁向后僵倒，大脑袋直滚向天井中去了。众人急看时，原来是施威按捺不住，拔剑将他杀了。沈石、程豪、胡玉霜、丽菁一齐称快。

红蜈蚣查仪领着伍柱、程豪、施威、沈石、胡玉霜、丽菁等，齐出后院，留梅瑜、梅亮俩看守行李。到了正屋，查仪指点给众人，过一重门破一处机括，也有踏着方砖，就闯出一个持刀木人来的；也有碰着柱子，就扎下一条长枪来的；也有一坐炕椅，就有铁条、铁链将人锁住的；也有拿动屋中器皿，就露出门户来的。一连破了十多处，多在后进和后面大院落之中。

西偏厢房中有一张桌子，摆在当中，地下地板光洁异常。查仪走近墙壁前，将那墙上挂着的一幅《渔翁得利》画轴一拉，只见中间的桌子突然沉落了下去，地板也有两条陷下，露出一个大窟窿来。向窟窿里面瞧时，黑黝黝的，不知有多深浅。

查仪先沿着窟窿口将手一按，猛然向下一跳。原来那洞有五尺来深，人跳下去，只露着头顶。伍柱等先后照样跳下去。查仪在先引导，众人俯着身子，向后闯出这窟窿外，却是一间大地室。周围约有五六丈大小，正中摆着几方长案，四围堆的都是箱笼行囊之类。正中悬着一碗琉璃长明灯，照着案上一具死尸，尸身已经腐烂，骷髅滚在案边，旁边还插着一柄解腕尖刀。再细看时，案下堆着许多白骨。

众人虽都是杀贼锄奸的英雄好汉，见了这般惨状，心中皆觉不忍。伍柱惨然问查仪道："这可是什么人肉作坊吗？"查仪摇头道："这只是个害人的所在，并不是什么人肉作坊。田伏林弄翻了客人时，不论他是迷着的、死了的，全搬到这屋里，拿来解成零块儿，将喝完了酒的空坛儿一盛，觑空一埋，人不知鬼不觉的，也不知弄过多少了。还有些路过的色鬼，中了霍金花的骗诱，引他到上面这间房里，将他活的坑到这地方来，生生地斩成肉酱。似这般，也有过好几十口子了。"

伍柱又问道："那箱笼可都是弄得客人的东西吗？"查仪听了，陡然迟疑了一会儿，才答道："这倒没考究过，大概是的吧。"伍柱迈步到墙边，伸手拖下一口大白皮箱来，打开看时，不觉吃了一惊，接着胃气向上一冲，大呕大吐。原来那箱子里并不是什么金银财宝，却是五六个死婴孩的尸体，都已破肚开膛，取了脏腑，使盐包塞装着。众人见伍柱忽然呕吐，都近前来瞧，人人皆掩鼻摇头，程豪问查仪："这些死婴儿腌存着干什么？您可知道？"查仪道："只听得教里人常时盗取胎儿、婴儿，收那小肚肠儿炼阴药使唤。尸骸腌着，却不知做什么用。"

伍柱呕吐住了，才问查仪道："这些箱子装的全是死孩子吗？"查仪答说："不知道。待俺全给打开来瞧瞧。"说着一连打开几只大箱，却装着许多金银宝钞、衣服绸缎等类，众人便七手八脚将所有的箱笼一齐打开。除却六箱死孩子，余下全是金银衣物。伍柱见有这许多，心中倒作难起来，想着：这却怎样处呢？

沉思了一会儿，转身和众人商量。邓华道："这事须得火速处理。此时，天已不早了。屯上也有二三十户烟灶，天一大明，就闹不清楚了。"程豪道："依我想，咱们寨里正缺钱使，都拾掇起来，送到寨里去，岂不正济急用！"伍柱道："俺正在这般想着。只是这许多怎样送去咧？"邓华道："我原是奉了师父密命到北地来的。如今得知同道在塞外立寨，怎能不去瞧瞧？这些东西全交给我送去吧，只是这时大约已近五鼓了，没时候拾掇，却怎么处？"伍柱猛然触起道："那沈大夫家离这儿没多远，咱们就搬上他家里去吧。"程豪摇头道："只不知道他愿意不愿意。"伍柱道："咱们这么多人去，即使他不愿意，谅他一时也不能轰咱们出来。咱们只借他的屋子，拾掇拾掇这些东西，用不着半日就完事了，又不长在他家打住，怕什么？"众人听了都道有理。

当下众人一齐动手，将箱内金银钱财和值钱的东西全拣出来，又将墙边堆着的被褥拆开几卷，将被单扯出当包袱，纷纷包裹停当。查仪当先，领了众人到那地窖尽头，将墙边椅子一旋，露出一张门来。出了门，就是台阶。众人沿着台阶上去，查仪打头，旋开了顶上石板，鱼贯而出。

这时，东方已微微露出一线白光。众人闪眼一瞧，才知已到了内院。分头急急忙忙抄了一转，只搜得些霍金花的私房金银、首饰等，约值七八千银子，便也包了。伍柱顺手取了桌上的笔砚，撕了一页账簿，写道：

　　擎天豪杰，合力锄奸。妖匪害途，用予聚歼。地方文武，毋事
牵连。倘欺良懦，例在眼前。

写毕，叠成个方胜儿，向腰间拔下一把小尖刀，将方胜儿插压在桌上，回身向众人道："事了了，走吧！"一口吹灭了桌上残灯，领着众人出了内院，到后院招呼梅瑜、梅亮，叫醒脚夫，套上车子，胡玉霜挈丽菁押着头车，众人各自上了牲口。查仪也拣了一骑马，簇拥着车仗出屯，向沈大夫家中来。邓华先辞去，取了钢枪行囊，赶来路上相会。

后事若何，下章再叙。

269

第二十四章

传绝技名将遇名师
设网罗淫娃助淫贼

话说伍柱、程豪、施威、沈石和梅瑜、梅亮各跨一骑牲口，拥着胡玉霜、丽菁母女的车辆，辚辚萧萧，出了荒沙屯。没多远，遥见晓雾迷蒙之中，笼裹着一棵大槐树，枝干虬盘，仿佛龙游大海一般。众人心中一齐放宽，都道："到了，到了，就在前面了。"

各紧一鞭，簇拥着，来到大槐树下。果见有一所沙土筑墙、茅草盖顶的五间房屋，门口贴着一条将要褪成灰白色的红纸招儿，上面写着"祖传内科洞庭沈刚医寓"十个字。伍柱上前叩门，只听得里面有人高声问："谁呀？"伍柱道："是请教大夫的。"一霎时，呀的一声，一个垂髫童儿开门，瞥见人马车辆，不知其事，骇得抵住门隙，连问："干什么？干什么？"伍柱方要答言，只见沈一剂已到门前，一见是伍柱等，便叫童儿快将门敞开，让众人到屋里坐。伍柱回头命脚夫将车马概行赶到大门里面苑中停歇。脚夫们虽没知道昨夜杀了许多人，闹了一整夜，却见凭空多了伍柱等几个达官模样的汉子，情知事情稀奇，只是他们老走江湖，明知蹊跷，也不敢多嘴，只率照言行事，将车驮马匹，都赶进门内。童子关了门，上了闩。

沈一剂陪着众人，径到里面一间书房中落座。童儿自去烧水沏茶待客。沈一剂见沈石在座，便问："贵恙痊愈了吗？"沈石谢道："多蒙诊救，得托福粗安。"沈一剂道："只是阁下面色发黄，双目无神，谅是病才减转，便多辛苦，恐防转成疟疾，就要缠绵了。"众人听了，齐赞神医，伍柱乘此将夜来之事一一说了，并道谢相救之德。

沈一剂道："俺原来想要去却这大道旁的大害，无奈俺本领不济。幼年时虽学得些枪棒，自料不是他们的对手。没法，只得忍耐着，想待有机遇时药死他，不料那厮偏不生病，俺在此地待了一年多，终没处下手。难得众位仗义，斩魁扫穴，俺只有佩服，怎倒说谢俺？如今众位云程是向哪一方去？"

伍柱答道："实不相瞒，俺们四个是塞外卧牛山擎天寨的好汉。素来志向是要剪除白莲教，杀尽叛逆之徒，抵御番部胡儿，灭却扰害民间的闽广派。只为立寨不久，一切都要新做起来。寨中缺乏银钱，派俺四个下山，两个到武当山取钱，两个回家卖产济急。不料无意中得着万兴店的没主儿钱财，想先送到寨中济用。却是许多财物，一时整装不了，万兴店又不能久耽搁，没法，只得冒昧前来惊扰府上，望乞俯允，俺们将这些包裹内的东西装扎登程，感情不浅。"沈一剂慨然答道："这有什么要紧？"

一言未了，忽见窗外有人从空飞下，沈一剂大惊。众人齐都离座，那人已到房门口来，细瞅时，却是小活猴邓华。伍柱便给沈一剂引见过了，重新归座。沈一剂叫童儿献茶。童儿送过茶，又提了两大桶热水，和面盆、面巾之类，送到房里。众人依次盥漱了。

邓华问伍柱道："这些东西叫谁押出塞去？出关还要文凭，却怎处？"伍柱答道："俺也正为这事作难。俺们四个都有将令在身，不能半途回山。且是俺们的事情也要紧，这时难以抽身回转。文凭倒还容易。俺们进关时，杨霹雳给了两纸空文凭，都没填行李数目，为的将来好送钱财出塞，回头期限也不曾写。如今填写一张，出关自无拦阻。"沈石羼言道："俺们就将这些东西带着走，回头再一并带回寨里去不好吗？"程豪摇头道："这法子不好，一来千里迢迢，带着这多东西，又累赘，又启人疑心。二来寨里需用正急，我们去取的银子，还嫌迟缓，如今得着这大批，怎不赶速送去济急呢？"邓华道："我却有个调处。如果众位放心时，就全交给我押了去。反正我这趟原要出塞的，这不过是就便罢了。"众人听了齐声道好。

说话间，沈一剂已叫长工做饭，坚留众人吃了饭再走。伍柱恐在此多耽搁不便，沈一剂笑道："您请放心吧，此地离官府远着啦。即使店中有客人起身，瞧见了，谁肯惹祸上身，奔百十里路去报官！还不是落得省了店饭钱，拍腿一走。待邻居地方晓得时，谁也知道是家黑店，报官时，说不定反倒要问上一个境内窝藏匪盗的罪名。坐牢还事小，给官府借着这点儿事由，清查乡里，各家抄搜，那可比强盗洗劫还厉害，谁肯去惹这破家害己的大祸？俺料邻里察着时，也不过分却零星物件，将尸掩埋完结。平常人命，尚且多情愿抱屈不敢声张，免受拖累，何况是一家黑店？明知必是江湖上义士好汉干

271

掉的，绝不会张扬出来。"众人听得实在有道理，都放心从容拾掇。借了架秤，将金银分秤停匀，一包一包扎好。其余财宝首饰也都包裹了。

沈一剂见沈石口音虽是北地，却和自己一般带些苏州语尾，便请问籍贯。沈石答道："原籍是洞庭西山。"说着，蓦然想起沈一剂门前招纸上也写的是"洞庭"，便问他："是湖广洞庭呀，还是苏州洞庭？"沈一剂答道："俺原籍西山，本名沈刚，字克柔。祖传医理，长走四方。因爱结交天下英雄好汉，也习得些枪棒，却没剩得一钱。去年在天津卫触怒了指挥，才逃到边关来行医。来到这荒沙屯，闻说瓦剌寇边，御驾亲征，不能再朝前走，就在此住下了。"沈石便问他宗派，叙起来，竟是叔侄。沈石虽是年轻，却是叔父。沈刚年长，反是侄儿。彼此万里他乡，得逢骨肉，自是分外欢欣。

沈刚乘便探问擎天寨的情形。沈石坦然将卧牛山形势，和众好汉的志向、寨中的职事铺排等项，一一告诉了沈刚，并说："你是做大夫的，寨里正用得着。况且你又会枪棒，何妨到山寨去，不强似孤鬼般独自别在这边野荒村吗？"沈刚原本有心才探问的，见沈石这般说，自是格外欢喜。立时进内，说与娘子儿女，叫他们快拾掇细软，笨重物件全都扔下。沈石向众人说了，众人都说："求之不得。"欢欣异常。

一时，饭已熟了。沈刚才出外间来，陪着众人吃喝。虽是边塞荒村，没甚好吃的，却是沈家娘子做的熏腊、酿的白酒，颇有江南风味。众人大嚼一顿，吃得人人捧腹，才算休止。洗漱过了，检点物件，一一计了数目，叫脚夫进来，取去装车、扎驮。沈刚也将细软取出，一并装扎在一处。

伍柱取出一张文凭和路引，方要填写行李人马数目和日限，沈刚拦住道："俺也有一张，是俺离天津时，知县感激俺给他治好了瘵病，闻得俺要出塞，特地着人送给我的，至今没用过，如今用得着了。"说着，果然到里面去取了一张"北平都指挥使司"的空白文凭路引来，邓华立即照式填好。

伍柱又写了一封书子交给邓华。书子里面，说明白邓华、沈刚、查仪三人的来历和本领，请酌派职事，又说明扫除万兴店的大概，附一张金银财物详细数目单。邓华收藏好了，伍柱便将珍宝首饰等物全交给沈刚，转付他娘子带着，免人疑心。并命查仪沿途看顾车驮。叫了脚夫来，每人赏了十两银子。脚夫喜出望外，磕头道谢。伍柱向他们说："你们仍回头出塞去，脚钱加一倍给你，路上不许多说。"脚夫听说就此回家，还有加倍的脚钱，喜之不尽，诺诺连声地道："小的们知道，小的们怎敢瞎说！"

原来胡玉霜已和伍柱商量好，将这塞外雇的车驮仍遣回去，免致路上多嘴生事。沈刚听得便将自己家中两辆车和病家道谢的八头牲口，一齐送给丽家母女。沈家的长工吴二，原是苏州流民，流到边荒，逃来投托沈家的。这时，他不愿出塞。沈刚给了他几两银子，叫他跟随丽家回南，沿途帮着照顾车马。吴二自是欢喜。

　　分派已妥，将车驮排好，一时，两处都已扎束停当，分停在门外。大众都出门来。沈家娘子挈着稚女、幼子和童儿上了车，沈刚这时也作保镖达官打扮，和邓华、查仪三人一齐攀鞍上马。这边胡玉霜也上了车，丽菁和梅瑜、梅亮都爱骑牲口，连伍柱、程豪、沈石、施威一共七骑马，拥在车后。两面彼此拱手，互道珍重，分道扬镳，立时南、北背驰。沈家娘子霎时弃家，自是有些难过。伍柱等走到万兴店门时，遥见几个村人慌慌张张，带了锄耙簸箕进去了，心中暗自佩服沈刚透彻人情。

　　伍柱、程豪、施威、沈石心中都有急事，想要赶快回头，好赶上打霞明观，深恐错过这场大战，不得身亲，因此急如星火，时时催着吴二："快些赶车！"偏偏吴二是个南边人，赶不来快车。施威急了，跳下马跨上车去，代吴二赶车，反叫他骑着马随行。胡玉霜见施威这般心急，便问道："山寨里有了这些用度，也可以过得些时了，为甚这般心急？"施威道："老太太，您不知道，咱们还有一桩比银钱紧要万万倍的事情啦。"胡玉霜道："如今不过是少钱罢了，怎么还有加上万万倍的急事呢？路上没事，咱们都是同患难的，何妨说来大家听听，也许想得个法子了处呀！"

　　施威道："就说也没紧要。只是这事儿，老太太您设不来法子的。俺们创立这擎天寨，为的是要灭却妖教，除却叛逆，制伏闽广派。那白莲教头儿徐鸿儒的老子徐季藩，仗着汉王朱高煦的势力，在河间府城外，盖起一座霞明观来，收集天下泼皮、逃犯和绿林中不守规矩的恶贼，聚将起来，暗地里，要扰乱世界。那观里，真无恶不作。采生折割配邪药，取胎摄魂练妖法。掳娘儿们，劫百姓家，什么都干得出来。近来更闹出新样儿来了。徐季藩使哑药迷住了他一个同窗老朋友，名叫冯绍霞，镇日价使白蜡揉面，给这冯老头儿吃，养得他痴肥笨胖。早就放出谣言，说是明年上元节，观中有活神仙白昼升天。打算临时就将冯老头儿假扮神仙，撂在火上一烧。他再使妖法，弄玄虚，叫那些笨人瞧见火中有人上天去了，好就此鼓众动手。他这一起事，又不知要死多少人，洗多少地方。俺们师父、师伯知道了这桩事，决计要在

273

这事前剿灭他。秋天里就传书天下，将同道和门人全给召来，要和妖教拼斗。这是一场轰轰烈烈的大事儿，老太太您想，俺们能不赶上吗？"

胡玉霜道："您怎么不先去将冯老头儿救了出来，使他花子没了蛇弄，不就没事了吗？"施威摇头道："不成，不成！俺师伯友鹿道人和俺师叔丈身和尚，都去暗探过几趟，无奈那厮们防备异常紧密，非和他大打不可。且是救了这冯老头儿，难保他不再弄一个人，终久要大拼斗一场才行。俺师父和同道弟兄八个人聚议过了，只有纠集天下侠士好汉，和他硬干，才能斩草除根。那厮们也知道武当、五台两派的剑客放不过他，早将教徒全集拢了。还勾合了闽广派那些无聊剑客，预备和俺们作对。前不久，他们在塞外占了座青草山，改唤作白莲山。有许多剑客绿林在那山里，暗地里和番部外国往来。请番人帮他，夺了天下时，便将这北平、陕西、山西、陇西、宁夏等地方和金银、子女等，酬谢番部。俺们擎天寨才立起时，青草山便来扰过一回，被俺们斩了他一个先锋，打得他落花流水。"

胡玉霜道："到武当还差得远啦，再回来恐怕是来不及赶上的了。"施威道："只要不耽搁，俺拼命赶，一天跑二百里，也得期前赶回来。"胡玉霜心中暗想：这场狠战，委实难得，会武艺的人赶不上这般大斗，也就白会武艺了，可惜我要料理葬事，不然时，也去一个。我会武艺到如今几十年，不曾见过大战场，名是嫁了个武官，也只是别在屋里，别了一辈子。怎生得进擎天寨去，打得这一场大战，也显显我的能耐，叫人家知道我胡玉霜不是一辈无声无息的娘儿们，便死也值得。偏偏死鬼不争气，恰在这时死了。丧事在身，这心事，哪能做得到啊！"

冬季天黑得快。胡玉霜心中正在回旋忖度，自是不觉着。施威只一心着急，打马飞奔，更没省记天色。伍柱、丽菁等，虽知时已不早，却也想着多走几里是几里。大伙儿这么一来，就错过了站头了。车过马家营子时，客店伙计拦路车，施威不理，加一鞭，冲路就走。马蹄嘚嘚，转瞬已是十多里了。

这时，寒日西沉，晚风骤起，吹得众人身上如撒了一身冰雪一般，这才觉着天已晚了。齐向前面望去，却是一片平阳，并无村庄。伍柱叫住施威道："施铁臂，您瞧，时候不早了，快赶过前面土岗子去，瞅可有村店，宿一宵，明儿再走吧！"施威也想着：车驮载重，夜路是不大好走的。应了一声，将长缰一抖，鞭子一扬，直奔上土岗。伍柱、丽菁等也各将两腿一挝，真果是马走如龙。霎时间，奔了二里多路，齐到了土岗顶上。

施威坐在车辕上，昂头一望，暗叫一声："苦也！"原来岗下尽是兵燹后的荒废田地，一望无涯的荒草草场，比岗后面还要宽阔几倍。伍柱等都已瞅见这般情形，这时人虽能够挣扎，马已筋疲力尽。想再要赶过这片漠漠无涯的草场，委实不易。大家都踌躇起来，面面相觑，没做理会处。

吴二猛然记起道："这地方我到过。原先是左家屯，就这岗下有个偌大的村庄，全是姓左的住着。前年番人入塞，官兵将左家屯烧了做战场。人也杀绝了，田也荒完了。我去年来此时，这岗左泥洼里还有一家没死完的渣滓，只不知如今还在这儿住着吗？"施威急道："你真烦絮，爽爽快快说，岗左有一家人家，这时不是已经去瞅过了吗？"伍柱笑道："您再说闲活，更要耽搁时候了。你们且待着，俺和吴二去瞧瞧来。"说着，叫吴二领路，带转马头，向岗左枯草小路驰下岗去。

伍柱跟着吴二，两骑马前后下了岗子，陡见岗嘴环抱处，坳子里，果有一丛屋脊。伍柱大喜，连忙带马向坳子里奔来。渐见一丛颓旧大屋隐在土崖下，泥洼中，确是不易寻见。站在岗上，再也瞅不见崖下有屋。伍柱暗赞道：好个所在！怪不得能独免焚毁，卓立到今。便近前下马，使马鞭向白木门上敲了几下。听得里面有人问："谁敲门？"伍柱缓声应道："是俺。"

只听得呀的一声，夹着有人问道："你到底是谁啦？"门开处，只见一个十五六岁的童儿，立在当地，向伍柱呆望着。伍柱和声说道："俺是过路客人，错过宿头，想在贵庄借宿一宵，不知……"话未完，童儿将头摇得拨鼓儿似的，连说："不行！不行！"伍柱又好话求告，童儿竟拦着门，回答道："我家素来不留客宿的，不要说废话。"

伍柱正待再说，忽见门里苑中走出个老头儿，白发满头，银须过腹，拄着拐杖，缓步来到门前，向伍柱打量一眼，便唤童儿走开，拱手道："足下请进。岗上车、马，我自命人去招呼。"伍柱听了，猛吃一惊，暗想：他怎知岗上有车马？想着反倒不敢进去了。那老者似已知觉，笑说道："足下只管放心，请里面坐。老汉岂是害人的？"伍柱心中更加惊疑，却又不能不进去。只得硬着头皮，向那老者拜揖，走进大门。老者回头向童儿道："你和这位官人的从人一同上岗去，招呼岗嘴上待着的车马，到屋里来。"童儿应声去了。

伍柱便随那老者向正屋里来，一面步着，一面仔细留心窥察那老者的举动。见他脚步步步着实，却又步步轻飘，知道他是个有绝大本领的人。及至走到台阶，老者在前，将拐杖向石阶上一拄，踏上台阶，飘然进屋。伍柱随后上阶时，瞅见那拐杖挂处，现着个一寸多深和杖头一般大小的小圆窟窿。再瞧老者，仍是没事人儿一般，潇潇洒洒立在屋门边，让伍柱进屋。伍柱心中更加犹疑，及见那老者慈眉善目，似乎没甚恶意，心肠才略放宽些。却仍满心七上八下，不得主意。

到了厅上，伍柱和老者施礼见过，分宾主坐下。伍柱请问老者姓名，老者答道："老汉前时姓张，如今山野之人，用不着姓名了。"伍柱听了。心中憬然。察他口音不是当地人，便问："老丈来此几年了？"老者道："老汉飘零一生。到此地，爱他幽静，耽搁下来。只记住在此处，草青了两次，山中无岁月，更不知今年何年。"伍柱听他说话稀奇，益加诧异。

说话间，见童儿进来报道："车马都来了。"伍柱即起身出外，老者也出屋来。果见车驮马匹塞满了半苑子。胡玉霜和程豪等都已下了车马。伍柱给众人引见过。胡玉霜一眼瞧见那老者，心中一掣，似乎在哪里见过的，细想却又想不起来。老者却毫未介意，只说："此地风大天冷，请里厢宽坐吧。"邀众人到里厢房来。

众人都和老者行过礼。童子送来热茶热水，众人洗盥毕，分坐喝茶。胡玉霜向老者道扰。老者笑答道："茅屋草房，有屈安人大驾，怎说谢来？"胡玉霜心惊，暗想：他怎知我是安人呢？忍不住问道："不知老丈怎知我来历？我方才拜见老丈时，也似乎曾在哪里见过，只不知老丈可曾到过南边？"老者道："老汉多年不到南边了。浪迹一生，或者曾在哪里遇见过，也未可知。"胡玉霜见他答话含糊，不便再问。

一时，童子来报："饭熟了。"老者让众人到外面厅上吃饭。虽是些腌菜、窖瓜和黄米熟饭，一无荤鲜，却也别有风味。众人不见米饭已久，吃到嘴里，更加香甜。霎时间，风卷残云，各吃一饱。老者只在旁陪着，并不动筷。饭后，老者暂辞进内去了。众人悄悄窃议，这老者稀奇古怪。咱们的事，他似是全知道，真猜不透他是个好人是个坏人，施威道："俺好像是认得他，却再也想不起他的名姓来，俺原想问他的，因见方才丽老太太没问得什么，俺就不再问了。仔细想来，这人不像是恶人。"伍柱点头道："俺初见他时，也处处留心窥察他。后来见他气宇轩朗，举止安详，言语更是慈祥恺悌，好似句句含着禅机，料他不是邪教妖人，一定是个清高有道之士。所以连你们各位也没招呼，大家放心大胆吃了这一顿，料来没甚凶险的。"

正说间，童儿走来沏茶，便都住了口。那童儿沏过茶，向伍柱道："伍爷，我师父请您进里面去说句话儿。"伍柱坦然起身，随着童儿，从屏门进去。穿过一间过堂，再进东头月拱门，便是一间小书斋。窗外种着七八株红梅，才只一人高，却已满枝着花。墙上藤萝密布，叶已凋落，更显得蜿蜒曲折，摇曳生姿。

童儿进去报过，复出来招手请伍柱进内，伍柱跨入房门，只见老者端然跌坐在檀木炕上，目朗形庄，神光四射。伍柱不觉凛然下拜道："弟子伍柱参拜！"老者将手中拂尘一拂，道："请起来，不必多礼。"伍柱觉得如有人提挽一般，才拜了两拜，不由自主地立了起来。便向旁边凳上坐下，说道："不知老丈有何事赐教，弟子愿闻训诲！"

老者道："我离世已久，原不想再问人世事。先时见闻侣鱼、张三丰师兄弟俩修道三四百年，还不肯弃却微名，远离浊世，颇笑他们。如今见妖教应劫而生，所行多违天意。孔雀明王又恰在这时䃍凡历劫，我不免也要迟滞五十年了。只是这次劫数，虽是人造，也在人为。孔雀明王误杀一蛟，已种下不解之冤，将成千古奇惨。你可传语闻侣鱼，转告诸道友，切勿杀戮无辜，碍违天道。如今武道理应繁昌，须借善果传流一线，为将来保国保民之需。却是至道不可轻传，须妨因此反而害及武道前途。这话也请你转言给诸道友，传授须适可而止，慎防所授非人。"伍柱敬谨答应。

老者又道："你生有来自，根基极厚。他日佐孔雀明王立奇功，为名将，前途事业正多。只是你所学的枪棒武艺，只能战胜常人，不能抵敌名将，更不足完你的事功，却也是天叫你得成大业，立大名，有缘得遇着我。我今教你一种兵器，可以所向无敌。"伍柱听到此处，连忙起身，到炕前双膝跪下，道："弟子谨受教训！"老者道："起来！我为武道作育人才，为天下作成名将，非你我私交，何用虚文缛礼？"说罢，待伍柱起身，才下炕来，领他到书房后面一间小敞厅中。

只见敞厅两旁列着四种兵器。两种是高架上挂着的：一是一柄长剑，一是一条长鞭。那两种是长兵器，插在矮架上的，都不识得叫什么名目：左边一种，柄儿特长，上面装着个仿佛倒写篆文"山"字一般的东西，右边一种，和左边的差不多长短，顶上是一个眉月形两面四棱的铁弯叉，好似僧家用的月牙禅杖。却是月牙是小股，两角朝上，牙儿两面各有八个钉齿，正中心，装着一个枪头儿。

正待要动问，老者已开言道："这四般兵器，是兵中之王。鞭、剑两样，你是识得的。那鞭法自呼延赞以来，还未失传，天下尽有精于此道的人，剑法却已分成南、北，且已深门户之见，将来恐要因为互相仇害，而此大道渐灭。这也是天意难违，可为浩叹！那两种长家伙：左边一种，名叫铖，古时名戚，三方是刃，两面有凹，使起来，斩、劈、筑、钩、挑、拦、架、砍，无一不便，厉害无比！可惜使法将要失传了。右边一种，本名叫镗耙，如今另有了两种镗，这家伙便单叫作耙。镗法，已有普陀大通尼传授；耙法，却就只我还知道。这镗、耙两样，都是冲锋陷阵的无上利器，刃尖繁多，架格容易，极不容易破他。将来这两样东西必要成为军中要物的。这四样兵器，剑、鞭已有传人；耙，我也传授给人了。只有这铖，非聪明睿智之人不能得其精华。如今我传授给你，你留心习练，将来的事业，都在这家伙上面。"伍柱顿首受教。

老者脱去长衣衫，向左边架上拔下铖来，站着马桩，使将起来。前后左右上下中侧，盘旋飞舞；如同一朵白云飘来飘去。细看解数，果然奥妙无穷，变化莫测。兼有刀、枪、矛、戟、斧、挝等之长处，比钩镰枪、两刃刀为用更大，委实是件神兵利器。伍柱瞧完了七十二路随法，心花怒放，笑逐颜开，连忙拜恳指教。

老者将铖法歌诀教授给伍柱，一面将耙取下，自己当作铖使着，一面将铖交给伍柱，叫伍柱照歌诀挥动。伍柱心思本来灵慧非常，任什么都能一听就记得，一学就精湛。老者只陪着他使两次，他已全懂得了。老者又叫他独自使一回瞧瞧。伍柱即照着歌诀解数使将出来，使完时，只使错了一个着地砍松的架势。

老者大悦，当时指点拨正了他。又向怀中取出一本书，交给伍柱，上面写着"武道"两个字，下面注着"第一卷"。打开看时，开页有岳鹏举、文文山两篇序文，以下有二十卷书的目录。再翻下去，便是"第一卷铖法"，并刊明是"达摩著"，"宋太祖御注"。老者道："这部武道共二十卷。原是名山秘籍，轻易不传的。每卷指点一种兵器的使法。末两卷：一卷是拳经，一卷是说金钟罩、铁布衫、铁手、铜头等练法的。你且将这卷铖法拿去，练习熟了，我自来取还。你须勤奋习练，休要懈怠自误！"伍柱一一答应，将书藏起，下拜道："承蒙师父特恩，传授绝技，怎奈连师父的法号都不曾知道，岂不令弟子抱憾终身？还望师父垂示才好！"老者笑言道："我姓张名中，你将来去问友鹿道人等，就能知道我的来历了。"伍柱谨记了。张中领他到外面来。

众人在外面候了许久，正在胡乱疑猜，忽见伍柱和老者一同出来，都欢欣异常。大家起身相问，伍柱只说"老者询问卧牛山的事情"，含糊了过去。大家又坐谈了一会儿，童儿提灯来请安置。众人便随着童儿，到厢房中来。见沿墙长炕上已铺好被褥，都暗想：他家只一老一童，怎的做事这般周到？

当夜无话。次日天明，众人起身，茶水已都预备好。众人梳洗已毕，出厅告辞，登程。老者亲自出来，坚留众人早饭后再走。众人却不过，只得将行李拾掇好，仍坐下闲谈。一时饭熟，众人吃过，复向老者告辞起身。出门登车上马，老者直送到门外，才与众人拱手，道声"珍重"而别。众人押着车驮，转到岗前大路上，迤逦长行。

这日仍是吴二赶车，却是比昨日快了许多。行了二十余里，才见人烟。施威在马上说起："这老者奇怪！怎生事事都和前知一般？可惜他不肯说名字！要能探得他真名姓，说不定还是一位前辈老英雄啦！俺终觉有些认识，只是说不出在哪里会过。"伍柱道："他自己说姓张名中，这姓名倒不大听得有人说起。"施威、胡玉霜听了齐急问道："真的吗？"伍柱道："谁造谣言不成？"施威拍手道："张中就是铁冠道人的真姓名！俺说曾会过，果然是熟人！十年前，他时常到武当来，直到近年才不见。可惜您在他家里时不说他就是张中，若早知道时，有许多事好问他啦！"胡玉霜也说："俺幼时曾见过铁冠道人。他给太祖画了一册子画，就叫铁冠图。里面全是说的后来的事，好似哑谜儿一般隐藏着，连靖难之师都画得有啦。今朝可惜当面错过，不曾问一问他我们将来的事业如何。"

众人一面走，一面赞论。常言道得好："伴多路短，独走路长。"他们八九个人簇拥着走，不经意地走了四十多里路了。这时，天已过午，便寻了一家村店停车下马打尖。午餐后，依旧长行。背着朔风，马不停蹄，尽力直骋，一口气又奔了四十余里。众人见日已落平，恐怕和昨夜一般再错过宿头。到了涿州城外，便拣一家宽大洁净的客栈，名叫全安客栈住下了。

这夜，定了两间上房。丽家母女和俩丫鬟占住一间，伍柱等四人占住了一间。吴二就在外间搭炕。晚饭后，沈石觉着疲倦异常，先爬上炕睡了。施威和程豪正说得起劲，口沫四溅，手口俱忙。伍柱默坐在一旁，暗自省记揣摸着铁冠道人教给的口诀手法，都没上炕睡觉。

街上二更打过，客栈内已悄无人声。伍柱劝施、程二人："别尽谈论了，时候不早，应该睡觉了。"施威怪眼一闪，向伍柱道："您咧，怎不去睡呢?"伍柱不防他这般反问，一时倒没了回答，呆了一呆。却是二人话头已被剪断，便都脱去外衣，闯入被中睡了。伍柱也上炕来，半身复在被中，倚墙坐着，悄诵武道，街上正当当当敲着三更。

伍柱正在凝神聚读，忽听得沈石哼声不绝，以为他是魇着了，忙卷书披衣下炕，到沈石炕前，一面使手推他，一面悄声叫唤。不料他只是哼着，越哼声音越大。伍柱着急，便也越叫越高。施威猛然惊醒，睡眼蒙眬，欻地爬起，一手捞着炕里面撂着的钢枪，突跳下炕来。伍柱忙叫："施铁臂，别乱动! 没事啦! 镇恒山魇着啦!"这时，程豪也已惊觉，连忙爬起来，拦住施威，拧醒了他，将钢枪夺下，才一同向沈石炕前来。

伍柱已将沈石的被掀开。程豪急向桌上，将油灯剔亮了，拿到炕前来照看。只见沈石双眼微开，牙关咬紧，满面灰白，如粉石灰一般，嘴里直哼："冷! 冷……呀! 冷呀!"身体抖个不停。伍柱等大急，都说："翻了病了，怎么处呢?"施威和程豪将几条被一齐拿来了，全给沈石盖上，却见他仍是抖个不住。

伍柱开了房门，黑暗中摸到外面，高声叫："掌柜的!"掌柜的梦中醒来，不知有甚事故，急忙爬起，披衣出房，连问："官人有甚事情?"伍柱问道："此地可有好大夫?"掌柜的答道："有也在城内，这时没法进城去请。要是有甚急症，隔壁龙池观里马道姑就能医病。"伍柱急道："你快去请她来，脉金不问多少，只要快!"掌柜的又问道："是哪一位官人? 什么病症啦?"伍柱道："你去请来自知，这时没工夫和你说这些。"掌柜连忙叫起伙计，燃了灯，又点着个灯笼，回头才叫伙计："快到隔壁去请马道姑来，给上房里官人瞧病。"伙计应声，拿着灯笼，开门去了。

掌柜的掌灯，陪伍柱到上房里来，只见沈石已经坐起，两眼发赤，两颊通红，嘴里直嚷着热，两手将衣服乱抓，施威、程豪两人拦不住他。一会儿，上身已剥得赤条条的，两手扇着，还是嚷热。伍柱见他神志不清，且不和他说话。只站在一旁，相帮防护着他。程豪抱怨道："沈刚原说过沈老五要害疟疾，这不是大疟疾吗? 怎的和沈刚分手时，大家竟然会忘了向他讨些药带着呢? 伍大哥平常最仔细的，这回也和我们老粗一般大意着。这不是沈老五合该有这场灾苦吗?"伍柱被他埋怨得哑口无言，心中如火烧一般，比那害病的还要难过十倍，只急盼大夫快来，好设法救治。

胡玉霜、丽菁、梅瑜、梅亮都在伍柱叫掌柜的时惊醒来。丽菁要出去，胡玉霜止住她。听了一听，知道是有人得了急症，便叫梅瑜："快开箱子，将携带的小药箱取出备用。"一面独自到这边上房里来，瞅见沈石这般情况，便问伍柱道："沈官人是什么症候？"伍柱道："现在连俺也不明白，得待大夫来瞧过才能知道。"

　　说话间，伙计已将隔壁龙池观中道姑马上超引了进来。胡玉霜瞅这道姑，梳着个堆云髻，裹着个鸭蛋青绣花细披风，里面是翠绿道袍，云鞋不到四寸，生得鹅蛋脸儿、石菱嘴儿、柳叶眉儿、桃花眼儿，风流俊俏，不像个出家的人儿。大家上前招呼，请她坐下。伍柱将沈石前日得病的情况和适才发病的情势一一细说了。马上超道："这不打紧，不是什么险症。不过来势凶猛，有些吓人罢了。"说着，起身到炕前，给沈石诊脉。

　　沈石这时没先时那般闹热了，觉着身上发冷，已闯进被中躺下了。程豪上前将沈石的手挪出，给马上超诊视。沈石闭着两眼直哼，问他时，摇头不答。两手都诊过，马上超又看了看舌苔，才向沈石道一声"保重"，起身轻移莲步到桌旁坐下，开药方。

　　掌柜的早将文房四宝送来桌上。马上超且不开方，问过众人和病者的姓名，默坐凝想一会儿，方提笔来，开了个药方，交给胡玉霜道："这位沈施主的贵恙，是伤寒兼恶疟，一时恐不易痊愈。这边店里嘈杂，不妨请到贫道小观中停住两日，调养服药都便当许多，不知老太太意下如何？"胡玉霜答道："承蒙姑姑美意，且瞧服下这剂仙方，病势怎样再说吧。"伍柱急取了一块银子，和药方一并交给掌柜的，叫人快去打开药店门赎药。马上超起身告辞，伍柱送给二两银子脉敬，胡玉霜代送到门前。

　　一会儿，掌柜的将药送进来。程豪向掌柜的讨了药炉罐子和木炭，自己将药煎起来。胡玉霜回房，叫丽菁和梅瑜姊妹俩安心去睡。复身又到这边上房中，帮着服侍病人。四更后，药才煎好。程豪去讨了只碗来，将药斟出；施威才扶起沈石，将膀膊撑住他，斜坐着。伍柱将药接过，缓缓地喂给沈石喝。一口一口地，半晌才喝下去了，仍旧挽他睡下。

　　众人方才宁静落座，沈石忽又闹将起来，嚷冷嚷热，嚷个不住，却是没先时闹得那般厉害。大家心意稍安。只因彼此心中都在着急，谈不起兴致来，大伙儿都默默无言，相对闷坐。将近天明时，沈石沉沉睡去，住嘴不哼了。胡玉霜才悄悄回房去，打个盹儿，伍柱等三人数日辛苦，又一夜无睡，疲倦

281

极了，也都伏案瞌睡。

一霎时，天已明亮，胡玉霜正在房中斜靠在炕上打盹，忽听得门闩一响，接着便见房门猛然开了，方在诧异，突然涌进十几个差役皂隶般打扮的人，手执挠钩套索，扑进房来，如猛虎擒羊一般，各奔炕上，也不管男女，夹着被按住就捆。胡玉霜忙跳下炕来时，挠钩齐上，搭住手足，四面分拉。一来事势仓促，胡玉霜不曾提防，二来胡玉霜是一双三寸金莲的小脚，到底站桩不稳。才甩脱这面挂钩，那面又到了。匆急间，一连几圈套索罩下，早被拉倒在地。众差役忙拥上捺住，捆了个结实。这时，丽菁和梅瑜、梅亮都被捆成粽子一般。四人一齐破口大骂，那些差役们只嬉笑着不理，随即将四人抬出房来。

那面上房中，伍柱等原没关房门，也有一伙人悄然进去。待伍柱、程豪惊觉时，绳子已到身上，支展不开了。施威更睡得熟，铁链、绳索齐到身上收紧，他才醒过来。沈石身在病中，毫无敌拒之力，也被绑了。施威、程豪顿喉大骂，众人只当不听见，伍柱却向众差役道："你们为甚事将俺们捆住？也得说个明白才行呀！似这般糊里糊涂，见人就捆，难道公事是这般办的吗？"众差役只是不理，各去搜抢行李，连旁的客人也被他们借名搜查，抢去许多财物。

一会儿，马蹄声急。只见一个千户领着百多人马来到店门前，下马，进来，便问："全拿住了吗？可有逃脱的？"差头上前回话道："回爷的话，男女人等全都拿住了，只有奴仆、脚夫，不知宿在哪里，还没拿到。"千户道："只要正凶没漏网就得了。"差头又禀道："据报是五个正凶，现已拿住八个。是东头上房里多出三个女的，一并锁拿在此。"千户点头道："趁早解进城去吧！"差头等齐声应了一声"是"，将胡玉霜、伍柱等八人抬出店外装入车中，一路欢笑着，进城去了。

这老少八侠，因甚事被捉呢？其中有个缘由。

八人住的这家客店，掌柜的名李逢春，原本是个犯规返俗的和尚。仗着有些膂力，会些拳棒，结识江洋大盗，专做跑码头的箭子。几年之间，积得些银钱，便回到涿州原籍来开张客店，洗手不做绿林买卖。反而结交衙门中三班、六房役隶人等，为的是借着他们的势力，使人不敢追问他以前的事情，而且好欺压良民，横行霸道。弄了两年，就在捕快班中补了个名儿，益发恣行不法，无所不为。只是他手头虽有了钱，做了掌柜，当了捕快，却因他行藏不正，没人敢将女儿许他。四十岁，还不曾娶得个妻子。

恰巧全安栈隔壁有座龙池观，观中原有个老道姑，被外来的两个年轻道姑暗地谋杀了。这两个年轻道姑，都是北平人，一个名叫陈安士，一个名叫马上超。占了这座龙池观，专一引逗游蜂浪蝶。她俩也是教里人，讲究的是采补术。弄了个男子，便给药他吃，二人轮流奸淫。采到那男子精枯髓竭时，再取他的脏肺去献给教主。这类事儿，也不知干了多少了。

这一年夏天，李逢春在后面敞坪中洗澡。陈安士在楼头一眼瞅见李逢春是个伟男子；心中一动，向他递了几个俏眉眼。李逢春原想勾搭这两个道姑，却是不知底细，不敢冒昧下手。怎经得陈安士移樽就教，顿时心花怒放，澡也不洗了，急忙换了一套最时新的衣服，袖了些银子，趋过隔壁来。

陈安士和马上超接着他，一直到里面楼上，酒果已经摆好，三人坐下，吃喝起来。可怜李逢春虽不是什么童男子，却是从来只知强奸、宿娼，何曾温存旖旎地调过情？这时，被这两个妖精般的人一迷，浑身上下都不得劲儿，只眯着双色眼傻笑，连话也不会说了。好在陈、马二人原是爱他的真实本钱，并不在乎外表。见他这般情急万分的模样，二人也乐得早些享受。

马上超笑向李逢春道："喂，您倦了吗？可要睡一会儿？"李逢春只傻笑着点头。马上超起身领他到里厢房去宽衣解带，倒凤颠鸾。事还没了，陈安士闯了进去，故意闹醋劲儿，抽了个头儿。二人见李逢春确有真实本领，人才难得，倒也另眼相看，没追取他的性命。却是李逢春从此得了两个军师，如虎添翼。二人也仗着李逢春，狼狈为奸，这半年间，也不知害了多少人了。

这天，李逢春见胡玉霜等前来投宿，瞧着这些人不像平常过路的客商官眷，便去向马上超说。马上超道："横竖您不做黑店，管他干什么！"李逢春也就撂下了。不料伍柱半夜里要请大夫，李逢春乘便荐了马上超，原意不过是赚些脉礼。哪知马上超因为要装出久惯行医、名大夫的牌调，药方儿上要写上个病人的姓氏。却又因为病人正昏迷着，不便去问，只得向旁人询探。这一来，便不得不带着问问旁人的姓名。恰好伍柱、程豪二人一来因为离家已远，二来因为心中着急就大意了，说了真名实姓，马上超原是个走江湖的，听着施威、沈石的名儿还不介意；及至问到伍柱、程豪，陡然想起曹州伍柱是个不服官府的霸王，锦屏程豪是个占山立寨的头脑，都是多年拿办不着的，怎生全到了此地？便故意问了二人的籍贯，揣料一定不错。出来时，又见脉金是二两头，这般大出手，愈可看出不是好汉们做不到。当下暗中关照李逢春借着捡药，到龙池观来，和他说了，叫他多唤做公的，干了这场大功。

　　李逢春因恐众好汉疑心，即托马上超亲自去报信，自己却回店来。马上超连忙奔到捕快头儿家中，报说："曹州土霸伍柱、锦屏山大盗程豪，领着两个党羽、一个老婆子，落在全安栈里，掌柜的托我前来报信。请火速领人去捉拿，再迟就要漏网了。"捕快头儿听了，也待不到开城时去报本官，立时叫齐住在近处的伙计，还召唤许多狐群狗党，一窝蜂来到全安栈里。捕快头儿吩咐悄声进去，拿他个措手不及。果然被他们分途刁门闯户，将男女老少八个好汉一齐捉住了，比密报的还多了三个女子。李逢春领着差役再四处搜寻一番，吴二已不见了。

　　这时，天已大明，城门也开了。捕快们将八人装在车中，锁着车门，免致有人瞧见时，拦路夺犯，或是报信劫狱，直解城里。

　　要知老少八人怎样拖累，请阅下文。

第二十五章

义愤填膺飞符遣将
毅忱诛佞劫狱戕官

话说吴二瞌睡蒙眬之中，忽听得人声嘈杂，连忙爬起下炕，推开一线窗槅，侧头向外细瞧，却见自己所倚仗回南的八位英雄都被捆绑了，心中大急。且恐有人来捉，急忙爬上炕去，打穿低楞近檐处的屋瓦，拼命爬上墙头，舍死忘生，向下一滚。幸喜北地墙壁不高，滚到地下，没受伤损，爬起来，拔步飞跑。

吴二这时心慌意急，不管路途高低，也不管东西南北，只舍命狂奔。一口气跑了约莫二十余里，方才止步，端正方向，见日光从右晒来，知已回头向北，便寻了一棵大树，背着树坐下喘息。一面思忖：我真倒霉，流了这许多年了，好容易得回家乡，又遇着这般便人肯带我回去。却偏遇着这狗娘养的地方，无缘无故地将人拿下，如今倒连衣服铺盖都丢了，仍是和一年前一般剩得净人一个，叫我怎处？想来想去，不觉伤心痛哭一番。

哭到极痛处，忽然心中一动，暗道：我不呆吗？旁人路见不平，还要仗义行侠。我身受其害，就这般白放过那些鸟官鸟差吗？何况伍爷、沈爷几个都待我不错，我怎能不尽我的力量去给他们讨救呢？我旧东家沈大夫不是入了他们伙儿出了塞吗？我只此到塞外卧牛山去报个信儿，还怕没盘缠回南去吗？想罢，便决计奔往卧牛山去。

边塞地方，吴二没处不熟。他荡来荡去，几年来只在这一带地方混，因此他出塞入塞，赛过是吃家常便饭一般，不把它当作一回事情的。他主意既定，伸手向腰间袋中一摸，喜得身旁还有在沈家集得的几两银子在插袋，原来预备再集些凑着做回南的盘费，如今只先取出来用了再说。便将腰带紧了一紧，又奔了二十余里，才买了些馍馍吃了。又在村市上买了干粮，急忙奔往边塞。

吴二一路之上，足不停步，拼命前行，连夜带日地走去，只二日便奔到了居庸关下。从关侧小路偷走过关，幸喜没遇着马步巡查，安稳过了岭。塞外路径，他也是谙熟的，心中着急，也顾不得辛苦，一直到卧牛镇来。却是吴二不知卧牛镇指挥便是卧牛山的头领。到了镇上不得过河，问了问没得渡船，那水又是暴水冲成不结冰冻，无法过去，急得了不得，呆在河边痴望着。

恰巧有个卧牛山的健卒渡河送信，见他呆立在那里，心中有些疑惑他不是好人，便上前来盘问他。吴二便说："要想过河去寻个人。"健卒问他："寻谁？"吴二一眼瞧见健卒身边带着一方红旗，上面有个"天"字，心中一机灵，便道："寻沈一剂。"那健卒见他只一个人，又没带兵器，便先问他道："你寻沈一剂做什么？"吴二道："那是我的主人，我特来给主人送信的。"健卒便问他讨信，吴二说："是口信。"健卒料他做不出什么事来，便道："你随我来吧。"说着便拔下腰间红旗一展。只听对岸芦苇中呀的一声，五个人合力摇出一艘快船来。健卒领了吴二上船摇过对岸。

上了岸，健卒将他领到棨门岭后，守将潘荣营中盘问一遍，吴二将众侠被陷在涿州的事说了。潘荣便将吴二留在营中，另派快马进寨报信。吴二满心焦急，又不敢多说，只睁着眼，向山中望着。约莫半个时辰，小大虫皮友儿全身披挂，背插双枪，骑一匹高头骏马，一手持着一方令旗，一手牵着一匹空马，如飞而来。到寨前立马，传令道："奉主将军令：将报信人吴二带到大寨！"传罢，将一块写着字儿的令牌交给潘荣。潘荣便叫吴二上马，随皮友儿进寨。

吴二拜辞了潘荣，踏镫上马，皮友儿叫他在前面走，自己随在后面跟定，并招呼方向。吴二一路上留心瞧去，只见巡山兵马络绎不绝，远处山口中时见旗枪闪过。遥见第一关头，旗幡招展，枪刀如林，正中红旗黑字，迎风显出一个斗来大的"钱"字。将到关前，皮友儿将旗一扬，只听得关上有人高声喝了个"忠"字，皮友儿在后也高声应了个"武"字。便开了关门，吴二跃马进关来。回头细瞧时，只见筑好向外面一层厚砖墙，关内还正在打桩堆土，一面砌里砖墙。

进了头关，一连过了二关、三关，都和头关一般开关放进；只二关垣还只筑得五尺余高，暂使木栅横栏，算是关门。到四关时，守关兵将扎营在关外。关基正在打桩，两旁有八个健卒各挺长矛把守着。皮友儿也照头关一般，喝答过口号，才过了隘口。才进关，便撞着一队人马，迎头认军旗上一行小字，是个"巡山都头领"；中间一个大"丑"字。皮友儿高声说了"紧急"二字。只见对面一员黑盔黑甲黑面黑马的大将，将手中三尖两刃刀左右一摆，让吴二皮友儿两骑马当中穿过。霎时间进了寨门，下了马，皮友儿便当先引吴二到大同厅来，守厅首将冯璋将吴二身上搜过，便进内通报。片刻时间，出来领了吴二进里，皮友儿缴令给冯璋，便向厅旁房内去了。

吴二随着冯璋过了好几间庭厅，才到一个小院落中的书房中来。只见沈刚坐在炕上东头，左首一排坐着僧、道、儒、俗不等五个人。吴二便上前叩见沈刚。沈刚叫他见过左首坐的友鹿道人等五人。吴二叩见过，友鹿道人命他坐下，问道："涿州的事情，是如何闹出来的？你可详细说来。"吴二便从左家屯借宿起，一直到八人被陷在涿州止，仔细诉说了一遍。

友鹿道人问道："你可知道那全安店掌柜的是个甚等样人？"吴二道："小的涿州也常到的。全安店才开张二年多些。掌柜的叫李逢春，为人很爱朋友，买卖也还公道。就只一宗不好，有点儿爱糟蹋娘儿们。"沈刚霹问道："那请来瞧病的女道士是谁，你可知道？"吴二道："小人在外面房中宿，没瞧见，不知是怎样个人。就只听得说是全安店隔壁龙池观的道姑。"丈身和尚问道："全安店掌柜的是不是教里人？"吴二答道："这却不知。"友鹿道人便命冯璋带领吴二去吃喝歇息。

友鹿道人便叫皮友儿快到卧牛镇去问杨洪涿州有多少人马，文武官本领如何，皮友儿领命去了。友鹿道人便和张三丰等商议这事怎生处置。丈身和尚道："失陷的人太多了，且有四个老少妇女，这事便不是你我去一两人办得到的了。"周癫子道："这事只有反牢劫狱。若是我们去，办到没甚办不到，只是敌拒官兵终有些不便。若是暗救他们出来，委实是失陷的人多了，不大好办。"沈刚霹言道："既是如此，老师们何妨救了他们八位出狱，却就叫他们八位去抵敌官兵，老师们尽管隐身在旁呢？"张三丰道："若是官兵中没有对手，还不打紧，只恐边地兵多将勇，倘使救了出来之后，再失陷一二人时，我们挺身去救，便要杀官兵，若不去救，二次被擒没有不当场就杀的，岂不是反催了他们的命吗？"飞霞道人道："我们五人齐去，或是去四个，留一人守寨可好？"友鹿道人道："青草山新败，必谋复仇，本山难免有大战，我们怎能离开？若去四人，便和去一二人一般。咱们如今不是怕敌不过官兵，是不愿意和官兵抵敌。且是因为失陷的八人中有四个女子，若是救出后，仍是

287

和我们这样的人一路长行，岂有不被人看破之理？到那时还是要闹出事来。"丈身和尚道："还是多派几个头领去，咱们五个人之中任凭去一个，就近做主张，免得群龙无首。"张三丰接言道："就请您辛苦这一趟吧。"友鹿道人道："也只好如此。如今就发令连夜起程便了。"大家便商量派去的人名。

正商议着，皮友儿回来复命道："杨霹雳说：涿州是关内第一要镇，素来驻有重兵。如今是都督柳升在涿州歇马待诏，还有御营先锋朱荣也在那里，两人部下共有八千多兵马。现任涿州卫指挥弓达，是个有名的呆子，却是武艺十分了得，曾中过武科榜首。涿州知州新换了人，还不知姓名。另外涿州城里还有个奢遮好汉，姓庹名忠，绰号一阵风，原是黔中蛮子，流落北地。不知他是哪处学的剑客，北直隶朝北这一带地方没人能敌。听说这人性情戆直，被朱荣哄了他，给他打仗。这趟亲征瓦剌，朱荣这一支兵屡立奇功，便全是庹忠冲锋陷阵得的功劳。却是朱荣都冒了去，如今他还不知道，仍在朱荣营中。若是到涿州去干事，头一要防备此人。"

友鹿道人沉思了半晌道："这庹忠名字似乎听得说过，既是同道，岂肯伤他？若得个认识他的人去说他醒悟，岂非大好？"丈身和尚道："蛮中传道的只有我师妹凌云子，这人大概是她的弟子。只是凌云子的踪迹久不得知了，若有她在此，或者可以叫这人回头，怎奈一时没寻处？"周癫子道："可是四十年前和云漫天憋气，远走蛮荒的凌云子吗？"丈身和尚答道："正是。怎可知她的行踪？"周癫子道："我今年夏天里，在天台遇着她的。她向我说，特地回来寻云漫天报仇的。知道云漫天要到北地，所以先回来沿途游玩访旧，就此北来。如今云漫天不是到了青草山了吗，凌云子大概也到北地来了。"张三丰接言道："就算她来了，不知她的托足处，也是枉然。何况那庹忠还不见得一定是她的弟子。目下快商量派人吧，再挨一会儿可要误事了。"友鹿道人道："先时不知涿州底细，只说派几个人去便行了。如今既知涿州有名将、能人，这事非同小可。寨中健卒是不能多调进关，头领却要多派几个去，方能抵敌。"飞霞道人道："依我说，竟是倾寨而去。我们四人任守寨之事，友鹿道兄主持中寨，张道兄守前山，周道兄守后山，我来查山。这般分派，寨中大概可保无虞。日子多了，虽有些为难，好在过得多日，去涿州的人也该回来了，便可各归原处了。"周癫子拍手道："对，我们去涿州是有难处，难道放着咱们这几个人守个山寨也守不住吗？事不宜迟，快发令叫他们动身吧。"

友鹿道人便提起笔来写传令牌，派：

孔纯、赵佑、归瑞、凌波四人扮作江湖卖艺的直往涿州城里，进城待信火一起，便专劫牢狱，救出众人，扫荡全安店和龙池观。

凌翔、凤舞扮作小军将模样，向杨洪营中取腰牌、印凭，直往涿州城里，信火起时，专一挡杀涿州指挥弓达。

潘荣、钱迈、杜洁、许造扮作往京投考文武科士子，往涿州四城分开待着，信火起时四面兜来，专拿庾忠，只许生擒，不许害他性命。

徐斗、徐奎扮作游学士子模样，到涿州衙前待着，信火一起，便将知州衙门人役挡住，且将街道把守，待赵佑等来时，合力劫牢，救出人来，便当先开路出城。

茅能、刘勃、丑赫、邓华扮作镖局达官模样，再挑选本领高强、状貌敦厚的健卒九人扮作客商，一同进城，待信火起时，专一堵杀都督大营兵将。

丈身和尚总管接应各路施放信火，夺守城门，并带同黄礼扮作泥匠，于佐扮作木匠，帮助放信火劈城门。

各路得手后，都到全安店取齐，一听丈身和尚指挥，不得违背，违令者斩！计共派出头领十八员，由丈身和尚统率即夜起程，限两日两夜赶到涿州。山寨中只留皮友儿、冯璋、查仪、沈刚帮同友鹿道人等四大侠守寨。当日便各将职事交代给友鹿道人等四大侠，各自去改装打扮。申牌时分，齐到大岭。友鹿道人已挑选了九名健卒，带了各头领的坐骑，另外又在马房中挑选了十五匹牲口，作为马贩子，再将山寨平日打猎得着的鹿茸、鹿角、药材作为便带的货物，使人不疑，沈刚取了一包药丸交给潘荣道："会着镇恒山时，要他将这药丸使白开水送下，任他哪一种恶症，保管马上痊愈。"又取了许多金创跌打药，一包一包分给众人带在身旁，以备不虞。原来沈刚这时已受命为医药头领，因此他便尽他分内之职。后来每有争战，他便包送伤药。平常已给各头领带在身旁，自此永以为例。

丈身和尚率领十八员头领上厅告行，即夜纷纷离寨，分批到杨洪营中取了文书。因为限期紧迫，便都连夜趱程。进了关塞，顺大路直奔涿州。众头领也有展施陆地飞行法的，也有骑马的，也有雇牲口上路的，无不急急奔驰。果然军令如山倒，只得两日两夜便都赶到了。

这一日，茅能、刘勃、丑赫、邓华等四人和十个健卒，拼命打马，先赶进城。城门口守城兵丁，向众人讨了税单、文凭看过，说了声"老客发财"，便取了几枝鹿角去了。丑赫眼中见了这种行为发火，却因大事要紧，强行捺住。进了城，寻了一家客店住下。吃过饭，大家坐在店堂里闲谈。一会儿，见黄礼拿着一把锨，揣着一个石灰桶，于佐背着一柄大斧，斧上挂着一把大锯；两人一路笑笑谈谈，瞅见茅能等也只作不认识。丈身和尚随在后面，约莫十多步远，瞧见茅能等在这店里，便踅进来假作化缘。掌柜的施给一勺米，丈身和尚故意向掌柜的道："掌柜的，此地城隍庙，可好烧夜香？"掌柜的答了一个："没有。"丈身和尚哈哈大笑道："城隍庙去呀！"说着便痴痴狂狂偏偏倒倒地去了。

邓华听了心中明白，便搭讪着向掌柜的道："这里城隍庙可有甚热闹瞧？"掌柜的答道："多着啦，说评话，说大书，卖艺甩跤，耍戏法儿，做粗硃戏，任吗稀稀哈儿全有。达官可想着去玩玩？出店门朝南一拐，一直走去约莫一里多地，便到了城隍庙后墙根儿了，顺着墙根儿一转便到了庙前了。"邓华搭讪着道："伙计们可要去瞧瞧？"丑赫不知邓华什么意思，只听得刘勃答应说："去呀。"茅能也说："走走吧。"便也说："去遛遛吧。"

四人出了店门，照掌柜的所说，一直到城隍庙来。才进庙门，只见一大堆人围着一个大圈子，乱哄哄高声喝彩。四人挤上前一看，原来是孔纯着了一身虎皮纹黄布衣裤，头上戴着虎头抹额，足下蹬了一双虎爪靴，手中正舞着一条铁棍，向庙坪中铺地大青石上面，吼的一棍冲去，那石头便陷下去四五寸。众人暴雷似喝彩，一把一把扔钱。凌波却包头扎额，装着有病，手中颠着两条合计八十斤的金鞭，无情无绪地双眉愁皱，倒像个真果有病的模样。再看那边人堆里，有两个秀才模样的人站在那里，仔细瞧时，却是徐奎、徐斗。茅能等心中明白，人已到齐了。

邓华正要招呼茅能等三人回店去等待，忽听背后有人大喊："火着了！好大火呀！衙门里去呀！"转头望时，凌翔、凤舞手拖兵器，打庙里出来。丑赫连忙顺手抓住一人问道："监牢在哪里？"那人正因火起，心慌意乱，忽被丑赫拉住，拼命一摔，没摔脱，回头一望，瞧见了丑赫这恶龙面孔，直吓得呕的一声，顿时魂灵出窍。丑赫见他不答话，满心大怒，方要下手去打时，忽听得邓华高叫："地方已问得了，大伙儿随我来吧！"丑赫便摔了那人，转过身来，两脚不停，随着邓华急奔。跑了不一会儿，已见州衙，便呐一声喊，各拔兵器，冲杀进去。拦门两个差役早被茅能、邓华手起刀落，一齐砍了。

衙门里面众差役瞧见，吓得魂不附体，也不知外面有多少人，更不知为什么事，只朝里面乱跑。茅能等四人如入无人之境，一直打进二堂。忽听后面有人高声叫唤："刘花枪，错了，得打这里进去！"刘勃应声回望，却见徐奎、徐斗二人甩了长衫，各提一对龙角锐，向大堂东面走去了。四人便回身跟去，转了一个弯，便见一个大敞坪，坪西有一张大狴犴门。徐斗上前，将锐角套进牛角锁，使劲一绞，嘣的一声，大锁两断。接着一脚将牢门踢开，六人一推而进。哪知里面还有一层大铁叶门，茅能、丑赫都怒火中烧，刀剑齐下。无奈那门结实，劈砍不开。刘勃便双手控起一条阶石，大叫一声闪开，乘茅、丑闻叫回头时，双手托着石条猛然向铁叶门砸去。只听得哄的一声，门已大开，众人复冲进去，迎面有一道木栅，便一顿刀剑，将栅砍开，奔到里面，内外却不曾见有一个牢卒禁子。众人便四下搜寻，将号子全打开了。见了犯人就问伍柱等押在哪里，谁知众犯人都回说："不知道。"众人大急，直打到牢里，听得一个异乡人说：山东伍柱昨夜还在这里，今早便提走了，不知提到哪里去了。众人顿时冷水浇背一般，一团高兴化作云烟，六人面面相觑。

徐奎叹了口气道："如今且去捉一个狱卒禁子来问一问，便知这鸟官将他们关到哪里去了。"众人听了点头，便转身来寻狱卒人等，顺便转身杀到上房来，方到签押房前，忽见孔纯、赵佑、归瑞、凌波四人已将知州擒住。凌波并拖住知州的妻子，急奔出来。邓华迎头便问："可曾见着千年松？"归瑞急答道："有了着落了，如今拉着这瘟尸一同去解救。方才在里面听得墙外有掌号声音，恐怕是大营出队了，快去堵杀吧！"徐斗、徐奎二人因是奉命要帮救伍柱等八人的，便和孔纯等去了。

茅能等四人掣转身，急跑出州衙。果见东街头戈戟丛丛，如竹林一般，蔽空而来。茅能等四人便出衙，分列在大街两旁，和站班一般对站着。这时众囚犯因茅能等打开牢狱，一齐跑出来。邓华高声叫道："要命的跟我来，杀这班狗男女！"果然便有许多人站着不动。邓华大喝一声："随我夺兵器去！"言未毕，大营队伍已将到辕门。却因街窄展布不开，被这四只猛虎，刀起剑落。再夹着一二百不要命的犯人，乱夺兵器，夹在里面乱杀乱挑，直杀得大营兵卒前队踹后队，后队挤前队，顿时大乱起来，被斩刺死伤的不计其数，朱荣在后面督着兵丁，见前面如此大乱，满心火发，舞动一对紫铜六楞锤，骤马向前，却被自己人马塞住了。好容易挤了半晌，才进了一半。迎头遇着茅能，便一锤打去。茅能扬刀架开，一低头就势横推一刀，想要砍朱荣坐马的前胸，不料朱荣手下有个指挥捻一管笔管枪，猛向茅能背心刺来。这时茅能前有马撞着，头已闯在马额下，前不能进，后不能退，左右没处闪躲。背后的枪看看只差不到一尺远了，邓华一眼瞥见，大惊，急叫得一声："茅金刀不要动！"说时迟，那时快，邓华语才出口，腾身一跳，跃到朱荣马前，噗的一刀，将那指挥的脑袋砍下，一手却将那指挥的枪夺了过来。一手使枪，一手使刀，远挑近打，如疯虎一般。茅能时听得邓华叫声，也没管后面怎样，只使全劲向前一刀将马胸剖开，朱荣倒下马来。丑赫扬刀待砍，邓华忙叫："不要杀！留活的有用处！"丑赫便将朱荣掳住捆了，一把提起来，举刀押着他。那些兵丁，一来自己逃命也来不及，二来见丑赫的刀架着朱荣的脖子，知道上前去抢救朱荣的脑袋便要落地。因此丑赫和单刀赴会一般，将朱荣一直拉出去，没人敢拦挡他。

　　大营兵将被茅能、刘勃、邓华三人领着，众犯人杀得走投无路。兼之街道窄狭，人多拥挤，自相践踏，死者无数。逃得命的，才奔出街口，忽见迎头一群人马，着地卷来。正是涿州卫指挥弓达手挽铁叶大刀，当先骤马而来。众兵丁见了，如大旱逢雨，喜之不尽，一齐呐喊，乱闯入涿州卫牢后面去了。邓华方待上前，忽听得茅能大叫："施大哥！"回头一望，果见施威手持铁笔挝跃马而来，恰好这时小巷中冲出凌翔、凤舞二将，戈矛并举，接住弓达大战起来。邓华便回身赶上，茅能、刘勃二人和施威相见，四人相对欢然。

　　茅能等齐问施威："怎生出来的？"施威道："孔虎头救出来的，这时杀贼要紧，回头再详细说吧。"邓华道："大营先锋朱荣已生擒了，涿州卫指挥正和云中凤、金麒麟两个斗着。只剩着什么庾忠是个剑客，还没见着。咱们便去寻去。"施威道："俺本来要出去烧那鸟店的，不料和千年松失散了。咱们四个便出城去吧。"茅能等三人齐声说了好。

　　四人便扑奔城外。才到北门大街，只见镇华山钱迈手舞长戈，镇衡山许逵手挥五股托天叉，正和御营都督柳升杀在一处。后面兵丁塞满一街，摆布不开，只有几个武官上前助战。施威见了，拍马上前，一挝打去，茅能也大喊如雷，挥刀杀上前去。刘勃紧一紧手中枪，一个箭步便到了柳升马前。邓华便杀散众武官，柳升见来将众多，招架不住，舞动手中刀，使了个大旋风，拦开众兵器，带转马头，斜刺里落荒而走。施威带马便追，茅能拔步紧赶。钱迈忙拉住茅能，并高声叫道："施铁臂您忘了报仇了吗？"施威猛然省起，便停马不追。

　　钱迈便高叫众兵丁让路，众兵丁见主将已逃，哄然一声，四散奔窜。钱迈等各夺了一骑马便奔出城去。恰遇着牛儿丑赫，手提三尖两刃刀，复进城来，众人问他："上哪里去？"丑赫才瞥见施威便道："丈身师叔在关王庙，镇恒山也在那里，正寻施铁臂啦。俺到城里去带领健卒们去。"施威、钱迈、茅能、刘勃、邓华、许遂听了，打马出城，直向关王庙去了。

丑赫进城，见黄礼、于佐各握兵器，和神荼、郁垒一般对立着，守在瓮门两旁，便道："丈身师叔叫你俩火速埋伏着，若遇有穿蕉叶甲瘦长身子、高颧大眼的人出城，便突出来打倒他，却只许擒活的，不可伤他性命。"黄礼、于佐连忙答应，各自预备暗器，伏在城门两侧，留心睁眼向城里瞧着。

丑赫大踏步顺着大街，直奔到先时落在的客店里，打开店门进内，九个健卒已不见了，便问掌柜的。掌柜的吓得神魂飞散，挣了半晌，才挣出一句话来道："早……早……早……早走……走了。"丑赫一松手，掌柜的摔了一个筋斗爬起来时，丑赫已跑了半条街了。

这时，城内乱嘈嘈，人声鼎沸，百姓们携男带女，不分东西南北，乱撞乱窜，反将街巷拥塞得水泄不通。丑赫被人拥住，不能快跑，急得哇哇怪叫。众百姓猛然听得这霹雳般的喊声，再见丑赫龙头虎爪的怪状，更加吓得男号女哭，如鸟飞兽走一般，纷纷逃命。丑赫才得在人隙之中跃步飞奔而过。好容易才走到城隍庙后，想着：健卒们一定是到城隍庙去追俺们去了。便转到庙前来。

才走到庙后墙角，只见空坪之中，有个穿蕉叶甲的人和弓达二人正在缠住凌翔、凤舞两个拼斗。仔细看去，那穿蕉叶甲的人，容貌身材和丈身和尚所说的庹忠一般无二。丑赫便且不去寻健卒，奔进圈子，挥刀直取庹忠，并大叫："云中凤您快帮着金麒麟活捉那厮去！"

凤舞闻言便掣转矛头，回身和凌翔二人双斗弓达。弓达虽是个傻子，武艺实在不错。使一条笔管枪，盘旋飞舞，耀得人眼花。凌翔、凤舞因为一心想要生擒他，不肯伤他性命，因此只杀得一个平手。弓达还不自量，见庹忠助他，便想擒杀凌、凤二人。凤舞才转身来双战时，弓达便一枪架开凌翔的直刃长戈，手腕一拧，横一枪，向凤舞腰际刺来。凤舞忙使矛拦住，就势向前一蹿，双手使矛朝上一挑，向弓达下阴刺去。弓达方才让过长戈，乘势将腰一摆，两腿一并，让过矛头，要了一个枪花，将枪一挺，反向凤舞前心搠来。凤舞横矛一架，跃身向后一退。凌翔便乘这空儿突然一戈刺入弓达右肩。弓达负痛，将手中枪猛地向凤舞掷去。凤舞这时离弓达约有二丈多远，不曾提防他会将兵器脱手掷来，叫一声："不好！"一偏身躯，那枪早扎在左膀。风舞大怒，打落了枪，便骤步向前，一矛刺入弓达腹中。凌翔本已挈戈，想要生擒弓达，不料风舞怒刺，急将戈去架矛，想留弓达活命时，已来不及了。风舞挺矛直刺倒弓达，复双手一拧，向下一划，弓达肠肚迸裂而死。

这边丑赫和庾忠二人对敌。庾忠使一条环头铁棍，敌住丑赫的三尖两刃刀。丑赫的三尖两刃刀法，原本出色当行，遇着友鹿道人是个极惯使三尖两刃刀的大侠，悉心指点，更加使得生龙活虎，复绝一时。庾忠的棍法，传自单棍闯天下的凌云子，且是这棍异乎寻常，长有一丈二尺，整个整儿是镔铁打成，两端使乌金包裹，又一端加上八个乌金箍儿，两端一共十六个箍儿，坚硬异常，打在石上也得打出八点深痕，人身上受着，更不消说了。二人相遇，各施绝顶功夫。一口刀，一条棍，竟杀得满圈子，只见千百刀棍摩空匝地地飞舞，也瞧不清是怎样的劈来近期内捅往。直战得沙荡尘腾，人影不见。

凌翔、风舞二人搠死了弓达，一齐转身来助丑赫战庾忠。庾忠艺高人胆大，毫不畏怯，展开铁棍，如翻江扰海一般，扫、捌、点、劈，直向三人打来。三人各占一角，并力围攻。足战有半个时辰，庾忠棍法才有些迟缓了，三人便益加紧促，戈矛如雨点一般，夹着闪烁刀光，不离庾忠左右。

正待取胜，忽见御营都督柳升，手挽青龙偃月刀，单人独马，打小胡同中跃马而出。一眼瞧见庾忠被围，大喝一声，骤马上前，扬刀便砍。丑赫急横刀架住，凌翔便回身一戈向柳升坐骑刺去。柳升急夹马一偏，让过戈，冲入圈子，想要救庾忠出来，不料庾忠黔人性戆，不单是不服输，还想斩将取胜，怎肯就走呢？柳升这一来，反把柳升也困住混战。五般兵器回环乱战。

厮杀多时，两面都不能取胜。逃散的大营兵将却渐渐地聚集起来。他们见主将在此鏖战，便团团围住，呐喊助威。间有几个不怕死的偏裨，上前助战，都被凌翔等三人抽空斩搠尽了。柳升见部下兵越来越多，精神振奋，越杀越勇。庾忠也胆壮心雄了许多，倒反将凌翔等三个围了起来。

丑赫见反而被围，暴躁如雷，拼命砍杀，却是庾忠偏偏地缠住他不放，丑赫更加火高百丈。正在恼怒之时，忽见那散圈围住的兵将，东角上忽然乱将起来。急乘空瞧去时，却见潘荣、杜洁二人，骤马冲入，鞍鞯上各悬着几个首级，身上血点斑斑，威风勃勃，直取庾忠。庾忠挈棍挡架。无奈潘荣使一条方天画戟，杜洁使一柄七星刀，二人都在马上，长兵器易于摆布。他二人又是奉命要提庾忠的，格外奋勇。庾忠在步下，已是吃亏，更加上凌翔、凤舞步下夹攻。这一来，马步四员勇将，向他一个人猛击，任凭庞忠本领再高，也有些招架不及。杜洁见他棍法已滞，便将刀向他当顶劈下，待他横棍来架时，却不劈下，反急忙掣回刀来，向他脖子横砍过去，恰巧这时潘荣的方天画戟正向庞忠左腰刺去，凌翔的戈离庞忠后心只三尺远近。凤舞正挺矛直刺庞忠左股，庞忠没法招架，大叫一声："败了！"

后事若何，下章再叙。

第二十六章

献俘馘首出立奇功
禁妖言下车颁示谕

话说庾忠被马步四员勇将潘荣、杜洁、凌翔、凤舞前后夹攻，四般兵器齐临，没法招架，只得大叫一声"败了"，急掣身躯，转身向右，尽力一跃，跳出险境。潘荣等四人哪里肯舍，四般兵器仍紧随劈刺。庾忠来不及立住脚跟，只得一径兜出兵围，落荒而走。潘荣急向凌翔、凤舞二人道："您俩快去帮丑牛儿战柳升，俺和杜老四追这厮去。"凌翔、凤舞听了，立即回身去助丑赫。

潘荣、杜洁二人驰马突围而出，跟定庾忠后面急追。庾忠急了，展施陆地飞行法，如飞而逃。潘、杜二人打起马来，如怒龙一般，拼命赶逐。庾忠越走越急，见后面有人紧跟着，便拣小路转弯抹角乱跑。穿过两条小胡同，前面便是出城大路。急忙忙穿出胡同，想逃出城外去。不料方出胡同口，却被一人迎面拦着。庾忠走得太快，收刹不住，且是刚出口转弯，不曾提防，向前一冲，被那人当胸抱住。正待挣扎，街旁又闯出两个人来，一左一右，钳住庾忠两臂，向后一拧，庾忠因这三人都力大如虎，没法挣脱，被那二人夺去铁棍，五花大绑了。潘荣、杜洁一齐上前看时，抱住的是铁枪刘勃，那两个便是黄礼、于佐。

当下擒住了庾忠，五人都异常欢喜，连忙紧紧押着。潘荣、杜洁乘马在前，黄礼、于佐步行在后，刘勃在中，抓着绑绳，拉着庾忠，各持兵器，四面防备。出城门时，顺手将城门毁了。到吊桥边，又将吊桥铁链割断，使它不能关闭、吊起，让那还在城中打仗没出城的人，不致被闭在城内。五人才依旧押解着庾忠出城，向关王庙来。

到了关王庙，遥见丈身和尚坐在大殿上，钱迈、许逵在一旁，便将庾忠押上大殿。丈身和尚起身相迎，却作为没瞧庹忠一般。潘荣上前打躬，指着庹忠说道："俺奉令进城，刚到城内，便探听这厮的住处。听人说这厮住在西门侧胡同一座财神庙里，俺便到财神庙去，亦已关了。俺翻墙进去，镇嵩山杜老四已在里面。老道士已被杜老四捆住，俺问杜老四时，说这厮出去了，只有一口小破箱在庙中。俺便将箱子打开，里面只有两本书、几包药和些衣袄鞋靴等件。俺便将来一齐掳在腰囊中，带了来了。"说着便将庙中取得的物件一齐呈上。杜洁也拔下背上插着的长剑献给丈身和尚，接着便将大战庹忠的事说了，接着刘勃上前打躬说道："俺方才奉令进城去帮助各路头领。才到城内北门大街，见这厮远远地打胡同迎奔来，俺方要迎上去，万里虹拉着俺，要俺埋伏在胡同口待着，这厮奔出胡同，便被俺抱住了。"黄礼、于佐也上前打躬报道："俺俩今天老早便到北门口茶楼上待着，见信火起，便急下茶楼，将守城小官儿宰了，把住城门。后来丑牛儿传令叫埋伏着捉这厮，俺俩照令行事。刘花枪抱住这厮时，俺俩便上前，拧住这厮的膀子，将他绑了。回头便和金麒麟、云中凤两个将城门和吊桥索一齐毁了，才押着这厮来了。"

丈身和尚听毕，向凌翔使个眼色，便起身将庹忠身上的绳索解了，凌翔暗地招呼刘勃、凤舞各自手握利剑，两旁监着。丈身和尚拉着庹忠的手上殿坐下道："原来您便是一阵风庹忠！您可是凌云子的门人吗？"庹忠以为解到了便得砍脑袋，却想不到如此相待，这一来，倒弄得他怔呆了。

丈身和尚方要再和庹忠说话时，忽见孔纯、赵佑、归瑞、凌波、伍柱、程豪、沈石和胡玉霜、丽菁、梅瑜、梅亮一共十一人，各人提了一串人头上殿来，丈身和尚忙起身和胡玉霜母女等相见，一面抚慰伍柱等受屈。

伍柱躬身禀道："俺奉命下山，到此被陷的详细情形，想吴二早已报说过了。俺等自那夜被那李逢春贼子设计陷害后，便被那些捕快将俺等私地吊起来拷打需索。俺们行李、银钱和身边散碎银两等都被那厮们搜抢去了，哪里再有银钱给他？被那厮们拷了一日。次日午饭后，俺们也没吃喝，直待那厮分过抢劫的财物，方将俺等八人解到知州衙门里。那时镇恒山沈老五又发疟了。哪知州官儿不知什么事，没升堂，那夜押在死囚牢里。丽老太母女们四人，却被押到女囚牢里去了。牢头禁子将俺们钉镣上铐、上快活床，却不打紧。只是将沈老五锁在尿桶旁，却将俺弄恼了。施铁臂先发火，迸断了手铐脚镣，揪住那厮饱打一顿。随即程豹子也帮着狠打，才打服了那厮们，得安睡了一夜。第三天未牌时分，知州官儿升堂了。头一案，便问俺们。因知丽老太太是命妇，算是讲情谊没动刑。俺却也没瞒他，曹州的事俺全认了。俺又不曾犯法，只不过不服曹州鸟州官罢了。程豹子和沈老五更是乱答应，直嚷着叫他杀。后来问到施铁臂，被施铁臂顿开嗓子一阵骂。那鸟州官下不来，嚷打叫夹闹了一阵，施铁臂冲上公堂去砸那鸟州官儿。那鸟州官儿吓得退了堂，立时叫差拿大枷枷了俺们四个，解到指挥衙门。那指挥弓达是个傻子，一到时，押在犯兵牢里。头一天因为州差挨了时刻，解到时已晏了。第二天是十五，弓达去进香拜客去了。第五天午饭后才问了一堂。只问了程豹子一个，余人都没问。还是押着施铁臂几次要冲打出去，俺劝他不要急，且待他真果要杀害俺们时再说。第六天，巳牌时分，有个曹州人当兵的悄悄问俺，可有什么言语要寄回家去。俺知道不好，便问那兵可解俺回去？那兵只摇头，满面露着为难的形色。施铁臂在旁听了这话，便追问俺怎样的了。俺不能瞒他，便告诉：这人是俺乡亲，他问俺可有什么言语要寄回家去？看来俺们是不会解走的了。施铁臂问：'不解可是就要杀？'俺点了点头，不料施铁臂竟绝不商量，便打起来了。使进断的铁链，打死了一个守门的兵，夺得一条枪，打开门，冲了出去。俺和程豹子、沈老五急忙也进了铁链，拾起施铁臂打炸了的栅门柱儿，大伙儿打了出来。

"那些守营的兵丁不曾提防，不单是不敢拦阻，还被俺三人各夺得一条枪、一口腰刀，便想杀到州衙里去救丽老太太。不料出了指挥衙，忽不见施铁臂了，方在寻找，却见施铁臂跑错了路，仍在指挥衙内，他朝西跑，跑到偏裨官儿屋子里去了，那些偏裨官儿正在围住他乱杀。俺三个想翻身再杀进去时，营门已关闭了，俺三个便想蹿进去，忽见营门大开，施铁臂手握铁笔挝当先冲出，随后便是孔虎头、赛由基、石灵龟三个冲出。见了俺三人高声大叫："出北门！"俺们六人便一面走，一面说话。便问孔虎头怎样知道前来相救的，他将山寨里头领全来了的话说了，又说方才从指挥衙门后墙进去，听得西头院子里有喊杀声音，便打屋上过去。却正是施铁臂被挠钩钩倒。俺们便跳下去杀了几个鸟官儿，救了施铁臂。施铁臂夺了一条铁笔挝便打出来了。俺们追过两条街，也没见施铁臂，便出城来到全安店去报仇。刚到那店里，便见丽老太太母女们四个已被玉麒麟救出，打全安店里出来。说是李逢春逃走了，店中细软都没了。俺们便合伙到隔壁龙池观，那俩骚货也逃走了。却有个汉子在观里搬东西。沈老五钳着他一拷问，才知他是个马快伙计。便捆着他，到那些捕快家中，杀了个痛快，几十家都杀得寸草不留。搜得了各

298

人的兵器，并将细软包裹了。因此，这时才来献首级。"

丈身和尚叫将首级堆在庙坪中，才待和庹忠说话，却见丑赫、凌翔、凤舞三人来报说："杀了弓达，柳升没捉得住，吃他跑了。"接着徐奎、徐斗杀了知州一门老小来报。邓华、茅能、施威领着九个健卒，将仓库劫了，掳了许多车马，将钱粮都捆载了来缴令。

丈身和尚起身查点，十八员头领、九名健卒一人不缺，被陷的四名头领和四位女客全都救出。前后据报：钱迈、许逵路上杀得知州一员、仆人二名；徐奎、徐斗杀得知州全家；凌翔、凤舞阵毙弓达；丑赫等擒得朱荣；刘勃、潘荣等擒得庹忠；又凌翔、丑赫、凤舞杀败柳升；孔纯等救得施威；凌波救得丽家母女。其余斩杀掳获，一时也点不清，便和众头领齐到庙后歇息，连庹忠也带了进去。

这时关王庙中和尚已知是江湖豪侠反狱劫牢，诚恐殃及池鱼，连忙预备斋饭。又见丈身和尚总持其事，彼此同属佛门弟子，谅来总肯周全。住持和尚只得硬着头皮向丈身和尚诉苦哀告，丈身和尚忙安慰他一番："不要害怕，我们断不惊扰百姓的。"又取了五十两银子给他压惊。那住持和尚喜出望外，胆战心摇地收了银子，急忙叫小和尚将香积厨中所有的素菜尽数取出，备办饭菜供应。丈身和尚和众头领进庙内大客厅坐下。小和尚便将饭菜摆上。众头领杀了一日，这时正是饥渴交迫之时，见了饭菜，正中下怀，都不客气，团团坐下，大嚼起来。

丈身和尚叫健卒将朱荣押上来，解了缚，让他和庹忠两个都在丈身和尚这一席上坐下。丈身和尚便向朱荣说道："今日之事，并非我们好乱，实是涿州知州听得谗言，诬陷良善，我们不得已才出此下策，却不料委屈了麾下了。"朱荣满面羞惭，一言不答。庹忠更是不知丈身和尚葫芦中卖的什么药，莫名其妙只呆呆地坐在一旁。

丈身和尚接着便将白莲教的毒孽和武当、五台两派诸大侠决意要除暴安良、剿灭妖教的意思，一一说了。朱荣、庹忠才恍然彻悟。及至丈身和尚说到这回李逢春勾通差役，意存敲诈，陷害四侠和国家命妇的实情，细说了一遍。朱荣听说丽仲仁的妻女受如此亏苦，自己也是边关将官，兔死狐悲，物伤其类，心中很为难过。庹忠听到这里，义愤填膺，起身大叫道："有如此内情，你们怎不早告诉我咧？我早知道时，用不着你们许多人来此地劫狱，只我独自一个，便将受屈朋友全救了出来了。"

丈身和尚听了，急接言道："我们这一趟来涿州，一来是救取被陷的好汉，二来闻得一阵风侠义声名，特来相约共灭妖教，且是要请教凌云子的踪迹。凌云子入黔多年了，足下来自黔中，谅必知些讯息，还望见告，我们好去奉邀，同振宗风，共除妖教。"庾忠拍胸答道："我久有灭却白莲教的心事，如今说起来彼此都是同道，再好也没有了。凌云子便是我的业师。只是我出来以后，不曾遇着同道师长，虽在江湖上闯出微名，究竟不曾识得咱们武当派的根处。且是我师父也曾叮咛我，留意闽广派，剪除白莲教。如今既知同道大侠都在塞外，自当出塞进谒。俺师父出黔两年了，在黔中只收得四个弟子，只有一个拜门弟子名叫浪里龙龙飞和师父同路出黔。三个受业弟子，连我在内，都早已进关闯世了。"

朱荣在一旁见庾忠和众侠说成同道，心中未免有些着急，想着：这人是我费了许多心血才笼络住的，却被他们三言两语便生生地夺了去。虽如此思忖，却是究不敢说个什么。丈身和尚已窥知其意，便向朱荣道："此地暂时是我派侠义聚会之所，麾下是官身，在此颇多不便之处。如今麾下于我们的来意已明白了，在此已无事了。老衲不敢屈留，就此请便。至于说到这趟我们不加害于麾下，却只是为恐我们同道一阵风见了有些难过。以麾下平日为人和对百姓而论，我们早已不能让麾下活着了。此后还望谨慎改行，勿忘这趟之事才好。"说罢，不容他答话，便叫健卒搀他出去。

庾忠这时全明白以往之事了。想着：朱荣相待，处处要好，却是处处做诈。恍然明白他是要笼络我做他的走狗。只拿征瓦剌时，得了大功，他竟不许我出营门，怕我说实话，有妨他冒功，便可见他不是以知己相待了。如若他真是和我要好，我说过不愿做官，他尽管报功好了，为甚要防备我咧。想到这里，不觉勃然大怒。丈身和尚见庾忠面色不好，知他是感触前情，连忙拿话岔开。

众头领多时不曾吃过斋饭，都觉得别有风味。且是腹中空洞，风卷残云一般，一会儿便吃了个精光。饭后，受伤头领将伤药裹扎停当，孔纯将沈刚给的药交沈石服了，各人又清理过兵器马匹，获得的银钱粮食也捆载停妥。丈身和尚便命一齐回寨，连丽氏母女等，也且出塞再说。

胡玉霜想着，涿州已留真姓名，虽档案已毁，究有人知道。就此回南，必被官府拿捉，只得且到塞外躲避些时。只是我老爷的灵柩怎么办咧？想着便将此意对丈身和尚说了。丈身和尚道："这也容易，如今便遣马去追柩回头。咱们出塞时，叫杨霹雳派人进关迎候，到山寨中，权时厝寄，将来再运回南边便了。"胡玉霜一想，也只得如此。当下便写了个谕帖给运柩的家人，请丈身和尚命人赶去。丈身和尚便将谕帖和二十两银子交给两个健卒，快马追去。诸事已毕，便起程出塞。

这一趟因为事情闹大了，恐防拿卧牛镇指挥的文凭要妨着杨洪的前程，便绕道打铁崖口出塞。那守口将官自然不让过去。丈身和尚带着二十七员头领、七名健卒和随来的越狱犯人一百多名，列成队伍，硬打出塞。那将官怎是众头领的对手？只和当先开路头领孔纯一交手，便被孔纯捉了来，勒令他护送出口。

众头领随丈身和尚回到擎天寨，张三丰等下山相迎，到大寨大排筵宴庆贺。各头领报功已毕，友鹿道人即命：将钱粮点收入仓库，驮马二百余匹交马房，越狱从来的人犯都交兵马头领补入健卒。并派：

沈刚为医药头领；胡玉霜为守护大寨都头领；丽菁为巡查全山副头领；梅瑜为守护大寨左头领；梅亮为守护大寨右头领；庹忠为总教头；邓华为副教头；查仪为后山传令头领；皮友儿专管前山。又将新收健卒和兵马头领管辖的余卒，再加招募，立左翼、右翼两军。出战时，派：

沈刚为行军医药都头领；胡玉霜为运粮都头领；庹忠为左翼都头领；邓华为左翼左头领；查仪为左翼右头领；丽菁为右翼都头领；梅瑜为右翼左头领；梅亮为右翼右头领。

其余出差出战各头领均守原职。

分派已定，晚间重复设筵与新到各头领接风。伍柱便将遇着铁冠道人和铁冠道人所说的话一一说了。友鹿道人听了十分欣喜道："他来了，妖教再不能猖狂了。"却是当时和伍柱同行的头领听了，都十分懊丧，暗怨伍柱不早说出，如今要追寻，也没处追寻了。

伍柱、施威又当筵请令，仍分往曹州、武当去，以了职事。丈身和尚摇手道："你们去不得了。我所以要带你们回来，就是因为涿州的事闹大了，你们再向前走，一定吃官司拿了。如今官司一定赏格捉拿，你们岂可自投罗网？"友鹿道人道："这话不错。"便回头和丈身和尚小声商量道："刘勃是我弟子，茅能是您弟子，他俩和邓华曾有宿怨。我这次故意命他三人同行，想使他们自然和解，不料方才听说他三人在涿州打仗时，仍有些各人打各人的。我想就差刘勃、茅能到武当去，留下邓华慢慢来劝解，您说好吗？"丈身和尚笑道："这事您不必着虑了，他三人已好得蜜里调油，再要好也没有了。涿州打仗时，是他们性格如此，并不是有甚芥蒂。"友鹿道人点头道："能如此便好极了。"便回头向众头领道："如今山寨中虽较富裕，却是银钱不够持久。武当的银子还是要去取来，曹州的单家庄、锦屏山也是必须去收拾的。如今便请金麒麟回单家庄，赛由基回锦屏山，武当山便着刘勃、黄礼二弟子前往。沿路如遇着同道，可都邀来本寨。"四人听了，一齐起立领命。

邓华也起立说道："我原是奉师父之命，北来探询。如今仍得回五台复命，且是我师弟文义、龙飞的本领不在我师兄丑牛儿和我二人之下。听说龙飞已在蛮荒回来，文义阻在开封，我想回去禀告师父一并邀来本寨，因此特向师伯讨令。"友鹿道人答道："既是您要回五台一趟，我交一封书子给您，您可将这封书子，请您师父一同到此地来。"邓华领命坐下，便和刘勃商量同行一程，茅能且去托邓华到五台时，给带一副镔铁盔甲来。丈身笑着向友鹿道人点头，友鹿道人也拈须微笑着。

正说话饮宴间，忽报有赛周仓周吉、赛雄信林慈二人到寨相访。飞霞道人便叫请上厅来，一面命施威、徐斗出迎。施、徐二人领命而去，飞霞道人便将弓嘉宜和周吉等四人来历说了，并说："弓嘉宜极愿和咱们合力除妖。周、林二人来此，一定是弓嘉宜接了布政印，派遣他俩来。"丈身和尚接着将运河遇着弓嘉宜的事也说了一遍，众人都很欣喜。

一会儿，周吉、林慈上厅相见。飞霞道人先引他见过友鹿道人等四大侠。周吉参见过师父张三丰，才与林慈二人回头和众头领相见，也有相识的，也有不相识的，俱都相见欢然。友鹿道人便命洗盏更酌。施威问周吉道："小罗通怎的不来？大寨里正缺水军头领啦！"周吉答道："原是要他来的。这两天他恰巧有点儿事缠住，离身不得，便派俺来了。"说话间，刘勃、黄礼也问周吉别后情形，徐奎、徐斗也和林慈叙同门之谊，十分热闹。

酒过数巡，林慈便起身向五位大侠和众头领说道："俺和赛周仓这一趟出塞，一来是心中向慕已久，特地来此相聚。二来是本官有命，要俺俩来和诸位师长诸位弟兄商量剪灭妖教的方法。俺俩动身时，本官曾说，妖教猖獗异常，横行河朔，近来齐、鲁、淮、徐遍地皆是妖匪。若不急速设法剿灭，恐怕要民无噍类了。如今想朝廷下诏剿办妖匪，是万不能够的，内有汉王和姚少师的庇护，外有各地文武的纵容。不要说剿灭，就是想遏止它不许蔓延也办不到。如今白莲教的根子将要迁动。因此想乘它还在河间时，歼灭了它。

只是官兵委实不中用，平常捉个小贼也捉不住，怎能去打声势浩大的妖匪？所以只好仗着武当、五台诸英雄合力平妖。俺俩领命，因恐耽搁时日那些妖贼迁移到旁的处所，不能在咱们手里灭他，不分昼夜趱行来此，禀恳各位师长即刻发兵下山。"

友鹿道人听了，便将徐季藩毒哑冯绍霞，要将他假充神仙，择于明年上元节白日飞升，好哄动愚民起事，并勾通番部造反助战，徐鸿儒便在南边一带布满党徒，联结闽广派剑客，谋为不轨，且在塞外青草山开山立寨等情形，全告诉了周吉、林慈二人。并说："明年新年头里，我们一准入塞。白莲教徒这时正在召聚天下妖党，预备上元节的起事，谅来这时不会就迁动的。您俩可上复弓布政，只要我们入塞无阻，终能踏破河间贼巢的。"

周吉急答道："入塞是不打紧的。俺来时本官曾说：'要是卧牛山有许多人马要入塞，我可以办好文书，关照边塞将帅的。'只不知新年头里，有多少人马入塞？"友鹿道人道："只有我们几十人入塞，健卒们去了无益。只是我们攻打青草山时，还望弓布政帮助，使边将帮帮我们不要放走贼头就可以了。"

说话间，主客都有酒意，便传饭吃过。洗盥毕，散坐着叙谈。丈身和尚便和友鹿道人说："可照杨洪一般，派周吉、蒋庄、林慈、陈曼四人为本山探报头领。每半个月两面各自派人来往，以通消息。"友鹿道人还没说话，众人齐声道好。周吉林慈二人也十分乐意，转向友鹿道人讨令。当下便派定周吉等四人为探报头领，并要周、林二人转知蒋庄、陈曼。众人又向周、林二人道贺。友鹿道人也勉励了一番。众头领起身告辞，各回职守。周、林二人便在大寨宿了。

次日清晨，凌翔、赵佑、刘勃、黄礼、邓华五人各将职事交代了，拾掇了兵器行囊，上厅辞行。周吉、林慈也上厅告辞复命，友鹿道人等各自叮咛一番，送出寨门而别。众头领都相送到四关。七人才各自上马一路下山。过了棨门岭，归瑞亲自驾大船，送过白沙河。七人便同到杨洪营中叙谈一番。杨洪留过酒饭，方才送别。

七人别过杨洪上了大路，一路上谈谈说说，颇不寂寞。虽是岁暮远行，边关冒雪，却因良友偕行，浑忘辛苦。一直到居庸关，验过文凭，驰马入塞。凌翔等因为才在涿州干了一番劫狱创官的惊天动地的事，不愿路过涿州。便和周吉、林慈二人说明白原因，各自分手。凌翔、赵佑自往山东曹州，刘勃、黄礼自往湖广武当山，邓华自走大同往五台山，要就此转路而行。周吉、林慈二人和凌翔等五人同落酒店，痛饮一番，方才分别。

周、林二人晓行夜宿回到直隶，径归布政衙门。这时弓嘉宜方才接事没多日子，清理积案，忙碌异常。闻得周吉、林慈回来，立即传见。周、林参见毕，弓嘉宜屏退左右，细问卧牛山情形。周、林二人一一详细说了，且将友鹿道人所说的话都转达了。弓嘉宜听了，心中稍为安逸，便要二人不要声张，且去歇息，二人辞了出来。自去和蒋庄、陈曼二人欢叙。

弓嘉宜心中一面想着友鹿道人所说的话，一面手中翻阅各地来文。陡然瞧见一件来文，起首便写着"详为妖言惑众，贻害闾阎，拟请准予会营剿办事"，便留神看下去，却是天津府转详南皮县知县，详报妖人张火官假神聚众，烧香倡乱，不服弹压，殴辱官吏，拟请会卫所派兵剿办紧急公文。正在批阅，忽见承启又送进一封鸡毛文书，连忙接过拆开看时，却是保定府知府详报府城寺僧公然聚会，集众万人，势将为乱，请示办法的公文，弓嘉宜心想：白莲教匪难道竟不待明年上元就起事了吗？我想丈身大师和友鹿道人都是数百年的仙人，说话断不会无准则的。这些地方大约是白莲教徒先期预备聚会，声势如此，如果不乘他没结集时严禁，待他羽翼一成，遍地聚集多人，便更难平灭了。只今便通示各府、州、县严示禁止，剪得一分羽翼，便容易平定一分。想罢，便叫从人："请检校朱爷来。"

一会儿，从人请得布政司检校朱洪进来。参见毕，弓嘉宜便将两封详文给朱洪看了，便叫他快传示各府、州、县，严切禁止。朱洪答应下去，拟好牌示，送上底稿。弓嘉宜立刻画行签押，便叫即刻缮发，当日便派快马连夜分途传递，不许停留。

牌示传到保定府，照例分传各县。清河县知县，姓胡名鼎彝，祖贯湖广善化人氏。这日方升堂理事，接着文书牌示，当堂看毕，即唤该房书吏抄写牌票，又忙叫捕快头目民壮头儿上堂。当有本县捕快头儿史旺拔、民壮头儿霍邬圭二人，上堂磕头。胡鼎彝吩咐道："方才奉到布院大老爷宪牌，着本县示禁妖教。本县闻得此地素多聚众讲经之事，特差你二人领着这告示去各乡、村、庄、市，会同乡约、地保，张挂传谕小民，各安生业，毋得容留隐匿说法惑众的妖人和游方挂单的僧道。并着十家一联，取具连保切结，犯者十家同罪，首报有赏。你们和地保有得赃受贿，容隐包庇，加等重办。"二人唯唯答应。胡鼎彝便叫书吏取告示交与二人领去。

霍邬圭、史旺拔二人磕头出来，到巡风亭，聚集他们手下的差役、民壮等将话说知。有一个差役道："这事旁处还容易，只有屯土庄李家村有些尴尬。那李家村每年都要做几会的，那李月宝又不怕天不怕地。往常府里县里都打得有招呼，如今忽然要禁，哪能做得到呢？我瞧，这也是新布院到任，寻事做。他又不碍你什么事，禁他做什么？"霍邬圭道："咱们做公的，上命差遣，身不由己，不得不去走走。今日各人回去拾掇好，明日各备牲口，分投四乡去走一趟吧。就是李家村有交情在先，如今也说不得了，只得劝他停一停吧。"

次日，霍邬圭、史旺拔二人拾掇停当，领了几个伴当，出西门来。二人在路商议道："咱俩这里径到李家村去。这一条路，只他这一家最要紧，只要李月宝这一家子能够答应停些时不做会，过了这一口风，官没三日紧，事情便松下来了，再做会也不打紧了。咱们也就不管账，仍好拿他银子使了。除了他家，旁人家都是小事，只顺便说一声就得啦。"说着，便打马径奔李家村来。

早有屯土庄的庄客见差人来到，连忙去报与庄主李月宝知道。霍、史二人来到了李月宝庄前下了马，庄客连忙迎接，到厅上坐下。一会儿，便有个秀士模样的人从里面走出来，这人便是李月宝，年方二十八岁，父亲李汉云，曾任济宁指挥，新近去官在家。父子二人都使得好枪棒，爱结交四海好汉，家中常养着许多闲汉。曾遇徐鸿儒显神通，给乡人求雨有验，便都拜在他门下，做了教里人。这日听庄客报说："有县差到庄上来了。"便出厅，与史、霍相见。

庄客献茶毕，便问道："二位劳步，来到敝庄，必有见教之事。"霍邬圭答道："正是，公子明鉴。小人们无事不敢擅造尊府。今早太爷接得布院宪牌，禁止烧香、聚会等事。发下告示，着小人们知会各乡村、乡约、地保，不许坐茶、讲经、做会。一则恐妖言惑众，二则为百姓无端花费钱财，因此告示严禁，并不许容留游方僧、道。须要各具结状，十家联保。小人们奉本官钧谕，特来贵庄报知。"说罢取出告示一张，递与李月宝观看。李月宝接过看时，只见上面写着：

北直隶承宣布政使司，加九级纪录十一次弓为严禁妖教，以端
风化，而正人心事。照得：幽燕为礼乐之区，风俗历来敦厚。人存

忠孝，家事诗书。安命乐天，颇称醇正。近有一等不逞之徒，倡为邪教，假佛为名，创为烧香、聚会之举；立无为、白莲等教。名虽有异，害实相同。奸徒首倡，愚众盲从。如醉如狂，流毒靡既。甚且男女杂沓，玉石不分。千百为群，妖邪叠见。绝灭名教，隳坏纲常。恣其奸淫盗贼之谋，为害闾里。谬为超升天上之说，蛊惑愚蒙。蔽其耳目，中彼膏肓。万众期集，聚愚成乱。所谓乱国、亡家、贼仁、害义者，莫此为甚。如彼横行，殊堪痛恨。为此剀切晓谕，分布各州、县、乡、村、市、镇张挂。凡尔良民，毋为匪诱。倘有在前误入歧途者，本司念尔愚骏不咎既往，准予自新。以后倘有怙恶不悛，或再党妖隐匪，身自作奸者，仰地方乡约、地保，随时禀县，严拿究办。该州县，按月禀报，不时巡查。如有容纵包庇，查出官听参处，吏科极刑，绝不宽贷。如有首报，着该有司赏给花红银四十两。倘系妖党并准免罪。至于游方僧道，并着逐驱出境，毋许停留餐宿，违者以容匪论，切切毋违，须至告示者。

永乐　年　月　日示

李月宝看罢笑道："这都是迂儒之见。做官的，理应从民之便。天子尚且祭天祀社，小百姓怎能不敬神明？就是小庄一年也得做好几次会，寒家已相沿三代，永以为例。却从来没见乱在哪里？"史旺拔道："小人也料得不易禁止。只是上司衙门，来文严厉，关着本官的前程。告示初到时，也得稍许掩秘些，暂时避一避风头。自古道：官无三日紧。缓几日，也就淡了。这时倘是斗着风头一干，本官碍着自己的前程，自不得不做一番，大家面子须不好看。公子明鉴，要做会时，稍缓一缓，小人们也好效力。"

李月宝点头微笑，叫庄客："留二位原差吃了酒饭去。"又叫："取十两银子给二位路上喝杯茶儿。"霍邬圭、史旺拔心内虽是欢喜得了这注意外财喜，口中却说："小人们素手而来，怎敢领公子厚赏？"李月宝笑道："一切奉托，些须微物，何足挂齿？"史、霍才收了银子自去。

后事若何，下章再叙。

第二十七章

聚经会乱说野狐禅
哄愚民大倡白莲教

话说弓嘉宜示禁妖言牌示，传到保定李家村，李月宝接了牌示送过公差，回到里面，自觉心神不定，走到书房和先生闲谈。这先生姓周名维邦，是本县的一个秀才。周维邦见李月宝进来，便问道："方才县差下来，有什么事？"李月宝道："因为弓布政发下告示，要禁做会，非常严紧。本县胡鼎彝太爷没法担当，所以叫他们下乡搅扰。"周维邦道："听说老兄已请法缘禅师开讲，这却怎处？"李月宝道："我正为筹划这事，现在已收了许多钱粮，远近都知要做会了。这般一来，真是无可奈何。"

正说话间，只见庄客报道："门外有个僧人求见。"月宝道："有便斋就给他一顿吧，我这时心里有事，没心绪去会他。"庄客应了一声，去了一会儿，又来说道："那和尚说，有法缘禅师的书札要面交与爷的。"李月宝听了，叫："快请！"一会儿，庄客去领了和尚进来。李月宝迎到厅上相见毕，便问道："请问老师上下怎样称呼？宝山何处？"和尚道："贫僧草字根禅，家世关中。少时曾游天下名山，在衡山戒坛面壁三十余年。因为法缘师患疽，不能来此，托老衲来赴大檀越胜会。"随在袖中取出法缘的书札来，递给李月宝。李月宝拆开一看，却是一首偈言：

> 莫道无为，莲开遍地。吩咐根禅，好运金篦。
> 胜会洋洋，本鼠所倚。回头记取：色兆褚衣。

李月宝看罢，不甚明白。即忙叫办斋，请周维邦来陪着根禅。吃毕，便向根禅问了些经文宗乘的话。根禅应对如流，辞旨明晰，李月宝异常欢喜。

到了晚上，便送根禅到静室去歇了。

次日，李月宝和周维邦商议道："法缘不来，却荐根禅到此。我昨天和他一谈，这根禅很有些道行。只是现在官府这般严禁，却怎么处？且是已收了许多钱粮，又难得这样的高僧到来，怎好错过不做会？"周维邦道："据我想来，只有一法，那胡鼎彝为人既是非常古怪，银子买他不动，咱们不如到鸡笼山尊府园里去。那处地方宽大，又是邻县地界，刻下知县太爷引见未回，既是县丞署事，那地方乡保决然不敢多管尊府的事，只有那些缉捕上的一班人，送他几两银子，瞒上不瞒下，就可保无虞了。"李月宝想了一想道："有理！有理！明日相烦先生上城，和史、霍二班头说了，并约会他俩何如？"周维邦道："事不宜迟，只今日就去。"李月宝见周维邦这般一说，心中异常高兴。立即进去，取了二十两银子，交给周维邦，忙叫小厮们备马相送。

周维邦辞了李月宝，上马趱行。傍晚到了霍邬圭家中，说知此事，送了他五两银子。霍邬圭道："现在官府非常严厉，恐怕有些不稳当。"周维邦道："好在他在鸡笼山庄上行事，不是我清河县境内，就与足下无干了。足下只当舍他几两银子用。"霍邬圭道："我且陪相公到史家去商议再说。"

二人到了史旺拔家中，史旺拔迎进坐下道："今天什么风把周相公吹到我这贱地方来了？"霍邬圭道："周相公现在李家村设帐，李家要新正里讲经说会，特托周相公上城来见教的。"史旺拔道："这个使不得！如今官府为这事正厉害得紧啦！"周维邦道："是的，李公子也知道如今官府非常严禁，本地不便，所以到鸡笼山庄上去做。鸡笼山不是本县地界，请二位担待吧。"说着，便在袖中取出五两银子，放在桌上道："这一点儿薄仪，还请哂纳。"史旺拔道："既不在本县地方，还可遮掩。只是李公子收了好大宗钱粮，也该分润些才见交情呀。"周维邦听他这么一说，知道这事行了，便道："不必说，明日再送五两来给二位买果子过新年。"史旺拔道："话虽如此，还是要密要紧些，彼此过得去。"周维邦答应了个"是"。

周维邦事已料理好，便别了史、霍二人，觅了下处，就灯下写了一封详细书子，一到天明，便专人回去报信。李月宝得了书子，大喜，即日便到鸡笼山庄上拾掇了坛场，悬挂严庄佛像。命四个为首的斋公远近传香，定于明年正月元旦吉日开讲法华妙品真经。

到了会期，轰动四方愚夫愚妇，听说李家庄李月宝公子聚会讲经，都照往常年例，远近纷纷赴会的，不计其数。富贵的乘马坐轿，贫穷的徒步携囊，都有钱粮布施赴会，只是多少不等，一一都上号，收的收，打斋的打斋。还有供小食、供中斋的。一日花费，也得百多两银子，场面非常热闹。

那根禅起初时倒也规矩精严，到了后来，便渐渐地诙谐戏谑起来。一日一日地引得那些男女们，嬉笑杂沓，毫无规矩。这时已是立春了，天气渐暖，各处妇女也渐渐来得多了。李月宝见法令这般兴旺，心中无限欢喜，每日在会看顾。

一日，李月宝正在看司礼上簿收钱粮供养。只见一班女人到柜台边报名上簿，送钱粮。李月宝无意之中，瞧见一女子生得十分美丽，随着众妇女进来，举起一只手，向手上取下一只银镯，递给柜上。李月宝被那玉藕一般的臂膊晃得两眼生花，忙定睛细看那女子，真是芙蓉如面柳如眉，秋水为神玉为骨。不觉神魂飘荡，心意难持。那女子却毫没措意，一秉虔诚，随着众妇女进坛来。李月宝不知不觉便跟着她走，到了禅堂看了一会儿，又到方丈里来。

这时，根禅讲经初毕，众妇女齐齐跪下叩头，根禅公然合掌，向众吩咐道："众位女菩萨，既到这里，都是佛会上有缘之人。总望女菩萨们信经念佛，勉行善事。你们听讲时，便能佛心发现，悟彻我佛无住真理。言言善念，句句菩提。切勿到家又为七情六欲所牵缠，依旧日陷红尘，艰求解脱。如果能得一点儿清凉境界，也不致受无限熬煎，死后堕入犁泥地狱。"众妇女听了根禅这么说法，哀告道："弟子们只为轮回苦恼，才求老爷大发慈心，还求老爷垂怜解脱！"根禅听了那些妇女的话都是一样的，便道："你们如果要求解脱轮回，便须问经悟道，常常在此受戒，朝朝暮暮，念念在心。离却尘心，在此受戒。严修苦练，听信我言，才能日有进益。如果时去时来，便是空担了一个持斋念佛的虚名，哪有信佛的真心？甚至罪孽日深，到不可救药的地步，那时才是后悔也迟。"那些妇女听了根禅这一篇大道理，内中有一半连连叩头礼拜道："弟子情愿常常在这里听老爷的法旨。"根禅见她们这般言语，知道已有几成了，心中大喜，便道："既然你们能够这么诚心，情愿精修，可到斋堂去报名，各给净室禅房，听说指教参禅。如果有不愿的，也不勉强。"说罢，便起身下榻而去。那些妇女叩头不已，念佛恭送。

李月宝见如此情形，便先到方丈室中，就叫手下人快取号簿、笔砚过来。便向那报名挂号众妇女说道："你们各位女菩萨，情愿悟道的，都请来此报名。"众妇女听了，团团围着，一一报名。写到第二十名，是田门马氏的女儿

309

名叫慈儿。李月宝顺眼瞧去，原来就是先时瞧见的美女，不觉心中一震，急忙刻意矜持着，逐一写完众妇女姓名，共有五十六人。

李月宝便道："各位女菩萨请随我到后面来派定禅房，给你们习道。"众妇女果然随他到后面，所据的房间也有五六人合住一间的，也有三四人合住一房的，唯有田氏母女独居一房。李月宝特地着人替她收拾，自己一双眼睛只顾瞧着田慈儿，那田慈儿也只是含笑低头不语。李月宝瞧得欲火上炎，恨不得即刻就将田慈儿搂在一处。

禅房拾掇完了，李月宝没奈何，只得无情无绪地回到方丈室里，向榻上躺下，心中胡思乱想，神思昏迷，竟自睡觉了。梦中和田慈儿百般调戏，十分和洽。正待巫山云雨，只听得有人叫道："巫山梦好，请快起来，檀越莫为邪魔所迷才好。"李月宝睁眼看时，却是根禅。一时被根禅说着心病，慌得手足无措，不知要怎样才好。根禅却呵哈大笑道："您甭惊慌，来吧，我和您商议便了。"

说着便拉了李月宝起来，同到卧房中坐下。根禅道："檀越有何心事，这么神情恍惚？"李月宝忙掩饰道："没什么事，只因日中忙了，睡了一会儿。如今睡熟惊醒，觉得有些心神不定。"根禅蜜笑道："罢了，罢了，只是您丢下梦中的妙人儿冷落些。"李月宝急争道："哪有什么梦中妙人儿？"根禅摇头笑道："那施银镯的不是吗？"李月宝听了大为惊讶，想道：和尚真是异人，竟能未卜先知。不但知我心上的事，连我意中的事他都晓得，真是活神仙，这事怎能瞒他呢？便答道："弟子道念不坚，尘心未断，有犯我师法戒，还请我师恕罪。"根禅微笑道："非也！无论何物，只要是有性命的，都从欲界中来。这一点种子，怎么能够解脱？莫说是凡人，便是我们修到了无上之境的，也脱不掉这一个欲字。要想脱此欲字，非要到天人之地，才能解脱。男女之际，虽是圣人也不能无情，何况公等少年？只是这事也要有缘。夫妇相配，谓之正缘，调情相爱，谓之旁缘。我看这女子，不单是俊敏聪明，且多贵气。我留她在此，也非无意，只是檀越缘法如何，如果有缘，管保您得成好事。"李月宝听了，便下拜道："师父能给弟子玉成，弟子生死不忘大恩。"根禅道："您不要性急，再过两日便是敬斋之辰，起建庆贺道场。那时我当替您想个法子。"李月宝连忙拜谢了。

到了那日早斋后，根禅领僧众登坛，焚香赞诵毕，又登坛说了一回法，讲了一回禅，无非下乘皮毛。午斋后，方才收卷。只见许多男女拥到台下磕头礼拜道："弟子等蒙老爷法旨，在这里听法悟道。日听老爷说经，略有解悟。只是大道无边，不知从何处悟起，请老爷大发慈悲，使弟子们得明悟真空，脱离苦海，永不忘慈悲大恩。"根禅故作庄严，向众道："道在人心，人心原是明朗无尘的，只为汝等众生，生身之后，便为情欲所迷，忘了本来面目。那一点灵明本体，虽来尽绝，如镜子一般，本是光明，只给灰尘遮住了。如果能加水一磨，便依旧光明了。唯在大众自己努力。汝等既有诚心，今晚可到方丈室中，我当赐你们圣水一口回去静坐，自能得见本来面目。"说罢，下台进去了。众妇女听了大喜，磕头念佛，恭送起身，各自散回。

晚间，根禅叫了执事僧来，取一只洁净瓦缸，放在方丈室当中。缸中满贮着清水，根禅对着那缸水焚香念咒，画符三道，焚在缸中。待众人来求圣水时，根禅便叫众人各向缸中喝一口，慢慢咽下，立即回去，宁神打坐。根禅也真有些稀奇，不用什么法术，使人人所为之事，自饮水之后，一生善恶，都能看见，竟和孽镜台前的一般，吓得众人毛骨悚然。

次日，众人都到方丈室中叩头念佛，称谢道："老爷法力无边，使弟子们回光返照，见性明性。"根禅道："这算不得什么法力，不过是拨开您等的尘迷，现出本来真面目罢了，于你们也没什么大益处。如果你们一明之后，日日加工刮磨，方能进益。若今日稍明，明日又蔽，依旧对道日远，便是我也没法拯救你们。你们须知这等功夫必要死心塌地，先将脚跟立定。若是有一点儿疑惑，终是难成的。"众人听了都叩头哀声道："弟子们都是愚昧无知之辈，虽然活了半世，也和在梦里一般。如今蒙老爷提醒，如梦初觉。还求老爷慈悲，超脱苦海。"根禅道："你们不过片时得回光返照，所谓在境压境，若遇火宅，又要焚烧了。要得超脱，必定要在死生性命关头，打叠得过，才有根基，然后才能通禅悟道，只是悟道虽有迟早，问道也有难易。早的放下屠刀，立地成佛。迟的千磨万炼，始得成功。传道要良材而笃行，受戒要勉力而专诚。日夜不离，能受苦中之苦，方能入我门来。更须全无系恋，坚志不移，方可全无迷误。汝等大众须要自己仔细斟酌，立定志愿，另择日期，再报我知道。"说毕，便退了众人。

田氏母女回到自己房门前，恰遇着李月宝。田氏便道："山主请里面待茶。"李月宝巴不得这一声，连忙答道："正要来瞧老奶奶。"说着，便进房来。田氏取张凳子，请李月宝坐下，说道："连日在此，打搅山主，深觉不安。"李月宝笑答道："好说。这几日我事体太繁，忙中有失，招待很不周到，还望奶奶原谅。奶奶今日悟中可有理省处?"田氏道:"老爷虽是尽法指教,只是我们愚蒙不能领略,如今还只在面壁中。"

李月宝道:"老爷传道,原是要择有缘人。当着大众,只不过是说几句劝人为善的常言罢了。若要认识本心,没有下手的功夫,怎能入道?那传人的真道,须得要人自去求恳,方得到手。常言道得好:道不传六耳,勿作等闲看。若是有缘的,自能去拜恳得道。无缘的不过是随众逐流,听着老爷几句教训世俗的话罢了。"田氏听了,叹道:"我先夫做官时多行杀戮,故此我回头悟道,求脱轮回。连日幸得老爷指点,只是也不过是随众参见,想要早晚专诚参拜,却又无缘,没得引见。"李月宝忙道:"这个不难,老爷每晚出定后,必和我们清谈妙果。今晚我引您娘儿俩去参拜。只是您娘儿俩须要虔心静念,一秉至诚,方可得道。至于老爷肯不肯传道,就得瞧您娘儿俩的缘法了。"田氏听了,感激万分道:"好极了,终算我慈儿诚心,才得山主大恩引见。今晚好歹得求个下落。"李月宝见计已成功,恐人撞见在此不雅,便起身告辞,且嘱咐道:"黄昏后,我来叫您,您娘儿俩切不可走开。"田氏答应:"理会得。"送到禅房门口。

田氏回房,便和女儿田慈儿沐浴斋戒,虔心诚意打坐到晚。点灯时,听得外面佛坛中钟、钹齐鸣,鱼磬合响,众僧课诵毕,田氏便叫:"女儿,快定心念佛,山主将要来了。"田慈儿便趺坐炕上,口中虽在念佛,心中却不知怎样终觉摇荡不定,不得主意,便向田氏道:"妈,我今夜不去使得吗?"田氏忙道:"好孩子,这般难得的机缘,怎好错过?您不去,便辜负山主一片盛情,那怎使得?"田慈儿听了,只得强捺心神等待着。

李月宝待众僧就寝后,便悄悄地向根禅说了。根禅只向李月宝相对蜜笑,李月宝便悄悄地到禅房中,叫田氏娘儿俩随到方丈里来。田氏领着田慈儿真是满腔虔诚,以目视心,双手合掌,跟定李月宝到方丈中来。走到静室门外,李月宝便问侍者道:"老爷这时在哪里?"侍者答道:"老爷入定没回。"李月宝便轻轻地揭开门帘,只见正中一张檀木炕,炕前几上银烛高烧,香烟缭绕,十分庄严。根禅和尚垂目合掌,端然坐在炕上,李月宝叫田氏母女二人轻轻跪在几前,便抽身出去了。

田氏娘儿俩跪下约有一个时辰,根禅才微微开眼,问道:"下面是什么人?"田氏磕头禀道:"弟子田马氏率女儿慈儿志心朝礼,恭叩老爷法座,恳求指点道法。"根禅道:"您不去明心悟道,却半夜来我静室做甚?还不快出去。"田氏道:"弟子皈心、皈神、皈命,望老爷大发慈悲,俯垂教诲。"根禅道:"何人引您进来的?"田氏道:"是山主李公子。"根禅便道:"本当立即驱逐,且看山主分上,起来吧。"田氏连忙和田慈儿谢恩立起。

根禅下了禅床,叫侍者看座,田氏道:"老爷在此,弟子怎敢坐?"根禅道:"至道非一语可毕,坐下来好说话。"一面又叫侍者:"请山主来。"李月宝原在外间候着,立刻请到。根禅便叫侍者:"取茶来!"便有清俊小童捧了一盒果品、一壶香茶,摆了几个瓷碟。根禅正中坐下,李月宝相对,田氏娘儿俩两头打横坐下。田慈儿遮遮掩掩,害羞不肯吃。李月宝目不转睛地瞧着他,根禅却只当没瞧见。

一会儿,根禅问田氏道:"你母女要闻什么道?"田氏道:"弟子只望老师发慈悲脱苦海,免隳轮回。"根禅道:"法有大乘、小乘之分,又有家教、象教之别,皆能超脱轮回。却是总以大乘为主。凡学道者,必须先守三皈,从遵五戒。何为三皈?就是皈依佛,皈依法,皈依僧。何为五戒?就是不贪,不嗔,不爱,不妄,不杀。五者之中,先要戒妄。妄言、妄为,最难收拾。静、定二字极为紧要。静则不生邪念,定则诸妄不作。只是静、定须从悟中来,所以入道者,先看悟性何如,既有心学道,只在定静之中。"

侍者斟上一杯茶,李月宝便将碟中果子撮了一把,送到田慈儿跟前。田慈儿扭一扭身子,含羞不吃,也不言语。根禅问道:"为何不吃些?"田氏答道:"她害羞啦。"根禅正色道:"羞从何来?你我须分男女,在俗人眼中看去诚然。若以天眼观之,都是一般,何来分别?譬如禽兽,原有雌雄牝牡,却是在人眼看去,都是一般,何从辨别?我们圣教,何以谓之混同无为?只为无物无我无男女贵贱智愚,皆混同于一。况且我们修行,只以灵行要紧,至于四大色身,皆是假托,臭皮囊终归毁坏。所以我佛无撤去色身,刖足断臂,不以为意,故能成佛作祖。我辈凡遇着是可以济人利物、救人急迫之事,皆当舍身而为之。你如是先存一念羞念,心中有渣滓,何能做到混同无为的功夫?且是羞字一念,是从色相中来,已先犯贪、爱二戒,何能悟道?以后切不可如此。"田慈儿被根禅这一篇野狐禅,说得果然忍着羞,接过果子来吃着。接果子时,李月宝伸一爪在她手心中,轻轻搔了两搔。田慈儿竟不敢再羞,却反笑了一笑。当晚直谈到天明,却是不曾传什么道,只不过说了些家常闲话,谈得十分惬意。

从此以后,田慈儿和李月宝日加亲近。每夜,田氏娘儿俩到方丈里习道之时，根禅多托言入定，叫李月宝代为指教。李月宝得了这个机遇，怎肯轻易放过？初时只毛手毛脚，后来竟搂抱起来。田慈儿自从和根禅、李月宝鬼混些时，脸皮也老了许多了，且是在情窦初开之际，怎禁得李月宝百般勾引？不到几日，一朵含苞菡萏，陡变成大开牡丹。田氏虽有些知道，却是相信根禅太深，竟当作是天缘，绝不过问。没几时，不知怎样，田氏和根禅也打得火热，为联床之好，将静室禅房改为花营锦阵。

聚了几日会，乡下人已觉没初起那时那般高兴了。李月宝见来会的人没先时那般踊跃了，收的钱粮一日减少一日，每日有千多人吃饭，一日所入，不够半日支用，满心忧虑，便到客寮来，和几个斋公商量道："似这般难于支持，不如早些散会，少受些亏累。"斋公道："再有一两天，法华经讲完了，便可以散会了。待到麦熟时，再做一会，便有亏空，也是可填补了。"李月宝听了，虽是一两天就散会能够不蚀本，却是会众一散，田家娘儿俩势不能独留，心中倒有些忐忑，委决不下。只在庑廊下踱来踱去，低头闷想，想了许久也不曾得个主意。

正烦闷间，只听得有人自言自语道："钱粮要多少？只可惜没人会取罢了。"李月宝一惊，急抬头瞧去，只见院落中石阶上坐着个癞头和尚，正迎着日光，解开破衲捉虱子，认得是投托在本山堂化薪砍柴的行脚和尚，名叫方茂林，是一个好吃懒做秃厮。李月宝这时正为钱粮着急，听他这般说，且顾不得是真是假，急走到方茂林跟前问道："方才说话的是您吗？"方茂林只作没听得，不理会，仍自言自语道："哼，有眼不识泰山，要钱粮怎不来请教本师？"李月宝见他装出那大模大样的神情，自称本师，俨然大讲师的排场，又好笑，又好气，便道："您有甚妙法，使本堂钱粮旺收，我自酬谢您。要不然，大家只好散伙了。"方茂林这才故作抬头，骤见李月宝，忙立起来，合掌问讯道："不知山主到来，多有冒犯。"李月宝急问道："您只说有甚方法收得钱粮，咱们如今同堂共事，痛痒相关，甭客气。"方茂林道："山主发出知单，原约要讲《楞严经》的。如今一部《法华经》还没讲完，钱粮不足，便要散会了，将来何以服人？只为些些钱粮，将山主父子两世的心血声名一概付之流水，未免太不值得。我倒有个计较，能收得比本会初时还要加几十百倍的钱粮，只是山主须得请我饱吃一顿才行。"李月宝道："只要能收得钱粮，吃一顿能值几何？您便同我来先去吃去。"

说着便拉着方茂林，也顾不得他下贱肮脏，和他并肩而行，直到里面帐房中坐下。便问方茂林："怎生便能收得钱粮？"方茂林拍着大肚皮道："饿了，没精神说话。"李月宝忙叫侍者："拿壶好茶，拿我的茶叶，将干湿点心先拿来。再传话厨房，即刻置办一席上等斋筵，立等要用。快，快，快！"侍者连忙诺诺连声答应着自去，沏了茶，端着果盒送来，方茂林不待请让，抓起就吃，待侍者将水饺子端来时，果盒中早一扫而空，碎屑也没剩下一点儿。接着厨房将斋席冷盘先送上来，方茂林已吃完水饺子了，便接着吃斋，闷声不语，低下头去，如此马吃草一般。只见他，嘴腮摆动，吃得盘盘皆空，碗碗不剩。这碗还没来，那碗已汤汁无余。随后点心汤饭齐到，他也件件不余，嚼了个罄空，才抬起头来，拍着肚子道："谢山主的盛情，得了个半饱了。"说罢，伸了伸脖子，立起身来，往外就走。李月宝赶过去，一把拉住道："您怎么就走咧？钱粮怎处呀？"方茂林昂头大笑道："山主，您好狠呀。一顿斋，便想要换取若干钱粮，太便宜了吧！"李月宝方要和他论理，方茂林又笑道："好法不轻传，您甭慌，钱粮自有钱粮的来处。"说罢，挣脱李月宝的手，大踏步狂笑而去。

李月宝益加烦恼，也懒得和那骗吃的穷秃厮去说话讲理，一肚皮没好气，回到房中，盘算了多时，仍是不得计策。想到会是不能支持，田氏母女就要分别，便叫心腹侍者去悄叫了田慈儿来。也没说话，便叫侍者们出去，将田慈儿抱起。田慈儿因他是山主，不敢违拗。且是这两天正得味儿，也落得快活。李月宝仍觉得不曾消得闷恼，搂着田慈儿沉沉睡去。

正在梦酣时，忽听有人高声大叫："不好了，走水呀！"李月宝大吃一惊，连忙翻身坐起，睁眼瞧去，窗纸已映得通红，心中大急，连叫："真果不好了，这可完了！"急忙撇下田慈儿，披衣着靴，拔闩奔去。只见人声嘈杂，闹作一团，却不见一人出力救火。李月宝一面急嚷着："快救火呀，快请老爷来灭火呀！"一面踉跄乱窜，向那火光射天的处所来。

却是后面园中着火。只见满园中围站着许多僧俗人等，俱各手拿火叉水桶，立在当地瞪眼瞅着，却不动手。李月宝暴跳如雷，大叫道："你们怎么幸灾乐祸，见火不救呀？"众人见山主来了，一窝蜂拥上前，七舌八嘴乱七八糟地乱说了一阵。李月宝留心细听，才听出是说并没起火，只是池子里水面陡然放出数十丈红光，照耀得如同火着了一般。李月宝忙到池边瞅时，果然红光烛天，四面都映成红色，比夏日落山时还要映得赤焰鲜明。水面上火光浮动，一个大水池突然变成个火池，深自诧异。

315

忽见方茂林摆着异样庄严的神情，甩着两只破袖，大踏步走来。一见李月宝便恭恭敬敬地打了个稽首，高宣佛号，却先暗中递个眼色，才大声说道："恭喜山主虔诚聚会说法，感动佛祖降下祥光，普照众生，无量功德。"李月宝陡然灵机一动，恍然大悟，便也装出十分虔恳的模样，向众僧俗人等说道："你们甭惊慌，这是佛祖垂鉴虔忱，赐降祥光，普照众生。且请根禅大法师颂圣谢恩，你们快到坛前听谕。"说着便都到法坛中来。

一会儿，只见两行灿烂灯烛，一派幽雅音乐，僧尼列队，引着根禅，黄袍袈裟，僧冠锡杖，后随伞扇，直上坫坛，擂鼓撞钟诵号膜拜，闹了好一会儿，才完了法事，根禅将身向李月宝稽首道："恭贺山主，功德完满，上感天心，祯祥既降，福禄无疆。"李月宝连忙下拜还礼道："全仗老爷普度众生，以了宏愿，借答佛祖鸿恩于万世。"

根禅正中盘膝坐下，向那些僧俗人等高声说道："祥光自池中上升，水中生火，为千古未有之奇。足见是水火既济，这池中既沐佛恩，必有灵异。待本师入定谒佛，恳求明示，明晨再宣示尔等。"众人磕头礼拜，恭送根禅下坛入内，却是谁也不肯去睡觉。也有在坛前打坐待着的，也有回到池边，呆瞧胡想的。那红光却是越来越高，直到日出时，才被日光耀射胜过了红光，才渐渐不见了。

李月宝回房后，方茂林悄然进来，说道："山主，我的方法可好？钱粮可甭着急了，经也甭讲了，只有了这池子，说甚小小钱粮，要取大明江山，也易如反掌。"李月宝这时已佩服方茂林如神仙一般，忙捺方茂林上座，下拜道："弟子愚蒙，蒙师父法力帮助弟子，弟子没齿难忘。只不知这样光能过多少日子？师父们在何处？如何有此大法力？"

方茂林道："好叫您得知，我本是洞庭山的头领。因教主做天下大会，早来河间，帮忙布置。霞明观粗有头绪，教主便命我到各处山堂查看，到期可能动手。到此处时，见您一心只在钱粮，教主法帖谕示全不在心上，本来想要回报教主差人责罚。后来根禅讨情，说是此处大有可为，咱们不妨另创基业，事成富贵不可言。即使不成，在教主跟前也是一番功劳。且首先起义，虽败犹荣，声价陡增十倍。我便依他言语在此待着。昨日见您着急到那般情况，我便逗您振作精神，一面和根禅相商，这些信男百姓已可用了。只要使他信心加坚，怕不为我效死吗？我便将观中带来的赤霞焕彩丹撒了些在后园池中。这丹是教中护法之宝，轻易不肯使用的。我如今在教主前担着些干系，尽力帮扶您。只为您龙准虎额，确是帝王之相，应天顺人，才助您一臂之力。您甭害怕，更不可懈怠。万事有我和根禅在此，管您错不了，您只听从言语，一一照办，终归您一个真命天子。"

李月宝听了这一番话，心痒难熬，如痴如醉，不知要如何才好。半晌方才想起一句话来，问道："师父，今天的事该怎样做呢？"方茂林道："您甭问，只瞧咱俩怎样，您便怎样，这时天机不可泄露，到时您自然要知道的。"李月宝不敢再问，只连连答应着。这时已将五更，方茂林恐有人撞破，不大稳便，仍悄悄地出去了。

天才透明时，坛前已挤满了人，待根禅出定。哪知根禅正乘李月宝没暇时，和田氏、田慈儿娘儿俩鏖战辛苦，一直睡到辰牌时分，方才起身洗盥毕，喝过燕窝汤，才摆出大法师的架子，一摇一摆，徒众侍者前后簇拥着上坛。坛下众人连忙帮着罗拜。根禅闭目端坐，嘴唇乱动，众人也都跪在坛下，各自念经。

好一会儿，根禅方闪眼宣众人齐集坛前，宣示道："我昨夜入定，参见佛祖。奉玉旨：'山主发会虔诚，故降祥光显应。此池已沐鸿恩，成为八功德池，能照人三生因果，以此普度众生，同证善果。'你们来照者，自明日为始，必须虔心顶礼，若有懈怠亵渎，雷部施刑。"说罢，起身下坛而去。众人一齐口宣佛号，顶礼膜拜。

次日，根禅命方茂林为圣池法师，田慈儿为圣池玉女，掌管圣池。按照个人入会次序挂号，分班去池边照看。众人自己看那池中影象，说也奇怪，也有瞅见前生是羽毛鳞介等物的，也有瞅见自身是官府的。种种形象，不一而足。眨眼间，便是今生本象。再瞧去，便见来生。也有男变女的，也有女变男的，也有人变畜的，各种奇形怪状，直将众人照得毛骨悚然。那照得好形象的，欢然自庆；照得不好形象的，垂头丧气，哭哭号号，奔到坛中求解脱。却是有一桩稀奇，要是没挂号、没纳钱粮的人去瞧时，什么形象也没有。这般一来，顿时传扬四处，引得那些愚夫愚妇、呆男骏女死心塌地地奔来纳钱照水。

这种稀奇事儿传扬最快，没多时便传到清河县知县胡鼎彝耳中。胡鼎彝勃然大怒，立即升堂，唤霍邬圭、史旺拔二人上堂，厉声吩咐道："前日上司有牌来严禁邪教聚会讲经，本县差你们发告示晓谕各乡，怎么如今依旧有人开堂传教，聚众敛钱，你们坐视不拿，是何道理？你们受了多少贿赂，快说

317

出来，若敢隐瞒，本县打折你们的狗腿。"史、霍二人跪地磕头回道："小的回太爷的话：本县并没人敢违犯太爷的钧谕，求太爷明察。"

胡鼎彝听了，满腔愤怒，大喝道："混账！胡说！现有李月宝在鸡笼山以妖镜聚众，已被本县采访着，你们还敢包瞒吗？来！打！"正说着，便抽了几支签要掼下行刑。史、霍连忙磕头如捣蒜地哀告道："太爷恩典！太爷明鉴！鸡笼山地属邻县，不是本县辖境，小的们怎敢越境拿人？"胡鼎彝喝道："鸡笼山不是本县辖境，那开堂聚会首犯李月宝可是本县子民？他生出事来，本县须脱不了干系，他如今竟敢这般猖獗，一定是你们这班狗才得了他的银钱，叫他过境聚会，好来搪塞本县。本县且不问你们得赃多少，限你们三日之内将李月宝锁拿到案。"说罢，标了一支朱签掷下，便退堂进内去了。

史旺拔、霍邬圭二人领了朱签，打马下乡，直奔鸡笼山来。到了山中，见人数众多，且个个死心塌地地相信李月宝、根禅、方茂林等人，知道不能硬做。只得作为是来瞧看三生的，寻着李月宝时，便上前招呼。李月宝一见二人，心下已明白了七八分，却是还想道：前时原托周维邦邀他俩聚会的，后来因为不在他们境内，他将这事拖下了。如今他俩赶来，大约是想好处来了。

想着，便邀史、霍二人到静室里吃斋。二人一见左右没人，便向李月宝道："本官请公子县里去一趟。因为欠了钱粮要算一算。"李月宝道："舍下钱粮各项早已完清了。至于杂事差役，自有管事的料理。我已明白二位的来意了，但请宽坐一时。"说着，起身进去，取了二百两银子来，给史、霍二人道："些须薄意，请二位收下代茶，诸事仰仗。"史旺拔摇头道："一文也不敢拜领，只屈尊驾到县里走一趟，没甚大事。"李月宝听了，昂然说道："这也没甚难处，待我今夜拾掇拾掇，明早准同两位进县便了。"史、霍二人暗喜道："公子真是豪杰，原没什么了不得的事，公子一到，不就完了嘛！"李月宝便叫人招呼史、霍二人在客房中住宿。

次早，史、霍二人起身洗盥毕，便催促起身，却不见李月宝的影儿，二人便咆哮起来。发作了半日，也没个人来理会。直到中饭时，有人送来斋饭，二人只得吃了，再作计较。饭后才在擦脸，忽然有一个癞头和尚，手携银包，走进房来，便发话道："李山主事情紧要，抽身不得，相烦二位回去，善言回复太爷。若是二位不好回去时，这种跑腿挨打的差使也没什么好处，不如就在本堂执事，不必回去，保管你俩一辈子丰衣足食，比当差充役强胜百倍。

只是要李山主到县，休说是县太爷，便是当今永乐爷也甭想弄他去。银子在此，收也不收，听凭你俩。"史、霍二人听了这番言语，知道势头不好，料到拿不着人，不如且得了银子再说，便将银子收下。

史旺拔道："咱俩往常也曾受过李公子许多好处，不是上司点名派差，也断不会来搅扰。如今既是李公子贵忙，咱俩只好拼着为李公子回去挨一顿板子。只是咱俩虽挨一顿板子，仍是于事无济。李公子终得想个长久计策才好。"癞头和尚方茂林忙道："这却早已预备好了。"说着便取出二十封银子，交给史、霍二人道："这里些微薄意，相烦二位回县时，觅个转手，送给县太爷，大家包涵些，也就过去了。"史、霍二人只得连连答应，将银子收下，告辞回县里来。

那胡鼎彝一面派差去拿李月宝，一面便加急文书，通详上宪。史、霍二差头回到县里，只说："李月宝九月间便出去买马去了，不在家里。鸡笼山虽有些人在那里讲经，却都不是本县子民，且属邻县境地，不便锁拿。只得回来，请太爷的示下。"胡鼎彝听了，火高千丈，大喝一声："狗奴才，你们受贿纵犯，却花言巧语来搪塞本县。不给你些苦吃，也不知本县的法度。"一拍惊堂木，便连声喝："打打打！"将公案拍得山响。史、霍二人连连磕着响头道："求老爷的恩典，宽限小的们再访察两天，来回太爷的话。"胡鼎彝道："限你们两天将人拿到，逾限抬棺材来见。"史、霍二人磕头谢恩，胡鼎彝怒气勃勃地退堂去了。

史旺拔、霍邬圭二人散班来到巡风亭里，叫小伙计去请了县太爷的大舅子孙安来，邀他到街头喝酒。酒至半酣，史旺拔便将李月宝在安肃县鸡笼山聚会讲经详说。"实在和本县不相干，如今太爷偏要拿他，您老想这事能这么吗？就说李月宝是本县子民，他已出境，便只能照请安肃太爷拿解，咱们怎好越境拿人呢？还望你老方便一言，他们有些薄礼孝敬你老。"说着便取出五百两银子来交给孙安。孙安且不接银子，只摇头沉吟道："太爷的脾气不好惹，你俩是知道的，这事可不容易。"霍邬圭连忙向史旺拔使个眼色，便向孙安道："这一点点薄意，是孝敬舅太爷的，本官处另有孝敬。"说着又取出八百两来，交给孙安。孙安才袖了银子说："明日听信。"史、霍二人千恩万谢。吃喝完毕，三人各散。

果然钱可通神。孙安将六百两银子暗中送给他姊姊孙氏，托她向胡鼎彝说，甭去拿李月宝。孙氏便待胡鼎彝回上房时，将五百两银子给他瞧了一瞧，便不许胡鼎彝再捉李月宝。胡鼎彝心中暗想：这是谁，闯门子竟闯到上房里来了？如今既有五百两银子，退去也未免可惜。况且我详文上去，原说在邻县安肃，安肃知县虽是县丞署印，上司终是叫他去办的，我落得得功得利，何乐而不为？便道："既然如此，我不管这事便了。"孙氏不放心，硬逼胡鼎彝叫人到稿房里将限缉文书讨来扯了，方才携手上床。

次日，史、霍得了回信，又待了两天，果然太爷绝不提起这桩事了。便想道：得着人家银子，事办好了，也得去给他个信，使大家好放心。且是李月宝很够朋友的，去送个信，将来也好生发些财喜。想罢，史旺拔便挂了个病号，骑马飞奔到鸡笼山来，直进经堂来寻李月宝，李月宝瞥见史旺拔便躲了。

方茂林出来接待史旺拔。史旺拔便加油加酱说得天花乱坠，功劳十足。方茂林顺口谢了一番，便邀史旺拔到圣池边去瞧三生。史旺拔扶住栏杆，向池中一瞧，只见先现一个屠户模样，正在操刀杀猪。闪眼间，池中现出自己本来面目，却是头戴金盔，身披金甲，挽着一把大刀，骑着一匹高头骏马，俨然一员大将。再定睛细看，却现着个道貌岸然、丰神潇洒的道人。不觉心中大动，转身便向方茂林磕下头去，求告道："求仙师指示愚迷，弟子情愿舍身听命，只求师父引入仙班。"方茂林搀起他来道："您命中本是大将军，后来得证仙果。如今只要您不入迷途，自可如意。"史旺拔听了心花乱放，随着方茂林到经堂来，向根禅四礼八拜，死心塌地地入了教。

一霎时，便见李月宝出来，和史旺拔见过，便拾掇房子给他住下。接着便有许多人前来到圣池去瞧影，也有瞧着是文臣的，也有瞧着是武将的，也有瞧着是兵丁的。众人一齐上坛参见，根禅便道："辅弼诸星正临燕冀之野。如今文武诸官俱蒙天授。明日清晨，大家齐聚圣池边，瞧看真命天子。各人的前程，勿得自误。"众人噪声应了，磕头散去。

次日清晨，史旺拔也换着白莲教的打扮，白帽、白袍、白裤、白靴，随着众人一齐挤到圣池边。一会儿，只见根禅和方茂林两个手执幢幡导引着李月宝，也是全身着白，香炉前走，细乐后随，来到圣池头上。众人向池中看去，只见李月宝头戴冲天冠，身穿黄龙袍，腰系蓝田碧玉带，足蹬金线无忧履，手捧白玉圭，身坐九龙椅，俨然是皇帝模样，众人便沿着池栏一齐跪下，口中齐呼："万岁！"

根禅便向众人说道："近年紫薇星正照幽冀之野，本师在蓬莱望气而来，寻觅真主。居此三年，直到今年法会弘开，才遇着真命天子。你们都是辅弼列宿，从龙大臣，如今且散。午牌时分上殿参驾，听候封官授职。"众人暴雷也似的应了一声："谢主龙恩！"李月宝此时如醉如痴，泥塑木雕一般立在池头，听凭根禅和方茂林摆布。

时到正午，方茂林取张黄纸，写了"金銮殿"贴在经坛门枋上，便拥着李月宝当中端然坐下，喝令众人参拜。众人只知是见皇帝，也不知应如何参拜。也有拜五拜的，也有打躬的，还有趴下尽着磕头的。乱糟糟闹了好一时，方才完毕。方茂林便向根禅道："万岁有旨：请国师宣读诏文。"

不知李月宝封些什么官，下章再叙。

第二十八章

诱民变平地起波涛
失戎机深山遇雷雨

话说根禅听了方茂林之言，立即向李月宝座前长案上取了一卷黄纸，展开宣读道：

大冀朝天祐元年×月×日，
奉天承运，皇帝诏曰：兹封尔
根禅为左国师，行左丞相事；
方茂林为右国师，行右丞相事；
周维邦为枢密院使；
史旺拔为前将军；
霍邬圭为后将军；
张火官为左将军；
江豹为右将军；
田马氏为国太；
戚扬为吏部尚书；
根禅兼户部尚书；
方茂林兼兵部尚书；
周维邦兼礼部尚书；
史旺拔兼刑部尚书；
霍邬圭兼工部尚书。

其余的都督、指挥、御史、侍郎等文武百官都照圣池照出的品级，封了二三百人。又册立田慈儿为正宫娘娘，发妻周氏倒封作东宫娘娘。又选了四个大汉，都会些武艺的，名叫俞克成、余福源、王乾一、曹孟雄为殿前校尉。当时传旨："所有文武官员，以及百姓绅耆，所存钱米，一概缴库做军粮，攻打得北京时，加倍偿还。"这一来，居然被他骗得许多钱粮，连经会所得，足可支持十万人一年的用度。

当下，那些官儿依着方茂林所指教，山呼谢恩毕，史旺拔便出班俯伏奏道："臣的家小，尚在清河，急需搬取。且是霍邬圭还不知圣恩，也得去唤他来。求万岁许臣到清河走一趟。"李月宝点了点头，史旺拔谢了恩，归班立着。

一时散了朝。根禅和方茂林二人分别去点名成军，按人发给刀枪符箓，并嘱咐众人："见了敌兵，甭害怕，只需将符箓吞下，直闯过去，管保你不会受伤，而且要得胜。"当下便派了左将军张火官、右将军江豹，各率二千人，把守两头山口，不许闲人出入。又给了史旺拔一张画着八卦的黄纸儿，算是路引，叫他快去快来，马上就要攻打清河了。

史旺拔奔回清河县，先到衙门里去，却见众伙计没几人在班房里，便问众人："是何缘故？"众人道："你走后，太爷便接着布院来的鸡毛文书，说是要咱们太爷暂管安肃县印，务将李月宝拿解到院。太爷便传齐三班六房人等下训谕，我们几个是在假，或是方回来还没上去销差的，在这回偷一会儿懒。头儿您可上去？"史旺拔听了，默然不语。

一会儿，只听得里面有人高声传话道："太爷驾往安肃接印，三班六房诸班人等伺候了！"史旺拔只得上去销了假。却将鸡笼山的事暗地里一一告诉了霍邬圭。霍邬圭听说有将军尚书可做，心痒难搔，恨不得立时跑到鸡笼山去做官去，便和史旺拔二人商量，要乘隙逃走。史旺拔悄说道："如今光人逃去有甚光彩？乘着本城空虚，指挥谢秋树只是个公子哥儿。不如咱俩暗中递个信儿去，要国师派兵来袭取清河，岂不是咱俩的首功，还得做个开国元勋啦。"霍邬圭听了心花怒放，连忙叫史旺拔写了个书子，差了一个心腹伙计，送到鸡笼山去。

胡鼎彝到了安肃，即日接印。想着：李月宝曾送我五百两银子，已当着我夫人许下不拿他了，如今上司硬要他到案，这便怎样？这只怪我先时不该性急，通详上去。如今详文批了回来，也怪不得我了。他这心事一想，五百两头早已抛向东洋大海去了，并想着：清河捕快、民壮，两班头都得过他的

323

银子，派去一定拿不着人，不如派安肃差役去，好拿了来销上司差使。想罢，立即升堂理事。头一件，便标了一支朱签，派安肃县捕快头汤兰、壮头吴才和霍邬圭三人，即刻到鸡笼山去，将李月宝拿来。如有贿纵，立毙杖下。汤兰、吴才领签，叩头下堂，自去拾掇下乡。霍邬圭却想着：您太爷也得过人家几百两银子了，您可以坐在堂上翻脸不认，我可办不到。想着，便寻着史旺拔商议到鸡笼山报信，袭取清河好得头功。史旺拔便黄夜急奔鸡笼山来。

史旺拔急奔到鸡笼山，便将胡太爷奉上司札委兼署安肃，仍要拿人的话说了。根禅便和方茂林商议，方茂林问过史旺拔，知道清河空虚，便决计暗袭清河。当即拥着李月宝登殿，宣诏：派左将军张火官、右将军江豹统兵攻打清河。另派前将军史旺拔为向导先行，右国师方茂林总持全军。拨三千人马，即夜起行。

分派才定，忽有人报道："安肃县有差役来了。"李月宝吓得连忙抽身下殿，遁到后面密室中去了。方茂林便叫戚扬出去会见。这戚扬原是绍兴山阴人氏，历充县幕，近日失馆，周维邦荐他来进教的。这时奉命办这头一件事，便向方茂林请示："如好言而来应当如何？恶意而来应当如何？"方茂林一一指示了，戚扬方领命出来。

这时汤兰、吴才领着四名快手、四名皂隶，雄赳赳气昂昂地坐在外面厅上。霍邬圭只皱眉蹙额，坐在一旁。戚扬出来上前招呼，陪着他们坐下。茶罢，问道："列位到此，有何公干？"汤兰、吴才不曾得着一点儿好处，满心没好气，高声道："我们奉了本县太爷之命，来拿李月宝的。"戚扬和颜悦色说道："李月宝久不在此地了，到塞外买马去，一直没回来。"吴才大喝道："胡说！本县太爷在清河任上时，已将他的母亲拿住，招出他在此做会，怎能抵赖？快叫他出来，你们各自散去，还可逃得性命，不然到时滚汤泼老鼠，一窝儿总是死。"戚扬赔着笑脸，取出一百两银子递给汤兰道："李公子委实不在此，还望两位包涵些。这一点儿薄意，只算送给两位路上做个茶钱，将来自将重报。"汤兰、吴才一齐道："包涵不得，就请你回去说话吧。"说着，抖出一条铁链，锵啷啷一声响，便将戚扬锁了。霍邬圭便做好做歹地劝着。

方茂林在屏后瞅见，闯出来大喝道："身在公门好修行，为人方便自方便。人是委实不在此地，你们弄几两银子回去也是便宜，何苦似这般狐假虎威？"吴才听了大怒，愤骂道："这饿不死的贼秃，也敢嘴硬，连这贼秃也带了去。"说着，便上前要锁方茂林。方茂林呵呵大笑道："来吧，你真是天堂有路你不走，地狱无门你偏闯来，佛爷就慈悲超度你吧。"话未毕，掣出戒刀一挥，吴才的脑袋早已滚落地下。两旁站着的从人立时解了戚扬，并将汤兰绑了。方茂林叫人将吴才尸身拖出去，将汤兰押去看守着，一面请霍邬圭到后堂来，顿时换了将军服饰，好不威风。

方茂林杀了吴才，便和根禅商议道："如今杀了差人，势不可掩。今夜可命众将衔枚疾走，露夜赶到清河，我们随后拔寨都起，免被官兵围困要紧。我如今且去约两个朋友来帮助，后日清晨在清河相会吧。"根禅点头道："您快去快来，不可延缓，今夜之事，我亲自去督阵，料不会失误，您只管放心。"方茂林便道："这趟辛苦您了。"说罢，下山自去。

这日申牌时分，根禅便调齐人马，将汤兰杀了祭旗，并分发干粮符箓，滚滚下山，将李月宝拥在中军。下山只走得二十余里，已近黄昏，根禅便将马军都调到前面，自和史旺拔、霍邬圭、俞克成、余福源等四将统率着，拍马急行。沿途百姓人家夜间已关门闭户，虽听得千军万马，杂沓而过，也没人敢开门出看。约莫奔了四五个时辰，已至离清河二十里的王家庄。根禅便传令："趁早抢城！进城后，许兵卒大抢一日！"众兵将听了，精神陡振，毫不觉疲。各自争先上马，将那身汗蹄乏的马乱鞭。果然天才微明时，便到了清河城外。

众喽啰进了城，便乱烧乱抢，掳娘儿们，奸大闺女，无所不为。根禅没法约束，只得分派四将，带了那些教里人合成的御林军五百人，将保定府、清河县各衙门和仓库等夺了过来。这时，那保定指挥早已逃走了。根禅便将卫所兵丁统统收归部下。回头到知府衙门中，四将来报：知府一家老小都逃走了，只将知县的家小亲戚都杀了。县丞等小官全逃了。此时，李月宝的家小已救出。根禅便一一放赏，并派史旺拔、霍邬圭去迎驾进城。便将知府衙门，暂时做了大冀朝的皇宫。

诸事分派将定，忽有军校来报道："右国师回来了。"李月宝忙叫："宣上殿来。"军校领命出去，一霎时，便领着方茂林和一个道人、一个武士模样的人一同进来。李月宝连忙下阶相迎，一同上堂坐下，便请问二人姓名，方茂林代答道："这位仙长姓赵，道号天申，是霞明观首座弟子，道法高妙，武艺精通。这位姓黎，名大宛，是闽广剑客，有万夫不当之勇，且是剑术已出神入化。他二位奉了教主之命，特来帮助主公的。主公得二位相助，自可取天下，易如反掌。"李月宝大喜，即命黎大宛为大将军，赵天申为军师。吩咐大

325

排筵宴，一则庆功，二则与军师、大将军二人接风。

席间，赵天申取出徐季藩和徐鸿儒二人的书子，献给李月宝。李月宝拆开看时，却是封李月宝为都招讨使、兵马大元帅、大冀王敕谕，当筵没说什么，席散后，李月宝便和根禅、方茂林等商议，方茂林为要仰求霞明观帮助，且不敢违拗他的师父徐鸿儒，便劝李月宝暂且称王。根禅也只得依从，当即传知文武官职仍旧，只主公暂称大冀王，留待教主将来册立。当下根禅便草檄文，分发四处。

胡鼎彝在安肃县满望拿住李月宝，好押解到院，销差，报功。不料候了一日，没有见差人回来。心中有些忧闷，便再差随身仆人去打探。到夜间仆人回报说："差人都被杀了，鸡笼山贼已袭攻清河城去了。"胡鼎彝大惊，手足无措。怔了一会儿，才想起本城也有武官，便连忙吩咐打轿到千户所。不一刻到了千户所衙前，只见许多兵卒正在搬运箱笼等物。仆人传帖进去，好一晌，才见开了中门，门上持帖到轿前半跪，说了个"请"字，胡鼎彝便急忙下轿，步行进去。

那千户石铿良来到花厅，和胡鼎彝相见，礼毕，献过茶。胡鼎彝开言道："寅兄可曾闻得鸡笼山妖匪谋叛的事吗？"石铿良答道："方才得报，所以兄弟将敝眷先送出城，好一心御战，免得贼来时牵挂。"胡鼎彝听了，心中暗想：您倒预备得早！口中却不便说出，只道："寅兄与兄弟同有守土之责，如今贼势已大，兄弟一面点起民壮协防，还望寅兄调齐队伍抵御才好。"石铿良道："那个自然，兄弟马上就要上城了。"胡鼎彝看他神色不定，知不可靠，只得说了几句仰仗的语言，便告辞回衙。

回到衙中，急忙备下紧急文书，八百里昼夜不停，通详上去。一面传差，点起民壮，登陴防守，吩咐不许开城。自己也戎装上城逡巡，眼巴巴地盼望救兵来到。次日早上，石铿良才率了二三百名疲癃残疾的兵上城助防，并运了许多檑木、石子、金针、石灰等物上城。午牌时分得报说："清河城破，太爷全家殉难。"胡鼎彝更是痛不欲生，安排死守。

哪知李月宝等却是一往直前，一连打开几县，才回头来攻打安肃。待得兵到安肃城下，已有六七日了。这时弓嘉宜已分差周吉、蒋庄、林慈、陈曼分头遏敌。却调都督佥事彭致纯引五千兵来助防安肃。彭致纯才到时，李月宝已差方茂林、黎大宛率领王乾一、曹孟雄等，带了一万乌合之众，来打安肃。彭致纯便背城列阵，出马迎敌，阵势还没摆开，黎大宛已骤马舞刀，飞将过来冲阵。官兵阵中千户王恭辰挺枪迎战。斗了有五六十个回合。黎大宛刀光起处，王恭辰已身分两段。彭致纯大怒，拍马挺戟而出。方茂林见了，大喝一声，将禅杖一挥，一齐乘胜杀将过来。官兵沿途疲劳，且是后面背城，欲退无路。被黎大宛等一冲，直杀得七零八落。彭致纯只得策马落荒而走，胡鼎彝在城上看见，连忙开城收纳败兵。方茂林挥兵攻城，城上檑木、滚石乱打下来，打死了好几百，方才保得这座孤城。

彭致纯一口气奔了十多里。回头一看，却没半个从人跟随。仰头望时，天色已近黄昏，且是乌云四合，黑雾重重，前后左右又都无人家村落。想着后有贼兵，只得打马前行。又行了五六里路，仍是荒原草野，天上闪光蜿蜒，雷声轰隆。彭致纯大急，慌忙打马乱跑。好容易跑过一座土岗，却见前面山峰环抱，溪水潺潺。溪上有一道板桥，彭致纯打马过桥，进了山嘴。回旋一望，只见那山腰中石崖坳里，有一缕炊烟冉冉上升，不觉饥火中烧，馋涎欲滴。

霎时，猛然霹雳一声，山摇地动，震得彭致纯眼耳麻木，心惊胆战。接着便大雨倾盆而下，雨点儿比蚕豆还要大。彭致纯身在荒野没处躲避，便急忙奔上山腰，却是一片一亩大小的平地。打平地尽处山脚边绕过去时，却是一座石崖，崖坳中有三间茅舍，双扉紧闭。彭致纯这时全身已湿透了，急中无暇细问，便伸手推门。只听得里面有个女子声音，问了一声谁，彭致纯急急答道："是迷路遇雨，来求庇荫的。"

门开处，果是一个年稚小女郎，向彭致纯上下打量一番，才道："请屋里坐吧。"彭致纯连忙进屋撂下手中戟，掸了掸甲上雨水，取下头盔，洒去积水。只见那小女郎向那马吆喝一声，那马如懂得她的意思一般，一低头，进门来，自走到东廊下立着，一丝儿不动。小女郎便关了屋门，回头向彭致纯道："您待一会儿，俺去请俺师父来。"彭致纯答应了，戴好了头盔，立在堂中等待着。

一会儿，堂东侧门一开，便见一个垂髫女郎，遍体紫衣，和先时开门的那女郎一同引着一个二十多岁剑眉星眼的女子来到堂中。彭致纯暗想道：难道这一家子没男子吗？一面疑惑着，一面上前见礼，请问姓名。那女子道："俺姓华，道号凌云子。"指着那开门的女郎道："这是俺弟子李松。"又指着那紫衣女郎道："这是俺师侄章怡。"彭致纯也将姓名说了。凌云子便向李松道："可将替彭金事预备的饭菜取来。"彭致纯听了心下暗想：她们怎知我是

327

都督金事？又怎知我今天会到此地，便预备好了饭菜呢？只纳闷不语。凌云子又道："将军不必忧闷，灭妖匪，救安肃，自有其人，将军只待着报功领赏便了。"彭致纯见自己行藏她全知道，不觉大吃一惊。

凌云子尚有何话，下章再叙。

第二十九章

电掣雷轰妖僧毙命
星稀雾薄大侠除邪

话说彭致纯听了凌云子道出他的行藏，立即起身长揖道："弟子愚蒙，不识真仙，乞恕甲胄在身，不能全礼。"凌云子起身还礼道："俺只是江湖剑客，并不是真仙，佥事不要错认了。"说话间，李松捧了一大甑热饭、一大盘虎肉，摆在桌上。凌云子便让彭致纯饱餐，彭致纯这时也实在饿极了，只略略谦谢了几句，便坐了去，大嚼狂吞，吃了一饱。

一面吃，一面想着：前回咱们营里五百多人才打死一虎，她们三个女子，竟有虎肉飨客，足见都不是等闲之辈，何不拜恳她帮助平妖呢？谅来这种救民事业，剑客没有不答应的。想着，吃罢了饭，便向凌云子道："如今妖匪猖獗，荼毒燕冀。末将等无才无勇，没法荡平巨患，救生民于水火。意想要拜恳师长，垂念百姓惨苦，下山一行，荡平妖孽，生民幸甚。"凌云子微笑道："天已昏夜了，将军辛苦了，且请安置，有话明天再谈吧。"彭致纯摸不着头脑，只得起身告辞。凌云子亲自引他到左厢房，道了安置自去。

凌云子回到房中，便叫混天霓章怡近前，吩咐道："你可到安肃城外妖匪营中去打探一回，如得便，便将方茂林首级带回。"李松听了要同去，凌云子止住她道："自有用你的处所，此时却用你不着。"李松虽不高兴，不敢违拗，只得罢了。章怡便将外衣脱去，向壁间掣下双剑，辞了凌云子，耸身出屋。到了屋前大路上，展施陆地飞行法，如飞而去。

转眼间，离安肃城约莫只有五里了。遥见妖匪营中灯火闪烁，如夏日萤光，听得远远的提铃喝号之声。章怡便紧了一紧衣带，捧着双剑，展施飞行本领，紧走了一程。遇着贼营巡哨兵，便腾身打他头上飞过去。那巡哨兵只觉微风飘扬，并不曾知道有人过去。章怡停了一停步，暗地端详一会儿，见中间有个大寨，锡顶黄帏，十分雄壮，料来方茂林定在这营帐内，便直扑这大帐来。

那大帐周围有许多人巡卫，十分严紧。章怡依旧轻身飞越，蹿到帐顶上来。将身伏着四面细瞅，没人觉着。便抱着帐顶伏听着，似乎帐中有人正在商谈着事情。却是在上听下，不大听得明白。好一会儿，忽听得有人高叫一声："掌灯！"接着便见一个破衲和尚，便是方茂林，送出一个虎面虬髯的矮将官来。章怡连忙使个回旋，转到后面，定睛瞧着，只见那将官拱手辞去。方茂林仍回帐去，便听得传令："四更造饭，五更食毕攻城，不得延误，违令者斩。"接着便听得各营接令。

章怡又屏息听了多时，静沉沉，没些声息，便轻轻地沿着帐顶斜木梁缓缓而下，直到帐边沿儿。伸脖子，歪着脑袋，自人字帐门顶缝向里头一瞅，只见侧边一张小桌上红烛高烧。正中一张木床，床头禅杖斜倚，床上睡着个癫头和尚，金顶僧帽掉在枕边，身上裹着红锦被，下面露着一双赤脚，睡得正酣。章怡心想：这贼不知是根禅，还是方茂林？彭金事说：贼兵大将是个南方人，名叫黎大宛。这贼秃怎的倒在中军咧？且不管他，他既是在中军，传将令，终归是个头儿，且宰了他再说。

想着，两手一使劲，双脚向上一跷，甩了一个筋斗，唦的一声，落在帐门侧面二三丈处。听了听，没甚动静。便轻移莲步，伏身挨到帐侧。一偏脑袋瞧瞧帐里，仍和先时一般，那和尚依旧睡得和沉醉似的，毫没觉着。便回身将围着帐壕的铁蒺藜拔去几段，扫清了脚下，才向后退了几步，猛然起了个狮子扑食，将身子向前一射，其快如风，欻拉地进帐中，左手按住禅杖，右手挥剑照定那和尚的脖子，手起剑落。只见红花四射，一个斗大癫头砰声滚下床来。

章怡解下革囊，拾起僧头，装在革囊中，扯床上锦被，揩了剑上余血。回头向外一望，寂静如故，便一耸身，要了个剑花，盘头护身，蹿出帐外。仰头一望，天空稀星薄雾，寒气逼人，不觉仰天长嘘一声，提着革囊，翻身跳上帐顶。四面瞅望，但见旌旗摇黑影，戈戟响寒风。心中油然生念道，难道俺今夜远道来此，就只宰了这个无用贼秃吗？师叔叫俺探信为主，却没叫俺踹营。不然时，俺便搅他一搅。如今这贼营情状，不过如此，也甭多探了，况且贼秃已死，五更攻城也攻不来了，俺何妨再宰他几个要紧的贼头，这一支贼兵不就算是完了吗？想着，便向东首一座白帐篷顶上使了个燕子穿帘，双脚落地，瞅那帐中地下铺着二尺来厚的绫绸被褥，地下横卧着五六个人。章怡纵步进帐，将剑挥得如车轮一般，一连砍了四个，都不曾喊得一声，就此睡梦中死去了。只剩下两个人被热血溅满一面，烫惊醒了，一骨碌爬起来，才要嚷，已被章怡杀却一个。

章怡便忙卡住这一个喝道："不许声响！叫甚名字？快说！"那人抖擞着答道："小……小……人名叫俞克成，是值……值宿……帅……帅帐帐的。"章怡将剑尖指着砍死的几个喝问道："这都是些什么人？"俞克成大抖着道："都是老爷的弟子。今日得胜宴，都喝醉了，偷懒打个盹儿。"章怡还要想问他的话时，哪知他话没说完，脑袋忽然不见了。

章怡大惊，暗道：不好，这里有了能人，本领比俺强多了！这人倒不可不会会他！想着，方要出帐去寻觅，忽觉着帐外有一道青光闪过，便连忙使个毒蟒出洞，脑袋一低蹿出帐外，向那青光去的方向急追。心中一急，便将身在敌营忘了。脚下迅走如风，一连穿过十几座帐篷，早被巡更贼兵望见，当、当、当、当、当，一阵锣声，接着便听得战鼓雷鸣，笳声乱起。

章怡一惊，心想：这番要明做了，便且不去追那道青光，立定了脚，紧了一紧腰带，将革囊塞在腰间，两手分持双剑。端正停当，方要向前奔跑，忽见那青光又掠面一晃，才要转身，营中喧声大起，只听得一片声音乱喊："不好了！"顿时鼎沸瓮翻，人马乱窜。章怡知他们已发觉主将被杀了，便想蹿出大营盘，回山去，免得和妖匪拼斗，违却来旨。

才要举步，突见一团黑雾似的东西打左首直滚过来。细瞅去，却是一员黑脸虬髯矮将，便是黑驴儿黎大宛。章怡忙转身反迎上去。黎大宛的大刀，已直奔章怡腰间刷来。锵切一声，正砍在章怡的剑上。章怡便急挥右手长剑，向黎大宛面门劈去。黎大宛将脑袋一甩让过，同时，掣转大刀，向章怡左肩劈下。章怡一剑架住，觉着分量不轻，知是个劲敌，不敢怠慢，急闪身伸臂，欻地一剑直刺黎大宛咽喉。黎大宛将刀一竖，格开剑，唰、唰、唰，一连几刀，向章怡上中下三路连接砍来。章怡舞动双剑，左右架格，上下腾飞，直杀得一片声响，也辨不出谁攻谁御。

二人战了约有五十余个回合，众喽啰只团团围住呐喊，不敢近前。黎大宛越杀越勇，章怡也越斗越猛。彼此拼命大战了三百多个回合，却是贼兵渐渐地少了。这时安肃城内知县胡鼎彝听得城外人声杂乱，以为是救兵反攻夜劫贼寨，便和千户赵福卿带领一千人马，大开城门，放下吊桥，杀出城来。

331

贼兵更加乱窜，黎大宛大怒，挥动手中刀，一刀紧似一刀，恨不得一刀便将章怡劈为两段。章怡这时正在想觑空取胜，却因城中兵出来时，一阵喊声，以为是贼兵聚队来围，不免要抽空回头顾望。黎大宛捉着这点儿破绽，心中大喜，摆开大刀，将章怡双剑逼向右边，却连忙手腕一翻，将刀反扫过来。这时章怡双剑已被逼开，大刀是顺势反砍，要想掣回剑来招架，是万万来不及了。就是要想低头躲过，也因大刀反砍只需手腕一拧，来势太快，连躲也没空儿得躲过。

正在这万分危急之时，陡然青光起处，接着一道金光一闪，听得有人大喝一声："去吧！"黎大宛的大刀忽然如同砍在石上一般，锵嚓一声，便激回转来，反倒向黎大宛脑后去了。黎大宛虎口震开，痛不可当。且心中不解，何以会如此，急忙使劲把住刀柄，定睛细瞅时，却见当面立着个长条瘦汉子，颏下无须，浑身绿缎夜行衣，连靴子都是绿缎的，手中挺着一支丈二金戈，雄赳赳气昂昂地当地立首，向黎大宛喝道："黑驴儿，不要逞强，须知咱武当派不是好惹的。你们有本领的不妨约个期，就咱们个对个，拼个死活存亡。甭借着妖教做护身符，来胡捣乱，害百姓。我奉师父凌云子之命，特来叫您传话给云漫天，暂时将你脑袋寄在你脖子上，做个传信筒儿。你要再不识趣，可不要说我不饶你。"黎大宛因在夜里，先时不曾瞅明白是谁，一听说话的声音，知道是金戈种元。在辰溪卖艺时，曾受过他一次亏苦的，不觉有些胆寒。暗想，如今想是凌云子已率领她一班在黔中交趾的门徒来到北方了。看来这一趟他们的人到齐了，俺们人太少，恐怕占不了上风了。可是心中虽如此想着，面上却不肯示弱，也不答话，冷不防，挥起铁叶大刀，恶狠狠向种元左肋砍来。种元鼻孔中嗤了一声道："败军之将，一定要讨死吗？"待他刀到时，将金戈一拂，那刀便被扫向七尺开外。黎大宛见抵敌不住，且是方茂林已死，无人援救，知不能再战，只得拖刀落荒而走。

章怡正要拔步追赶，种元叫住道："师姊，不要追，师父吩咐不许伤他。"章怡只得停步不赶。这时一个偌大营盘，已跑得一兵不剩。只有官军还在呐喊乱闯。种元招呼章怡道："咱们走吧，不要理会他们了。要给他们缠住，又得麻烦个不了。"章怡依言，随着他，展施陆地飞行法，一直奔回山中，面师复命。官兵闹了一阵之后，竟然不知道是怎样的便打掉了许多喽啰，只糊里糊涂打着得胜鼓，唱着凯歌回城。

章怡和种元二人纵步同行。路上章怡问道："您怎的来到此地？"种元答道："我不说过是奉师父之命吗？我今儿夜里到的，见过师父。师父便将咱们要灭白莲教，三丰师伯已传法帖的话告诉了我。我又说到要寻龙大哥，有他的师兄弟姓文的一同出塞去。我想着咱们方从南倮罗蛮荒回来，又去到北边鞑靼鞑地，这不是怪好玩儿的吗？这就想着您了。我想着这趟路要是有您做一伴儿，这一路又不知要闹多少玩意儿出来。我这么一提，师父就说起您在这儿，正密探白莲教的营盘去了。我一问仔细，知道这里头有黑驴儿黎大宛这兔蛋子在。凭您的本领是不错，可是没有那兔蛋劲儿大。想着怕您一下闹露了脸啦，要给那兔蛋子赢了去，可不是毁了吗？我和他砸过一次，他砸不过我，压根儿砸在我手里，估量着八成儿还能吃的住他。我就禀明师父，就紧跟着您后头来了。到这儿时候，您才杀了那秃驴，我就去营门口宰了那个守营门的贼头。再回头来，您正在拆着黄脸汉子问话。这时我已经瞅见黑驴儿站在营帐外边儿，防着您时候闹长了中了他的暗算。我可就不客气，替您宰了那个黄脑袋来了。这时候想和您说话，又怕黑驴儿把这小营帐围住，只好引您出来再说，想不到您这一出来，反把我当个小贼儿似的直追，这可就惊动他们了。黑驴儿没瞅见我，就寻了您去。我要来帮您，可被那些喽啰拿我当作是杀秃驴的刺客，裹住我厮杀。我又不忍多伤他们这些骗饭吃的傻子，闹了好一会儿，才把傻子们撵散了，赶来帮您。"

章怡道："俺斗那黑驴儿倒也还不十分怯他，忖着到后来终得拉他下来。却是被那城里的官兵那般一鼓捣，我当是教匪的救兵到了，这一下可就差一点儿栽在那黑厮手里了。那些官兵一点儿用处也没有，光会吆喝，俺瞧着他们那一种又怕又想得功的怯样儿，真够难受的了！"种元听了，回想那官兵的情形，也自好笑。

二人一面走，一面谈着，转眼间，已回到茅屋中来。一同进屋见过了凌云子，章怡将方茂林的首级呈上，并将击散妖匪的情形细说了一遍。凌云子听了道好，接着说道："咱们还在南边时，五台门人和武当老少英雄，全和白莲教拼过了，咱们在南边，斗一个闽广派，也没得着全胜。俺便想着：咱们得不着全胜，是因为力量分散了。正想着要和您张师伯去商量去，恰好您闻师伯有书子来。俺就决计先来并力灭了白莲教，再去灭闽广派。如今倒好，他们两邪相并，咱们就努力和他拼一拼吧。却是咱们一派拼他们两党，自得分外小心才好。您俩这一趟，也可算没到塞外时先给白莲教一下了，咱们也光彩点儿。要不然，笑菩提又要笑咱们远走高飞不管账了。"

李松在旁听了，羼言道："师父，咱们何不将这李月宝压根儿灭了再出塞去，岂不更光彩些？这趟救安肃，师父不叫俺去。如今弟子情愿独自去到清河将李月宝、根禅的脑袋剁了来，献给师父。"凌云子笑道："您不要急，鸡笼山的事合该咱们管的。俺住在这里也就专为了这事。如今只算了得一点儿。那根禅可不比方茂林容易，须得俺自己也去走一遭才行。咱们先打发那官儿走了，咱们就得动身了，你们先去拾掇拾掇，回头走时利落些。"李松听了，头一个高兴。立时便奔去后面拾掇。种元、章怡也分头去预备。

凌云子出来到中堂，彭致纯已经起来，正皱着眉头，在檐下踱来踱去。见凌云子出来，连忙上前见礼告辞。凌云子说道："佥事此去大功已成，贵部兵正候佥事回营奏凯，因此俺也不便屈留佥事。尊骑便在门外，还望佥事恕俺山野之民，失礼勿罪。"彭致纯千恩万谢，问道："怎生大功已成？恳求明示。"凌云子微笑道："佥事回到安肃城中自然明白，贵部兵盼望佥事回营甚切，迟了恐有误报，反为不美。将来容有相见之日，此时不便多谈。"彭致纯想着神仙不肯泄露天机，不敢再多渎闻，只得半喜半疑，告辞挺戟，乘马而去。

凌云子回到里面，李松等已拾掇齐整，便叫李松将大门关了，点起火把，将茅屋烧化。凌云子领着章怡、种元、李松三人打后门出来，翻过山头，从小路上直奔鸡笼山。沿路被妖匪喽啰扰搅，田亩横尸，屋宇成烬。四人走了一日，也无从得食。幸喜剑客们走路，身上不离干粮，遇着有清泉流水处，便随意嚼了些干粮，申牌过后，已走到顺兴村，离鸡笼山只二十里。前面已有妖匪喽啰把守，四人便在村中觅了一家小店住了。

这家小店，原已没客住。只剩老夫妻二人没处逃躲，还在这店里挨命。四人进店后，老头儿巴撑着做了些饭，给四人吃了，沏了一壶水，撂下一盏油灯，便自去了。凌云子便和章怡商量要夜入贼巢，章怡道："这山是新创的，俺知道。里面并无什么机括，咱们进去，只留心陷阱便了。只是不知道李月宝和根禅等一班贼人可在此地。"凌云子道："就算那厮们不在此地，咱们给他将老巢毁了，大概他们没个不惊心动魄的。岂不是比咱们上清河去帮着官兵攻城强上几倍！"章怡称是。

正谈论处，忽听得外面人声喧杂。李松便要奔出去，凌云子忙揪住她，便和章怡二人由破门板缝里向外瞧去。只见一个中年道人催着许多凶神恶煞般的兵将，威风凛凛，立在当地。那店里的老头儿正跪在地下乱拜，一面口中哀告道："大王可怜，实在是一个娘儿们领着俩女孩儿、一个小小子逃难的。委实是的，一些儿不假。天可怜，他们是不懂本地规矩的，不会说话，回头要说错了话，没的惹大王生气？"那道人大喝道："胡说！娘儿们、小孩子便准是好人吗？不要惹厌，快叫她出来。"那老头儿还待哀告，早被那道人一脚踢开去，喝令众兵，使鞭子乱打，一面便叫兵进来搜。

李松这时蹲在凌云子肋下瞧着，见那道人这般凶恶，再也忍不住了，大吼一声，闯将出来，直扑到道人跟前，一把揪住他胸前，下死劲向地下一摔，那道人猛不防，被个女孩子揪着就摔，一个不留意，扑通一声，竟被直挺挺地掼在地下。说时迟，那时快，李松使个鹞子翻身，早骑在道人背上，左手叉住道人脖子，按在地下，右手攥个拳头，向道人后心两肋等处擂鼓也似的乱打。

凌云子正在看望，忽见李松骑着道人乱打，知道事已闹开了，瞒不住了，便决计明了，关照章怡、种元二人一齐奔出。三只猛虎一般，直向众兵扑来，只打得众兵丁鸟飞兽走，豕突狼奔。回身来叫李松时，她正卡着道人狠打。凌云子连忙叫："松儿，留他活口，俺要问话，不要打死了他。"李松听得师父叫唤，方才住手，仍骑在道人身上，仰头向凌云子道："怎奈这厮打不死。"凌云子便上前揪住道人的发辫儿，叫李松让开，将道人提将起来，便问他姓甚名谁。道人这时真被打得只剩一丝儿气息了。还好得是他，若换一个常人，早被李松这一顿拳头打成齑粉了。

凌云子见道人已不能说话，便叫种元抄他身上。种元便动手里外一抄，抄着的都是些不关紧要的东西，只有个小褡裢袋儿，上面绣着"赵天申"三个字。凌云子见了，连连点头道："原来是他。他是霞明观的大弟子，放走了他。"李松在旁听了，猛然将一团高兴，化作冰消，想着：师父先时说的霞明观那般厉害，如今看来，霞明观的大弟子也不过如此，想来不见得有痛快厮杀了。想着，心中快快不快，闷立一旁，不言不语。

凌云子叫李松帮着种元将赵天申捆起，并命李松看守着，便和章、种二人进屋取兵器包袱。李松心中正想着：霞明观的人难道全是这般脓包吗？越想越不高兴，直将随着师父北来几个月中摩拳擦掌、磨砺以须的一团热念涣然消散，无精打采独自思量。直待凌云子和章、种二人出来叫她，才向种元手中接过兵器包裹，凌云子就她这回身一瞧，忙叫道："松儿，赵天申哪里去了？"李松淡淡地答着："在地下。"一面回头看时，地下只剩下一堆绳子。

335

顿时怒火狂烧，气得哇哇怪叫，便要奔出追赶。凌云子忙攦住她道："那厮乘您不留神时，使妖法松绳走了，这时已不知到了哪里了，怎追得着？俺说过，他是霞明观大弟子，深知妖术，您怎这般大意？以后切不可轻视他们，要不然自己的性命还要丢了啦。"李松才知白莲教并不尽是饭桶，却是从此恨赵天申比恨什么四海仇人还要厉害。

章怡道："俺想赵天申此时一定回鸡笼山去了……"一句话未完，李松早擒起双铁戟，叫道："快去！攦那浑蛋去！"凌云子道："赵天申那厮一定不回鸡笼山了。他这趟来，一定是霞明观派他到此，一来监军，二来相助的。他如今当着一千兵丁被松儿打了这一顿，还有什么脸在此，一定已回霞明观去了。只是咱们原是为鸡笼山而来，不管赵天申回不回山里，终是要去的。"说罢，便叫章怡、李松二人向前，自己和种元在后，出了客店，隔着三四十步，直向鸡笼山来。

李松一心只想一步便踏到鸡笼山，在路上一劲儿直催章怡快走。章怡便和她展施陆地飞行法，赶小路走了约莫二三里路，忽见前面扎着营盘。章怡便关照李松小心在意。李松大喜道："咱们快踹营去呀！"将手中双铁戟一横，身子向前一俯，如脱缰烈马一般，直向营盘扑去。章怡一把没拉得住，只得也放开大步随后跑来。

李松直如一只疯狮子，摇着头上两只鬖髻儿，一路怒吼，扑到路旁巡哨兵身边，一戟一个，扎死两人。她瞧也没瞧，拔出铁戟便跑。只听得那营盘中筋角乱起，兵将纷纷涌出。无奈李松步快，一团旋风一般，直闯入营里，逢人便刺，两条戟如怒龙搅海，上下左右乱扎。扎得那些贼兵如丧考妣，号哭连天。顿时全营鼎沸，自相践踏，大乱起来。李松大喜，只向兵多处赶去，一戟一个，挑起来，便朝后甩去，如钓鱼一般，也不知挑了多少。

一路杀到中营，才遇着一条黑大汉，全身贯甲，却头上无盔，手使大斧，接住厮杀。李松更喜，大叫："咱们来斗三百合！"那汉喝得醉醺醺的，被她这一声大叫，惊开双眼，见是一个丫髻女孩儿，浑身青扎靠，想着：这小孩儿，杀了她不算是勇，不要理她。方要掣斧，回身恰遇一铁戟迎面飞来，便急挥一斧架去。不料那铁戟沉重，将斧直打到地下。待要举起时，那一支铁戟早刺进咽喉，鲜血一溅，"哎哟"也不曾叫得，便倒地死了。

这时章怡已经赶到，帮着杀散众兵。凌云子和种元也到了，李松还在那里向四面深草中、大树后寻人厮杀。凌云子喝住，问她："可曾擒着贼将？"

李松笑着将脑袋摇得似拨鼓儿一般，答道："不耐烦，全宰了。"凌云子便问："杀了些什么人？"李松将戟指着四面死尸道："全在这儿。"凌云子便和章怡等一齐向中营旁地下躺着的尸身看去。见那黑汉是将官打扮，便叫种元抄他身旁。种元便俯身搜一搜，得着一颗金印，上面刊着"大冀右将军印"六个篆字，两旁还有些符箓，却不认识。凌云子将印收在囊中，便向李松道："你以后遇着敌将先要通名，似这般糊涂干法，杀了人还不知谁，那么，斩了贼首也不会知呀。这种地方，俺全教过你的，你怎这般不留心？一到战场上便和疯子差不多，你这人还好上大阵吗？"李松被埋怨得不敢声响。凌云子便仍叫章怡和李松二人前去攻山。章怡便和李松二人起行。

一路上，李松无精打采，章怡问她："因甚没精神？"李松道："俺独自一个踹了偌大一座贼营，杀了许多贼，俺师父没说一个全好字，反将俺埋怨一番。小种元儿昨夜不过略帮了帮您的忙，也不曾干得个什么，师父倒左也说他有本领，右也说他有能耐，夸奖了他许多言语。您瞧，俺师父可是有点儿偏心？"章怡笑道："您不要怨师父，您自己本来干得太莽撞了。您以后遇着个敌将，或是对头，也打听打听他的名儿，要是咱们自己人，这一问不就明白了，免得大水乱冲龙王庙嘛！要是见人就杀，如果咱们来打这山，同门的长辈平辈也有人来，大家不张嘴，只管乱杀，临完，还得杀了自家人，跑了贼啦。您想，师父埋怨您的可错？师父并没埋怨您不着力、没能耐呀。您不要尽歪想到螺蛳壳儿里去，得自家儿想想，自家儿干得对不对，不就明白了吗？"李松听了，欣然道："好姊姊，给您这一提拨俺可明白了。俺师父不是说俺不该杀人，是说俺不该杀没名没姓的人，可是吗？"章怡笑着道："您不要搅了吧，难道遇着个小喽啰也去问他姓名去？"李松这才点头道："明白啦！问姓名也得问个有眉有眼像个样儿的人。"说得章怡大笑起来。

说话间，已到鸡笼山下。山脚已列开一阵人马，章怡便叫李松向右，自己向左。一声喊，扑杀过去。鸡笼山阵中右有张火官，左有戚扬冲出，接住厮杀。章怡接住戚扬，鞭剑并举，大杀起来。章怡的剑虽没练到绝顶功夫，却已有七八成火候。戚扬只不过是个走江湖卖拳脚、保家院的拳师，怎是她的对手？初交手时，戚扬仗着力沉鞭重，还招架了几下。后来被章怡几个家数，使得眼花缭乱，差不多扬着鞭没处架击。正为难处，恰遇那边李松顿喉大喝，戚扬更是一惊，被章怡捉着个破绽，将双鞭压落，一翻腕，剑尖直刺进戚扬咽喉。众喽啰见了呐一声喊，向后乱窜。

那边张火官手挺长矛，和李松二人拼斗。李松两支短铁戟直上直下，不离张火官的头胸腰肚。张火官使的是长家伙，盘旋有些不灵敏，颇觉吃力，因此只有招架的工夫。斗了二十余合，李松忽然想起方才师父的话，连忙将双戟一缴，夹住长矛，喝问道："呔，你叫什么名字？"张火官从来不曾遇过战到半中间，忽然夹住兵器，问起姓名来的人，倒被李松问得一惊，李松大喝一声，骂道："浑蛋，连自己的姓名也不知道吗？这可怪不得俺了。"不料这一声喝，戚扬被惊，吃章怡宰了，张火官更加惊骇，只答了声："俺是五凤寨张火官。"说罢，便抛矛返身，落荒而走。李松方要追赶，章怡已赶向她前面拦住道："穷寇勿追，咱们赶快搜山去吧。"李松急得跺脚道："方问出一个姓名，又不要俺赶杀。"章怡笑道："山上多着啦，您尽着赶这一个干什么？"李松才没言语，跟章怡杀上山去。

这时，已是黄昏时候，凌云子和种元二人已经赶到。章、李二人得胜时，凌云子便领着种元，穿出山脚贼营，顺着山坡，奔上鸡笼山来。半山里杀了几个哨探喽啰，便到了山上。那山上一无关堡，二无寨棚，只是陇亩纵横之中，拥着一座小山峰。那小山峰上面便是李月宝做皇帝的发祥之所经坛所在。凌云子便招呼种元，径到小山峰上。才踏上峰巅，便劈面遇着周维邦、史旺拔引着十余个亲信，拥着皇后田慈儿等逃出宫来。种元见了，拦头大喝："不许走！"史旺拔等二人见种元是个小孩儿，当他易与，挺枪便刺。种元呵呵大笑，也不闪架，只待枪近时，左手微微一捞，将枪抓住，往后一掣，早将一条笔管枪夺了过来。连史旺拔也被掣得站脚不住，脚底画了几个之字，身子向前一栽，一连打了几个跟跄，种元将剑向左肋下一夹，两手握着枪，一拧两拧，拧枯竹竿儿一般。将一条枪拧成八段，扔在地下，向周、史二人道："你俩比这家伙大概结实些，过来，让我拧拧瞧！"周、史二人见了，早骇得魂飞魄散，全身抖擞如筛糠麸一般，跪地哀求饶命。那些皇后、宫女、太监人等也都一排儿跪下求告。凌云子便叫周维邦、史旺拔二人起身去，将皇后和国太绑了。二人应声跳起，将田马氏、田慈儿母女二人提将起来绑了个结实。凌云子便叫种元将周维邦、史旺拔也绑了。周、史二人大惊哀恳，种元绝不理会，绑得比田家母女还要结实。凌云子向其余众人道："你们多是可怜的愚民，被妖匪逼迫哄诱而来。如今妖匪已平，你等可立即回家，安分度日，不可再去为非作歹。再撞在俺手里，可不要想活命，去吧！"众人听了，连忙叩头谢过，乱爬起来，没命地跑下山去了。

这时，章怡、李松已到山巅将战阵斩将等事说了。凌云子便叫种元、李松二人押着田氏母女和周、史二人，进经坛来。这时月朗星稀，山上万籁无声。进了经坛，凌云子便命三人前后搜查，三人搜查多时，只见仓中剩下不到二百石粮，库中只剩下三千多贯宝钞、一千多两银子。此外前后阒无一人，签押房中还有些文书、封诰，便一齐搬到大殿上来。

凌云子且不点计银钱，却先翻那些各地寄来的书信瞧。一连瞧了好几封，都没紧要。忽然抽着一封油纸包裹、黄蜡封口、异乎寻常的书子来。凌云子连忙抽出里面信柬来看时，却原来是霞明观的军情密报。

要知那密报中报些什么，续阅下章便知。

第三十章

护忠良万里代师劳
济急需千金全祖业

话说凌云子抽出那书信一看时，原来是霞明观通天教主徐季藩写来的密书，其中所言，多是观中秘事。书云：

月宝贤契执事：

    法缘长老来，知贤契已备妥，甚慰甚慰。

    此间诸事已齐，仅待期矣。乃贼党披猖，露夜入观，将真仙冯绍霞盗去。来者为丈身和尚，率贼徒钱迈、黄礼，乱放铁弹、毒镖，我门中黄坤山受伤，势已垂危。事势至此，遂不得不改期。昨已发知单说："真仙奉召赴蓬瀛，须花朝后始返鹤，至清和浴佛日再飞升度众。"刻方极力觅人，备是时之用。尚望留意物色。贤契胆识过人，名城迭下。唯望天相吉人，早得北平，则可会合，西出山右，先定关中，可无须再待清和之期矣。唯弓嘉宜精明强干，智勇有为，未可轻敌。贤契当时时留意，勿为所乘，至盼至盼。兹仍请法缘长老偕剑客何双刀来前相助，幸和衷共济，迅奏肤功。旌旗至良乡时，愚当亲来一图良晤也。朔风寒重，烦希珍卫。

    此问

      迩佳

              友生徐季藩手泐×月×日

凌云子看毕，微笑点头。章怡忙问："信上说些什么？"凌云子道："您丈身师伯将他们预备的真仙盗了去了，他们的飞升大会已改期四月初八了。"这时，李松、种元等正恐赶不上大破白莲教这一场大厮杀，听说他们改期四月，无论如何终可赶上厮杀，一齐大喜。凌云子便叫三人将贼巢中珍宝银钱拾掇包裹好。三人便一一拾掇了，扎成包裹，堆在坛下。

凌云子便叫李松将周维邦、田慈儿提来问话。李松应声将田、周二人拖到坛上，掼在地下。凌云子便问周维邦："在寨中干什么？"周维邦答道："小的只写写字儿。"凌云子便问田慈儿："因甚要嫁给李月宝做妾？"田慈儿道："这是万岁爷的旨意，怎敢违拗？"凌云子听了微笑，知道她着迷已深，无可救药，便也不再和她说什么，只问他二人："你俩可知道法缘和尚与何双刀是怎样的人？"周维邦答道："法缘长老，是驾前护国佑民大禅师。何双刀是个娘儿们，名叫双刀何小娘儿，原在鼓儿屯开码头，坐地分赃，名驰南北，本领也十分了得。法缘禅师练得一身功夫，刀剑不入。闲时，每夜得有十个娘儿们伺候，才得过夜，自从遇着何双刀，却逢着敌手，甭旁的娘儿们了。如今他俩正在御前保驾，不在此地。"凌云子问毕，便吩咐李松道："这班东西都不能留着，去掉一个，世界上少受一个害，您就送他俩和那两个回他姥姥家里去吧。"田慈儿听了，以为真是送她回家去，心中虽有些舍不得李月宝的狂淫滥欢，却喜逃得性命，依旧好寻男子快活，连忙叩头谢恩。却被李松一把拎起，拖着便走。周维邦大哭起来，田慈儿方知不妙，却是恩已谢了，只好就那么糊里糊涂和她母亲田马氏，跟着史旺拔、周维邦各吃一刀，倒地身死。一朵玲珑娇花，只因一念贪淫，把持不住，便落得个樱唇喋血，蜻项含刀。

凌云子将诸事铺排妥帖，便领着章怡、种元、李松三人，带了搜得的财物，各人裹了些干粮，各选一骑牲口，便离了鸡笼山，抄山后小路，绕向清河北面高碑店来。这时，李月宝等都在高碑店。凌云子要始终干完鸡笼山这重公案，自不得不剿灭李月宝这一大股妖匪。因此，率领章怡等三人向高碑店来攻打教匪的大寨。

四人在路，打马飞奔。沿途被教匪洗劫，官兵骚扰，已无一寸干净土，路上除却死尸，瞧不着人，除却烧尽，瞧不着屋。凄凉满眼，惨景当前，四人只有痛恨。一连行了二日，都是如此，只好拿干粮充饥。夜里便在没全烧完破的屋子里，或是山坳树丛中，窝着过夜。好得他们四人都是剑客，这种辛苦已是司空见惯，不足为奇，仍和平常一般地趱程赶路。

这一日清晨，走到离高碑店只三十里路了。凌云子便要三人饱餐一顿干粮。又拾了个瓦罐，寻些枯枝，敲着火镰石，引起火来。再掇了两块冰，撂在罐里，烧化成水。待到温热时，各人喝了些，剩下的热水便各人灌在怀中小水葫芦里带着。吃喝毕，整了整衣裳，紧了紧包巾，拂拭过兵器，才各自跨上牲口，齐刷一鞭，向高碑店来。

这时，李月宝亲自和根禅二人各统一万人马，分扎在高碑店和清河县。凌云子在鸡笼山得见他们的通报，他们扎营的方向已全明白了。离高碑店十五里，便有教匪的连营。凌云子叫李松做先锋，李松满心欣喜，十分高兴，一声喊："俺来了！"便连人带马，直滚入贼营中去了。凌云子命章怡做合后，自己和种元俩先冲入贼营乱踹。

霎时间，高碑店兵营塌帐崩，棚倒柱折，旗横旌裂，刀残戟断，人仰马翻，头飞血溅。凌云子等四人如同疯虎狂龙一般，转眼间连踹了十几座营头。章怡剑劈了曹孟雄，种元戈挑了王乾一。李松当先开路，冲过了一座营头，又进一座营头，赛过女典韦，两支铁戟直似两条毒蟒，当着的死，挨着的伤，杀死兵将不计其数。

李月宝得报大急，忙和国师根禅禅师、法缘和尚商议。法缘和尚便脱了袈裟偏衫，手提着一对铁鞭，和何小娘儿二人上马，出帐迎敌。只见远远地尘头乱滚，喊杀震天，也不知有多少人马来攻。何小娘儿便不大想去，法缘乜斜着两眼道："我的小宝贝，您甭害怕呀，有我哥哥在这儿啦！"何小娘儿眯瞟双眼道："谁是您这秃厮的宝贝？我怕谁？只不过替人拼命，不值得罢了。"法缘大笑道："您真呆，打胜了，还怕不尽着咱俩享受吗？败了，落得让傻子去顶缸。咱们这时还不是替自己出力吗？"

说话间，已见那一团乌尘将近滚到跟前，喊声也渐渐近了。法缘一挺双鞭，催动牲口，泼啦啦向败兵丛中闯去。劈面迎住李松，挥鞭便打。李松舞双戟接住厮杀，战了五十多个回合，法缘右手一鞭打去，李松使左手戟一架，右手的戟便向法缘左眼刺来，法缘忙向右一让，同时挥左手的鞭，横打过去。李松将戟一格，不料戟方儿套住了鞭头。李松大喜，乘势一拧，嘣的一声，那条鞭已落在地下。这时，法缘手法已乱，李松双戟齐施，向法缘当胸刺去。法缘大惊，连忙转身，想要逃走，不料才侧过身来，劈面碰到种元的金戈刚刚刺到，要让也没让处了。只叫得一声"哎哟"，金戈已进胸腔，扎了个透通大窟窿。眼见得法缘是不活了。

何小娘儿原和种元厮杀，她见种元生得那般唇红齿白，不觉心中动了一

342

动，眉开眼笑，恨不得立刻就将种元捉过来搂在怀里亲热一番，方称心意。种元哪里知道，只是一味狠杀。凌云子在后面瞅见这般情形，又见何小娘儿生得妖娆，又在阵上故意装出百般娇媚，勾引种元，恐怕种元年纪轻，把持不定，连忙挺剑上前，大喝一声："妖妇，甭蛊惑人！"一剑砍去。何小娘扬起双刀，交叉架着，不料那剑犀利无比，咔嚓一声，双刀已成为四段。接着，剑落处，何小娘儿脑袋也劈成两半。凌云子劈了何小娘儿，便叫种元去助李松。

种元刺了法缘，凌云子便叫住二人，等待章怡杀到时，四人并力向李月宝中营踹来。才到营前，便迎着根禅。凌云子便叫章怡等三人："留心妖法，快闪开！"自己挺剑上前，和根禅拼斗。根禅怎敌得过凌云子，战不到二三十个回合，早被凌云子杀得汗流浃背，气喘塞胸。凌云子见了，更加一剑紧似一剑，逼得根禅招架不及，逃走不得。心急处，只得口中咕噜了一阵，大喝一声。凌云子陡然嗅得一股臭气，直冲脑门，顿时神气不清，暗自叫声不好，连忙定一定神，凝神静气，将两眼一张，一声断喝。只见凌云子眼中迸出两道金光，向着根禅直射过来。根禅见了大惊，知道这是剑侠练就的精光，任凭何人都受不住的，要吃钉住了，再也甭想走脱。吓得连忙掣回禅杖，拨转马头，急忙忙，伏鞍落荒而逃。

凌云子也不追赶，只和章怡等驱散众喽啰、卫卒等，冲入中军帐里，将人众驱散。四处寻找李月宝时，却人影也没了。搜来搜去，只将霍邬圭从案底下拖将出来，砍了。章怡在李月宝帐中，搜得许多名册、文书等件和金银财宝，一股脑儿搬出来，交给凌云子看过。这时，各营都已被种元、李松冲散，大营既破，一时间，连营丛集之地陡变成静荡荡一片敞阔荒场。

这时，官兵才觉着妖匪营中无故自乱。便发号调兵，排队列阵，闹了半晌，才闹齐整了，扬旗呐喊，远远地围将拢来。凌云子见了，向章怡道："咱们甭和他们缠扰了，大事已了，咱们走吧！"章怡等三人齐声应是，便随着凌云子提了财宝包裹，展施轻身术，出了帐营，奔到官兵相近处，便各施本领，欻地飞越官兵大队，鱼贯而去，官兵见了大惊，乱嚷："贼人飞了，快追呀！"却是终没人敢返身追赶，仍就缓缓地探进贼营，才知营盘都是空的。便乱唱凯歌，高喊得胜，兵卒们纷抢零碎，将官兵们预备报功，鸟乱一番，收队回汛。

凌云子领着章怡、种元、李松等三人寻了座僻静山林，团团坐下。凌云子道："俺原来想到塞外去会同门，却遇着这班妖贼在此扰民，不能不略略耽搁。如今那厮们虽已灭了，白莲教的总根子还有两处：河间霞明观的会期改了，谅来这时没机会去破他，洞庭山这一支教匪，虽比霞明观弱些，却是兵强马壮，且是地势连接京师，一有举动，天下震骇。俺北来时，虽没听说那厮们有什么行为，却是又隔多日了，北边闹得这般，南方谣言必更加厉害，难免那厮们不想乘此起事。因此，俺想一面将这些财宝送往塞外擎天寨去，做个进见之礼，一面还得到南边去走一趟，瞧瞧田伏桑那厮可有什么动作。反正霞明观的事，要到四月初八日，这时尽有余闲，足可往南一趟。就请混天霓掣带元儿、松儿护送这些财宝出塞：一来依约赴召；二来去拜见同道师长和同门弟兄；三来交代财物；四来报说咱们平鸡笼山的事，也算尽了一份力。并且将这些妖匪书信带去，也好让闻、张两位道长得悉妖教内情，通盘筹算。"章怡、种元都答应了。

李松却问道："师父，您先时不是说要出塞去会师伯、师叔们吗？如今您上哪儿去呢？"凌云子道："俺到南边去一趟。俺到黔中，和您师伯、师叔多年没见面了，如今虽是急于想见一见，无奈南边又有桩事，非走一趟不可，也只好暂时丢下这会同道叙旧谈玄的心事了。"李松道："师父只不过是为要探探洞庭山的消息罢了。这事任谁都可以干得来的，何必要师父亲自劳驾呢？"凌云子摇头道："探洞庭山的消息固然是要紧的，却是您说得不错，这事任谁都可以干得了的。俺到南边去，却另有桩要事，不过顺便打听洞庭山的动作罢了。"李松道："师父到底为什么事非往南不可？要是定要往南去，俺也得同去。解这点儿东西到塞外去，思量着有他俩去尽够了，俺是不离开师父的。"凌云子笑道："这事只好俺独自去的，带人便有许多不当处。"李松听了，低头沉吟了一会儿，忽然抬头欣然说道："师父，俺想着个法子了。俺只为破霞明观还早，这时便到塞外去，没事做，闷得慌。师父却又有多年没会的道友在塞外，要去会晤。不如师父只管出塞去，南边的事儿全交给俺，让俺去办，管保误不了事。"凌云子笑道："这事不是您干得来的。"

李松方要再说，种元孱言道："师父心中有甚事？就是弟子们出塞，师长们问起来，也得禀告，何妨就对俺们说了，也好让俺们自己揣量着能不能够办得了呢。"凌云子听了，沉思不语。章怡见了，心中一动，便起身道："俺去溜达一会儿再来。"凌云子悟到她的意思，连忙拦住她道："您甭瞎猜，俺为您在这儿不肯说出往南方去的事，俺实在是为这事为不能泄漏先机，故此

344

没说，与您没相干，您只管坐下。"章怡听了，才依旧坐下。

凌云子便说道："俺在杭州时，和大通大师时常在一起聚谈。才知道治世的英雄是孔雀明王历劫，已诞生在杭州钱塘城外旋乾村于戴正家中，名唤于谦。俺们同道前辈，多暗中护持他。大通大师更是筑茅庵住在近处，守护着他。后来俺到青州走了一趟，耽搁些时，回来到杭州时，听得大通大师说，丈身和尚已将武经传给于谦，又给他由山东聘了个教读师父，名叫智囊吴璘，号育贤，到旋乾村教他经、史。俺暗中去探过一次。我去时，吴璘正在和于谦讲解文中字。细听吴璘的学问，委实渊博。于谦的天资更是绝顶聪明，竟能闻一知百。俺虽不认识那吴璘，却是舍不得不进学堂去瞧瞧。吴璘两只老眼很认得人，俺一进去，他便知俺非等闲之辈，殷勤接待，十分恭敬。俺问他可识丈身和尚，他答说这趟到杭州来，便是丈身大师邀来的。俺便将俺和丈身和尚是师兄弟的话向他说了。他听了异常恭敬，相待如上宾。俺问他几时到此，他道：'我得着丈身大师的信，知道有如此奇才，极待琢育，便修书告诉敝东伍公辞馆，直到伍公游踪到塞外后才复信，命将所付托的事，交给他族弟。我便照示而行，遄程来此。不料初到时，于太公坚不许设帐，好容易才博得于太公相信，允许在此授徒，并将他这个聪明儿子于廷益送来读书。'俺再问于廷益天分如何，吴璘便将于廷益的课艺总稿拿给俺瞧。俺搭讪着和于廷益说话，渐渐谈到武艺，听他所说，文章、武事都已觑得门径。只是那于廷益的相貌虽是魁梧奇伟，复绝一时，却是少年时运极坏，现在正在厄运之中，处处须防凶险。俺和大通大师说起，她也深以他运道欠佳为虑，说：'他目下就有一个难关，年关交限，春夏之交，更不易过去。'今年正是会试之年，他已进身黉门，名标乡榜，断没不去赶考的。大通大师目前不能离开杭州，分身不来，因此俺便不能不去。"

种元听了，便说道："师父，这事还是俺去。俺去时便投托他家，给他当书童去，不是时常在他身旁护着他吗？"凌云子摇头道："这是你一时高兴的话。到了吃不起苦时，便要丢下跑了。且是于太公俭约持家，你去投托，还不知他收不收。这还是小事，你的本领平常，若遇寻常事件，还可发付。若逢劲敌，或是对敌的人多时，怎能抵敌？还是俺自去的好。"种元便道："俺去，保管耐心，决不……"

话未完，种元便抢着和她争执起来。凌云子喝住，想了一会儿，便道："你俩既争着要去，便两人一同去，元儿去投托在他家里，松儿暗中护持。倘

345

有差池，唯你俩是问。"二人听了大喜，连忙答应。凌云子道："事不宜迟，咱们就此分头各走。你俩便转身到杭州去，俺和混天霓出塞。您俩到那边，行止一切，可到西湖岳王坟后面小茅庵中，去问大通师伯。一切都要听凭大通师伯吩咐，不许违拗。"二人一一应了，便拜别师父，转身又和章怡作别。凌云子又叮嘱一番，才叫他俩多带银两，路上甭耽搁。嘱罢，便将掳获的物件分开，将一半扎在种、李二人的牲口上。拾掇停当，齐起身，出了山林，上大路，各分南北。凌云子和章怡自出关去。种元、李松二人别了师父，上了牲口，向南急行。

种、李二人上了官道，扬鞭急奔。这日，行了七十余里，天色已黑，便落店投宿。路上一连几天，不过晓行夜住，马不停蹄。有时一高兴，便连夜急行。赶了几日，已渡过黄河。又走了几时，过了济南，便直到京城，耽搁了半日，取道一径向杭州来，这条路，二人原是熟路，因此一路上毫无滞阻，直赶到旋乾村。

二人将到村里，一商量："咱俩如今身上这般打扮，怎像个投托人家的穷孩子咧？且到杭州城里去置购些破衣破帽，才装得像呀。"便直到杭州城中卖了牲口，买了些破衣服、旧头巾，带出城来，却又没地方可换衣衫，要是落店去换，不是要被掌柜的盘问吗？要是寻个僻静处去换，又怕撞着人不大稳便。二人左思右想，没个计较，为难了半日，还是种元想起师父说过，咱们大通师伯，不是住在岳王坟后小茅庵吗？如今何不到小茅庵里去咧？想着，便和李松说了，李松大喜。

二人夹着破衣，直奔到岳王坟后小茅庵里。才进庵门，小尼认识二人是凌云子的弟子，连忙进去通报，大通尼叫二人进内。二人到禅房中参拜过，大通尼问道："您俩不跟着师父出塞，却来此做甚？"种元道："师父因为春闱将近，于谦一定要去会试的，恐师伯有事，不能分身，特差俺俩来护持他。"说着，便将想到于家去投托，买得破衣没处更换的话也说了。大通尼听罢，大笑道："您这孩子，怎不径到我这里来，却去干这样的傻事！告诉您俩，用不着破衣。我便认识于太公，荐引你们去便了。你们去投托，还不知他家收不收啦。"种元、李松听了，只是傻笑，大通尼便叫小尼拾掇饭菜，铺陈给种、李二人食宿。

次日，大通尼知道于太公喜俭朴，给种元换了一身素旧衣衫，挈带着他，向旋乾村来，直到于家叩门。于家长工开了门，见是大通尼挈着个小孩儿，便道："大师父，这大天气竟走到这儿来了！"大通尼答道："许多时没来瞧太公，今日没下雨，特来望望。"长工关了门，大通尼挈着种元一直向后进于太公的客房中来。长工连忙进里面去通报。

一霎时，于太公拄着条藜杖缓踱出来，向大通尼拱手道："师父好呀，这大天气也出来了。"大通尼忙起身，合掌问讯，答道："这几天天冷闲着没事，在屋子里憋久了，也想着出来溜达溜达，顺便来瞧瞧太公，问个好儿。"于太公连称："不敢当。"长工献过茶，大通尼便问道："小舍人咧？可是还在学里念书？"于太公答道："是的。这孩子和这位吴先生十分投机，昼夜在一起讲读，须得天黑了，吴先生才亲自送他回来，还要谈论一两个时辰，吴先生才回去啦。"大通尼道："这倒难得。平常发了科的人，一日到夜，交朋友、走亲戚还来不及，谁肯再去埋头读书啦？小舍人这般用功，看来春闱的会元是稳拿的了。"于太公呵呵笑道："承大师夸奖，哪里就敢存此奢望。只是会试期近，却又不能不着他去走一趟。这里进京虽没多路，却是他从来不曾离过家，因此不能不担心事。连日叫他去问各位同年，想使他结伴同走，无奈多是富家公子，寒家陪伴不上。这两日正为这事委决不下。大师可曾听说有什么可靠的人要进京去的？也好托他挈带挈带。"

大通尼便道："如今世道不好，托伴同行，终难信得过。我也只为舍人要进京，独自揣摩了好几天了。昨日，敝同道丈身和尚的师侄金戈种元，就是这孩子，奉师命来陪伴舍人进京，我今日特地领他来，给太公瞧瞧。"说着，便叫种元上前见于太公。种元端然拜了四拜起来，立在一旁。

于太公向他细瞧，只见他生得大头长耳，直鼻方口，两道卧蚕眉，一双鸣凤眼，衬着膀阔腰圆胸挺背直的身躯，虽是青布粗衫，却是英风飒飒，一表非凡，心中大喜，拉着他手，问道："您姓甚叫甚名字？哪里人？习武还是习文？家中还有甚人？"种元答道："俺姓种，名元，关西人氏。自幼父母双亡，随师父凌云子远去黔中，今年方十六岁，习武已习了十年了。"大通尼又向于太公道："这孩子是宋朝种经略后裔，流寓关西好几代了，家世原是习武。他父亲种绳祖是镖局达官，因和闽广派结了仇，一家全被杀害了。也是种家合该不绝种，那些人正要杀这孩子时，恰值俺道友凌云子路过见着，便杀退众贼，将这孩子打刀下救了出来，带往黔中习艺。如今十来年了，这孩子习得一身本领，差不多的人甭想近他身子。且是历尽江湖，深通世故，道途长行，可保无虞。俺道友想着舍人要进京，恐防路上无伴，便特遣他来伺

347

候舍人。太公瞧着可对？"于太公喜道："这还有甚话说，老汉只有感激而已。只是寒舍有何德能，众位大侠格外关垂，处处护持，愚父子沐德无穷，何以为报？"大通尼道："太公甭客气，俺们也不过是代天行事，与尊府并无私恩私谊，太公何必挂怀？如今敢烦太公着人先去学房里，请舍人回来，让这孩子拜见拜见可好？"

于太公连声答应，叫长工去学房里请小舍人回来，一面向大通尼说道："承大师和各位师长的美意，要这位种小英雄来护持小儿，老汉感激敬重也来不及，怎肯怠慢？因此老汉想着个计较，不知大师意下如何。"大通尼道："这孩子的师父原叫他来伺候舍人进京的，只叫他跟着小舍人当书童便了。"于太公忙摇手道："这个断断使不得，快甭折杀俺父子！老汉方才说的就是为此事，如今只好委屈这位种小英雄，拜寄在老汉膝下，作为义子，和小儿算是弟兄，这事便好调处了。"大通尼一想，也不错。种元自幼失父母，今见于太公如此恺悌慈祥，心中早已欣羡，如今听得于太公这般说，又见大通尼已要答允，便奔到于太公座前，双膝着地，诚心诚意地磕了八个头，口称"爸爸"，于太公大喜，忙拉他起来，连说："不必多礼。"便叫长工备饭。

正说着，于谦身着青衫，头戴方巾，踱将进来。先见过于太公，回身向大通尼拜揖。于太公便叫："谦儿过来，见见你这兄弟。"于谦忙和种元见礼。种元四拜，见了兄长。于太公便将大通尼等特着种元来护他进京的话告诉了他，于谦便又拜谢了大通尼。大通尼见于谦和种元两个亲热异常，竟和亲兄弟一般，自是欢喜。一时摆饭，大通尼等吃过，便起身告辞，于太公没留得住，便领着于谦送到大门口，殷殷致谢而别。种元也跟着送到大门外，托大通尼转告李松。大通尼答应了，并叮嘱他小心在意，方才转身自去。

种元自此在于家打住。于太公待他如同自己亲生一般。衣履食用，都和于谦无别，家中人都称呼他作二舍人。种元也十分乖觉，且是手头宽裕，一家上下，没一人不欢喜他的。于谦更是和种元十分亲密，二人寸步不离。没事时，便较量武艺，讲解兵书。种元天分本高，且是学过十年，自较于谦精湛。遇着于谦有差误时，便点拨他。因此于谦更加欢喜，日夕除上学读书外，便和种元探求剑术枪法，孜孜不倦。种元无意中得遇慈父友兄，享到他生平未经之乐，更是异常快活。

光阴易过，转瞬间，种元已在于家住有十多日了。春风嘘拂，闱期已近。于太公这时家中境况远不如前，想着于谦、种元二人进京，还得在京城打住，至少二十多两银子才得够用。便四出寻求亲友，借贷银钱。亲族们见于家家计萧条，都恐他有借无还，全不肯借给他。于太公没法，只得将家中田契清出，想要拿出押去贷几十两银子，开了箱子，将契纸拿在手中呆想：要是不押去，儿子的前程要紧，要是押去，又是祖宗遗业，不想在自己手中押出。满心难过，委决不下。

种元正在后园中，耍了一回枪，见天色不早，便想到学房去接于谦回来。刚走过后堂，瞥见于太公独自坐在房中发怔。便转身进房，问道："爸爸有什么事这般着急？"于太公长叹一声，摇头不语，种元在旁一力追问。于太公没法，只得将借贷无着想要将田地押借的话告诉了种元。种元听了，忙道："爸爸，您怎不早说呢？二十几两银子算得什么？"说着便奔去，向包裹里取出十封银子，返身到于太公房中，献给于太公道："爸爸留着使吧，使完了，再和孩儿讨便了，孩儿还有许多，撂在小茅庵里没取来啦。"于太公忽见许多银子，顿时一怔，定了定神道："这银子是你的呀，我怎好用？且是你哪里来这许多银子？不要去瞎闹才好。须知不义之财……"话未完，种元早拦说道："爸爸放心，天下银钱原是如泉之流的，有甚你我之分？何况俺是爸爸的儿子，这些身外之物，分彼此做甚？这银子是俺师父的，特地给俺带来此地做用度。爸爸只管收去用吧，不必摆在心上。"于太公听了，想了一想，便将十封银子收了起来。

于太公收银子时，不曾留心旁边有个小厮立着。这小厮名叫于鹰儿，原是于太公族人的家生子。那族人因亏空公帑，犯了法，倾家破产，于鹰儿的母亲便挈着他投奔于太公。于太公见他母子无路可走，便收留了他。这天，于鹰儿猛然瞧见许多银子，心中诧羡，暗想道：我怎生能够得着这许多银子，便一辈子不愁吃喝，足够大乐一番了。想罢，便觑个空儿，急奔回家中来。

到了家，便向他母亲于费氏说："于太公陡然发富，有了许多银子，要去盗了来，足够咱们一辈子过活了，只可惜没人帮忙。"于费氏听了大喜道："呆孩子，你怎不去寻你方家叔叔呢？"于鹰儿猛然想起，他父亲有个朋友，原是做偷儿的，名叫方正，现正在杭州做洞庭山的箭子。听得母亲提及，便立即奔到城中城隍山脚下，来寻方正。

恰巧方正从茶社里回来。相见毕，于鹰儿便将于太公陡然得着一千两银子，想要将它盗来的话说了。方正点头道："这事很容易办的。只是旋乾村于家正穷得出屎，一时间，哪来这许多银子？"于鹰儿道："于戴正新收得个义

349

子，那小厮委实有钱，若能逮住他，一拷打，怕不拷出一万两银子来。"方正听了大喜，便约定于鹰儿，今天晚上，一定到旋乾村，只要您领到藏银的所在就行了，于鹰儿便告辞回去。

这天夜里，方正去邀了个老做窃贼的朋友，名叫过天星王原，商量停当，吃过夜饭，拾掇齐备，便奔旋乾村。初更时分，到了村里。王原将方正一拉，同到于家屋后。二人齐蹿过围墙，便爬到于家屋脊上。四面一望，静悄悄万籁无声。二人方要下去，忽见下面天井中立着个中等身材的汉子，靠着对面檐下椽柱立着，正对瞅着二人来处，二人大惊。

要知天井中立着的是谁，下章分晓。

第三十一章

宅心仁厚义释小偷
垂念孤穷误召大盗

话说方正、王原二人趴在于家屋脊上，方要下去，忽见天井中立着个人，不觉大惊，忙向后一缩，凝神瞻着那人。只见他轻轻地拍了拍手。王原仗着自己拳脚功夫深，心粗胆壮，爬到檐口，纵着一双贼眼，已瞧出站在天井里的便是于鹰儿。王原便翻身跳落平地，轻步挨走到于鹰儿跟前，悄问道："都静了吗?"于鹰儿点头。王原便向屋上招手，叫方正下来。方正便也跳下地来。

于鹰儿便领着二人穿过走廊，过了客堂，直向后进来。王原一路将火光纸照着。来到后面，于鹰儿指着东面的房门，悄向王、方二人道："这里面便是窨。"王、方二人点头。王原便顺手向桌上取了一杯冷茶，倾在门斗里，免得开门时有声响。翻身将茶杯仍旧撂在桌上，向腰间拔出一柄小镰刀来，向门缝中去拨里面的门闩，微微有些哔剥声响，于鹰儿心中大急，恨不得那门立时自己开来。

于鹰儿正在着急，忽见房门开了，果然没一点儿声音，暗自惊喜。方要进房去，王原一把拉住他，却掏出一个假人头来，向里面晃了一晃，见没动静，才随后耸身蹿进。于鹰儿便也随后进来。王原便叫方正望风，并要于鹰儿领路，才过走廊，便望见正屋窗纸上露着个黑影，于鹰儿认得这影儿是于太公，便向王原摇手。王原便退到走廊头，向方正悄说："还得待一会儿。"

话未完，陡觉脖子骤然剧痛，忙挣扎时，觉着已被人扭住。做贼没个叫救命的，只得硬忍着。再看方正，也被扭住了。却是都被扭得面目朝地，瞧不见被什么人扭住，只听得有人喝道："好贼子，竟有这般胆量!"于鹰儿正待逃走，忽见于谦手仗长剑，种元手提朴刀，齐扑过来，于鹰儿顿时吓得手

351

软脚瘫，满心想逃，不知怎样两条腿不听使唤，再也拔不动，种元奔过来，将于鹰儿两手一拧，掏出一条绳索，将他捆绑了。回头看见李松肋下夹双戟，一手拎着一个偷儿，便上前将她右手拎住的王原拖过来，也绑了。李松方将方正拧翻踏住，掏绳子捆了。

于太公听得外面闹贼，便叫醒长工，掌灯一同出来观看。于谦忙迎上前，道："贼已拿住了，爸爸没受惊吗？"于太公便问："贼在哪里？"李松听得，便向种元道："俺走了，您将贼解去吧！"说罢，便要走，于谦忙拦留道："姑娘且待一会儿，家父问起贼是谁拿住的时，我既不能说谎，家父必须请姑娘相见，还望姑娘到里面略坐些时。"种元也道："您一般也是奉命来的，何妨见见太公？"李松闻言，只得且待。

于太公听说贼已拿住，便到走廊头来。这时长工已将两贼提起，于太公就灯光瞅去，见两贼之中有一个是方正，便道："方正，我家待你不错，你怎做出这般行径来？"再看于鹰儿也捆在一旁，恍然大悟道："好，原来是你引来的，这才叫家贼难防，我家有甚亏负你处？只不过二舍人有几两银子摺在我处，你们便呼朋引类，前来偷盗，足见你们平日干不出好事来。"说着，便向于谦道："这三个贼交给你，任凭你去发落吧。"于谦躬身应是，于太公便和李松相见过。听说是和种元同来的，便叫于谦好好接待，又向种元奖勉了一番，才进去安息。

于谦便邀李松到书房中坐下，叫长工将三个贼也押到后进来。家童献过茶，于谦便问李松："贵寓在哪里？"李松答道："在小茅庵。"于谦便邀她到家中来住。李松道："俺不似种元师兄，不能长日枯守着，好在俺是奉命而来，相见的日子尽多。"于谦便不再坚邀，只问："这三个贼当如何发落？"李松道："全给宰了，不就完了吗？"种元笑道："太公不似您我，这杀人的事儿，不曾听惯的。"于谦道："这事委实为难。若是将他们送官，官府里反要来查勘询问，捕快、差役需索个不了，还得几两银子打点。若是将他们放了，将来他在旁处犯了供出来时，官府还要说我们私纵盗贼，益发吃罪不起。我的意思想给他们几两银子，叫他们远走谋生，不许在此逗留，不知两位意下如何？"种元道："爸爸原叫大哥处理，大哥径自去办吧，俺俩有什么说的。"李松却只点头道："但凭尊意。"于谦便起身去发落三贼。种、李二人对坐，叙谈别后事。

种元问李松道："您怎知这里有贼，露夜到此？"李松道："俺有两夜没到这儿来，想着原来约好，您是明的，俺是暗的，便想要来瞧瞧。方要动身，大通师伯忽叫俺去，对俺说：'近来闻得白莲教匪田伏桑要炼两仪剑，须得取两个生魂。这两个生魂，需一个童男、一个童女，都要有根基，且没破身的。派人下山，四处寻找。向看相算命的打听，到各寺观庙宇里查看寄拜的关帖子，若有十多载二十来岁的八字生辰，都抄了去查访。您得闲时，到旋乾村去瞧瞧，暗地告诉种元，叫他留心着，不要给旁人探了于谦的八字去。'俺领了师伯的言语，便到此地来送信给您。才到后面屋上，瞅见那厮们爬墙。俺知道不是好事儿，方要过去逮他，一想：不知有没有党羽，且跟定那厮瞧着。果然瞅见有人做内应，俺还当他们是白莲教来害人的啦，谁知竟是偷儿。那厮们到了廊下，俺再也忍不住了，便逮住了俩，正要拖着这两个，再去逮那一个，却不道您俩全出来了。"

正说着，于谦已进屋来。种元便问他："怎么发落这三个偷儿？"于谦答道："已蒙父亲允许，每人给他十两银子，开导了一番，放他走了。"说罢，便商量进京的事。李松问："何时日动身？"于谦答道："如今盘费有了，准备后日就走。只是师父吴先生不放心，要同进京去。我想着师父年纪大了，不想劳动他老人家，无奈他老人家执意不从。如果师父同去，便得趁船走水路，打吴淞江去。若是师父不去，咱们便骑牲口，走几天就可赶到京城了。"李松道："还是骑牲口痛快，谁耐烦憋在那小船舱里啦？"种元向于谦道："最好是您明天竭力拦阻师父，劝他老人家甭辛苦。路上有俺，管保您错不了事。"李松道："俺不管你们是水是陆，俺反正是骑牲口，你们趁船，俺便沿岸跟随着船走。"正说着，天色已透微明，于太公着人来唤于谦。李松便起身告辞自去。

次日，于太公备了几样酒菜，请吴璘谢师。吴璘便向于太公再三说，要亲自送于谦进京。于太公极力逊谢，无奈吴璘意思已定，于太公只得由他。当下深谢了吴璘，叫长工到河下雇好一条客船，说明单送进京，不许搭客。一会儿长工回来说："船已雇好，全船包下，不搭客，不载货，直送到京城仪凤门，讨价二两银子。"于太公便取出二百两银子，交给吴璘道："俗言说得好：穷家不穷路。这银子烦师父带着，设或京城有甚用度使费，免得回来取时耽搁不便。若是小儿今科不能侥幸，便可留京读书，免得分心。这银子便作为典屋之需、膏火之费。日长不足时，老汉再着人送来济用。"吴璘一一答应，收了银子。当日尽欢而散，一夜无话。

天明时，吴璹便拾掇了琴书行李，吃过饭，便到于家来。于谦、种元早已起床，行囊衣服都已拾掇齐备，吃喝已毕，正在相对擦剑。见吴璹走来，便连忙起身迎接。于太公也出来相会。当下将行李归着在一处，长工挑着，于太公叮嘱了于谦一番，又向种元说了许多行路小心的话，深深谢过吴璹。于谦、种元拜辞了于太公，随吴璹动身出门。于太公直送到门前，和吴璹拱手而别，倚门遥望，目送到不见影儿了，方才进屋。于谦更是三步两回头，凄然远去。

吴璹领着于谦、种元到船上，打发长工回去，便到中舱，将铺盖展开，各据一席地，闲谈消遣。午牌时分，船家吃过饭，便放炮开船。三人在船上打开船窗，一路上饱览春江胜景。于谦从来不曾离家行路，虽是心中挂念老父，却是耳目所接，都觉气象一新，也稍杀离思，心愁略减。闲时，不是和吴璹论文，便是和种元讲武。晚间泊了船，便在灯下温习旧课，研读《武经》。

船行了三日，已到松江上海县界地。船家将船泊在吴淞江岸。岸上一片渔村，江中黄浪翻滚。船家上岸，进城去购买食物。吴璹因离城还有一二里路，便没进城，只和于谦、种元在江岸上散步。信步走去，约有半里来路，便转身回船。方到泊船处所，忽见船头上有人和水手争吵。三人忙上船问："为什么事？"那水手指手画脚地说道："这人太不讲道理了！我和伊说了，这船是包定了，不搭客的。伊偏说天下船乘天下人，只要给船钱，不白乘，谁也不能叫谁不乘。这不是故意来寻事吗？"那人也一把拖住吴璹道："老爷子，您老评评这理。俺先问他，这船可是乘客的，他说是的。俺便上船，问他要多少船钱，他忽然说是不乘了。如今寒天，江中船少，俺家中有急事，要赶回去，今天等了大半天，也不曾等着便船。好容易打听得这船是要打丹徒路过的，怎奈船家又欺负人，还求您老爷子做主。"吴璹被他俩噪得满心发烦。

于谦见那乘船的满面惶急，心中颇觉可怜，便问他道："您有什么事这般着急？"那人答道："俺父亲在丹徒开张茧行，欠了行帖规银，如今是开行时节了，县太爷便将俺父亲传去，押起来，限十日缴银放人。违了限，收了行帖还要办罪。俺好容易奔到此地借着了几两银子，恐怕路上不平安，不敢走旱路，想要乘船，一两天便可赶到丹徒。却是限期只剩三天了，怎叫俺不急？"于谦见他说得可怜，且是那种急迫情形，也不似假装得出来的，便叫船家："顺便带他去吧。"吴璹也道："他只到丹徒，便让他乘去吧。"种元虽觉得这人有些尴尬，却想着他只一个人，不怕敌不过他，便不开口。那人千恩

354

万谢，向三人谢过，便蹲在头舱里。

又行了一日，将近丹徒了。船将要过扬子江，船家便备办许多福食，祭神饮酒。晚饭时，船家将鱼肉白酒，送了许多给吴璬等吃喝。吴璬便和于谦、种元把酒高谈。说得高兴，彼此多饮了几杯，都觉得有些头昏思睡，便随身倒在舱中睡了。船家水手吃喝了一饱，也都醉倒船中。

那乘船的客人忽地跳起，到船头打了两声呼哨，只见四面小筏如蚁一般向这客船围来。当先一艘瓜皮艇，快桨先到，船上一柄明晃晃、雪一般亮的五股托天叉。那客人接了，便进舱来。这时，小筏的人纷纷靠近大船，爬了上来，分头到各舱中，将吴璬、于谦、种元等一齐绑了，船家水手也都捆缚，丢到舱底去了，那客人也不抄行李，便和众人拔锚扬帆，驾着这艘客船，直驶入大江来。

吴璬吃喝不多，被江风一吹，渐醒过来，陡觉着身躯不能动弹，知道有异，连忙闪眼看时，只见于谦、种元都被捆缚在一旁，自己也两手两脚反剪着，如粽子一般，窝在舱角里，情知中了水贼圈套，却挣扎不脱。虽是平素涵养功深，这时也不免大急起来。想了一会儿，忽然得个计较，便极力将身子滚动，滚了两滚，便挨着种元身旁了。种元正在颤动，似将要醒转来，便张嘴去咬住种元两手间的绳索，使牙齿下死劲猛咬。不多时，已咬断一大半。方在连续咬嚼，种元恰好醒转来，蒙眬中觉着手足挂碍，便使劲一掸，将那一小半绳掸断，翻身坐起。正在诧异，吴璬连忙低声叫他不要嚷唤。种元四面一看，心中已经明白，便急忙两脚使劲一崩，崩断了绳索，便将于谦的缚解了，回身将吴璬身上的绳索也都解下。于谦猛然醒来，见地下许多绳索，自己手脚有些发麻，再见吴璬和种元那种情形，心中大白，微微一笑道："贼子竟敢如此大胆。"种元忙摇手叫他噤声。

这时，只听得反面橹声咿哪，水声当嗒。种元四面寻觅，兵器、行李俱已不见，舱门、窗门都反锁了，心中大急。忙蹶起来，将外面直缀脱下，紧了紧腰带，便拧了拧袖口。陡然摸着袖口扎着个袖箭筒儿没被取去，顿时心安胆壮。于谦便也起身卸下长衫，准备厮杀。吴璬蹲在一旁，满面愁容，呆呆地瞅着二人，种元便俯身低声向吴璬道："师父不要着急。"说着便将袖箭筒儿露出给吴璬看。吴璬见了，心中也安定了许多，便道："如今不知这贼将咱们摇到哪里去，大概是往贼巢走。您如果要和他拼斗，须趁没到贼巢以前才好。若到贼巢，他们人多了，这筒儿便不够使了。"种元点头答应于谦听了，便招手叫种元过来，分伏在舱门左右两旁。便两手勾住门边，仗着天生神力，尽全身功夫，向怀里一扳，豁啦啦一声响，那舱门早碎作几片，顿时舱门大开。门并有一贼汉，手持一对板斧，对门站着。见舱门碎烂，扬斧便砍。说时迟，那时快，种元早料外面必定有人把守，舱门才破，便扬手一袖箭射去，那贼汉不曾提防，斧还没砍下，箭早中咽喉，"哎哟"也没叫得一声，扑身倒进舱里，流了一摊鲜血，便不动了。

于、种二人大喜，急上前，各夺一柄板斧。手中有了兵器，便不怕了。吴璥在旁见了，也满心欢喜。船头上贼首混江龙杨子标，听得舱中声响，回头望时，见舱门大开，把守舱门的王麻子已扑在舱板上，情知不好，忙回身仗剑进舱。种元不待他跨进舱门，便挥一斧，迎面劈去。杨子标急横剑架住，一翻腕，剑光一伸，直奔种元咽喉。种元低头让过，掣回斧，扑砍过去，杨子标忙回剑抵住，种元便闪身一跳，一斧向杨子标肩头剁下，杨子标闪身避过。于谦见种元三斧没中，便挤到舱门口，扬斧向杨子标左肋斜劈去。杨子标忙使剑架格，种元乘空便向杨子标当顶猛剁。于谦也将身躯一矬，使斧着地横扫，想砍翻杨子标两腿。杨子标见二人斧法谙熟，知道抵敌不住，急打呼哨。

只见两边船舷上，奔来四五个大汉，那趁船的客人也在内。种元见了，怒火上冲。待那人行近，右手一扬，一支袖箭直中那人左肩。于谦便顺势一腿，将那人踢进舱里，跟跄倒下。吴璥见那人倒进舱来，恨极了，连忙起身，猛然向他背上扑身倒去，使劲死死地将他压住。伸手摸着一条绳索，便夹脖子将他扣住，才反过他两手来，结实捆好，才起身又取条绳子缚了他双足。就舱板上拾起那人的刀，举在手中待着。

这时于谦、种元和杨子标等六个贼混战，于谦杀得性起，挥一斧，向杨子标头上砍去。杨子标向左一偏，于谦就他这一偏时，手腕一拧，使斧跟着斜劈去，嚓的一声，那斧从杨子标左肩直砍入胸膛。众贼见杨子标中斧，一齐挥刀向于谦砍来，于谦来不及拔斧，手一松，任杨子标带斧倒入江中，却展施空手入白刃，两臂一伸，托住两贼的手腕，底下唰的一腿，将对面那贼踢下水去；同时，两手一紧，两腕一翻，早将两贼手中的朴刀夺将过来。这边，种元去了杨子标这个劲敌，耍了个斧花，一连砍翻两贼。只剩下一个贼知不能敌，扑通一声，跳入江中去了。

于谦、种元二人分左右打船舷上，抄到后艄，已无贼踪。便将后舱中船家、水手的绳索解了。回身到前舱，见行李、兵器都堆在一角，未曾取去，更加欣慰。正待查点，忽听得吴璮在舱内颤声喝道："你敢动，我便是这一刀。"二人便连忙进舱来。只见地下捆着那趁船的客人，吴璮蹲在他脑袋跟前，手中举着一条朴刀，圆瞪两眼，目不转睛地对着那人。于谦便上前将那人提起一摔，喝道："贼子休装死，有话问你。"那人被摔得哼了一声，窝在舱角里，蹲着不动。

吴璮便问道："你们为何费这般大的气力，来劫我们这一点点的东西，实说出来，饶你不死！"那人不答。种元便过去将他脖子一卡，喝道："不要装傻，说话呀！"那人顿时痛得两泪交流，忙叫道："不要卡着，俺说便了。"种元便松了手，大喝一声："说！"

那人叹了一口气，说着："终算俺们倒霉上了当了。俺姓孙，名成士，原是洞庭山头领。前几日山寨中，得着在杭州的箭子方正寄来的信，说有旋乾村于家运钞进京谋干，他家俩小舍人都押运在船。若劫了钱钞，掳去俩小舍人，还可勒取一票银钱。寨中信以为真，便派俺和混江龙杨子标二人，带了八个喽啰来干这事。俺便假扮乘船，觑空将蒙汗药下在酒饭中……"

吴璮屭问道："酒饭你也吃喝的，为甚你不被迷咧？"孙成士答道："俺有解药，不妨事的。这时，船已到苏州地界，沿路有俺们的哨船，且是混江龙领着快船在此相候，恐怕出事时好接济。你们着了道儿时，俺们的人便都上船了。俺们不知你们只这一点儿银子，做赏钱还不够，以为你们带了宝钞，因此船载不重。若早知是这一点儿时，也不值得俺们动手。"说罢长叹一声，低头不语。

这时，船家、水手已都出来，将船掌驶着，于谦便向窗外问船家道："这里什么地名？离洞庭山有多远？"船家答道："这里叫鲤鱼滩，离洞庭西山约莫十里远近。"

这时，天已大明。种元便到船头上眺望。只见前面浩渺烟波，如一片烂银毡一般。再回头打船顶上朝后望去，相离约一里水程处有一艘大号货船，扬起两道布帆，冲波逐浪而来。遥望去，船头上，似也立着两个汉子。种元恐是洞庭盗船，便叫船家道："掌驾的，后面来的那条船，来势不对，咱们拉上篷快走吧。"船家连忙答应，便打呼哨，叫水手伙计拉起篷来，趁着顺风，箭一般，朝前飞驶。

种元进舱来时，吴璮和于谦已将行李查点过，一无散失，三人便围坐舱中，叙说方才拿贼之事。正说得高兴，忽听得水手嚷道："不好了，舱底渗了！"种元连忙跳起，只见船头舱板已经揭开。水手蹲在里面拼命戽水。戽了多时，方才戽尽。却见舱底有个铜钱大的窟窿。水手使棉花急塞。于谦见了道："不好，这窟窿是圆的，且四周都是新的，又没木节，一定是有人在水中凿咱们船底，断不是偶然穿舱，咱们快防备要紧。"船家掌驾的见了，急得眉头皱在一处道："相公这话一点儿不错，如今船在湖中又没个停泊处，即使有水里功夫的朋友，这般汤一般的水面，也没法下去。"于谦仗着自幼欢喜戏水，颇识些水性，便脱外衣，要下水去。掌驾的连忙拦阻道："快不要下去！离这儿二里多地，还有下水处，此地有名的鲤鱼滩，水比马还快，不能下去的。且待俺将船驶过这滩，再叫人下水找到此地来，瞧瞧到底是什么东西作怪。"

正说间，只听得船底咚咚两响，忙瞅舱底时，又露出一个茶盅儿大小的窟窿，水往舱里直灌。眼见着那船儿滴溜溜圆转起来，渐渐地朝水中沉下。大家齐嚷"不好"。船家、水手齐到舱中，抓着棉花、竹绒乱塞，乱作一团。于谦和种元两个搀着吴璲，出舱到船头来，准备逃命。

正在焦急万分，没做理会处，忽见水面上哗啦一响，接着便起了个水花，霍地蹿出个赤条条的大汉，肋下夹着个人，向船上摇手大叫："甭慌，有俺在此！"

要知这人是谁，阅下章便知。

第三十二章

掷头颅除奸去秕莠
倾肺腑慕义结金兰

话说于谦、种元眼见乘船将沉，心急如焚，忽见波浪之中，涌出个赤条条的大汉，肋下夹着个水贼，大叫："甭慌，有俺在此！"只见他身子向上一冒，接着向前一纵，哗啦一声水响，那人早跳上船头来。将肋下夹着的人向里舱一耷，对船家说声："给俺绑了！"种元忙一脚踏住。那人接着便向吴璥等三人拱手道："俺便是南阳浪里龙龙飞。"说罢，便跳下舱中，从腰间掏出一把不知什么东西，向水中摸着窟窿，塞住了。便叫水手快戽水。船家忙和水手一齐动手，果然窟窿塞住了。只一霎时，便戽干了。瞧那漏洞时，只一块白疤，绝无罅隙，船家、水手都不知怎样便塞住了，觉着诧异。龙飞便道："你们不识这东西吗？这叫陀罗泥，无论什么漏洞，没有塞不住的。这还是俺在金沙江带来的，一直没用，合该今日救了你这条船。"

说话间，种元已将龙飞擒住的水贼绑缚了，吴璥便让龙飞到中舱去叙谈，龙飞便迈步进舱坐下。吴璥、于谦、种元都通过姓名，并谢龙飞相救之德。于谦又取出随带的干净衣衫、头巾，给龙飞穿着。龙飞这时也觉着有点儿冷，便不客气，将衣衫着好，换了湿裤，换扎了头巾，方才坐下，种元方要和龙飞叙旧，龙飞道："咱们先问问这贼。"

种元便将那贼提进来。龙飞便先问他姓名，那贼答道："姓王名霖，是王原的兄弟。"接着哀告饶命。龙飞道："你只说因甚要凿这船底，俺便饶你。"王霖道："俺哥哥和于家有仇，曾报山寨说是于家舍人带着许多钞银，进京谋干。大王便派混江龙领着我们十二个人来劫船，不料混江龙失了事，俺们头儿便叫俺们凿船底救混江龙。"龙飞便问："你哥哥和于家有甚冤仇？"王霖低头不语。龙飞连问几次，王霖只是不开口，种元便将义释偷儿的事告诉了龙

359

飞，龙飞问王霖："可是如此？"王霖点了点头。龙飞大怒，喝道："你们这班狗强盗！人家如此待你，你们竟狗肺狼心到这般地步，俺倒要瞧瞧你心肝怎样生长的？"说着，拔出腰间短刀，突的一刀，向王霖前胸刺去。只见鲜血四溅，王霖倒在舱里，眼睛一翻，算是死了。龙飞拔出小刀，就尸身上揩了一揩，便推开船窗，将这贼举起来，向江中一扔。

吴璷让龙飞坐下，种元便和龙飞叙旧，并问道："师兄怎知这小贼在凿小舟？"龙飞道："俺并不知道您在这船上。方才俺见您这船直往下沉，俺便知道一定有人暗算，急叫俺乘的那只船掌驾的赶快赶上。不料那掌驾的怕事，且是载重了赶不上。俺便跳下水余了来。这水太急了，幸亏是俺，要是水性略差些的，跳下去，甭想再冒得起来。俺方余到您这船底下，瞧见有四个水鬼正在凿船。那厮们在水中睁不开眼，瞧不见俺。俺便扎死了三个。剩下这一个，碰着一碰，知道了，便转身想逃，被俺一手夹住。这时，俺见船底已穿，便冒出水来了。"

吴璷这时才知种元和龙飞是师兄弟，更加亲热。龙飞见吴璷、于谦肝胆照人，也自暗中钦敬，越说越加投机。种元问龙飞："怎的这时来到此地？"龙飞叹道："说起来，一言难尽。俺自在黔中，奉师父之命先回中原，便想回到南阳去望家中。不料到了南阳时，俺一家人竟家破人亡了。只因俺家祖坟地亩，与姚少师的弟子李仲威纠葛。李仲威那厮原是湖广衡山人，祖父都流寓南阳，死后偷葬在俺家坟地内。如今李仲威那厮仗着姚少师的势，将俺家坟地全占下，叫知县出张告示，勒令龙家坟茔十日之内迁尽，俺家中种地的人多，初时到知府衙里鸣冤，被知府叫人打了出来。再到开封按院里上告时，按察司将龙家族长、房首押起来，硬说是俺家占了李家的坟地，用非刑苦打，逼具甘结，迁坟让地。龙家族人气不过，便动粗了。李家派人来打界石时，鸣锣聚众，大家拖起锄耙一打，打死了李家几个家人走狗。李仲威那厮便动手脚，叫地方官报俺家聚匪倡乱，乱拿姓龙的，杀了七十余人，其余的都逃散了。俺回到南阳时，住在玉狮子文义的老佃户岳家里。当时，便有人去报知李家，哪知县狗官便差人来拿俺。俺恐连累岳家，连夜走了。及至到了开封，岳家的一朵云岳文已连夜奔到文狮子家中，问起时，才知道俺走之后，那狗官便说岳家窝藏匪类要拿人办罪。岳文才在武当学艺回家，见差狗子欺负他父亲，一时火发，杀了四个差狗子，弃了家业，奉着父亲奔往许州亲戚家中，便施陆地飞行法，到开封来寻俺，邀俺同去寻那×娘贼李仲威报仇。

360

俺想着，李仲威那厮只是仗着姚广孝那秃厮的势。如今天下从建文爷到小百姓，无数万万人，谁不受那秃厮的害？便邀着岳文同进京去，干那秃厮。便打淮上转至杭州，到小茅庵问师父的踪迹。不料倒遇着俺的业师了了和尚。叫俺赶快晋京，要是一时不能报仇，便出塞到卧牛山去。俺便和岳文俩动身。却是大通师叔叫俺打水路走，并说起于家小舍人也在途中，却不料咱们倒在此处相遇。"

于谦便问："那位岳文现在何处？"龙飞道："他在后面船上，俺的兵器行李也都在那船上。"于谦便叫："掌驾的，将篷放下，待后面货船赶上时同行。"船家应声落了篷，缓缓驶着。不一时，后面那艘货船看看赶上。龙飞等在舱中听得两只船对打呼哨，便齐出舱来，到船头上，见两船相差约只十来丈远近。于谦见那货船头立着许多人，中有个黑矮少年，浑身青衣，向着这边船上扬手，便问龙飞："可是岳文？"龙飞点头称是，并招手叫他。这时，两船相差只五六丈了。只见岳文向后退了半步，一抖身躯，呼地一跳，如凫鹭掠空，蜻蜓点水，平飞过来。龙飞连忙伸手，待他脚踏船舷时，一手接住。于谦、种元见岳文飞过这般阔的水面，如行所无事一般，暗自钦佩武当嫡派的功夫。吴璩更是啧啧称羡。

于谦便邀岳文到舱里相叙。众人英雄相遇，肝胆相照，真是一见如故，吴璩问："龙飞进京后，可还到哪里去？"龙飞道："到京城后，还须出塞，只是在京城耽搁多少日子，却还没定。"于谦便邀龙、岳二人到京时，同寻下处。龙、岳二人都答应了，种元便道："龙大哥，您俩何妨将行李拿过来，咱们就此同走不好吗？反正这船是咱们包的，多趁客人，只要俺们自己的主意，船家是不管的。"龙飞想着这只船载轻船快，也好早到京城，便答应了。

吴璩便吩咐船家将两船靠拢，掌驾的答道："这正是湖心水急，靠拢时，须防撞坏船，待晚时再停泊一处吧。"种元道："那只船载重船慢，若待他同泊时，须耽搁许多路程。"龙飞便向船家道："您尽管靠拢，有俺在此不打紧的。"船家仍是不肯。龙飞便起身走到船头上，向船家道："你们尽管挪舵。"说着，便向那四个水手手中接过橹来，独自摇着。只听得欸乃几声，船头一转，便向那货船直射过去。这时，两船离着约莫百丈。龙飞使劲两三摇，那边船上掌驾的高叫："甭过来了，要碰了！"龙飞也不答言，只哏了一声，划得水中哗啦一响，那船头便如奔马一般，直向那货船冲去。将要相撞时，龙飞忙扔下橹，一步迈到船头，俯身待那两船头相差不到二三尺时，伸右手抓住货船头上的锚眼，同时将左膀挽住这船的将军柱。一使劲，那两只船便如连环铁锁锁住了一般，相并而行。只听得船头冲得水声潺潺，两边船上人都惊呆了。货船掌驾的惊得缩颈伸舌道："啊呀，俺的爷！没几千斤气力，怎挽得住俺这满载笨船？"龙飞便向他道："来呀，甭说闲话，快将船缆起来呀。"两只船上船家水手听了，忙一齐动手，将两只船缆在一处。龙飞待船缆缩住两面的将军柱时，方才松手，立起身来。吴璈点头赞道："真神勇也！"

于谦、种元便和龙飞、岳文一齐过船，将龙、岳二人的行李帮着搬过船来。那货船上客人都在纷纷议论龙飞的猛勇，乱拥上前和他亲近。龙飞也没暇和他们多应酬，只略略答谢，便叫岳文："速取兵器过船。"种元便去帮着将两件长兵器搬起，闪眼看时，只见岳文使的那件兵器，像是月牙禅杖，却又是牙儿向下，且是如挖云花样一般，里外有刃，略似一梗竿儿上，倒装着一片大芙蓉花叶，不知是什么兵器。待行李等物搬取完毕，便问岳文："这家伙叫甚名儿？"岳文答道："这家伙名叫铖，就是古时的戚。铖法失传已久，俺在武当学艺时，师父见俺学钩镰枪时使出的家数，不知不觉间，有些似铖法，便带俺到庐山，拜铁冠道人为师，学得铖法。铁冠道人有铖、耙两种兵器的绝技秘传，曾发愿要觅四个有缘人，将两件兵器各传两人，再流布天下，重兴古器。俺只学得铖法，不知那三个有缘的人可曾遇着。"于谦便问："怎样使法？"岳文道："这家伙实兼有刀、斧、戈、戟之长，且和三尖两刃刀、单双钩镰枪的用法相似。因此这家伙的家数，也是兼有各项兵器之长的。冲锋打阵时，用长家伙，平常防身拼斗，便用短的。使得纯熟时，比刀剑便当多了。"说着便将长、短两铖取出，给于、种二人观看，二人称赞不已。

于谦、种元和龙飞、岳文四人，越说越投机，浑忘是身在孤舟，远越江湖。正是寂寥路长，欣悦路短。且是初春天气，正遇顺风，船行迅速，没几日，已到了京城，船泊仪凤门外，众人上岸。先在城外觅了一家清洁客店住下。次日，吴璈进城觅下处。走了好几处，才在秦淮河边赁得一栋一明两暗的房子，当天便迁入居住。

于谦、种元等雇了五头驴子，和龙飞、岳文各乘一匹，余一匹驮着行李。另唤了一乘轿子，给吴璈乘坐，前后簇拥着，直向仪凤门来。城口守关差卒拦着，要搜查漏税货物。吴璈便下轿来，暗中递给五钱银子，并道："我们是赴礼闱的士子。公车入都，怎肯夹带货物？"那些差卒便挥手道："既是赶考士子，免查吧！"吴璈便仍上轿和于谦等进城，方入城口，只见一骑快马掠风而过。于谦眼快，认出那马上白衣少年是分水犀李松改装的，连忙和种元说。种元想要赶上，无奈驴儿跑不动，只得高声大叫："松儿慢走！"李松听得，回顾一望，见是种元等，便勒缰待着，笑道："您今儿才到吗？"见龙飞也同行，便上前相见。又和岳文通过姓名，便相并而行。一面叙话，种元才知道大通尼也来了，在城外水云庵中打住。

众人到了秦淮河边屋里。向房主租赁了一些床凳等物，又到夫子庙前买了些锅子饭甑等日用东西，大家忙着布置。种元便和李松二人到水云庵里迎了大通尼来，一同居住。大通尼便向水云庵住持讨了个粗使小丫头，一同入城。到了新居里，便大家动手，将外间拾掇做客房。吴璪、于谦、种元、龙飞、岳文五人在左厢，分前后两间住下。大通尼便将右厢后房做禅房，前房便是李松住了，小丫头住在后面厨下。

次日早饭后，种元、李松要和大通尼说话，不出去，于谦便禀过吴璪，邀了龙飞、岳文二人出外观光。先到夫子庙逛了一会儿，只见都是些卖假药的说嘴郎中、哄愚人的江湖相士，和些卖零货的摊子，闹得乌烟瘴气。再到里面庙坪中去瞅时，却有许多耍戏法的、做木人儿戏的、说评话的、讲大书的、唱道情的……江湖百艺，无一不有，各个场子都围着一大圈子人瞧热闹。于谦等都不在意，信步行去。

忽听得二门旁边石磴后面，有一大堆人轰声喝彩。岳文要去瞧瞧，于谦、龙飞便挤到那人丛中朝里看时，却见一个大汉，凤眼蚕眉，直鼻方口，长髯飘忽，面如天官，身材高大，气概雄壮。浑身青袖衣裤，手中仗着一柄青龙偃月刀，约莫有八九十斤重，立在一旁。场中有个女子，生得眉清目秀，齿白唇红。头上扎着个杏黄绢包头，上身穿着件杏黄绫密纽紧身袄，下面着的杏黄缎子甩裆扎腿裤，一双五寸来大小的脚，踏着一双黄缎抓地虎铁底靴。手中挺着一条丈八蛇矛，也不下百斤分量。正在舞得好处，单臂挥矛，盘头缠腰，其疾如风，但见一大圈白光裹着一团黄雾，映得人眼花缭乱。于谦等三人不觉齐喝一声彩。

那女子舞毕三十六路矛，两臂一振，将矛向空一抛，只见那矛如一条怒蟒一般，直冲上去。但瞅得那矛似只有五六尺长短时，方呼的一声，反落下来。那女子待矛落到离地不远时，忽使个连环鸳鸯拐，嘣的一腿，踢得那矛又反激冲上。待再掉时，方振右臂格住，左手抓住矛杆，甩了个大团花，才道一声："献丑！"落落大方地退到那汉子身旁，心平气和地立着。

看的人见了，都捞出铜钱来乱掷。于谦见这男女二人使完了家伙，并不开口讨钱，料来不是常在江湖卖艺的，想要待人散后，和他攀谈。龙飞也觉着这两人满面含羞的模样，不似靠此营生的人，便掏出一锭五两头的银子来，向那汉子道："朋友，俺此时没多带银钱，这一点儿先送给您喝盅茶，要不嫌弃，便请到俺下处去叙叙。"那汉子闪眼向龙飞上下打量一番，才答道："萍水相逢，怎好便拜重赐？"岳文在旁也十分佩服那女子的武艺，无奈身边没带多银两，便没开口。今见那男子接着龙飞的银两，便道："朋友，咱们都是外面走动的，分什么您我？您快些拾掇场子，咱们再去喝三杯吧！"那人拜揖道："请两位留下尊姓大名，在下再来拜访，现实恐家慈盼望，不及奉陪了。"于谦等便与他二人互通姓名。说罢，便彼此拱手而别。

于谦等出了夫子庙，便信步向城中走去，一面谈着那汉子。龙飞道："俺瞧那女娘的矛法，颇似咱们同道，回头她要来时，您瞧，说起来一定彼此有瓜葛的。"于谦道："我瞧这两人一定是投亲不遇，流落在此的。那汉子不是说有娘在这儿吗？瞧他那境遇，也十分可怜啦。咱们不遇着则已，既遇着了，终得尽力帮扶他，不要使这般英雄汉子流落江湖，可惜栋梁之材。"岳文忽唉了一声道："方才没问得那汉子的姓名住处，咱们到哪里去寻他？"于谦道："这话我也想到的。却是为当时未便问他姓名住处，似是咱们给了五两银子，便要盘问人家，倘使那汉子是个窄心眼的人，他心里便要起疙瘩。且是女人心思最会歪想，那女娘本领虽高，不知她心思可宽阔，因此便没问她。"

正说话间，见只前面一个竖眉瞪眼的大汉，领着七八个短衣扎袖的打手，向街旁人家大喊大叫。于谦等三人留神听去，却是讨规例钱。三人便待那班人走过，到一家杂货店，买了些零碎东西，顺便打听这一班人是干什么的，讨的是什么钱。那店掌柜叹了口气道："官人不知，我等在此开张买卖，街上闲汉破落户，便时来讹诈。经地方公禀过两次，五城兵马司办过几个人。如今他们拉了汉王驾前的英雄好汉，按月来收规例银子。给他便罢，若不给时，他们便硬说你亏了王爷的官项，公的便送县追究，私的便砸店伤人，什么都干得出来。"

话未毕，只见街上行人纷纷向后退拥闪避，两旁店家纷纷闭门收市。于谦等人不知甚事，正待打听，那掌柜的忙道："汉王来了！三位官人就到里面来躲一躲吧。"说话间，店中伙计等已将板门上了。于谦等三人都避到店堂中来，便问："汉王来了，怎么要收市？"那掌柜的便道："我瞅你三位官人不似本京人氏，所以不知本京的事。如今本京有三个皇帝，任谁也不敢道着半个字儿。"岳文道："天无二日，民无二主，怎生会有三个皇帝呢？"掌柜的道："唉，官人您可知如今时势大变吗？京城里，除却永乐爷之外，还有两个皇帝，比永乐爷还要厉害十倍，本京没人不怕汉王和姚少师这两位皇帝……"

掌柜的话未完，忽然刹住，对于谦等向外努嘴。于谦等三人便向门隙中朝外窥望。只见外面街上一对对御林军走过，接着是内相提鲈，龙遮凤扇，日月旌旗，白旄黄钺，全副銮仪。后面銮舆中，端然坐着个尖头圆眼的人，头戴冲天冠，身穿金龙袍，手持白玉圭，足蹬无忧履，俨然天子，便是那汉王朱高煦。两旁还有内相张着老公夹道而行。于谦等三人直瞧得两眼冒火。

朱高煦过去半晌，店家方才渐渐开门。于谦和龙飞、岳文便辞了掌柜的出来，见街上还有铺道的黄土撒满街中，心想：汉王竟僭用天子銮卫，永乐爷虽是北巡，不曾知道，难道太子竟不知道？似这般姑息养奸，纵成叛逆，还不是涂炭生灵，贻害国家吗？这事倒不能忽视。只可惜我不在其位，没法制伏权奸。一面想着，一面信步折回，龙飞、岳文也因见朱高煦如此猖獗，不大高兴，无心再逛，便携手同回下处。

于谦等三人回来，便直到左厢，来见吴璐，却见大通尼正和吴璐坐谈。三人上前见过，方要将外面所见告诉吴璐和大通尼，忽听得大通尼笑向吴璐说道："方才这事，好得浪里龙出去了，要不然，一定要和那厮们斗起来。"龙飞便问甚事，大通尼微笑说道："你们出去后，便有几个闲汉走来，口称盘查。吴先生问他是哪条衙门的，那厮们竟大声说道：咱们少师府里的，便要开查箱笼。吴先生便和他讨公文牌票。那厮们不由分说，便要动粗。分水犀忍不住，动手要打。我忙拦住，给他一贯宝钞。那厮们见屋里几件兵器分量不轻，怕吃眼前亏，才做好做歹地走了。去了不一会儿，便有两个中城兵马司的差人来查问。好得这两个人认识我，才和我说，是姚少师手下人报说此处僧俗男女混杂，形迹可疑，司里才派人来查问的。我便问他京城里如今可有什么新规矩，他说如今只是汉王府和少师府中有人在外收规例钱。若是敲诈不遂，便向司里瞎报。司里虽明知道，却不敢不照他们说的办。要是不照他们说的办，汉王和少师便传去问话，一点儿不对，可吃罪不起，因此司里也只好依着他们。我听了便问：'你该得怎样发付？'那差人说，似住这般屋子的，一总得花个十多两银子，才能在本京住得安宁。我便给他二十两银子，托他总代发付，才算没事了。"

吴璘叹道："咱们想这屋子才花了十两银子一年，发付他们倒去了二十两，京都首善之区，竟成为遍地豺狼，这还了得！"于谦便将在街上所见的事告诉吴璘和大通尼。都以为朱高煦是目前大患，姚广孝更是不忠不孝，作恶多端，恐他谋反，再害百姓，非除却不可。龙飞便道："姚广孝与玉狮子文义有不共戴天之仇，他常想报仇泄恨。在五台学艺时，他刻刻在念。那时师父了了和尚说，要报仇须待羊儿年。今年不是羊儿年吗？不知文狮子怎的没来。"种元道："咱们今夜分头去探朱高煦、姚广孝两处，要得便，便宰了他，除却这两害。龙大哥说的文狮子没来，咱们同道代他报了这仇，也没甚不可。"李松便道："俺去探姚少师府。"大通尼拦阻道："这事不是这般干的。朱高煦勇冠三军，力敌万人。生平只在飞霞道人手中败过一次，历经战阵，没他的敌手。姚广孝更是闽广派的嫡派弟子，剑法在我之上，你们分头而去，必不是对手。如今须要商量好，先去哪一家，便大家合力向哪一家去。分开来时，一来力薄，二来照顾不到，这是断乎不可的。"当下众人议论了许久，才决计先去姚家，当夜便行。

当日夜饭后，大家摩擦兵器，束装衣裳。当下派定，于谦虽能高来高去，却功夫不深，便保着吴璘守家。龙飞、种元当先锋，首先进去。岳文、李松做接应，随后继进。大通尼也随去，却是不到极危急时不露面，分派已定，便各自换了夜行衣裤，将应用兵器、暗器、百宝囊等一一扣带停当。待到二更过后，街上已寂静了，便陆续而出。

龙飞、种元二人先行，穿房越脊，在屋上奔跃许时，才到姚少师府后街。龙飞揣了揣地势，猛地跳起，脚尖挂住姚家后墙，便甩了个筋斗，就到了后屋檐口。种元随后也跳上墙头，使了个鹞子摩空势脱地飞起，落在龙飞前面瓦上。二人便齐到檐口，同使个倒挂蝙蝠势，垂在檐口，静听了一会儿，见下面屋里方在做点心。一会儿点心做好，上了蒸笼，厨司方才去睡。

二人再翻身上屋，扑奔前面。见右首佛堂中灯光明亮。二人到对面一瞅，东厢窗纸上照得雪亮。二人便跃过东厢，轻轻地使个太公垂钓，两脚勾檐，双手拘腿，渐垂下去，闪眼一瞅，只见屋中点着一碗长明，案上高烧两支银烛，光焰摇摇不定，房中静静的，当中坐着个内相。姚广孝却仍是僧家打扮，趺坐在当中禅床上。

原来姚广孝虽是赐第赐金，赐名复姓，却是退归私邸仍是僧家打扮，数年来，都是如此。这时，他自知大限将临，时常告病在家。二月中永乐爷朱

366

棣北巡，便告假留京，在家休养，太子朱高炽遇着大事，还是差人和他商量。这日朱高煦差司监张公公来和姚广孝商量一桩要事，姚广孝忽觉心惊肉跳，自知不好，便向张内相道：“我有一事奉托公公：圣上归期不远，只是我恐等不到了。相烦公公将来代奏圣上说，道衍得沐深恩厚泽，则万死不辞。然今身未报恩，九原抱憾。汉王高煦饶有父风，且自靖难以来，每战必克，勇莫可当。若圣上以为可立则立之，否则请即诛之，勿使烛下斧声之疑案，再生于我圣明之世。切记，切记！至于南都不可久安，北番宜筹长计。道衍久已与圣上言之屡矣，望圣上念老臣垂死哀鸣，勿贻后世隐患。道衍虽死之日，犹生之年。公公忠心过我，故敢烦公公代奏，千万谨记！”说罢，掉下几点痛泪来。张内相面现诧异之色道：“少师精神康健，怎说这不祥之语？”姚广孝道：“我自计命限在于今夜，大限难逃，乘未死时，将要了的事了一了，未说的话说一说。”说罢，便闭目合掌，端坐不语。张内相以为他是入定，便退出房外自去。

龙飞、种元待了许久，不见动静，便跳下地来。龙飞想着：姚广孝自说今夜当死，大概他限定应死在俺手里。种元也是一样想着。二人顿时心豪气壮，各抽兵器，掀帘进房。见姚广孝仍然端坐不动，身旁阒无一人。便抢步上前双剑齐扬，向姚广孝头颈砍去，只听得嚓的一声，姚广孝仍然如旧。只颈上现着两道白痕，二人一齐惊得呆了。

方要抽身退出，忽见门帘一动，扑进一个壮汉，手提人头，大喝一声：“妖僧敢逃死吗？”说罢，将人头向姚广孝劈面掷去。姚广孝陡然一惊，身子一颤，那壮汉手起剑落，早将姚广孝脖子上斗大秃头砍将下来。龙飞、种元见了又惊又喜，方要和那壮汉说话，忽见他回身叫声：“龙二弟，您几时进京的？”龙飞急定睛看时，原来那壮汉便是玉狮子文义。

龙飞才答得一句：“今日到的。”文义拉他一把道：“二弟，这里不是说话之处，咱们走吧！”龙飞、种元便随着文义，出房飞身上屋。这时李松、岳文都已到了屋上，大通尼伏在屋脊。听得龙飞说：“大事了了。”便一齐飞身出了姚府，穿屋越房，赶回下处。文义便也随着龙飞来到秦淮河，仍打后院下去。

吴璥、于谦见众人回来，忙问：“事情怎样了？”龙飞答道：“元凶已除！”接着便引文义见过吴璥、于谦，文义拜见过大通尼，又回身和种元、李松、岳文等见过，彼此坐下。龙飞便问文义：“几时来京的？”文义道：“俺回开封时，您才走一天，俺便随后追赶。一直追到杭州也没赶上，到小茅庵访问时，说全都进京了。俺便从陆路进京，到此已有两日了。四处打听，没您的消息。俺便想起：既已到了京城，何不杀那秃厮，报俺数十年不共戴天之仇？因此便独自身入虎穴，不料那秃厮竟被俺宰了，这终算俺生平第一桩痛快事。"

大通尼便问文义："如何杀得姚广孝的？"文义便将掷头杀头的事说了，大通尼听了，点头不语。龙飞猛然想起，便向大通尼道："俺和种金戈两剑齐下，那秃厮动也不曾一动，怎的文狮子一剑便将他脑袋拉下来了呢？"大通尼道："姚广孝练的铁布衫，又名金刚不坏身。凝气聚血时，刀剑不入，却是受惊之后，血气一散，便和常人一般了。文狮子杀他时，先将一个人脑袋掷去，冷不防给他一惊，接着便是一剑，那厮怎抵得住，自然要伏尸流血了。"众人听了，才恍然大悟。

龙飞便向文义道："您一时上哪里去弄得那个人脑袋啦？"文义道："俺此回本专为报仇而来，那厮怎能留他在世为后来的患根？因此俺便先到内院，瞧见一间屋子里有十多个赤条条的娘儿们被锁在里面，俺便跳下去，斩了大锁，推开房门，进去询问。那些娘儿们初时都吓哑了，后来知俺是救她们的，便都跪地哀求。俺问她们怎么连衣衫也没有呢，她们都瞅着一个四十多岁的老娘儿们，不敢说话。俺便将那老娘儿们搿着，宰了。这些娘儿们才说：'都是远处人，有的被人拐卖的，也有父母或是本夫因贫穷卖到此的。初进来时，便给一剂药吃下，就没生养了。从那天起，便将衣裤靴袜通通剥去，送到这屋子里。老爷高兴时，便进来传宿。值宿时，要老爷意歇不要了，才得放下。值过宿之后，便将一粒枣子纳在阴户中，一日一夜才抠出来给老爷吃，再纳上一个新的。似此长年不息，甭想舒畅得一日。那老娘儿名叫老倭瓜，便是老爷派来管事的。谁要偷懒，违拗了，轻的便打个半死，重的便缚在一只木驴上，开动机括，给那木驴弄死为止。一年眼见也得这般弄死十个八个。近来老爷更想出一个法子，叫老倭瓜每日早夜两次使皮管取精，真比剐还难受。想要觅死，又被看守着，一顿不吃饭，便说你想要饿死，马上就是一顿鞭子。真是求生不能，求死不得。'俺听了这番话，一时倒为难了许久。这许多赤条条的娘儿们，且都不是本地人，叫俺怎样救法呢？心中一急，才急出一个计较来。俺便到后面拿了许多僧衣、僧裤、僧帽，都是姚广孝给他手下小和尚预备的，拿到那屋子里，给那些娘儿们着了，才通通夹了她们出来，并分给

368

些银两，各自逃生。俺气极了，回头到里面想着：姚广孝那厮外面做得那般清净，永乐爷赐他宫女都不受，原来他只不过是欺尽世人罢了。正想着，忽瞅见那老倭瓜的脑袋，便拾起来，顺手带到外面去砸姚广孝那淫秃驴去。俺手中提的人脑袋，便是这般的来历。"龙飞等听了，才知文义老早便进了姚府，干了许多事，龙飞等才去。

当下于谦见文义独诛大憝，力报父仇，真是当今不易得的英雄，十分羡仰，遂和大通尼说要和文义、龙飞等结义。大通尼听了很为喜欢，便和文义、龙飞、李松、岳文等四人说了。四人都喜之不尽，就拉了种元一同结义。吴璇听了，也自欢欣，亲自上街去，买了些香烛纸马、祀神福礼等物回来，立即设案烧香点烛。便叫齐了五人当天下拜，义结金兰。

后事如何，下章再叙。

第三十三章

窥途径无意逢双侠
探窠巢踪影晤同门

　　话说吴璹和大通尼二人听说于谦等志同道合，要义结金兰，十分高兴。当即备办香烛、纸马、祀礼、三牲等项，并撰就告天地文，便引于谦、文义、龙飞、种元、岳文等五人，到香案前设誓祀神，四跪八拜，结为兄弟。拜过天地，又对拜过，并拜过吴璹和大通尼二人。五兄弟彼此叙道：文义居长，龙飞居次，于谦第三，种元第四，岳文最幼，做了老五。当下一片欢声，喜气充溢。哥儿五个，呼兄唤弟，亲热结拜已毕，便大摆筵宴庆祝。大家猜拳行令，欢呼畅饮，直到天色黄昏，方才酒阑人散。

　　这一日欢娱，真是说之不尽，众人方才散席，便出外打听消息。只听到街谈巷议，都纷纷传说："姚少师无缘无故死了，这事真稀奇。怎的好端的一个人，只隔一夜工夫，便会没啦？"文义等听了大喜，知道大功已成，杀父之冤得雪，五台山之仇得报，真是再要快活也没有了。正在闲眺之间，忽见路人都朝后退，说是："太子来了，是到姚府去吊丧的。"众人听了，知是千真万确，那姚贼果然没杀错，便齐回下处来，商量要去除却汉王朱高煦。

　　姚广孝被刺之后，府中长史忙禀报兵马司都察院。这时乘舆北巡，又兴迁都之议，只留太子朱高炽监国。猛然听得报说姚少师被刺，大惊，急宣各大臣进宫议事。当时各大臣都以案情太离奇，且是姚少师权势重大，若宣出被刺消息，恐有不美。朱高炽也深以为然，便传谕各该衙门，不许宣扬，只说少师急病身亡。一面用八百里牌单，昼夜不停，奏知皇上，请旨定夺。永乐帝朱棣得知这个讯息，以为建文帝的旧臣复仇，深恐京师震动，便暂停迁都之举，立即传谕回銮。一路上加紧行程，破站趱赶，克期到京。太子朱高炽得知御驾将回，才得放心，只传谕各衙门小心慎防。

京城中虽说不知姚广孝是如何死的，却是见满城巡查加严，禁卫格外缜密，人心惶惶，谣言蜂起，弄得京城中鸡犬不宁。吴璇闻得风声不好，送了于谦到礼部，报名入闱后，便和大通尼商量，闭门却扫，暂避风头。却是文义、龙飞这一班年少英雄，没事尚且要去寻事，何况这时心心念念要除却朱高煦，了却进京的心事。大通尼竭力劝阻两天，这班小英雄已是火星乱冒，再也按捺不住了。

好容易挨到第三日，文义和李松二人再也闷不住了，便来和大通尼商量，要去探皇宫杀朱高煦。大通尼道："朱高煦如今不常在宫里。他有个收罗好汉的所在，在城中一人巷左近，离此不远，京城里人都叫它作汉王府。朱高煦的党羽都在那里，且在打造兵器铠甲。屋子里埋藏着许多机括，等闲人踏进去，不要想留得性命。近来朱高煦知道有人要暗算他，且知逆谋渐露，也恐有人下手，便时常住在汉王府里，不肯出来。如今要去杀他，便须到那汉王府去。"文义便道："既有这般一个地方，咱们马上就去。任凭它虎穴龙潭，也得搅它个天翻地覆。"大通尼道："你且不要急。这事不是说去就去干得了的。那汉王府地方不小，也得先去躧一躧门径，才能够进退有路不错方向。你们既已等得不耐烦了，我明天便陪你们探路去。"文义等听了，只得且待明日。

次日早饭后，文义便来催大通尼到一人巷去探路。龙飞、种元等听得，一齐争着要去。大通尼想着：到破汉王府时，他们都得去的，今日便同他们去认认门路吧。想罢，便道："甭争，大家都去。只是不许路上惹事。"众人听了，都欣然答应了。大通尼便叫文义等去换衣服，自己也换了一件僧袍，暗藏兵器。拾掇方毕，文义等俱已换了长袍，连李松也是书生打扮。各人都暗藏兵刃、镖囊袖箭等，随大通尼开门出外。吴璇送到门口，叮嘱快早回来。众人应了，吴璇自关门守屋。

大通尼领着文义、龙飞、种元、岳文、李松等五人出门，便沿着秦淮河，到夫子庙转弯，直向一人巷来。才进巷口，忽见对面有一簇人，拥着一个壮汉，进一家小门户去了。龙飞眼快，瞧得那壮汉是被反绑着的，且是瞅那背形似乎是认识的人，便赶上前去。大通尼忙暗拉他一把，使了个眼色，并悄声说道："那小门户便是汉王府。不知又捉了什么人进去了。"李松便道："咱们就打进去，救了那人出来。"大通尼摇手道："小声些，你知道是为甚事情啦？这时怎能进去？"说着便领着众人，顺着墙角拐弯，转到后面去，周遭儿

371

瞅了一回。却只见墙垣高耸，阒无人声。

众人瞅清了方向，并前后邻屋情形，便随着大通尼离了一人巷。才回到秦淮河边，忽见街上人如潮水一般，向三山街涌去。李松年少好事，忙向街旁商家打听，才知是岳王庙中来了一个童子，昨日一日打翻了十多个京城里有名的教头。这时，大概又要比武打拳了，大家都去观看。李松等人都要去看，大通尼听得一个童子如此英雄，不知是哪里来的，也想要去瞧瞧。便和众人说过，不许上前比试，众人都答应了。大通尼便领众人，随着街上人直到岳王庙来。

将近庙门，便见人山人海，拥挤不开。李松便当先开路，向人缝中挤去，但见她肩头一耸，左右乱挤。众人随后走着，一会儿已挤到庙内。见庙坪中无数人头都朝那戏台上望着，众人便也转身向戏台上闪眼瞧去。只见台中摆着一张太师椅子，椅上坐着个头绾双鬌髻，身穿脐红衫衣的童子，看去约只十三四岁。大通尼和岳文仔细觑时，认得是铁冠道人身边童子火济，便悄悄地向文义等四人说了。

正瞅着，忽见台上走出个二十多岁汉子，却是铁冠道人的得意门人，武朝模的幼子千里驹武全，向台下说道："咱师兄弟俩，从北方南来，委实无心比武。只因缺了盘川，前日在本庙中卖艺，遇着本地洪教头，要咱师兄弟打得过京城英雄好汉，方许卖艺，若不敢答应，便得三步一拜，拜出京城。咱俩也说过在这庙里打擂三日，若还没死，便请洪教头较量较量。咱们打不过时，爬出京去。若打得过时，便请洪教头独爬出京去。这两天来，承本京英雄不吝指教，也领教过好几十位了，就只今天一日了，还望好汉们给咱两个圆满功德。"说罢，立在一旁。

约莫半个时辰，也没见个人上去比试。台下众人正等得不耐烦，忽见台下人头乱动，顿时分开一条人缝。便见十多个雄赳赳短衣窄袖的汉子，各执一条木棒，冲将进来。后面有个挺胸叠肚的大汉，昂然直入。便有许多人啧啧私语道："洪教头来了。"大通尼和文义等听得，都留心向那洪教头瞅着。

只见那洪教头向庙坪当中一站，便向台上高声说道："三天满了，俺不问你们的过错了，就此给我走吧。"武全听了，走到台前抱拳答道："承教头的美意，要我师兄弟俩和本京英雄较量三日。原说过：三日打过，便和教头请教请教。如今三日已满，教头的朋友都请教过了，还望教头践约上台，咱们拼几合，马上就走。"洪教头忽道："我是京师教头，怎能和你要饭花子交手？去吧，爷饶了你了。"火济矍言道："姓洪的，有胆量便上来，我念你爽快，决不揍死你。要是挨挨扭扭娘儿们样，就非揍得你爬出去不可，不要想赖，上来吧！"洪教头大怒，回头向从人道："这厮们野人，敢在京城里放肆，你们去到兵马司去，叫二徒弟来，撵他们滚蛋。"说罢，便摆着架子，向庙外走。

武全、火济方待下台来抓他，李松、岳文已迎头拦住洪教头，大喝道："你迫着人家摆擂三日，怎么临完不照约行事？本京人怕你，须知天下好汉不怕你。你要走，留下脑袋来再走！"洪教头见有人拦在前面，便退了两步，大声喝道："反了！反了！京师王法之地，这班东西竟结党横行，擅自拦霸公庙，不许人走，这还了得！来，快叫兵马司派人来带人！"

正嚷着，火济已噗地跳下戏台来，冲到洪教头后面，一把抓住他那肥胖脖子，向前一按，洪教头杀猪也似叫起来。火济怒满胸膛，也不管他死活，大喝一声，将洪教头按倒在地，提拳便打，打得洪教头"哎哟"不已。那些跟着他的汉子，见火济一把便将洪教头按倒了，武全也翻身飞下，便呐声喊，四散奔逃，庙坪中瞧热闹的，见要闯成祸事了，都争先夺门逃走。顿时人声鼎沸，乱作一团。

火济被武全压住了三日，憋着一肚皮的鸟气，这时再也忍不住了，骑在洪教头身上，提起拳，舂米般打去。洪教头起初时只叫唤，渐渐地告饶求恕，到后来竟直剩得微微地哼声了。武全赶散众人，忙过来拖火济，火济还是不依，武全便将他一把抱起。

这时，大通尼领着文义等过来。武全与火济见了大喜，忙上前见礼，动问："师叔几时到京的？"及见岳文也在此，更加欣喜，忙上前相见。岳文便给引见了文义、龙飞、种元、李松等四人。大通尼看那洪教头时，已两眼翻了白了，便道："此地不是叙话之所，千里驹，请到我们下处去吧。"武全连忙答应。

众人一齐出了庙门，大通尼暗向武全说道："那洪教头眼见不能活了，你寓所在哪里？可有甚紧要东西？快去拾掇了，同到我下处去吧。"武全答应了，便和大通尼等同到庙后客店里，取了行李兵器，火济帮着拾掇，大通尼代他给了店钱，便一路向秦淮河来。

众人到了下处叩门，吴璇亲自问明，开门进内。武、火二人重新见礼，并和吴璇相见了。大通尼便问他二人怎生进京来的，武全答道："前月头里，小侄到了宣化，遇着师父，说是北方将有大战，咱们武当派将要和闽广派大斗。只是南方也有一场恶斗，还在北方之先。北方目下还没事，你可带你师弟先到京师去吧。同道中很有几位在京城的，也有前辈英雄在京主持，您俩到京，只听从调度便了，我便遵依师父言语，和师弟俩兼程南来。前日到京，恰值盘费没了，便在岳王庙里卖艺。不料遇着洪教头那厮，硬叫我兄弟俩放三天对，满赢了，才许卖艺。这三天之中，喜得京城里英雄都不乐那厮的行为，不来和我俩作对。被我俩打倒的，都只是那厮的党羽。"

大通尼听了，喜道："铁冠子真是留心极了，我正愁着咱们同道全到擎天寨去了，如今想要先破却朱高煦那厮的汉王府，却因那厮人手众多，咱们人太少，敌他不过。你师父却叫你俩来京，终算巧极了。"武全道："我还听得师父说，周师叔的大弟子铁狮子魏光和他妹子黄虎魏明都进京来了，师叔没遇见吗？"大通尼道："没见。"武全道："师父说，从前是白莲教帮着朱高煦作乱，如今颠倒，是朱高煦护着白莲教猖獗。先时，只要灭了白莲教，便可以剪却朱高煦的羽翼，如今倒是先要灭却朱高煦，才能剪却白莲教的势力。白莲教起事改了期了，自是破朱高煦要紧。武当派中老少人众多在塞外，已去信叫他们派几个人南下到京城相助，到京时自可会着。因此我到京便四处寻访，却是还没遇着过武当派的同道。"大通尼道："你师父既是去了信，擎天寨一定派人来的。我们今夜本来要去探汉王府，料想有同道到京，多分是要去探探贼寨的，也许今夜能遇着，也说不定。"

说着话，粗使丫头已摆上饭来。大通尼便邀武全、火济一同吃饭。席间，吴璇得知火济打死洪教头的事，便道："饭后，我去探探消息去。"大通尼答道："我也正想烦先生去探探，却是先生不要身临险地才好。"吴璇笑答道："我自知道。"说着，便急急吃了饭，盥漱毕，忙换了方巾青衫，自去探听消息去了。

大通尼等围坐叙话，一面等待吴璇。约莫过了一个多时辰，方听得叩门声。大通尼忙亲自出去，问明白果是吴璇，方开了门。只见吴璇身后还有两个女子和一个粗鲁伴当一同进来。大通尼迎到里面，才知那俩女子便是玉麒麟凌波、混天霓章怡，伴当便是金刀茅能。李松、种元自和章怡叙话。

吴璇便道："我方才到岳王庙去，却是静悄悄的没个人影。我想没处打听，便到兵马司前去，却遇着玉麒麟，就同着一路回来。"凌波接说道："我们在山寨中，得着凌云子师长和混天霓到来，说起剿灭李月宝时，得着白莲教的密信，得知白莲教改在四月初八日起手。接着便有人送信到杨霹雳营里，说是当代铁冠道人的书子。几位师长同看了，说是要寨里派人到京相会，先灭了朱高煦，去了白莲教的庇护，便好办了。友鹿师长便和众位师长商量着，派了咱们三个先走，还有镇华山钱迈、铁臂施威、牛儿丑赫随后就到。徐家哥儿俩也乘此回京省亲，都和飞霞师长同来。听说那汉王府里有个小孩儿，本领很高，名叫八哥儿王济，已和施铁臂约好了做内应的。因此友鹿师长叮嘱过，须待施铁臂来，再去汉王府里。"大通尼便道："既如此，今夜我独自去探一探。若有他处来的同道去探望，也好会着。你们去也没事，且在家里等待着吧。"众人都答应了。

到了晚间，大通尼结束停当，待初更将尽，便飞蹿出外，直奔一人巷来。翻上墙头，便顺着屋脊，到东面屋上来。立定脚细看时，只见后面花园中黑烟冲起。大通尼心想：那黑烟一定是那厮们在打造兵器了。想着，便蹿过堆花墙，跳过一间花房，便到花园中，抓住一棵枇杷树枝，将身躯向上一甩，两脚勾住树上横枝，使个倒卷珠帘，翻身骑在树枝上，向屋里瞧去时，只见屋内火光熊熊，黑烟滚滚，竟是失了火了。

大通尼心中诧异，暗想：这屋里怎会起火呢？正在想着，忽听得对面屋里，有人才挣脱吐出口中塞着的东西，嘶声大叫："有贼！"大通尼暗道：不好，走吧！不要旁人干的事，我来顶缸！一面想着，一面急飞身出园，反身到后面屋脊待着。想着：要是那放火的人还没走，敌不过那厮们时，我便助他一臂之力。立在瓦上，留心待着。好半响，只听得打水救火，一片喊声，却没厮杀声音。又过了些时，才听得外面有人进来，大叫道："你们快分几个上屋去瞧瞧看，这火发得很尴尬呀。"接着便有人噪声答应。大通尼知道没甚紧要了，且恐有人上屋瞧见时，反而打草惊蛇，使他多加防备，更难做事。便飞身一纵，离了汉王府，径回下处来。

大通尼正在屋上走着，觉着后面有人跟随。连忙回身看时，却见两条黑影，一晃便不见了。心中一惊，连忙停步，四面环顾，也没见甚动静。再一举步，又觉后面有人。回头瞅时，仍是先时那两条黑影。如此数次，大通尼已到下处，停望多时，没见那两条黑影方跳下去。

那两条黑影是谁，下章再叙。

第三十四章

深入魔穴独探龙珠
讨破逆巢分遣虎将

话说大通尼跳下地来，文义等都还没睡，听得声息，便都出外迎接。大通尼方才转身，蓦地瞅见一男一女，浑身夜行衣，一齐拜道："参见师叔。"定睛看时，才知是铁狮子魏光、黄虎魏明兄妹二人。龙飞也识得是夫子庙卖艺的男女二人。大通尼便让魏家兄妹二人进屋子里坐，彼此都进屋来。吴璈听得，也起床来相见。行礼通问姓名毕，围坐叙谈。

大通尼问魏光道："几时到京？"魏光道："去年秋间，我兄妹俩在湖广寻师父不着，后来听说师父出塞了，便起程朝北。才到北直隶边地，遇着铁冠张师伯，便叫我俩南来，助灭朱高煦，便转身进京。到京时，才是灯节。四处寻访同道不着，便独探朱高煦的消息。到二月初，盘缠没了，没法，到夫子庙卖艺，遇着铁蜈蚣华仲俞和震天雷卫颖。他俩都在朱高煦手下，见我俩武艺好，便和我俩拉交情，交朋友。我妹子不愿意和他们打交道，我想着要探朱高煦的内情，最好是假意和他俩来去，便和妹子暗中商量。次日，同去拜会他俩。华仲俞便拉我俩入他们的伙，我因为要光明正大，不肯假降顺，当时就没答应他。后来华仲俞常常来引诱我俩，常说朱高煦如何勇猛，如何仁义，如何宽宏大量，如何搜罗人才，如今天下卫所军官有三四百人，都密结好了。绿林英雄、江洋好汉，也有十多万人，都约好了，待期举事。只待迁都之时，便一鼓而取金陵，天下响应，若是如今投托汉王，到那时自不惜封侯之位。

"我故意装作不相信。华仲俞便引我到汉王府去，四处游览。会着华仲俞的徒弟大虎丁奋、二虎丁威、三虎丁怀、四虎丁印，和没毛虎董安，还有白莲教派来相助的朱光明、马上超、赵天申、龙江祠，绿林好汉郑天龙、万人杰、麻小鬏儿、何小娘儿，汉王府材官韦弘、韦兴、王玉、王斌、李智、侯海、盛坚、陈刚等十多人，卫颖又引我去见汉王府长史钱巽，内卫石亨、石彪叔侄二人。我问起他们内容，才知道他们这许多人原来都归朱高煦的妃子胭脂虎石瑛和长史钱巽统率着。近来石亨、石彪叔侄来了，才归石亨统率。却是石亨不知因甚不大高兴，都由石彪管着。近日，因为迁都之议大盛，朱高煦预备动手，日夜赶造兵器。招了许多无赖和犯了罪的逃犯，都收在汉王府里，立为五队。前队是石亨统率，后队是华仲俞统率，中队是朱高煦亲自统率，左队是陈刚统率，右队是钱巽统率。石彪劝我投顺，说可将右队让给我统率，我含糊推说，待我回寿州省亲后再来。"

大通尼屣言问道："您既到那汉王府中去游玩过，其中门户机括可曾探视明白？"魏光道："那汉王府中我都到过了。却只一处不让我进去，因此我今夜才暗去探视。"大通尼又问道："今夜可曾探明那个所在？"魏光道："约略探得些。"吴璥接言道："您既到过了，便都说出来，我来写记下来，去破它时，不致错路，且是容易为力。"说着便取文房四宝，抽笔蘸墨，待着魏光说时，便写下。

魏光说道："那汉王府大门虽小，里面却是大得很，且是曲折回环，路径繁复，颇不容易认清楚。进大门，只一道屏门。转过屏门，便是一带廊房。大意间，也瞧不出里面还有房屋。要进去，须打廊房中间一间推开门，并扭动墙上机括，那房里板壁便自然悬上去了。打那板壁下过身时，须留心不要踏着门阃，要踏着时，两边便有许多长枪扎出来，身上便得扎成十多个通透窟窿。过了那板壁，便是一所花园，园里有许多石山，据他们说，当中有一条地道，可以通到城中龙王庙里。南头一座大石山，大开着洞口，却是有机括的。若走进时，上面石头便压下来，将人压成肉酱。要进里面去时，须打北头小石山洞里闯过去。出洞便是一口大塘。塘上有一道石桥，那石桥也不能走过，若到桥中，那青石板自会陷下，将人跌落水中，水里暗埋着尖刀，掉下去，任是识水性的，也不要想逃得性命。他们来往都是沿着塘边绕远道儿走的。过了塘，便是一丛楼房，养的闲汉和兵丁等，都住在这里面。打那楼房东头转过去，便见墙上大月宫门。这门却没机括，只是进了门，那院落里却埋着许多窝弓。须记取脚踏砖缝，方保无事。若踏着砖面，那砖朝下一陷，便有毒箭射出。院落尽头便是议事大厅。厅后面，便是许多党羽门客的住处，再朝东有一片操场，可容千多人马走阵。操场四面俱是杨柳夹桃树围裹着，偏东南角有一所高楼。朱高煦的紧要东西全藏在那楼上。那座楼工程却不小：四面有一二丈阔的水沟，楼下处处藏着机括。中层四壁全是空的，里面有毒药水，一碰便放出来，着在人身上，便得烂死。楼面全是石板，下面暗藏炮火，另有线索牵到楼外，有人挨着便朝外打。那三层楼上养着一对大虫，他们自己人上楼，便在二层楼上先拨动机括，落下铁棚，将大虫关了。再上去，若是外人，上楼便得被大虫吞了，四层楼上便是朱高煦藏东西的所在，扶梯上有两条铜龙，上去时，另有一样走法，要不留心，铜龙嘴里喷出连环铁弹和毒药镖，中着非死不可。朱高煦那厮住在这楼后面一所大花园中，材官、猛士等都在园门外屋子里分住着。那楼上我不曾上去。大花园里只有石亭、石彪、钱巽等几个人和材官、猛士能够进去，旁人不许进园一步。我方才和妹子俩去暗探，才知道造兵器、火药的房子也在园里。造兵器、火药的人，都是内相材官们。"

大通尼羼问道："您俩方才放火的所在是什么地方呢？"魏明接口答道："那是朱高煦那厮的财库。我俩方才是打西墙翻进去的。到里面，便是汉王侍卫班、金枪班、大刀班和朱高煦僭用的銮仪卫的屋子。那屋子对面便是财库。我哥哥知道那库里有许多金银钱钞，方才放火，只烧了他许多洪武宝钞，金银却是烧不去的。我俩也取了些来了，却是正想多取，正遇着师叔到了。我俩瞅见一条黑影，恐怕是那厮们巡夜的，便慌慌忙忙放了一把火，只带着这一点儿便出来了。"说着从怀中取出一个小包裹来，魏光也卸下背上的包袱。都打开来瞧时，两人共有一百一十四条金条，每条十两，六千多贯洪武宝钞，照折银子，约有二万二三千两官银。

大通尼便叫二人收好。魏光道："这东西偏撂在这里。此刻天已不早了，我俩先回下处去，待天明时，连行李搬了来。"大通尼道："也好！"便将大小两包裹撂在柜中。吴璬将写下的汉王府路径机括也交与大通尼，给魏家兄妹看过。魏光又添注上府内西头八班侍卫、马房、粮房、监牢等种种地方，交还大通尼，便告辞起身。大通尼、吴璬和众侠都送到天井中，看他去了，才进来，各自回房安息。

这日，大家都到巳末午初才起床。魏家兄妹二人已各带行李跨着牲口来了。吴璬便叫丫头拾掇扫地。魏光和种元、文义等同住，魏明便和李松、凌波、章怡同住。两边房内都挤得满满的，热闹异常。龙飞和魏光有夫子庙一段因缘，更加欢洽。原来魏光自遇于谦、龙飞等时，便料想是同道，却因龙飞不说出住处，恐是有所不便，便没追问，待收场子想要跟上时，于谦等已走了。后来魏氏兄妹每日仍到夫子庙，想着于谦等一定要再来的，会着时，便收场子，邀到下处叙谈。不料于谦忙着会试，龙飞等忙着刺姚广孝，一直延搁，没到夫子庙去，便始终没会着。如此无意相逢，自是分外欢喜。

这日饭后，茅能要到仪凤门北极阁徐家去寻钱迈、丑赫、施威和徐氏兄弟。大通尼恐茅能性急生事，便叫武全同去。约莫去了两个时辰，茅能、武全便领了钱迈、丑赫、施威、徐奎、徐斗五人来到，余外还有两人同来，却都不认识。大通尼让五人到禅房中落座，和众英雄相见。

那二人通问姓名时，才知那紫檀脸、粗眉阔口的姓雷名通，原是御林军教头，靖难之变逃走在外，也曾从飞霞道人学过剑术，且是使得一柄大斧，万夫莫当。扬子江一带，没人不知螭虎雷通的。那一个白面长髯、星眼剑眉的姓柳名溥，原是胶州卫的千户，因不从上司空缺冒粮被革职，流落江湖，也曾从飞霞道人学剑，且是使得一条好长矛，曾在山东比武，八万军中没敌手。还有一门长处，是纵跳功夫，一跃能过三四丈的涧面。因此，人都称他为飞将军柳溥。

当下众英雄和二人彼此互道倾慕。问起钱迈等几时到京，钱迈道："昨夜才到。"茅能便问："我到徐府问过几次了，怎么耽搁到这时才到？"钱迈道："我们三人进关后便绕道河间，一来是顺路探探霞明观，二来是没走涿州。到了河间，落在一家万胜客店，那客店对面糕饼店里掌柜的有个大闺女，不知怎样被白莲教首徐鸿儒瞧见了，便叫人硬做媒，丢下二百两银子，约定日期来娶，我们到的前一夜便派了几十人来抢亲。这种事，在河间原算不了一回事。不料雷螭虎和飞将军二位也落在万胜店内，路见不平，挺身干拦，将那抢亲的教匪一打，打死了好几个。这家糕饼店便一家子弃店逃走，我们到时，正遇着交河县知县派了差役来提拿柳、雷两位。雷螭虎又是一打。咱们丑大哥也瞧不顺眼了，也挺身而出，帮着摔死了一个原差。这一来，乱子便闹大了。马上就动了营兵来拿人，我们想给他一走了事，也没来得及。营兵来了，只好大家合力招架。不料施铁臂怎样一个没留心，被挠钩拉翻了。我们四人拼命救，也没救得出来。施铁臂被捉去，那班狗官竟不问情由，当作造反盗匪，马上便绑出来杀。好得我们四人得了掌柜的报信，便奔到城外法场上，果然是人山人海等着瞧杀人。一会儿，那指挥官儿和知县官儿押着施铁臂来了。我们这时也顾不得许多了，四个人齐心协力，一声喊，冲杀起来，宰了三五十个兵丁。雷螭虎斧劈知县，丑大哥剁了指挥官儿，大杀一阵，救了施铁臂，连行李也没要了，便寻小路逃走。不知绕了多少时日，才绕到了山东地界。因此耽搁了不少的日子。"茅能听了，唉了一声道："我早不知道，要是和您同去，也赚得一场痛快厮杀。"众人听了，都笑起来。

当日，设筵接风，开怀畅饮。席间大通尼默计已到的同道门人，共有十九人，足够和朱高煦一拼了，便心中暗计分派方法。沉思了半晌，方才决定，便起身言道："这一趟破汉王府，是咱们为国锄奸的第一桩事，须知朱高煦迟迟不起手，是徐季藩父子代他求请的鞑靼番兵还没妥帖，因此他才延到此际。我们如今去灭他，也是趁他外援未到，剪却这根莠草，免得胡儿牧马中原。且是事不宜迟，今日养息一日，明日黄昏，便要前往拼斗，我去拟张职事单，望同道们大家仔细参详，有不对之处，或是人地不宜的，尽管直说。"

说着，便离席写了一张职事单，给众英雄传观。上面写着：

攻打前门：铁狮子魏光、黄虎魏明、镇华山钱迈、怒龙徐奎、恶虎徐斗五人。

攻打后门：牛儿丑赫、铁臂施威、金刀茅能、玉麒麟凌波、混天霓章怡五人。

从左墙跃入，直攻贼巢：玉狮子文义、金戈种元、红孩儿火济、一朵云岳文四人。

从右墙攻入，破贼仓库兵营：浪里龙龙飞、分水犀李松、螭虎雷通、飞将军柳溥四人。

各方报讯：千里驹武全。

众人看了单子，都无异言。当日，饮至更深，各自安睡无话。次日，各人都去瞧吴瓛录出的路由，并和魏明考知途径、机括，大家也都已细瞧过，内中有不识字的，吴瓛便照着说了一遍。入夜后，大通尼便将干粮、银两取出，各人分带了些，各饱餐一顿，拾掇兵器、暗器，结束停当，待到初更时分，便照序起行。

镇华山钱迈和怒龙徐奎、恶虎徐斗、铁狮子魏光、黄虎魏明等五人，攻打汉王府前门。拾掇停当，便先起行。他们寓所离一人巷原没多路。五人打屋上飞走，眨眼间，便已到了一人巷口。钱迈便止步向魏光道："咱们打前门

380

进去，那厮一定防备好了。大通师叔的意思，是想我们五人去惊动他们，使他们全奔到前面来。那时打后门和左边、右边进去的同道们，便可合力进攻，直破内花园了。如今我们既已到此，不必暗进，竟明明白白打进去吧。"魏光点头，答道："就是如此办吧，反正咱们不是暗盗他什么，终得露面大打的。"钱迈便道："我独自当先，魏狮子断后，魏黄虎在中央，徐怒龙在左，徐恶虎在右，咱们梅花般打进去，彼此有个照应。"魏光等都答应了。

钱迈便肩担长戈，如飞蹿去。过了三四家屋面，已是汉王府的对面了。便回头向魏氏兄妹、徐氏兄弟打了个招呼，忽地飞跃到对面墙上，随身跳了下去。只见大门紧闭，门里有四个壮汉，左右分坐。钱迈便顺下长戈，两臂一挺，向左手一个壮汉猛然刺去。咕咚一声，那人已倒在地下冒血。那个和他同坐的，陡然惊醒，睡眼摩挲，方得瞅清时，早被钱迈反飞起一腿踢倒，抽起戈来，反手一扎，也结果了。这边凳上两人齐惊醒了，各抢手中大斧，一声尚未喝出，魏明已到，手起一矛，刺倒一个。那一个被魏明旁起一脚，柳叶尖刀的凤头鞋底正刺中咽喉，鲜血四溅，也倒身扑地死了。

魏明便伸手去扭大门上的锁，钱迈连忙拦住道："不要开，回头咱们还有大战，难免反面不闻声息，不如紧闭着门，使外面营兵、校尉听得了，也不得进来，免得搅扰咱们的场面。反正咱们同道都不须打门口出进的，任他锁着的好。"魏明便不再扭那大锁，反将两旁大长凳提起，乱堆在门口，撑着大门。

钱迈便转身猛然一脚，将屏门踢开，先刺一戈，才掣回来，护着顶门，闯跳进去。屏门内是材官程义扶、罗明亮二人把守，猛见乒乓一声，屏门碎倒，接着白光一闪，毒蟒般伸入一条长戈，骇得倒退了几步。及见钱迈跳将进来，知道不好，连忙转身逃走。不料左墙头跳下徐奎，右墙头跳下徐斗，一齐大喝一声，两柄金镗映着灯光，两团黄雾一般，将二人拦住。程义扶忙挺起花枪，方待招架，却没处下手，略一息慢，早被徐奎一镗结果了性命。罗明亮见徐斗拦路，便回身向外，想要转路逃走。徐斗眼明手快，两臂一伸，罗明亮哎哟一声，后脑裂开，死于地下。

钱迈见里面没人，便照着吴璨所录的路径，转身向月宫来。才到门边，忽觉脑后冷风，暗道："不好！"说时迟，那时快，钱迈忙回头时，一条方天画戟离后心已只差得一尺多远近了。正待回戈抵挡时，忽听得有人大喝一声，接着一道青光起处，锵啷一声，画戟落地，当地躺着个脑袋两分的大汉。原

381

来是魏光随后赶进时，见汉王府门官万人敌——万人杰的兄弟自侧屋闯出，挺画戟要暗算钱迈，便跃到万人敌身后，奋起神威，大喝一声，抡起青龙刀，将万人敌劈成两半个，救了钱迈。

钱迈便立定了，四面细瞅，忽见轿厅抱柱后面闯出一人，抱头飞跑。钱迈忙挺戈追去。那人急了，低头乱窜。一头触在平时传点的铜钲架上，连人带架，倒翻地上。哗啦锵啷的一阵铜钲响声，立时惊动了里面，四处锣声齐应。钱迈上前将那跌在地下的人一把提起，喝问道："你叫甚名字？在此做甚？"那人抖擞着答道："小人是管锁的，名叫王森。"钱迈又喝问道："你们鸣锣的暗号是怎样的？"王森答道："前面出了事，是打四下，后面三下，东头一下，西头二下。若是紧急大事，便不停地乱打铜钲。"钱迈便道："此处不是好所在，似你这般汉子，哪里不可混衣食？何必身从叛逆？如今我饶你性命，如再不改悔，遇着我时，甭想活命。"王森连忙答应。钱迈将他放了，王森连忙磕了个头，爬起来逃走了。钱迈便到厅上提起锣来，当、当、当、当，连打四下，转身招呼魏家兄妹、徐氏兄弟，仍然梅花般杀进去。

钱迈等才走过那一带走廊，转到一片草地上，忽见一簇灯笼火把蜂拥而来。当先六人，各执着雪一般的兵器，领着二三十人，沿途吆喝。钱迈便拣一片空阔草地，立定桩子，等待着。那来人头一个便是郑天龙，领着赵天申、朱光明、龙江祠、马上超、黄坤山等一班男女教徒，风驰电掣，到了钱迈跟前，一齐大叫："贼在这里。"郑天龙舞铁棍，直取钱迈。赵天申等五人便围裹上来。魏光、魏明连忙上前刀矛齐举，徐奎、徐斗也奔过去两锏同挥，接住厮杀。钱迈力敌郑天龙、龙江祠二人，一条戈上下翻飞，如金龙盘空，夭矫不定。龙、郑二人竭力鏖战，只杀得个平手。这边徐奎接住朱光明，徐斗敌住赵天申，杀得灯昏风冷。那边魏光迎战黄坤山，魏明截斗马上超，拼命扭作一团。这班教徒各被裹住，甭想有空使妖法。赵天申便一面迎敌，一面叫随从喽啰围杀。无奈钱迈等五人实在勇猛，虽加上二三十个喽啰，仍是毫不惧怯，绝无破绽。

正酣斗处，忽听得一声大喝："我来了！"钱迈急回头看时，却是千里驹武全，正使个鹰隼摩空，从屋上飞身而下。脚才点地，右手一扬，忽地一支金镖飞出。正中龙江祠左肩，仰身便倒。武全方要上前去取首级时，众喽啰一声呐喊，夺救了去。武全方待助战，忽听得东头有惨呼的声音，便连忙向钱迈等说了一声："大通师叔来了。"便飞身上屋去了。

原来玉狮子文义和红孩儿火济、一朵云岳文、金戈种元等四人，打左边进汉王府，正是汉王府的东墙。文义手提三尖两刃刀，蹿墙而入。正遇着汉王府侍卫白额大虫陈刚巡更走过。文义脚才沾地，陈刚便挺戈刺来。文义身躯还没站定，没法招架，见铁戈直奔左肋，闪避不及，只得就地甩了个筋斗，摩空而起。落下时，那刀刃直劈向陈刚顶下。陈刚见文义忽然飞起半空，雷公劈怪一般，当顶筑下，大吃一惊，将身一缩，向后飞跑。文义随后紧追。才转过一座仓屋，陈刚忽然不见。

文义猛然想起机括，便分外留心，四下寻找。不料寻到仓屋后面，凝神注望两边时，刀柄碰着墙上钉着的一个大铁钉，豁啦一声响，文义一惊，急忙转身瞅时，欻地两柄利剑掠面而过，扎入左首墙上去了。文义才知碰动了机括；再朝那发剑由来的墙上细看，竟没一丝痕迹。文义便侧身平墙站着，抡起刀来，挨着墙，斜砍下去，将墙上三个铁钉一刀砍落。只听得哗啦啦一阵响声，墙中放出七八支铁箭，又露出一张小门来。文义瞅那小门时，里面黑黢黢的，也不知通到哪里，便使刀向小门中探去。忽听得岳文在后面说道："在这里了。"文义回头问："什么？"岳文便上前，指着那小门边框上一个小铁环道："这不是个机钮吗？"文义瞅那铁环，果然是不应有的，便叫岳文避开，将刀柄伸进铁环，使劲一搅，只听得呱嗒一响，小门整个儿沉到地下去了，现出一个大洞口来。

文义大喜，方要进洞去，岳文一把拉住道："且慢！您想，小门要好走，他为甚要再安一道机括，做成这般一个洞咧？这里面定有蹊跷。"文义便停脚不动。岳文上前细瞅，却瞅不出什么痕迹。种元立着半晌，没做理会处，见岳文慢理厮条地缓缓瞅觅，心中大急，闯身上前道："你俩真斯文，我可受不得了！"到洞边将岳文一拉，便一脚踏进去。岳文见种元如此粗鲁，恐他中机括，心中大急。

这时，种元全身已将进到洞内。岳文也来不及说话，只一把搂住种元，横抱出来。种元大怒，方要发话，忽听得唰的一声，洞中上面落下一座铁栅来，四面笼罩，没些罅隙。种元一吓，顿时怒气全消。岳文松了手，他只木立着，搔着脑袋，直嚷："好险呀！"

这洞旁原有个汉子，专守着拿人的，便是汉王朱高熙的亲随，名唤田稷。这时听得外面喧斗，仗着这门有三层机括，料没妨碍，便守在墙侧等候拿人。一会儿，忽见消息一动，知道小门陷下了。又一会儿，见大消息急转，接着一响，心中暗喜道：这可够我乐的了。只不知哪个小子倒霉，送来给爷讨赏钱，博酒喝。想着，便一捺左手边的消息，开了暗门，闯出来，便向墙洞奔去。忽见文义等几个凶神恶煞般的大汉，刀枪雪亮，当地立着，栅内却是空的，骇得魂不附体，连忙缩身而退，想回转去。不料火济手脚利落，见田稽要缩转去，便飞个箭步，手脚齐到，一把将田稽齐脖子抃住。两手一箍，向后一带，便将田稽拖将出来。那田稽被这一抃一带，几乎活拉掉了脑袋，痛得明声惨叫，比杀猪还要难听。武全听得的便是这个声音。

要知田稽被擒后尚有何事，请阅下文。

第三十五章

斧劈刀诛毁垣破壁
枪挑鞭击碎玉揉花

话说火济将田稽拖到地下，夺了他手中的朴刀，才松了手，使右脚踏住他，喝问道："你是管什么事的？此地可还有什么机括？快说，饶你不死。"田稽这时才松了卡，得转了口气，心中忽转了一念道：我何不送他们到刀池里去？便假作哀恳道："爷爷饶命呀！我只为一家老小没法活着，才投此营生，只求爷爷高抬贵手，饶我一条蚁命。这一带已无机括了。这屋后转过去，便是金宝窖。过了金宝窖，便是西头花园。那花园里面，我们下人也进不去，有没机括实不知道。"火济便放了他起来。岳文道："这厮獐头鼠目，其中必定有诈，咱们不可信他，只叫他在前带路。"文义便喝令田稽前面带路。

田稽没法，只得在前领着文义等四人转过屋后，只见一间大厅地下满铺着木板。岳文便问田稽道："这是什么所在？"田稽道："这便是金宝窖。爷只掀开一块板子，便可看见金宝了。"岳文便叫田稽掀，田稽不肯，推说："没家伙，掀不动。"岳文便向腰间拔下一条短铁铜，递给田稽。田稽接过铜来，便想暗算火济。岳文瞥见，勃然大怒，大喝一声："好贼！"飞起一脚，将田稽踢得凭空抛起，跌入厅中地板上。只见地板一翻，借着月光，见那板下都是明晃晃的尖刀，朝上竖着。田稽滚下板去，身上早扎了无数透明窟窿。文义哈哈大笑道："这厮可算得是自作孽了。"岳文道："咱们不要耽搁了，这时候，他们大概都快到内花园了。"

文义便转身向厅侧小巷中使刀探着地下，一步一步地走去，出了小巷，忽见一片青草地。四面观看路径，见左首有一扇小门，便向小门走去。忽听得后面有人高叫："文狮子！"文义急回头看时，却是千里驹武全，便问："师叔可到了？"武全道："到了。叫我各路传信，快向内花园攻去。您这里是谁在怪叫啦？"文义道："是一个贼徒被卡得做鬼叫。"武全便道："您这儿人够了，我得向西头去寻浪里龙去。"文义点头答应，武全自奔后面去了。

原来龙飞这时正在危急之时。汉王府内花园原偏西头，许多材官、猛士都在花园左近护卫，龙飞等到墙外时，飞将军柳溥首先跃上墙尖。墙里丁印正巡更走过，瞅见了，便一面叫从人鸣锣，一面抢起铁扇大刀，向柳溥当顶剁下。柳溥大喝一声，挥矛架住。龙飞听得柳溥喝声，便招呼雷通、李松："快进去！"

三人连忙一齐跳过墙来。只见柳溥和丁印二人纠作一团。又听得四面屋里人声嘈杂，眨眼间冲出三个一式的矮壮汉子，便是丁奋、丁威、丁怀弟兄三个。随后有个晃荡荡的长汉，白胖脸儿，手持一双钩镰枪，押队而出。接着便有百数十个喽啰蜂拥而出，列成一字阵。

龙飞不待他们立住脚，便紧一紧手中铁戟，大喝一声，骤起一步，向那长汉刺来。那长汉使钩镰枪架住画戟，说了一句："俺是没毛虎董安。"龙飞听了，心中一动，暗想：这名字好像在哪里听得说过的……正在迟疑，丁奋从斜刺里一枪刺将过来，龙飞便抛了董安，接住丁奋厮杀。

这里丁威接着雷通，丁怀接着李松，走马灯一般，团团厮杀，雷通的一柄大斧名震南北，这时在人丛中更加要斗胜争强，将一柄斧使得如一轮明月，晶光霍霍。丁威看看抵敌不住，董安便上前助战，却一面喝问："来的可是武当门人？"雷通杀得高兴，大声答道："什么门人不门人，爷只要取你的狗命！"那边柳溥听得董安语气不似敌对的模样，便一面和丁印狠斗，一面矗言答道："武当山众全都到了，逆贼快逃吧！"董安听了，再细察雷通的斧法和腕力，确是武当风派，便虚晃一枪，故意大叫一声，转身拖枪而走。雷通等四人都有敌手正在厮杀，不能抽身追赶，任他扬长而去。

八个人作四对，杀了多时。其中丁印年轻力弱，且鏖战较久，渐渐抵敌不住。柳溥一支铁矛神出鬼没，盘旋飞舞，不离丁印左右，越杀越紧，越斗越狠。丁印初时还尽力招架，到后来汗流浃背，看看抵敌不住，只得斜起一刀，转身跳出圈子，拖刀而走。柳溥哪里肯舍？高叫："贼子不要逃，爷是不怕暗算的。"挺起铁矛，跟踪紧追。

转过一道围墙，丁印直闯进小门去了，柳溥赶到，只见丁印站在门内招手叫道："小子，有能耐的过来，与你战三百合。"柳溥大怒，猛然扑进小门。方踏着门框，便见丁印拍手大喝："着呀！"柳溥一惊，以为有甚机括碰着，或是有暗器打出，急忙蹿进门来，却并没什么。便也大喝一声"着"，唰地一矛向丁印刺去。丁印见门框中机括不灵，大惊大疑，自知不是柳溥的对手，急转身拔步飞奔。

柳溥方要赶去，忽斜刺里猛然飞出一条九环铁棍来。接着跳出一个银须老汉，直取柳溥，柳溥见棍势凶猛，不敢怠慢，连忙止步缩身，横矛向上一架。这才瞅清楚来人便是河洛大盗淮北郑天龙，知是个劲敌。郑天龙曾和柳溥在洛阳因夺镖比过武，知飞将军不是易与的，一棍打在矛杆上哐啷一声，铁棍激了回来。柳溥就势一矛，直刺郑天龙咽喉，郑天龙忙掣棍架拦。二人一来一往，大战起来，真果是钉子遇铁两不相让，滚来滚去，矛棍齐举，将片青草坪踏得成了平地。

二人正斗到酣处，忽听得后面喊声大震，原来是丁家弟兄三个，敌不住龙飞、雷通、火济，一齐败走，龙飞等三人随后紧赶，丁奋等见机括不灵，只得跑到草场上立住，翻身再战。柳溥抖擞精神，和郑天龙恶斗。龙飞将铁戟使得如万树梨花，缠住丁奋。李松摆动双戟如怒龙相斗，裹住丁威。雷通甩开大斧，如一轮明月，围住丁怀，又是一场大战。

丁家弟兄看看要败，忽听得北头一阵吆喝，突然冲来许多人。原来是赵天申等因郑天龙先遁，马上超又被魏明矛刺小肚，抵不住钱迈和二魏二徐的猛攻，抢救了马上超，斜刺里逃走。黄坤山将马上超护送到内花园去了。赵天申等便齐向西头逃走。奔到此处，恰遇龙飞等拦战，不得过去，便一齐吆喝，拥上厮杀。

龙飞等正要取胜，忽然来了这许多人，一人要战两个，郑天龙和丁家弟兄陡然挽转败势，反守为攻，向龙飞等四人招招进逼。柳溥敌住郑天龙、赵天申两个，先时还杀得个平手，后来渐渐有些招架匆忙了。李松、雷通两个是生力军，还能勉力支持。龙飞敌住丁奋、朱光明，甚是吃力。心想：刺倒一个，便容易了。遂振作精神，退了一步，掣回画戟，再猛然挺戟向前一骤，觑定丁奋肚腹刺去。不料朱光明斜刺里一斧架住。丁奋倒乘龙飞画戟被架时，突然挥刀向龙飞拦腰砍来，龙飞大惊，画戟一时掣不转，看看要被砍着，忽听得有人大喝："丁奋休得无礼！"语声未毕，丁奋的身子凭空挑起，噗一声，倒向一边去了。龙飞这才瞅见是千里驹武全。

却是武全在瓦上瞅见贼徒人众，其中丁奋最勇，便想下来助战，恰见龙飞受危，急忙飞身而下，直落到丁奋身边，便顺势挺叉向丁奋后心扎去。丁奋不曾提防，竟被武全扎了个透过。武全双脚落地时，两手向上一举，便将丁奋身子挑起，顺手向旁一甩，扔了丁奋的尸身。

丁威、丁怀见了大怒，一齐掣出兵器，便向武全攻来。武全大笑道："好小子，全来吧，爷爷总送你们回姥姥家里去！"丁威、丁怀满心又痛又气，也不答语，两柄大刀齐向武全顶上剁来。武全叫声："来得好！"将三股托天叉向上一横，架住两柄大刀。丁威见不曾砍着，咬牙恨了一声，掣回刀，手腕一翻，横扫过来。丁怀见了，便也忙收刀向武全左腰砍来。两柄刀左右对砍，想将武全来个双腰斩。武全见了呵呵大笑道："孩子，甭这么厉害呀！"说着便耸身一跳，抽身腾空而起。两丁的刀都使得势猛，中间的人既凭空抽去，嚓锵一声，两刀相撞，砍得火星乱迸，刀口齐缺。

武全跳出圈子，正落在赵天申身旁，便顺势反手一叉，向赵天申后腰杀去。恰巧赵天申因让柳溥的当心矛，身子向左一偏，一叉正扎在屁股上，"哎哟"一声，忍痛逃走。没两步，便倒在地下。武全方要去取他首级，白莲教徒见大师兄伤了，一齐抽身，死命护住，抢救了，搀扶了簇拥飞逃。

丁威、丁怀见武全乘空又刺倒赵天申，更加恼怒，各扬大刀，飞奔过来。武全方待招架，忽见丁怀的脑袋劈空飞起，没头身子扑地便倒，倒吃了一惊。丁威更猛然一震，急转眼瞅时，只见震天雷卫颖手舞钺斧，大叫："要灭叛王的随俺来！"丁威才知卫颖反了，大叫："完了！"心中一横，便如疯虎一般，四面乱扑，冲开一条路，直逃出府外去了。

龙飞便和卫颖相见，才知钱迈等已攻到内花园门口，大通尼叫停着待命，只将园门堵住。卫颖正守园门，是魏光招降，大通尼便要他来救应各路。许多人不知他已变，各处杀了许多材官、猛士，直来此处斩了丁怀。龙飞便招呼众人齐向内花园去，并请卫颖前走，好破机括。卫颖道："俺方才遇着没毛虎董安，他说这一路机括都已破了。俺来时，也见机括都坏了，这话一定不假，咱们放心走吧。"龙飞等大喜，各持兵刃，齐向内花园来。

那攻打后门的，都是几个有名的猛英雄，只混天霓章怡较精细些。牛儿丑赫、大刀茅能、铁臂施威，都是莽汉子。玉麒麟凌波虽是个娘儿们，有些心思，那雄勇之气也就不让壮男子。这五个人作了一路，也没什么商量，只准备大大厮杀一场。出了下处，便急急地展施陆地飞行法，抢先赶到汉王府。到了后墙，便噗、噗、噗连续飞上墙头去。

五人满心想要进去大杀一场，不料到了里面屋上，一丝不见动静，便跳下平地，也寻不着一个人。穿到马厩后面，却见高墙插云，墙头插满了铁蒺藜，不能立足，墙中有两扇木门，紧紧闭着。丑赫当先，一腿向门踢去。不料乒乓一声，那门丝毫没动，丑赫的脚反触痛了。章怡见了，便奔到后墙台阶底下，抠着条白石，向上一掀，两手托着，回奔到木门跟前，双手托石，猛然几撞。茅能也抡起大刀，使劲猛砍。凌波举起一对金鞭，尽力刷去。施威、丑赫见章怡取石，便也各去掀了一条来猛击。五人并力攻打，吆喝着，同时打去，打了十多下，只见门上木板纷纷碎落。

霎时间，两扇门的木条全炸落了，却见里面另有一重铁门。正待再攻铁门，忽见呀的一声，铁门霍然开了，接着便从门内放出一阵铁箭、石子，如狂飙骤雨一般。五人猝不及防，身上都中了许多矢石。幸喜都衬着软甲，要处没受重伤。只丑赫脖子左边中了一支箭，淌了许多血。丑赫愤满胸膛，拔下箭来，也不取伤药敷治，便要冲门去。章怡忙在他前面挡住，道："丑大哥，您不能这般急，搽了伤药再进去也不迟呀。"丑赫没法，只得停步，向百宝囊中取出伤药，向口中嚼碎敷搽了。

这时，两扇铁门依然紧闭。丑赫也不管它矢石厉害，向地下拎起一条白石，便向门上打去。不知怎样碰着了门上机括，哗啦啦两门大开，依旧一阵矢石乱飞。丑赫这一番明白了，门才开时，便闪在一旁。待它矢石放完，门正翕合时，猛然跳出，仗生平膂力，两臂一伸，撑住了一扇铁门。丑赫虽是力大，也用尽气力才得支住，只听得那铁门吱咯吱咯的机括声响。丑赫便大叫道："你们不要呆望着，快进去呀！"施威见那一扇门已闭了，便也上前，将那一扇铁门使劲推开。施威是练就的铁臂，推那门时，也觉十分吃力。那门才推开，又是一阵响声，还有矢石飞出，却没先时那么厉害，只间或飞出一箭一石，冲到半途，便落下了。

茅能便舞动金刀，护着身子，突跳进去，见正中有个大圆铜盘，约有六尺穿心宽阔，上面尽是眼儿，那矢石便从眼儿里飞出。铁门一动，铜盘便转，就有矢石随飞出来。茅能见了大怒道："原来是你这家伙作怪！"便抡刀向后，尽两臂蛮力，向铜盘拼命砍去。只听得稀里哗啦噼里啪啦一阵乱响，铜盘裂开，却倒了一大堆矢石在地，同时那两扇铁门也没了力量。丑赫、施威都不曾提防，陡然铁门一松，二人使猛了劲，门向后闪时，二人扑哧一声，齐跌了个狗吃屎。章怡、凌波忙上前，搀起二人。

这一跌，直将丑赫、施威跌得无明孽火高三千丈，翻身起来，抬起刀来，便猛扑进去。章怡、凌波也随后进来。茅能当先转过屏门，只见一片敞坪，迎面一丛房屋。屋子里正乱纷纷拥出许多人来。当先一人，是个瘪老头儿铁蜈蚣华仲俞，随后二人，无风三浪麻小鬏儿，后面还有一人旋风万人杰，领了许多喽啰，乱纷纷奔来。

丑赫气极了，也不待他们近前，便掏出三颗铁弹在手，觑准了麻小鬏儿打将过去。麻小鬏儿正因听得有人攻打后门，同华仲俞兴冲冲出阵，想立奇功，不料劈面飞来三颗铁弹，不曾提防：头一颗铁弹闯入他的左眼，马上鹊巢鸠占，将老居户眼珠儿撵了出去，端然嵌在肉洞里。麻小鬏儿搁不住这个争巢儿，痛得将头一偏。哪知第二颗铁弹见那耳朵是空屋无居人，不必争夺得，便一直进去，并且深一层去看内室去了，麻小鬏儿受不住这两位房客的光顾，仰身便倒。那第三颗铁弹便寻不着屋子了，只得向草地里去踏青，白羡慕那两颗铁弹安然永住。

华仲俞见了，大怒骂道："小辈怎敢使暗器伤人？"挺长枪，突奔过来，直取丑赫。丑赫舞三尖刀迎住厮杀，万人杰舞着大刀，冲来帮杀。茅能抡刀接住万人杰，捉对儿厮杀，施威正满肚皮没好气，却又寻不着人厮杀，更加闷气，便掏出一支金镖来，觑定华仲俞头额，突地打去。华仲俞正斗到起劲时，忽见眼前金光闪烁，便将头一偏，那镖擦耳而过，恰巧万人杰正将背对着华仲俞，那镖让过来，正打着万人杰的后脑。万人杰陡然受伤，仰身便倒。茅能手起一刀，将他脑袋剁了下来。

章怡这时已帮着丑赫双斗华仲俞。这里茅能、施威、凌波一齐拥上。华仲俞虽是本领高强，怎敌得这五只猛虎，只招架得七八合，便虚晃一枪，退出圈子，拖枪逃走。方想将五人引到机括中去，不料迎面有人高宣一声佛号，吃了一惊，急忙定睛看时，却是个老尼。华仲俞素来闻得武当派中有个老尼，十分了得，料来就是她，便掉转头来，往斜刺里走去。

正走之间，忽见丁印迎面奔来，便叫："后面有贼！"丁印听了一慌，立定脚，没处逃走。华仲俞忙靠着丁印立着，想要回头迎敌。丑赫等还没赶到时，魏光忽从对面转到丁印身后，举起青龙偃月刀，一道青光，向丁印颈上砍来。丁印正在慌急时，也不知招架，只耸身跳开。魏光力猛刀沉，收剎不住，直劈剎过去，正剎在华仲俞背上，将一条百截铁蜈蚣斩成两截，这边丑赫、施威、茅能、章怡、凌波五人齐到，向着丁印五般兵器齐下。丁印没处躲让，更无从招架，只听得一阵铁响，便成为肉酱，也不知是谁打死的。

390

魏光便向丑赫等五人道:"各路都到了内花园外了,只有你们打后门的还没到。因此大通师叔自己来迎救你们,并叫俺一路迎来。这一路的机括俺都已破了,赶快走吧。"丑赫等听了,便和魏光结伴直向南头走来。果然一路上门墙地下,各种机括都已破了,只见些破窟窿、烂消息。

到了内花园外,便见武当派弟子都已到了,将内花园团团围住,那花园墙上滚木礌石向下乱打,赛霸王朱高煦全身披挂,手持双枪,当门而立。后面胭脂虎石瑛,内衬金甲,外罩宫袍,手捧双剑,四面环顾。盖关西石亨和他侄儿石彪,领着侯海、韦兴等一班人督率兵丁,周围巡防。

茅能、丑赫等都要扑进去,钱迈止住道:"且慢!待师叔来了再说。"话犹未了,大通尼从北面走来,茅能等便一齐迎上去,乱嚷:"师叔,咱们打吧!"大通尼闪眼向墙头上望了一望,便道:"这园子四面都是机括。你们瞧,那墙上立着的人,脚步动也不动,料想他们立处以外,都有消息子,你们要攻打,须要小心,不要大意踏着消息子。"众人齐声答应。大通尼便来到园门口,亲自督率众弟子进攻,众人齐声喊叫:"杀奸王呀!"大通尼便叫卫颖领着钱迈等五人和丑赫等五人扑攻正门,文义等四人和龙飞等四人分向左右蹿墙。

茅能、施威、丑赫三人当先抢门,恰遇石亨巡查到门口,便舞动钩镰枪,奋勇挡住。丑赫拦头便是一刀,茅能挥金刀拦腰砍去,施威挺枪当心便刺。石亨大喝一声:"来得好!"将枪就手中一转,要得车轮般一团大花,锵啷啷将三般兵器都扫开一边。大通尼在后面见了,暗赞一声:"好枪!"施威等三人怒满胸膛,也不顾厉害,接续猛扑急攻。钱迈等在后见了,一齐怒发。八个人,八般兵器,同时向前突出。大通尼忙高声大叫:"小心机括!"话未毕,众人已冲进园内去了,却没一人受伤。

茅能等趁石亨敌不住,向后略退时,投空儿,争先恐后,挤进了园门。石亨便退到草坪中,横枪立待。丑赫当先赶到,石亨十余年前曾在大义寨前会过丑赫,且记得他曾经受过朱高煦的钱粮,便大骂:"忘恩负义的恶贼!"丑赫也骂道:"咱家正是来杀忘恩负义的恶贼的!"话言未了,茅能等都赶了过来,石亨拼命抵挡。

朱高煦见了丑赫,也满心大怒,舞动双枪冲杀过来。石瑛随后将双剑一摆,也冲将过来,这时文义、龙飞等四人已经蹿入。石彪、侯海等都过来助战。钱迈、魏光、雷通、柳溥围着石亨,丑赫、徐奎、徐斗、卫颖围住朱高煦，章怡、凌波、魏明、李松围住石瑛，文义、龙飞、茅能、施威围住石彪，种元接住侯海，火济接住韦兴，岳文接住韦弘，武全接住陈刚，杀得山摇地动。

这时，天已大明，众侠士恐外面有人来援，且恐时晏不得走脱，都抖擞精神，奋勇斗杀。其中徐奎、徐斗和朱高煦有血海深仇，分外攻得凶猛。丑赫和石亨原是老敌对，也打得格外厉害。其余各人无人不想即刻扑灭朱高煦。这一场恶斗，真果是各尽其力，拼死拼活地刀枪乱举。

大通尼随后进园，见朱高煦和石亨二人越杀越勇，便大叫："时候不早了，大家着力呀！"众人听得大通尼进园来了，更加精神百倍。徐斗便乘卫颖架住朱高煦左手枪时，便尽平生气力，挥起一锏，咬牙刷去。朱高煦将腰一闪，让过锏，横过枪来，便向徐斗刺去。徐斗忙架住时，卫颖又是一斧斜劈过来。朱高煦见卫颖如此凶猛，恨骂一声："反贼！"将身一缩，挈回双枪，并刺过去。卫颖一低头，让过双枪，喝骂一声："你才是反贼！"举起斧来，和丑赫的三尖两刃刀齐向朱高煦肩上分劈下来。朱高煦使双枪向两边一挑，拨开刀斧，顺手回枪，分向丑、卫二人刺来。徐奎、徐斗见了，两锏齐下，想乘破绽打死朱高煦。朱高煦见了，急忙退步收枪，两柄金锏分打在双枪杆上。朱高煦呵呵大笑，叫一声："小子们，来吧。"两手一使劲，双枪乱舞，唰唰唰滚作一团。丑赫等四人攻去，尽搁在枪上，甭想近他身子。

这边章、凌、魏、李四员女英雄，裹住石瑛酣斗。章怡素来好胜，见久战不下，深恐各人得功，单走了石瑛，吃男子们笑话女子没用，便将双剑分开，乘空转到石瑛身后，将左手中剑刺她后颈，右手的剑直刺她后腰。石瑛身躯灵便，心思细密，见章怡转到后面去，已小心防着，这时觉着后面冷风飘忽，急忙转身尽力将右手剑向上一扫，将章怡两剑一齐扫开，左手的剑却仍和凌波、李松纠缠。魏明就这空儿，急向后退了两步，双手挺矛，使尽气力，喝一声，复向前急骤几步，对准石瑛腹上，猛然刺去。李松也乘此抽出右手短戟，向石瑛右腰猛扎。石瑛大惊，忙抽身向后一跳，跳出圈子，避开了几般兵器，才将双剑耍开，猛虎一般，向凌波猛扑过去。凌波将双鞭一摆，锵、锵、锵一连架开几剑，章、魏、李三人已复围上来。

石彪见姑娘被围，杀得冲出冲进，心中大急。想要去帮助，又被文义、龙飞、施威、茅能裹住，不能脱身，便奋起精神，将铁棍舞得如龙蟠太空一般。施威见了，恐石彪要逃走，急挺钢枪，向石彪上三路乱刺。石彪偏身子，一甩脑袋，才让过去。文义的三尖两刃刀已向石彪肚腹砍去。茅能也乘势抢刀从石彪后面横剁。龙飞也忙挺铁戟，直刺石亨肩头。石彪性起，身子向左一挺，同时将棍四面一搅，刷开了四般兵器，顺手一棍，向龙飞扫去。龙飞将戟架开，就势一戟还扎，石彪才立定两脚，便迎面扫一腿，将戟扫开，同时突、突、突地一连几棍，连向文、施、茅三人打去，三人齐挥刀枪招架，顿时扭作一团。

钱迈这时正因猛架了石亨一枪，跳出圈子来，瞧钢戈可曾受损，瞅见石彪这般凶狠，暗想：今日不宰翻石家一两个，断不能取胜。便将钢戈一顺，向石亨后肩刺去。石亨才架开魏光的青龙偃月刀，知钱迈到了后面，便向右迈开一步，接着身子转了个方向，反手使钩镰枪，还刺钱迈。钱迈的钢戈便刺了个空，用力过猛，突过前面，收不转来。石亨的枪看看刺到，雷通、柳溥见了，急忙斧矛齐下，压落石亨的钩镰枪。魏光便抡刀猛剁。石亨一面让过青龙刀，一面掣枪还刺，钱迈等仍然不能取胜。

种元回头见朱高煦、石亨等都越杀越勇，暗想：我快了结这厮吧，不要大功劳全被人家得了去。便挺戈架开侯海双刀，兜心便是一戈。侯海身子伶俐，见戈来势凶猛，就地甩了个空心筋斗，甩开一丈多地。种元喝声："小贼甭跳！"急骤进几步，双手一挺，将戈直杀向侯海前心。侯海脚跟还没立定，招架不来，只得向下一矬身子，种元金戈来得太快，就这一眨眼间，已刺进侯海左肩。侯海撑不住痛，身子向后一仰，扔刀倒地，血花乱溅。种元不曾杀过多人，见侯海直挺挺地躺在地下冒血，以为是死了，且是种元这时一心一意只想去杀朱高煦，只略瞧了侯海一眼，也没仔细瞅望，不曾再加一戈结果他，便飞舞长戈奔朱高煦去了。

火济这时正在种元不远，力战韦兴，火济使的是镋钯，这家伙，韦兴不曾见过。初时便有些疑惑。后来战了二三十个回合，更满心惊惧。勉强撑持了一会儿，忽见侯海倒地，益发慌恐，手中双铜一松，被火济一把打在左臂上。韦兴大痛，不敢再战，急忙负伤转身便跑。火济伸手一把，又打在他屁股上，扎了八个窟窿。韦兴大叫一声，连奔带跳逃走了。火济无心追赶，便来助钱迈等战石亨。

武全和陈刚猛斗，一个是余勇可贾，一个是新败之余，陈刚自不是武全的对手。相斗了三五十个回合，陈刚已力不能支，武全却是越斗越猛。陈刚料难取胜，便想逃走。无奈武全手中使的托天叉，解数新奇，不怕陈刚是太行剑士，也不认识这叉法，竟被缠住不得脱身，勉强斗了些时，正在想法脱逃，忽斜刺里一钩镰枪刺来。陈刚忙挥剑架开。武全不知是何人来助，却因此滞了一滞。陈刚大喜，乘此空儿，虚挥了一剑，拔步便跑。武全这时见来者是没毛虎董安，便不去追陈刚，忙和董安招呼。便引董安见过大通尼，二人一同去助攻朱高煦。

韦弘原来欺负岳文年纪轻，有些轻视他。及至一交手，岳文使一柄金铖，韦弘虽知道这家伙名儿叫铖，却不知如何使法，如何应敌。岳文将铖使得上下左右直滚得一团黄雾一般，且是反正都可杀剁。韦弘久不打仗，膂力也懈弱了，一个不留心被岳文一铖削去一条臂肉。大叫一声，提不起钢鞭，只得扔了，抱伤逃走。岳文见朱高煦还不曾授首，便赶去助战。

大通尼见二十一人攻不下朱高煦和石家三人，看看辰牌将过，心中大急。便想着朱高煦这时虽不该死，尽似这般挨延时，怎毁得这贼巢。不如先去却他一个，使他惊逃吧，便来助章怡等攻石瑛。石瑛近年来养尊处优，淫荡过度，身体淘虚了，大非昔日英雄气概。这时敌战着四女侠已是勉力支持，怎当得大通尼这斫轮老手加进战场。章怡、凌波等见大通尼来助，顿时精神千倍，八臂如飞。石瑛咬牙狠拼，又斗了十多个回合，两眼一花，被魏明一矛刺进小腹，顿时双剑落地。凌波双鞭当顶一盖，李松双戟刺胸，章怡双剑劈肩，立时将个石瑛如凌迟处死一般，弄得七零八落。大通尼忙叫四女侠去助战朱高煦，忽听得朱高煦顿喉大叫一声。

不知朱高煦何事大叫，下章续叙。

394

第三十六章

破奸窟众侠奏奇功
捷春闺伟士陈新策

话说朱高煦见石瑛被众侠打死，痛彻心脾，大叫一声，将双枪左右分扫，拨开八般兵器，耸身一跳，凭空跃起，跳出圈子，直奔众女侠。这时材官、猛士俱已死的死、散的散了。所招的兵勇，早就逃的逃躲的躲了，只剩下朱高煦和石亨、石彪三人。石瑛已死，石亨、石彪也各回身来图报仇。大通尼便指麾二十一侠士将三人团团围住，四面环攻。

朱高煦正在拼命抵挡，专寻女子突刺之时，忽见园内高楼轰的一声，屋顶冲破，浓烟乱冒，火星迸飞，心中大慌。石亨、石彪也意乱心惊，都知道没法全巢了，便拼力冲突，想夺路逃命。朱高煦在中，石亨在右，石彪在左，向一角上冲去。

正在这紧要关头，忽见高楼走廊上，跑出一个十五六岁的小孩儿，当中立定。肩头倚着一管铁笔挝，两手弯弓搭箭。大喝一声："贼子看箭！"声未了，嗖的一箭，向朱高煦射来，朱高煦没想到楼上会有敌人闯出来，正酣斗处，左肩上猛中一箭。恰巧这时龙飞见朱高煦凶猛难制，退出圈子，背上拔下一支短戟，欻地向朱高煦标去，正正标在他后背。朱高煦痛不可当，不敢再战，只得忍痛耍开双枪，拦住攻来的兵器，腾身飞起，跳上假石山头，猛一耸身，横飞出墙外去了。

众侠士连忙争先来赶朱高煦，却不道放松了石家叔侄，捉空儿逃走了。却是楼上那小孩想再射朱高煦，没来得及，便扭转身躯向石亨射去。石亨正在越墙，忽听得嗖的一声，腿上忽觉剧痛，知道中了箭。这时众侠乱放暗器，石亨也顾不得痛楚，带箭蹿出墙外去了。石彪逃得快，算没吃着什么亏，平安逃走了。

大通尼忙约住众侠，高叫："甭追，朱高煦命还不该绝啦！"复回身向楼上召那小孩儿下来。那小孩儿握着铁挝，抓住廊柱，使了个燕子扑梁，轻轻跳落地下。施威一眼瞅见，便叫："八哥儿，是你吗？"徐奎这时也认出便是他家老马夫王开的儿子王济。还是前年逃走了的，不料在此相遇，便上前大家厮认了。徐奎便问他："怎生在这里？"王济笑嘻嘻地道："我报仇来了。"

大通尼道："这时且不要叙话，先将这妖窟毁了，回去再细谈吧。"众侠齐声应了，分头去放起火来。待里外浓烟四起时，已听得外面街上呼哨乱鸣，号声呜呜。众侠知道有救火的来了，纷纷跳出屋外。

众侠出了汉王府，都打僻静巷中悄悄地回下处来。这时，街上人都奔去看起火，也没人管到僻静处。即使有人遇着这班侠士，见他们刀戟如林，雄风抖擞，谁也不敢惹事，因此众侠士得以陆续回来。除丑赫因攻后门时碰着机括，中了一箭以外，余都一无损伤，且收得没毛虎董安、震天雷卫颖、八哥儿王济三人。

众人回到下处，吴璥迎着动问："事情如何了？"大通尼答道："托天福，妖窟毁了，只逃了高煦和石亨、石彪三人。"吴璥便向众侠士道贺，迎进里间，落座歇息。一面叫丫头将预备好的酒饭端出来，摆下三桌。众侠士纷纷卸了战衣，擦拭兵器，只带随身短家伙，以备万一。大通尼便邀众人到外面厅上来吃喝。这时众人已杀了一夜，腹内早已空空，见了酒饭，都狼吞虎咽起来。一霎时，已碗尽壶空，杯盘狼藉。饭后散坐，大通尼便和王济、卫颖、董安等叙话，众侠士都围坐一处。

大通尼问王济道："您怎么独自去卧底的？"王济道："我父亲原在魏国公府，曾随老王爷血战半生。不料朱高煦那厮人面兽心，归燕省父时，差侯海那贼来府里盗那匹破雾追风九点桃花马。我父亲为保那宝马和侯海那厮拼斗，论我父亲的能耐，不要说一个侯海，就是十个侯海也不能胜他。却不料气血衰迈，眼睛欠明，竟死在侯海那恶贼手里。我自父亲死后，虽是蒙夫人、公子瞧得起，另眼看待，并叫我陪公子一处习艺。却是父仇不共戴天，终日梗在心中。后来蒙王老师怜我孤苦，尽心教导，学成武艺，我便求夫人、公子放我出外报仇。无奈夫人、公子都不允许，说这是叛逆之事，做不得的。我想，我在这府里出去，府里又和朱高煦不睦，难怪夫人、公子怕连累。便和二公子商量，二公子也劝我稍缓。我又耐了两年，实在捺不住了，便独自逃走出来。这时我已认识了许多流民、痞棍，他们都是仗着朱高煦手下人的势焰无恶不作的。我逃出来以后，便托他们引进。先进去当小厮，后来因有只老鹰叼了朱高煦一只心爱的锦鸡，方才飞起，是我一箭将老鹰射落，救了锦鸡。朱高煦见了大喜，便盘问我武艺。见我对答不错，便叫我当猛士。从此我便进身了。没多时，朱高煦被我哄相信了，里里外外也都拿我当红人，和我拉交情。我因一念报仇，便口角春风，不肯得罪人，大家便送我个外号，叫作八哥儿。我在里面二三年，从来不曾出来过。他们里面有许多是犯了法来投托的，也终年不出大门，便以为我也是犯了法的，并不疑心。去年夏天，朱高煦派我管内花园的机括。后来我见铁臂施爷愤愤不平，颜色两样，知他必不是甘心在此的，便设法试探，果然是武当派的好汉。我便和施爷约定，若有人来攻打时，我决计里应外合，昨夜我因是父亲的忌辰，偷偷奠了些酒浆，暗中祷告父亲保佑，使我得报冤仇。忽听得锣声当当响亮，心中又惊又喜。连忙到楼头静听，果然有人厮杀。便忙回里面，想要刺杀朱高煦那贼。不料才上三层楼扶梯，已见朱高煦和胭脂虎全身披挂，立在梯口。我只得假作报信，朱高煦便叫我守住机括，不要走开。我见石亨叔侄也在楼上，料来不是他们的对手，只得回到二层楼。直待喊声已近园门，我便将机括总线割断，朱高煦还有一间火炮房，就在楼下后面兵器房隔壁。我便去将管火炮房的材官杀了，将门堵住。又到兵器房放了火，再回到楼上，便有许多人和我作对，却都被我杀了。胭脂虎养的一个小子、一个姐儿，也全被我宰了。也放了一把火，顺手在墙上取了朱高煦平日用的弓箭，到楼前来助战，便遇着师叔了。"

徐奎待他话毕，才问道："您可知那九点桃花马现今在哪里？"王济答道："在宫里。朱高煦那厮时常骑了来，我瞧见的。"施威问道："那兵器房里有个会造飞炮的汉子，可曾逃出？"王济道："昨夜他不在府中，大概没死。"施威听了，摇头道："这倒是留一个后患啦。"众人纷问："这人怎样？"王济便道："这人名叫平地雷孙铠，善造异样火炮。原是锦衣校卫，被朱高煦厚禄聘来，造了许多火炮。昨夜好得他宿在外面，若他在里面，放起火炮来，不单是我不能烧兵器房，还不知要伤多少人啦。"众人听了都道："这是天亡朱高煦，故此他不宿在里面。"

卫颖听王济说毕，笑道："俺倒不曾知道您这小小年纪，竟也是一个久抱异志的。早得明白时，大家也好携手同行，彼此有个商量救助。"魏光笑着羼言道："您虽不知他久抱异志，俺却知道您久抱异志。"大通尼便问卫颖道：

"您因甚到汉王府去的？却又因甚不早离开，直到今日才始反戈相向呢？"卫颖长声叹道："俺的事才叫作一言难尽啦。俺自幼父母贫穷，家计凋敝。俺七八岁便给人家牧牛，这牛主人便是我后来的师父，姓金名纯，是关西、河北有名的达官、山东大刀金纯。俺到了金家二年，石亨这厮才来学艺。后来金大刀见俺力大身壮，才十三岁，便能抓住牛角向水中硬拖一条水牛上岸，便收俺做弟子。叵耐石亨这厮瞧不起俺，说俺是牧牛奴，不和俺同学艺，师父训斥了好几次，终算他和俺一同练武，却仍是不和俺说话，师父也没奈他何。这般过了六七年，石亨辞师走了，俺却仍随师父读书练武。师父便教俺点穴，并说石亨这厮的相貌，将来要位极人臣，你须赶他不上。俺传你这点穴功夫，免得被他欺负。俺深感师父厚恩，刻苦学习。两年多，才全练会了，却不道师父这时一病身亡。师兄金禅因体弱习文，在国子监读书。闻讯奔回来，料理了师父的后事，便送俺一百两银子要俺回家。俺从此在江湖漂泊，也时常在镖局里寻些事做做，赚些银钱，寄回家去养父母。似这般一混十年，父母俱殁了。俺便远走关西，恰遇石亨和石彪回乡祭祖，在渭南遇着。石亨便劝俺投军，俺因不想在他手下讨饭吃，没答应。却是他待俺的情形，竟和从前似是两个人一般，十分亲切关顾。俺想着：和他多年不见了，也许他如今做了官，阅历已深，改了从前的心性了，便也和他亲近些。他邀俺进京，俺也没答应他。

"去年秋末，俺听得京城里开科取士，并选将才，便南下到京。才一进城就遇着个娼妓，名叫白狐狸龚词儿，箱里失去两副金条脱、一百贯宝钞，城门口查得俺身边带的盘缠，恰巧也是一百贯，便硬指俺是偷了那娼妇的。那娼妇也硬说这一百贯就是她失去的，立时将俺押到兵马司。俺百般声辩，且是宝钞上面有山西银号的钤印。那娼妇竟说她的宝钞是山西客人给的，因此有山西银号钤印。我便被兵马司里硬当小贼办，钉镣收监。不料这娼妇和石彪要好，特来投奔的。石亨也和她沾沾惹惹，不清不楚。有一天，王八陈丕紫来叫那娼妇去领赃，石亨恰在她家，闲问起来，得知是俺。那厮便故意叫兵马司不要放俺，多给苦俺吃，长枷大杖，逐日拷掠。那厮却来故意见好，送些饮食伤药。俺受了一个多月的冤枉罪，那厮才拿了朱高煦的帖儿，讨了俺出牢。俺不曾知道是他的诡计，倒十二分地感激他。他又对俺说汉王仁义盖天下，如何如何的好，劝俺投他。俺那时以为真是朱高煦救出牢的，不知就算是偷窃，也只杖逐罢了，不会受到这许多苦的。便听从那厮，投在汉王

398

府里。

"才进去没多久，石亨那厮时常对俺说，应当设法报汉王的恩。俺也想报答了他，俺仍干俺的营生去。哪知石亨那厮竟叫俺去行刺太子，俺才知他们是谋反叛逆。心中虽是恼恨已极，却见他们人手众多，料来抵敌不过，且是还以为他们有恩于俺，不便翻脸，只装病推却了。又过了些时，俺才听得石彪酒后泄露石亨要使俺死心受命，设计陷害俺的情形。俺满心大怒，恨不得立刻将两个狗×的拿来碎尸万段。却又想道：俺独自一个，断弄不死他两个。便趁夜去到太子宫中留柬告变，想待有人来捕捉时，俺好暗中帮助。不料许久没音讯，想着：太子仁孝素著，他和朱高煦是同母弟兄，怎肯因这一封密柬，手足相残。便决计盗了汉王府盟书，待皇爷回銮，再去告变，却不道众位英雄前来灭他。"

吴璥在旁听着，连忙屡问道："盟书可曾盗得？"卫颖答道："先时因那厮们防备严紧，下手不得。曾设过许多计较，不得到手。昨夜乘乱里，冲到那密藏盟书的楼上，宰了那看守盟书的材官，抢得里面两匣文书。弃了匣子，包扎在此。"说着便向怀中取出一大包文书来。众好汉起身近前瞅时，都是些各处绿林的人马数目和投降表章、紧要来信，以及和番部外国交往信札等。另有一个火红封套，抽出瞅时，果是盟书。朱高煦的党羽都有名字在上面。连董安、王济都在内，却没卫颖的名字。其中的姓名也有知道的，也有不知道的。大略瞅去，是白莲教和闽广派最多，其余多是绿林和江洋大盗，还有几个名字不似中国人的。大家都瞅过了，卫颖便交给大通尼收藏了。

董安见卫颖话已说毕，不待众人来问，便开言道："俺这回弃暗引明的缘故，想必众位英雄都不曾知道，且是必须下问的。不如俺自己明明白白说出来给大家听听，也见得俺不是反复无常的小人。须知俺想反朱高煦并不是昨夜见机而作，俺抱此心志已经许久了。只苦没机会，且是独木不成林，隐忍直到今日。要是早知震天雷、八哥儿都有此心，俺早已和他俩三人合力轰轰烈烈干了一场了。可笑大家都蒙在鼓里，都恨没帮手，还要彼此防备着，这也是朱高煦的汉王府该应到今日才破，才有这些隔阂。俺原籍是山东郓城县人氏，自幼爱习拳棍，结交了一班江湖朋友。后来父亲亡故，俺将万贯家财全散在这里面。直到十六岁时，才得遇名师习得十八般兵器和纵跳功夫。到二十岁时，家业已衰败了。俺又不会做生意，只得在山东一带，授徒糊口养母。混了两年，遇着铁蜈蚣华仲俞，和俺订交。俺见他武艺出众，人才飘逸，便推心置腹和他交结。俺母亲因俺父亲去世时，感着寂寞，便抚了个同宗的侄女做女儿，名叫声翰。这年因为山东大荒，俺母子无法得活，华仲俞便乘机劝俺到胶州青岛去投奔那里好汉丁成道。俺不合信了他，举家和他同去。到了青岛，丁成道相待也还不错。过了些时，得知丁成道和他妻子华氏华仲俞的姊姊，都是海洋大盗，华仲俞便是箭子。却是这时俺已身在网中，摆脱不得，只得随和了。好得他们专只劫漂洋海舶，有的截劫倭寇，却不曾伤害过百姓。过了一年，俺母亲病了，俺便日在内室侍奉。只见妹子不大理会，觉着奇怪。后来母亲死了，妹子也不大伤心。俺想要问她时，却因妹子是在内室和丁家内眷一同居住的，没多时见面，便不曾问得。只是心中抱着个疑团，疑惑妹子是被丁家弟兄诱坏了，却也还不曾想到旁的事上去。

　　"这年丁成道死了。俺妹子却哭得异常惨烈，如丧考妣一般。俺心中更加疑惑，恰巧丁成道落葬以后，朱高煦便派人来岛聘请丁家哥儿四个连华仲俞和俺二人。这时，丁家只坐地分赃，做个海盗头儿，轻易不上船出海了。加以丁家小兄弟都想出身做官，一口答应了。去年中秋节后，朱高煦又差人来，送了许多财礼，说是非请到京城走一趟不可。俺便和华仲俞陪着丁奋等弟兄四人上京，到了京城，才知朱高煦要刺杀太子、夺皇位，俺们到时，太子被刺没死，又改了期了。俺们便暂时住在汉王府里待着。

　　"去年腊月，丁家兄弟要送银子回家，被俺听得了，便要代他送去。不料他哥儿四个和华仲俞一齐阻拦俺回青岛，却又没道理可说。后来说不过俺，没法，只得允俺回岛去。俺到了岛里，先不进丁家，却在海滩上相熟的渔船中藏身，夜间暗进丁家去。直到内进，寻着俺妹子的卧房。将她唤醒，问她母亲怎样起病的，她初时不肯说，后来俺拿刀逼她，才说出真情来。却是丁成道那老禽兽在世时，将春药和在酒内，诱奸了俺那不肖的寄妹声翰。没几日，被俺母亲察觉了，责备声翰一番。声翰告诉那老禽兽，老禽兽便将药给俺母亲吃了，陡成痨病而亡。后来老禽兽死了，这四个小畜生竟又追奸声翰，且是弟兄轮流奸宿。俺听了这话，痛恨声翰这该剐的娼根，也顾不得许多，便将她宰了，连那华氏也了了账。声翰这娼根虽宰了，丁家兄弟岂能轻易放过，俺便转身南下。到京时，打听得丁家四只小禽兽还没得信。俺便进汉王府，他们也都没觉着，俺便想待到夜里下手，报仇后，再远走高飞。晚来方在擦磨兵器，忽听得锣响，又见丁奋等披挂，俺便打定主意，不论是谁来攻打，俺终给他个措手不及，宰却这群禽兽，如今只逃了丁威一个，料他一定奔回青岛去了，俺立刻便要赶去。众位英雄，后……"

大通尼忙拦道："您甭急！我料丁威一定不会就回青岛去。什么缘故呢？您杀他兄弟，他一定是知道的。既知道了，必要寻您报仇，怎肯朝家里奔？您只在此待着，保管遇得着丁威。您如今奔到青岛去，不单是追不着丁威，反而要被他们余党陷害，独自一个，哪能照顾得到？踏入罗网，反使丁威快活。您如要斩草除根，要报大仇的，便不要走。"董安听了，低头想了一会儿，便坐下了。

王济、卫颖、董安三人心事已经表明，便动问众英雄来踪去迹，众人也一一大略说了。彼此同心相应，同气相求，欢然一室，开怀畅谈。说来说去，又说到朱高煦。大通尼便道："汉王府虽毁了，只杀得一个石瑛，朱高煦这恶贼还在，且是他的党羽太多，遍于天下，也不是咱们这几个人能够斩尽灭绝的。如今便得想个方法，了结这一桩公案才好。"

钱迈首先说道："咱们如今差不多又要北去破白莲教了，朱高煦那厮，天生勇猛，武艺高强，断不是一两个人能够要了他的命的。他经了这一场事，一定向皇宫里一躲。咱去追寻他，却不比汉王府好任意施为了。何况师叔还说及他的党羽，这更不能不想个善法，使朱高煦不死也得禁入高墙才好。"

吴璥接说道："我倒有个计较在此。只是我是个能说不能行的，还须诸位一劳才得。"大通尼忙问道："怎样的计较？"吴璥答道："这计较也不是我想出来的，便是震天雷方才说的：待皇爷回銮去告变。咱们如今将震天雷所得的文书，留下一个底子，以备查考，却将真凭实据，暗地里送给永乐爷去，让他老子去惩他。这班绿林都有名字在内，谅来也都要尝一尝官兵剿办滋味。这么一来，便甭咱们自己动手，也没个照应不来了。"众英雄听了，一齐拊掌称妙。当下便议定请吴璥将两匣文书录下，并请文义、武全、龙飞、章怡等一班善写字的，帮同抄录。一面探听回銮的消息。

朱高煦中了箭、戟，急逃出汉王府后，拔下戟来，见杆上刻着"浪里龙"三个篆字。又拔下箭来瞧时，却是自己用的雀翎箭。顿时满心愤恶，恨不得将攻打汉王府和内变降敌诸人，立刻拿住碎尸万段，才消得心头之恼。只是这时只剩得单身一人，料来抵敌不过，且是身上连带两伤，好生痛楚。便拖着双枪，转到僻巷中，回头再望那汉王府时，只见高楼顶上火球乱舞，烟团直冲，夹着那哔哔剥剥火炮爆炸声音，炮子裹着浓烟，四面乱射，如上元花爆一般。只气得咬牙切齿，跌足捶胸。想到十余年心血，一旦付之一炬，又不觉掉下几点热泪来，长叹了一声。复又摩拳擦掌，恨声道："我高煦不报此仇，誓不为人。"却又舍不得走开不看。仍站住，定睛呆望着。不多时，忽见连起几个火头，红光冲天而起，映着初出的日光，更觉红焰满空。接着遥听得哗啦啦震天价一声响，便见一大团黑烟，夹着赤焰，向上猛冲，高楼挫倒，火势反延宽了。

朱高煦见了，摇头连说："完了！完了！"将枪一顿，掉转身来便走。却又恐遇着救火的民夫兵壮，只得穿到秦淮河岸，拣那小巷里走去。行没多远，忽见前面墙根坐着两个人。近前看时，却是夜狐狸侯海，身带重伤，走不动。陈刚扶掖着他，倚着一家人家的后墙根，蹲下歇息。陈刚见了朱高煦，忙立起来，喜道："小爷平安，好极了！"侯海也要挣扎立起。朱高煦忙止住他道："您不要动。"一面便问陈刚道："您俩怎生逃出？可知伤了多少人？"陈刚道："俺见势头不好，便伏在墙外，想要截他们几个。后来听得贼子攻入内花园，便连忙爬在墙头观看。正要放暗器助战，忽见夜狐狸突然从地下爬起，拼命向墙上蹿，俺连忙掫着他两手，接了一把力，救了他出来。挨了半晌，才挨到这里。"朱高煦便叫陈刚去唤一辆骡车来，陈刚应声去了。

不多时，陈刚领着一辆骡车到来。朱高煦便叫陈刚扶了侯海上车，自己也上车去，靠住侯海坐着。复命陈刚回邸去，叫人驾车到皇城后门来迎接。陈刚领命去自雇牲口到皇城根，才进皇城去，到汉王邸，向长史钱巽大略说了一遍。钱巽连忙叫人驾车，亲自率领仪卫，出皇城迎接。

才出皇城，便见一辆骡车飞驰而来。钱巽连忙近前迎接，看时却是韦兴、韦弘兄弟身带重伤，全身染血，躺在车内。钱巽便叫从人搀扶二人下车，驮上牲口，仍命人搀抱着回邸去。才开发了骡车，又见石亨、石彪二人衣甲不整，眼泪婆娑，各乘街驴回来。见了钱巽，下了牲口，相对无言，长叹一声。开发了牲口、马匹，自人邸去了。

钱巽方要叫陈刚去探问时，已见一部骡车缓缓而来。忙迎上前去，果是朱高煦和侯海在车内。钱巽便叫内侍搀着朱高煦换车，又叫侍卫抱着侯海换乘马匹。仪卫簇拥着朱高煦进城，钱巽、陈刚也随在车后回来，直到汉王邸内堂停舆。侯海等自到材官房去歇息养伤，钱巽随朱高煦到书房来。

朱高煦到了书房，卸了盔甲，洗漱毕，换了里衣，斜倚在软榻上。内侍献过茶汤，钱巽上前问过安。接着便是王妃率领皇孙、郡主出来问安。钱巽回避了。待王妃进内去，朱高煦叫，才复到书房来。朱高煦命他坐下，将前事告诉他，并道："我在梦中听得喊杀声音，便连忙起身和石近侍披挂了。方要出来，贼子已攻到内花园门前了。最可恨的是王济、卫颖、董安三个恶贼，我待他们不薄，竟敢约同诸贼，里应外合，先将机括弄坏。先时那些贼子都围在园门口，不敢进来。我也想他们冲进园门时，给千斤闸、大斧头压死劈死。不料有了内贼，千斤闸也不落下了，大斧头也不见了。贼子攻进来，我正暗喜他要中机括，哪知全然没事，反倒突然向我奔来，要不是石亨拦了一仗，我全没提防，还要遭那厮们毒手呢。"钱巽道："王爷且不必着急。府里亲军还有三千，外面还有各处水陆英雄。丢了这一个所在，不过是少了一个招贤馆，于大业原没一点儿妨碍，反分清了泾、渭。王爷只管宽心，如今只打听逃出的人有多少，被害的有多少，密信、盟书可有人携出，再设法善后，仍旧可以约期行事。"

朱高煦便叫陈刚进来，命他带四个侍卫去打听：死伤兵将多少？盟书、密信还在吗？陈刚领命，换了材官服色，带了侍卫去了。朱高煦便问钱巽道："如今准备的兵器、火炮都没有了，邀来京中的人，死的死，散的散，全完结了，这事如何办法咧？"钱巽道："外面还有许多英雄好汉，受王爷的恩典的，只要有机会，还怕没人用吗？"朱高煦道："目前机会如何？"钱巽道："目前圣驾回銮，滚报已过济南了。就让咱们占得南京，圣上带领征番兵将到来，也无法抵挡。所以目前虽被贼人攻毁了外府，也没甚要紧。"朱高煦道："似这般，哪一天才是机会呢？"钱巽道："王爷甭急，机会尽多着啦。如今待圣驾回銮，各卫兵归防，京城无多人马，那时便要非非道人在北方动起来。待兵部将兵调往北边时，咱们却叫南方水陆英雄各处动手。趁闹里，便将天下拿过来了。"朱高煦道："除却这个，还有好计吗？"钱巽道："有是有两个计较，只恐王爷行不得。"朱高煦急道："只要能得天下，没有行不得的。快说，是什么计较？"钱巽道："一个是王爷拣个日子，暗带力士进宫请安，却于中取事。待事成时，一总推在太子身上，王爷却声罪致讨，将太子拿办了，名正言顺地登基称帝。还有一个计较，只是慢些，如今便派人四处做案子，却口口声声说是太子的人，却暗中叫人进宫刺了太子和太孙，那时外面的人都怨太子，仇家遍天下，便疑不上王爷了。"朱高煦喜道："正是前头一计神妙，比您从前想的刺太子的计策好多了。只是这个进宫行事的人不易觅着，要不然，我早就想到动手了。"钱巽道："王爷所收诸英雄之中，难道没一个做得来的吗？"朱高煦道："内里侍卫班中很有几个老剑士，就是老爷子手上也不弱，这事除却我亲自去，还有些把握，如今收得的这些人，没一个赶得我上的，怎能办得了？"钱巽道："王爷何不差人问非非道人可有能人？"朱高煦想了一想，点头道："或许他那里有这般好汉也未可知，即使没有，便要他派两个深晓法术的人前来，也就行了。"

正说着，陈刚已回来复命。朱高煦问他："可曾查探明白？"陈刚道："已有些眉目了。王爷出来后，许多救火的赶来救火。京营人马、城上差役，也都到了。后来锦衣卫掌印都督得知是王爷外府起火，也派了个官儿领了许多校尉来护救。却是前后都关闭着，不得进去。大伙儿打了半天才打开，里面已烧得差不多了。待京府、京县来查时，一共杀死七十三人，银钱财宝都没有了。内花园高楼全毁，外面各处房子也都烧了，只剩下马号没坏。据府里目见的差人说，死人中没有一个着白衣或是道装的。大约教里人都没坏事。又听得说，高楼是由上向下烧倒下来的。最底下一层只压没了没烧坏。想那盟书等物在楼顶上，大约是烧掉了。如今府、县和都衙里都不敢处置，正想托人暗中来请王爷的示。"

朱高煦听了道："只要没了后患，我竟给他个不认是我的地方，任凭他们办去。"钱巽忙道："这却不可。一来，石近侍尸身还在里面，二来王爷不妨径认明是别墅，只不说王爷昨夜在里面，着落该管衙门缉凶严办，既能使贼子们畏罪远扬，免碍手脚，又可以借此催各衙办案。办不着时，不愁他不孝敬些。"朱高煦拍掌道："妙！"

忽报："石指挥叔侄进见。"朱高煦便叫："进来。"石亨、石彪这时已洗盥了换了衣服，因恐王妃等在内，不敢贸然进来，所以这时才进见。到书房中，行礼毕，朱高煦叫他叔侄二人坐下。石亨、石彪谢过，坐在下面，想到石瑛死得苦，都噙着两泡眼泪。朱高煦见了二石，才触起胭脂虎惨死了，愀然不乐，半晌无语。

好一会儿，石亨才强抑悲怀说道："王爷可知昨夜烧杀的这班恶贼，是哪里来的？"朱高煦道："正是。我中了一支蓼叶短钢戟，拔下来瞧时，上面雕有浪里龙三字。这名字不曾听得说过，正不知是一班什么人。我疑心是太子差来的，只是又有那山东强盗牛儿丑赫在里面。"石亨道："俺却认识许多人，都是武当派的剑士。那厮们专一和王爷作对，闯的事也不止一次了。提起来，真叫人恨得牙痒痒的！"朱高煦点头道："武当派着实可恶，我誓必灭却这班恶贼，给石近侍报仇！"

404

说着又向石彪道："你便拿我的金符到各衙门走一趟。只说昨夜有大班强盗打劫本藩别墅，杀人七十多口，焚烧全园房屋，钱财劫取一空。着该管衙门三日内缉凶归案，逾限责令赔补。你再到库上去支取一千银子，厚殓石近侍和殉难众好汉。"石彪立起来一一答应了，自去照办。

武当众好汉打听得朱高煦着落各衙门拿人，便商量行止。正在商议要分批到塞外去，忽听得门外人声喧嚷，将门打得擂鼓一般。众人都吃了一惊，各取兵器在手。这时于谦已出闱回寓，忙摇手向众人道："且甭慌。如果是捉人的，早将大门撞开了。听这声音，恐是闹讯的。"说着，便佩了蛟龙剑，前去开门。

才到后堂，吴瓛已先听明是报子来报喜，叫丫头开了门。只见两个红衣报子手执报条，一见吴瓛，便叩头道喜。吴瓛接过来，展开看时，上面写着：

捷报贵府新贵人于相公名谦，
蒙主考官夏特取，得中丁酉科第六名进士。
稳步玉堂
永乐十五年×月×日。
报喜人：连中、三元。

吴瓛取银两赏了报子，一面将报条高悬堂上。众英雄齐来观看，都向于谦贺喜，并向吴瓛道贺，吴瓛也自欢喜。于谦却只谢了众人，便伏案修书给父亲于太公，神色一如平昔。众人都暗中钦佩他的定力过人。

这时，新进士报条高挂，吴瓛又叫人拦门结彩悬灯，堂前铺设齐整，银烛高烧。众英雄都换了衣服，大家在屋里帮着忙碌，明朝最重考试。凡是新科进士，官府遇事都要带过三分，差役更是望而生畏。这也是明太祖特地提高读书人的声价，使天下人都羡慕奔赴，群趋于文弱一途，好长保他的帝业不替。却是武当派众侠士这时借着于谦新贵人的牌子，谅来没人敢惹，便决计且住到永乐帝回銮再走。

于谦中了试，自有拜主考、房官、各老师，会同门，谒圣，赴鹿宴，同乡送贺仪，会馆拜客，种种繁文缛节，不待细说。吴瓛忙着教导这样，招呼那样，虽是精神焕发，却也疲劳不堪。一直忙了十多天，又要预备殿试。于谦却从容不迫，按步依次，一桩桩了处。事情松暇时，也只是静坐，或是和众好汉畅谈高论。全不像旁人忙着习殿试卷，读策论。

又过了两天，永乐帝回銮到京。太子率领勋旧大臣文武百官出城渡江迎驾。进城后，亲祭姚广孝并询问诸大臣军国大事，却只听得奏说汉王高煦的不法情事，连篇累牍。永乐帝大怒，立时下旨："高煦着就藩云南。"朱高煦不奉诏道："我有什么罪，将我发配万里？"永乐帝便将他改封青州。朱高煦托言有病，支展不肯动身。永乐帝念父子之情，也不再追究。

大通尼打听得这些讯息，便来和众人商量告密，却因钱迈、茅能、文义三人出外去了，想待人齐时，再从长计较，便先来和吴璇闲谈。正说话间，忽听得茅能大嚷大叫进来了。大通尼、吴璇不知他为什么事。却见茅能、钱迈、文义三人陪着一个少年进来。茅能满嘴乱嚷道："吴先生快出来，保管您快活杀！"吴璇迎上去，才瞅清楚那进来的少年，便是他的儿子吴春林，大为诧异。吴春林早扑奔吴璇跟前，抱住他父亲两腿，叫了一声："爸爸！"涕泪交流，哽咽不能出声。吴璇也老泪纵横，泣不可抑。钱迈、文义、茅能搀起吴春林，大通尼、于谦、种元劝住吴璇，同到屋里来，直到大通尼禅房中坐下。众好汉和吴春林不认识的，也全都知道是吴璇之子。问过了名字，各自通了姓名。吴春林听得武全是广西人，便问："有一位武太史，印篆上是个朝字，下是个模字的，可是贵华宗？"武全起身答道："便是家严。"吴春林便和武全攀世交，并道感谢之意，将雪中遇救的前事说了一遍。众人听了都赞孝义两难。吴璇问吴春林道："你一向在哪里耽搁？既到了保府，便应得知道我在山东呀，怎么反这时奔到京里来？"

吴春林道："自从和钱二哥等四位兄长分手后，便直到保府城里。一打听，弓爷早已高升了。府里人却都知道吴师爷，有人对我说：'弓爷升了参政，吴师爷到山东曹州单家庄坐馆去了。'我便连忙赶向曹州，到单家庄去。不料路过新安驿，遇着几个强盗将我捉了去，关了四五天，又将我弄到一个大寨里。那寨里大头儿不曾见着，二头儿姓张，名裕光，问得我是个读书人，便叫我给他作一封表章，是上给汉王的，表上却要称陛下，我被逼没法，只得代他写作好了。那强盗便要留我在他寨里做文案，我就将万里寻父不能耽搁的道理说了。那强盗也还有良心，听我说得实在，便将行李、马匹、银两一概还给我，又派两个喽啰送我到了山东曹州境，我便独自奔到单家庄探问，庄里有一位教头，姓欧名弘，接待着，留酒留饭，十分殷勤。并告诉我父亲已被浙江于家聘到杭州旋乾村去了。我便告辞起程，打徐州一带直奔浙江。

406

走了多日，才到寿州。又在关上遇着那巡检，硬说我是匪人，将我押在班房里。行李、马匹、银钱都被他们抢去了，就这般暗无天日地过了半个月。

"那天巡检官儿忽然提我出来，向我道：您是湖广人，无故走到这里来，非匪即盗。本厅姑念您年轻，开恩饶了您，去吧。我便向他讨行李、马匹，那些差役却将我一顿喝骂，推搡出来。我没力和他们对争，只得忍气吞声，由他们撵了出门。满心冤苦没处诉，街上人却都可怜我，凑了许多钱给我，叫我快速离开此地，要不然还有后患。那天夜里，我只走了二十里路便投宿了。不料那地方还是那巡检官儿地界，恰巧有一位南直参政也在那里路过，公馆打在隔壁庙里。到了二更过后，我想着我的遭逢，再也睡不着，翻来覆去，不得安宁，街更正打二更二点时，忽听得窸窸窣窣的声响。我便暗中摸索，轻轻悄悄，起身下床，伏在床头待着。一会儿，墙根露出一个洞，瞧见外面有光。我知道准是偷儿来了，静伏着，瞅他怎样施为。又过了些时，先有一把香火，进洞来晃了两晃，接着便有个人脑袋闯进来，左右探望了一会儿。细看时，那脑袋没脖子，只一条棒儿，才知是假的。那脑袋才出去，便有人先将两腿打洞里闯进，渐渐地全身都进来了，却是个黑衣大汉。这大汉进房来却不偷东西，只直奔床上，掀开棉被歘的就是一刀。砍得床板啪嗒一响，便连忙转身逃走。我这时恨极了，我素没仇人，他为什么要下这般毒手？心思一横，便冲出房中，赶到那厮身后，拦腰一抱，连他两手抱住，那厮正心慌意乱，被我抱住，虽是拼命挣扎，却气力不大。我便大声喊叫，店里伙计听得都来了，才将那厮捆住了。

"不料这一阵喧嚷，惊动了隔壁住着的参政，叫从人过来询问。问得是杀人的偷儿，觉得奇怪。便叫人来请我过去，并将偷儿也带去。参政姓程名鹏万，先问我：'可有仇家？他为甚要刺杀你？你到此做甚？'我便将来踪去迹说了。程参政似乎还不深信，便叫提偷儿来问。初时，那偷儿抵死不认是来杀人的。后来被我指证得他没话遁饰，程公也吓唬他说：你再不说实话，就交给县里，使站笼站杀。那厮才供出，是巡检龚兴杰差来的。龚巡检抄没了这人的钱物，怕他到省上告，便叫我来杀他灭口。程参政听了大怒，便邀我上省。我不愿和官府同行，只推说寻亲要紧。程参政说要严办贪官污吏，务必请便道到省一行。我只得同程参政到省。那龚兴杰已经程参政路上写书子给知府，解了来了，公堂对簿，龚兴杰赖不脱，画了供，定了个死罪，题奏上去了。我的行李等项虽追些出来，却是马匹已没有了，银子也少了一

407

半，还使费了许多，衣服行李也失散了许多，我只得步行到杭州。

"到了旋乾村，访到于府，才知父亲已到京城来了，于太公留我在庄上等候，无奈我心急如火，耐不得，坚辞了于太公，急赶到京里。却是我动身离杭州时，于太公还没得着竹报，不知京寓地址。我到京里四处打听，考相公的寓所全打听到了，却都回说没有。也不知受了人家多少脸嘴。今天见榜上有于相公的姓名，便到报房里打听，报房里还没查问明白，我待了一会儿，又去问讯，走到考院前遇着钱、茅两位哥哥和文公子，问起来，才知道都在一处住着，便连忙赶来了。"

吴春林说完，吴璇只闭着眼不言不语。于谦便问道："大哥行李在哪里？兄弟便去取来，大家聚聚。便是师父和大哥隔别许久了，也好畅叙家常。"吴春林道："我在杨家巷小客店里住着，回头我自己去取行李吧，怎敢劳动贤弟呢？"

吴璇忽然睁眼道："春林，过来。您在家里出来时，情况怎样？此地都是血性之交，毋庸忌避。"吴春林便将家中情形一一说了。吴璇只摇头长叹。于谦便道："师父不必着急，待弟子去迎接师母到杭州供养，也免得受闲气。"吴璇叹道："贤契，你府上近年来承办皇差，也赔累不少了。就算你如今得中了，在你贤乔梓的性情，既不能四处打抽丰，又不能去营钻谋干，做贪官发横财，又怎经得骤然间加上我这一家数口？且是长沙到杭州地隔数千里，行程须半载几月，这一宗盘费也为数匪寡。贤契的盛情只好心领了。"于谦起身道："师父不必给寒舍着虑……"

话未了，茅能早跳起来道："这些全不必瞎着急的。银子算什么，我独自一个也拿得出来，如今只派人去湖广迎接便了。"钱迈也道："这桩事我早梗在心头。只因吴家兄弟没和叔父会面，有力没处使。如今吴家兄弟父子相会，咱们全是弟兄，这一点儿忙还不能帮，要弟兄干什么？到湖广去，便是我去吧。只不知吴家婶母可能相信？"吴璇忙起身说道："承诸位热肠仗义，愚父子感激万分。我方才也思维过一番。寒舍家门不幸，拙荆独自在家，委实难处。承诸位厚爱，还是叫小儿回家去一趟，断不敢劳动诸位。"钱迈道："春林兄弟文而不武，这条路不大安静，怎好独身行走？何况老伯母来时，沿途更须保得平安不受惊恐，才不致枉却晚辈们这一点儿孝敬之心？"茅能道："还是我陪春林兄弟去一趟，一来是自己弟兄，二来我也离家多年了，得乘此回家瞧瞧去。"大通尼听了斖言道："如此好极了，待这里事情清楚了，就动

408

身吧。"当下议定，已是饭时候，大家到厅上吃喝。

过了几天，京城里又出了许多大盗案。武当大侠得知了，料定是朱高煦因要集钱，差手下干的。且因京城里为着连出大案，骤然严紧，众好汉出进诸多不便，便决计向皇宫告变，好早些了事，向北去剿灭白莲教。众好汉一齐来和大通尼商量，纷告奋勇，争着要去干这桩事。

大通尼便知吴璇商量，吴璇道："盟书等项虽是都已誊录清楚了，却是这桩事须得做一封奏折，将朱高煦的罪恶详详细细写在上面，永乐爷拿起一看，全明白了。只是里封奏折，却极不容易着手。一来，须头尾简括，不繁不略，能够一目了然，而不致腻烦。二来，叙列的事须得明白真实，桩桩给他个真凭实据，不蔓不枝，才为合格。我想这篇文章，只有玉狮子或是千里驹他二人，一个博闻强记，一个绳绍书香，才能做得圆转如意。"

文义、武全一齐起身道："这话不敢当，老伯大匠当前，小侄们怎敢班门弄斧。"大通尼拦道："这事也不能烦吴老先生，我自有方法。"说着，便向于谦道："这事只好烦你新科贵人的大手笔了。"于谦还想推让，吴璇便向于谦道："你就恭敬不如从命吧。"于谦只得答应了，领了盟书等项，并一一询问众好汉，探得案情，自去撰作。

大通尼便叫于谦回房去作，地方可以清净些，免得嘈杂分心。吴璇道："他倒不怕嘈杂。任凭如何乱糟糟的地方，他都能做出文章来。"说话时，于谦已将纸笔舒开，草将起来。约莫一杯茶时，一篇文章已经脱稿，便双手奉给吴璇。吴璇转递给大通尼。众好汉也齐围上来观看，果然是金声玉振的好文章。将朱高煦的罪名实实在在地桩桩坐实，而且说得面面俱到，在国在民，都不能轻纵。吴璇便叫吴春林誊录缮正。

晚间二更将尽，众好汉都结束好了。大通尼便向众好汉道："皇宫内苑，虽没机括，却不比那汉王府。一国人王所在，防备自然紧密异常。若稍为怠忽，绝无生望。大家这回终须格外小心才好。这桩事，原来不必去这许多人，却因为一定要做到这桩事，就非多去两个人不可。如今大家分作两班：头一班，前后呼应，直入寝宫，是钱迈、魏光、魏明、徐奎、徐斗、文义、种元、火济、岳文、柳溥、王济十一人。第二班分四方防备，雁翅般进去，是茅能、丑赫、施威、雷通、卫颖、董安、章怡、凌波、李松、龙飞、武全等十一人。我随后就到。你们到了里面，第一，要防备西狗；第二，要留心弩箭。若遇着侍卫人等，只可抵敌，不可杀伤。总而言之，我们这回是为告变去的，不

409

是为厮杀去的。不过是因为皇爷和宫内诸人不知道我们的心志，不得不防备保身罢了。"

施威问道："如果遇着朱高煦，杀不杀？"大通尼道："也不杀，既已告变，便须听凭皇爷主张。如果是皇爷还溺爱，那时咱们再去杀朱高煦不迟。"丑赫问道："如果围急了，不冲杀不得脱身便怎样？"大通尼道："万不得已时，只可伤兵丁内相。"文义道："设或是失陷了人在里面，不杀人不能救出便怎样？"大通尼道："总而言之，到不得已时，可伤不可杀，大家切记！"众好汉齐答应一声，呼呼呼，钱迈、茅能领首，如两条乌龙一般鱼贯而出。

以下朱高煦谋叛及征番、征苗，宦官王振弄权，英宗被瓦剌部掳去，于谦百战迎归英宗，身遭刑戮，以及平诸大盗，破诸奇案，一切事情，俱在下集书中叙明。就是第一集没完诸事，如金条案、文氏家变、河间大战等事，也因篇幅关系，只好在《碧血丹心于公传》中结束，还望读者注意。

图书在版编目(CIP)数据

碧血丹心·大侠传 / 文公直著. — 北京：中国文
史出版社，2020.3

（民国武侠小说典藏文库·文公直卷）

ISBN 978 - 7 - 5205 - 1411 - 8

Ⅰ. ①碧… Ⅱ. ①文… Ⅲ. ①侠义小说 - 小说集 - 中
国 - 现代 Ⅳ. ①I246.5

中国版本图书馆 CIP 数据核字（2019）第 245056 号

责任编辑：卢祥秋

出版发行：**中国文史出版社**

社　　址：北京市海淀区西八里庄 69 号院　邮编：100142
电　　话：010 - 81136606　81136602　81136603（发行部）
传　　真：010 - 81136655
印　　装：北京新华印刷有限公司
经　　销：全国新华书店
开　　本：720×1020　1/16
印　　张：27　　　　字数：442 千字
版　　次：2020 年 3 月第 1 版
印　　次：2020 年 3 月第 1 次印刷
定　　价：79.80 元